OCTAVIO PAZ

OBRAS COMPLETAS

EDICIÓN
DEL AUTOR

letras mexicanas

Nota del editor

Esta edición de las *Obras completas* de Octavio Paz retoma la iniciada por Círculo de Lectores (Barcelona) y todavía en curso de publicación. El Fondo de Cultura Económica agradece a Círculo de Lectores las facilidades brindadas para reproducir esta suma de la obra del poeta mexicano, ganador en 1990 del premio Nobel de literatura.

En alguna ocasión Octavio Paz escribió sobre su convicción de que «los grandes libros –quiero decir: los libros necesarios– son aquellos que logran responder a las preguntas que, oscuramente y sin formularlas del todo, se hace el resto de los hombres».

El Fondo de Cultura Económica reafirma estas palabras de Octavio Paz al publicar una obra que recoge el fruto de una larga y diversa experiencia vital y de sus variados intereses en las culturas de Europa, Asia y América. Para el lector mexicano, y asimismo para el latinoamericano, esta edición contiene un atractivo más pues incluye las reflexiones de Octavio Paz sobre la historia de nuestros pueblos y sobre las artes y las letras hispánicas. Se trata, en fin, de una edición que reúne la poesía y la prosa, el arte verbal y el pensamiento de una figura capital de la literatura de nuestro siglo.

FONDO DE CULTURA ECONÓMICA
Ciudad de México, 1993

OCTAVIO PAZ

El peregrino
en su patria

Historia y política de México

EDICIÓN

DEL AUTOR

Círculo de Lectores

Fondo de Cultura Económica

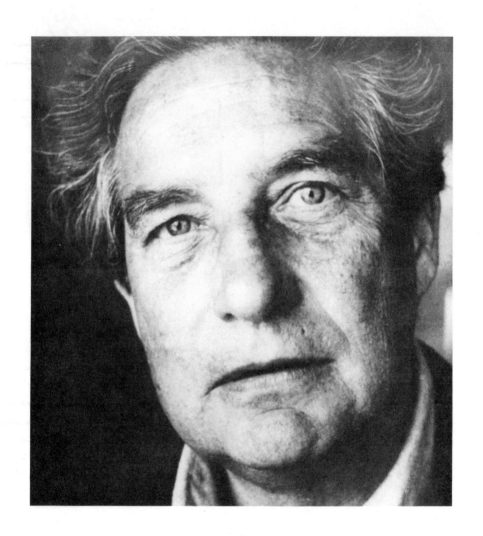

Primera edición (Círculo de Lectores, Barcelona), 1993
Segunda edición (FCE, México), 1994
Cuarta reimpresión, 2001

Procedencia de las ilustraciones:
Archivo personal del autor (frontispicio).
Para el resto véase el Índice de ilustraciones.

D. R. © 1994, FONDO DE CULTURA ECONÓMICA, S. A. DE C. V.
D. R. © 1998, FONDO DE CULTURA ECONÓMICA
Carretera Picacho-Ajusco 227, 14200 México, D. F.
www.fce.com.mx

ISBN 968-16-3908-1 (Obra completa)
ISBN 968-16-3902-2 (Tomo 8)

Impreso en México

Prólogo

Entrada retrospectiva

Por razones que no escaparán al lector apenas recorra estas páginas, y también para subrayar mis deudas con nuestros clásicos, el título de este volumen de mis obras es el de una novela de Lope de Vega: *El peregrino en su patria*. Mi peregrinación no fue, como la del personaje de Lope, por ciudades y campos; fue un viaje mental realizado en la soledad de mi cuarto. Este libro reúne mis escritos sobre México en los dominios de la antropología y la historia, la moral y la política. Así, por una parte, colinda con dos volúmenes que seguirán a éste (*Ideas y costumbres I y II*) y que tratan temas semejantes aunque fuera del ámbito mexicano; por otra, con tres volúmenes publicados ya en esta colección: *Generaciones y semblanzas* (literatura mexicana), *Sor Juana Inés de la Cruz o Las trampas de la fe* y *Los privilegios de la vista II* (arte de México). Fue relativamente fácil ordenar los volúmenes consagrados a la literatura y las artes; bastó con atenerse a la cronología y a los asuntos. Pero en este volumen no se pudo seguir estrictamente el criterio cronológico y temático. La materia misma, por su carácter sucesivo y fluido, es rebelde a las clasificaciones, sobre todo si se trata, como ocurre con frecuencia, de reflexiones sobre el tiempo presente.

Al comenzar sus comentarios sobre la Constitución romana, Polibio dice: «Es imposible formular un juicio válido, en bien o en mal, sobre cualquier hecho histórico si no se tiene en cuenta el momento en que se produce. Si la situación cambia, los juicios de los historiadores, por más penetrantes y justos que parezcan, resultan desatinos inadmisibles». El carácter acusadamente temporal de los textos que forman *El peregrino en su patria* obliga a un tipo especial de lectura: el lector debe tener presente que lee textos fechados y, así, que debe leerlos con ojos históricos. Por ejemplo, en un pasaje de «Crítica de la pirámide» aludo a las dictaduras militares de Argentina y Uruguay, en otro a la de Somoza y en uno más a la de Franco. Todo eso ya es historia pasada. Pero no sólo han cambiado los regímenes de muchos países sino que casi todos han experimentado cambios que son, si menos visibles, más profundos. Por último, mis opiniones de hoy no son siempre las de aquel que en 1949 escribía *El laberinto de la soledad*; en cambio, otras se han fortalecido con los años. Era imposible atiborrar de notas y aclaraciones el texto; preferí confiar en la cordura de mis lectores.

No he mencionado otra dificultad: la imbricación de los asuntos y los

temas. Tal vez es la más grave. La *idea fija* que ha sido y es México para mí se dispersa en estas páginas en una serie de preguntas y respuestas que se cruzan y se repiten; cada alianza es una bifurcación, cada repetición es una variación. Todo se comunica en este libro: las reflexiones sobre la familia y la figura del Padre se enlazan con naturalidad a los comentarios en torno a la demografía; la crítica del centralismo contemporáneo nos lleva a Tula y a Teotihuacan; el tradicionalismo guadalupano y el prestigio de la imagen de la Madre en la sensibilidad popular se iluminan cuando se piensa en las diosas precolombinas; la corrupción gubernamental es un rasgo premoderno de nuestra sociedad que viene del patrimonialismo de Nueva España; la persistencia del patrimonialismo, a su vez, se explica por los siglos de simbiosis entre el poder y la familia tradicional mexicana... Polibio hablaba de desatinos: olvidó las repeticiones y las contradicciones. Ojalá que las primeras no sean demasiadas y que las segundas sean fecundas.

Imbricaciones, aleaciones, divagaciones, repeticiones, colisiones, idas y venidas: ¿cómo evitarlas? Este libro no es la exposición ordenada de una idea o una teoría; es una colección de ensayos y artículos, meditaciones y sondeos, sobre un tema único: México, sus pasados y su presente. Escrito a lo largo de medio siglo, es una suerte de diario. Pero no un diario de los sucesos de una vida sino de las vicisitudes mentales y afectivas de la relación, no siempre feliz, de un escritor con su patria. Diario de una peregrinación ¿en busca de qué o de quién? ¿En busca de México o de mí mismo? Tal vez de un lugar en México: mi lugar. O del lugar, en mí, de México. La peregrinación comenzó con una sensación de extrañeza y con una pregunta: ¿yo soy el extraño o esta tierra que llamo mía es una tierra ajena? Esta pregunta es tan antigua como los hombres. Las religiones la han respondido casi siempre de la misma manera: esta tierra no es tu tierra verdadera sino el lugar de tu exilio. Tu patria está allá, fuera de este mundo. Los gnósticos decían que el verdadero nombre del hombre es *El Alógeno*, el otro, el de allá. No, no somos de aquí. Pero tampoco somos de allá: nuestras vidas son un continuo peregrinar entre el aquí y el allá, cualesquiera que sean los nombres que den las religiones y las filosofías a esos dos sitios. La pregunta sobre México no fue, no es, sino una variante de la pregunta original que todos los hombres se han hecho. En el fondo, fue y es una pregunta sobre mí mismo. ¿Qué busca el peregrino al recorrer su patria? ¿El lugar de su nacimiento o el de su fin? Tal vez busca su destino. Tal vez su destino es buscar.

Escribí las líneas anteriores en 1986. Al releerlas ahora, seis años después, vuelven a mi memoria tres momentos de mi niñez. Me marcaron para siempre y todo lo que he escrito acerca de mi país no ha sido, quizá, sino la respuesta a esas experiencias de infantil desamparo. Respuesta incansablemente reiterada y, en cada ocasión, distinta. La primera experiencia es también mi primer recuerdo. ¿Qué edad tendría? No sé, tres o cuatro años quizá. En cambio, es muy vívida la memoria del lugar: una pequeña sala cuadrangular en una vieja casona de Mixcoac. Mi padre se «había ido a la Revolución», como se decía entonces, y mi madre y yo nos refugiamos con mi abuelo, Ireneo Paz, patriarca de la familia. Las vicisitudes de aquellos años lo habían obligado a dejar la ciudad y a trasladarse a la casa de campo que poseía en Mixcoac. Yo viví y crecí en ese pueblo, aunque no en la misma casa, salvo una temporada que pasé en Los Ángeles. Lo dejé cuando acababa de cumplir los veintitrés años. La casa todavía existe y hoy es un convento de religiosas. Hace poco la visité y apenas si pude reconocerla: las monjas han convertido en celdas las estancias y el jardín; en capilla la terraza. No importa: queda la imagen y queda la sensación de extrañeza y desamparo.

Me veo, mejor dicho: veo una figura borrosa, un bulto infantil perdido en un inmenso sofá circular de gastadas sedas, situado justo en el centro de la pieza. Con cierta inflexibilidad, cae la luz de un alto ventanal. Deben de ser las cinco de la tarde pues la luz no es muy intensa. Muros empapelados de un desvaído amarillo con dibujos de guirnaldas, tallos, flores, frutos: emblemas del tedio. Todo real, demasiado real; todo ajeno, cerrado sobre sí mismo. Una puerta da al comedor, otra a la sala y la tercera, lateral y con vidrieras, a la terraza. Las tres están abiertas. La pieza servía de antecomedor. Rumor de risas, voces, tintineo de vajillas. Es día de fiesta y celebran un santo o un cumpleaños. Mis primos y primas, mayores, saltan en la terraza. Hay un ir y venir de gente que pasa al lado del bulto sin detenerse. El bulto llora. Desde hace siglos llora y nadie lo oye. Él es el único que oye su llanto. Se ha extraviado en un mundo que es, a un tiempo, familiar y remoto, íntimo e indiferente. No es un mundo hostil: es un mundo extraño, aunque familiar y cotidiano, como las guirnaldas de la pared impasible, como las risas del comedor. Instante interminable: oírse llorar enmedio de la sordera universal… No recuerdo más. Sin duda mi madre me calmó: la mujer es la puerta de reconciliación con el mundo. Pero la sensación no se ha borrado ni se borrará. No es una herida, es un hueco. Cuando pienso en mí, lo toco; al palparme, lo palpo. Ajeno siempre y siempre presente, nunca me deja, presencia sin cuerpo, mudo, invisible, perpetuo testigo de

mi vida. No me habla pero yo, a veces, oigo lo que su silencio me dice: esa tarde comenzaste a ser tú mismo; al descubrirme, descubriste tu ausencia, tu hueco: te descubriste. Ya lo sabes: eres carencia y búsqueda.

Los azares de la guerra civil llevaron a mi padre a los Estados Unidos. Se instaló en Los Ángeles, en donde vivía una numerosa colonia de desterrados políticos. Un tiempo después lo seguimos mi madre y yo. Apenas llegamos, mis padres decidieron que fuese al *kindergarten* del barrio. Tenía seis años y no hablaba una sola palabra de inglés. Recuerdo vagamente el primer día de clases: la escuela con la bandera de los Estados Unidos, el salón desnudo, los pupitres, las bancas duras y mi azoro entre la ruidosa curiosidad de mis compañeros y la sonrisa afable de la joven profesora, que procuraba aplacarlos. Era una escuela angloamericana y sólo dos de los alumnos eran de origen mexicano, aunque nacidos en Los Ángeles. Aterrorizado por mi incapacidad para comprender lo que se me decía, me refugié en el silencio. Al cabo de una eternidad llegó la hora del recreo y del *lunch*. Al sentarme a la mesa descubrí con pánico que me faltaba una cuchara; preferí no decir nada y quedarme sin comer. Una de las profesoras, al ver intacto mi plato, me preguntó con señas la razón. Musité: «cuchara», señalando la de mi compañero más cercano. Alguien repitió en voz alta: «¡cuchara!». Carcajadas y algarabía: «¡cuchara, cuchara!». Comenzaron las deformaciones verbales y el coro de las risotadas. El bedel impuso silencio pero a la salida, en el arenoso patio deportivo, me rodeó el griterío. Algunos se me acercaban y me echaban a la cara, como un escupitajo, la palabra infame: ¡*cuchara*! Uno me dio un empujón, yo intenté responderle y, de pronto, me vi en el centro de un círculo: frente a mí, con los puños cerrados y en actitud de boxeo, mi agresor me retaba gritándome: «¡cuchara!». Nos liamos a golpes hasta que nos separó un bedel. Al salir nos reprendieron. No entendí ni jota del regaño y regresé a mi casa con la camisa desgarrada, tres rasguños y un ojo entrecerrado. No volví a la escuela durante quince días; después, poco a poco, todo se normalizó: ellos olvidaron la palabra *cuchara* y yo aprendí a decir *spoon*.

Cambió la situación política de México y volvimos a Mixcoac. Fieles a las tradiciones familiares mis padres me matricularon en un colegio francés de la orden de La Salle. Aunque yo hablaba el inglés, no había olvidado el español. Sin embargo, mis compañeros no tardaron en decidir que era un extranjero: un gringo, un franchute o un gachupín, les daba lo mismo. El saberme recién llegado de los Estados Unidos y mi facha –pelo castaño, tez y ojos claros– podrían tal vez explicar su actitud; no enteramente: mi familia era conocida en Mixcoac desde principios del siglo y mi

padre había sido diputado por esa municipalidad. Volvieron las risitas y las risotadas, los apodos y las peleas, a veces en el campo de futbol del colegio y otras en una callejuela cercana a la parroquia. Con frecuencia regresaba a mi casa con un ojo amoratado, la boca rota o la cara rasguñada. Mis familiares se inquietaron pero, con buen acuerdo, decidieron no intervenir: las cosas se calmarían poco a poco, por sí mismas. Así fue, aunque la inquina persistió: el menor pretexto bastaba para que volviesen a brotar las acostumbradas invectivas.

La experiencia de Los Ángeles y la de México me apesadumbraron durante muchos años. A veces pensaba que era culpable –con frecuencia somos cómplices de nuestros persecutores– y me decía: sí, yo no soy de aquí ni de allá. Entonces, ¿de dónde soy? Yo me sentía mexicano –el apellido Paz aparece en el país desde el siglo XVI, al otro día de la Conquista– pero *ellos* no me dejaban serlo. En una ocasión acompañé a mi padre en una visita a un amigo al que, con razón, admiraba: Antonio Díaz Soto y Gama, el viejo y quijotesco revolucionario zapatista. Estaba en su despacho con varios amigos y, al verme, exclamó dirigiéndose a mi padre: «¡Caramba, no me habías dicho que tenías un hijo visigodo!». Todos se rieron de la ocurrencia pero yo la oí como una condena.

Aunque el trasfondo de las tres experiencias es semejante –el sentimiento de separación– cada una es distinta. La primera es universal y común a todos los hombres y las mujeres. Los teólogos, los filósofos y los psicólogos han escrito muchas páginas sobre ella; ha sido un tema de elección de grandes poetas y los novelistas no han cesado de explorar sus vericuetos. Somos hijos de Adán, el primer desterrado. La experiencia nos enfrenta a la indiferencia universal, la del cosmos y la de nuestros semejantes; al mismo tiempo, es el origen de la sed de totalidad y participación que todos padecemos desde nuestro nacimiento. La segunda y la tercera son de orden histórico y son la consecuencia de esa realidad que es la materia prima de la organización política: el grupo humano, la comunidad. Nada más natural que un niño mexicano se sienta extraño en una escuela norteamericana pero es atroz que los otros niños, por el mero hecho de ser extranjero, lo injurien y lo golpeen. Atroz, natural y tan antiguo como las sociedades humanas. No en balde los suspicaces atenienses inventaron el delito de ostracismo para los sospechosos. Y el extranjero es siempre un sospechoso. La tercera experiencia se inscribe en esta última categoría: yo no era, claramente, un extranjero pero, por mi apariencia y otras circunstancias físicas y morales, era un sospechoso. Así, mis compañeros me condenaron al destierro, no fuera de mi patria sino dentro de ella.

No soy, por supuesto, el primero que ha sufrido esta condena. Tampoco seré el último. Sin embargo, aunque es un hecho que pertenece a todos los tiempos y a todos los sitios, unos pueblos son más propensos que los otros a descubrir sospechosos por todas partes... y a condenarlos con el ostracismo, fuera o dentro de la ciudad. Ya mencioné a los atenienses. Otro pueblo corroído por la sospecha es el mexicano. El fondo psicológico de esta propensión a sospechar es la suspicacia. Trátese de un griego del siglo v a.C. o de un mexicano del siglo xx, la suspicacia es la expresión de un sentimiento de inseguridad. En épocas de crisis y disturbios sociales, florece la desconfianza; Robespierre, llamado por unos el Incorruptible y por otros el Tirano, fue una encarnación de la suspicacia disfrazada de vigilancia revolucionaria. En el siglo xx los bolcheviques repitieron y exageraron el modelo; en cambio, uno de los rasgos de Julio César que más sorprendieron a los antiguos fue su confianza. Unos lo admiraron por ella y otros lo vituperaron: un dictador confiado es un escándalo político y una contradicción moral. La suspicacia es hermana de la malicia y ambas son servidoras de la envidia. Si las circunstancias públicas son propicias, todas estas malas pasiones se vuelven cómplices de las inquisiciones y las represiones. La delación y la calumnia son las alcahuetas del tirano.

En México la suspicacia y la desconfianza son enfermedades colectivas. En mi juventud fui testigo del acoso que sufrieron los escritores llamados, por la revista que editaban, Contemporáneos. Se les acusó de ser extranjerizantes, cosmopolitas, afrancesados y, en suma, de no ser mexicanos. Eran un cuerpo extraño y enfermizo incrustado en nuestra literatura: había que expulsarlo de la República de las Letras. (En la época que hacía *Plural* con un grupo de amigos, un joven filósofo marxista también pidió nuestra expulsión del «discurso político».) La ortodoxia ideológica y la ortodoxia sexual se alían siempre con la xenofobia: los Contemporáneos fueron acusados de estetas reaccionarios y motejados de maricones. Hoy los jóvenes escritores exaltan su memoria y escriben sobre ellos ensayos fervientes. Pocos recuerdan que, mientras vivieron, fueron vistos como sospechosos y sentenciados al exilio interior. Años después yo dejé de ser testigo de las malignidades de la suspicacia y me convertí en objeto de campañas semejantes, aunque tal vez más feroces: a las viejas malevolencias se unieron las pasiones políticas.

Por todo esto no es extraño que desde mi adolescencia me intrigase la suspicacia mexicana. Me pareció la consecuencia de un conflicto interior. Al reflexionar sobre su naturaleza, encontré que, más que un enigma psi-

cológico, era el resultado de un trauma histórico enterrado en las profundidades del pasado. La suspicacia, en vela perpetua, cuida que nadie descubra el cadáver y lo desentierre. Ésa es su función psicológica y política. Ahora bien, si la raíz del conflicto es histórica, sólo la historia puede aclararnos el enigma. La palabra *historia* designa ante todo a un proceso y quien dice proceso dice búsqueda, generalmente inconsciente. El proceso es búsqueda porque es movimiento y todo movimiento es *un ir hacia... ¿Hacia adónde?* No es fácil responder a esta pregunta: los supuestos fines de la historia se han ido desvaneciendo uno tras otro. Tal vez la historia no tiene ni finalidades ni fin. El sentido de la historia somos nosotros, que la hacemos y que, al hacerla, nos deshacemos. La historia y sus sentidos terminarán cuando el hombre se acabe. Sin embargo, aunque es imposible discernir fines en la historia, no lo es afirmar la realidad del proceso histórico y de sus efectos. La suspicacia es uno de ellos. Lo que he llamado la *búsqueda* es la tentativa por resolver ese conflicto que la suspicacia preserva.

Sin darme claramente cuenta de lo que hacía, movido por una intuición y aguijoneado por la memoria de mis tres experiencias, quise romper el velo y *ver*. Mi acto era una interrogación que me unía al proceso inconsciente de la historia, es decir, a la búsqueda en que consiste finalmente el movimiento histórico. Mi interrogación me insertaba en la búsqueda, me hacía parte de ella; así, lo que comenzó como una meditación íntima se convirtió en una reflexión sobre la historia de México. La reflexión asumió la forma de una pregunta no sólo acerca de los orígenes –¿en dónde y cuándo comenzó el conflicto?– sino también sobre el sentido de la búsqueda que es la historia de México (y la de todos los hombres). Cierto, nadie sabe con certeza qué es lo que buscamos pero todos sabemos que buscamos. ¿Hace falta saber algo más? En el curso de la reflexión mis tres experiencias infantiles revelaron su naturaleza dual: eran íntimas y colectivas, mías y de todos.

Durante milenios el continente americano vivió una vida aparte, ignorado e ignorante de otros pueblos y de otras civilizaciones. La expansión europea del siglo xvi rompió el aislamiento. La verdadera historia universal no comienza con los grandes imperios europeos y asiáticos, con Roma o con China, sino con las exploraciones de los españoles y portugueses. Desde entonces los mexicanos somos un fragmento de la historia del mundo. Mejor dicho: somos hijos de ese momento en que las distintas historias de los pueblos y las civilizaciones desembocan en la historia universal. El Descubrimiento de América inició la unificación del planeta. El

acto que nos fundó tiene dos caras: la Conquista y la evangelización; nuestra relación con él es ambigua y contradictoria, como el acto mismo y sus dos emblemas: la espada y la cruz. No menos ambigua es nuestra relación frente a la civilización mesoamericana: su espectro habita nuestros sueños, pero ella reposa para siempre en el gran cementerio de las civilizaciones desaparecidas. Nuestra cuna fue un combate. El encuentro entre los españoles y los indios fue simultáneamente, para emplear la viva y pintoresca imagen del poeta Jáuregui, túmulo y tálamo.

Tal vez por influencia familiar desde la niñez me apasionó la historia de México. Mi abuelo, autor de novelas históricas según el gusto del siglo xix, había reunido un buen número de libros sobre nuestro pasado. Un tema me interesó entre todos: el choque entre los pueblos y las civilizaciones. Las naciones del antiguo México vivieron en guerra perpetua unas contra otras pero sólo hasta la llegada de los españoles se enfrentaron realmente con el *otro*, es decir, con una civilización distinta a la suya. Más tarde, ya en el período moderno, tuvimos encuentros violentos con los Estados Unidos y con la Francia del Segundo Imperio. A pesar de que la influencia de la cultura francesa fue muy viva en la segunda mitad del siglo xix y en la primera del xx, la guerra con Francia no tuvo consecuencias políticas ulteriores. Tampoco psicológicas. Ocurrió lo contrario con España y los Estados Unidos: nuestra relación con esas naciones ha sido polémica y obsesiva. Cada pueblo tiene sus fantasmas: Francia para los españoles, Alemania para los franceses; los nuestros han sido España y los Estados Unidos. El fantasma de España ha perdido cuerpo y su influencia política y económica se ha desvanecido. Su presencia es psicológica: verdadero fantasma, recorre nuestra memoria y enciende nuestra imaginación. Los Estados Unidos sí son una realidad pero una realidad tan vasta y poderosa que colinda con el mito y, para muchos, con la obsesión.

La querella entre hispanistas y antihispanistas es un capítulo de la historia intelectual de los mexicanos. También de su historia política y sentimental. El bando de los antihispanistas no es homogéneo: unos son adoradores de las culturas mesoamericanas y condenan a la Conquista como un genocidio; otros, menos numerosos, descendientes de los liberales del siglo xix, profesan un igual desdén a las dos tradiciones: la india y la española, ambas obstáculos en el camino hacia la modernidad. Fui familiar de esa disputa desde mi niñez. Mi familia paterna era liberal y, además, indigenista: antiespañola por partida doble. Aunque mi madre era española, detestaba las discusiones y respondía a las diatribas con una sonrisa. Yo encontraba sublime su silencio, más contundente que un tedioso

alegato. En la biblioteca de mi abuelo, por lo demás, abundaban los libros con argumentos contrarios a su moderado antihispanismo y al más acusado de mi padre. Los dos identificaban al pasado novohispano con la ideología de sus enemigos tradicionales, los conservadores. Galdós me desengañó: esa pelea era también española.

El antiespañolismo de mis familiares era de orden histórico y político, no literario. Entre los libros de mi abuelo estaban los de nuestros clásicos. Además, él admiraba a los liberales españoles del siglo pasado. Mi adolescencia y mi juventud coincidieron con el fin de la Monarquía y los primeros años de la República, un período de verdadero esplendor de las letras españolas. La lectura de los grandes escritores y poetas de esos años acabó por reconciliarme con España. Me sentí parte de esa tradición pero no de una manera pasiva sino activa y, a ratos, polémica. Descubrí que la literatura escrita por nosotros, los hispanoamericanos, es la otra cara de la tradición hispánica. Nuestra literatura comenzó por ser un afluente de la española pero hoy es un río poderoso. Cervantes, Quevedo y Lope se reconocerían en nuestros autores. La disputa entre hispanistas y antihispanistas me pareció un pleito anacrónico y estéril. La guerra de España, un poco más tarde, cerró para siempre el debate. Al menos para mí y para muchos como yo. Fui partidario apasionado de los republicanos y en 1937 estuve en España por primera vez. En varios escritos en prosa y en algunos poemas he hablado de mi encuentro con su gente, sus paisajes, sus piedras. No descubrí a España: la reconocí y me reconocí.

Mi experiencia con la realidad norteamericana fue también, a su manera, una confirmación. En mi niñez había vivido en California pero el verdadero encuentro comenzó en 1943 y se prolongó hasta diciembre de 1945. Viví en San Francisco y en Nueva York, pasé un verano en Vermont y dos semanas en Washington, desempeñé oficios diversos, traté toda clase de gente, pasé estrecheces, conocí días de exaltación y otros de abatimiento, leí incansablemente a los poetas ingleses y norteamericanos y, en fin, comencé a escribir unos poemas libres de la retórica que asfixiaba a la poesía que, en esos años, escribían los jóvenes en Hispanoamérica y en España. En una palabra, volví a nacer. Nunca me había sentido tan vivo. Eran los años de la guerra y los norteamericanos pasaban por uno de los grandes momentos de su historia. En España conocí la fraternidad ante la muerte; en los Estados Unidos la cordialidad ante la vida. Simpatía universal que tiene sus raíces no en el puritanismo que, maniático de la pureza, es una ética de la separación, sino en el panteísmo romántico de Emerson y en la efusión cósmica de Whitman. En España algunos españoles me reconocieron como uno de

los suyos; en los Estados Unidos algunos norteamericanos me acogieron como un hermano desconocido que hablaba su lengua con un acento extraño y una sintaxis bárbara.

Mi admiración y simpatía por los norteamericanos tenía un lado obscuro: era imposible cerrar los ojos ante la situación de los mexicanos, los nacidos allá y los recién llegados. Pensé en los años pasados en Los Ángeles, en los trabajos de mi padre para abrirse paso en el destierro, en mi madre hormiga providente... pero hormiga que cantaba como una cigarra. Aunque no sufrimos las penalidades de la mayoría de los inmigrantes mexicanos, no era necesaria mucha imaginación para comprenderlos y simpatizar profundamente con ellos. Me reconocí en los *pachucos* y en su loca rebeldía contra su presente y su pasado. Rebeldía resuelta no en una idea sino en un gesto. Recurso del vencido: el uso estético de la derrota, la venganza de la imaginación. Volví a la pregunta sobre mí y mi destino de mexicano. La misma que me había hecho en México, leyendo a Ortega y Gasset o conversando con Jorge Cuesta en un patio de San Ildefonso. ¿Cómo contestarla? Antes de abandonar México, un año antes, había escrito para un diario una serie de artículos en los que trataba asuntos más o menos conectados con la pregunta que me atormentaba[1]. Ya no me satisfacían. Ignoraba entonces que esas notas y mis encuentros con España y con los Estados Unidos eran una preparación para escribir *El laberinto de la soledad*.

Llegué a París en diciembre de 1945. En Francia los años de la segunda postguerra fueron de penuria pero de gran animación intelectual. Fue un período de gran riqueza, no tanto en el dominio de la literatura propiamente dicha, la poesía y la novela, como en el de las ideas y el ensayo. Yo seguía con ardor los debates filosóficos y políticos. Atmósfera encendida: pasión por las ideas, rigor intelectual y, asimismo, una maravillosa disponibilidad. Al poco tiempo encontré amigos afines a mis preocupaciones intelectuales y estéticas. En aquel medio cosmopolita –franceses, griegos, españoles, rumanos, argentinos, norteamericanos– respiré con libertad: no era de allí y, sin embargo, sentí que tenía una patria intelectual. Una patria que no me pedía papeles de identidad. Pero la pregunta sobre México no me abandonaba. Decidido a enfrentarme a ella, me tracé un plan –nunca logré seguirlo del todo– y comencé a escribir. Era el verano de 1949, la ciudad se había quedado desierta y mi trabajo en la Embajada mexicana, en donde yo tenía un empleo modesto, había disminuido. La

1. Recogidos en *Primeras letras*, prólogo de Enrico Mario Santí, Seix Barral, 1988.

distancia me ayudaba: vivía en un mundo alejado de México e inmune a sus fantasmas. Tenía para mí las tardes de los viernes y, enteros, los sábados y los domingos. Y las noches. Escribía con prisa y fluidez, con ansia de acabar pronto y como si en la última página me esperase una revelación. Jugaba una carrera contra mí mismo. ¿A quién o qué iba a encontrar al final? Conocía la pregunta, no la respuesta. Escribir se volvió una ceremonia contradictoria, hecha de entusiasmo y de rabia, simpatía y angustia. Al escribir me vengaba de México; un instante después, mi escritura se volvía contra mí y México se vengaba de mí. Nudo inextricable, hecho de pasión y de lucidez: *odio et amo*.

En otras ocasiones me he referido a los defectos y lagunas de *El laberinto de la soledad*. Los primeros son congénitos, la consecuencia natural de mis limitaciones. En cuanto a las últimas: he procurado remediarlas en diversos escritos, como podrá verlo el lector de este libro. La mayor omisión es la de Nueva España: las páginas que le dedico son insuficientes; las he ampliado en varios textos de este libro y, principalmente, en la primera parte de mi estudio sobre sor Juana Inés de la Cruz. ¿Y el mundo prehispánico? Creo que mis ensayos sobre el arte antiguo de México son algo más que meros estudios de estética: son una visión de la civilización mesoamericana. Dicho esto, confieso que la concepción central de *El laberinto de la soledad* me sigue pareciendo válida. El libro no es un ensayo sobre una quimérica «filosofía del mexicano»; tampoco una descripción psicológica ni un retrato. El análisis parte de unos cuantos rasgos característicos para en seguida transformarse en una interpretación de la historia de México y de nuestra situación en el mundo moderno. La interpretación me parece válida, no exclusiva ni total. Hay otras interpretaciones y, entre ellas, algunas son (o pueden ser) igualmente válidas. No excluyen a la mía porque ninguna es global ni final. La comprensión histórica es, por naturaleza, parcial, trátese de Tucídides o de Vico, de Marx o de Toynbee.

Todas las visiones de la historia son un punto de vista. Naturalmente no todos los puntos de vista son válidos. Entonces, ¿por qué me parece válido el mío? Pues porque la idea que lo inspira –el ritmo doble de la soledad y la comunión, el sentirse solo, escindido, y el desear reunirse con los otros y con nosotros mismos– es aplicable a todos los hombres y a todas las sociedades. Aunque cada individuo es único y cada pueblo es diferente, todos atraviesan por las mismas experiencias. Por esto es legítimo presentar a la historia de México como una sucesión de rupturas y uniones. La primera fue la Conquista. La primera y la decisiva: fue un choque entre dos civilizaciones y no, como ocurriría después, dentro de la misma

civilización. A su vez, la primera reunión o reconciliación –respuesta a la violenta ruptura de la Conquista– consistió en la conversión de los vencidos a una fe universal, el cristianismo. Desde entonces las rupturas y las reuniones se han sucedido; sería ocioso enumerarlas. No, no es arbitrario ver nuestra historia como un proceso regido por el ritmo –o la dialéctica– de lo cerrado y lo abierto, de la soledad y la comunión. No es difícil advertir, por otra parte, que el mismo ritmo rige las historias de otros pueblos. Pienso que se trata de un fenómeno universal. Nuestra historia no es sino una de las versiones de ese perpetuo separarse y unirse con ellos mismos que ha sido, y es, la vida de todos los hombres y los pueblos.

El proceso de sucesivas rupturas y reuniones puede verse también, para emplear una analogía con la física, como una serie de explosiones. La moderna cosmología nos ha familiarizado con la idea de una materia infinitamente concentrada y que, al llegar a cierto punto extremo de densidad, estalla y se dispersa. Las explosiones históricas son semejantes al *big bang*: una sociedad encerrada en sí misma está destinada a estallar por la colisión de sus elementos. A la inversa de lo que ocurre en el cosmos, sujeto según parece a una expansión sin fin, en la historia los elementos dispersos tienden a reunirse. Estas nuevas combinaciones se traducen, a su vez, en nuevas formas históricas. Si la ruptura no se resuelve en reunión, el sistema se extingue, absorbido generalmente por un sistema mayor. La historia de México se ajusta al primer modelo y puede verse como una sucesión de explosiones seguidas de dispersiones y reuniones. La última explosión, la más poderosa, fue la Revolución mexicana. Conmovió a la fábrica social en su totalidad y logró, después de dispersarlos, reunir a todos los mexicanos en una nueva sociedad.

La Revolución rescató a muchos grupos y minorías que habían sido excluidos tanto de la sociedad novohispana como de la republicana. Me refiero a las comunidades campesinas y, en menor grado, a las minorías indígenas. Además, consiguió crear una conciencia de identidad nacional que antes apenas si existía. En la esfera de las ideas y de las creencias, logró la reconciliación del México moderno y del antiguo. Subrayo que fue una reconciliación no de orden intelectual sino afectivo y espiritual. La Revolución fue, ante todo, un logro político y social pero también fue algo más, mucho más: un cambio radical en nuestra historia. Como la palabra *cambio* resulta equívoca, agrego que ese cambio fue un regreso. Quiero decir: fue una verdadera revuelta, una vuelta a los orígenes. En este sentido, el movimiento revolucionario continuó, en una esfera psíquica distinta a la religiosa, el sincretismo de los siglos XVI y XVII.

Lo continuó sin que nadie se lo propusiera, ni los dirigentes ni el pueblo; sin embargo, a todos los movía el mismo obscuro impulso. ¿Lógica de la historia o instinto popular? No es fácil saberlo. Lo cierto es que México se lanzó al encuentro de sí mismo. En un acto de necesaria ruptura, el liberalismo negó a la tradición novohispana y a la indígena. La Revolución inició la reconciliación con nuestro pasado, algo que me parece no menos sino más imperativo que todos los proyectos de modernización. En esto reside tanto su originalidad como su fecundidad en el dominio de los sentimientos, las creencias, las letras y las artes.

Para comprender su carácter único, hay que recordar que nuestra Revolución le debe muy poco a las ideologías revolucionarias de los siglos XIX y XX. En este sentido fue la antítesis del liberalismo de 1857. Este último fue un movimiento derivado de ideas universales de origen europeo; con ellas los liberales se propusieron transformar de raíz a la sociedad. De ahí su hostilidad a las dos tradiciones, la española y la indígena. El liberalismo de 1857 fue una verdadera revolución y sus arquetipos fueron la Revolución francesa y la de Independencia de los Estados Unidos. En cambio, la Revolución mexicana fue popular e instintiva. No la guió una teoría de la igualdad: estaba poseída por una pasión igualitaria y comunitaria. Los orígenes de esta pasión están no en las ideas modernas sino en la tradición de las comunidades indígenas anteriores a la Conquista y en el cristianismo evangélico de los misioneros. Si se repasan las declaraciones y los discursos de los caudillos y líderes populares sorprende, en primer término, la abundancia de referencias y citas del cristianismo primitivo. Los ejemplos más socorridos fueron el Sermón de la Montaña y la expulsión de los mercaderes del Templo[1]. También es notable la obstinación con que el movimiento campesino sostuvo, como fundamento de sus aspiraciones, las tradiciones comunitarias de los pueblos. Los campesinos pedían la *devolución* de sus tierras.

¿Se puede hablar de una ideología revolucionaria? La respuesta debe ser matizada. En primer término la Revolución atravesó por distintos momentos y en cada uno de ellos predominaron ciertos temas e ideas. Por ejemplo, en el primer período lo esencial parecía la reforma política y la instauración de una verdadera democracia; en otro momento, fueron centrales las reivindicaciones sociales y las aspiraciones igualitarias; en otro más, la estabilidad política y el desarrollo económico; y así sucesivamen-

1. Véase el libro de Eric Jaufret, *Révolution et sacrifice au Mexique. Naissance d'une nation*, París, 1986.

te. A los cambios de ideario en el tiempo, deben añadirse las diferencias en el espacio: el movimiento en el sur fue primordialmente agrario y estaba inspirado en una tradición de lucha por la tierra comunal que venía de Nueva España y del pasado prehispánico; en el norte, el núcleo del movimiento estaba compuesto por rancheros; en las ciudades por la clase media. Además, a lo largo del proceso, la lucha armada entre los caudillos y las facciones. La Revolución fue muchas revoluciones.

En cuanto a la influencia de las ideologías de fuera, ninguna preponderante, las más apreciables fueron: el anarquismo, la herencia del liberalismo, el obrerismo —ecos del 1.° de mayo de Chicago— y, en fin, un vago pero poderoso sueño de redención social. Lo esencial, sin embargo, fue la corriente igualitaria y comunitaria, doble legado de Mesoamérica y de Nueva España. No era tanto una doctrina claramente definida como un conjunto de aspiraciones y creencias, una tradición subterránea que se creía desaparecida y que resucitó en el gran sacudimiento revolucionario. No era fácil que este conjunto a un tiempo confuso y clarividente de aspiraciones, agravios, esperanzas y reivindicaciones se articulase en un claro proyecto de reformas. Esto explica que la Revolución haya terminado en un compromiso entre la herencia liberal de 1857, las aspiraciones comunitarias populares y fragmentos de otras ideologías.

Las influencias de fuera aparecieron en un período posterior, cuando ya se había establecido en el poder la facción revolucionaria triunfante y el movimiento popular se había transformado en un régimen institucional. Inspirado por el ejemplo soviético (el koljós), Lázaro Cárdenas modificó la propiedad comunal de la tierra. La reforma no liberó a los campesinos: los ató a los bancos del Estado y los convirtió en instrumentos de la política gubernamental. También Cárdenas inició una política estatista en materia económica, seguida por casi todos sus sucesores. Una de las consecuencias de la política de nacionalizaciones fue la aparición de una poderosa burocracia incrustada en el Estado. Otro factor, tal vez el decisivo, que explica el extraordinario crecimiento de la burocracia fue la creación de un partido hegemónico de Estado, en el poder desde 1930. El fundador del partido fue el presidente Calles; lo consolidaron, a través de reformas sucesivas, otros dos presidentes: Cárdenas y Alemán. Los modelos del partido fueron el partido fascista de Italia y el comunista de Rusia. Sin embargo, en ningún momento el partido mexicano ha mostrado pretensiones ideológicas totalitarias. Fue y es un partido *sui generis*, resultado de un compromiso entre la democracia auténtica y la dictadura revolucionaria. El compromiso evitó la guerra civil entre las facciones revolucionarias

y aseguró la estabilidad necesaria para el desarrollo social y económico[1].

Si se examina la Revolución mexicana desde la perspectiva que he esbozado, se advierte inmediatamente que el segundo período, el llamado institucional, no sólo presenta radicales diferencias con el primero sino que no puede llamarse con propiedad revolucionario. Los protagonistas del segundo período han sido y son políticos profesionales, pertenecen a la clase media y casi todos ellos son universitarios. El grupo dirigente es una extraña pero no infrecuente amalgama de políticos y tecnócratas. Así, en un sentido estricto, la Revolución mexicana debe verse como un movimiento que se inicia en 1910 y que se extingue hacia 1930, con la fundación del Partido Revolucionario Mexicano. Esos veinte años no sólo fueron ricos en dramáticos y a veces atroces episodios militares sino fecundos en ideas y adivinaciones. Se destruyó mucho, tanto o más que durante nuestra terrible guerra de Independencia, pero también fue mucho lo creado. Lo que distingue a este período, sobre todo y ante todo, es la participación popular: el pueblo hizo realmente la Revolución, no un grupo de teóricos y profesionales como en otras partes. Por todo esto no me parece aventurado afirmar que nuestro movimiento se ajusta más a la vieja noción de *revuelta* que al moderno concepto de *revolución*. En otros escritos he dedicado algunas reflexiones a las diferencias entre revuelta y revolución. Aquí no puedo detenerme en el tema y me limito a subrayar que la noción de *revuelta* se inserta con naturalidad en la imagen de explosión histórica: una ruptura que es, también, una tentativa de reunión de los elementos dispersos. Soledad y comunión.

Entre 1930 y 1940, lo mismo en Europa que en América, la mayoría de los escritores que entonces éramos jóvenes sentimos una inmensa simpatía por la Revolución rusa y el comunismo. En nuestra actitud se mezclaban los buenos sentimientos, la justificada indignación ante las injusticias que nos rodeaban y la ignorancia. Si yo hubiese escrito *El laberinto de la soledad* en 1937, sin duda habría afirmado que el sentido de la explosión revolucionaria mexicana –lo que he llamado la *búsqueda*– terminaría en la adopción del comunismo. La sociedad comunista iba a resolver el doble conflicto mexicano, el interior y el exterior: comunión con nosotros mis-

<hr>

1. Sobre todo esto véase, en este volumen, «Hora cumplida» y «Ante un presente incierto»; y en el volumen siguiente –*Ideas y costumbres I*– «Pequeña crónica de grandes días», los dos últimos capítulos: «México: tradición y modernidad» y «México: modernidad y patrimonialismo».

mos y con el mundo. Pero el período que va de 1930 a 1945 no sólo fue el de la fe y las ruidosas adhesiones sino el de la crítica, las revelaciones y las desilusiones. Mis dudas comenzaron en 1939; en 1949 descubrí la existencia de campos de concentración en la Unión Soviética y ya no me pareció tan claro que el comunismo fuese la cura de las dolencias del mundo y de México. Las dudas se convirtieron en críticas como puede verse en la segunda edición del libro (1959) y en otros escritos míos. Vi al comunismo como un régimen burocrático, petrificado en castas, y vi a los bolcheviques, que habían decretado, bajo pena de muerte, la «comunión obligatoria», caer uno tras otro en esas ceremonias públicas de expiación que fueron las purgas de Stalin. Comprendí que el socialismo autoritario no era la *resolución* de la Revolución mexicana, en el sentido histórico de la palabra y en el musical: paso de un acorde discordante a uno consonante. Mis críticas provocaron una biliosa erupción de vituperios en muchas almas virtuosas de México y de Hispanoamérica. La oleada de odio y lodo duró muchos años; algunas de sus salpicaduras todavía están frescas.

Al mismo tiempo que se cerraba la solución revolucionaria, se abrían otras perspectivas históricas. Era evidente que la nueva situación del país y del mundo exigía un cambio radical de dirección. Nación marginal, habíamos sido objeto de la historia; la segunda mitad del siglo XX –marcada por la independencia de las colonias y las agitaciones, revueltas y revoluciones de los países de la periferia– nos enfrentaba a otras realidades. Escribí en las últimas páginas de mi libro: «hemos dejado de ser objetos y comenzamos a ser sujetos de los cambios históricos». Y agregaba: «la Revolución mexicana desemboca en la historia universal… allí nos aguarda una desnudez y un desamparo». En efecto, el derrumbe de las ideas y creencias, lo mismo las tradicionales que las revolucionarias, era universal: «estamos al fin solos frente al porvenir, como todos… Ya somos contemporáneos de todos los hombres»… Suerte del solitario: *testis unus, testis nullus*. Nadie oyó: México no cambió de dirección, los gobiernos no apostaron por la reforma sino por la continuidad rutinaria y por la mera supervivencia, mientras que los intelectuales se aferraron a versiones cada vez más simplistas y caricaturescas del marxismo. Algunos interpretaron una de mis opiniones –«somos contemporáneos de todos los hombres»– como una afirmación de la madurez de nuestro país: al fin habíamos alcanzado a las otras naciones. Curiosa concepción de la historia como una carrera: ¿contra quién y hacia adónde? No, la historia es una intersección entre un tiempo y un lugar. La historia, dijo Eliot, es aquí y ahora.

Escogí un camino que, de nuevo, me puso en entredicho ante la mayo-

ría de los escritores latinoamericanos, en aquellos días todavía encandilados por los fuegos fatuos del «socialismo real». Con unos pocos sostuve que sólo la instauración de una democracia auténtica, con un régimen de derecho y de garantías a los individuos y a las minorías, podría lograr que México no naufragase en el océano de la historia universal, infestado de leviatanes. La modernización, palabra que aún no estaba de moda, era a un tiempo nuestra condena y nuestra tabla de salvación. Condena porque la sociedad moderna está lejos de ser un ejemplo: muchas de sus manifestaciones –la publicidad, el culto al dinero, las desigualdades abismales, el egoísmo feroz, la uniformidad de los gustos, las opiniones, las conciencias– son un compendio de horrores y de estupideces. Salvación porque sólo una transformación radical de la sociedad, a través de una verdadera democracia y del desmantelamiento del patrimonialismo heredado del virreinato (trasunto a su vez del absolutismo europeo de los siglos XVII y XVIII), podía darnos confianza y fortaleza para hacer frente a un mundo revuelto y despiadado. Muchas de las instituciones postrevolucionarias, adoptadas al principio como medidas transitorias, habían perdido ya su utilidad y su razón de ser. Otras eran una franca usurpación de las funciones generalmente reservadas al sector privado. Los sindicatos y otras agrupaciones populares vivían bajo la tutela oficial a través del monopolio del partido del gobierno (una situación que todavía persiste en buena parte). En fin, se había generalizado un sistema de solapadas dádivas y castigos destinados a atraer o acallar a la opinión independiente. No éramos una dictadura pero sí una sociedad bajo un régimen paternalista que vivía entre la amenaza del control y el premio del subsidio. La tarea urgente era devolverle la iniciativa a la sociedad. Por todo esto, aunque *El laberinto de la soledad* es una apasionada denuncia de la sociedad moderna en sus dos versiones, la capitalista y la totalitaria, no termina predicando una vuelta al pasado. Al contrario, subraya que debemos pensar por nuestra cuenta para enfrentarse a un futuro que es el mismo para todos.

Universalidad, modernidad y democracia son hoy términos inseparables. Cada uno depende y exige la presencia de los otros. Éste ha sido el tema de todo lo que he escrito sobre México desde la publicación de *El laberinto de la soledad*. Ha sido un combate áspero y que ha durado demasiado tiempo. Un combate que ha puesto a prueba mi paciencia pues han menudeado los golpes bajos, las insinuaciones malévolas y las campañas calumniosas. La defensa de la modernidad democrática, debo confesarlo, no ha sido ni es fácil. En ningún momento he olvidado las injusticias y desastres de las sociedades liberales capitalistas. La sombra del

comunismo y sus prisiones pudo ocultar la realidad contemporánea; su caída nos las deja ver ahora en toda su desolación: el desierto se extiende y cubre la tierra entera. Entre las ruinas de la ideología totalitaria brotan ahora los viejos y feroces fanatismos. El presente me inspira el mismo horror que experimentaba en mi adolescencia ante el mundo moderno. *The Waste Land*, ese poema que tanto me impresionó cuando lo descubrí en 1931, sigue siendo profundamente actual. Una gangrena moral corroe a las democracias modernas. ¿Vivimos el fin de la modernidad? ¿Qué nos aguarda?... Me detengo: al llegar a este punto se cierra la reflexión sobre México y se abre la que se despliega en el siguiente volumen. Me contento con repetir: sí, los hijos de Quetzalcóatl y de Coatlicue, de Cortés y la Malinche, penetran ahora, por sus pies y no empujados por un extraño, en la historia de todos los hombres. La enseñanza de la Revolución mexicana se puede cifrar en esta frase: nos buscábamos a nosotros mismos y encontramos a los otros.

OCTAVIO PAZ

México, a 9 de diciembre de 1992

Advertencia

El peregrino en su patria reúne los textos que Octavio Paz ha escrito sobre México en los dominios de la historia, la antropología y la política. El presente volumen recoge parte de la segunda edición de Fondo de Cultura Económica, publicada en 1989, con el título de *México en la obra de Octavio Paz.* Sin embargo, el autor ha hecho cambios de diversa índole y ha modificado considerablemente la distribución de los textos, incluyendo algunos nuevos y pasando otros a los volúmenes siguientes.

Al final de cada uno de los ensayos que integran este volumen, el lector encontrará la información concerniente a la procedencia de los textos. Tras la fecha en que se escribió se da la referencia del libro donde se recogió o editó por primera vez y, excepcionalmente, de su anterior publicación en revista. Los libros de procedencia son los siguientes: *Hombres en su siglo y otros ensayos, El laberinto de la soledad, El ogro filantrópico, Pequeña crónica de grandes días, Las peras del olmo, Postdata* y *Tiempo nublado.*

For the Methode of a Poet historical is not such, as of an Historiographer. For an Historiographer discourseth of affayres orderly as they were donne, accounting as well the times as the actions, but a Poet thrusteth into the middest, even where it most concerneth him, and there recoursing to the thinges forepaste, and divining of things to come, maketh a pleasing Analysis of all.

EDMUND SPENSER

I
PASADOS

En las cenizas de sí misma envuelta.

JUAN DE JÁUREGUI

El laberinto de la soledad

Lo otro *no existe: tal es la fe racional, la incura-*
ble creencia de la razón humana. Identidad =
realidad, como si, a fin de cuentas, todo hubiera
de ser, absoluta y necesariamente, uno y lo mis-
mo. *Pero lo otro no se deja eliminar; subsiste,*
persiste; es el hueso duro de roer en que la razón
se deja los dientes. Abel Martín, con fe poética, no
menos humana que la fe racional, creía en lo
otro: *en «La esencial Heterogeneidad del ser»,*
como si dijéramos en la incurable otredad *que*
padece lo uno.

ANTONIO MACHADO

El pachuco y otros extremos

A todos, en algún momento, se nos ha revelado nuestra existencia como algo particular, intransferible y precioso. Casi siempre esta revelación se sitúa en la adolescencia. El descubrimiento de nosotros mismos se manifiesta como un sabernos solos; entre el mundo y nosotros se abre una impalpable, transparente muralla: la de nuestra conciencia. Es cierto que apenas nacemos nos sentimos solos; pero niños y adultos pueden transcender su soledad y olvidarse de sí mismos a través de juego o trabajo. En cambio, el adolescente, vacilante entre la infancia y la juventud, queda suspenso un instante ante la infinita riqueza del mundo. El adolescente se asombra de ser. Y al pasmo sucede la reflexión: inclinado sobre el río de su conciencia se pregunta si ese rostro que aflora lentamente del fondo, deformado por el agua, es el suyo. La singularidad de ser –pura sensación en el niño– se transforma en problema y pregunta, en conciencia interrogante.

A los pueblos en trance de crecimiento les ocurre algo parecido. Su ser se manifiesta como interrogación: ¿qué somos y cómo realizaremos eso que somos? Muchas veces las respuestas que damos a estas preguntas son desmentidas por la historia, acaso porque eso que llaman el «genio de los pueblos» sólo es un complejo de reacciones ante un estímulo dado; frente a circunstancias diversas, las respuestas pueden variar y con ellas el carácter nacional, que se pretendía inmutable. A pesar de la naturaleza casi siempre ilusoria de los ensayos de psicología nacional, me parece reveladora la insistencia con que en ciertos períodos los pueblos se vuelven sobre sí mismos y se interrogan. Despertar a la historia significa adquirir conciencia de nuestra singularidad, momento de reposo reflexivo antes de entregarnos al hacer. «Cuando soñamos que soñamos está próximo el despertar», dice Novalis. No importa, pues, que las respuestas que demos a nuestras preguntas sean luego corregidas por el tiempo; también el adolescente ignora las futuras transformaciones de ese rostro que ve en el agua: indescifrable a primera vista, como una piedra sagrada cubierta de incisiones y signos, la máscara del viejo es la historia de unas facciones amorfas, que un día emergieron confusas, extraídas en vilo por una mirada absorta. Por virtud de esa mirada las facciones se hicieron rostro y, más tarde, máscara, significación, historia.

La preocupación por el sentido de las singularidades de mi país, que comparto con muchos, me parecía hace tiempo superflua y peligrosa. En

lugar de interrogarnos a nosotros mismos, ¿no sería mejor crear, obrar sobre una realidad que no se entrega al que la contempla, sino al que es capaz de sumergirse en ella? Lo que nos puede distinguir del resto de los pueblos no es la siempre dudosa originalidad de nuestro carácter –fruto, quizá, de las circunstancias siempre cambiantes–, sino la de nuestras creaciones. Pensaba que una obra de arte o una acción concreta definen más al mexicano –no solamente en tanto que lo expresan, sino en cuanto, al expresarlo, lo recrean– que la más penetrante de las descripciones. Mi pregunta, como las de los otros, se me aparecía así como un pretexto de mi miedo a enfrentarme con la realidad; y todas las especulaciones sobre el pretendido carácter de los mexicanos, hábiles subterfugios de nuestra impotencia creadora. Creía, como Samuel Ramos, que el sentimiento de inferioridad influye en nuestra predilección por el análisis y que la escasez de nuestras creaciones se explica no tanto por un crecimiento de las facultades críticas a expensas de las creadoras, como por una instintiva desconfianza acerca de nuestras capacidades.

Pero así como el adolescente no puede olvidarse de sí mismo –pues apenas lo consigue deja de serlo– nosotros no podemos sustraernos a la necesidad de interrogarnos y contemplarnos. No quiero decir que el mexicano sea por naturaleza crítico, sino que atraviesa una etapa reflexiva. Es natural que después de la fase explosiva de la Revolución, el mexicano se recoja en sí mismo y, por un momento, se contemple. Las preguntas que todos nos hacemos ahora probablemente resulten incomprensibles dentro de cincuenta años. Nuevas circunstancias tal vez produzcan reacciones nuevas.

No toda la población que habita nuestro país es objeto de mis reflexiones, sino un grupo concreto, constituido por esos que, por razones diversas, tienen conciencia de su ser en tanto que mexicanos. Contra lo que se cree, este grupo es bastante reducido. En nuestro territorio conviven no sólo distintas razas y lenguas, sino varios niveles históricos. Hay quienes viven antes de la historia; otros, como los otomíes, desplazados por sucesivas invasiones, al margen de ella. Y sin acudir a estos extremos, varias épocas se enfrentan, se ignoran o se entredevoran sobre una misma tierra o separadas apenas por unos kilómetros. Bajo un mismo cielo, con héroes, costumbres, calendarios y nociones morales diferentes, viven «católicos de Pedro el Ermitaño y jacobinos de la Era Terciaria». Las épocas viejas nunca desaparecen completamente y todas las heridas, aun las más antiguas, manan sangre todavía. A veces, como las pirámides precortesianas que ocultan casi siempre otras, en una sola ciudad o en una

sola alma se mezclan y superponen nociones y sensibilidades enemigas o distantes[1].

La minoría de mexicanos que poseen conciencia de sí no constituye una clase inmóvil o cerrada. No solamente es la única activa –frente a la inercia indoespañola del resto– sino que cada día modela más el país a su imagen. Y crece, conquista a México. Todos pueden llegar a sentirse mexicanos. Basta, por ejemplo, con que cualquiera cruce la frontera para que, obscuramente, se haga las mismas preguntas que se hizo Samuel Ramos en *El perfil del hombre y la cultura en México*. Y debo confesar que muchas de las reflexiones que forman parte de este ensayo nacieron fuera de México, durante dos años de estancia en los Estados Unidos. Recuerdo que cada vez que me inclinaba sobre la vida norteamericana, deseoso de encontrarle sentido, me encontraba con mi imagen interrogante. Esa imagen, destacada sobre el fondo reluciente de los Estados Unidos, fue la primera y quizá la más profunda de las respuestas que dio ese país a mis preguntas. Por eso, al intentar explicarme algunos de los rasgos del mexicano de nuestros días, principio con esos para quienes serlo es un problema de verdad vital, un problema de vida o muerte.

Al iniciar mi vida en los Estados Unidos residí algún tiempo en Los Ángeles, ciudad habitada por más de un millón de personas de origen mexicano. A primera vista sorprende al viajero –además de la pureza del cielo y de la fealdad de las dispersas y ostentosas construcciones– la atmósfera vagamente mexicana de la ciudad, imposible de apresar con palabras o conceptos. Esta mexicanidad –gusto por los adornos, descuido y fausto, negligencia, pasión y reserva– flota en el aire. Y digo que flota porque no se mezcla ni se funde con el otro mundo, el mundo norteamericano, hecho de precisión y eficacia. Flota, pero no se opone; se balancea, impulsada por el viento, a veces desgarrada como una nube, otras erguida como un cohete que asciende. Se arrastra, se pliega, se expande, se

1. Nuestra historia reciente abunda en ejemplos de esta superposición y convivencia de diversos niveles históricos: el neofeudalismo porfirista (uso este término en espera del historiador que clasifique al fin en su originalidad nuestras etapas históricas) sirviéndose del positivismo, filosofía burguesa, para justificarse históricamente; Caso y Vasconcelos –iniciadores intelectuales de la Revolución– utilizando las ideas de Boutroux y Bergson para combatir al positivismo porfirista; la Educación Socialista en un país de incipiente capitalismo; los frescos revolucionarios en los muros gubernamentales... Todas estas aparentes contradicciones exigen un nuevo examen de nuestra historia y nuestra cultura, confluencia de muchas corrientes y épocas.

contrae, duerme o sueña, hermosura harapienta. Flota: no acaba de ser, no acaba de desaparecer.

Algo semejante ocurre con los mexicanos que uno encuentra en la calle. Aunque tengan muchos años de vivir allí, usen la misma ropa, hablen el mismo idioma y sientan vergüenza de su origen, nadie los confundiría con los norteamericanos auténticos. Y no se crea que los rasgos físicos son tan determinantes como vulgarmente se piensa. Lo que me parece distinguirlos del resto de la población es su aire furtivo e inquieto, de seres que se disfrazan, de seres que temen la mirada ajena, capaz de desnudarlos y dejarlos en cueros. Cuando se habla con ellos se advierte que su sensibilidad se parece a la del péndulo, un péndulo que ha perdido la razón y que oscila con violencia y sin compás. Este estado de espíritu –o de ausencia de espíritu– ha engendrado lo que se ha dado en llamar el *pachuco*. Como es sabido, los pachucos son bandas de jóvenes, generalmente de origen mexicano, que viven en las ciudades del sur y que se singularizan tanto por su vestimenta como por su conducta y su lenguaje. Rebeldes instintivos, contra ellos se ha cebado más de una vez el racismo norteamericano. Pero los pachucos no reivindican su raza ni la nacionalidad de sus antepasados. A pesar de que su actitud revela una obstinada y casi fanática voluntad de ser, esa voluntad no afirma nada concreto sino la decisión –ambigua, como se verá– de no ser como los otros que los rodean. El pachuco no quiere volver a su origen mexicano; tampoco –al menos en apariencia– desea fundirse a la vida norteamericana. Todo en él es impulso que se niega a sí mismo, nudo de contradicciones, enigma. Y el primer enigma es su nombre mismo: *pachuco*, vocablo de incierta filiación, que dice nada y dice todo. ¡Extraña palabra, que no tiene significado preciso o que, más exactamente, está cargada, como todas las creaciones populares, de una pluralidad de significados! Queramos o no, estos seres son mexicanos, uno de los extremos a que puede llegar el mexicano.

Incapaces de asimilar una civilización que, por lo demás, los rechaza, los pachucos no han encontrado más respuesta a la hostilidad ambiente que esta exasperada afirmación de su personalidad[1]. Otras comunidades reaccionan de modo distinto; los negros, por ejemplo, perseguidos por la into-

1. En los últimos años han surgido en los Estados Unidos muchas bandas de jóvenes que recuerdan a los pachucos de la postguerra. No podía ser de otro modo; por una parte la sociedad norteamericana se cierra al exterior; por la otra, interiormente, se petrifica. La vida no puede penetrarla; rechazada, se desperdicia, corre por las afueras, sin fin propio. Vida al margen, informe, sí, pero vida que busca su verdadera forma.

lerancia racial, se esfuerzan por «pasar la línea» e ingresar a la sociedad. Quieren ser como los otros ciudadanos. Los mexicanos han sufrido una repulsa menos violenta, pero lejos de intentar una problemática adaptación a los modelos ambientes, afirman sus diferencias, las subrayan, procuran hacerlas notables. A través de un dandismo grotesco y de una conducta anárquica, señalan no tanto la injusticia o la incapacidad de una sociedad que no ha logrado asimilarlos, como su voluntad personal de seguir siendo distintos.

No importa conocer las causas de este conflicto y menos saber si tienen remedio o no. En muchas partes existen minorías que no gozan de las mismas oportunidades que el resto de la población. Lo característico del hecho reside en este obstinado querer ser distinto, en esta angustiosa tensión con que el mexicano desvalido –huérfano de valedores y de valores– afirma sus diferencias frente al mundo. El pachuco ha perdido toda su herencia: lengua, religión, costumbres, creencias. Sólo le queda un cuerpo y un alma a la intemperie, inerme ante todas las miradas. Su disfraz lo protege y, al mismo tiempo, lo destaca y aísla: lo oculta y lo exhibe.

Con su traje –deliberadamente estético y sobre cuyas obvias significaciones no es necesario detenerse–, no pretende manifestar su adhesión a secta o agrupación alguna. El pachuquismo es una sociedad abierta –en ese país en donde abundan religiones y atavíos tribales, destinados a satisfacer el deseo del norteamericano medio de sentirse parte de algo más vivo y concreto que la abstracta moralidad de la *American way of life*. El traje del pachuco no es un uniforme ni un ropaje ritual. Es, simplemente, una moda. Como todas las modas está hecha de novedad –madre de la muerte, decía Leopardi– e imitación.

La novedad del traje reside en su exageración. El pachuco lleva la moda a sus últimas consecuencias y la vuelve estética. Ahora bien, uno de los principios que rigen a la moda norteamericana es la comodidad; al volver estético el traje corriente, el pachuco lo vuelve «impráctico». Niega así los principios mismos en que su modelo se inspira. De ahí su agresividad.

Esta rebeldía no pasa de ser un gesto vano, pues es una exageración de los modelos contra los que pretende rebelarse y no una vuelta a los atavíos de sus antepasados –o una invención de nuevos ropajes. Generalmente los excéntricos subrayan con sus vestiduras la decisión de separarse de la sociedad, ya para constituir nuevos y más cerrados grupos, ya para afirmar su singularidad. En el caso de los pachucos se advierte una ambigüedad: por una parte, su ropa los aísla y distingue; por la otra, esa misma ropa constituye un homenaje a la sociedad que pretenden negar.

La dualidad anterior se expresa también de otra manera, acaso más honda: el pachuco es un *clown* impasible y siniestro, que no intenta hacer reír y que procura aterrorizar. Esta actitud sádica se alía a un deseo de autohumillación, que me parece constituir el fondo mismo de su carácter: sabe que sobresalir es peligroso y que su conducta irrita a la sociedad; no importa, busca, atrae la persecución y el escándalo. Sólo así podrá establecer una relación más viva con la sociedad que provoca: víctima, podrá ocupar un puesto en ese mundo que hasta hace poco lo ignoraba; delincuente, será uno de sus héroes malditos.

La irritación del norteamericano procede, a mi juicio, de que ve en el pachuco un ser mítico y por lo tanto virtualmente peligroso. Su peligrosidad brota de su singularidad. Todos coinciden en ver en él algo híbrido, perturbador y fascinante. En torno suyo se crea una constelación de nociones ambivalentes: su singularidad parece nutrirse de poderes alternativamente nefastos o benéficos. Unos le atribuyen virtudes eróticas poco comunes; otros, una perversión que no excluye la agresividad. Figura portadora del amor y la dicha o del horror y la abominación, el pachuco parece encarnar la libertad, el desorden, lo prohibido. Algo, en suma, que debe ser suprimido; alguien, también, con quien sólo es posible tener un contacto secreto, a obscuras.

Pasivo y desdeñoso, el pachuco deja que se acumulen sobre su cabeza todas estas representaciones contradictorias, hasta que, no sin dolorosa autosatisfacción, estallan en una pelea de cantina, en un *raid* o en un motín. Entonces, en la persecución, alcanza su autenticidad, su verdadero ser, su desnudez suprema, de paria, de hombre que no pertenece a parte alguna. El ciclo, que empieza con la provocación, se cierra: ya está listo para la redención, para el ingreso a la sociedad que lo rechazaba. Ha sido su pecado y su escándalo; ahora, que es víctima, se le reconoce al fin como lo que es: su producto, su hijo. Ha encontrado al fin nuevos padres.

Por caminos secretos y arriesgados el pachuco intenta ingresar a la sociedad norteamericana. Mas él mismo se veda el acceso. Desprendido de su cultura tradicional, el pachuco se afirma un instante como soledad y reto. Niega a la sociedad de que procede y a la norteamericana. El pachuco se lanza al exterior, pero no para fundirse con lo que lo rodea, sino para retarlo. Gesto suicida, pues el pachuco no afirma nada, no defiende nada, excepto su exasperada voluntad de no-ser. No es una intimidad que se vierte, sino una llaga que se muestra, una herida que se exhibe. Una herida que también es un adorno bárbaro, caprichoso y grotesco; una herida que se ríe de sí misma y que se engalana para ir de cacería. El pachu-

co es la presa que se adorna para llamar la atención de los cazadores. La persecución lo redime y rompe su soledad: su salvación depende del acceso a esa misma sociedad que aparenta negar. Soledad y pecado, comunión y salud, se convierten en términos equivalentes[1].

Si esto ocurre con personas que hace mucho tiempo abandonaron su patria, que apenas si hablan el idioma de sus antepasados y para quienes esas secretas raíces que atan al hombre con su cultura se han secado casi por completo, ¿qué decir de los otros? Su reacción no es tan enfermiza, pero pasado el primer deslumbramiento que produce la grandeza de ese país, todos se colocan de modo instintivo en una actitud crítica, nunca de entrega. Recuerdo que una amiga a quien hacía notar la belleza de Berkeley, me decía: «Sí, esto es muy hermoso, pero no logro comprenderlo del todo. Aquí hasta los pájaros hablan en inglés. ¿Cómo quieres que me gusten las flores si no conozco su nombre verdadero, su nombre inglés, un nombre que se ha fundido ya a los colores y a los pétalos, un nombre que ya es la cosa misma? Si yo digo bugambilia, tú piensas en las que has visto en tu pueblo, trepando un fresno, moradas y litúrgicas, o sobre un muro, cierta tarde, bajo una luz plateada. Y la bugambilia forma parte de tu ser, es una parte de tu cultura, es eso que recuerdas después de haberlo olvidado. Esto es muy hermoso, pero no es mío, porque lo que dicen el ciruelo y los eucaliptus no lo dicen para mí, ni a mí me lo dicen».

Sí, nos encerramos en nosotros mismos, hacemos más profunda y exacerbada la conciencia de todo lo que nos separa, nos aísla o nos distingue. Y nuestra soledad aumenta porque no buscamos a nuestros compatriotas, sea por temor a contemplarnos en ellos, sea por un penoso sentimiento defensivo de nuestra intimidad. El mexicano, fácil a la efusión sentimen-

1. Sin duda en la figura del pachuco hay muchos elementos que no aparecen en esta descripción. Pero el hibridismo de su lenguaje y de su porte me parecen indudable reflejo de una oscilación psíquica entre dos mundos irreductibles y que vanamente quiere conciliar y superar: el norteamericano y el mexicano. El pachuco no quiere ser mexicano, pero tampoco yanqui. Cuando llegué a Francia, en 1945, observé con asombro que la moda de los muchachos y muchachas de ciertos barrios –especialmente entre estudiantes y «artistas»– recordaba a la de los pachucos del sur de California. ¿Era una rápida e imaginativa adaptación de lo que esos jóvenes, aislados durante años, pensaban que era la moda norteamericana? Pregunté a varias personas. Casi todas me dijeron que esa moda era exclusivamente francesa y que había sido creada al fin de la ocupación. Algunos llegaban hasta a considerarla como una de las formas de la Resistencia; su fantasía y barroquismo eran una respuesta al orden de los alemanes. Aunque no excluyo la posibilidad de una imitación más o menos indirecta, la coincidencia me parece notable y significativa.

tal, la rehúye. Vivimos ensimismados, como esos adolescentes taciturnos
—y, de paso, diré que apenas si he encontrado esa especie entre los jóve-
nes norteamericanos— dueños de no se sabe qué secreto, guardado por
una apariencia hosca, pero que espera sólo el momento propicio para re-
velarse.

No quisiera extenderme en la descripción de estos sentimientos ni en la
aparición, muchas veces simultánea, de estados deprimidos o frenéticos.
Todos ellos tienen en común el ser irrupciones inesperadas, que rompen un
equilibrio difícil, hecho de la imposición de formas que nos oprimen o mu-
tilan. La existencia de un sentimiento de real o supuesta inferioridad fren-
te al mundo podría explicar, parcialmente al menos, la reserva con que el
mexicano se presenta ante los demás y la violencia inesperada con que las
fuerzas reprimidas rompen esa máscara impasible. Pero más vasta y pro-
funda que el sentimiento de inferioridad, yace la soledad. Es imposible
identificar ambas actitudes: sentirse solo no es sentirse inferior, sino distin-
to. El sentimiento de soledad, por otra parte, no es una ilusión —como a ve-
ces lo es el de inferioridad— sino la expresión de un hecho real: somos, de
verdad, distintos. Y, de verdad, estamos solos.

No es el momento de analizar este profundo sentimiento de soledad
que se afirma y se niega, alternativamente, en la melancolía y el júbilo, en
el silencio y el alarido, en el crimen gratuito y el fervor religioso. En to-
dos lados el hombre está solo. Pero la soledad del mexicano, bajo la gran
noche de piedra de la Altiplanicie, poblada todavía de dioses insaciables,
es diversa a la del norteamericano, extraviado en un mundo abstracto
de máquinas, conciudadanos y preceptos morales. En el valle de México
el hombre se siente suspendido entre el cielo y la tierra y oscila entre
poderes y fuerzas contrarias, ojos petrificados, bocas que devoran. La
realidad, esto es, el mundo que nos rodea, existe por sí misma, tiene vida
propia y no ha sido inventada, como en los Estados Unidos, por el hom-
bre. El mexicano se siente arrancado del seno de esa realidad, a un tiem-
po creadora y destructora, Madre y Tumba. Ha olvidado el nombre, la
palabra que lo liga a todas esas fuerzas en que se manifiesta la vida. Por
eso grita o calla, apuñalea o reza, se echa a dormir cien años.

La historia de México es la del hombre que busca su filiación, su ori-
gen. Sucesivamente afrancesado, hispanista, indigenista, *pocho*, cruza la
historia como un cometa de jade, que de vez en cuando relampaguea. En
su excéntrica carrera ¿qué persigue? Va tras su catástrofe: quiere volver a
ser sol, volver al centro de la vida de donde un día —¿en la Conquista o
en la Independencia?— fue desprendido. Nuestra soledad tiene las mismas

raíces que el sentimiento religioso. Es una orfandad, una obscura conciencia de que hemos sido arrancados del Todo y una ardiente búsqueda: una fuga y un regreso, tentativa por restablecer los lazos que nos unían a la creación.

Nada más alejado de este sentimiento que la soledad del norteamericano. En ese país el hombre no se siente arrancado del centro de la creación ni suspendido entre fuerzas enemigas. El mundo ha sido construido por él y está hecho a su imagen: es su espejo. Pero ya no se reconoce en esos objetos inhumanos, ni tampoco en sus semejantes. Como el mago inexperto, sus creaciones ya no le obedecen. Está solo entre sus obras, perdido en un «páramo de espejos», como dice José Gorostiza.

Algunos pretenden que todas las diferencias entre los norteamericanos y nosotros son económicas, esto es, que ellos son ricos y nosotros pobres, que ellos nacieron en la democracia, el capitalismo y la Revolución industrial y nosotros en la Contrarreforma, el monopolio y el feudalismo. Por más profunda y determinante que sea la influencia del sistema de producción en la creación de la cultura, me rehúso a creer que bastará con que poseamos una industria pesada y vivamos libres de todo imperialismo económico para que desaparezcan nuestras diferencias (más bien espero lo contrario y en esa posibilidad veo una de las grandezas de la Revolución). Mas ¿para qué buscar en la historia una respuesta que sólo nosotros podemos dar? Si somos nosotros los que nos sentimos distintos, ¿qué nos hace diferentes, y en qué consisten esas diferencias?

Voy a insinuar una respuesta que quizá no sea del todo satisfactoria. Con ella no pretendo sino aclararme a mí mismo el sentido de algunas experiencias y admito que tal vez no tenga más valor que el de constituir una respuesta personal a una pregunta personal.

Cuando llegué a los Estados Unidos me asombró por encima de todo la seguridad y la confianza de la gente, su aparente alegría y su aparente conformidad con el mundo que los rodeaba. Esta satisfacción no impide, claro está, la crítica –una crítica valerosa y decidida, que no es muy frecuente en los países del sur, en donde prolongadas dictaduras nos han hecho más cautos para expresar nuestros puntos de vista. Pero esa crítica respeta la estructura de los sistemas y nunca desciende hasta las raíces. Recordé entonces aquella distinción que hacía Ortega y Gasset entre los usos y los abusos, para definir lo que llamaba «espíritu revolucionario». El revolucionario es siempre radical, quiero decir, no anhela corregir los abusos, sino los usos mismos. Casi todas las críticas que escuché en labios de norteamericanos eran de carácter reformista: dejaban intacta

la estructura social o cultural y sólo tendían a limitar o a perfeccionar estos o aquellos procedimientos. Me pareció entonces –y me sigue pareciendo todavía– que los Estados Unidos son una sociedad que quiere realizar sus ideales, que no desea cambiarlos por otros y que, por más amenazador que le parezca el futuro, tiene confianza en su supervivencia. No quisiera discutir ahora si este sentimiento se encuentra justificado por la realidad o por la razón, sino solamente señalar su existencia. Esta confianza en la bondad natural de la vida, o en la infinita riqueza de sus posibilidades, es cierto que no se encuentra en la más reciente literatura norteamericana, que más bien se complace en la pintura de un mundo sombrío, pero era visible en la conducta, en las palabras y aun en el rostro de casi todas las personas que trataba[1].

Por otra parte, se me había hablado del realismo americano y, también, de su ingenuidad, cualidades que al parecer se excluyen. Para nosotros un realista siempre es un pesimista. Y una persona ingenua no puede serlo mucho tiempo si de veras contempla la vida con realismo. ¿No sería más exacto decir que los norteamericanos no desean tanto conocer la realidad como utilizarla? En algunos casos –por ejemplo, ante la muerte– no sólo no quieren conocerla sino que visiblemente evitan su idea. Conocí algunas señoras ancianas que todavía tenían ilusiones y que hacían planes para el futuro, como si éste fuera inagotable. Desmentían así aquella frase de Nietzsche, que condena a las mujeres a un precoz escepticismo, porque «en tanto que los hombres tienen ideales, las mujeres sólo tienen ilusiones». Así pues, el realismo americano es de una especie muy particular y su ingenuidad no excluye el disimulo y aun la hipocresía. Una hipocresía que si es un vicio del carácter también es una tendencia del pensamiento, pues consiste en la negación de todos aquellos aspectos de la realidad que nos parecen desagradables, irracionales o repugnantes.

La contemplación del horror, y aun la familiaridad y la complacencia en su trato, constituyen contrariamente uno de los rasgos más notables del carácter mexicano. Los Cristos ensangrentados de las iglesias pueblerinas, el humor macabro de ciertos encabezados de los diarios, los «velorios», la costumbre de comer el 2 de noviembre panes y dulces que fin-

1. Estas líneas fueron escritas antes de que la opinión pública se diese clara cuenta del peligro de aniquilamiento universal que entrañan las armas nucleares. Desde entonces los norteamericanos han perdido su optimismo pero no su confianza, una confianza hecha de resignación y obstinación. En realidad, aunque muchos lo afirman de labios para afuera, nadie cree –nadie quiere creer– que la amenaza es real e inmediata.

gen huesos y calaveras, son hábitos, heredados de indios y españoles, inseparables de nuestro ser. Nuestro culto a la muerte es culto a la vida, del mismo modo que el amor, que es hambre de vida, es anhelo de muerte. El gusto por la autodestrucción no se deriva nada más de tendencias masoquistas, sino también de una cierta religiosidad.

Y no terminan aquí nuestras diferencias. Ellos son crédulos, nosotros creyentes; aman los cuentos de hadas y las historias policíacas, nosotros los mitos y las leyendas. Los mexicanos mienten por fantasía, por desesperación o para superar su vida sórdida; ellos no mienten, pero substituyen la verdad verdadera, que es siempre desagradable, por una verdad social. Nos emborrachamos para confesarnos; ellos para olvidarse. Son optimistas; nosotros nihilistas –sólo que nuestro nihilismo no es intelectual, sino una reacción instintiva: por lo tanto es irrefutable. Los mexicanos son desconfiados; ellos abiertos. Nosotros somos tristes y sarcásticos; ellos alegres y humorísticos. Los norteamericanos quieren comprender; nosotros contemplar. Son activos; nosotros quietistas: disfrutamos de nuestras llagas como ellos de sus inventos. Creen en la higiene, en la salud, en el trabajo, en la felicidad, pero tal vez no conocen la verdadera alegría, que es una embriaguez y un torbellino. En el alarido de la noche de fiesta nuestra voz estalla en luces y vida y muerte se confunden; su vitalidad se petrifica en una sonrisa: niega la vejez y la muerte, pero inmoviliza la vida.

¿Y cuál es la raíz de tan contrarias actitudes? Me parece que para los norteamericanos el mundo es algo que se puede perfeccionar; para nosotros, algo que se puede redimir. Ellos son modernos. Nosotros, como sus antepasados puritanos, creemos que el pecado y la muerte constituyen el fondo último de la naturaleza humana. Sólo que el puritano identifica la pureza con la salud. De ahí el ascetismo que purifica, y sus consecuencias: el culto al trabajo por el trabajo, la vida sobria –a pan y agua–, la inexistencia del cuerpo en tanto que posibilidad de perderse –o encontrarse– en otro cuerpo. Todo contacto contamina. Razas, ideas, costumbres, cuerpos extraños llevan en sí gérmenes de perdición e impureza. La higiene social completa la del alma y la del cuerpo. En cambio los mexicanos, antiguos o modernos, creen en la comunión y en la fiesta; no hay salud sin contacto. Tlazoltéotl, la diosa azteca de la inmundicia y la fecundidad, de los humores terrestres y humanos, era también la diosa de los baños de vapor, del amor sexual y de la confesión. Y no hemos cambiado tanto: el catolicismo también es comunión.

Ambas actitudes me parecen irreconciliables y, en su estado actual, insuficientes. Mentiría si dijera que alguna vez he visto transformado el sen-

timiento de culpa en otra cosa que no sea rencor, solitaria desesperación o ciega idolatría. La religiosidad de nuestro pueblo es muy profunda –tanto como su inmensa miseria y desamparo– pero su fervor no hace sino darle vueltas a una noria exhausta desde hace siglos. Mentiría también si dijera que creo en la fertilidad de una sociedad fundada en la imposición de ciertos principios modernos. La historia contemporánea invalida la creencia en el hombre como una criatura capaz de ser modificada esencialmente por estos o aquellos instrumentos pedagógicos o sociales. El hombre no es solamente fruto de la historia y de las fuerzas que la mueven, como se pretende ahora; tampoco la historia es el resultado de la sola voluntad humana –presunción en que se funda, implícitamente, el sistema de vida norteamericano. El hombre, me parece, no está en la historia: es historia.

El sistema norteamericano sólo quiere ver la parte positiva de la realidad. Desde la infancia se somete a hombres y mujeres a un inexorable proceso de adaptación; ciertos principios, contenidos en breves fórmulas, son repetidos sin cesar por la prensa, la radio, las iglesias, las escuelas y esos seres bondadosos y siniestros que son las madres y esposas norteamericanas. Presos en esos esquemas, como la planta en una maceta que la ahoga, el hombre y la mujer nunca crecen o maduran. Semejante confabulación no puede sino provocar violentas rebeliones individuales. La espontaneidad se venga en mil formas, sutiles o terribles. La máscara benevolente, atenta y desierta, que substituye a la movilidad dramática del rostro humano, y la sonrisa que la fija casi dolorosamente, muestran hasta qué punto la intimidad puede ser devastada por la árida victoria de los principios sobre los instintos. El sadismo subyacente en casi todas las formas de relación de la sociedad norteamericana contemporánea, acaso no sea sino una manera de escapar a la petrificación que impone la moral de la pureza aséptica. Y las religiones nuevas, las sectas, la embriaguez que libera y abre las puertas de la «vida». Es sorprendente la significación casi fisiológica y destructiva de esa palabra: vivir quiere decir excederse, romper normas, ir hasta el fin (¿de qué?), «experimentar sensaciones». Cohabitar es una «experiencia» (por eso mismo unilateral y frustrada). Pero no es el objeto de estas líneas describir esas reacciones. Baste decir que todas ellas, como las opuestas mexicanas, me parecen reveladoras de nuestra común incapacidad para reconciliarnos con el fluir de la vida.

Un examen de los grandes mitos humanos relativos al origen de la especie y al sentido de nuestra presencia en la tierra, revela que toda cul-

tura –entendida como creación y participación común de valores– parte
de la convicción de que el orden del universo ha sido roto o violado por
el hombre, ese intruso. Por el «hueco» o abertura de la herida que el
hombre ha infligido en la carne compacta del mundo, puede irrumpir de
nuevo el caos, que es el estado antiguo y, por decirlo así, *natural* de la
vida. El regreso «del antiguo Desorden Original» es una amenaza que ob-
sesiona a todas las conciencias de todos los tiempos. Hölderlin expresa en
varios poemas el pavor ante la fatal seducción que ejerce sobre el univer-
so y sobre el hombre la gran boca vacía del caos:

> ... si, fuera del camino recto,
> como caballos furiosos, se desbocan los Elementos
> cautivos y las antiguas
> leyes de la Tierra. *Y un deseo de volver a lo informe*
> *brota incesante.* Hay mucho
> que defender. Hay que ser fieles[1].

Hay que ser fieles, porque hay *mucho que defender.* El hombre cola-
bora activamente a la defensa del orden universal, sin cesar amenazado
por lo informe. Y cuando éste se derrumba debe crear uno nuevo, esta
vez suyo. Pero el exilio, la expiación y la penitencia deben preceder a la
reconciliación del hombre con el universo. Ni mexicanos ni norteameri-
canos hemos logrado esta reconciliación. Y lo que es más grave, temo que
hayamos perdido el sentido mismo de toda actividad humana: asegurar la
vigencia de un orden en que coincidan la conciencia y la inocencia, el
hombre y la naturaleza. Si la soledad del mexicano es la de las aguas es-
tancadas, la del norteamericano es la del espejo. Hemos dejado de ser
fuentes.

Es posible que lo que llamamos pecado no sea sino la expresión mítica
de la conciencia de nosotros mismos, de nuestra soledad. Recuerdo que
en España, durante la guerra, tuve la revelación de «otro hombre» y de
otra clase de soledad: ni cerrada ni maquinal, sino abierta a la transcen-
dencia. Sin duda la cercanía de la muerte y la fraternidad de las armas pro-
ducen, en todos los tiempos y en todos los países, una atmósfera propicia
a lo extraordinario, a todo aquello que sobrepasa la condición humana y
rompe el círculo de soledad que rodea a cada hombre. Pero en aquellos
rostros –rostros obtusos y obstinados, brutales y groseros, semejantes a

1. *Los frutos maduros.*

los que, sin complacencia y con un realismo, acaso encarnizado, nos ha dejado la pintura española– había algo como una desesperación esperanzada, algo muy concreto y al mismo tiempo muy universal. No he visto después rostros parecidos.

Mi testimonio puede ser tachado de ilusorio. Considero inútil detenerme en esa objeción: esa evidencia ya forma parte de mi ser. Pensé entonces –y lo sigo pensando– que en aquellos hombres amanecía «otro hombre». El sueño español –no por español, sino por universal y, al mismo tiempo, por concreto, porque era un sueño de carne y hueso y ojos atónitos– fue luego roto y manchado. Y los rostros que vi han vuelto a ser lo que eran antes de que se apoderase de ellos aquella alborozada seguridad (¿en qué: en la vida o en la muerte?): rostros de gente humilde y ruda. Pero su recuerdo no me abandona. Quien ha visto la Esperanza, no la olvida. La busca bajo todos los cielos y entre todos los hombres. Y sueña que un día va a encontrarla de nuevo, no sabe dónde, acaso entre los suyos. En cada hombre late la posibilidad de ser o, más exactamente, *de volver a ser*, otro hombre.

Máscaras mexicanas

*Corazón apasionado
disimula tu tristeza.*

CANCIÓN POPULAR

Viejo o adolescente, criollo o mestizo, general, obrero o licenciado, el mexicano se me aparece como un ser que se encierra y se preserva: máscara el rostro y máscara la sonrisa. Plantado en su arisca soledad, espinoso y cortés a un tiempo, todo le sirve para defenderse: el silencio y la palabra, la cortesía y el desprecio, la ironía y la resignación. Tan celoso de su intimidad como de la ajena, ni siquiera se atreve a rozar con los ojos al vecino: una mirada puede desencadenar la cólera de esas almas cargadas de electricidad. Atraviesa la vida como desollado; todo puede herirle, palabras y sospecha de palabras. Su lenguaje está lleno de reticencias, de figuras y alusiones, de puntos suspensivos; en su silencio hay repliegues, matices, nubarrones, arcoíris súbitos, amenazas indescifrables. Aun en la disputa prefiere la expresión velada a la injuria: «al buen entendedor pocas palabras». En suma, entre la realidad y su persona establece una muralla, no por invisible menos infranqueable, de impasibilidad y lejanía. El mexicano siempre está lejos, lejos del mundo y de los demás. Lejos, también, de sí mismo.

El lenguaje popular refleja hasta qué punto nos defendemos del exterior: el ideal de la «hombría» consiste en no «rajarse» nunca. Los que se «abren» son cobardes. Para nosotros, contrariamente a lo que ocurre con otros pueblos, abrirse es una debilidad o una traición. El mexicano puede doblarse, humillarse, «agacharse», pero no «rajarse», esto es, permitir que el mundo exterior penetre en su intimidad. El «rajado» es de poco fiar, un traidor o un hombre de dudosa fidelidad, que cuenta los secretos y es incapaz de afrontar los peligros como se debe. Las mujeres son seres inferiores porque, al entregarse, se abren. Su inferioridad es constitucional y radica en su sexo, en su «rajada», herida que jamás cicatriza.

El hermetismo es un recurso de nuestro recelo y desconfianza. Muestra que instintivamente consideramos peligroso al medio que nos rodea. Esta reacción se justifica si se piensa en lo que ha sido nuestra historia y en el carácter de la sociedad que hemos creado. La dureza y hostilidad del ambiente –y esa amenaza, escondida e indefinible, que siempre flota en el

aire– nos obligan a cerrarnos al exterior, como esas plantas de la meseta que acumulan sus jugos tras una cáscara espinosa. Pero esta conducta, legítima en su origen, se ha convertido en un mecanismo que funciona solo, automáticamente. Ante la simpatía y la dulzura nuestra respuesta es la reserva, pues no sabemos si esos sentimientos son verdaderos o simulados. Y además, nuestra integridad masculina corre tanto peligro ante la benevolencia como ante la hostilidad. Toda abertura de nuestro ser entraña una dimisión de nuestra hombría.

Nuestras relaciones con los otros hombres también están teñidas de recelo. Cada vez que el mexicano se confía a un amigo o a un conocido, cada vez que se «abre», abdica. Y teme que el desprecio del confidente siga a su entrega. Por eso la confidencia deshonra y es tan peligrosa para el que la hace como para el que la escucha; no nos ahogamos en la fuente que nos refleja, como Narciso, sino que la cegamos. Nuestra cólera no se nutre nada más del temor de ser utilizados por nuestros confidentes –temor general a todos los hombres– sino de la vergüenza de haber renunciado a nuestra soledad. El que se confía, se enajena; «me he vendido con Fulano», decimos cuando nos confiamos a alguien que no lo merece. Esto es, nos hemos «rajado», alguien ha penetrado en el castillo fuerte. La distancia entre hombre y hombre, creadora del mutuo respeto y la mutua seguridad, ha desaparecido. No solamente estamos a merced del intruso, sino que hemos abdicado.

Todas estas expresiones revelan que el mexicano considera la vida como lucha, concepción que no lo distingue del resto de los hombres modernos. El ideal de hombría para otros pueblos consiste en una abierta y agresiva disposición al combate; nosotros acentuamos el carácter defensivo, listos a repeler el ataque. El «macho» es un ser hermético, encerrado en sí mismo, capaz de guardarse y guardar lo que se le confía. La hombría se mide por la invulnerabilidad ante las armas enemigas o ante los impactos del mundo exterior. El estoicismo es la más alta de nuestras virtudes guerreras y políticas. Nuestra historia está llena de frases y episodios que revelan la indiferencia de nuestros héroes ante el dolor o el peligro. Desde niños nos enseñan a sufrir con dignidad las derrotas, concepción que no carece de grandeza. Y si no todos somos estoicos e impasibles –como Juárez y Cuauhtémoc– al menos procuramos ser resignados, pacientes y sufridos. La resignación es una de nuestras virtudes populares. Más que el brillo de la victoria nos conmueve la entereza ante la adversidad.

La preeminencia de lo cerrado frente a lo abierto no se manifiesta sólo como impasibilidad y desconfianza, ironía y recelo, sino como amor a la

forma. Ésta contiene y encierra a la intimidad, impide sus excesos, reprime sus explosiones, la separa y aísla, la preserva. La doble influencia indígena y española se conjugan en nuestra predilección por la ceremonia, las fórmulas y el orden. El mexicano, contra lo que supone una superficial interpretación de nuestra historia, aspira a crear un mundo ordenado conforme a principios claros. La agitación y encono de nuestras luchas políticas prueba hasta qué punto las nociones jurídicas juegan un papel importante en nuestra vida pública. Y en la de todos los días el mexicano es un hombre que se esfuerza por ser formal y que muy fácilmente se convierte en formulista. Y es explicable. El orden –jurídico, social, religioso o artístico– constituye una esfera segura y estable. En su ámbito basta con ajustarse a los modelos y principios que regulan la vida; nadie, para manifestarse, necesita recurrir a la continua invención que exige una sociedad libre. Quizá nuestro tradicionalismo –que es una de las constantes de nuestro ser y lo que da coherencia y antigüedad a nuestro pueblo– parte del amor que profesamos a la forma.

Las complicaciones rituales de la cortesía, la persistencia del humanismo clásico, el gusto por las formas cerradas en la poesía (el soneto y la décima, por ejemplo), nuestro amor por la geometría en las artes decorativas, por el dibujo y la composición en la pintura, la pobreza de nuestro romanticismo frente a la excelencia de nuestro arte barroco, el formalismo de nuestras instituciones políticas y, en fin, la peligrosa inclinación que mostramos por las fórmulas –sociales, morales y burocráticas–, son otras tantas expresiones de esta tendencia de nuestro carácter. El mexicano no sólo no se abre; tampoco se derrama.

A veces las formas nos ahogan. Durante el siglo pasado los liberales vanamente intentaron someter la realidad del país a la camisa de fuerza de la Constitución de 1857. Los resultados fueron la Dictadura de Porfirio Díaz y la Revolución de 1910. En cierto sentido la historia de México, como la de cada mexicano, consiste en una lucha entre las formas y fórmulas en que se pretende encerrar a nuestro ser y las explosiones con que nuestra espontaneidad se venga. Pocas veces la forma ha sido una creación original, un equilibrio alcanzado no a expensas sino gracias a la expresión de nuestros instintos y quereres. Nuestras formas jurídicas y morales, por el contrario, mutilan con frecuencia a nuestro ser, nos impiden expresarnos y niegan satisfacción a nuestros apetitos vitales.

La preferencia por la forma, inclusive vacía de contenido, se manifiesta a lo largo de la historia de nuestro arte, desde la época precortesiana hasta nuestros días. Antonio Castro Leal, en su excelente estudio sobre Juan

Ruiz de Alarcón, muestra cómo la reserva frente al romanticismo –que es, por definición, expansivo y abierto– se expresa ya en el siglo XVII, esto es, antes de que siquiera tuviésemos conciencia de nacionalidad. Tenían razón los contemporáneos de Juan Ruiz de Alarcón al acusarlo de entrometido, aunque más bien hablasen de la deformidad de su cuerpo que de la singularidad de su obra. En efecto, la porción más característica de su teatro niega al de sus contemporáneos españoles. Y su negación contiene, en cifra, la que México ha opuesto siempre a España. El teatro de Alarcón es una respuesta a la vitalidad española, afirmativa y deslumbrante en esa época, y que se expresa a través de un gran *Sí* a la historia y a las pasiones. Lope exalta el amor, lo heroico, lo sobrehumano, lo increíble; Alarcón opone a estas virtudes desmesuradas otras más sutiles y burguesas: la dignidad, la cortesía, un estoicismo melancólico, un pudor sonriente. Los problemas morales interesan poco a Lope, que ama la acción, como todos sus contemporáneos. Más tarde Calderón mostrará el mismo desdén por la psicología; los conflictos morales y las oscilaciones, caídas y cambios del alma humana sólo son metáforas que transparentan un drama teológico cuyos dos personajes son el pecado original y la Gracia divina. En las comedias más representativas de Alarcón, en cambio, el cielo cuenta poco, tan poco como el viento pasional que arrebata a los personajes lopescos. El hombre, nos dice el mexicano, es un compuesto, y el mal y el bien se mezclan sutilmente en su alma. En lugar de proceder por síntesis, utiliza el análisis: el héroe se vuelve problema. En varias comedias se plantea la cuestión de la mentira: ¿hasta qué punto el mentiroso de veras miente, de veras se propone engañar?; ¿no es él la primera víctima de sus engaños y no es a sí mismo a quien engaña? El mentiroso se miente a sí mismo: tiene miedo de sí. Al plantearse el problema de la autenticidad, Alarcón anticipa uno de los temas constantes de reflexión del mexicano, que más tarde recogerá Rodolfo Usigli en *El gesticulador*.

En el mundo de Alarcón no triunfan la pasión ni la Gracia; todo se subordina a lo razonable; sus arquetipos son los de la moral que sonríe y perdona. Al substituir los valores vitales y románticos de Lope por los abstractos de una moral universal y razonable, ¿no se evade, no nos escamotea su propio ser? Su negación, como la de México, no afirma nuestra singularidad frente a la de los españoles. Los valores que postula Alarcón pertenecen a todos los hombres y son una herencia grecorromana tanto como una profecía de la moral que impondrá el mundo burgués. No expresan nuestra espontaneidad, ni resuelven nuestros conflictos; son formas que no hemos creado ni sufrido, máscaras. Sólo hasta

nuestros días hemos sido capaces de enfrentar al *Sí* español un *Sí* mexicano y no una afirmación intelectual, vacía de nuestras particularidades. La Revolución mexicana, al descubrir las artes populares, dio origen a la pintura moderna; al descubrir el lenguaje de los mexicanos, creó la nueva poesía.

Si en la política y el arte el mexicano aspira a crear mundos cerrados, en la esfera de las relaciones cotidianas procura que imperen el pudor, el recato y la reserva ceremoniosa. El pudor, que nace de la vergüenza ante la desnudez propia o ajena, es un reflejo casi físico entre nosotros. Nada más alejado de esta actitud que el miedo al cuerpo, característico de la vida norteamericana. No nos da miedo ni vergüenza nuestro cuerpo; lo afrontamos con naturalidad y lo vivimos con cierta plenitud –a la inversa de lo que ocurre con los puritanos. Para nosotros el cuerpo existe; da gravedad y límites a nuestro ser. Lo sufrimos y gozamos; no es un traje que estamos acostumbrados a habitar, ni algo ajeno a nosotros: somos nuestro cuerpo. Pero las miradas extrañas nos sobresaltan, porque el cuerpo no vela la intimidad, sino la descubre. El pudor, así, tiene un carácter defensivo, como la muralla china de la cortesía o las cercas de órganos y cactos que separan en el campo a los jacales de los campesinos. Y por eso la virtud que más estimamos en las mujeres es el recato, como en los hombres la reserva. Ellas también deben defender su intimidad.

Sin duda en nuestra concepción del recato femenino interviene la vanidad masculina del señor –que hemos heredado de indios y españoles. Como casi todos los pueblos, los mexicanos consideran a la mujer como un instrumento, ya de los deseos del hombre, ya de los fines que le asignan la ley, la sociedad o la moral. Fines, hay que decirlo, sobre los que nunca se le ha pedido su consentimiento y en cuya realización participa sólo pasivamente, en tanto que «depositaria» de ciertos valores. Prostituta, diosa, gran señora, amante, la mujer transmite o conserva, pero no crea, los valores y energías que le confían la naturaleza o la sociedad. En un mundo hecho a la imagen de los hombres, la mujer es sólo un reflejo de la voluntad y querer masculinos. Pasiva, se convierte en diosa, amada, ser que encarna los elementos estables y antiguos del universo: la tierra, madre y virgen; activa, es siempre función, medio, canal. La feminidad nunca es un fin en sí mismo, como lo es la hombría.

En otros países estas funciones se realizan a la luz pública y con brillo. En algunos se reverencia a las prostitutas o a las vírgenes; en otros, se premia a las madres; en casi todos, se adula y respeta a la gran señora. Nosotros preferimos ocultar esas gracias y virtudes. El secreto debe acompañar

a la mujer. Pero la mujer no sólo debe ocultarse sino que, además, debe ofrecer cierta impasibilidad sonriente al mundo exterior. Ante el escarceo erótico, debe ser «decente»; ante la adversidad, «sufrida». En ambos casos su respuesta no es instintiva ni personal, sino conforme a un modelo genérico. Y ese modelo, como en el caso del «macho», tiende a subrayar los aspectos defensivos y pasivos, en una gama que va desde el pudor y la «decencia» hasta el estoicismo, la resignación y la impasibilidad.

La herencia hispanoárabe no explica completamente esta conducta. La actitud de los españoles frente a las mujeres es muy simple y se expresa, con brutalidad y concisión, en dos refranes: «la mujer en casa y con la pata rota» y «entre santa y santo, pared de cal y canto». La mujer es una fiera doméstica, lujuriosa y pecadora de nacimiento, a quien hay que someter con el palo y conducir con el «freno de la religión». De ahí que muchos españoles consideren a las extranjeras –y especialmente a las que pertenecen a países de raza o religión diversas a las suyas– como presa fácil. Para los mexicanos la mujer es un ser obscuro, secreto y pasivo. No se le atribuyen malos instintos: se pretende que ni siquiera los tiene. Mejor dicho, no son suyos sino de la especie; la mujer encarna la voluntad de la vida, que es por esencia impersonal, y en este hecho radica su imposibilidad de tener una vida personal. Ser ella misma, dueña de su deseo, su pasión o su capricho, es ser infiel a sí misma. Bastante más libre y pagano que el español –como heredero de las grandes religiones naturalistas precolombinas– el mexicano no condena al mundo natural. Tampoco el amor sexual está teñido de luto y horror, como en España. La peligrosidad no radica en el instinto sino en asumirlo personalmente. Reaparece así la idea de pasividad: tendida o erguida, vestida o desnuda, la mujer nunca es ella misma. Manifestación indiferenciada de la vida, es el canal del apetito cósmico. En este sentido, no tiene deseos propios.

Las norteamericanas proclaman también la ausencia de instintos y deseos, pero la raíz de su pretensión es distinta y hasta contraria. La norteamericana oculta o niega ciertas partes de su cuerpo –y, con más frecuencia, de su psiquis: son inmorales y, por lo tanto, no existen. Al negarse, reprime su espontaneidad. La mexicana simplemente no tiene voluntad. Su cuerpo duerme y sólo se enciende si alguien lo despierta. Nunca es pregunta, sino respuesta, materia fácil y vibrante que la imaginación y la sensualidad masculina esculpen. Frente a la actividad que despliegan las otras mujeres, que desean cautivar a los hombres a través de la agilidad de su espíritu o del movimiento de su cuerpo, la mexicana opone un cierto hieratismo, un reposo hecho al mismo tiempo de espera y desdén. El

hombre revolotea a su alrededor, la festeja, la canta, hace caracolear su caballo o su imaginación. Ella se vela en el recato y la inmovilidad. Es un ídolo. Como todos los ídolos, es dueña de fuerzas magnéticas, cuya eficacia y poder crecen a medida que el foco emisor es más pasivo y secreto. Analogía cósmica: la mujer no busca, atrae. Y el centro de su atracción es su sexo, oculto, pasivo. Inmóvil sol secreto.

Esta concepción –bastante falsa si se piensa que la mexicana es muy sensible e inquieta– no la convierte en mero objeto, en cosa. La mujer mexicana, como todas las otras, es un símbolo que representa la estabilidad y continuidad de la raza. A su significación cósmica se alía la social: en la vida diaria su función consiste en hacer imperar la ley y el orden, la piedad y la dulzura. Todos cuidamos que nadie «falte al respeto a las señoras», noción universal, sin duda, pero que en México se lleva hasta sus últimas consecuencias. Gracias a ella se suavizan muchas de las asperezas de nuestras relaciones de «hombre a hombre». Naturalmente habría que preguntar a las mexicanas su opinión; ese «respeto» es a veces una hipócrita manera de sujetarlas e impedirles que se expresen. Quizá muchas preferirían ser tratadas con menos «respeto» (que, por lo demás, se les concede solamente en público) y con más libertad y autenticidad. Esto es, como seres humanos y no como símbolos o funciones. Pero, ¿cómo vamos a consentir que ellas se expresen, si toda nuestra vida tiende a paralizarse en una máscara que oculte nuestra intimidad?

Ni la modestia propia, ni la vigilancia social, hacen invulnerable a la mujer. Tanto por la fatalidad de su anatomía «abierta» como por su situación social –depositaria de la honra, a la española– está expuesta a toda clase de peligros, contra los que nada pueden la moral personal ni la protección masculina. El mal radica en ella misma; por naturaleza es un ser «rajado», abierto. Mas, en virtud de un mecanismo de compensación fácilmente explicable, se hace virtud de su flaqueza original y se crea el mito de la «sufrida mujer mexicana». El ídolo –siempre vulnerable, siempre en trance de convertirse en ser humano– se transforma en víctima, pero en víctima endurecida e insensible al sufrimiento, encallecida a fuerza de sufrir. (Una persona «sufrida» es menos sensible al dolor que las que apenas si han sido tocadas por la adversidad.) Por obra del sufrimiento, las mujeres se vuelven como los hombres: invulnerables, impasibles y estoicas.

Se dirá que al transformar en virtud algo que debería ser motivo de vergüenza, sólo pretendemos descargar nuestra conciencia y encubrir con una imagen una realidad atroz. Es cierto, pero también lo es que al atribuir a la mujer la misma invulnerabilidad a que aspiramos, recubrimos

con una inmunidad moral su fatalidad anatómica, abierta al exterior. Gracias al sufrimiento, y a su capacidad para resistirlo sin protesta, la mujer transciende su condición y adquiere los mismos atributos del hombre.

Es curioso advertir que la imagen de la «mala mujer» casi siempre se presenta acompañada de la idea de actividad. A la inversa de la «abnegada madre», de la «novia que espera» y del ídolo hermético, seres estáticos, la «mala» va y viene, busca a los hombres, los abandona. Por un mecanismo análogo al descrito más arriba, su extrema movilidad la vuelve invulnerable. Actividad e impudicia se alían en ella y acaban por petrificar su alma. La «mala» es dura, impía, independiente, como el «macho». Por caminos distintos, ella también transciende su fisiología y se cierra al mundo.

Es significativo, por otra parte, que el homosexualismo masculino sea considerado con cierta indulgencia, por lo que toca al agente activo. El pasivo, al contrario, es un ser degradado y abyecto. El juego de los «albures» –esto es, el combate verbal hecho de alusiones obscenas y de doble sentido, que tanto se practica en la ciudad de México– transparenta esta ambigua concepción. Cada uno de los interlocutores, a través de trampas verbales y de ingeniosas combinaciones lingüísticas, procura anonadar a su adversario; el vencido es el que no puede contestar, el que se traga las palabras de su enemigo. Y esas palabras están teñidas de alusiones sexualmente agresivas; el perdidoso es poseído, violado, por el otro. Sobre él caen las burlas y escarnios de los espectadores. Así pues, el homosexualismo masculino es tolerado, a condición de que se trate de una violación del agente pasivo. Como en el caso de las relaciones heterosexuales, lo importante es «no abrirse» y, simultáneamente, rajar, herir al contrario.

Me parece que todas estas actitudes, por diversas que sean sus raíces, confirman el carácter «cerrado» de nuestras reacciones frente al mundo o frente a nuestros semejantes. Pero no nos bastan los mecanismos de preservación y defensa. La simulación, que no acude a nuestra pasividad, sino que exige una invención activa y que se recrea a sí misma a cada instante, es una de nuestras formas de conducta habituales. Mentimos por placer y fantasía, sí, como todos los pueblos imaginativos, pero también para ocultarnos y ponernos al abrigo de intrusos. La mentira posee una importancia decisiva en nuestra vida cotidiana, en la política, el amor, la amistad. Con ella no pretendemos nada más engañar a los demás, sino a nosotros mismos. De ahí su fertilidad y lo que distingue a nuestras mentiras de las groseras invenciones de otros pueblos. La mentira es un juego trágico, en el que arriesgamos parte de nuestro ser. Por eso es estéril su denuncia.

El simulador pretende ser lo que no es. Su actividad reclama una constante improvisación, un ir hacia adelante siempre, entre arenas movedizas. A cada minuto hay que rehacer, recrear, modificar el personaje que fingimos, hasta que llega un momento en que realidad y apariencia, mentira y verdad, se confunden. De tejido de invenciones para deslumbrar al prójimo, la simulación se trueca en una forma superior, por artística, de la realidad. Nuestras mentiras reflejan, simultáneamente, nuestras carencias y nuestros apetitos, lo que no somos y lo que deseamos ser. Simulando, nos acercamos a nuestro modelo y a veces el gesticulador, como ha visto con hondura Usigli, se funde con sus gestos, los hace auténticos. La muerte del profesor Rubio lo convierte en lo que deseaba ser: el general Rubio, un revolucionario sincero y un hombre capaz de impulsar y purificar a la Revolución estancada. En la obra de Usigli el profesor Rubio se inventa a sí mismo y se transforma en general; su mentira es tan verdadera que Navarro, el corrompido, no tiene más remedio que volver a matar en él a su antiguo jefe, el general Rubio. Mata en él la verdad de la Revolución.

Si por el camino de la mentira podemos llegar a la autenticidad, un exceso de sinceridad puede conducirnos a formas refinadas de la mentira. Cuando nos enamoramos nos «abrimos», mostramos nuestra intimidad, ya que una vieja tradición quiere que el que sufre de amor exhiba sus heridas ante la que ama. Pero al descubrir sus llagas de amor, el enamorado transforma su ser en una imagen, en un objeto que entrega a la contemplación de la mujer –y de sí mismo. Al mostrarse, invita a que lo contemplen con los mismos ojos piadosos con que él se contempla. La mirada ajena ya no lo desnuda: lo recubre de piedad. Y al presentarse como espectáculo y pretender que se le mire con los mismos ojos con que él se ve, se evade del juego erótico, pone a salvo su verdadero ser, lo substituye por una imagen. Substrae su intimidad, que se refugia en sus ojos, esos ojos que son nada más contemplación y piedad de sí mismo. Se vuelve su imagen y la mirada que la contempla.

En todos los tiempos y en todos los climas, las relaciones humanas –y especialmente las amorosas– corren el riesgo de volverse equívocas. Narcisismo y masoquismo no son tendencias exclusivas del mexicano. Pero es notable la frecuencia con que canciones populares, refranes y conductas cotidianas aluden al amor como falsedad y mentira. Casi siempre eludimos los riesgos de una relación desnuda a través de una exageración, en su origen sincera, de nuestros sentimientos. Asimismo, es revelador cómo el carácter combativo del erotismo se acentúa entre nosotros y se encona. El amor es una tentativa de penetrar en otro ser, pero sólo puede realizar-

se a condición de que la entrega sea mutua. En todas partes es difícil este
abandono de sí mismo; pocos coinciden en la entrega y más pocos aún lo-
gran transcender esa etapa posesiva y gozar del amor como lo que real-
mente es: un perpetuo descubrimiento, una inmersión en las aguas de la
realidad y una recreación constante. Nosotros concebimos el amor como
conquista y como lucha. No se trata tanto de penetrar la realidad, a tra-
vés de un cuerpo, como de violarla. De ahí que la imagen del amante afor-
tunado –herencia, acaso, del Don Juan español– se confunda con la del
hombre que se vale de sus sentimientos –reales o inventados– para obte-
ner a la mujer.

La simulación es una actividad parecida a la de los actores y puede
expresarse en tantas formas como personajes fingimos. Pero el actor, si lo
es de veras, se entrega a su personaje y lo encarna plenamente, aunque
después, terminada la representación, lo abandone como su piel la serpien-
te. El simulador jamás se entrega y se olvida de sí, pues dejaría de simular
si se fundiera con su imagen. Al mismo tiempo, esa ficción se convierte en
una parte inseparable –y espuria– de su ser: está condenado a representar
toda su vida, porque entre su personaje y él se ha establecido una compli-
cidad que nada puede romper, excepto la muerte o el sacrificio. La mentira
se instala en su ser y se convierte en el fondo último de su personalidad.

Simular es inventar o, mejor, aparentar y así eludir nuestra condición. La
disimulación exige mayor sutileza: el que disimula no representa, sino que
quiere hacerse invisible, pasar desapercibido, sin renunciar a su ser. El
mexicano excede en el disimulo de sus pasiones y de sí mismo. Temeroso
de la mirada ajena, se contrae, se reduce, se vuelve sombra y fantasma,
eco. No camina, se desliza; no propone, insinúa; no replica, rezonga; no
se queja, sonríe; hasta cuando canta –si no estalla y se abre el pecho– lo
hace entre dientes y a media voz, disimulando su cantar:

> Y es tanta la tiranía
> de esta disimulación
> que aunque de raros anhelos
> se me hincha el corazón,
> tengo miradas de reto
> y voz de resignación.

Quizá el disimulo nació durante la Colonia. Indios y mestizos tenían,
como en el poema de Reyes, que cantar quedo, pues «entre dientes mal se

oyen palabras de rebelión». El mundo colonial ha desaparecido, pero no el temor, la desconfianza y el recelo. Y ahora no solamente disimulamos nuestra cólera sino nuestra ternura. Cuando pide disculpas, la gente del campo suele decir: «Disimule usted, señor». Y disimulamos. Nos disimulamos con tal ahínco que casi no existimos.

En sus formas radicales el disimulo llega al mimetismo. El indio se funde con el paisaje, se confunde con la barda blanca en que se apoya por la tarde, con la tierra obscura en que se tiende a mediodía, con el silencio que lo rodea. Se disimula tanto su humana singularidad que acaba por abolirla y se vuelve piedra, pirú, muro, silencio: espacio. No quiero decir que comulgue con el Todo, a la manera panteísta, ni que en un árbol aprehenda todos los árboles, sino que efectivamente, esto es, de una manera concreta y particular, se confunde con un objeto determinado.

Roger Caillois observa que el mimetismo no implica siempre una tentativa de protección contra las amenazas virtuales que pululan en el mundo externo. A veces los insectos se «hacen los muertos» o imitan las formas de la materia en descomposición, fascinados por la muerte, por la inercia del espacio. Esta fascinación –fuerza de gravedad, diría yo, de la vida– es común a todos los seres y el hecho de que se exprese como mimetismo confirma que no debemos considerar a éste exclusivamente como un recurso del instinto vital para escapar del peligro y la muerte.

Defensa frente al exterior o fascinación ante la muerte, el mimetismo no consiste tanto en cambiar de naturaleza como de apariencia. Es revelador que la apariencia escogida sea la de la muerte o la del espacio inerte, en reposo. Extenderse, confundirse con el espacio, ser espacio, es una manera de rehusarse a las apariencias, pero también es una manera de ser sólo Apariencia. El mexicano tiene tanto horror a las apariencias, como amor le profesan sus demagogos y dirigentes. Por eso se disimula su propio existir hasta confundirse con los objetos que lo rodean. Y así, por miedo a las apariencias, se vuelve sólo Apariencia. Aparenta ser otra cosa e incluso prefiere la apariencia de la muerte o del no ser antes que abrir su intimidad y cambiar. La disimulación mimética, en fin, es una de tantas manifestaciones de nuestro hermetismo. Si el gesticulador acude al disfraz, los demás queremos pasar desapercibidos. En ambos casos ocultamos nuestro ser. Y a veces lo negamos. Recuerdo que una tarde, como oyera un leve ruido en el cuarto vecino al mío, pregunté en voz alta: «¿Quién anda por ahí?». Y la voz de una criada recién llegada de su pueblo contestó: «No es nadie, señor, soy yo».

No sólo nos disimulamos a nosotros mismos y nos hacemos transpa-

rentes y fantasmales; también disimulamos la existencia de nuestros seme-
jantes. No quiero decir que los ignoremos o los hagamos menos, actos
deliberados y soberbios. Los disimulamos de manera más definitiva y ra-
dical: los ninguneamos. El ninguneo es una operación que consiste en ha-
cer de Alguien, Ninguno. La nada de pronto se individualiza, se hace
cuerpo y ojos, se hace Ninguno.

Don Nadie, padre español de Ninguno, posee don, vientre, honra,
cuenta en el banco y habla con voz fuerte y segura. Don Nadie llena al
mundo con su vacía y vocinglera presencia. Está en todas partes y en to-
dos los sitios tiene amigos. Es banquero, embajador, hombre de empresa.
Se pasea por todos los salones, lo condecoran en Jamaica, en Estocolmo
y en Londres. Don Nadie es funcionario o influyente y tiene una agresi-
va y engreída manera de no ser. Ninguno es silencioso y tímido, resigna-
do. Es sensible e inteligente. Sonríe siempre. Espera siempre. Y cada vez
que quiere hablar, tropieza con un muro de silencio; si saluda encuentra
una espalda glacial; si suplica, llora o grita, sus gestos y gritos se pierden
en el vacío que don Nadie crea con su vozarrón. Ninguno no se atreve a
no ser: oscila, intenta una vez y otra vez ser Alguien. Al fin, entre vanos
gestos, se pierde en el limbo de donde surgió.

Sería un error pensar que los demás le impiden existir. Simplemente di-
simulan su existencia, obran como si no existiera. Lo nulifican, lo anulan,
lo ningunean. Es inútil que Ninguno hable, publique libros, pinte cua-
dros, se ponga de cabeza. Ninguno es la ausencia de nuestras miradas, la
pausa de nuestra conversación, la reticencia de nuestro silencio. Es el
nombre que olvidamos siempre por una extraña fatalidad, el eterno au-
sente, el invitado que no invitamos, el hueco que no llenamos. Es una
omisión. Y sin embargo, Ninguno está presente siempre. Es nuestro se-
creto, nuestro crimen y nuestro remordimiento. Por eso el Ninguneador
también se ningunea; él es la omisión de Alguien. Y si todos somos Nin-
guno, no existe ninguno de nosotros. El círculo se cierra y la sombra de
Ninguno se extiende sobre México, asfixia al Gesticulador y lo cubre
todo. En nuestro territorio, más fuerte que las pirámides y los sacrificios,
que las iglesias, los motines y los cantos populares, vuelve a imperar el si-
lencio, anterior a la historia.

Todos Santos, Día de Muertos

El solitario mexicano ama las fiestas y las reuniones públicas. Todo es ocasión para reunirse. Cualquier pretexto es bueno para interrumpir la marcha del tiempo y celebrar con festejos y ceremonias hombres y acontecimientos. Somos un pueblo ritual. Y esta tendencia beneficia a nuestra imaginación tanto como a nuestra sensibilidad, siempre afinadas y despiertas. El arte de la fiesta, envilecido en casi todas partes, se conserva intacto entre nosotros. En pocos lugares del mundo se puede vivir un espectáculo parecido al de las grandes fiestas religiosas de México, con sus colores violentos, agrios y puros, sus danzas, ceremonias, fuegos de artificio, trajes insólitos y la inagotable cascada de sorpresas de los frutos, dulces y objetos que se venden esos días en plazas y mercados.

Nuestro calendario está poblado de fiestas. Ciertos días, lo mismo en los lugarejos más apartados que en las grandes ciudades, el país entero reza, grita, come, se emborracha y mata en honor de la Virgen de Guadalupe o del general Zaragoza. Cada año, el 15 de septiembre a las once de la noche, en todas las plazas de México celebramos la fiesta del Grito; y una multitud enardecida efectivamente grita por espacio de una hora, quizá para callar mejor el resto del año. Durante los días que preceden y suceden al 12 de diciembre, el tiempo suspende su carrera, hace un alto y en lugar de empujarnos hacia un mañana siempre inalcanzable y mentiroso, nos ofrece un presente redondo y perfecto, de danza y juerga, de comunión y comilona con lo más antiguo y secreto de México. El tiempo deja de ser sucesión y vuelve a ser lo que fue, y es, originariamente: un presente en donde pasado y futuro al fin se reconcilian.

Pero no bastan las fiestas que ofrecen a todo el país la Iglesia y la república. La vida de cada ciudad y de cada pueblo está regida por un santo, al que se festeja con devoción y regularidad. Los barrios y los gremios tienen también sus fiestas anuales, sus ceremonias y sus ferias. Y, en fin, cada uno de nosotros —ateos, católicos o indiferentes— poseemos nuestro santo, al que cada año honramos. Son incalculables las fiestas que celebramos y los recursos y tiempo que gastamos en festejar. Recuerdo que hace años pregunté al presidente municipal de un poblado vecino a Mitla: «¿A cuánto ascienden los ingresos del municipio por contribuciones?». «A unos tres mil pesos anuales. Somos muy pobres. Por eso el señor gobernador y la Federación nos ayudan cada año a completar nuestros gastos.» «¿Y en qué

utilizan esos tres mil pesos?» «Pues casi todo en fiestas, señor. Chico como lo ve, el pueblo tiene dos Santos Patrones.»

Esa respuesta no es asombrosa. Nuestra pobreza puede medirse por el número y suntuosidad de las fiestas populares. Los países ricos tienen pocas: no hay tiempo, ni humor. Y no son necesarias; las gentes tienen otras cosas que hacer y cuando se divierten lo hacen en grupos pequeños. Las masas modernas son aglomeraciones de solitarios. En las grandes ocasiones, en París o en Nueva York, cuando el público se congrega en plazas o estadios, es notable la ausencia de pueblo: se ven parejas y grupos, nunca una comunidad viva en donde la persona humana se disuelve y rescata simultáneamente. Pero un pobre mexicano, ¿cómo podría vivir sin esas dos o tres fiestas anuales que lo compensan de su estrechez y de su miseria? Las fiestas son nuestro único lujo; ellas substituyen, acaso con ventaja, al teatro y a las vacaciones, al *week end* y al *cocktail party* de los sajones, a las recepciones de la burguesía y al café de los mediterráneos.

En esas ceremonias –nacionales, locales, gremiales o familiares– el mexicano se abre al exterior. Todas ellas le dan ocasión de revelarse y dialogar con la divinidad, la patria, los amigos o los parientes. Durante esos días el silencioso mexicano silba, grita, canta, arroja petardos, descarga su pistola en el aire. Descarga su alma. Y su grito, como los cohetes que tanto nos gustan, sube hasta el cielo, estalla en una explosión verde, roja, azul y blanca y cae vertiginoso dejando una cauda de chispas doradas. Esa noche los amigos, que durante meses no pronunciaron más palabras que las prescritas por la indispensable cortesía, se emborrachan juntos, se hacen confidencias, lloran las mismas penas, se descubren hermanos y a veces, para probarse, se matan entre sí. La noche se puebla de canciones y aullidos. Los enamorados despiertan con orquestas a las muchachas. Hay diálogos y burlas de balcón a balcón, de acera a acera. Nadie habla en voz baja. Se arrojan los sombreros al aire. Las malas palabras y los chistes caen como cascadas de pesos fuertes. Brotan las guitarras. En ocasiones, es cierto, la alegría acaba mal: hay riñas, injurias, balazos, cuchilladas. También eso forma parte de la fiesta. Porque el mexicano no se divierte: quiere sobrepasarse, saltar el muro de soledad que el resto del año lo incomunica. Todos están poseídos por la violencia y el frenesí. Las almas estallan como los colores, las voces, los sentimientos. ¿Se olvidan de sí mismos, muestran su verdadero rostro? Nadie lo sabe. Lo importante es salir, abrirse paso, embriagarse de ruido, de gente, de color. México está de fiesta. Y esa fiesta, cruzada por relámpagos y delirios, es como el revés brillante de nuestro silencio y apatía, de nuestra reserva y hosquedad.

Algunos sociólogos franceses consideran a la fiesta como un gasto ritual. Gracias al derroche, la colectividad se pone al abrigo de la envidia celeste y humana. Los sacrificios y las ofrendas calman o compran a dioses y santos patrones; las dádivas y festejos, al pueblo. El exceso en el gastar y el desperdicio de energías afirman la opulencia de la colectividad. Ese lujo es una prueba de salud, una exhibición de abundancia y poder. O una trampa mágica. Porque con el derroche se espera atraer, por contagio, a la verdadera abundancia. Dinero llama a dinero. La vida que se riega, da más vida; la orgía, gasto sexual, es también una ceremonia de regeneración genésica; y el desperdicio, fortalece. Las ceremonias de fin de año, en todas las culturas, significan algo más que la conmemoración de una fecha. Ese día es una pausa; efectivamente el tiempo se acaba, se extingue. Los ritos que celebran su extinción están destinados a provocar su renacimiento: la fiesta de fin de año es también la de año nuevo, la del tiempo que empieza. Todo atrae a su contrario. En suma, la función de la fiesta es más utilitaria de lo que se piensa; el desperdicio atrae o suscita la abundancia y es una inversión como cualquier otra. Sólo que aquí la ganancia no se mide, ni cuenta. Se trata de adquirir potencia, vida, salud. En este sentido la fiesta es una de las formas económicas más antiguas, como el don y la ofrenda.

Esta interpretación me ha parecido siempre incompleta. Inscrita en la órbita de lo sagrado, la fiesta es ante todo el advenimiento de lo insólito. La rigen reglas especiales, privativas, que la aíslan y hacen un día de excepción. Y con ellas se introduce una lógica, una moral, y hasta una economía que frecuentemente contradicen las de todos los días. Todo ocurre en un mundo encantado: el tiempo es *otro tiempo* (situado en un pasado mítico o en una actualidad pura); el espacio en que se verifica cambia de aspecto, se desliga del resto de la tierra, se engalana y convierte en un «sitio de fiesta» (en general se escogen lugares especiales o poco frecuentados); los personajes que intervienen abandonan su rasgo humano o social y se transforman en vivas, aunque efímeras, representaciones. Y todo pasa como si no fuera cierto, como en los sueños. Ocurra lo que ocurra, nuestras acciones poseen mayor ligereza, una gravedad distinta: asumen significaciones diversas y contraemos con ellas responsabilidades singulares. Nos aligeramos de nuestra carga de tiempo y razón.

En ciertas fiestas desaparece la noción misma de *orden*. El caos regresa y reina la licencia. Todo se permite: desaparecen las jerarquías habituales, las distinciones sociales, los sexos, las clases, los gremios. Los hombres se disfrazan de mujeres, los señores de esclavos, los pobres de ricos. Se ridi-

culiza al ejército, al clero, a la magistratura. Gobiernan los niños o los locos. Se cometen profanaciones rituales, sacrilegios obligatorios. El amor se vuelve promiscuo. A veces la fiesta se convierte en misa negra. Se violan reglamentos, hábitos, costumbres. El individuo respetable arroja su máscara de carne y la ropa obscura que lo aísla y, vestido de colorines, se esconde en una careta, que lo libera de sí mismo.

Así pues, la fiesta no es solamente un exceso, un desperdicio ritual de los bienes penosamente acumulados durante todo el año; también es una revuelta, una súbita inmersión en lo informe, en la vida pura. A través de la fiesta la sociedad se libera de las normas que se ha impuesto. Se burla de sus dioses, de sus principios y de sus leyes: se niega a sí misma.

La fiesta es una Revuelta, en el sentido literal de la palabra. En la confusión que engendra, la sociedad se disuelve, se ahoga, en tanto que organismo regido conforme a ciertas reglas y principios. Pero se ahoga en sí misma, en su caos o libertad original. Todo se comunica; se mezcla el bien con el mal, el día con la noche, lo santo con lo maldito. Todo cohabita, pierde forma, singularidad y vuelve al amasijo primordial. La fiesta es una operación cósmica: la experiencia del desorden, la reunión de los elementos y principios contrarios para provocar el renacimiento de la vida. La muerte ritual suscita el renacer; el vómito, el apetito; la orgía, estéril en sí misma, la fecundidad de las madres o de la tierra. La fiesta es un regreso a un estado remoto e indiferenciado, prenatal o presocial, por decirlo así. Regreso que es también un comienzo, según quiere la dialéctica inherente a los hechos sociales.

El grupo sale purificado y fortalecido de ese baño de caos. Se ha sumergido en sí, en la entraña misma de donde salió. Dicho de otro modo, la fiesta niega a la sociedad en tanto que conjunto orgánico de formas y principios diferenciados, pero la afirma en cuanto fuente de energía y creación. Es una verdadera re-creación, al contrario de lo que ocurre con las vacaciones modernas, que no entrañan rito o ceremonia alguna, individuales y estériles como el mundo que las ha inventado.

La sociedad comulga consigo misma en la fiesta. Todos sus miembros vuelven a la confusión y libertad originales. La estructura social se deshace y se crean nuevas formas de relación, reglas inesperadas, jerarquías caprichosas. En el desorden general, cada quien se abandona y atraviesa por situaciones y lugares que habitualmente le estaban vedados. Las fronteras entre espectadores y actores, entre oficiantes y asistentes, se borran. Todos forman parte de la fiesta, todos se disuelven en su torbellino. Cualquiera que sea su índole, su carácter, su significado, la fiesta es participa-

ción. Este rasgo la distingue finalmente de otros fenómenos y ceremonias: laica o religiosa, orgía o saturnal, la fiesta es un hecho social basado en la activa participación de los asistentes.

Gracias a las fiestas el mexicano se abre, participa, comulga con sus semejantes y con los valores que dan sentido a su existencia religiosa o política. Y es significativo que un país tan triste como el nuestro tenga tantas y tan alegres fiestas. Su frecuencia, el brillo que alcanzan, el entusiasmo con que todos participamos, parecen revelar que, sin ellas, estallaríamos. Ellas nos liberan, así sea momentáneamente, de todos esos impulsos sin salida y de todas esas materias inflamables que guardamos en nuestro interior. Pero a diferencia de lo que ocurre en otras sociedades, la fiesta mexicana no es nada más un regreso a un estado original de indiferenciación y libertad; el mexicano no intenta regresar, sino salir de sí mismo, sobrepasarse. Entre nosotros la fiesta es una explosión, un estallido. Muerte y vida, júbilo y lamento, canto y aullido se alían en nuestros festejos, no para recrearse o reconocerse, sino para entredevorarse. No hay nada más alegre que una fiesta mexicana, pero también no hay nada más triste. La noche de fiesta es también noche de duelo.

Si en la vida diaria nos ocultamos a nosotros mismos, en el remolino de la fiesta nos disparamos. Más que abrirnos, nos desgarramos. Todo termina en alarido y desgarradura: el canto, el amor, la amistad. La violencia de nuestros festejos muestra hasta qué punto nuestro hermetismo nos cierra las vías de comunicación con el mundo. Conocemos el delirio, la canción, el aullido y el monólogo, pero no el diálogo. Nuestras fiestas, como nuestras confidencias, nuestros amores y nuestras tentativas para reordenar nuestra sociedad, son rupturas violentas con lo antiguo o con lo establecido. Cada vez que intentamos expresarnos, necesitamos romper con nosotros mismos. Y la fiesta sólo es un ejemplo, acaso el más típico, de ruptura violenta. No sería difícil enumerar otros, igualmente reveladores: el juego, que es siempre un ir a los extremos, mortal con frecuencia; nuestra prodigalidad en el gastar, reverso de la timidez de nuestras inversiones y empresas económicas; nuestras confesiones. El mexicano, ser hosco, encerrado en sí mismo, de pronto estalla, se abre el pecho y se exhibe, con cierta complacencia y deteniéndose en los repliegues vergonzosos o terribles de su intimidad. No somos francos, pero nuestra sinceridad puede llegar a extremos que horrorizarían a un europeo. La manera explosiva y dramática, a veces suicida, con que nos desnudamos y entregamos, inermes casi, revela que algo nos asfixia y cohíbe. Algo nos impide ser. Y porque no nos atrevemos o no podemos enfrentarnos con nuestro ser,

recurrimos a la fiesta. Ella nos lanza al vacío, embriaguez que se quema a sí misma, disparo en el aire, fuego de artificio.

La muerte es un espejo que refleja las vanas gesticulaciones de la vida. Toda esa abigarrada confusión de actos, omisiones, arrepentimientos y tentativas –obras y sobras– que es cada vida, encuentra en la muerte, ya que no sentido o explicación, fin. Frente a ella nuestra vida se dibuja e inmoviliza. Antes de desmoronarse y hundirse en la nada, se esculpe y vuelve forma inmutable: ya no cambiaremos sino para desaparecer. Nuestra muerte ilumina nuestra vida. Si nuestra muerte carece de sentido, tampoco lo tuvo nuestra vida. Por eso cuando alguien muere de muerte violenta, solemos decir: «se la buscó». Y es cierto, cada quien tiene la muerte que se busca, la muerte que se hace. Muerte de cristiano o muerte de perro son maneras de morir que reflejan maneras de vivir. Si la muerte nos traiciona y morimos de mala manera, todos se lamentan: hay que morir como se vive. La muerte es intransferible, como la vida. Si no morimos como vivimos es porque realmente no fue nuestra la vida que vivimos: no nos pertenecía como no nos pertenece la mala muerte que nos mata. Dime cómo mueres y te diré quién eres.

Para los antiguos mexicanos la oposición entre muerte y vida no era tan absoluta como para nosotros. La vida se prolongaba en la muerte. Y a la inversa. La muerte no era el fin natural de la vida, sino fase de un ciclo infinito. Vida, muerte y resurrección eran estadios de un proceso cósmico, que se repetía insaciable. La vida no tenía función más alta que desembocar en la muerte, su contrario y complemento; y la muerte, a su vez, no era un fin en sí; el hombre alimentaba con su muerte la voracidad de la vida, siempre insatisfecha. El sacrificio poseía un doble objeto: por una parte, el hombre accedía al proceso creador (pagando a los dioses, simultáneamente, la deuda contraída por la especie); por la otra, alimentaba la vida cósmica y la social, que se nutría de la primera.

Posiblemente el rasgo más característico de esta concepción es el sentido impersonal del sacrificio. Del mismo modo que su vida no les pertenecía, su muerte carecía de todo propósito personal. Los muertos –incluso los guerreros caídos en el combate y las mujeres muertas en el parto, compañeros de Huitzilopochtli, el dios solar– desaparecían al cabo de algún tiempo, ya para volver al país indiferenciado de las sombras, ya para fundirse al aire, a la tierra, al fuego, a la substancia animadora del universo. Nuestros antepasados indígenas no creían que su muerte les pertenecía, como jamás pensaron que su vida fuese realmente «su vida», en el sentido cristiano de

la palabra. Todo se conjugaba para determinar, desde el nacimiento, la vida y la muerte de cada hombre: la clase social, el año, el lugar, el día, la hora. El azteca era tan poco responsable de sus actos como de su muerte.

Espacio y tiempo estaban ligados y formaban una unidad inseparable. A cada espacio, a cada uno de los puntos cardinales, y al centro en que se inmovilizaban, correspondía un «tiempo» particular. Y este complejo de espacio-tiempo poseía virtudes y poderes propios, que influían y determinaban profundamente la vida humana. Nacer un día cualquiera, era pertenecer a un espacio, a un tiempo, a un color y a un destino. Todo estaba previamente trazado. En tanto que nosotros disociamos espacio y tiempo, meros escenarios que atraviesan nuestras vidas, para ellos había tantos «espacios-tiempos» como combinaciones poseía el calendario sacerdotal. Y cada uno estaba dotado de una significación cualitativa particular, superior a la voluntad humana.

Religión y destino regían su vida, como moral y libertad presiden la nuestra. Mientras nosotros vivimos bajo el signo de la libertad y todo –aun la fatalidad griega y la Gracia de los teólogos– es elección y lucha, para los aztecas el problema se reducía a investigar la no siempre clara voluntad de los dioses. De ahí la importancia de las prácticas adivinatorias. Los únicos libres eran los dioses. Ellos podían escoger y, por lo tanto, en un sentido profundo, pecar. La religión azteca está llena de grandes dioses pecadores –Quetzalcóatl, como ejemplo máximo–, dioses que desfallecen y pueden abandonar a sus creyentes, del mismo modo que los cristianos reniegan a veces de su Dios. La Conquista de México sería inexplicable sin la traición de los dioses, que reniegan de su pueblo.

El advenimiento del catolicismo modifica radicalmente esta situación. El sacrificio y la idea de salvación, que antes eran colectivos, se vuelven personales. La libertad se humaniza, encarna en los hombres. Para los antiguos aztecas lo esencial era asegurar la continuidad de la creación; el sacrificio no entrañaba la salvación ultraterrena, sino la salud cósmica; el mundo, y no el individuo, vivía gracias a la sangre y la muerte de los hombres. Para los cristianos, el individuo es lo que cuenta. El mundo –la historia, la sociedad– está condenado de antemano. La muerte de Cristo salva a cada hombre en particular. Cada uno de nosotros es el Hombre y en cada uno están depositadas las esperanzas y posibilidades de la especie. La redención es obra personal.

Ambas actitudes, por más opuestas que nos parezcan, poseen una nota común: la vida, colectiva o individual, está abierta a la perspectiva de una muerte que es, a su modo, una nueva vida. La vida sólo se justifica y

transciende cuando se realiza en la muerte. Y ésta también es transcendencia, más allá, puesto que consiste en una nueva vida. Para los cristianos la muerte es un tránsito, un salto mortal entre dos vidas, la temporal y la ultraterrena; para los aztecas, la manera más honda de participar en la continua regeneración de las fuerzas creadoras, siempre en peligro de extinguirse si no se les provee de sangre, alimento sagrado. En ambos sistemas vida y muerte carecen de autonomía; son las dos caras de una misma realidad. Toda su significación proviene de otros valores, que las rigen. Son referencias a realidades invisibles.

La muerte moderna no posee ninguna significación que la transcienda o refiera a otros valores. En casi todos los casos es, simplemente, el fin inevitable de un proceso natural. En un mundo de hechos, la muerte es un hecho más. Pero como es un hecho desagradable, un hecho que pone en tela de juicio todas nuestras concepciones y el sentido mismo de nuestra vida, la filosofía del progreso (¿el progreso hacia dónde y desde dónde?, se pregunta Scheler) pretende escamotearnos su presencia. En el mundo moderno todo funciona como si la muerte no existiera. Nadie cuenta con ella. Todo la suprime: las prédicas de los políticos, los anuncios de los comerciantes, la moral pública, las costumbres, la alegría a bajo precio y la salud al alcance de todos que nos ofrecen hospitales, farmacias y campos deportivos. Pero la muerte, ya no como tránsito, sino como gran boca vacía que nada sacia, habita todo lo que emprendemos. El siglo de la salud, la higiene, los anticonceptivos, las drogas milagrosas y los alimentos sintéticos, es también el siglo de los campos de concentración, del Estado policíaco, de la exterminación atómica y del *murder story*. Nadie piensa en la muerte, en su muerte propia, como quería Rilke, porque nadie vive una vida personal. La matanza colectiva no es sino el fruto de la colectivización de la vida.

También para el mexicano moderno la muerte carece de significación. Ha dejado de ser tránsito, acceso a otra vida más vida que la nuestra. Pero la intranscendencia de la muerte no nos lleva a eliminarla de nuestra vida diaria. Para el habitante de Nueva York, París o Londres, la muerte es la palabra que jamás se pronuncia porque quema los labios. El mexicano, en cambio, la frecuenta, la burla, la acaricia, duerme con ella, la festeja, es uno de sus juguetes favoritos y su amor más permanente. Cierto, en su actitud hay quizá tanto miedo como en la de los otros; mas al menos no se esconde ni la esconde; la contempla cara a cara con impaciencia, desdén o ironía: «si me han de matar mañana, que me maten de una vez».

La indiferencia del mexicano ante la muerte se nutre de su indiferencia

ante la vida. El mexicano no solamente postula la intranscendencia del morir, sino la del vivir. Nuestras canciones, refranes, fiestas y reflexiones populares manifiestan de una manera inequívoca que la muerte no nos asusta porque «la vida nos ha curado de espantos». Morir es natural y hasta deseable; cuanto más pronto, mejor. Nuestra indiferencia ante la muerte es la otra cara de nuestra indiferencia ante la vida. Matamos porque la vida, la nuestra y la ajena, carece de valor. Y es natural que así ocurra: vida y muerte son inseparables y cada vez que la primera pierde significación, la segunda se vuelve intranscendente. La muerte mexicana es el espejo de la vida de los mexicanos. Ante ambas el mexicano se cierra, las ignora.

El desprecio a la muerte no está reñido con el culto que le profesamos. Ella está presente en nuestras fiestas, en nuestros juegos, en nuestros amores y en nuestros pensamientos. Morir y matar son ideas que pocas veces nos abandonan. La muerte nos seduce. La fascinación que ejerce sobre nosotros quizá brote de nuestro hermetismo y de la furia con que lo rompemos. La presión de nuestra vitalidad, constreñida a expresarse en formas que la traicionan, explica el carácter mortal, agresivo o suicida, de nuestras explosiones. Cuando estallamos, además, tocamos el punto más alto de la tensión, rozamos el vértice vibrante de la vida. Y allí, en la altura del frenesí, sentimos el vértigo: la muerte nos atrae.

Por otra parte, la muerte nos venga de la vida, la desnuda de todas sus vanidades y pretensiones y la convierte en lo que es: unos huesos mondos y una mueca espantable. En un mundo cerrado y sin salida, en donde todo es muerte, lo único valioso es la muerte. Pero afirmamos algo negativo. Calaveras de azúcar o de papel de China, esqueletos coloridos de fuegos de artificio, nuestras representaciones populares son siempre burla de la vida, afirmación de la nadería e insignificancia de la humana existencia. Adornamos nuestras casas con cráneos, comemos el día de los Difuntos panes que fingen huesos y nos divierten canciones y chascarrillos en los que ríe la muerte pelona, pero toda esa fanfarrona familiaridad no nos dispensa de la pregunta que todos nos hacemos: ¿qué es la muerte? No hemos inventado una nueva respuesta. Y cada vez que nos la preguntamos, nos encogemos de hombros: ¿qué me importa la muerte, si no me importa la vida?

El mexicano, obstinadamente cerrado ante el mundo y sus semejantes, ¿se abre ante la muerte? La adula, la festeja, la cultiva, se abraza a ella, definitivamente y para siempre, pero no se entrega. Todo está lejos del mexicano, todo le es extraño y, en primer término, la muerte, la extraña por

excelencia. El mexicano no se entrega a la muerte, porque la entrega entraña sacrificio. Y el sacrificio, a su vez, exige que alguien dé y alguien reciba. Esto es, que alguien se abra y se encare a una realidad que lo transciende. En un mundo intranscendente, cerrado sobre sí mismo, la muerte mexicana no da ni recibe; se consume en sí misma y a sí misma se satisface. Así pues, nuestras relaciones con la muerte son íntimas –más íntimas, acaso, que las de cualquier otro pueblo– pero desnudas de significación y desprovistas de erotismo. La muerte mexicana es estéril, no engendra como la de aztecas y cristianos.

Nada más opuesto a esta actitud que la de europeos y norteamericanos. Leyes, costumbres, moral pública y privada, tienden a preservar la vida humana. Esta protección no impide que aparezcan cada vez con más frecuencia ingeniosos y refinados asesinos, eficaces productores del crimen perfecto y en serie. La reiterada irrupción de criminales profesionales, que maduran y calculan sus asesinatos con una precisión inaccesible a cualquier mexicano; el placer con que relatan sus experiencias, sus goces y sus procedimientos; la fascinación con que el público y los periódicos recogen sus confesiones; y, finalmente, la reconocida ineficacia de los sistemas de represión con que se pretende evitar nuevos crímenes, muestran que el respeto a la vida humana que tanto enorgullece a la civilización occidental es una noción incompleta o hipócrita.

El culto a la vida, si de verdad es profundo y total, es también culto a la muerte. Ambas son inseparables. Una civilización que niega a la muerte, acaba por negar a la vida. La perfección de los criminales modernos no es nada más una consecuencia del progreso de la técnica moderna, sino del desprecio a la vida inexorablemente implícito en todo voluntario escamoteo de la muerte. Y podría agregarse que la perfección de la técnica moderna y la popularidad del *murder story* no son sino frutos (como los campos de concentración y el empleo de sistemas de exterminación colectiva) de una concepción optimista y unilateral de la existencia. Y así, es inútil excluir a la muerte de nuestras representaciones, de nuestras palabras, de nuestras ideas, porque ella acabará por suprimirnos a todos y en primer término a los que viven ignorándola o fingiendo que la ignoran.

Cuando el mexicano mata –por vergüenza, placer o capricho– mata a una persona, a un semejante. Los criminales y estadistas modernos no matan: suprimen. Experimentan con seres que han perdido ya su calidad humana. En los campos de concentración primero se degrada al hombre; una vez convertido en un objeto, se le extermina en masa. El criminal típico de la gran ciudad –más allá de los móviles concretos que lo impul-

san– realiza en pequeña escala lo que el caudillo moderno hace en grande. También a su modo experimenta: envenena, disgrega cadáveres con ácidos, incinera despojos, convierte en objeto a su víctima. La antigua relación entre víctima y victimario, que es lo único que humaniza al crimen, lo único que lo hace imaginable, ha desaparecido. Como en las novelas de Sade, no hay ya sino verdugos y objetos, instrumentos de placer y destrucción. Y la inexistencia de la víctima hace más intolerable y total la infinita soledad del victimario. Para nosotros el crimen es todavía una relación –y en ese sentido posee el mismo significado liberador que la fiesta o la confesión. De ahí su dramatismo, su poesía y –¿por qué no decirlo?– su grandeza. Gracias al crimen, accedemos a una efímera transcendencia.

En los primeros versos de la octava elegía de Duino, Rilke dice que la criatura –el ser en su inocencia animal– contempla lo *abierto*, al contrario de nosotros, que jamás vemos hacia adelante, hacia lo absoluto. El miedo nos hace volver el rostro, darle la espalda a la muerte. Y al negarnos a contemplarla, nos cerramos fatalmente a la vida, que es una totalidad que la lleva en sí. Lo *abierto* es el mundo en donde los contrarios se reconcilian y la luz y la sombra se funden. Esta concepción tiende a devolver a la muerte su sentido original, que nuestra época le ha arrebatado: muerte y vida son contrarios que se complementan. Ambas son mitades de una esfera que nosotros, sujetos a tiempo y espacio, no podemos sino entrever. En el mundo prenatal, muerte y vida se confunden; en el nuestro, se oponen; en el más allá, vuelven a reunirse, pero ya no en la ceguera animal, anterior al pecado y a la conciencia, sino como inocencia reconquistada. El hombre puede transcender la oposición temporal que las escinde –y que no reside en ellas, sino en su conciencia– y percibirlas como una unidad superior. Este conocimiento no se opera sino a través de un desprendimiento: la criatura debe renunciar a su vida temporal y a la nostalgia del limbo, del mundo animal. Debe abrirse a la muerte si quiere abrirse a la vida; entonces «será como los ángeles».

Así, frente a la muerte hay dos actitudes: una, hacia adelante, que la concibe como creación; otra, de regreso, que se expresa como fascinación ante la nada o como nostalgia del limbo. Ningún poeta mexicano o hispanoamericano, con la excepción, acaso, de César Vallejo, se aproxima a la primera de estas dos concepciones. En cambio, dos poetas mexicanos, José Gorostiza y Xavier Villaurrutia, encarnan la segunda de estas dos direcciones. Si para Gorostiza la vida es «una muerte sin fin», un continuo despeñarse en la nada, para Villaurrutia la vida no es más que «nostalgia de la muerte».

La afortunada imagen que da título al libro de Villaurrutia, *Nostalgia de la muerte*, es algo más que un acierto verbal. Con él, su autor quiere señalarnos la significación última de su poesía. La muerte como nostalgia y no como fruto o fin de la vida, equivale a afirmar que no venimos de la vida, sino de la muerte. Lo antiguo y original, la entraña materna, es la huesa y no la matriz. Esta aseveración corre el riesgo de parecer una vana paradoja o la reiteración de un viejo lugar común: todos somos polvo y vamos al polvo. Creo, pues, que el poeta desea encontrar en la muerte (que es, en efecto, nuestro origen) una revelación que la vida temporal no le ha dado: la de la verdadera vida. Al morir

> la aguja del instantero
> recorrerá su cuadrante
> todo cabrá en un instante
> ...
> y será posible acaso
> vivir, después de haber muerto.

Regresar a la muerte original será volver a la vida de antes de la vida, a la vida de antes de la muerte: al limbo, a la entraña materna.

Muerte sin fin, el poema de José Gorostiza, es quizá el más alto testimonio que poseemos los hispanoamericanos de una conciencia verdaderamente moderna, inclinada sobre sí misma, presa de sí, de su propia claridad cegadora. El poeta, al mismo tiempo lúcido y exasperado, desea arrancar su máscara a la existencia, para contemplarla en su desnudez. El diálogo entre el mundo y el hombre, viejo como la poesía y el amor, se transforma en el del agua y el vaso que la ciñe, el del pensamiento y la forma en que se vierte y a la que acaba por corroer. Preso en las apariencias –árboles y pensamientos, piedras y emociones, días y noches, crepúsculos, no son sino metáforas, cintas de colores– el poeta advierte que el soplo que hincha la substancia, la modela y la erige forma, es el mismo que la carcome y arruga y destrona. En este drama sin personajes, pues todos son nada más reflejos, disfraces de un suicida que dialoga consigo mismo en un lenguaje de espejos y ecos, tampoco la inteligencia es otra cosa que reflejo, forma, y la más pura, de la muerte, de una muerte enamorada de sí misma. Todo se despeña en su propia claridad, todo se anega en su fulgor, todo se dirige hacia esa muerte transparente: la vida no es sino una metáfora, una invención con que la muerte –¡también ella!– quiere engañarse. El poema es el tenso desarrollo del viejo tema de Narciso –al que,

por otra parte, no se alude una sola vez en el texto. Y no solamente la conciencia se contempla a sí misma en sus aguas transparentes y vacías, espejo y ojo al mismo tiempo, como en el poema de Valéry: la nada, que se miente forma y vida, respiración y pecho, que se finge corrupción y muerte, termina por desnudarse y, ya vacía, se inclina sobre sí misma: se enamora de sí, cae en sí, incansable muerte sin fin.

En suma, si en la fiesta, la borrachera o la confidencia nos abrimos, lo hacemos con tal violencia que nos desgarramos y acabamos por anularnos. Y ante la muerte, como ante la vida, nos alzamos de hombros y le oponemos un silencio o una sonrisa desdeñosa. La fiesta y el crimen pasional o gratuito revelan que el equilibrio de que hacemos gala sólo es una máscara, siempre en peligro de ser desgarrada por una súbita explosión de nuestra intimidad.

Todas estas actitudes indican que el mexicano siente, en sí mismo y en la carne del país, la presencia de una mancha, no por difusa menos viva, original e imborrable. Todos nuestros gestos tienden a ocultar esa llaga, siempre fresca, siempre lista a encenderse y arder bajo el sol de la mirada ajena.

Ahora bien, todo desprendimiento provoca una herida. A reserva de indagar cómo y en qué momento se produjo ese desprendimiento, debo apuntar que cualquier ruptura (con nosotros mismos o con lo que nos rodea, con el pasado o con el presente) engendra un sentimiento de soledad. En los casos extremos –separación de los padres, de la Matriz o de la tierra natal, muerte de los dioses o conciencia aguda de sí– la soledad se identifica con la orfandad. Y ambas se manifiestan generalmente como conciencia del pecado. Las penalidades y vergüenza que inflige el estado de separación pueden ser consideradas, gracias a la introducción de las nociones de expiación y redención, como sacrificios necesarios, prendas o promesas de una futura comunión que pondrá fin al exilio. La culpa puede desaparecer, la herida cicatrizar, el exilio resolverse en comunión. La soledad adquiere así un carácter purgativo, purificador. El solitario o aislado transciende su soledad, la vive como una prueba y como una promesa de comunión.

El mexicano, según se ha visto en las descripciones anteriores, no transciende su soledad. Al contrario, se encierra en ella. Habitamos nuestra soledad como Filoctetes su isla, no esperando, sino temiendo volver al mundo. No soportamos la presencia de nuestros compañeros. Encerrados en nosotros mismos, cuando no desgarrados y enajenados, apuramos una so-

ledad sin referencias a un más allá redentor o a un más acá creador. Oscilamos entre la entrega y la reserva, entre el grito y el silencio, entre la fiesta y el velorio, sin entregarnos jamás. Nuestra impasibilidad recubre la vida con la máscara de la muerte; nuestro grito desgarra esa máscara y sube al cielo hasta distenderse, romperse y caer como derrota y silencio. Por ambos caminos el mexicano se cierra al mundo: a la vida y a la muerte.

Los hijos de la Malinche

La extrañeza que provoca nuestro hermetismo ha creado la leyenda del mexicano, ser insondable. Nuestro recelo provoca el ajeno. Si nuestra cortesía atrae, nuestra reserva hiela. Y las inesperadas violencias que nos desgarran, el esplendor convulso o solemne de nuestras fiestas, el culto a la muerte, acaban por desconcertar al extranjero. La sensación que causamos no es diversa a la que producen los orientales. También ellos, chinos, indostanos o árabes, son herméticos e indescifrables. También ellos arrastran en andrajos un pasado todavía vivo. Hay un misterio mexicano como hay un misterio amarillo y uno negro. El contenido concreto de esas representaciones depende de cada espectador. Pero todos coinciden en hacerse de nosotros una imagen ambigua, cuando no contradictoria: no somos gente segura y nuestras respuestas como nuestros silencios son imprevisibles, inesperados. Traición y lealtad, crimen y amor, se agazapan en el fondo de nuestra mirada. Atraemos y repelemos.

No es difícil comprender los orígenes de esta actitud. Para un europeo, México es un país al margen de la historia universal. Y todo lo que se encuentra alejado del centro de la sociedad aparece como extraño e impenetrable. Los campesinos, remotos, ligeramente arcaicos en el vestir y el hablar, parcos, amantes de expresarse en formas y fórmulas tradicionales, ejercen siempre una fascinación sobre el hombre urbano. En todas partes representan el elemento más antiguo y secreto de la sociedad. Para todos, excepto para ellos mismos, encarnan lo oculto, lo escondido y que no se entrega sino difícilmente, tesoro enterrado, espiga que madura en las entrañas terrestres, vieja sabiduría escondida entre los pliegues de la tierra.

La mujer, otro de los seres que viven aparte, también es figura enigmática. Mejor dicho, es el Enigma. A semejanza del hombre de raza o nacionalidad extraña, incita y repele. Es la imagen de la fecundidad, pero asimismo de la muerte. En casi todas las culturas las diosas de la creación son también deidades de destrucción. Cifra viviente de la extrañeza del universo y de su radical heterogencidad, la mujer ¿esconde la muerte o la vida?, ¿en qué piensa?, ¿piensa acaso?, ¿siente de veras?, ¿es igual a nosotros? El sadismo se inicia como venganza ante el hermetismo femenino o como tentativa desesperada para obtener una respuesta de un cuerpo que tememos insensible. Porque, como dice Luis Cernuda, «el deseo es una

pregunta cuya respuesta no existe». A pesar de su desnudez –redonda, plena– en las formas de la mujer siempre hay algo que desvelar:

> Eva y Cipris concentran el misterio
> del corazón del mundo.

Para Rubén Darío, como para todos los grandes poetas, la mujer no es solamente un instrumento de conocimiento, sino el conocimiento mismo. El conocimiento que no poseeremos nunca, la suma de nuestra definitiva ignorancia: el misterio supremo.

Es notable que nuestras representaciones de la clase obrera no estén teñidas de sentimientos parecidos, a pesar de que también vive alejada del centro de la sociedad, inclusive físicamente, recluida en barrios y ciudades especiales. Cuando un novelista contemporáneo introduce un personaje que simboliza la salud o la destrucción, la fertilidad o la muerte, no escoge, como podría esperarse, a un obrero –que encierra en su figura la muerte de la vieja sociedad y el nacimiento de otra. D. H. Lawrence, que es uno de los críticos más violentos y profundos del mundo moderno, describe en casi todas sus obras las virtudes que harían del hombre fragmentario de nuestros días un hombre de verdad, dueño de una visión total del mundo. Para encarnar esas virtudes crea personajes de razas antiguas y no-europeas. O inventa la figura de Mellors, un guardabosque, un hijo de la tierra. Es posible que la infancia de Lawrence, transcurrida entre las minas de carbón inglesas, explique esta deliberada ausencia. Es sabido que detestaba a los obreros tanto como a los burgueses. Pero ¿cómo explicar que en todas las grandes novelas revolucionarias tampoco aparezcan los proletarios como héroes, sino como fondo? En todas ellas el héroe es siempre el aventurero, el intelectual o el revolucionario profesional. El hombre aparte, que ha renunciado a su clase, a su origen o a su patria. Herencia del romanticismo, sin duda, que hace del héroe un ser antisocial. Además, el obrero es demasiado reciente. Y se parece a sus señores: todos son hijos de la máquina.

El obrero moderno carece de individualidad. La clase es más fuerte que el individuo y la persona se disuelve en lo genérico. Porque ésa es la primera y más grave mutilación que sufre el hombre al convertirse en asalariado industrial. El capitalismo lo despoja de su naturaleza humana –lo que no ocurrió con el siervo– puesto que reduce todo su ser a fuerza de trabajo, transformándolo por este solo hecho en objeto. Y como a todos los objetos, en mercancía, en cosa susceptible de compra y venta. El obre-

ro pierde, bruscamente y por razón misma de su estado social, toda relación humana y concreta con el mundo: ni son suyos los útiles que emplea, ni es suyo el fruto de su esfuerzo. Ni siquiera lo ve. En realidad no es un obrero, puesto que no hace obras o no tiene conciencia de las que hace, perdido en un aspecto de la producción. Es un trabajador, nombre abstracto, que no designa una tarea determinada, sino una función. Así, no lo distingue de los otros hombres su obra, como acontece con el médico, el ingeniero o el carpintero. La abstracción que lo califica –el trabajo medido en tiempo– no lo separa, sino lo liga a otras abstracciones. De ahí su ausencia de misterio, de problematicidad, su transparencia, que no es diversa a la de cualquier instrumento.

La complejidad de la sociedad contemporánea y la especialización que requiere el trabajo extienden la condición abstracta del obrero a otros grupos sociales. Vivimos en un mundo de técnicos, se dice. A pesar de las diferencias de salarios y de nivel de vida, la situación de estos técnicos no difiere esencialmente de la de los obreros: también son asalariados y tampoco tienen conciencia de la obra que realizan. El gobierno de los técnicos, ideal de la sociedad contemporánea, sería así el gobierno de los instrumentos. La función substituiría al fin; el medio, al creador. La sociedad marcharía con eficacia, pero sin rumbo. Y la repetición del mismo gesto, distintiva de la máquina, llevaría a una forma desconocida de la inmovilidad: la del mecanismo que avanza de ninguna parte hacia ningún lado.

Los regímenes totalitarios no han hecho sino extender y generalizar, por medio de la fuerza o de la propaganda, esta condición. Todos los hombres sometidos a su imperio la padecen. En cierto sentido se trata de una transposición a la esfera social y política de los sistemas económicos del capitalismo. La producción en masa se logra a través de la confección de piezas sueltas que luego se unen en talleres especiales. La propaganda y la acción política totalitaria –así como el terror y la represión– obedecen al mismo sistema. La propaganda difunde verdades incompletas, en serie y por piezas sueltas. Más tarde esos fragmentos se organizan y se convierten en teorías políticas, verdades absolutas para las masas. El terror obedece al mismo principio. La persecución comienza contra grupos aislados –razas, clases, disidentes, sospechosos–, hasta que gradualmente alcanza a todos. Al iniciarse, una parte del pueblo contempla con indiferencia el exterminio de otros grupos sociales o contribuye a su persecución, pues se exasperan los odios internos. Todos se vuelven cómplices y el sentimiento de culpa se extiende a toda la sociedad. El terror se generaliza: ya no hay sino persecutores y perseguidos. El persecutor, por otra parte, se transforma muy

fácilmente en perseguido. Basta una vuelta de la máquina política. Y nadie escapa a esta dialéctica feroz, ni los dirigentes.

El mundo del terror, como el de la producción en serie, es un mundo de cosas, de útiles. (De ahí la vanidad de la disputa sobre la validez histórica del terror moderno.) Y los útiles nunca son misteriosos o enigmáticos, pues el misterio proviene de la indeterminación del ser o del objeto que lo contiene. Un anillo misterioso se desprende inmediatamente del género anillo; adquiere vida propia, deja de ser un objeto. En su forma yace, escondida, presta a saltar, la sorpresa. El misterio es una fuerza o una virtud oculta, que no nos obedece y que no sabemos a qué hora y cómo va a manifestarse. Pero los útiles no esconden nada, no nos preguntan nada y nada nos responden. Son inequívocos y transparentes. Meras prolongaciones de nuestras manos, no poseen más vida que la que nuestra voluntad les otorga. Nos sirven; luego, gastados, viejos, los arrojamos sin pesar al cesto de la basura, al cementerio de automóviles, al campo de concentración. O los cambiamos a nuestros aliados o enemigos por otros objetos.

Todas nuestras facultades, y también todos nuestros defectos, se oponen a esta concepción del trabajo como esfuerzo impersonal, repetido en iguales y vacías porciones de tiempo: la lentitud y cuidado en la tarea, el amor por la obra y por cada uno de los detalles que la componen, el buen gusto, innato ya, a fuerza de ser herencia milenaria. Si no fabricamos productos en serie, sobresalimos en el arte difícil, exquisito e inútil de vestir pulgas. Lo que no quiere decir que el mexicano sea incapaz de convertirse en lo que se llama un buen obrero. Todo es cuestión de tiempo. Y nada, excepto un cambio histórico cada vez más remoto e impensable, impedirá que el mexicano deje de ser un problema, un ser enigmático, y se convierta en una abstracción más.

Mientras llega ese momento, que resolverá –aniquilándolas– todas nuestras contradicciones, debo señalar que lo extraordinario de nuestra situación reside en que no solamente somos enigmáticos ante los extraños, sino ante nosotros mismos. Un mexicano es un problema siempre, para otro mexicano y para sí mismo. Ahora bien, nada más simple que reducir todo el complejo grupo de actitudes que nos caracteriza –y en especial la que consiste en ser un problema para nosotros mismos– a lo que se podría llamar «moral de siervo», por oposición no solamente a la «moral de señor», sino a la moral moderna, proletaria o burguesa.

La desconfianza, el disimulo, la reserva cortés que cierra el paso al extraño, la ironía, todas, en fin, las oscilaciones psíquicas con que al eludir la mirada ajena nos eludimos a nosotros mismos, son rasgos de gente

dominada, que teme y que finge frente al señor. Es revelador que nuestra intimidad jamás aflore de manera natural, sin el acicate de la fiesta, el alcohol o la muerte. Esclavos, siervos y razas sometidas se presentan siempre recubiertos por una máscara, sonriente o adusta. Y únicamente a solas, en los grandes momentos, se atreven a manifestarse tal como son. Todas sus relaciones están envenenadas por el miedo y el recelo. Miedo al señor, recelo ante sus iguales. Cada uno observa al otro, porque cada compañero puede ser también un traidor. Para salir de sí mismo el siervo necesita saltar barreras, embriagarse, olvidar su condición. Vivir a solas, sin testigos. Solamente en la soledad se atreve a ser.

La indudable analogía que se observa entre ciertas de nuestras actitudes y las de los grupos sometidos al poder de un amo, una casta o un Estado extraño, podría resolverse en esta afirmación: el carácter de los mexicanos es un producto de las circunstancias sociales imperantes en nuestro país; la historia de México, que es la historia de esas circunstancias, contiene la respuesta a todas las preguntas. La situación del pueblo durante el período colonial sería así la raíz de nuestra actitud cerrada e inestable. Nuestra historia como nación independiente contribuiría también a perpetuar y hacer más neta esta psicología servil, puesto que no hemos logrado suprimir la miseria popular ni las exasperantes diferencias sociales, a pesar de siglo y medio de luchas y experiencias constitucionales. El empleo de la violencia como recurso dialéctico, los abusos de autoridad de los poderosos –vicio que no ha desaparecido todavía– y finalmente el escepticismo y la resignación del pueblo, hoy más visibles que nunca debido a las sucesivas desilusiones postrevolucionarias, completarían esta explicación histórica.

El defecto de interpretaciones como la que acabo de bosquejar reside, precisamente, en su simplicidad. Nuestra actitud ante la vida no está condicionada por los hechos históricos, al menos de la manera rigurosa con que en el mundo de la mecánica la velocidad o la trayectoria de un proyectil se encuentra determinada por un conjunto de factores conocidos. Nuestra actitud vital –que es un factor que nunca acabaremos de conocer totalmente, pues cambio e indeterminación son las únicas constantes de su ser– también es historia. Quiero decir, los hechos históricos no son nada más hechos, sino que están teñidos de humanidad, esto es, de problematicidad. Tampoco son el mero resultado de otros hechos, que los causan, sino de una voluntad singular, capaz de regir dentro de ciertos límites su fatalidad. La historia no es un mecanismo y las influencias entre los diversos componentes de un hecho histórico son recíprocas, como

tantas veces se ha dicho. Lo que distingue a un hecho histórico de los otros hechos es su carácter histórico. O sea, que es por sí mismo y en sí mismo una unidad irreductible a otras. Irreductible e inseparable. Un hecho histórico no es la suma de los llamados factores de la historia, sino una realidad indisoluble. Las circunstancias históricas explican nuestro carácter en la medida que nuestro carácter también las explica a ellas. Ambas son lo mismo. Por eso toda explicación puramente histórica es insuficiente –lo que no equivale a decir que sea falsa.

Basta una observación para reducir a sus verdaderas proporciones la analogía entre la moral de los siervos y la nuestra: las reacciones habituales del mexicano no son privativas de una clase, raza o grupo aislado, en situación de inferioridad. Las clases ricas también se cierran al mundo exterior y también se desgarran cada vez que intentan abrirse. Se trata de una actitud que rebasa las circunstancias históricas, aunque se sirve de ellas para manifestarse y se modifica a su contacto. El mexicano, como todos los hombres, al servirse de las circunstancias las convierte en materia plástica y se funde a ellas. Al esculpirlas, se esculpe.

Si no es posible identificar nuestro carácter con el de los grupos sometidos, tampoco lo es negar su parentesco. En ambas situaciones el individuo y el grupo luchan, simultánea y contradictoriamente, por ocultarse y revelarse. Mas una diferencia nos separa. Siervos, criados o razas víctimas de un poder extraño cualquiera (los negros norteamericanos, por ejemplo) entablan un combate con una realidad concreta. Nosotros, en cambio, luchamos con entidades imaginarias, vestigios del pasado o fantasmas engendrados por nosotros mismos. Esos fantasmas y vestigios son reales, al menos para nosotros. Su realidad es de un orden sutil y atroz, porque es una realidad fantasmagórica. Son intocables e invencibles, ya que no están fuera de nosotros, sino en nosotros mismos. En la lucha que sostiene contra ellos nuestra voluntad de ser, cuentan con un aliado secreto y poderoso: nuestro miedo a ser. Porque todo lo que es el mexicano actual, como se ha visto, puede reducirse a esto: el mexicano no quiere o no se atreve a ser él mismo.

En muchos casos estos fantasmas son vestigios de realidades pasadas. Se originaron en la Conquista, en la Colonia, en la Independencia o en las guerras sostenidas contra yanquis y franceses. Otros reflejan nuestros problemas actuales, pero de una manera indirecta, escondiendo o disfrazando su verdadera naturaleza. ¿Y no es extraordinario que, desaparecidas las causas, persistan los efectos? ¿Y que los efectos oculten a las causas? En esta esfera es imposible escindir causas y efectos. En realidad, no

hay causas y efectos, sino un complejo de reacciones y tendencias que se penetran mutuamente. La persistencia de ciertas actitudes y la libertad e independencia que asumen frente a las causas que las originaron, conduce a estudiarlas en la carne viva del presente y no en los textos históricos.

En suma, la historia podrá esclarecer el origen de muchos de nuestros fantasmas, pero no los disipará. Sólo nosotros podemos enfrentarnos a ellos. O dicho de otro modo: la historia nos ayuda a comprender ciertos rasgos de nuestro carácter, a condición de que seamos capaces de aislarlos y denunciarlos previamente. Nosotros somos los únicos que podemos contestar a las preguntas que nos hacen la realidad y nuestro propio ser.

En nuestro lenguaje diario hay un grupo de palabras prohibidas, secretas, sin contenido claro, y a cuya mágica ambigüedad confiamos la expresión de las más brutales o sutiles de nuestras emociones y reacciones. Palabras malditas, que sólo pronunciamos en voz alta cuando no somos dueños de nosotros mismos. Confusamente reflejan nuestra intimidad: las explosiones de nuestra vitalidad las iluminan y las depresiones de nuestro ánimo las obscurecen. Lenguaje sagrado, como el de los niños, la poesía y las sectas. Cada letra y cada sílaba están animadas de una vida doble, al mismo tiempo luminosa y obscura, que nos revela y oculta. Palabras que no dicen nada y dicen todo. Los adolescentes, cuando quieren presumir de hombres, las pronuncian con voz ronca. Las repiten las señoras, ya para significar su libertad de espíritu, ya para mostrar la verdad de sus sentimientos. Pues estas palabras son definitivas, categóricas, a pesar de su ambigüedad y de la facilidad con que varía su significado. Son las malas palabras, único lenguaje vivo en un mundo de vocablos anémicos. La poesía al alcance de todos.

Cada país tiene la suya. En la nuestra, en sus breves y desgarradas, agresivas, chispeantes sílabas, parecidas a la momentánea luz que arroja el cuchillo cuando se le descarga contra un cuerpo opaco y duro, se condensan todos nuestros apetitos, nuestras iras, nuestros entusiasmos y los anhelos que pelean en nuestro fondo, inexpresados. Esa palabra es nuestro santo y seña. Por ella y en ella nos reconocemos entre extraños y a ella acudimos cada vez que aflora a nuestros labios la condición de nuestro ser. Conocerla, usarla, arrojándola al aire como un juguete vistoso o haciéndola vibrar como un arma afilada, es una manera de afirmar nuestra mexicanidad.

Toda la angustiosa tensión que nos habita se expresa en una frase que nos viene a la boca cuando la cólera, la alegría o el entusiasmo nos llevan a exaltar nuestra condición de mexicanos: ¡Viva México, hijos de la Chin-

gada! Verdadero grito de guerra, cargado de una electricidad particular, esta frase es un reto y una afirmación, un disparo, dirigido contra un enemigo imaginario, y una explosión en el aire. Nuevamente, con cierta patética y plástica fatalidad, se presenta la imagen del cohete que sube al cielo, se dispersa en chispas y cae obscuramente. O la del aullido en que terminan nuestras canciones, y que posee la misma ambigua resonancia: alegría rencorosa, desgarrada afirmación que se abre el pecho y se consume a sí misma.

Con ese grito, que es de rigor gritar cada 15 de septiembre, aniversario de la Independencia, nos afirmamos y afirmamos a nuestra patria, frente, contra y a pesar de los demás. ¿Y quiénes son los demás? Los demás son los «hijos de la Chingada»: los extranjeros, los malos mexicanos, nuestros enemigos, nuestros rivales. En todo caso, los *otros*. Esto es, todos aquellos que no son lo que nosotros somos. Y esos otros no se definen sino en cuanto hijos de una madre tan indeterminada y vaga como ellos mismos.

¿Quién es la Chingada? Ante todo, es la Madre. No una Madre de carne y hueso, sino una figura mítica. La Chingada es una de las representaciones mexicanas de la Maternidad, como la Llorona o la «sufrida madre mexicana» que festejamos el 10 de mayo. La Chingada es la madre que ha sufrido, metafórica o realmente, la acción corrosiva e infamante implícita en el verbo que le da nombre. Vale la pena detenerse en el significado de esta voz.

En *Anarquía del lenguaje en la América española*, Darío Rubio examina el origen de esta palabra y enumera las significaciones que le prestan casi todos los pueblos hispanoamericanos. Es probable su procedencia azteca: *chingaste* es *xinatli* (semilla de hortaliza) o *xinaxtli* (aguamiel fermentada). La voz y sus derivados se usan, en casi toda América y en algunas regiones de España, asociados a las bebidas, alcohólicas o no: *chingaste* son los residuos o heces que quedan en el vaso, en Guatemala y El Salvador; en Oaxaca llaman *chingaditos* a los restos del café; en todo México se llama *chinguere* –o, significativamente, *piquete*– al alcohol; en Chile, Perú y Ecuador la *chingana* es la taberna; en España *chingar* equivale a beber mucho, a embriagarse; y en Cuba, un *chinguirito* es un trago de alcohol[1].

1. Según J. Corominas, *chingar* es voz jergal derivada probablemente del gitano (índico) *çingare* (pelear, fastidiar, estropear). Pero «no todas las palabras castellanas en *ching-* derivan de este verbo, pues en América se mezclan con algunos radicales aborígenes». (*Diccionario crítico etimológico de la lengua castellana*, Berna, 1954.) Se trata, en verdad, de vocablos mestizos.

Chingar también implica la idea de fracaso. En Chile y Argentina se chinga un petardo, «cuando no revienta, se frustra o sale fallido». Y las empresas que fracasan, las fiestas que se aguan, las acciones que no llegan a su término, se chingan. En Colombia, *chingarse* es llevarse un chasco. En el Plata un vestido desgarrado es un vestido chingado. En casi todas partes *chingarse* es salir burlado, fracasar. *Chingar*, asimismo, se emplea en algunas partes de Sudamérica como sinónimo de molestar, zaherir, burlar. Es un verbo agresivo, como puede verse por todas estas significaciones: descolar a los animales, incitar o hurgar a los gallos, chunguear, chasquear, perjudicar, echar a perder, frustrar.

En México los significados de la palabra son innumerables. Es una voz mágica. Basta un cambio de tono, una inflexión apenas, para que el sentido varíe. Hay tantos matices como entonaciones: tantos significados como sentimientos. Se puede ser un chingón, un Gran Chingón (en los negocios, en la política, en el crimen, con las mujeres), un chingaquedito (silencioso, disimulado, urdiendo tramas en la sombra, avanzando cauto para dar el mazazo), un chingoncito. Pero la pluralidad de significaciones no impide que la idea de agresión –en todos sus grados, desde el simple de incomodar, picar, zaherir, hasta el de violar, desgarrar y matar– se presente siempre como significado último. El verbo denota violencia, salir de sí mismo y penetrar por la fuerza en otro. Y también, herir, rasgar, violar –cuerpos, almas, objetos–, destruir. Cuando algo se rompe, decimos: «se chingó». Cuando alguien ejecuta un acto desmesurado y contra las reglas, comentamos: «hizo una chingadera».

La idea de romper y de abrir reaparece en casi todas las expresiones. La voz está teñida de sexualidad, pero no es sinónima del acto sexual; se puede chingar a una mujer sin poseerla. Y cuando se alude al acto sexual, la violación o el engaño le prestan un matiz particular. El que chinga jamás lo hace con el consentimiento de la chingada. En suma, chingar es hacer violencia sobre otro. Es un verbo masculino, activo, cruel: pica, hiere, desgarra, mancha. Y provoca una amarga, resentida satisfacción en el que lo ejecuta.

Lo chingado es lo pasivo, lo inerte y abierto, por oposición a lo que chinga, que es activo, agresivo y cerrado. El chingón es el macho, el que abre. La chingada, la hembra, la pasividad pura, inerme ante el exterior. La relación entre ambos es violenta, determinada por el poder cínico del primero y la impotencia de la otra. La idea de violación rige obscuramente todos los significados. La dialéctica de «lo cerrado» y «lo abierto» se cumple así con precisión casi feroz.

El poder mágico de la palabra se intensifica por su carácter prohibido. Nadie la dice en público. Solamente un exceso de cólera, una emoción o el entusiasmo delirante, justifican su expresión franca. Es una voz que sólo se oye entre hombres, o en las grandes fiestas. Al gritarla, rompemos un velo de pudor, de silencio o de hipocresía. Nos manifestamos tales como somos de verdad. Las malas palabras hierven en nuestro interior, como hierven nuestros sentimientos. Cuando salen, lo hacen brusca, brutalmente, en forma de alarido, de reto, de ofensa. Son proyectiles o cuchillos. Desgarran.

Los españoles también abusan de las expresiones fuertes. Frente a ellos el mexicano es singularmente pulcro. Pero mientras los españoles se complacen en la blasfemia y la escatología, nosotros nos especializamos en la crueldad y el sadismo. El español es simple: insulta a Dios porque cree en él. La blasfemia, dice Machado, es una oración al revés. El placer que experimentan muchos españoles, incluso algunos de sus más altos poetas, al aludir a los detritus y mezclar la mierda con lo sagrado se parece un poco al de los niños que juegan con lodo. Hay, además del resentimiento, el gusto por los contrastes, que ha engendrado el estilo barroco y el dramatismo de la gran pintura española. Sólo un español puede hablar con autoridad de Onán y Don Juan. En las expresiones mexicanas, por el contrario, no se advierte la dualidad española simbolizada por la oposición de lo real y lo ideal, los místicos y los pícaros, el Quevedo fúnebre y el escatológico, sino la dicotomía entre lo cerrado y lo abierto. El verbo *chingar* indica el triunfo de lo cerrado, del macho, del fuerte, sobre lo abierto.

La palabra *chingar*, con todas estas múltiples significaciones, define gran parte de nuestra vida y califica nuestras relaciones con el resto de nuestros amigos y compatriotas. Para el mexicano la vida es una posibilidad de chingar o de ser chingado. Es decir, de humillar, castigar y ofender. O a la inversa. Esta concepción de la vida social como combate engendra fatalmente la división de la sociedad en fuertes y débiles. Los fuertes –los chingones sin escrúpulos, duros e inexorables– se rodean de fidelidades ardientes e interesadas. El servilismo ante los poderosos –especialmente entre la casta de los «políticos», esto es, de los profesionales de los negocios públicos– es una de las deplorables consecuencias de esta situación. Otra, no menos degradante, es la adhesión a las personas y no a los principios. Con frecuencia nuestros políticos confunden los negocios públicos con los privados. No importa. Su riqueza o su influencia en la administración les permite sostener una mesnada que el pueblo llama, muy atinadamente, de *lambiscones* (de lamer).

El verbo *chingar* –maligno, ágil y juguetón como un animal de presa– engendra muchas expresiones que hacen de nuestro mundo una selva: hay tigres en los negocios, águilas en las escuelas o en los presidios, leones con los amigos. El soborno se llama «morder». Los burócratas roen sus huesos (los empleos públicos). Y en un mundo de chingones, de relaciones duras, presididas por la violencia y el recelo, en el que nadie se abre ni se raja y todos quieren chingar, las ideas y el trabajo cuentan poco. Lo único que vale es la hombría, el valor personal, capaz de imponerse.

La voz tiene además otro significado, más restringido. Cuando decimos «vete a la Chingada», enviamos a nuestro interlocutor a un espacio lejano, vago e indeterminado. Al país de las cosas rotas, gastadas. País gris, que no está en ninguna parte, inmenso y vacío. Y no sólo por simple asociación fonética lo comparamos a la China, que es también inmensa y remota. La Chingada, a fuerza de uso, de significaciones contrarias y del roce de labios coléricos o entusiasmados, acaba por gastarse, agotar sus contenidos y desaparecer. Es una palabra hueca. No quiere decir nada. Es la Nada.

Después de esta digresión sí se puede contestar a la pregunta ¿qué es la Chingada? La Chingada es la Madre abierta, violada o burlada por la fuerza. El «hijo de la Chingada» es el engendro de la violación, del rapto o de la burla. Si se compara esta expresión con la española, «hijo de puta», se advierte inmediatamente la diferencia. Para el español la deshonra consiste en ser hijo de una mujer que voluntariamente se entrega, una prostituta; para el mexicano, en ser fruto de una violación.

Manuel Cabrera me hace observar que la actitud española refleja una concepción histórica y moral del pecado original, en tanto que la del mexicano, más honda y genuina, transciende anécdota y ética. En efecto, toda mujer, aun la que se da voluntariamente, es desgarrada, chingada por el hombre. En cierto sentido todos somos, por el solo hecho de nacer de mujer, hijos de la Chingada, hijos de Eva. Mas lo característico del mexicano reside, a mi juicio, en la violenta, sarcástica humillación de la Madre y en la no menos violenta afirmación del Padre. Una amiga –las mujeres son más sensibles a la extrañeza de la situación– me hacía ver que la admiración por el Padre, símbolo de lo cerrado y agresivo, capaz de chingar y abrir, se transparenta en una expresión que empleamos cuando queremos imponer a otro nuestra superioridad: «Yo soy tu padre». En suma, la cuestión del origen es el centro secreto de nuestra ansiedad y angustia. Vale la pena detenerse un poco en el sentido que todo esto tiene para nosotros.

Estamos solos. La soledad, fondo de donde brota la angustia, empezó el día en que nos desprendimos del ámbito materno y caímos en un mundo extraño y hostil. Hemos caído; y esta caída, este sabernos caídos, nos vuelve culpables. ¿De qué? De un delito sin nombre: el haber nacido. Estos sentimientos son comunes a todos los hombres y no hay en ellos nada que sea específicamente mexicano; así pues, no se trata de repetir una descripción que ya ha sido hecha muchas veces, sino de aislaṛ algunos rasgos y emociones que iluminan con una luz particular la condición universal del hombre.

En todas las civilizaciones la imagen del Dios Padre –apenas destrona a las divinidades femeninas– se presenta como una figura ambivalente. Por una parte, ya sea Jehová, Dios Creador, o Zeus, rey de la creación, regulador cósmico, el Padre encarna el poder genérico, origen de la vida; por la otra es el principio anterior, el Uno, de donde todo nace y adonde todo desemboca. Pero, además, es el dueño del rayo y del látigo, el tirano y el ogro devorador de la vida. Este aspecto –Jehová colérico, Dios de ira, Saturno, Zeus violador de mujeres– es el que aparece casi exclusivamente en las representaciones populares que se hace el mexicano del poder viril. El «macho» representa el polo masculino de la vida. La frase «yo soy tu padre» no tiene ningún sabor paternal, ni se dice para proteger, resguardar o conducir, sino para imponer una superioridad, esto es, para humillar. Su significado real no es distinto al del verbo *chingar* y algunos de sus derivados. El «macho» es el Gran Chingón. Una palabra resume la agresividad, impasibilidad, invulnerabilidad, uso descarnado de la violencia, y demás atributos del «macho»: poder. La fuerza, pero desligada de toda noción de orden: el poder arbitrario, la voluntad sin freno y sin cauce.

La arbitrariedad añade un elemento imprevisto a la figura del «macho». Es un humorista. Sus bromas son enormes, descomunales y desembocan siempre en el absurdo. Es conocida la anécdota de aquel que, para «curar» el dolor de cabeza de un compañero de juerga, le vació la pistola en el cráneo. Cierto o no, el sucedido revela con qué inexorable rigor la lógica de lo absurdo se introduce en la vida. El «macho» hace «chingaderas», es decir, actos imprevistos y que producen la confusión, el horror, la destrucción. Abre al mundo; al abrirlo, lo desgarra. El desgarramiento provoca una gran risa siniestra. A su manera es justo: restablece el equilibrio, pone las cosas en su sitio, esto es, las reduce a polvo, miseria, nada. El humorismo del «macho» es un acto de venganza.

Un psicólogo diría que el resentimiento es el fondo de su carácter. No sería difícil percibir también ciertas inclinaciones homosexuales, como el

uso y abuso de la pistola, símbolo fálico portador de la muerte y no de la vida, el gusto por las cofradías cerradamente masculinas, etc. Pero cualquiera que sea el origen de estas actitudes, el hecho es que el atributo esencial del «macho», la fuerza, se manifiesta casi siempre como capacidad de herir, rajar, aniquilar, humillar. Nada más natural, por tanto, que su indiferencia frente a la prole que engendra. No es el fundador de un pueblo; no es el patriarca que ejerce la *patria potestas*; no es rey, juez, jefe de clan. Es el poder, aislado en su misma potencia, sin relación ni compromiso con el mundo exterior. Es la incomunicación pura, la soledad que se devora a sí misma y devora lo que toca. No pertenece a nuestro mundo; no es de nuestra ciudad; no vive en nuestro barrio. Viene de lejos, está lejos siempre. Es el Extraño. Es imposible no advertir la semejanza que guarda la figura del «macho» con la del conquistador español. Ése es el modelo –más mítico que real– que rige las representaciones que el pueblo mexicano se ha hecho de los poderosos: caciques, señores feudales, hacendados, políticos, generales, capitanes de industria. Todos ellos son «machos», «chingones».

El «macho» no tiene contrapartida heroica o divina. Hidalgo, el «padre de la patria», como es costumbre llamarlo en la jerga ritual de la República, es un anciano inerme, más encarnación del pueblo desvalido frente a la fuerza que imagen del poder y la cólera del padre terrible. Entre los numerosos santos patronos de los mexicanos tampoco aparece alguno que ofrezca semejanza con las grandes divinidades masculinas. Finalmente, no existe una veneración especial por el Dios Padre de la Trinidad, figura más bien borrosa. En cambio, es muy frecuente y constante la devoción a Cristo, el Dios hijo, el Dios joven, sobre todo como víctima redentora. En las iglesias de los pueblos abundan las esculturas de Jesús –en la cruz o cubiertas de llagas y heridas– en las que el realismo desollado de los españoles se alía al simbolismo trágico de los indios: las heridas son flores, prendas de resurrección, por una parte y, asimismo, reiteración de que la vida es la máscara dolorosa de la muerte.

El fervor del culto al Dios hijo podría explicarse, a primera vista, como herencia de las religiones prehispánicas. En efecto, a la llegada de los españoles casi todas las grandes divinidades masculinas –con la excepción de Tláloc, niño y viejo simultáneamente, deidad de mayor antigüedad– eran dioses hijos, como Xipe, dios del maíz joven, y Huitzilopochtli, el Guerrero del Sur. Quizá no sea ocioso recordar que el nacimiento de Huitzilopochtli ofrece más de una analogía con el de Cristo: también él es concebido sin contacto carnal; el mensajero divino también es un pájaro (que deja caer una pluma en el regazo de Coatlicue); y, en fin, también

el niño Huitzilopochtli debe escapar de la persecución de un Herodes mítico. Sin embargo, es abusivo utilizar estas analogías para explicar la devoción a Cristo, como lo sería atribuirla a una mera supervivencia del culto a los dioses hijos. El mexicano venera al Cristo sangrante y humillado, golpeado por los soldados, condenado por los jueces, porque ve en él la imagen transfigurada de su propio destino. Y esto mismo lo lleva a reconocerse en Cuauhtémoc, el joven emperador azteca destronado, torturado y asesinado por Cortés.

Cuauhtémoc quiere decir «águila que cae». El jefe mexica asciende al poder al iniciarse el sitio de México-Tenochtitlan, cuando los aztecas han sido abandonados sucesivamente por sus dioses, sus vasallos y sus aliados. Asciende sólo para caer, como un héroe mítico. Inclusive su relación con la mujer se ajusta al arquetipo del héroe joven, a un tiempo amante e hijo de la diosa. Así, López Velarde dice que Cuauhtémoc sale al encuentro de Cortés, es decir, al sacrificio final, «desatado del pecho curvo de la emperatriz». Es un guerrero pero también un niño. Sólo que el ciclo heroico no se cierra: héroe caído, aún espera su resurrección. No es sorprendente que, para la mayoría de los mexicanos, Cuauhtémoc sea el «joven abuelo», el origen de México: la tumba del héroe es la cuna del pueblo. Tal es la dialéctica de los mitos y Cuauhtémoc, antes que una figura histórica, es un mito. Y aquí interviene otro elemento decisivo, analogía que hace de esta historia un verdadero poema en busca de un desenlace: se ignora el lugar de la tumba de Cuauhtémoc. El misterio del paradero de sus restos es una de nuestras obsesiones. Encontrarlo significa nada menos que volver a nuestro origen, reanudar nuestra filiación, romper la soledad. Resucitar.

Si se interroga a la tercera figura de la tríada, la Madre, escucharemos una respuesta doble. No es un secreto para nadie que el catolicismo mexicano se concentra en el culto a la Virgen de Guadalupe. En primer término: se trata de una Virgen india; en seguida: el lugar de su aparición (ante el indio Juan Diego) es una colina que fue antes santuario dedicado a Tonantzin, «nuestra madre», diosa de la fertilidad entre los aztecas. Como es sabido, la Conquista coincide con el apogeo del culto a dos divinidades masculinas: Quetzalcóatl, el dios del autosacrificio (crea el mundo, según el mito, arrojándose a la hoguera, en Teotihuacan) y Huitzilopochtli, el joven dios guerrero que sacrifica. La derrota de estos dioses –pues eso fue la Conquista para el mundo indio: el fin de un ciclo cósmico y la instauración de un nuevo reinado divino– produjo entre los fieles una suerte de regreso hacia las antiguas divinidades femeninas. Este

Moctezuma y el cometa, pictografía del *Códice Durán*, 1579.

FERDINANDO CORTES

CAVATO DA VN ORIGINALE FATTO IÑAZI
CH'EI SI PORTASSI ALLA CONQVISTA DEL MESSICO

Anónimo, *Hernán Cortés* (1485-1547), ilustración de
Historia de la Conquista de México de Antonio de Solís, 1704.

Doña Marina con escudo en el *Sitio de Teciquauhtıtla*,
pictografía del *Lienzo de Tlaxcala*, copia de 1733 por Manuel Yllanes.

La Noche Triste, pictografía del *Lienzo*

cala, copia de 1733 por Manuel Yllanes.

fenómeno de vuelta a la entraña materna, bien conocido de los psicólogos, es sin duda una de las causas determinantes de la rápida popularidad del culto a la Virgen. Ahora bien, las deidades indias eran diosas de fecundidad, ligadas a los ritmos cósmicos, los procesos de vegetación y los ritos agrarios. La Virgen católica es también una Madre (Guadalupe-Tonantzin la llaman aún algunos peregrinos indios) pero su atributo principal no es velar por la fertilidad de la tierra sino ser el refugio de los desamparados. La situación ha cambiado: no se trata ya de asegurar las cosechas sino de encontrar un regazo. La Virgen es el consuelo de los pobres, el escudo de los débiles, el amparo de los oprimidos. En suma, es la Madre de los huérfanos. Todos los hombres nacimos desheredados y nuestra condición verdadera es la orfandad, pero esto es particularmente cierto para los indios y los pobres de México. El culto a la Virgen no sólo refleja la condición general de los hombres sino una situación histórica concreta, tanto en lo espiritual como en lo material. Y hay más: Madre universal, la Virgen es también la intermediaria, la mensajera entre el hombre desheredado y el poder desconocido, sin rostro: el Extraño.

Por contraposición a Guadalupe, que es la Madre virgen, la Chingada es la Madre violada. Ni en ella ni en la Virgen se encuentran rastros de los atributos negros de la Gran Diosa: lascivia de Amaterasu y Afrodita, crueldad de Artemisa y Astarté, magia funesta de Circe, amor por la sangre de Kali. Se trata de figuras pasivas. Guadalupe es la receptividad pura y los beneficios que produce son del mismo orden: consuela, serena, aquieta, enjuga las lágrimas, calma las pasiones. La Chingada es aún más pasiva. Su pasividad es abyecta: no ofrece resistencia a la violencia, es un montón inerte de sangre, huesos y polvo. Su mancha es constitucional y reside, según se ha dicho más arriba, en su sexo. Esta pasividad abierta al exterior la lleva a perder su identidad: es la Chingada. Pierde su nombre, no es nadie ya, se confunde con la nada, es la Nada. Y sin embargo, es la atroz encarnación de la condición femenina.

Si la Chingada es una representación de la Madre violada, no me parece forzado asociarla a la Conquista, que fue también una violación, no solamente en el sentido histórico, sino en la carne misma de las indias. El símbolo de la entrega es doña Malinche, la amante de Cortés. Es verdad que ella se da voluntariamente al conquistador, pero éste, apenas deja de serle útil, la olvida. Doña Marina se ha convertido en una figura que representa a las indias, fascinadas, violadas o seducidas por los españoles. Y del mismo modo que el niño no perdona a su madre que lo abandone para ir en busca de su padre, el pueblo mexicano no perdona su traición

a la Malinche. Ella encarna lo abierto, lo chingado, frente a nuestros indios, estoicos, impasibles y cerrados. Cuauhtémoc y doña Marina son así dos símbolos antagónicos y complementarios. Y si no es sorprendente el culto que todos profesamos al joven emperador –«único héroe a la altura del arte», imagen del hijo sacrificado–, tampoco es extraña la maldición que pesa contra la Malinche. De ahí el éxito del adjetivo despectivo «malinchista», recientemente puesto en circulación por los periódicos para denunciar a todos los contagiados por tendencias extranjerizantes. Los malinchistas son los partidarios de que México se abra al exterior: los verdaderos hijos de la Malinche, que es la Chingada en persona. De nuevo aparece lo cerrado por oposición a lo abierto.

Nuestro grito es una expresión de la voluntad mexicana de vivir cerrados al exterior, sí, pero sobre todo, cerrados frente al pasado. En ese grito condenamos nuestro origen y renegamos de nuestro hibridismo. La extraña permanencia de Cortés y de la Malinche en la imaginación y en la sensibilidad de los mexicanos actuales revela que son algo más que figuras históricas: son símbolos de un conflicto secreto, que aún no hemos resuelto. Al repudiar a la Malinche –Eva mexicana, según la representa José Clemente Orozco en su mural de la Escuela Nacional Preparatoria– el mexicano rompe sus ligas con el pasado, reniega de su origen y se adentra solo en la vida histórica.

El mexicano condena en bloque toda su tradición, que es un conjunto de gestos, actitudes y tendencias en el que ya es difícil distinguir lo español de lo indio. Por eso la tesis hispanista, que nos hace descender de Cortés con exclusión de la Malinche, es el patrimonio de unos cuantos extravagantes, que ni siquiera son blancos puros. Y otro tanto se puede decir de la propaganda indigenista, que también está sostenida por criollos y mestizos maniáticos, sin que jamás los indios le hayan prestado atención. El mexicano no quiere ser ni indio, ni español. Tampoco quiere descender de ellos. Los niega. Y no se afirma en tanto que mestizo, sino como abstracción: es un hombre. Se vuelve hijo de la nada. Él empieza en sí mismo.

Esta actitud no se manifiesta nada más en nuestra vida diaria, sino en el curso de nuestra historia, que en ciertos momentos ha sido encarnizada voluntad de desarraigo. Es pasmoso que un país con un pasado tan vivo, profundamente tradicional, atado a sus raíces, rico en antigüedad legendaria si pobre en historia moderna, sólo se conciba como negación de su origen.

Nuestro grito popular nos desnuda y revela cuál es esa llaga que alter-

nativamente mostramos o escondemos, pero no nos indica cuáles fueron las causas de esa separación y negación de la Madre, ni cuándo se realizó la ruptura. A reserva de examinar más detenidamente el problema, puede adelantarse que la Reforma liberal de mediados del siglo pasado parece ser el momento en que el mexicano se decide a romper con su tradición, que es una manera de romper con uno mismo. Si la Independencia corta los lazos políticos que nos unían a España, la Reforma niega que la nación mexicana, en tanto que proyecto histórico, continúe la tradición colonial. Juárez y su generación fundan un Estado cuyos ideales son distintos a los que animaban a Nueva España o a las sociedades precortesianas. El Estado mexicano proclama una concepción universal y abstracta del hombre: la República no está compuesta por criollos, indios y mestizos, como con gran amor por los matices y respeto por la naturaleza heteróclita del mundo colonial especificaban las Leyes de Indias, sino por hombres, a secas. Y a solas.

La Reforma es la gran Ruptura con la Madre. Esta separación era un acto fatal y necesario, porque toda vida verdaderamente autónoma se inicia como ruptura con la familia y el pasado. Pero nos duele todavía esa separación. Aún respiramos por la herida. De ahí que el sentimiento de orfandad sea el fondo constante de nuestras tentativas políticas y de nuestros conflictos íntimos. México está tan solo como cada uno de sus hijos.

El mexicano y la mexicanidad se definen como ruptura y negación. Y, asimismo, como búsqueda, como voluntad por transcender ese estado de exilio. En suma, como viva conciencia de la soledad, histórica y personal. La historia, que no nos podía decir nada sobre la naturaleza de nuestros sentimientos y de nuestros conflictos, sí nos puede mostrar ahora cómo se realizó la ruptura y cuáles han sido nuestras tentativas para transcender la soledad.

Conquista y Colonia

Cualquier contacto con el pueblo mexicano, así sea fugaz, muestra que bajo las formas occidentales laten todavía las antiguas creencias y costumbres. Esos despojos, vivos aún, son testimonio de la vitalidad de las culturas precortesianas. Y después de los descubrimientos de arqueólogos e historiadores ya no es posible referirse a esas sociedades como tribus bárbaras o primitivas. Por encima de la fascinación o del horror que nos produzcan, debe admitirse que los españoles al llegar a México encontraron civilizaciones complejas y refinadas.

Mesoamérica, esto es, el núcleo de lo que sería más tarde Nueva España, era un territorio que comprendía el centro y el sur del México actual y una parte de Centroamérica. Al norte, en los desiertos y planicies incultas, vagaban los nómadas, los chichimecas, como de manera genérica y sin distinción de nación llamaban a los bárbaros los habitantes de la Mesa Central. Las fronteras entre unos y otros eran inestables, como las de Roma. Los últimos siglos de Mesoamérica pueden reducirse, un poco sumariamente, a la historia del encuentro entre las oleadas de cazadores norteños, casi todos pertenecientes a la familia náhuatl, y las poblaciones sedentarias. Los aztecas son los últimos en establecerse en el valle de México. El previo trabajo de erosión de sus predecesores y el desgaste de los resortes íntimos de las viejas culturas locales, hizo posible que acometieran la empresa extraordinaria de fundar lo que Arnold Toynbee llama un Imperio Universal, erigido sobre los restos de las antiguas sociedades. Los españoles, piensa el historiador inglés, no hicieron sino substituirlos, resolviendo en una síntesis política la tendencia a la disgregación que amenazaba al mundo mesoamericano.

Cuando se reflexiona en lo que era nuestro país a la llegada de Cortés, sorprende la pluralidad de ciudades y culturas, que contrasta con la relativa homogeneidad de sus rasgos más característicos. La diversidad de los núcleos indígenas, y las rivalidades que los desgarraban, indica que Mesoamérica estaba constituida por un conjunto de pueblos, naciones y culturas autónomas, con tradiciones propias, exactamente como el Mediterráneo y otras áreas culturales. Por sí misma Mesoamérica era un mundo histórico.

Por otra parte, la homogeneidad cultural de esos centros muestra que la primitiva singularidad de cada cultura había sido substituida, en época

acaso no muy remota, por formas religiosas y políticas uniformes. En efecto, las culturas madres, en el centro y en el sur, se habían extinguido hacía ya varios siglos. Sus sucesores habían combinado y recreado toda aquella variedad de expresiones locales. Esta tarea de síntesis había culminado en la erección de un modelo, el mismo, con leves diferencias, para todos.

A pesar del justo descrédito en que han caído las analogías históricas, de las que se ha abusado con tanto brillo como ligereza, es imposible no comparar la imagen que nos ofrece Mesoamérica al comenzar el siglo XVI, con la del mundo helenístico en el momento en que Roma inicia su carrera de potencia universal. La existencia de varios grandes Estados, y la persistencia de un gran número de ciudades independientes, especialmente en la Grecia insular y continental, no impiden, sino subrayan, la uniformidad cultural de ese universo. Seléucidas, ptolomeos, macedonios y muchos pequeños y efímeros Estados, no se distinguen entre sí por la diversidad y originalidad de sus respectivas sociedades, sino por las rencillas que fatalmente los dividen. Otro tanto puede decirse de las sociedades mesoamericanas. En unas y otras diversas tradiciones y herencias culturales se mezclan y acaban por fundirse. La homogeneidad cultural contrasta con las querellas perpetuas que los dividen.

En el mundo helenístico la uniformidad se logró a través del predominio de la cultura griega, que absorbe a las culturas orientales. Es difícil determinar cuál fue el elemento unificador de las sociedades indígenas. Una hipótesis, que no tiene más valor que el de apoyarse en una simple reflexión, hace pensar que el papel realizado por la cultura griega en el mundo antiguo fue cumplido en Mesoamérica por la cultura, aún sin nombre propio, que floreció en Tula y Teotihuacan, y a la que, no sin inexactitud, se llama «tolteca». La influencia de las culturas de la Mesa Central en el sur, especialmente en el área ocupada por el llamado Segundo Imperio maya, justifica esta idea. Es notable que no exista influencia maya en Teotihuacan. Chichén-Itzá, por el contrario, es una ciudad «tolteca». Todo parece indicar, pues, que en cierto momento las formas culturales del centro de México terminaron por extenderse y predominar.

Desde un punto de vista muy general se ha descrito a Mesoamérica como un área histórica uniforme, determinada por la presencia constante de ciertos elementos comunes a todas las culturas: agricultura del maíz, calendario ritual, Juego de Pelota, sacrificios humanos, mitos solares y de la vegetación semejantes, etc. Se dice que todos esos elementos son de origen suriano y que fueron asimilados una y otra vez por las inmigraciones

norteñas. Así, la cultura mesoamericana sería el fruto de diversas creaciones del sur, recogidas, desarrolladas y sistematizadas por grupos nómadas. Este esquema olvida la originalidad de cada cultura local. La semejanza que se observa entre las concepciones religiosas, políticas y míticas de los pueblos indoeuropeos, por ejemplo, no niega la originalidad de cada uno de ellos. De todos modos, y más allá de la originalidad particular de cada cultura, es evidente que todas ellas, decadentes o debilitadas, estaban a punto de ser absorbidas por el Imperio azteca, heredero de las civilizaciones de la Meseta.

Aquellas sociedades estaban impregnadas de religión. La misma sociedad azteca era un Estado teocrático y militar. Así, la unificación religiosa antecedía, completaba o correspondía de alguna manera a la unificación política. Con diversos nombres, en lenguas distintas, pero con ceremonias, ritos y significaciones muy parecidos, cada ciudad precortesiana adoraba a dioses cada vez más semejantes entre sí. Las divinidades agrarias –los dioses del suelo, de la vegetación y de la fertilidad, como Tláloc–, y los dioses nórdicos –celestes, guerreros y cazadores, como Tezcatlipoca, Huitzilopochtli, Mixcóatl– convivían en un mismo culto. El rasgo más acusado de la religión azteca en el momento de la Conquista es la incesante especulación teológica que refundía, sistematizaba y unificaba creencias dispersas, propias y ajenas. Esta síntesis no era el fruto de un movimiento religioso popular, como las religiones proletarias que se difunden en el mundo antiguo al iniciarse el cristianismo, sino la tarea de una casta, colocada en el pináculo de la pirámide social. Las sistematizaciones, adaptaciones y reformas de la casta sacerdotal reflejan que en la esfera de las creencias también se procedía por superposición –característica de las ciudades prehispánicas. Del mismo modo que una pirámide azteca recubre a veces un edificio más antiguo, la unificación religiosa solamente afectaba a la superficie de la conciencia, dejando intactas las creencias primitivas. Esta situación prefiguraba la que introduciría el catolicismo, que también es una religión superpuesta a un fondo religioso original y siempre viviente. Todo preparaba la dominación española.

La Conquista de México sería inexplicable sin estos antecedentes. La llegada de los españoles parece una liberación a los pueblos sometidos por los aztecas. Las diversas ciudades-Estado se alían a los conquistadores o contemplan con indiferencia, cuando no con alegría, la caída de cada uno de sus rivales y en particular del más poderoso: Tenochtitlan. Pero ni el genio político de Cortés, ni la superioridad técnica –ausentes en hechos de armas decisivos como la batalla de Otumba–, ni la defección de vasa-

llos y aliados, hubieran logrado la ruina del Imperio azteca si éste no hubiese sentido de pronto un desfallecimiento, una duda íntima que lo hizo vacilar y ceder. Cuando Moctezuma abre las puertas de Tenochtitlan a los españoles y recibe a Cortés con presentes, los aztecas pierden la partida. Su lucha final es un suicidio y así lo dan a entender todos los textos que tenemos sobre este acontecimiento grandioso y sombrío.

¿Por qué cede Moctezuma? ¿Por qué se siente extrañamente fascinado por los españoles y experimenta ante ellos un vértigo que no es exagerado llamar sagrado –el vértigo lúcido del suicida ante el abismo? Los dioses lo han abandonado. La gran traición con que comienza la historia de México no es la de los tlaxcaltecas, ni la de Moctezuma y su grupo, sino la de los dioses. Ningún otro pueblo se ha sentido tan totalmente desamparado como se sintió la nación azteca ante los avisos, profecías y signos que anunciaron su caída. Se corre el riesgo de no comprender el sentido que tenían esos signos y profecías para los indios si se olvida su concepción cíclica del tiempo. Según ocurre con muchos otros pueblos y civilizaciones, para los aztecas el tiempo no era una medida abstracta y vacía de contenido, sino algo concreto, una fuerza, substancia o fluido que se gasta y consume. De ahí la necesidad de los ritos y sacrificios destinados a revigorizar el año o el siglo. Pero el tiempo –o más exactamente: los tiempos– además de constituir algo vivo que nace, crece, decae, renace, era una sucesión que regresa. Un tiempo se acaba; otro vuelve. La llegada de los españoles fue interpretada por Moctezuma –al menos al principio– no tanto como un peligro «exterior» sino como el acabamiento interno de una era cósmica y el principio de otra. Los dioses se van porque su tiempo se ha acabado; pero regresa otro tiempo y con él otros dioses, otra era.

Resulta más patética esta deserción divina cuando se piensa en la juventud y vigor del naciente Estado. Todos los viejos imperios, como Roma y Bizancio, sienten la seducción de la muerte al final de su historia. Los ciudadanos se alzan de hombros cuando llega, siempre tardío, el golpe final del extraño. Hay un cansancio imperial y la servidumbre parece carga ligera al que siente la fatiga del poder. Los aztecas experimentan el calosfrío de la muerte en plena juventud, cuando marchaban hacia la madurez. En suma, la Conquista de México es un hecho histórico en el que intervienen muchas y muy diversas circunstancias, pero se olvida con frecuencia la que me parece más significativa: el suicidio del pueblo azteca. Recordemos que la fascinación ante la muerte no es tanto un rasgo de madurez o de vejez como de juventud. Mediodía y medianoche son horas de suicidio ri-

tual. Al mediodía, durante un instante, todo se detiene y vacila; la vida, como el sol, se pregunta a sí misma si vale la pena seguir. En ese momento de inmovilidad, que es también de vértigo, a la mitad de su carrera, el pueblo azteca alza la cara: los signos celestes le son adversos. Y siente la atracción de la muerte:

> *Je pense, sur le bord doré de l'univers*
> *À ce goût de périr qui prend la Pythonise*
> *En qui mugit l'espoir que le monde finisse.*

Una parte del pueblo azteca desfallece y busca al invasor. La otra, sin esperanza de salvación, traicionada por todos, escoge la muerte. Ante la sola presencia de los españoles se produce una escisión en la sociedad azteca, que corresponde al dualismo de sus dioses, de su sistema religioso y de sus castas superiores.

La religión azteca, como la de todos los pueblos conquistadores, era una religión solar. En el sol, el dios que es fuente de vida, el dios pájaro, y en su marcha que rompe las tinieblas y se establece en el centro del cielo como un ejército vencedor en medio de un campo de batalla, el azteca condensa todas las aspiraciones y empresas guerreras de su pueblo. Pues los dioses no son meras representaciones de la naturaleza. Encarnan también los deseos y la voluntad de la sociedad, que se autodiviniza en ellos. Huitzilopochtli, el Guerrero del Sur, «es el dios tribal de la guerra y del sacrificio... y comienza su carrera con una matanza. Quetzalcóatl-Nanahuatzin es el dios-sol de los sacerdotes, que ven en el autosacrificio voluntario la más alta expresión de su doctrina del mundo y de la vida: Quetzalcóatl es un rey-sacerdote, respetuoso de los ritos y de los decretos del destino, que no combate y que se da la muerte para renacer. Huitzilopochtli, al contrario, es el sol-héroe de los guerreros, que se defiende, que lucha y que triunfa, *invictus sol* que abate a sus enemigos con las llamas de su *xiuhcóatl*. Cada una de estas personalidades divinas corresponde al ideal de una de las fracciones principales de la clase dirigente»[1].

La dualidad de la religión azteca, reflejo de su división teocrático-militar y de su sistema social, corresponde también a los impulsos contradictorios que habitan cada ser y cada grupo humano. El instinto de la muerte y el de la vida disputan en cada uno de nosotros. Esas tendencias profundas impregnan la actividad de clases, castas e individuos y en los

1. Jacques Soustelle, *La Pensée cosmologique des anciens mexicains*, París, 1940.

momentos críticos se manifiestan con toda desnudez. La victoria del instinto de la muerte revela que el pueblo azteca pierde de pronto la conciencia de su destino. Cuauhtémoc lucha a sabiendas de la derrota. En esta íntima y denodada aceptación de su pérdida radica el carácter trágico de su combate. Y el drama de esta conciencia que ve derrumbarse todo en torno suyo, y en primer término sus dioses, creadores de la grandeza de su pueblo, parece presidir nuestra historia entera. Cuauhtémoc y su pueblo mueren solos, abandonados de amigos, aliados, vasallos y dioses. En la orfandad.

La caída de la sociedad azteca precipita la del resto del mundo indio. Todas las naciones que lo componían son presa del mismo horror, que se expresó casi siempre como fascinada aceptación de la muerte. Pocos documentos son tan impresionantes como los escasos que nos restan sobre esa catástrofe que sumió en una inmensa tristeza a muchos seres. He aquí el testimonio maya, según lo relata el *Chilam-Balam de Chumayel*: «El 11 Ahan Katun llegaron los extranjeros de barbas rubias, los hijos del sol, los hombres de color claro. ¡Ay, entristezcámonos porque llegaron!... El palo del blanco bajará, vendrá del cielo, por todas partes vendrá... Triste estará la palabra de Hunab-Ku, Única-deidad para nosotros, cuando se extienda por toda la tierra la palabra del Dios de los cielos...». Y más adelante: «será el comenzar de los ahorcamientos, el estallar del rayo en el extremo del brazo de los blancos» (las armas de fuego), «...cuando caiga sobre los Hermanos el rigor de la pelea, cuando les caiga el tributo en la gran entrada del cristianismo, cuando se funde el principio de los Siete Sacramentos, cuando comience el mucho trabajar en los pueblos y la miseria se establezca en la tierra».

El carácter de la Conquista es igualmente complejo desde la perspectiva que nos ofrecen los testimonios legados por los españoles. Todo es contradictorio en ella. Como la Reconquista, es una empresa privada y una hazaña nacional. Cortés y el Cid guerrean, por su cuenta, bajo su responsabilidad y contra la voluntad de sus señores, pero en nombre y provecho del rey. Son vasallos, rebeldes y cruzados. En su conciencia y en la de sus ejércitos, combaten nociones opuestas: los intereses de la monarquía y los individuales, los de la fe y los del lucro. Y cada conquistador, cada misionero y cada burócrata es un campo de batalla. Si, aisladamente considerados, cada uno representa a los grandes poderes que se disputan la dirección de la sociedad –el feudalismo, la Iglesia y la monarquía absoluta–, en su interior pelean otras tendencias. Las mismas que distinguen a España

del resto de Europa y que la hacen, en el sentido literal de la palabra, una nación excéntrica.

España es la defensora de la fe y sus soldados los guerreros de Cristo. Esta circunstancia no impide al emperador y a sus sucesores sostener polémicas encarnizadas con el Papado, que el Concilio de Trento no hace cesar completamente. España es una nación todavía medieval y muchas de las instituciones que erige en la Colonia y muchos de los hombres que las establecen son medievales. Al mismo tiempo, el Descubrimiento y la Conquista de América son una empresa renacentista. Así, España participa también en el Renacimiento –a menos que se piense que sus hazañas ultramarinas, consecuencia de la ciencia, la técnica y aun de los sueños y utopías renacentistas, no forman parte de ese movimiento histórico.

Por otra parte, los conquistadores no son nada más repeticiones del guerrero medieval, que lucha contra moros e infieles. Son aventureros, esto es, gente que se interna en los espacios abiertos y se arriesga en lo desconocido, rasgo también renacentista. El caballero medieval, por el contrario, vive un mundo cerrado. Su gran empresa fueron las Cruzadas, acontecimiento histórico de signo distinto a la Conquista de América. El primero fue un rescate: el segundo, un descubrimiento y una fundación. Y, en fin, muchos de los conquistadores –Cortés, Jiménez de Quesada– son figuras inconcebibles en la Edad Media. Sus gustos literarios tanto como su realismo político, su conciencia de la obra que realizan tanto como lo que Ortega y Gasset llamaría «su estilo de vida», tienen escasa relación con la sensibilidad medieval.

Si España se cierra al Occidente y renuncia al porvenir en el momento de la Contrarreforma, no lo hace sin antes adoptar y asimilar casi todas las formas artísticas del Renacimiento: poesía, pintura, novela, arquitectura. Esas formas –amén de otras filosóficas y políticas–, mezcladas a tradiciones e instituciones españolas de entraña medieval, son trasplantadas a nuestro continente. Y es significativo que la parte más viva de la herencia española en América esté constituida por esos elementos universales que España asimiló en un período también universal de su historia. La ausencia de casticismo, tradicionalismo y españolismo –en el sentido medieval que se ha querido dar a la palabra: costra y cáscara de la casta Castilla– es un rasgo permanente de la cultura hispanoamericana, abierta siempre al exterior y con voluntad de universalidad. Ni Juan Ruiz de Alarcón, ni sor Juana, ni Darío, ni Bello, son espíritus tradicionales, castizos. La tradición española que heredamos los hispanoamericanos es la que en España misma ha sido vista con desconfianza o desdén: la de los heterodoxos, abier-

tos hacia Italia o hacia Francia. Nuestra cultura, como una parte de la española, es libre elección de unos cuantos espíritus. Y así, según apuntaba Jorge Cuesta, se define como una libertad frente al pasivo tradicionalismo de nuestros pueblos. Es una forma, a veces superpuesta e indiferente a la realidad que la sustenta. En ese carácter estriba su grandeza y también, en algunos casos, su vacuidad o su impotencia. El crecimiento de nuestra lírica –que es por naturaleza diálogo entre el poeta y el mundo– y la relativa pobreza de nuestras formas épicas y dramáticas, reside acaso en este carácter ajeno, desprendido de la realidad, de nuestra tradición.

La disparidad de elementos y tendencias que se observan en la Conquista no enturbia su clara unidad histórica. Todos ellos reflejan la naturaleza del Estado español, cuyo rasgo más notable consistía en ser una creación artificial, una construcción política en el más estricto de los significados de la palabra. La monarquía española nace de una violencia: la que los Reyes Católicos y sus sucesores imponen a la diversidad de pueblos y naciones sometidos a su dominio. La unidad española fue, y sigue siendo, fruto de la voluntad política del Estado, ajena a la de los elementos que la componen. (El catolicismo español siempre ha vivido en función de esa voluntad. De ahí, quizá, su tono beligerante, autoritario e inquisitorial.) La rapidez con que el Estado español asimila y organiza las conquistas que realizan los particulares muestra que una misma voluntad, perseguida con cierta coherente inflexibilidad, anima las empresas europeas y las de ultramar. Las colonias alcanzaron en poco tiempo una complejidad y perfección que contrasta con el lento desarrollo de las fundadas por otros países. La previa existencia de sociedades estables y maduras facilitó, sin duda, la tarea de los españoles, pero es evidente la voluntad hispana de crear un mundo a su imagen. En 1604, a menos de un siglo de la caída de Tenochtitlan, Balbuena da a conocer la *Grandeza mexicana*.

En resumen, se contemple la Conquista desde la perspectiva indígena o desde la española, este acontecimiento es expresión de una voluntad unitaria. A pesar de las contradicciones que la constituyen, la Conquista es un hecho histórico destinado a crear una unidad de la pluralidad cultural y política precortesiana. Frente a la variedad de razas, lenguas, tendencias y Estados del mundo prehispánico, los españoles postulan un solo idioma, una sola fe, un solo Señor. Si México nace en el siglo XVI, hay que convenir que es hijo de una doble violencia imperial y unitaria: la de los aztecas y la de los españoles.

El imperio que funda Cortés sobre los restos de las viejas culturas abo-

rígenes era un organismo subsidiario, satélite del sol hispano. La suerte de los indios pudo ser así la de tantos pueblos que ven humillada su cultura nacional, sin que el nuevo orden –mera superposición tiránica– abra sus puertas a la participación de los dominados. Pero el Estado fundado por los españoles fue de orden abierto. Y esta circunstancia, así como las modalidades de la participación de los vencidos en la actividad central de la nueva sociedad: la religión, merecen un examen detenido. La historia de México, y aun la de cada mexicano, arranca precisamente de esa situación. Así pues, el estudio del orden colonial es imprescindible. La determinación de las notas más salientes de la religiosidad colonial –sea en sus manifestaciones populares o en las de sus espíritus más representativos– nos mostrará el sentido de nuestra cultura y el origen de muchos de nuestros conflictos posteriores.

La presteza con que el Estado español –eliminando ambiciones de encomenderos, infidelidades de oidores y rivalidades de toda índole– recrea las nuevas posesiones a imagen y semejanza de la metrópoli, es tan asombrosa como la solidez del edificio social que construye. La sociedad colonial es un orden hecho para durar. Quiero decir, una sociedad regida conforme a principios jurídicos, económicos y religiosos plenamente coherentes entre sí y que establecían una relación viva y armónica entre las partes y el todo. Un mundo suficiente, cerrado al exterior pero abierto a lo ultraterreno.

Es muy fácil reír de la pretensión ultraterrena de la sociedad colonial. Y más fácil aún denunciarla como una forma vacía, destinada a encubrir los abusos de los conquistadores o a justificarlos ante sí mismos y ante sus víctimas. Sin duda esto es verdad, pero no lo es menos que esa aspiración ultraterrena no era un simple añadido, sino una fe viva y que sustentaba, como la raíz al árbol, fatal y necesariamente, otras formas culturales y económicas. El catolicismo es el centro de la sociedad colonial porque de verdad es la fuente de vida que nutre las actividades, las pasiones, las virtudes y hasta los pecados de siervos y señores, de funcionarios y sacerdotes, de comerciantes y militares. Gracias a la religión el orden colonial no es una mera superposición de nuevas formas históricas, sino un organismo viviente. Con la llave del bautismo el catolicismo abre las puertas de la sociedad y la convierte en un orden universal, abierto a todos los pobladores. Y al hablar de la Iglesia católica, no me refiero nada más a la obra apostólica de los misioneros, sino a su cuerpo entero, con sus santos, sus prelados rapaces, sus eclesiásticos pedantes, sus juristas apasionados, sus obras de caridad y su atesoramiento de riquezas.

Es cierto que los españoles no exterminaron a los indios porque necesitaban la mano de obra nativa para el cultivo de los enormes feudos y la explotación minera. Los indios eran bienes que no convenía malgastar. Es difícil que a esta consideración se hayan mezclado otras de carácter humanitario. Semejante hipótesis hará sonreír a cualquiera que conozca la conducta de los encomenderos con los indígenas. Pero sin la Iglesia el destino de los indios habría sido muy diverso. Y no pienso solamente en la lucha emprendida para dulcificar sus condiciones de vida y organizarlos de manera más justa y cristiana, sino en la posibilidad que el bautismo les ofrecía de formar parte, por la virtud de la consagración, de un orden y de una Iglesia. Por la fe católica los indios, en situación de orfandad, rotos los lazos con sus antiguas culturas, muertos sus dioses tanto como sus ciudades, encuentran un lugar en el mundo. Esa posibilidad de pertenecer a un orden vivo, así fuese en la base de la pirámide social, les fue despiadadamente negada a los nativos por los protestantes de Nueva Inglaterra. Se olvida con frecuencia que pertenecer a la fe católica significaba encontrar un sitio en el cosmos. La huida de los dioses y la muerte de los jefes habían dejado al indígena en una soledad tan completa como difícil de imaginar para un hombre moderno. El catolicismo le hace reanudar sus lazos con el mundo y el transmundo. Devuelve sentido a su presencia en la tierra, alimenta sus esperanzas y justifica su vida y su muerte.

Resulta innecesario añadir que la religión de los indios, como la de casi todo el pueblo mexicano, era una mezcla de las nuevas y las antiguas creencias. No podía ser de otro modo, pues el catolicismo fue una religión impuesta. Esta circunstancia, de la más alta transcendencia desde otro punto de vista, carecía de interés inmediato para los nuevos creyentes. Lo esencial era que sus relaciones sociales, humanas y religiosas con el mundo circundante y con lo sagrado se habían restablecido. Su existencia particular se insertaba en un orden más vasto. No por simple devoción o servilismo los indios llamaban «tatas» a los misioneros y «madre» a la Virgen de Guadalupe.

La diferencia con las colonias sajonas es radical. Nueva España conoció muchos horrores, pero por lo menos ignoró el más grave de todos: negarle un sitio, así fuere el último en la escala social, a los hombres que la componían. Había clases, castas, esclavos, pero no había parias, gente sin condición social determinada o sin estado jurídico, moral o religioso. La diferencia con el mundo de las modernas sociedades totalitarias es también decisiva.

Es cierto que Nueva España, al fin y al cabo sociedad satélite, no creó

un arte, un pensamiento, un mito o formas de vida originales. (Las únicas creaciones realmente originales de América –y no excluyo naturalmente a los Estados Unidos– son las precolombinas.) También es cierto que la superioridad técnica del mundo colonial y la introducción de formas culturales más ricas y complejas que las mesoamericanas, no bastan para justificar una época. Pero la creación de un orden universal, logro extraordinario de la Colonia, sí justifica a esa sociedad y la redime de sus limitaciones. La gran poesía colonial, el arte barroco, las Leyes de Indias, los cronistas, historiadores y sabios y, en fin, la arquitectura novohispana, en la que todo, aun los frutos fantásticos y los delirios profanos, se armoniza bajo un orden tan riguroso como amplio, no son sino reflejos del equilibrio de una sociedad en la que también todos los hombres y todas las razas encontraban sitio, justificación y sentido. La sociedad estaba regida por un orden cristiano que no es distinto al que se admira en templos y poemas.

No pretendo justificar a la sociedad colonial. En rigor, mientras subsista esta o aquella forma de opresión, ninguna sociedad se justifica. Aspiro a comprenderla como una totalidad viva y, por eso, contradictoria. Del mismo modo me niego a ver en los sacrificios humanos de los aztecas una expresión aislada de crueldad sin relación con el resto de esa civilización: la extracción de corazones y las pirámides monumentales, la escultura y el canibalismo ritual, la poesía y la «guerra florida», la teocracia y los mitos grandiosos son un todo indisoluble. Negar esto es tan infantil como negar al arte gótico o a la poesía provenzal en nombre de la situación de los siervos medievales, negar a Esquilo porque había esclavos en Atenas. La historia tiene la realidad atroz de una pesadilla; la grandeza del hombre consiste en hacer obras hermosas y durables con la substancia real de esa pesadilla. O dicho de otro modo: transfigurar la pesadilla en visión, liberarnos, así sea por un instante, de la realidad disforme por medio de la creación.

Durante siglos España digiere y perfecciona las ideas que le habían dado el ser. La actividad intelectual no deja de ser creadora, pero solamente en la esfera del arte y dentro de los límites que se sabe. La crítica –que en esos siglos y en otras partes es la más alta forma de creación– existe apenas en ese mundo cerrado y satisfecho. Hay, sí, la sátira, la disputa teológica y una actividad constante por extender, perfeccionar y hacer más sólido el edificio que albergaba a tantos y tan diversos pueblos. Pero los principios que rigen a la sociedad son inmutables e intocables. España no inventa ya, ni descubre: se extiende, se defiende, se recrea. No quiere

cambiar, sino durar. Y otro tanto ocurre con sus posesiones ultramarinas. Superada la primera época de borrascas y disturbios, la Colonia padece crisis periódicas –como la que atraviesan Sigüenza y Góngora y sor Juana– pero ninguna de ellas toca las raíces del régimen o pone en tela de juicio los principios en que se funda.

El mundo colonial era proyección de una sociedad que había ya alcanzado su madurez y estabilidad en Europa. Su originalidad es escasa. Nueva España no busca, ni inventa: aplica y adapta. Todas sus creaciones, incluso la de su propio ser, son reflejos de las españolas. Y la permeabilidad con que lentamente las formas hispánicas aceptan las modificaciones que les impone la realidad novohispana, no niega el carácter conservador de la Colonia. Las sociedades tradicionales, observa Ortega y Gasset, son realistas: desconfían de los saltos bruscos pero cambian despacio, aceptando las sugestiones de la realidad. La «Grandeza Mexicana» es la de un sol inmóvil, mediodía prematuro que ya nada tiene que conquistar sino su descomposición.

La especulación religiosa había cesado desde hacía siglos. La doctrina estaba hecha y se trataba sobre todo de vivirla. La Iglesia se inmoviliza en Europa, a la defensiva. La escolástica se defiende mal, como las pesadas naves españolas, presa de las más ligeras de holandeses e ingleses. La decadencia del catolicismo europeo coincide con su apogeo hispanoamericano: se extiende en tierras nuevas en el momento en que ha dejado de ser creador. Ofrece una filosofía hecha y una fe petrificada, de modo que la originalidad de los nuevos creyentes no encuentra ocasión de manifestarse. Su adhesión es pasiva. El fervor y la profundidad de la religiosidad mexicana contrasta con la relativa pobreza de sus creaciones. No poseemos una gran poesía religiosa, como no tenemos una filosofía original, ni un solo místico o reformador de importancia.

Esta situación paradójica –y no por eso menos real– explica buena parte de nuestra historia y es el origen de muchos de nuestros conflictos psíquicos. El catolicismo ofrece un refugio a los descendientes de aquellos que habían visto la exterminación de sus clases dirigentes, la destrucción de sus templos y manuscritos y la supresión de las formas superiores de su cultura pero, por razón misma de su decadencia europea, les niega toda posibilidad de expresar su singularidad. Así, redujo la participación de los fieles a la más elemental y pasiva de las actitudes religiosas. Pocos podían alcanzar una comprensión más entera de sus nuevas creencias. Y la inmovilidad de éstas, así como la del enmohecido aparato escolástico, hacía más difícil toda participación creadora. Agréguese que el conjunto de los

creyentes descendía de las clases inferiores de la antigua sociedad. Por tal razón, eran gente con una tradición cultural pobre (los depositarios del saber mágico y religioso, guerreros y sacerdotes, habían sido exterminados o españolizados). En suma, la creación religiosa estaba vedada a los creyentes a consecuencia de las circunstancias que determinaban su participación. De ahí la relativa infecundidad del catolicismo colonial, sobre todo si se recuerda su fertilidad entre bárbaros y romanos, cristianizados en el momento en que la religión era la única fuerza viva del mundo antiguo. No es difícil, pues, que nuestra actitud antitradicional y la ambigüedad de nuestra posición frente al catolicismo se originen en este hecho. Religión y Tradición se nos han ofrecido siempre como formas muertas, inservibles, que mutilan o asfixian nuestra singularidad.

No es sorprendente, en estas circunstancias, la persistencia del fondo precortesiano. El mexicano es un ser religioso y su experiencia de lo sagrado es muy verdadera, mas ¿quién es su Dios: las antiguas divinidades de la tierra o Cristo? Una invocación chamula, verdadera plegaria a pesar de la presencia de ciertos elementos mágicos, responde con claridad a esta pregunta:

> Santa Tierra, Santo cielo; Dios Señor, Dios Hijo, Santa Tierra, Santo cielo, Santa gloria, hazte cargo de mí, represéntame; ve mi trabajo, ve mi labor, ve mi sufrir. Gran Hombre, gran Señor, gran padre, gran petome, gran espíritu de mujer, ayúdame. En tus manos pongo el tributo; aquí está la reposición de su chulel. Por mi incienso, por mis velas, espíritu de la luna, virgen madre del cielo, virgen madre de la tierra; Santa Rosa, por su primer hijo, por tu primera gloria, ve a tu hijo estrujado en su espíritu, en su chulel.

En muchos casos el catolicismo sólo recubre las antiguas creencias cosmogónicas. He aquí cómo el mismo chamula, Juan Pérez Jolote, nuestro contemporáneo según el Registro Civil, nuestro antepasado si se atiende a sus creencias, describe la imagen de Cristo en una iglesia de su pueblo, explicando lo que significa para él y su raza:

> Este que está encajonado es el Señor San Manuel; se llama también Señor San Salvador, o Señor San Mateo; es el que cuida a la gente, a las criaturas. A él se le pide que cuide a uno en la casa, en los caminos, en la tierra. Este otro que está en la cruz es también el Señor San Mateo; está enseñando, está mostrando cómo se muere en la cruz, para enseñar-

nos a respetar... antes de que naciera San Manuel, el sol estaba frío igual que la luna. En la tierra vivían los pukujes, que se comían a la gente. El sol empezó a calentar cuando nació el niño Dios, que es hijo de la Virgen, el Señor San Salvador[1].

En el relato del chamula, caso extremo y por lo tanto ejemplar, es visible la superposición religiosa y la presencia imborrable de los mitos indígenas. Antes del nacimiento de Cristo, el sol –ojo de Dios– no calienta. El astro es un atributo de la divinidad. De ahí que el chamula repita que gracias a la presencia de Dios la naturaleza se pone en marcha. ¿No es ésta una versión, muy deformada, del hermoso mito de la creación del mundo? En Teotihuacan los dioses también se enfrentan al problema del astro-fuente-de-vida. Y sólo el sacrificio de Quetzalcóatl pone en movimiento al sol y salva al mundo del incendio sagrado. La persistencia del mito precortesiano subraya la diferencia entre la concepción cristiana y la indígena: Cristo salva al mundo porque nos redime y lava la mancha del pecado original. Quetzalcóatl no es tanto un dios redentor como re-creador. La noción del pecado para los indios está todavía ligada a la idea de salud y enfermedad, personal, social y cósmica. Para el cristiano se trata de salvar el alma individual, desprendida del grupo y del cuerpo. El cristianismo condena al mundo; el indio sólo concibe la salvación personal como parte de la del cosmos y de la sociedad.

Nada ha trastornado la relación filial del pueblo con lo sagrado, fuerza constante que da permanencia a nuestra nación y hondura a la vida afectiva de los desposeídos. Pero nada tampoco ha logrado hacerla más despierta y fecunda, ni siquiera la mexicanización del catolicismo, ni siquiera la Virgen de Guadalupe. Por eso los mejores no han vacilado en desprenderse del cuerpo de la Iglesia y salir a la intemperie. Allí, en la soledad y desnudez del combate espiritual, han respirado un poco de ese «aire religioso fresco» que pedía Jorge Cuesta.

La época de Carlos II es una de las más tristes y vacías de la historia de España. Todas sus reservas espirituales habían sido devoradas por el fuego de una vida y un arte dinámicos, desgarrados por los extremos y las antítesis. La decadencia de la cultura española en la península coincide con su mediodía en América. El arte barroco alcanza un momento de ple-

1. Ricardo Pozas A., *Juan Pérez Jolote. Autobiografía de un tzotzil*, Acta Antropológica III, México, 1948.

nitud en este período. Los mejores no sólo escriben poesía. Se interesan
por la astronomía, la física o la antigüedad americana. Espíritus despier-
tos en una sociedad inmovilizada por la letra, presagian otra época y otras
preocupaciones, al mismo tiempo que llevan hasta sus últimas consecuen-
cias las tendencias estéticas de su tiempo. Y en todos ellos se dibuja una
cierta oposición entre sus concepciones religiosas y las exigencias de su
curiosidad y rigor intelectuales. Algunos emprenden una imposible sínte-
sis. Sor Juana, por ejemplo, emprende la composición del *Primero sueño*,
tentativa por conciliar ciencia y poesía, barroquismo e iluminismo.

Sería inexacto identificar el drama de esta generación con el que desga-
rra a sus contemporáneos europeos y que el siglo XVIII hará patente. El
conflicto que los habita –y que acaba por reducirlos al silencio– no es tan-
to el de la fe y la razón como el de la petrificación de unas creencias que
habían perdido toda su frescura y fertilidad y que, por lo tanto, eran inca-
paces de satisfacer lo que su apetito espiritual les pedía. Edmundo O'Gor-
man plantea así los términos del conflicto: «estado intermedio en que la
razón hace estragos en la calma y en que ya no basta el consuelo de la re-
ligión». Pero no bastan los consuelos de la fe porque se trata de una fe in-
móvil y seca. La crítica de la razón vendrá, en América, más tarde. O'Gor-
man precisa el carácter de la disyuntiva como sigue: «tener fe en Dios y en
la razón a un mismo tiempo es vivir con el ser arraigado, desgarrado si se
prefiere, en la posibilidad real, única, extremosa y contradictoria, consti-
tuida por dos posibles imposibles del existir humano»[1]. Esta penetrante
descripción es válida si se atenúan los polos de esas imposibles posibili-
dades. Pues no se puede negar la autenticidad de los sentimientos religio-
sos de esa generación, pero tampoco su inmovilidad y cansancio. Y, por lo
que toca al otro término de la disyuntiva, no se debe exagerar el raciona-
lismo de Sigüenza o de sor Juana, que nunca tuvieron plena conciencia del
problema que empezaba a escindir los espíritus. La lucha me parece que se
entabla entre su vitalidad intelectual, su ansia por saber y penetrar en mun-
dos mal explorados, y la ineficacia de los instrumentos que les proporcio-
naban la teología y la cultura novohispana. Su conflicto transparenta el
de la sociedad colonial, que no dudaba tampoco, pero que no acertaba
a expresar su intimidad a través de formas petrificadas. El orden colonial
fue un orden impuesto de arriba hacia abajo; sus formas sociales, econó-
micas, jurídicas y religiosas eran inmutables. Sociedad regida por el dere-
cho divino y el absolutismo monárquico, había sido creada en todas sus

1. Edmundo O'Gorman, *Crisis y porvenir de la ciencia histórica*, México, 1947.

piezas como un inmenso, complicado artefacto destinado a durar pero no a transformarse. En la época de sor Juana los mejores espíritus empiezan a mostrar –así sea en forma borrosa y tímida– una vitalidad y curiosidad intelectual en abierto contraste con la anemia de la España negra de Carlos II (significativamente apodado el Hechizado). Sigüenza y Góngora se interesa por las antiguas civilizaciones indias y, con sor Juana y algunos otros, por la filosofía de Descartes, la física experimental, la astronomía. La Iglesia ve con recelo todas estas curiosidades; el poder temporal, por su parte, extrema el aislamiento político, económico y espiritual de sus colonias, hasta convertirlas en recintos cerrados. En los campos y en las ciudades hay disturbios, reprimidos implacablemente. En ese mundo cerrado la generación de sor Juana se hace ciertas preguntas –más insinuadas que formuladas, más presentidas que pensadas– para las que su tradición espiritual no ofrecía respuesta. (Las respuestas ya habían sido dadas afuera, en el aire libre de la cultura europea.) Esto explica, acaso, que a pesar de su osadía, nadie entre ellos emprenda la crítica de los principios que fundaban la sociedad colonial, ni proponga otros. Cuando la crisis se declara, esa generación abdica. Ha cesado su ambigua lucha. Su renuncia –que no tiene nada que ver con una conversión religiosa– desemboca en el silencio. No se entregan a Dios, sino que se niegan a sí mismos. Esa negación es la del mundo colonial, que se cierra sobre sí mismo. No hay salida, excepto por la ruptura.

Nadie como Juana de Asbaje encarna la dualidad de ese mundo, aunque la superficie de su obra, como la de su vida, no delate fisura alguna. Todo en ella responde a lo que su tiempo podía pedir a una mujer. Al mismo tiempo y sin contradicción profunda, sor Juana era poetisa y monja jerónima, amiga de la condesa de Paredes y autora dramática. Sus devaneos amorosos, si los tuvo o si sólo son inflamadas invenciones retóricas, su amor por la conversación y la música, sus tentativas literarias y hasta las tendencias sexuales que algunos le atribuyen, no se oponen, sino exigen su fin ejemplar. Sor Juana afirma su tiempo tanto como su tiempo se afirma en ella. Pero dos de sus obras, la *Respuesta a sor Filotea* y el *Primero sueño*, arrojan una extraña luz sobre su figura y sobre su tiempo. Y la hacen ejemplar en sentido muy distinto al que piensan sus panegiristas católicos.

Se ha comparado el *Primero sueño* a las *Soledades*. En efecto, el poema de sor Juana es una imitación del de don Luis de Góngora. No obstante, las diferencias profundas son mayores que las semejanzas externas. Menéndez y Pelayo reprochaba a Góngora su vaciedad. Si se substituye este ad-

jetivo por la palabra *superficial*, se estará más cerca de la concepción poética de Góngora, que no pretende sino construir –o como decía Bernardo de Balbuena: contrahacer– un mundo de apariencias. La trama de las *Soledades* cuenta poco; la substancia filosófica –si existe alguna– importa menos. Todo es pretexto para descripciones y digresiones. Y cada una de ellas se disuelve, a su vez, en imágenes, antítesis y figuras retóricas. Si algo camina en el poema de Góngora, no es precisamente el náufrago, ni su pensamiento, sino la imaginación del poeta. Pues, como él mismo dice en el prólogo, sus versos «pasos de un peregrino son errante». Y este son peregrino, este peregrino que canta, se detiene en una palabra o en un color, lo acaricia y lo prolonga y hace de cada período una imagen y de cada imagen un mundo. El discurso poético fluye lento, se bifurca en «paréntesis frondosos», que son islas esbeltas, y continúa errante entre paisajes, sombras, luces, realidades que redime e inmoviliza. La poesía es goce puro, recreación artificial de una naturaleza ideal, según indica Dámaso Alonso. Así, no hay conflicto entre substancia y forma, porque Góngora vuelve todo forma, todo superficie cristalina o trémula, tersa o undosa.

Sor Juana utiliza el procedimiento de Góngora, pero acomete un poema filosófico. Quiere penetrar en la realidad, no transmutarla en deliciosa superficie. Las obscuridades del poema son dobles: las sintácticas y mitológicas y las conceptuales. El poema, dice Alfonso Reyes, es una tentativa por llegar «a una poesía de pura emoción intelectual». La visión que nos entrega el *Primero sueño* es la del sueño de la noche universal, en la que el mundo y el hombre sueñan y son soñados, cosmos que se sueña hasta cuando sueña que despierta. Nada más alejado de la noche carnal y espiritual de los místicos que esta noche intelectual. El poema de sor Juana no tiene antecedentes en la poesía de la lengua española y, como insinúa Vossler, prefigura el movimiento poético de la Ilustración alemana. Pero el *Primero sueño* es un intento más que un logro, al contrario de lo que ocurre con las *Soledades*, aunque su autor no las haya terminado. Y no podía ser de otro modo, pues en el poema de sor Juana, como en su vida misma, hay una zona neutra, de vacío: la que produce el choque de las tendencias opuestas que la devoraban y que no acertó a reconciliar.

Sor Juana nos ha dejado un texto revelador, al mismo tiempo declaración de fe en la inteligencia y renuncia a su ejercicio: la *Respuesta a sor Filotea*. Defensa del intelectual y de la mujer, la *Respuesta* es también la historia de una vocación. Si se ha de hacer caso a sus confesiones, apenas hubo ciencia que no la tentara. Su curiosidad no es la del hombre de ciencia, sino la del hombre culto que aspira a integrar en una visión coheren

te todas las particularidades del conocimiento. Presentía un oculto engarce entre todas las verdades. Al referirse a la diversidad de estudios, advierte que sus contradicciones son más aparentes que reales, «al menos en lo formal y especulativo». Las ciencias y las artes, por más contrarias que sean, no sólo no estorban a la comprensión general de la naturaleza, «sino la ayudan, dando luz y abriendo camino las unas a las otras, por variaciones y ocultos enlaces… de manera que parece que se corresponden y están unidas en admirable trabazón y concierto…»

Si no era mujer de ciencia, tampoco era un espíritu filosófico, porque carecía del poder que abstrae. Su sed de conocimiento no está reñida con la ironía y la versatilidad y en otros tiempos hubiera escrito ensayos y crítica. Así, no vive para una idea, ni crea ideas nuevas: vive las ideas, que son su atmósfera y su alimento natural. Es un intelectual: una conciencia. No es posible dudar de la sinceridad de sus sentimientos religiosos, pero allí donde un espíritu devoto encontraría pruebas de la presencia de Dios o de su poder, sor Juana halla ocasión para formular hipótesis y preguntas. Aunque repita con frecuencia que todo viene de Dios, busca siempre una explicación racional: «Estaban en mi presencia dos niñas jugando con un trompo y apenas yo vi el movimiento y la figura cuando empecé, con esta mi locura, a considerar el fácil *motu* de la forma esférica…».

Contrastan estas declaraciones con las de los escritores españoles de la época y aun con las de los escritores de las generaciones posteriores. Para ninguno de ellos el mundo físico es un problema: aceptan la realidad tal cual es o la condenan. Fuera de la acción, no hay sino la contemplación, parece decirnos la literatura española de los Siglos de Oro. Entre aventura y renuncia se mueve la vida histórica española. Ni Gracián ni Quevedo, para no hablar de los escritores religiosos, muestran interés por el conocimiento en sí. Desdeñan la curiosidad intelectual y todo su saber lo refieren a la conducta, a la moral o a la salvación. Estoicos o cristianos, como se ha dicho, ignoran la actividad intelectual pura. Fausto es impensable en esa tradición. La inteligencia no les proporciona ningún placer; es un arma peligrosa: sirve para derrotar a los enemigos pero también puede hacernos perder el alma. La solitaria figura de sor Juana se aísla más en ese mundo hecho de afirmaciones y negaciones, que ignora el valor de la duda y del examen.

La *Respuesta* no es sólo un autorretrato sino la defensa de un espíritu siempre adolescente, siempre ávido e irónico, apasionado y reticente. Su doble soledad, de mujer y de intelectual, condensa un conflicto también doble: el de su sociedad y el de su feminidad. La *Respuesta a sor Filotea* es

una defensa de la mujer. Hacer esa defensa y atreverse a proclamar su afición por el pensamiento desinteresado, la hacen una figura moderna. Si en su afirmación del valor de la experiencia no es ilusorio ver una instintiva reacción contra el pensamiento tradicional de España, en su concepción del conocimiento –que no confunde con la erudición, ni identifica con la religión– hay una implícita defensa de la conciencia intelectual. Todo la lleva a concebir el mundo como un problema o como un enigma más que como un sitio de salvación o perdición. Y esto da a su pensamiento una originalidad que merecía algo más que los elogios de sus contemporáneos o que los reproches de su confesor y que aún en nuestros días solicita un juicio más hondo y un examen más arriesgado.

«¿Cómo es posible que sonidos tan preñados de futuro salgan de pronto de un convento de monjas mexicanas?», se pregunta Vossler. Y se responde: «su curiosidad por la mitología antigua y por la física moderna, por Aristóteles y Harvey, por las ideas de Platón y la linterna mágica de Kircher… no hubiera prosperado en las universidades pedantes y temerosamente dogmáticas de la Vieja España». Tampoco prosperó en México mucho tiempo. Después de los motines de 1692 la vida intelectual se obscurece rápidamente. Sigüenza y Góngora abandona bruscamente sus aficiones históricas y arqueológicas. Sor Juana renuncia a sus libros y muere poco después. La crisis social, hace notar Vossler, coincide con la de los espíritus.

Pese al brillo de su vida, al patetismo de su muerte, y a la admirable geometría que preside sus mejores creaciones poéticas, hay en la vida y en la obra de sor Juana algo irrealizado y deshecho. Se advierte la melancolía de un espíritu que no logró nunca hacerse perdonar su atrevimiento y su condición de mujer. Ni su época le ofrecía los alimentos intelectuales que su avidez necesitaba, ni ella pudo –¿y quién?– crearse un mundo de ideas con las que vivir a solas. Siempre fue muy viva en ella la conciencia de su singularidad: «¿Qué podemos saber las mujeres sino filosofía de cocina?», pregunta con una sonrisa. Pero le duele la herida: «¿Quién no creerá, viendo tan generales aplausos, que he navegado viento en popa sobre las palmas de las aclamaciones comunes?». Sor Juana es una figura de soledad. Indecisa y sonriente se mueve entre dos luces, consciente de la dualidad de su condición y de lo imposible de su empeño. Es muy frecuente escuchar reproches contra hombres que han estado por debajo de su destino, ¿cómo no lamentarse por la suerte de una mujer que estuvo por encima de su sociedad y de su cultura?

Su imagen es la de una solitaria melancólica que sonríe y calla. El silen-

cio, dice ella misma en alguna parte, está poblado de voces. ¿Y qué nos dice su silencio? Si en la obra de sor Juana la sociedad colonial se expresa y afirma, en su silencio esa misma sociedad se condena. La experiencia de sor Juana, que acaba en silencio y abdicación, completa así el examen del orden colonial. Mundo abierto a la participación y, por lo tanto, orden cultural vivo, sí, pero implacablemente cerrado a toda expresión personal, a toda aventura. Mundo cerrado al futuro. Para ser nosotros mismos, tuvimos que romper con ese orden sin salida, aun a riesgo de quedarnos en la orfandad. El siglo xix será el siglo de la ruptura y, al mismo tiempo, el de la tentativa por crear nuevos lazos con otra tradición, si más lejana, no menos universal que la que nos ofreció la Iglesia católica: la del racionalismo europeo.

De la Independencia a la Revolución

Las reformas que emprende la dinastía borbónica, en particular Carlos III, sanean la economía y hacen más eficaz el despacho de los negocios, pero acentúan el centralismo administrativo y convierten a Nueva España en una verdadera colonia, esto es, en un territorio sometido a una explotación sistemática y estrechamente sujeto al poder central. El absolutismo de la casa de Austria tenía otro sentido: las colonias eran reinos dueños de cierta autonomía y el imperio se asemejaba a un sistema solar. Nueva España, sobre todo en los primeros tiempos, giraba en torno a la Corona como un astro menor, mas dueño de luz propia, como las otras posesiones y reinos. Los Borbones transformaron a Nueva España, reino vasallo, en simple territorio ultramarino. No bastaron a reanimar a la sociedad colonial la creación de las Intendencias, el impulso que se otorgó a la investigación científica, el desarrollo del humanismo, la construcción de obras monumentales de servicio público ni, en fin, el buen gobierno de varios virreyes. La Colonia, como la metrópoli, era ya sólo forma, cuerpo deshabitado. Desde fines del siglo xvii los lazos que unían a Madrid con sus posesiones habían cesado de ser los armoniosos que unen entre sí a un organismo viviente. El imperio se sobrevive gracias a la perfección y complejidad de su estructura, a su grandeza física y a la inercia. Gracias también a las querellas que dividen a sus rivales. Y la reforma de Carlos III muestra hasta qué punto la mera acción política es insuficiente, si no está precedida por una transformación de la estructura misma de la sociedad y por un examen de los supuestos que la fundan.

Se repite que el siglo xviii prepara el movimiento de Independencia. En efecto, la ciencia y la filosofía de la época (a través de la reforma de la escolástica que intentan hombres como Francisco Javier Clavijero o del pensamiento y la acción de otros como Benito Díaz de Gamarra y Antonio Alzate) constituyen los necesarios antecedentes intelectuales del Grito de Dolores. Mas se olvida que la Independencia sobreviene cuando ya nada nos unía a España, excepto la inercia. Esa inercia terrible del agonizante que inmoviliza su mano en un gesto duro, de garra, como para asir un minuto más la vida. Pero la vida lo deserta, con un último y brusco movimiento. Nueva España, en tanto que creación universal, en tanto que orden vivo y no máscara del orden, se extingue cuando deja de alimentarla una fe. Sor Juana, incapaz de resolver en una forma creadora y orgánica el conflicto en-

tre su curiosidad intelectual y los principios religiosos de la época, renuncia y muere, ejemplarmente. Con menos ejemplaridad la sociedad colonial se arrastra por un siglo todavía, defendiéndose con estéril tenacidad.

La Independencia ofrece la misma ambigua figura que la Conquista. La obra de Cortés es precedida por la síntesis política que realizan en España los Reyes Católicos y por la que inician en Mesoamérica los aztecas. La Independencia se presenta también como un fenómeno de doble significado: disgregación del cuerpo muerto del imperio y nacimiento de una pluralidad de nuevos Estados. Conquista e Independencia parecen ser momentos de flujo y reflujo de una gran ola histórica, que se forma en el siglo xv, se extiende hasta América, alcanza un momento de hermoso equilibrio en los siglos xvi y xvii y finalmente se retira, no sin antes dispersarse en mil fragmentos.

Confirma esta imagen el filósofo José Gaos cuando divide al pensamiento moderno en lengua española en dos porciones: la propiamente peninsular –que consiste en una larga reflexión sobre la decadencia española– y la hispanoamericana –que es, más que una meditación, un alegato en favor de la Independencia y una búsqueda de nuestro destino. El pensamiento español se vuelve sobre el pasado y sobre sí mismo, para investigar las causas de la decadencia o para aislar, entre tanta muerte, los elementos todavía vivos que dan sentido y actualidad al hecho, extraño entre todos, de ser español. El hispanoamericano principia como una justificación de la Independencia, pero se transforma casi inmediatamente en un proyecto: América no es tanto una tradición que continuar como un futuro que realizar. Proyecto y utopía son inseparables del pensamiento hispanoamericano, desde fines del siglo xviii hasta nuestros días. Elegía y crítica, lo son del peninsular –incluyendo a Unamuno, el poeta elegíaco, y a Ortega y Gasset, el filósofo crítico.

En los países suramericanos es más perceptible la dualidad anterior. La personalidad de los dirigentes es más neta y más radical su oposición a la tradición hispánica. Aristócratas, intelectuales y viajeros cosmopolitas, no solamente conocen las nuevas ideas, sino que frecuentan a los nuevos hombres y a las nuevas sociedades. Miranda participa en la Revolución francesa y combate en Valmy. Bello vive en Londres. Los años de aprendizaje de Bolívar transcurren en esa atmósfera que prepara a los héroes y a los príncipes: desde niño se le educa para libertar y para gobernar. Nuestra Revolución de Independencia es menos brillante, menos rica en ideas y frases universales y más determinada por las circunstancias locales. Nuestros caudillos, sacerdotes humildes y obscuros capitanes, no tienen una noción tan

clara de su obra. En cambio, poseen un sentido más profundo de la realidad y escuchan mejor lo que, a media voz y en cifra, les dice el pueblo.

Estas diferencias influyen en la historia posterior de nuestros países. La Independencia suramericana se inicia con un gran movimiento continental: San Martín libera medio continente, Bolívar otro medio. Se crean grandes Estados, confederaciones, anfictionías. Se piensa que la emancipación de España no acarreará la desmembración del mundo hispánico. Al poco tiempo la realidad hace astillas todos esos proyectos. El proceso de disgregación del Imperio español se mostró más fuerte que la clarividencia de Bolívar.

En suma, en el movimiento de Independencia pelean dos tendencias opuestas: una, de origen europeo, liberal y utópica, que concibe a la América española como un todo unitario, asamblea de naciones libres; otra, tradicional, que rompe lazos con la metrópoli sólo para acelerar el proceso de dispersión del imperio.

La Independencia hispanoamericana, como la historia entera de nuestros pueblos, es un hecho ambiguo y de difícil interpretación porque, una vez más, las ideas enmascaran a la realidad en lugar de desnudarla o expresarla. Los grupos y clases que realizan la Independencia en Suramérica pertenecían a la aristocracia feudal nativa; eran los descendientes de los colonos españoles, colocados en situación de inferioridad frente a los peninsulares. La metrópoli, empeñada en una política proteccionista, por una parte impedía el libre comercio de las colonias y obstruía su desarrollo económico y social por medio de trabas administrativas y políticas; por la otra, cerraba el paso a los «criollos» que con toda justicia deseaban ingresar a los altos empleos y a la dirección del Estado. Así pues, la lucha por la Independencia tendía a liberar a los «criollos» de la momificada burocracia peninsular aunque, en realidad, no se proponía cambiar la estructura social de las colonias. Cierto, los programas y el lenguaje de los caudillos de la Independencia recuerdan al de los revolucionarios de la época. Eran sinceros, sin duda. Aquel lenguaje era «moderno», eco de los revolucionarios franceses y, sobre todo, de las ideas de la Independencia norteamericana. Pero en la América sajona esas ideas expresaban realmente a grupos que se proponían transformar el país conforme a una nueva filosofía política. Y aun más: con esos principios no intentaban cambiar un estado de cosas por otro sino, diferencia radical, crear una nueva nación. En efecto: los Estados Unidos son, en la historia del siglo XIX, una novedad mundial, una sociedad que crece y se extiende naturalmente. Entre nosotros, en cambio, una vez consumada la Independencia las clases dirigentes se con-

solidan como las herederas del viejo orden español. Rompen con España pero se muestran incapaces de crear una sociedad moderna. No podía ser de otro modo, ya que los grupos que encabezaron el movimiento de Independencia no constituían nuevas fuerzas sociales, sino la prolongación del sistema feudal. La novedad de las nuevas naciones hispanoamericanas es engañosa; en verdad se trata de sociedades en decadencia o en forzada inmovilidad, supervivencias y fragmentos de un todo deshecho.

El Imperio español se dividió en una multitud de repúblicas por obra de las oligarquías nativas, que en todos los casos favorecieron o impulsaron el proceso de desintegración. No debe olvidarse, además, la influencia determinante de muchos de los caudillos revolucionarios. Algunos, más afortunados en esto que los conquistadores, su contrafigura histórica, lograron «alzarse con los reinos», como si se tratase de un botín medieval. La imagen del «dictador hispanoamericano» aparece ya, en embrión, en la del «libertador». Así, las nuevas repúblicas fueron inventadas por necesidades políticas y militares del momento, no porque expresasen una real peculiaridad histórica. Los «rasgos nacionales» se fueron formando más tarde; en muchos casos, no son sino consecuencia de la prédica nacionalista de los gobiernos. Aún ahora, un siglo y medio después, nadie puede explicar satisfactoriamente en qué consisten las diferencias «nacionales» entre argentinos y uruguayos, peruanos y ecuatorianos, guatemaltecos y mexicanos. Nada tampoco –excepto la persistencia de las oligarquías locales, sostenidas por el imperialismo norteamericano– explica la existencia en Centroamérica y las Antillas de nueve repúblicas.

No es esto todo. Cada una de las nuevas naciones tuvo, al otro día de la Independencia, una Constitución más o menos (casi siempre menos que más) liberal y democrática. En Europa y en los Estados Unidos esas leyes correspondían a una realidad histórica: eran la expresión del ascenso de la burguesía, la consecuencia de la Revolución industrial y de la destrucción del antiguo régimen. En Hispanoamérica sólo servían para vestir a la moderna las supervivencias del sistema colonial. La ideología liberal y democrática, lejos de expresar nuestra situación histórica concreta, la ocultaba. La mentira política se instaló en nuestros pueblos casi constitucionalmente. El daño moral ha sido incalculable y alcanza a zonas muy profundas de nuestro ser. Nos movemos en la mentira con naturalidad. Durante más de cien años hemos sufrido regímenes de fuerza, al servicio de las oligarquías feudales, pero que utilizan el lenguaje de la libertad. Esta situación se ha prolongado hasta nuestros días. De ahí que la lucha contra la mentira oficial y constitucional sea el primer paso

de toda tentativa seria de reforma. Éste parece ser el sentido de los actuales movimientos latinoamericanos, cuyo objetivo común consiste en realizar de una vez por todas la Independencia. O sea: transformar nuestros países en sociedades realmente modernas y no en meras fachadas para demagogos y turistas. En esta lucha nuestros pueblos no sólo se enfrentan a la vieja herencia española (la Iglesia, el ejército y la oligarquía), sino al Dictador, al Jefe con la boca henchida de fórmulas legales y patrióticas, ahora aliado a un poder muy distinto al viejo imperialismo hispano: los grandes intereses del capitalismo extranjero.

Casi todo lo anterior es aplicable a México, con decisivas salvedades. En primer término, nuestra Revolución de Independencia jamás manifiesta las pretensiones de universalidad que son, a un tiempo, la videncia y la ceguera de Bolívar. Además, los insurgentes vacilan entre la Independencia (Morelos) y formas modernas de autonomía (Hidalgo). La guerra se inicia como una protesta contra los abusos de la metrópoli y de la alta burocracia española, sí, pero también y sobre todo contra los grandes latifundistas nativos. No es la rebelión de la aristocracia local contra la metrópoli, sino la del pueblo contra la primera. De ahí que los revolucionarios hayan concedido mayor importancia a determinadas reformas sociales que a la Independencia misma: Hidalgo decreta la abolición de la esclavitud; Morelos, el reparto de los latifundios. La guerra de Independencia fue una guerra de clases y no se comprenderá bien su carácter si se ignora que, a diferencia de lo ocurrido en Suramérica, fue una revolución agraria en gestación. Por eso el ejército (en el que servían «criollos» como Iturbide), la Iglesia y los grandes propietarios se aliaron a la Corona española. Esas fuerzas fueron las que derrotaron a Hidalgo, Morelos y Mina. Un poco más tarde, casi extinguido el movimiento insurgente, ocurre lo inesperado: en España los liberales toman el poder, transforman la monarquía absoluta en constitucional y amenazan los privilegios de la Iglesia y de la aristocracia. Se opera entonces un brusco cambio de frente; ante este nuevo peligro exterior, el alto clero, los grandes terratenientes, la burocracia y los militares criollos buscan la alianza con los restos de los insurgentes y consuman la Independencia. Se trata de un verdadero acto de prestidigitación: la separación política de la metrópoli se realiza en contra de las clases que habían luchado por la Independencia. El virreinato de Nueva España se transforma en el Imperio mexicano. Iturbide, el antiguo general realista, se convierte en Agustín I. Al poco tiempo, una rebelión lo derriba. Se inicia la era de los pronunciamientos.

Durante más de un cuarto de siglo, en una lucha confusa que no excluye

las alianzas transitorias, los cambios de bando y aun las traiciones, los liberales intentan consumar la ruptura con la tradición colonial. En cierto modo son los continuadores de los primeros caudillos, Hidalgo y Morelos. Sin embargo, su crítica al orden de cosas no se dirige tanto a cambiar la realidad como la legislación. Casi todos piensan, con un optimismo heredado de la Enciclopedia, que basta con decretar nuevas leyes para que la realidad se transforme. Ven en los Estados Unidos un modelo y creen que su prosperidad se debe a la excelencia de las instituciones republicanas. De ahí su federalismo, por oposición al centralismo de los conservadores. Todos esperan que una Constitución democrática, al limitar el poder temporal de la Iglesia y acabar con los privilegios de la aristocracia terrateniente, producirá casi automáticamente una nueva clase social: la burguesía. Los liberales no sólo tienen que luchar contra los conservadores, sino que deben contar con los militares, que cambian de bando según sus intereses. Mientras disputan las facciones, el país se desintegra. Los Estados Unidos aprovechan la ocasión y en una de las guerras más injustas en la historia, ya de por sí negra, de la expansión imperialista, nos arrebatan más de la mitad del territorio. Esta derrota produjo, a la larga, una reacción saludable, pues hirió de muerte al caudillismo militar, encarnado en el dictador Santa Anna. (Alternativamente liberal y conservador, guardián de la libertad y vendedor del país, Santa Anna es uno de los arquetipos del dictador latinoamericano: al final de su carrera política ordena honras fúnebres para la pierna que pierde en una batalla y se declara Alteza Serenísima.) La rebelión popular expulsa a Santa Anna y da el poder a los liberales. Una nueva generación, heredera de José María Luis Mora y Valentín Gómez Farías, maestro de la *intelligentsia* liberal, se dispone a dar nuevos fundamentos a la nación. La primera piedra será una Constitución. En efecto, en 1857, México adopta una carta constitucional liberal. Los conservadores apelan a las armas. Juárez responde con las Leyes de Reforma, que acaban con los «fueros» y destruyen el poder material de la Iglesia. Derrotado, el partido conservador acude al extranjero y, apoyado por las tropas de Napoleón III, instala en la capital a Maximiliano, segundo emperador de México. (Nueva ambigüedad histórica: Maximiliano era liberal y soñaba con crear un imperio latino que se opusiese al poderío yanqui. Sus ideas no tenían relación alguna con las de los obstinados conservadores que lo sostenían.) Los reveses europeos del Imperio napoleónico, la presión norteamericana (cuyo sentido puede tergiversarse si se olvida que Lincoln estaba en el poder) y, en fin, la encarnizada resistencia popular, causa original y determinante de la victoria, consuman el triunfo republicano. Juárez fusila a Maximiliano, episodio no sin

analogías con la ejecución de Luis XVI: la «razón geométrica» es acerada.

La Reforma consuma la Independencia y le otorga su verdadera significación, pues plantea el examen de las bases mismas de la sociedad mexicana y de los supuestos históricos y filosóficos en que se apoyaba. Ese examen concluye en una triple negación: la de la herencia española, la del pasado indígena y la del catolicismo –que conciliaba a las dos primeras en una afirmación superior. La Constitución de 1857 y las Leyes de Reforma son la expresión jurídica y política de ese examen y promueven la destrucción de dos instituciones que representaban la continuidad de nuestra triple herencia: las asociaciones religiosas y la propiedad comunal indígena. La separación de la Iglesia y del Estado, la desamortización de los bienes eclesiásticos y la libertad de enseñanza (completada con la disolución de las órdenes religiosas que la monopolizaban), no eran sino el aspecto negativo de la Reforma. Con la misma violencia con que negaba la tradición, la generación de 1857 afirmaba algunos principios. Su obra no consiste nada más en la ruptura con el mundo colonial; es un proyecto tendiente a fundar una nueva sociedad. Es decir, el proyecto histórico de los liberales aspiraba a substituir la tradición colonial, basada en la doctrina del catolicismo, por una afirmación igualmente universal: la libertad de la persona humana. La nación mexicana se fundaría sobre un principio distinto al jerárquico que animaba a la Colonia: la igualdad ante la ley de todos los mexicanos en tanto que seres humanos, que seres de razón. La Reforma funda a México negando su pasado. Rechaza la tradición y busca justificarse en el futuro.

El sentido de este necesario matricidio no escapaba a la penetración de los mejores. Ignacio Ramírez, quizá la figura más saliente de ese grupo de hombres extraordinarios, termina así uno de sus poemas:

> Madre naturaleza, ya no hay flores
> por do mi paso vacilante avanza;
> nací sin esperanzas ni temores;
> vuelvo a ti sin temores ni esperanza.

Muerto Dios, eje de la sociedad colonial, la naturaleza vuelve a ser una Madre. Como más tarde el marxismo de Diego Rivera, el ateísmo de Ramírez se resuelve en una afirmación materialista, no exenta de religiosidad. Una auténtica concepción científica o simplemente racional de la materia no puede ver en ésta, ni en la naturaleza, una Madre. Ni siquiera la madrastra del pesimista Leopardi, sino un proceso indiferente, que se hace y deshace, se inventa y se repite, sin descanso, sin memoria y sin reflexión.

Si, como quiere Ortega y Gasset, una nación se constituye no solamente por un pasado que pasivamente la determina, sino por la validez de un proyecto histórico capaz de mover las voluntades dispersas y dar unidad y transcendencia al esfuerzo solitario, México nace en la época de la Reforma. En ella y por ella se concibe, se inventa y se proyecta. Ahora bien, la Reforma es el proyecto de un grupo bastante reducido de mexicanos, que voluntariamente se desprende de la gran masa, pasivamente religiosa y tradicional. La nación mexicana es el proyecto de una minoría que impone su esquema al resto de la población, en contra de otra minoría activamente tradicional.

Como el catolicismo colonial, la Reforma es un movimiento inspirado en una filosofía universal. Las diferencias y semejanzas entre ambos son reveladoras. El catolicismo fue impuesto por una minoría de extranjeros, tras una conquista militar; el liberalismo por una minoría nativa, aunque de formación intelectual francesa, después de una guerra civil. El primero es la otra cara de la Conquista; destruida la teocracia indígena, muertos o exiliados los dioses, sin tierra en que apoyarse ni transmundo al que emigrar, el indio ve en la religión cristiana una Madre. Como todas las madres, es entraña, reposo, regreso a los orígenes; y, asimismo, boca que devora, señora que mutila y castiga: madre terrible. El liberalismo es una crítica del orden antiguo y un proyecto de pacto social. No es una religión, sino una ideología utópica; no consuela, combate; substituye la noción de más allá por la de un futuro terrestre. Afirma al hombre pero ignora una mitad del hombre: esa que se expresa en los mitos, la comunión, el festín, el sueño, el erotismo. La Reforma es, ante todo, una negación y en ella reside su grandeza. Pero lo que afirmaba esa negación –los principios del liberalismo europeo– eran ideas de una hermosura precisa, estéril y, a la postre, vacía. La geometría no substituye a los mitos. Para que el esquema liberal se convirtiese en verdad en un proyecto nacional, necesitaba lograr la adhesión de todo el país a las nuevas formas políticas. Pero la Reforma oponía a una afirmación muy concreta y particular: todos los hombres son hijos de Dios, afirmación que permitía una relación entrañable y verdaderamente filial entre el cosmos y la criatura, un postulado abstracto: la igualdad de los hombres ante la ley. La libertad y la igualdad eran, y son, conceptos vacíos, ideas sin más contenido histórico concreto que el que le prestan las relaciones sociales, como ha mostrado Marx. Y ya se sabe en qué se convirtió esa igualdad abstracta y cuál fue el significado real de esa libertad vacía. Por otra parte, al fundar a México sobre una noción general del Hombre y no sobre la situación real de los

habitantes de nuestro territorio, se sacrificaba la realidad a las palabras y se entregaba a los hombres de carne a la voracidad de los más fuertes[1].

Contra las previsiones de los más lúcidos, la Revolución liberal no provoca el nacimiento de una burguesía fuerte, en cuya acción todos, hasta Justo Sierra, veían la única esperanza de México. Por el contrario, la venta de los bienes de la Iglesia y la desaparición de la propiedad comunal indígena –que había resistido, precariamente, tres siglos y medio de abusos y acometidas de encomenderos y hacendados– acentúan el carácter feudal de nuestro país[2]. Y esta vez en provecho de un grupo de especuladores, que constituiría la aristocracia del nuevo régimen. Surge así una nueva casta latifundista. La República, sin enemigo al frente, derrotados conservadores e imperialistas, se encuentra de pronto sin base social. Al romper lazos con el pasado, los rompe también con la realidad mexicana. El poder será de quien se atreva a alargar la mano. Y Porfirio Díaz se atreve. Era el más brillante de los generales que la derrota del imperio había dejado ociosos, por primera vez después de tres cuartos de siglo de batallas y pronunciamientos.

El «soldado del 2 de abril» se convierte en «el héroe de la paz». Suprime la anarquía, pero sacrifica la libertad. Reconcilia a los mexicanos, pero restaura los privilegios. Organiza el país, pero prolonga un feudalismo anacrónico e impío, que nada suavizaba (las Leyes de Indias contenían preceptos que protegían a los indios). Estimula el comercio, construye ferrocarriles, limpia de deudas la Hacienda Pública y crea las primeras industrias modernas, pero abre las puertas al capitalismo angloamericano. En esos años México inicia su vida de país semicolonial.

A pesar de lo que comúnmente se piensa, la dictadura de Porfirio Díaz es el regreso del pasado. En apariencia, Díaz gobierna inspirado por las ideas en boga: cree en el progreso, en la ciencia, en los milagros de la industria y del libre comercio. Sus ideales son los de la burguesía europea. Es el más ilustrado de los dictadores hispanoamericanos y su régimen re-

1. Hoy mi crítica al liberalismo sería distinta. La libertad y la igualdad no son abstracciones; lo fueron en México porque la Reforma liberal carecía de base social y los reformadores no podían –tampoco lo intentaron– cambiar esa realidad. Además, echo de menos en estas páginas un examen del pensamiento de los conservadores. Sobre todo del clarividente Lucas Alamán. (*Nota de 1986.*)

2. Llamar feudal al régimen centralista de Díaz es inexacto. La Reforma liberal falló porque no creó una nueva clase industrial y así, involuntariamente, fortificó al latifundismo. Pero latifundismo y feudalismo no son sinónimos. En el segundo el Estado central languidece y el porfiriato fue ante todo un centralismo. (*Nota de 1986.*)

cuerda a veces los años de la *Belle Époque* en Francia. Los intelectuales descubren a Comte y Renan, Spencer y Darwin; los poetas imitan a los parnasianos y simbolistas franceses; la aristocracia mexicana es una clase urbana y civilizada. La otra cara de la medalla es muy distinta. Esos grandes señores amantes del progreso y la ciencia no son industriales ni hombres de empresa: son terratenientes enriquecidos por la compra de los bienes de la Iglesia o en los negocios públicos del régimen. En sus haciendas los campesinos viven una vida de siervos, no muy distinta a la del período colonial. Así, desde el punto de vista «ideológico», el porfirismo se ostenta como el sucesor legítimo del liberalismo. La Constitución de 1857 sigue vigente en teoría y nada ni nadie pretende oponer a las ideas de la Reforma principios distintos. Muchos, sin excluir a los antiguos liberales, piensan de buena fe que el régimen de Díaz prepara el tránsito entre el pasado feudal y la sociedad moderna. En realidad, el porfirismo es el heredero del feudalismo colonial: la propiedad de la tierra se concentra en unas cuantas manos y la clase terrateniente se fortalece. Enmascarado, ataviado con los ropajes del progreso, la ciencia y la legalidad republicana, el pasado vuelve, pero ya desprovisto de fecundidad. Nada puede producir, excepto la rebelión[1].

Debemos a Leopoldo Zea un análisis muy completo de las ideas de este período[2]. Zea observa que la adopción del positivismo como filosofía oficiosa del Estado corresponde a ciertas necesidades intelectuales y morales de la dictadura de Díaz. El pensamiento liberal era un instrumento de crítica al mismo tiempo que una construcción utópica y contenía principios explosivos. Prolongar su vigencia hubiera sido prolongar la anarquía. La época de paz necesitaba una filosofía de orden. Los intelectuales de la época la encontraron en el positivismo de Comte, con su ley de los tres estados y, más tarde, en el de Spencer y en el evolucionismo de Darwin. El primitivo, abstracto y revolucionario principio de la igualdad de todos los hombres deja de regir las conciencias, substituido por la teoría de la lucha por la vida y la supervivencia del más apto. El positivismo ofrece una nueva justificación de las jerarquías sociales. Pero ya no son la sangre, ni la herencia, ni Dios, quienes explican las desigualdades, sino la Ciencia.

1. Mi descripción del régimen porfiriano es demasido rápida, calla los aciertos y logros en la esfera de la economía y la cultura superior, la atinada política internacional, la probidad de la administración pública y, en fin, omite su característica más notable: heredero del liberalismo, fue la inesperada reaparición, en tierras americanas, del «despotismo ilustrado» del siglo XVIII. (*Nota de 1986.*)
2. Leopoldo Zea, *El positivismo en México*, México, 1942.

El análisis de Zea es inmejorable, salvo en un punto. Es verdad que el positivismo expresa a la burguesía europea en un momento de su historia. Mas la expresa de una manera natural, orgánica. En México se sirve de esta tendencia una clase relativamente nueva en el sentido de las familias que la componían –casi todos habían logrado la riqueza y el poder durante el período inmediatamente posterior a la guerra de Reforma– pero que históricamente no hace sino heredar y substituir a la aristocracia feudal de la Colonia. Por lo tanto, si la función de la filosofía positivista es parecida aquí y allá, la relación histórica y humana que se establece entre esa doctrina y la burguesía europea es distinta a la que se constituye en México entre «neofeudales» y positivismo.

El porfirismo adopta la filosofía positivista, no la engendra. Así, se encuentra en una situación de dependencia más grave que la de los liberales y teólogos coloniales, pues ni asume ante ella una posición crítica ni la abraza con entera buena fe. En algunos casos se trata de uno de esos actos que Antonio Caso, siguiendo a Tarde, llamaba de «imitación extralógica»: innecesario, superfluo y contrario a la condición del imitador. Entre el sistema y el que lo adopta se abre así un abismo, muy sutil si se quiere, pero que hace imposible toda relación auténtica con las ideas, que se convierten a veces en máscaras. El porfirismo, en efecto, es un período de inautenticidad histórica. Santa Anna cambia alegremente de disfraces: es el actor que no cree en lo que dice. El porfirismo se esfuerza por creer, se esfuerza por hacer suyas las ideas adoptadas. Simula, en todos los sentidos de la palabra.

La simulación porfirista era particularmente grave, pues al abrazar el positivismo se apropiaba de un sistema que históricamente no le correspondía. La clase latifundista no constituía el equivalente mexicano de la burguesía europea, ni su tarea tenía relación alguna con la de su modelo. Las ideas de Spencer y Stuart Mill reclamaban como clima histórico el desarrollo de la gran industria, la democracia burguesa y el libre ejercicio de la actividad intelectual. Basada en la gran propiedad agrícola, el caciquismo y la ausencia de libertades democráticas, la dictadura de Díaz no podía hacer suyas esas ideas sin negarse a sí misma o sin desfigurarlas. El positivismo se convierte así en una superposición histórica bastante más peligrosa que todas las anteriores, porque estaba fundada en un equívoco. Entre los terratenientes y sus ideas políticas y filosóficas se levantaba un invisible muro de mala fe. El desarraigo del porfirismo procede de este equívoco.

El disfraz positivista no estaba destinado a engañar al pueblo, sino a ocultar la desnudez moral del régimen a sus mismos usufructuarios. Pues esas ideas no justificaban las jerarquías sociales ante los desheredados (a

quienes la religión católica reservaba un sitio de elección en el más allá y el liberalismo otorgaba la dignidad de hombres). La nueva filosofía no tenía nada que ofrecer a los pobres; su función consistía en justificar la conciencia –la *mauvaise conscience*– de la burguesía europea. En México el sentimiento de culpabilidad de la burguesía europea se teñía de un matiz particular, por una doble razón histórica: los neofeudales eran al mismo tiempo los herederos del liberalismo y los sucesores de la aristocracia colonial. La herencia intelectual y moral de los principios de la Reforma y el usufructo de los bienes de la Iglesia tenían que producir en el grupo dominante un sentimiento de culpa muy profundo. Su gestión social era el fruto de una usurpación y un equívoco. Pero el positivismo no remediaba ni atenuaba esta vergonzosa condición. Al contrario, la enconaba, puesto que no hundía sus raíces en la conciencia de los que lo adoptaban. Mentira e inautenticidad son así el fondo psicológico del positivismo mexicano.

A su manera, la Dictadura completa la obra de la Reforma. Gracias a la introducción de la filosofía positivista la nación rompe sus últimos vínculos con el pasado. Si la Conquista destruye templos, la Colonia erige otros. La Reforma niega la tradición, mas nos ofrece una imagen universal del hombre. El positivismo no nos dio nada. En cambio, mostró en toda su desnudez a los principios liberales: hermosas palabras inaplicables. El esquema de la Reforma, el gran proyecto histórico mediante el cual México se fundaba a sí mismo como una nación destinada a realizarse en ciertas verdades universales, queda reducido a sueño y utopía. Y sus principios y leyes se convierten en un armazón rígido, que ahoga nuestra espontaneidad y mutila nuestro ser. Al cabo de cien años de luchas el pueblo se encontraba más solo que nunca, empobrecida su vida religiosa, humillada su cultura popular. Habíamos perdido nuestra filiación histórica.

La imagen que nos ofrece México al finalizar el siglo XIX es la de la discordia. Una discordia más profunda que la querella política o la guerra civil, pues consistía en la superposición de formas jurídicas y culturales que no solamente no expresaban a nuestra realidad, sino que la asfixiaban e inmovilizaban. Al amparo de esta discordia medraba una casta que se mostraba incapaz de transformarse en clase, en el sentido estricto de la palabra. Vivíamos una vida envenenada por la mentira y la esterilidad. Cortados los lazos con el pasado, imposible el diálogo con los Estados Unidos –que sólo hablaban con nosotros el lenguaje de la fuerza o el de los negocios–, inútil la relación con los pueblos de lengua española, encerrados en formas muertas, estábamos reducidos a una imitación unilateral de Francia, que siempre nos ignoró. ¿Qué nos quedaba? Asfixia y soledad.

Si la historia de México es la de un pueblo que busca una forma que lo exprese, la del mexicano es la de un hombre que aspira a la comunión. La fecundidad del catolicismo colonial residía en que era, ante todo y sobre todo, participación. Los liberales nos ofrecieron ideas. Pero no se comulga con ideas, al menos mientras no encarnan y se hacen sangre, alimento. La comunión es festín y ceremonia. Al finalizar el siglo xix el mexicano, como la nación entera, se asfixia en un catolicismo yerto o en el universo sin salida y sin esperanza de la filosofía oficiosa del régimen.

Justo Sierra es el primero que comprende el significado de esta situación. A pesar de sus antecedentes liberales y positivistas, es el único mexicano de su época que tiene la preocupación y la angustia de la historia. La porción más duradera y valiosa de su obra es una meditación sobre la historia universal y sobre la de México. Su actitud difiere radicalmente de las anteriores. Para liberales, conservadores y positivistas la realidad mexicana carece de significación en sí misma; es algo inerte que sólo adquiere sentido cuando refleja un esquema universal. Sierra concibe a México como una realidad autónoma, viva en el tiempo: la nación es un pasado que avanza, tortuoso, hacia un futuro; y el presente está lleno de signos. En suma, ni la religión, ni la ciencia, ni la utopía nos justifican. Nuestra historia, como la de cualquier otro pueblo, posee un sentido y una dirección. Acaso sin plena conciencia de lo que hacía, Sierra introduce la filosofía de la historia como una posible respuesta a nuestra soledad y malestar.

Consecuente con estas ideas, funda la Universidad Nacional. En su discurso de inauguración expresa que el nuevo instituto «no tiene antecesores ni abuelos...; el gremio y el claustro de la Real y Pontificia Universidad de México no es para nosotros el antepasado, sino el pasado. Y sin embargo, lo recordamos con cierta involuntaria filialidad; involuntaria, pero no destituida de emoción e interés». Estas palabras muestran hasta qué punto era honda para los liberales y sus herederos la ruptura con la Colonia. Sierra sospechaba la insuficiencia del laicismo liberal y del positivismo, tanto como rechazaba el dogmatismo religioso; pensaba que la ciencia y la razón eran los únicos asideros del hombre y lo único digno de confianza. Pero las concebía como instrumentos. Por lo tanto, deberían servir al hombre y a la nación; sólo así «la Universidad tendría la potencia suficiente para coordinar las líneas directrices del carácter nacional...».

La verdad, dice en otra parte del mismo discurso, no está hecha, no es una cosa dada, como pensaban los escolásticos medievales o los metafísicos del racionalismo. La verdad se encuentra repartida en las verdades particulares de cada ciencia. Reconstruirla, era una de las tareas de la épo-

ca. Sin nombrarla, invocaba a la filosofía, ausente de la enseñanza positivista. El positivismo iba a enfrentarse a nuevas doctrinas.

Las palabras del ministro de Instrucción Pública inauguraban otro capítulo en la história de las ideas en México. Pero no era él quien iba a escribirlo, sino un grupo de jóvenes: Antonio Caso, José Vasconcelos, Alfonso Reyes y Pedro Henríquez Ureña. Ellos acometen la crítica del positivismo y lo llevan a su final descrédito. Su inquietud intelectual coincide con una búsqueda más dramática: la que hace el país de sí mismo en la lucha civil.

La Revolución mexicana es un hecho que irrumpe en nuestra historia como una verdadera revelación de nuestro ser. Muchos acontecimientos –que comprenden la historia política interna del país, y la historia, más secreta, de nuestro ser nacional– la preparan, pero muy pocas voces, y todas ellas débiles y borrosas, la anticipan. La Revolución tiene antecedentes, causas y motivos; carece, en un sentido profundo, de precursores. La Independencia no es solamente fruto de diversas circunstancias históricas, sino de un movimiento intelectual universal, que en México se inicia en el siglo XVIII. La Reforma es el resultado de la obra y de la ideología de varias generaciones intelectuales, que la preparan, predicen y realizan. Es la obra de la *intelligentsia* mexicana. La Revolución se presenta al principio como una exigencia de verdad y limpieza en los métodos democráticos, según puede verse en el Plan de San Luis (5 de octubre de 1910). Lentamente, en plena lucha o ya en el poder, el movimiento se encuentra y define. Y esta ausencia de programa previo le otorga originalidad y autenticidad populares. De ahí provienen su grandeza y sus debilidades.

Entre los precursores de la Revolución se acostumbra a citar un grupo disperso y aislado: Andrés Molina Enríquez, Filomeno Mata, Paulino Martínez, Juan Sarabia, Antonio Villarreal, Ricardo y Enrique Flores Magón[1]. Ninguno de ellos era verdaderamente un intelectual, quiero decir un hombre que se hubiese planteado de un modo cabal la situación de México como un problema y ofreciese un nuevo proyecto histórico. Molina Enríquez tuvo una idea clara del problema agrario, pero no creo que sus observaciones hayan sido aprovechadas por los revolucionarios sino tardíamente, en una época posterior al Plan de Ayala (28 de noviembre de 1911), documento político que condensa las aspiraciones de los zapatistas. La influencia de Flores Magón, uno de los hombres más puros del movimiento obrero mexicano, no se advierte en nuestras leyes obreras. El

1. Jesús Silva Herzog, *Meditaciones sobre México*, México, 1946.

anarquismo de Flores Magón estaba alejado necesariamente de nuestra Revolución, aunque el movimiento sindical mexicano se inicie influido por las ideas anarco-sindicalistas.

La Independencia y, más acentuadamente, la Reforma, son movimientos que reflejan, prolongan y adaptan ideologías de la época. Silva Herzog dice al respecto: «Nuestra Revolución no tuvo nada en común con la Revolución rusa, ni siquiera en la superficie; fue antes que ella. ¿Cómo pudo entonces haberla imitado? En la literatura revolucionaria de México, desde fines del siglo pasado hasta 1917, no se usa la terminología socialista europea; y es que nuestro movimiento social nació del propio suelo, del corazón sangrante del pueblo y se hizo drama doloroso y a la vez creador»[1]. La ausencia de precursores ideológicos y la escasez de vínculos con una ideología universal constituyen rasgos característicos de la Revolución y la raíz de muchos conflictos y confusiones posteriores.

Se conocen los antecedentes inmediatos del movimiento. En primer término, la situación política y social del país. La clase media había crecido gracias al impulso adquirido por el comercio y la industria, que si estaban en su mayoría en manos extranjeras, utilizaban un personal nativo. Había surgido una nueva generación, inquieta y que deseaba un cambio. La querella de las generaciones se alía así a la discordia social. El gobierno de Díaz no era nada más un gobierno de privilegiados, sino de viejos que no se resignaban a ceder el poder. La inconformidad de los jóvenes se expresaba por un ansia de ver alguna vez realizados los principios del liberalismo. Los primeros ideales revolucionarios son predominantemente políticos. Se pensaba que el ejercicio de los derechos democráticos haría posible un cambio de métodos y personas.

A la inquietud de la clase media debe agregarse la de la naciente clase obrera. La legislación liberal no preveía ninguna defensa contra los abusos de los poderosos. Campesinos y obreros vivían desamparados frente a caciques, señores feudales e industriales. Pero los campesinos mexicanos poseían una larga tradición de luchas; los obreros no solamente carecían de los más elementales derechos, sino de una experiencia o una teoría en que apoyar sus demandas y justificar su combate. La ausencia de tradiciones propias hacía de la clase obrera la clase desheredada por excelencia. A pesar de esta situación estallaron varias huelgas, reprimidas sin piedad. Y más tarde los obreros decidirían uno de los episodios más importantes de la lucha civil: sus líderes se alían a Carranza y firman el Pacto de la Casa

1. *Op. cit.*

del Obrero Mundial y el Movimiento Constitucionalista (17 de febrero de 1915). A cambio de una legislación obrera, se ligaba el proletariado a una de las facciones en que se dividió el movimiento revolucionario. Desde entonces la clase obrera ha dependido, más o menos estrechamente, de los gobiernos revolucionarios, circunstancia de capital importancia para entender al México de nuestros días, según se verá más adelante.

Otra circunstancia favorable al desarrollo de la Revolución era la situación internacional del gobierno de Díaz. Siguiendo una política preconizada por liberales como Lerdo y por casi todo el Partido Conservador, Porfirio Díaz quiso limitar la influencia económica norteamericana acudiendo al capitalismo europeo. «Las relaciones internacionales despertaron honda preocupación en las postrimerías del gobierno de Díaz. El apoyo concedido al capital inglés provocó recelos en el norteamericano. Hubo otras causas de enfriamiento, como la protección que Díaz ofreció al presidente de Nicaragua, la negativa a conceder una prórroga para que permaneciera la flota de los Estados Unidos en la bahía Magdalena y el fallo favorable a México que dictó un árbitro canadiense en el conflicto de límites conocido con el nombre del Chamizal[1].» Es indudable que los Estados Unidos toleraron en su territorio la acción política de los revolucionarios, pero no es posible reducir la Revolución mexicana, como quieren algunos conservadores, a una conspiración del imperialismo yanqui. La intervención posterior del embajador norteamericano en el golpe de mano contrarrevolucionario que derrocó al presidente Madero prueba hasta dónde debe limitarse la influencia extranjera en el desarrollo de la Revolución.

Si las huelgas y revueltas campesinas minaban la estructura social de la Dictadura y la inquietud política en las ciudades hacía vacilar la confianza de Díaz en el apoyo popular, en la esfera de las ideas dos jóvenes, Antonio Caso y José Vasconcelos, emprendían la crítica de la filosofía del régimen. Su obra forma parte de la vasta renovación intelectual iniciada por el grupo llamado Ateneo de la Juventud.

Antonio Caso acomete, en 1909, el examen de la filosofía positivista. En el curso de siete conferencias (las tres primeras dedicadas a Comte y sus precursores, las cuatro restantes al «positivismo independiente», Stuart Mill, Spencer y Taine), expone su inconformidad con la doctrina oficial. En su examen utiliza sobre todo la filosofía de la contingencia de Boutroux y algunas ideas de Bergson. Al final de sus conferencias, Caso dio a cono-

1. Silvio Zavala, «Síntesis de la historia del pueblo mexicano», en *México en la Cultura*, México, 1946.

cer su filosofía personal. He aquí cómo relata Henríquez Ureña este acto de fe: «Caso, ante la inminente invasión del pragmatismo y tendencias afines, se postula intelectualista... haciendo el elogio de los grandes metafísicos constructores, Platón, Spinoza, Hegel; y a la vez se declara idealista en cuanto al problema del conocimiento... su profesión de fe termina con una cita ("Todo es pensamiento...") de Henri Poincaré, el sabio pragmatista... La conferencia final de Caso fue un alegato en favor de la especulación filosófica. Entre los muros de la Escuela Preparatoria, la vieja escuela positivista, volvió a oírse la voz de la metafísica que reclama sus derechos inalienables»[1].

Vasconcelos era antintelectualista. Filósofo de la intuición, considera que la emoción es la única facultad capaz de aprehender el objeto. El conocimiento es una visión total e instantánea de la realidad. Vasconcelos elabora más tarde una «filosofía de la raza iberoamericana», que continúa una corriente muy importante del pensamiento hispanoamericano. Pero la influencia de este pensador se dejará sentir años más tarde, cuando ocupa la Secretaría de Educación Pública en el gobierno del nuevo régimen.

La crítica del positivismo fue decisiva en la historia intelectual mexicana y es uno de los antecedentes imprescindibles de la Revolución. Pero es un antecedente negativo. Caso y sus compañeros destruyen la filosofía oficiosa del régimen sin que, por otra parte, sus ideas ofreciesen un nuevo proyecto de reforma nacional. Su posición intelectual apenas si tenía relación con las aspiraciones populares y con los quehaceres de la hora. La diferencia con la generación liberal es significativa. Esta circunstancia no dejaría de tener muy graves consecuencias en la historia del México contemporáneo. Desnuda de doctrinas previas, ajenas o propias, la Revolución será una explosión de la realidad y una búsqueda a tientas de la doctrina universal que la justifique y la inserte en la historia de América y en la del mundo. Mas si el pensamiento de Caso no ejerció influencia en la doctrina de la Revolución, su persistente amor al conocimiento, que lo hizo proseguir sus cátedras cuando las facciones se acribillaban en las calles, lo convirtió en un hermoso ejemplo de lo que significaba la filosofía: un amor que nada compra y nada tuerce.

Tales son, condensados sumariamente, los antecedentes más notorios de la Revolución. Sus causas, más profundas y menos numerosas, se confunden con la vida misma de México.

1. Pedro Henríquez Ureña, *Horas de estudio*, París, 1910.

Distingue a nuestro movimiento la carencia de un sistema ideológico previo y el hambre de tierras. Los campesinos mexicanos hacen la Revolución no solamente para obtener mejores condiciones de vida, sino para recuperar las tierras que en el transcurso de la Colonia y del siglo XIX les habían arrebatado encomenderos y latifundistas.

El *calpulli* era la forma básica de la propiedad territorial antes de la Conquista. Consistía este sistema «en dividir las poblaciones en varios barrios o calpulli, cada uno de ellos con una extensión determinada de tierras, que no pertenecían individualmente a ninguno de los habitantes, sino que estaban concedidas a una familia o tribu... en el concepto de que el que abandonaba el calpulli o dejaba de cultivar las tierras que se le asignaban, perdía el derecho de participar en la propiedad comunal»[1]. Las Leyes de Indias protegieron esta institución y son numerosas las disposiciones destinadas a defender la propiedad comunal indígena contra abusos y usurpaciones de toda índole. Los preceptos admirables de las Leyes de Indias no fueron siempre respetados y la situación de los campesinos era ya desesperada a fines del siglo XVIII. La actitud de Morelos, uno de los pocos dirigentes mexicanos que tuvo conciencia del problema, revela hasta qué punto el malestar del campo influye en la guerra de la Independencia. La Reforma comete el error fatal de disolver la propiedad comunal indígena, a pesar de que hubo quienes se opusieron, como Ponciano Arriaga. Más tarde, a través de diversas Leyes de Colonización y de Ocupación y Enajenación de Terrenos Baldíos, el régimen de Díaz acaba con los restos de la propiedad campesina y «destruye los caracteres que hasta entonces había tenido el régimen de propiedad en México»[2].

Casi todos los programas y manifiestos de los grupos revolucionarios contienen alusiones a la cuestión agraria. Pero solamente la Revolución del sur y su jefe, Emiliano Zapata, plantean con claridad, decisión y simplicidad el problema. No es un azar que Zapata, figura que posee la hermosa y plástica poesía de las imágenes populares, haya servido de modelo, una y otra vez, a los pintores mexicanos. Con Morelos y Cuauhtémoc es uno de nuestros héroes legendarios. Realismo y mito se alían en esta melancólica, ardiente y esperanzada figura, que murió como había vivido: abrazado a la tierra. Como ella, está hecho de paciencia y fecundidad, de silencio y esperanza, de muerte y resurrección. Su programa contenía pocas ideas, estrictamente las necesarias para hacer saltar las formas econó-

1. Gabino Fraga, «El derecho agrario», en *México en la Cultura*, México, 1946.
2. *Op. cit.*

micas y políticas que nos oprimían. Los artículos sexto y séptimo del Plan
de Ayala, que prevén la restitución y el reparto de las tierras, implican una
transformación de nuestro régimen de propiedad agraria y abren la puer-
ta al México contemporáneo. En suma, el programa de Zapata consistía
en la liquidación del feudalismo y en la institución de una legislación que
se ajustara a la realidad mexicana.

Toda revolución, dice Ortega y Gasset, es una tentativa por someter la
realidad a un proyecto racional. De ahí que el espíritu revolucionario se
conciba a sí mismo como una exigencia radical de la razón. Acaso la opi-
nión de Ortega y Gasset sea, por su parte, demasiado radical, pues obser-
vo que casi siempre las revoluciones, a pesar de presentarse como una
invitación para realizar ciertas ideas en un futuro más o menos próximo,
se fundan en la pretensión de restablecer una justicia o un orden antiguos,
violados por los opresores. Toda revolución tiende a establecer una edad
mítica. La Revolución francesa funda la viabilidad de su programa en la
creencia de que bastará reconstituir las condiciones ideales del Contrato
Social para que la concordia se realice. El marxismo también acude a la
teoría del comunismo primitivo como antecedente del régimen que pro-
mete. El «eterno retorno» es uno de los supuestos implícitos de casi toda
teoría revolucionaria.

Todo radicalismo, decía Marx, es un humanismo, pues el hombre es la
raíz de la razón y de la sociedad. Así, toda revolución pretende crear un
mundo en donde el hombre, libre al fin de las trabas del viejo régimen,
pueda expresarse de verdad y cumplir su condición humana. El hombre
es un ser que sólo se realizará, que sólo será él mismo, en la sociedad re-
volucionaria. Y esa sociedad funda sus esperanzas en la naturaleza misma
del hombre, que no es algo dado y estático, sino que consiste en una
serie de posibilidades frustradas por un régimen que lo mutila. ¿Cómo
sabemos que el hombre es una posibilidad de ser, malograda por la injus-
ticia? La noción mítica de una *edad de oro* interviene aquí: hubo una vez,
en alguna parte del mundo y en algún momento de la historia, un estado
social que permitía al hombre expresarse y realizarse. Esa edad prefigura
y profetiza la nueva que el revolucionario se propone crear. Casi siempre
la utopía supone la previa existencia, en un pasado remoto, de una «edad
de oro» que justifica y hace viable la acción revolucionaria.

La originalidad del Plan de Ayala consiste en que esa «edad de oro» no
es una simple creación de la razón, ni una hipótesis. El movimiento agra-
rio mexicano exige la restitución de las tierras a través de un requisito le-
gal: los títulos correspondientes. Y si prevé el reparto de tierras lo hace

para extender los beneficios de una situación tradicional a todos los campesinos y pueblos que no poseen títulos. El movimiento zapatista tiende a rectificar la historia de México y el sentido mismo de la nación, que ya no será el proyecto histórico del liberalismo. México no se concibe como un futuro que realizar, sino como un regreso a los orígenes. El radicalismo de la Revolución mexicana consiste en su originalidad, esto es, en volver a nuestra raíz, único fundamento de nuestras instituciones. Al hacer del calpulli el elemento básico de nuestra organización económica y social, el zapatismo no sólo rescataba la parte válida de la tradición colonial, sino que afirmaba que toda construcción política de veras fecunda debería partir de la porción más antigua, estable y duradera de nuestra nación: el pasado indígena.

El tradicionalismo de Zapata muestra la profunda conciencia histórica de este hombre, aislado en su pueblo y en su raza. Su aislamiento, que no le permitió acceder a las ideas que manejaban los periodistas y tinterillos de la época, en busca de generales que asesorar, soledad de la semilla encerrada, le dio fuerzas y hondura para tocar la simple verdad. Pues la verdad de la Revolución era muy simple y consistía en la insurgencia de la realidad mexicana, oprimida por los esquemas del liberalismo tanto como por los abusos de conservadores y neoconservadores.

El zapatismo fue una vuelta a la más antigua y permanente de nuestras tradiciones. En un sentido profundo niega la obra de la Reforma, pues constituye un regreso a ese mundo del que, de un solo tajo, quisieron desprenderse los liberales. La Revolución se convierte en una tentativa por reintegrarnos a nuestro pasado. O, como diría Leopoldo Zea, por «asimilar nuestra historia», por hacer de ella algo vivo: un pasado hecho ya presente. Contrasta esta voluntad de integración y regreso a las fuentes, con la actitud de los intelectuales de la época que no solamente se mostraron incapaces de adivinar el sentido del movimiento revolucionario, sino que seguían especulando con ideas que no tenían más función que la de máscaras.

La incapacidad de la *intelligentsia* mexicana para formular en un sistema coherente las confusas aspiraciones populares se hizo patente apenas la Revolución dejó de ser un hecho instintivo y se convirtió en un régimen. El zapatismo y el villismo –las dos facciones gemelas, la cara Sur y la cara Norte– eran explosiones populares con escaso poder para integrar sus verdades, más sentidas que pensadas, en un plan orgánico. Eran un punto de partida, un signo obscuro y balbuceante de la voluntad revolucionaria. La facción triunfante –el carrancismo– tendía, por una par-

te, a superar las limitaciones de sus dos enemigos; por la otra, a negar la espontaneidad popular, única fuente de salud revolucionaria, restaurando el cesarismo. Toda revolución desemboca en la adoración a los jefes: Carranza, el Primer Jefe, el primero de los césares revolucionarios, profetiza el «culto a la personalidad», eufemismo con el que se designa la moderna idolatría política. (Ese culto, continuado por Obregón y Calles, aún rige nuestra vida política, aunque limitado por la prohibición de reelegir a los presidentes y otros funcionarios.) Al mismo tiempo, los revolucionarios que rodeaban a Carranza –especialmente Luis Cabrera, uno de los hombres más lúcidos del período revolucionario– se esfuerzan por articular y dar coherencia a las instintivas reivindicaciones populares. En ese momento se hizo patente la insuficiencia ideológica de la Revolución. El resultado fue un compromiso: la Constitución de 1917. Era imposible volver al mundo precortesiano; imposible, asimismo, regresar a la tradición colonial. La Revolución no tuvo más remedio que hacer suyo el programa de los liberales, aunque con ciertas modificaciones. La adopción del esquema liberal no fue sino consecuencia de la falta de ideas de los revolucionarios. Las que la *intelligentsia* mexicana ofrecía eran inservibles. La realidad las hizo astillas antes siquiera de que la historia las pusiese a prueba.

La permanencia del programa liberal, con su división clásica de poderes –inexistentes en México–, su federalismo teórico y su ceguera ante nuestra realidad, abrió nuevamente la puerta a la mentira y la inautenticidad. No es extraño, por lo tanto, que buena parte de nuestras ideas políticas sigan siendo palabras destinadas a ocultar y oprimir nuestro verdadero ser. Por otra parte, la influencia del imperialismo frustró en parte la posibilidad de desarrollo de una burguesía nativa, que sí hubiera hecho viable el esquema liberal. La restauración de la propiedad comunal entrañaba la liquidación del feudalismo y debería haber determinado el acceso al poder de la burguesía. Nuestra evolución hubiese seguido así los mismos pasos que la de Europa. Pero nuestra marcha es excéntrica. El imperialismo no nos dejó acceder a la «normalidad histórica» y las clases dirigentes de México no tienen más misión que colaborar, como administradoras o asociadas, con un poder extraño. Y en esta situación de ambigüedad histórica reside el peligro de un neoporfirismo. Banqueros e intermediarios pueden apoderarse del Estado. Su función no sería diversa a la de los latifundistas porfirianos; como ellos, serían herederos de un movimiento revolucionario: gobernarían al país con la máscara de la Revolución, como Díaz lo hizo con la del liberalismo. Sólo que en esta ocasión

sería difícil echar mano de una filosofía que cumpla la función del positivismo. Ya no hay «ideas hechas» en nuestro mundo[1].

Si se contempla la Revolución mexicana desde las ideas esbozadas en este ensayo, se advierte que consiste en un movimiento tendiente a reconquistar nuestro pasado, asimilarlo y hacerlo vivo en el presente. Y esta voluntad de regreso, fruto de la soledad y de la desesperación, es una de las fases de esa dialéctica de soledad y comunión, de reunión y separación que parece presidir toda nuestra vida histórica. Gracias a la Revolución el mexicano quiere reconciliarse con su historia y con su origen. De ahí que nuestro movimiento tenga un carácter al mismo tiempo desesperado y redentor. Si estas palabras, gastadas por tantos labios, guardan aún algún significado para nosotros, quieren decir que el pueblo se rehúsa a toda ayuda exterior, a todo esquema propuesto desde afuera y sin relación profunda con su ser, y se vuelve sobre sí mismo. La desesperación, el rehusarse a ser salvado por un proyecto ajeno a su historia, es un movimiento del ser que se desprende de todo consuelo y se adentra en su propia intimidad: está solo. Y en ese mismo instante, esa soledad se resuelve en tentativa de comunión. Nuevamente desesperación y soledad, redención y comunión, son términos equivalentes.

Es notable cómo, a través de una búsqueda muy lenta y pródiga en confusiones, la Revolución cristaliza. No es un esquema que un grupo impone a la realidad sino que ésta, como querían los románticos alemanes, se manifiesta y empieza a adquirir forma en varios sitios, encarnando en grupos antagónicos y en horas diversas. Y sólo hasta ahora es posible ver que forman parte de un mismo proceso figuras tan opuestas como Emiliano Zapata y Venustiano Carranza, Luis Cabrera y José Vasconcelos, Francisco Villa y Álvaro Obregón, Francisco I. Madero y Lázaro Cárdenas, Felipe Ángeles y Antonio Díaz Soto y Gama. Si se compara a los protagonistas de la Reforma con los de la Revolución se advierte, amén

1. De nuevo: hoy escribiría de modo distinto este párrafo. No es un secreto para nadie el colosal fracaso de nuestra agricultura y, en consecuencia, de la reforma agraria. No es esto lo que querían Zapata y los primeros «agraristas». Aunque las causas son varias, creo que la principal es la dependencia económica y política de las comunidades agrarias. Han cambiado de señores y sus nuevos amos son el gobierno, los bancos oficiales y la burocracia de las organizaciones campesinas del partido gubernamental. En cuanto a la clase dirigente: tampoco es un secreto que no es la burguesía de los empresarios y los banqueros sino una burocracia de políticos, administradores y tecnócratas la que gobierna al país como heredera de la Revolución. (*Nota de 1986*.)

de la claridad de ideas de los primeros y de la confusión de los segundos, que la eminencia de los liberales no los redime de cierta sequedad, que los ha hecho figuras respetables, pero oficiales, héroes de oficina pública, en tanto que la brutalidad y zafiedad de muchos de los caudillos revolucionarios no les ha impedido convertirse en mitos populares. Villa cabalga todavía en el norte, en canciones y corridos; Zapata muere en cada feria popular; Madero se asoma a los balcones agitando la bandera nacional; Carranza y Obregón viajan aún en aquellos trenes revolucionarios, en un ir y venir por todo el país, alborotando los gallineros femeninos y arrancando a los jóvenes de la casa paterna. Todos los siguen: ¿adónde? Nadie lo sabe. Es la Revolución, la palabra mágica, la palabra que va a cambiarlo todo y que nos va a dar una alegría inmensa y una muerte rápida. Por la Revolución el pueblo mexicano se adentra en sí mismo, en su pasado y en su substancia, para extraer de su intimidad, de su entraña, su filiación. De ahí su fertilidad, que contrasta con la pobreza de nuestro siglo XIX. Pues la fertilidad cultural y artística de la Revolución depende de la profundidad con que sus héroes, sus mitos y sus bandidos marcaron para siempre la sensibilidad y la imaginación de todos los mexicanos.

La Revolución es una súbita inmersión de México en su propio ser. De su fondo y entraña extrae, casi a ciegas, los fundamentos del nuevo Estado. Vuelta a la tradición, re-anudación de los lazos con el pasado, rotos por la Reforma y la Dictadura, la Revolución es una búsqueda de nosotros mismos y un regreso a la madre. Y, por eso, también es una fiesta: la fiesta de las balas, para emplear la expresión de Martín Luis Guzmán. Como las fiestas populares, la Revolución es un exceso y un gasto, un llegar a los extremos, un estallido de alegría y desamparo, un grito de orfandad y de júbilo, de suicidio y de vida, todo mezclado. Nuestra Revolución es la otra cara de México, ignorada por la Reforma y humillada por la Dictadura. No la cara de la cortesía, el disimulo, la forma lograda a fuerza de mutilaciones y mentiras, sino el rostro brutal y resplandeciente de la fiesta y la muerte, del mitote y el balazo, de la feria y el amor, que es rapto y tiroteo. La Revolución apenas si tiene ideas. Es un estallido de la realidad: una revuelta y una comunión, un trasegar viejas substancias dormidas, un salir al aire muchas ferocidades, muchas ternuras y muchas finuras ocultas por el miedo a ser. ¿Y con quién comulga México en esta sangrienta fiesta? Consigo mismo, con su propio ser. México se atreve a ser. La explosión revolucionaria es una portentosa fiesta en la que el mexicano, borracho de sí mismo, conoce al fin, en abrazo mortal, al otro mexicano.

La *intelligentsia* mexicana

Incurriría en una grosera simplificación quien afirmase que la cultura mexicana es un reflejo de los cambios históricos operados por el movimiento revolucionario. Más exacto será decir que esos cambios, tanto como la cultura mexicana, expresan de alguna manera las tentativas y tendencias, a veces contradictorias, de la nación, esto es, de esa parte de México que ha asumido la responsabilidad y el goce de la mexicanidad. En este sentido sí se puede decir que la historia de nuestra cultura no es muy diversa a la de nuestro pueblo, aunque esta relación no sea siempre estricta. Y no es estricta ni fatal porque muchas veces la cultura se adelanta a la historia y la profetiza. O deja de expresarla y la traiciona, según se observa en ciertos momentos de la dictadura de Díaz. Por otra parte, la poesía, en virtud de su misma naturaleza y de la naturaleza de su instrumento, las palabras, tiende siempre a la abolición de la historia, no porque la desdeñe sino porque la transciende. Reducir la poesía a sus significados históricos sería tanto como reducir las palabras del poeta a sus connotaciones lógicas o gramaticales. La poesía se escapa de historia y lenguaje aunque ambos sean su necesario alimento. Lo mismo puede decirse, con las naturales salvedades, de la pintura, la música, la novela, el teatro y el resto de las artes. Pero las páginas que siguen no tienen por tema las obras de creación sino que se limitan a describir ciertas actitudes de la *intelligentsia* mexicana, es decir, de ese sector que ha hecho del pensamiento crítico su actividad vital[1]. Su obra, por lo demás, no está tanto en libros y escritos como en su influencia pública y en su acción política.

Si la Revolución fue una brusca y mortal inmersión en nosotros mismos, en nuestra raíz y origen, nada ni nadie encarna mejor este fértil y desesperado afán que José Vasconcelos, el fundador de la educación moderna en México. Su obra, breve pero fecunda, aún está viva en lo esencial. Su empresa, al mismo tiempo que prolonga la tarea iniciada por Justo Sierra –extender la educación elemental y perfeccionar la enseñanza superior y universitaria– pretende fundar la educación sobre ciertos principios implícitos en nuestra tradición y que el positivismo había olvidado o ignorado. Vasconcelos pensaba que la Revolución iba a redescubrir el sentido de

1. El lector podrá encontrar la posición del autor ante la literatura y el arte mexicanos en los volúmenes cuarto y séptimo, respectivamente, de estas obras.

nuestra historia, buscado vanamente por Sierra. La nueva educación se fundaría en «la sangre, la lengua y el pueblo».

El movimiento educativo poseía un carácter orgánico. No es la obra aislada de un hombre extraordinario, aunque Vasconcelos lo sea, y en varias medidas. Fruto de la Revolución, se nutre de ella; y al realizarse, realiza lo mejor y más secreto del movimiento revolucionario. En la tarea colaboraron poetas, pintores, prosistas, maestros, arquitectos, músicos. Toda, o casi toda, la *intelligentsia* mexicana. Fue una obra social, pero que exigía la presencia de un espíritu capaz de encenderse y de encender a los demás. Filósofo y hombre de acción, Vasconcelos poseía esa unidad de visión que imprime coherencia a los proyectos dispersos, y que si a veces olvida los detalles también impide perderse en ellos. Su obra –sujeta a numerosas, necesarias y no siempre felices correcciones– no fue la del técnico, sino la del fundador.

Vasconcelos concibe la enseñanza como viva participación. Por una parte se fundan escuelas, se editan silabarios y clásicos, se crean institutos y se envían misiones culturales a los rincones más apartados; por la otra, la *intelligentsia* se inclina hacia el pueblo, lo descubre y lo convierte en un motivo de inspiración. Emergen las artes populares, olvidadas durante siglos; en las escuelas y en los salones vuelven a cantarse las viejas canciones; se bailan las danzas regionales, con sus movimientos puros y tímidos, hechos de vuelo y estatismo, de reserva y fuego. Nace la pintura mexicana contemporánea. Una parte de nuestra literatura vuelve los ojos hacia el pasado colonial; otra hacia el indígena. Los más valientes se encaran al presente: surge la novela de la Revolución. México, perdido en la simulación de la dictadura, de pronto es descubierto por ojos atónitos y enamorados: «Hijos pródigos de una patria que ni siquiera sabemos definir, empezamos a observarla. Castellana y morisca, rayada de azteca».

Miembro de la generación del Ateneo, partícipe de la batalla contra el positivismo, Vasconcelos sabía que toda educación entraña una imagen del mundo y reclama un programa de vida. De ahí sus esfuerzos para fundar la escuela mexicana en algo más concreto que el texto del artículo tercero constitucional, que prescribía la enseñanza laica. El laicismo nunca había sido neutral. Su pretendida indiferencia ante las cuestiones últimas era un artificio que a nadie engañaba. Y Vasconcelos, que no era católico ni jacobino, tampoco era neutral. Así, quiso fundar nuestra enseñanza sobre la tradición, del mismo modo que la Revolución se empeñaba en crear una nueva economía en torno al ejido. Fundar la escuela sobre la tradición significaba formular explícitamente los impulsos revolucionarios

que hasta ese momento se expresaban como instinto y balbuceo. Nuestra tradición, si de verdad estaba viva y no era una forma yerta, iba a redescubrirnos una tradición universal, en la que la nuestra se insertaba, prolongaba y justificaba.

Toda vuelta a la tradición lleva a reconocer que somos parte de la tradición universal de España, la única que podemos aceptar y continuar los hispanoamericanos. Hay dos Españas: la cerrada al mundo, y la España abierta, la heterodoxa, que rompe su cárcel por respirar el aire libre del espíritu. Esta última es la nuestra. La otra, la castiza y medieval, ni nos dio el ser ni nos descubrió, y toda nuestra historia, como parte de la de los españoles, ha sido lucha contra ella. Ahora bien, la tradición universal de España en América consiste, sobre todo, en concebir el continente como una unidad superior, según se ha visto. Por lo tanto, volver a la tradición española no tiene otro sentido que volver a la unidad de Hispanoamérica. La filosofía de la raza cósmica (esto es, del nuevo hombre americano que disolverá todas las oposiciones raciales y el gran conflicto entre Oriente y Occidente) no era sino la natural consecuencia y el fruto extremo del universalismo español, hijo del Renacimiento. Las ideas de Vasconcelos no tenían parentesco con el casticismo y tradicionalismo de los conservadores mexicanos, pues para él, como para los fundadores de América, el continente se presentaba como futuro y novedad: «la América española es lo nuevo por excelencia, novedad no sólo de territorio, también de alma». El tradicionalismo de Vasconcelos no se apoyaba en el pasado: se justificaba en el futuro.

La filosofía iberoamericana de Vasconcelos constituía la primer tentativa para resolver un conflicto latente desde que se inició la Revolución. Estallido del instinto, ansia de comunión, revelación de nuestro ser, el movimiento revolucionario fue búsqueda y hallazgo de nuestra filiación, rota por el liberalismo. Mas esa tradición redescubierta no bastaba para alimentar nuestra voracidad de país vuelto a nacer, porque no contenía elementos universales que nos sirviesen para construir una nueva sociedad, ya que era imposible volver al catolicismo o al liberalismo, las dos grandes corrientes universales que habían modelado nuestra cultura. Al mismo tiempo, la Revolución no podía justificarse a sí misma porque apenas si tenía ideas. No quedaban, pues, sino la autofagia o la invención de un nuevo sistema. Vasconcelos resuelve la cuestión al ofrecer su filosofía de la raza iberoamericana. El lema del positivismo, «Amor, Orden y Progreso», fue substituido por el orgulloso «Por mi Raza Hablará el Espíritu».

Por desgracia, la filosofía de Vasconcelos es ante todo una obra perso-

nal, al contrario de lo que acontecía con liberales y positivistas, que continuaban vastas corrientes ideológicas. La obra de Vasconcelos posee la coherencia poética de los grandes sistemas filosóficos, pero no su rigor; es un monumento aislado, que no ha originado una escuela ni un movimiento. Y como ha dicho Malraux, «los mitos no acuden a la complicidad de nuestra razón, sino a la de nuestros instintos». No es difícil encontrar en el sistema vasconceliano fragmentos todavía vivos, porciones fecundas, iluminaciones, anticipos, pero no el fundamento de nuestro ser, ni el de nuestra cultura.

Durante la época en que dirige al país Lázaro Cárdenas, la Revolución tiende a realizarse con mayor amplitud y profundidad. Las reformas planeadas por los regímenes anteriores al fin se llevan a cabo. La obra de Cárdenas consuma la de Zapata y Carranza. La necesidad de dar al pueblo algo más que el laicismo liberal, produce la reforma del artículo tercero de la Constitución: «La educación que imparta el Estado será socialista… combatirá el fanatismo y los prejuicios, creando en la juventud un concepto racional y exacto del Universo y de la vida social». Para los mismos marxistas el texto del nuevo artículo tercero era defectuoso: ¿cómo implantar una educación socialista en un país cuya Constitución consagraba la propiedad privada y en donde la clase obrera no poseía la dirección de los negocios públicos? Arma de lucha, la educación socialista creó muchas enemistades inútiles al régimen y suscitó las fáciles críticas de los conservadores. Asimismo, se mostró impotente para superar las carencias de la Revolución mexicana. Si las revoluciones no se hacen con palabras, las ideas no se implantan con decretos. La filosofía implícita en el texto del artículo tercero no invitaba a la participación creadora, ni fundaba las bases de la nación, como lo había hecho en su momento el catolicismo colonial. La educación socialista era una trampa en la que sólo cayeron sus inventores, con regocijo de todos los reaccionarios. El conflicto entre la universalidad de nuestra tradición y la imposibilidad de volver a las formas en que se había expresado ese universalismo no podía ser resuelto con la adopción de una filosofía que no era, ni podía ser, la del Estado mexicano.

El mismo conflicto desgarra las formas políticas y económicas creadas por la Revolución. En todos los aspectos de la vida mexicana se encuentra, al mismo tiempo que una conciencia muy viva de la autenticidad y originalidad de nuestra Revolución, un afán de totalidad y coherencia que ésta no nos ofrece. El calpulli era una institución económica, social, política y religiosa que floreció naturalmente en el centro de la vida precortesiana. Durante el período colonial logra convivir con otras formas de pro-

piedad gracias a la naturaleza del mundo fundado por los españoles, orden universal que admitía diversas concepciones de la propiedad, tanto como cobijaba una pluralidad de razas, castas y clases. Pero ¿cómo integrar la propiedad comunal de la tierra en el seno de una sociedad que inicia su etapa capitalista y que de pronto se ve lanzada al mundo de las contiendas imperialistas? El problema era el mismo que se planteaba a escritores y artistas: encontrar una solución orgánica, total, que no sacrificara las particularidades de nuestro ser a la universalidad del sistema, como había ocurrido con el liberalismo, y que tampoco redujera nuestra participación a la actitud pasiva, estática del creyente o del imitador. Por primera vez al mexicano se le plantean vida e historia como algo que hay que inventar de pies a cabeza. En la imposibilidad de hacerlo, nuestra cultura y nuestra política social han vacilado entre diversos extremos. Incapaces de realizar una síntesis, hemos terminado por aceptar una serie de compromisos, tanto en la esfera de la educación como en la de los problemas sociales. Estos compromisos nos han permitido defender lo ya conquistado, pero sería peligroso considerarlos definitivos. El texto actual del artículo tercero refleja esta situación. La enmienda constitucional, obra de Jaime Torres Bodet, ha sido benéfica pero, por encima de cualquier consideración técnica, siguen sin contestar ciertas preguntas: ¿cuál es el sentido de la tradición mexicana y cuál es su valor actual? ¿Cuál es el programa de vida que ofrecen nuestras escuelas a los jóvenes? Las respuestas a estas preguntas no pueden ser la obra de un hombre. Si no las hemos contestado es porque la historia misma no ha resuelto ese conflicto.

Una vez cerrado el período militar de la Revolución, muchos jóvenes intelectuales –que no habían tenido la edad o la posibilidad de participar en la lucha armada– empezaron a colaborar con los gobiernos revolucionarios. El intelectual se convirtió en el consejero, secreto o público, del general analfabeto, del líder campesino o sindical, del caudillo en el poder. La tarea era inmensa y había que improvisarlo todo. Los poetas estudiaron economía, los juristas sociología, los novelistas derecho internacional, pedagogía o agronomía. Con la excepción de los pintores –a los que se protegió de la mejor manera posible: entregándoles los muros públicos– el resto de la *intelligentsia* fue utilizada para fines concretos e inmediatos; proyectos de leyes, planes de gobierno, misiones confidenciales, tareas educativas, fundación de escuelas y bancos de refacción agraria, etc. La diplomacia, el comercio exterior, la administración pública abrieron sus puertas a una *intelligentsia* que venía de la clase media. Pronto surgió un

grupo numeroso de técnicos y expertos, gracias a las nuevas escuelas profesionales y a los viajes de estudio al extranjero. Su participación en la gestión gubernamental ha hecho posible la continuidad de la obra iniciada por los primeros revolucionarios. Ellos han defendido, en multitud de ocasiones, la herencia revolucionaria. Pero nada más difícil que su situación. Preocupados por no ceder sus posiciones –desde las materiales hasta las ideológicas– han hecho del compromiso un arte y una forma de vida. Su obra ha sido, en muchos aspectos, admirable; al mismo tiempo, han perdido independencia y su crítica resulta diluida, a fuerza de prudencia o de maquiavelismo. La *intelligentsia* mexicana, en su conjunto, no ha podido o no ha sabido utilizar las armas propias del intelectual: la crítica, el examen, el juicio. El resultado ha sido que el espíritu cortesano –producto natural, por lo visto, de toda revolución que se transforma en gobierno– ha invadido casi toda la esfera de la actividad pública. Además, como ocurre siempre con toda burocracia, se ha extendido la moral cerrada de secta y el culto mágico al «secreto de Estado». No se discuten los asuntos públicos: se cuchichean. No debe olvidarse, sin embargo, que en muchos casos la colaboración se ha pagado con verdaderos sacrificios. El demonio de la eficacia –y no el de la ambición–, el deseo de servir y de cumplir con una tarea colectiva, y hasta cierto sentido ascético de la moral ciudadana, entendida como negación del yo, muy propio del intelectual, ha llevado a algunos a la pérdida más dolorosa: la de la obra personal. Este drama no se plantea siquiera para el intelectual europeo. Ahora bien, en Europa y los Estados Unidos el intelectual ha sido desplazado del poder, vive en exilio y su influencia se ejerce fuera del ámbito del Estado. Su misión principal es la crítica; en México, la acción política. El mundo de la política es, por naturaleza, el de los valores relativos: el único valor absoluto es la eficacia. La *intelligentsia* mexicana no sólo ha servido al país: lo ha defendido. Ha sido honrada y eficaz, pero ¿no ha dejado de ser *intelligentsia*, es decir, no ha renunciado a ser la conciencia crítica de su pueblo?

Las oscilaciones de la Revolución, la presión internacional que no dejó de hacerse sentir apenas se iniciaron las reformas sociales, la demagogia que pronto se convirtió en una enfermedad permanente de nuestro sistema político, la corrupción de los dirigentes, que crecía a medida que era más notoria la imposibilidad de realizarnos en formas democráticas a la manera liberal, produjeron escepticismo en el pueblo y desconfianza entre los intelectuales. La *intelligentsia* mexicana, unida en una empresa común, también tiene sus heterodoxos y solitarios, sus críticos y sus doctrinarios. Algunos han cesado de colaborar y han fundado grupos y par-

tidos de oposición, como Manuel Gómez Morín, ayer autor de las leyes hacendarias revolucionarias y hoy jefe de Acción Nacional, el partido de la derecha. Otros, como Jesús Silva Herzog, han mostrado que la eficacia técnica no está reñida con la independencia espiritual; su revista *Cuadernos Americanos* ha agrupado a todos los escritores independientes de Hispanoamérica. Vicente Lombardo Toledano, Narciso Bassols y otros se convirtieron al marxismo, única filosofía que les parecía conciliar las particularidades de la historia de México con la universalidad de la Revolución. La obra de estos hombres debe juzgarse sobre todo en el campo de la política social. Por desgracia, desde hace muchos años su actividad se ha viciado por la docilidad con que han seguido, aun en sus peores momentos, la línea política estalinista.

Al mismo tiempo que una parte de la *intelligentsia* se inclinaba hacia el marxismo –casi siempre en su forma oficial y burocrática–, buscando así romper su soledad al insertarse en el movimiento obrero mundial, otros hombres iniciaban una tarea de revisión y crítica. La Revolución mexicana había descubierto el rostro de México. Samuel Ramos interroga esos rasgos, arranca máscaras e inicia un examen del mexicano. Se dice que *El perfil del hombre y la cultura en México*, primera tentativa seria por conocernos, padece diversas limitaciones: el mexicano que describen sus páginas es un tipo aislado y los instrumentos de que el filósofo se vale para penetrar la realidad –la teoría del resentimiento, más como ha sido expuesta por Adler que por Scheler– reducen acaso la significación de sus conclusiones. Pero ese libro continúa siendo el único punto de partida que tenemos para conocernos. No sólo la mayor parte de sus observaciones son todavía válidas, sino que la idea central que lo inspira sigue siendo verdadera: el mexicano es un ser que cuando se expresa se oculta; sus palabras y gestos son casi siempre máscaras. Utilizando un método distinto al empleado en este estudio, Ramos nos ha dado una descripción muy penetrante de ese conjunto de actitudes que hacen de cada uno de nosotros un ser cerrado e inaccesible.

Mientras Samuel Ramos descubre el sentido de algunos de nuestros gestos más característicos –exploración que habría que completar con un psicoanálisis de nuestros mitos y creencias y un examen de nuestra vida erótica–, Jorge Cuesta se preocupa por indagar el sentido de nuestra tradición. Sus ideas, dispersas en artículos de crítica estética y política, poseen coherencia y unidad a pesar de que su autor jamás tuvo ocasión de reunirlas en un libro. Lo mismo si se trata del clasicismo de la poesía mexicana que de la influencia de Francia en nuestra cultura, de la pintura

mural que de la poesía de López Velarde, Cuesta cuida de reiterar este pensamiento: México es un país que se ha hecho a sí mismo y que, por lo tanto, carece de pasado. Mejor dicho, México se ha hecho contra su pasado, contra dos localismos, dos inercias y dos casticismos: el indio y el español. La verdadera tradición de México no continúa sino niega la colonial pues es una libre elección de ciertos valores universales: los del racionalismo francés. Nuestro «francesismo» no es accidental, ni es fruto de una mera circunstancia histórica. En la cultura francesa, que también es libre elección, el mexicano se descubre como vocación universal. Los modelos de nuestra poesía, como los que inspiran nuestros sistemas políticos, son universales e indiferentes a tiempo, espacio y color local: implican una idea del hombre y tienden a realizarla sacrificando nuestras particularidades nacionales. Constituyen un rigor y una forma. Así, nuestra poesía no es romántica o nacional sino cuando desfallece o se traiciona. Otro tanto ocurre con el resto de nuestras formas artísticas y políticas.

Cuesta desdeña el examen histórico. Ve en la tradición española nada más inercia, conformismo y pasividad porque ignora la otra cara de esa tradición. Omite analizar la influencia de la tradición indígena, también. Y nuestra preferencia por la cultura francesa, ¿no es más bien hija de diversas circunstancias, tanto de la historia universal como de la mexicana, que de una supuesta afinidad? Influido por Julien Benda, Cuesta olvida que la cultura francesa se alimenta de la historia de Francia y que es inseparable de la realidad que la sustenta.

A pesar de las limitaciones de su posición intelectual, más visibles ahora que cuando su autor las formuló a través de esporádicas publicaciones periodísticas, debemos a Cuesta varias observaciones valiosas. México, en efecto, se define a sí mismo como negación de su pasado. Su error, como el de liberales y positivistas, consistió en pensar que esa negación entrañaba forzosamente la adopción del radicalismo y del clasicismo franceses en política, arte y poesía. La historia misma refuta su hipótesis: el movimiento revolucionario, la poesía contemporánea, la pintura y, en fin, el crecimiento mismo del país, tienden a imponer nuestras particularidades y a romper la geometría intelectual que nos propone Francia. El radicalismo mexicano, como se ha procurado mostrar en este ensayo, tiene otro sentido.

Más allá de las diferencias que los separan, se advierte cierto parentesco entre Ramos y Cuesta. Ambos, en dirección contraria, reflejan nuestra voluntad de conocernos. El primero representa esa tendencia hacia nuestra propia intimidad que encarnó la Revolución mexicana; el segundo, la necesidad de insertar nuestras particularidades en una tradición universal.

Otro solitario es Daniel Cosío Villegas. Economista e historiador, fue el fundador del Fondo de Cultura Económica, empresa editorial no lucrativa que tuvo por primer objetivo –y de ahí su nombre– proporcionar a los hispanoamericanos los textos fundamentales de la ciencia económica, de Smith y los fisiócratas a Keynes, pasando por Marx. Gracias a Cosío y sus sucesores, el Fondo se transformó en una editorial de obras de filosofía, sociología e historia que han renovado la vida intelectual de los países de habla española. Debemos a Cosío Villegas el examen más serio y completo del régimen porfirista. Pero quizá lo mejor y más estimulante de su actividad intelectual es el espíritu que anima a su crítica, la desenvoltura de sus opiniones, la independencia de su juicio. Su mejor libro, para mí, es *Extremos de América*, examen nada piadoso de nuestra realidad, hecho con ironía, valor y una admirable impertinencia.

Cárdenas abrió las puertas a los vencidos de la guerra de España. Entre ellos venían escritores, poetas, profesores. A ellos se debe en parte el renacimiento de la cultura mexicana, sobre todo en el campo de la filosofía. Un español al que los mexicanos debemos gratitud es José Gaos, el maestro de la joven *intelligentsia*. La nueva generación está en aptitud de manejar los instrumentos que toda empresa intelectual requiere. Por primera vez desde la época de la Independencia la *intelligentsia* mexicana no necesita formarse fuera de las aulas. Los nuevos maestros no ofrecen a los jóvenes una filosofía, sino los medios y las posibilidades para crearla. Tal es, precisamente, la misión del maestro.

Un nuevo elemento de estímulo es la presencia de Alfonso Reyes. Su obra, que ahora podemos empezar a contemplar en sus verdaderas dimensiones, es una invitación al rigor y a la coherencia. El clasicismo de Reyes, equidistante del academismo de Ramírez y del romanticismo de Sierra, no parte de las formas ya hechas. En lugar de ser mera imitación o adaptación de formas universales, es un clasicismo que se busca y se modela a sí mismo, espejo y fuente, simultáneamente, en los que el hombre se reconoce, sí, pero también se sobrepasa.

Reyes es un hombre para quien la literatura es algo más que una vocación o un destino: una religión. Escritor cabal para quien el lenguaje es todo lo que puede ser el lenguaje: sonido y signo, trazo inanimado y magia, organismo de relojería y ser vivo. Poeta, crítico y ensayista, es el Literato: el minero, el artífice, el peón, el jardinero, el amante y el sacerdote de las palabras. Su obra es historia y poesía, reflexión y creación. Si Reyes es un grupo de escritores, su obra es una Literatura. ¿Lección de forma? No, lección de expresión. En un mundo de retóricos elocuentes o

de reconcentrados silenciosos, Reyes nos advierte de los peligros y de las responsabilidades del lenguaje. Se le acusa de no habernos dado una filosofía o una orientación. Aparte de que quienes lo acusan olvidan buena parte de sus escritos, destinados a esclarecer muchas situaciones que la historia de América nos plantea, me parece que la importancia de Reyes reside sobre todo en que leerlo es una lección de claridad y transparencia. Al enseñarnos a decir, nos enseña a pensar. De ahí la importancia de sus reflexiones sobre la *intelligentsia* americana y sobre las responsabilidades del intelectual y del escritor de nuestro tiempo.

El primer deber del escritor, nos dice, estriba en su fidelidad al lenguaje. El escritor es un hombre que no tiene más instrumento que las palabras. A diferencia de los útiles del artesano, del pintor y del músico, las palabras están henchidas de significaciones ambiguas y hasta contrarias. Usarlas quiere decir esclarecerlas, purificarlas, hacerlas de verdad instrumentos de nuestro pensar y no máscaras o aproximaciones. Escribir implica una profesión de fe y una actitud que transciende al retórico y al gramático; las raíces de las palabras se confunden con las de la moral: la crítica del lenguaje es una crítica histórica y moral. Todo estilo es algo más que una manera de hablar: es una manera de pensar y, por lo tanto, un juicio implícito o explícito sobre la realidad que nos circunda. Entre el lenguaje, ser por naturaleza social, y el escritor, que sólo engendra en la soledad, se establece así una relación muy extraña: gracias al escritor el lenguaje amorfo, horizontal, se yergue e individualiza; gracias al lenguaje, el escritor moderno, rotas las otras vías de comunicación con su pueblo y su tiempo, participa en la vida de la ciudad.

De la obra de Alfonso Reyes se puede extraer no solamente una crítica sino una filosofía y una ética del lenguaje. Por tal razón no es un azar que, al mismo tiempo que defiende la transparencia del vocablo y la universalidad de su significado, predique una misión. Pues aparte de esa radical fidelidad al lenguaje que define a todo escritor, el mexicano tiene algunos deberes específicos. El primero de todos consiste en expresar lo nuestro. O para emplear las palabras de Reyes «buscar el alma nacional». Tarea ardua y extrema, pues usamos un lenguaje hecho y que no hemos creado para revelar a una sociedad balbuciente y a un hombre enmarañado. No tenemos más remedio que usar de un idioma que ha sufrido ya las experiencias de Góngora y Quevedo, de Cervantes y San Juan, para expresar a un hombre que no acaba de ser y que no se conoce a sí mismo. Escribir, equivale a deshacer el español y a recrearlo para que se vuelva mexicano, sin dejar de ser español. Nuestra fidelidad al lenguaje, en suma,

implica fidelidad a nuestro pueblo y fidelidad a una tradición que no es nuestra totalmente sino por un acto de violencia intelectual. En la escritura de Reyes viven los dos términos de este extremoso deber. Por eso, en sus mejores momentos, su obra consiste en la invención de un lenguaje y de una forma universales y capaces de contener, sin ahogarlos y sin desgarrarse, todos nuestros inexpresados conflictos.

Reyes se enfrenta al lenguaje como problema artístico y ético. Su obra no es un modelo o una lección, sino un estímulo. Por eso nuestra actitud ante el lenguaje no puede ser diversa a la de nuestros predecesores: también a nosotros, y más radicalmente que a ellos, puesto que tenemos menos ilusiones en unas ideas que la cultura occidental soñó eternas, la vida y la historia de nuestro pueblo se nos presentan como una voluntad que se empeña en crear la forma que la exprese y que, sin traicionarla, la transcienda. Soledad y Comunión, Mexicanidad y Universalidad, siguen siendo los extremos que devoran al mexicano. Los términos de este conflicto habitan no sólo nuestra intimidad y coloran con un matiz especial, alternativamente sombrío y brillante, nuestra conducta privada y nuestras relaciones con los demás, sino que yacen en el fondo de todas nuestras tentativas políticas, artísticas y sociales. La vida del mexicano es un continuo desgarrarse entre ambos extremos, cuando no es un inestable y penoso equilibrio.

Toda la historia de México, desde la Conquista hasta la Revolución, puede verse como una búsqueda de nosotros mismos, deformados o enmascarados por instituciones extrañas, y de una forma que nos exprese. Las sociedades precortesianas lograron creaciones muy ricas y diversas, según se ve por lo poco que dejaron en pie los españoles, y por las revelaciones que cada día nos entregan los arqueólogos y antropólogos. La Conquista destruye esas formas y superpone la española. En la cultura española laten dos direcciones, conciliadas pero no fundidas enteramente por el Estado español: la tradición medieval, castiza, viva en España hasta nuestros días, y una tradición universal, que España se apropia y hace suya antes de la Contrarreforma. Por obra del catolicismo, España logra en la esfera del arte una síntesis afortunada de ambos elementos. Otro tanto puede decirse de algunas instituciones y nociones de derecho político, que intervienen decisivamente en la constitución de la sociedad colonial y en el estatuto otorgado a los indios y a sus comunidades. Debido al carácter universal de la religión católica, que era, aunque lo olviden con frecuencia fieles y adversarios, una religión para todos y especialmente para los desheredados y los huérfanos, la sociedad colonial logra conver-

tirse por un momento en un orden. Forma y substancia pactan. Entre la realidad y las instituciones, el pueblo y el poder, el arte y la vida, el individuo y la sociedad, no hay un muro o una fosa sino que todo se corresponde y unos mismos conceptos y una misma voluntad rigen los ánimos. El hombre, por más humilde que sea su condición, no está solo. Ni tampoco lo está la sociedad. Mundo y transmundo, vida y muerte, acción y contemplación, son experiencias totales y no actos o conceptos aislados. Cada fragmento participa de la totalidad y ésta vive en cada una de las partes. El cerrado orden precortesiano fue reemplazado por una forma universal, abierta a la participación y a la comunión de todos los fieles.

La parálisis de la sociedad colonial y su final petrificación en una máscara piadosa o feroz, parece ser hija de una circunstancia que pocas veces ha sido examinada: la decadencia del catolicismo europeo, en tanto que manantial de la cultura occidental, coincidió con su expansión y apogeo en Nueva España. La vida religiosa, fuente de creación en otra época, se reduce para los más a inerte participación. Y, para los menos, oscilantes entre la curiosidad y la fe, a tentativas incompletas, juegos de ingenio y, al final, silencio y sopor. O para decirlo en otros términos: el catolicismo se ofrece a la inmensa masa indígena como un refugio. La orfandad que provoca la ruptura de la Conquista se resuelve en un regresar a las obscuras entrañas maternas. La religiosidad colonial es una vuelta a la vida prenatal, pasiva, neutra y satisfecha[1]. La minoría, que intenta salir al aire fresco del mundo, se ahoga, enmudece o retrocede.

La Independencia, la Reforma y la Dictadura son distintas, contradictorias fases de una misma voluntad de desarraigo. El siglo xix debe verse como ruptura total con la forma. Y simultáneamente, el movimiento liberal se manifiesta como una tentativa utópica, que provoca la venganza de la realidad. El esquema liberal se convierte en la simulación del positivismo. Nuestra historia independiente, desde que empezamos a tener conciencia de nosotros mismos, noción de patria y de ser nacional, es ruptura y búsqueda. Ruptura con la tradición, con la forma. Y búsqueda de una nueva forma, capaz de contener todas nuestras particularidades y abierta al porvenir. Ni el catolicismo, cerrado al futuro, ni el liberalismo, que substituía al mexicano concreto por una abstracción inánime, podían ser esa forma buscada, expresión de nuestros quereres particulares y de nuestros anhelos universales.

1. Véase Jorge Carrión, «La ruta psicológica de Quetzalcóatl», en *Cuadernos Americanos*, núm. 5, México, septiembre-octubre de 1949.

La Revolución fue un descubrimiento de nosotros mismos y un regreso a los orígenes, primero; luego una búsqueda y una tentativa de síntesis, abortada varias veces; incapaz de asimilar nuestra tradición, y ofrecernos un nuevo proyecto salvador, finalmente fue un compromiso. Ni la Revolución ha sido capaz de articular toda su salvadora explosión en una visión del mundo, ni la *intelligentsia* mexicana ha resuelto ese conflicto entre la insuficiencia de nuestra tradición y nuestra exigencia de universalidad.

Esta recapitulación conduce a plantear el problema de una filosofía mexicana, suscitado recientemente por Ramos y Zea. Los conflictos examinados en el curso de este ensayo habían permanecido hasta hace poco ocultos, recubiertos por formas e ideas extrañas, que si habían servido para justificarnos, también nos impidieron manifestarnos y manifestar la índole de nuestra querella interior. Nuestra situación era semejante a la del neurótico, para quien los principios morales y las ideas abstractas no tienen más función práctica que la defensa de su intimidad, complicado sistema con el que se engaña, y engaña a los demás, acerca del verdadero significado de sus inclinaciones y la índole de sus conflictos. Pero en el momento en que éstos aparecen a plena luz y tal cual son, el enfermo debe afrontarlos y resolverlos por sí mismo. Algo parecido nos ocurre. De pronto nos hemos encontrado desnudos, frente a una realidad también desnuda. Nada nos justifica ya y sólo nosotros podemos dar respuesta a las preguntas que nos hace la realidad. La reflexión filosófica se vuelve así una tarea salvadora y urgente, pues no tendrá nada más por objeto examinar nuestro pasado intelectual, ni describir nuestras actitudes características, sino que deberá ofrecernos una solución concreta, algo que dé sentido a nuestra presencia en la tierra.

¿Cómo puede ser mexicana una reflexión filosófica de esta índole? En tanto que examen de nuestra tradición será una filosofía de la historia de México y una historia de las ideas mexicanas. Pero nuestra historia no es sino un fragmento de la historia universal. Quiero decir: siempre, excepto en el momento de la Revolución, hemos vivido nuestra historia como un episodio de la del mundo entero. Nuestras ideas, asimismo, nunca han sido nuestras del todo, sino herencia o conquista de las engendradas por Europa. Una filosofía de la historia de México no sería, pues, sino una reflexión sobre las actitudes que hemos asumido frente a los temas que nos ha propuesto la historia universal: Contrarreforma, racionalismo, positivismo, socialismo. En suma, la meditación histórica nos llevaría a responder esta pregunta: ¿cómo han vivido los mexicanos las ideas universales?

La pregunta anterior entraña una idea acerca del carácter distintivo de la mexicanidad, segundo de los temas de esa proyectada filosofía mexicana. Los mexicanos no hemos creado una forma que nos exprese. Por lo tanto, la mexicanidad no se puede identificar con ninguna forma o tendencia histórica concreta: es una oscilación entre varios proyectos universales, sucesivamente trasplantados o impuestos y todos hoy inservibles. La mexicanidad, así, es una manera de no ser nosotros mismos, una reiterada manera de ser y vivir otra cosa. En suma, a veces una máscara y otras una súbita determinación por buscarnos, un repentino abrirnos el pecho para encontrar nuestra voz más secreta. Una filosofía mexicana tendrá que afrontar la ambigüedad de nuestra tradición y de nuestra voluntad misma de ser, que si exige una plena originalidad nacional no se satisface con algo que no implique una solución universal.

Varios escritores se han impuesto la tarea de examinar nuestro pasado intelectual. Destacan en este campo los estudios de Leopoldo Zea y Edmundo O'Gorman. El problema que preocupa a O'Gorman es el de saber qué clase de ser histórico es lo que llamamos América. No es una región geográfica, no es tampoco un pasado y, acaso, ni siquiera un presente. Es una idea, una invención del espíritu europeo. América es una utopía, es decir, es el momento en que el espíritu europeo se universaliza, se desprende de sus particularidades históricas y se concibe a sí mismo como una idea universal que, casi milagrosamente, encarna y se afinca en una tierra y un tiempo preciso: el porvenir. En América la cultura europea se concibe como unidad superior. O'Gorman acierta cuando ve a nuestro continente como la actualización del espíritu europeo, pero ¿qué ocurre con América como ser histórico autónomo al enfrentarse a la realidad europea? Esta pregunta parece ser el tema esencial de Leopoldo Zea. Historiador del pensamiento hispanoamericano –y, asimismo, crítico independiente aun en el campo de la política diaria– Zea afirma que, hasta hace poco, América fue el monólogo de Europa, una de las formas históricas en que encarnó su pensamiento; hoy ese monólogo tiende a convertirse en diálogo. Un diálogo que no es puramente intelectual sino social, político y vital. Zea ha estudiado la enajenación americana, el no ser nosotros mismos y el ser pensados por otros. Esta enajenación –más que nuestras particularidades– constituye nuestra manera propia de ser. Pero se trata de una situación universal, compartida por todos los hombres. Tener conciencia de esto es empezar a tener conciencia de nosotros mismos. En efecto, hemos vivido en la periferia de la historia. Hoy el centro, el núcleo de la sociedad mundial, se ha disgregado y todos nos hemos

convertido en seres periféricos, hasta los europeos y los norteamericanos. Todos estamos al margen porque ya no hay centro.

Otros escritores jóvenes se ocupan en desentrañar el sentido de nuestras actitudes vitales. Una gran avidez por conocernos, con rigor y sin complacencias, es el mérito mayor de muchos de estos trabajos. Sin embargo, la mayor parte de los componentes de este grupo –especialmente Emilio Uranga, su principal inspirador– ha comprendido que el tema del mexicano sólo es una parte de una larga reflexión sobre algo más vasto: la enajenación histórica de los pueblos dependientes y, en general, del hombre.

Toda reflexión filosófica debe poseer autenticidad, esto es, debe ser un pensar a la intemperie un problema concreto. Sólo así el objeto de la reflexión puede convertirse en un tema universal. Nuestro tiempo parece propicio a una empresa de este rango. Por primera vez, México no tiene a su disposición un conjunto de ideas universales que justifiquen nuestra situación. Europa, ese almacén de ideas hechas, vive ahora como nosotros: al día. En un sentido estricto, el mundo moderno no tiene ya ideas. Por tal razón el mexicano se sitúa ante su realidad como todos los hombres modernos: a solas. En esta desnudez encontrará su verdadera universalidad, que ayer fue mera adaptación del pensamiento europeo. La autenticidad de la reflexión hará que la mexicanidad de esa filosofía resida sólo en el acento, el énfasis o el estilo del filósofo, pero no en el contenido de su pensamiento. La mexicanidad será una máscara que, al caer, dejará ver al fin al hombre. Las circunstancias actuales de México transforman así el proyecto de una filosofía mexicana en la necesidad de pensar por nosotros mismos unos problemas que ya no son exclusivamente nuestros, sino de todos los hombres. Esto es, la filosofía mexicana, si de veras lo es, será simple y llanamente filosofía, a secas.

La conclusión anterior puede corroborarse si se examina históricamente el problema. La Revolución mexicana puso en entredicho nuestra tradición intelectual. El movimiento revolucionario mostró que todas las ideas y concepciones que nos habían justificado en el pasado estaban muertas o mutilaban nuestro ser. La historia universal, por otra parte, se nos ha echado encima y nos ha planteado directamente muchos problemas y cuestiones que antes nuestros padres vivían de reflejo. Pese a nuestras singularidades nacionales –superposición de tiempos históricos, ambigüedad de nuestra tradición, semicolonialismo, etc.–, la situación de México no es ya distinta a la de los otros países. Acaso por primera vez en la historia la crisis de nuestra cultura es la crisis misma de la especie. La melancólica reflexión de Valéry ante los cementerios de las civilizacio-

nes desaparecidas nos deja ahora indiferentes, porque no es la cultura occidental la que mañana puede hundirse, como antes ocurrió con griegos y árabes, con aztecas y egipcios, sino el hombre. La antigua pluralidad de culturas, que postulaban diversos y contrarios ideales del hombre y ofrecían diversos y contrarios futuros, ha sido substituida por la presencia de una sola civilización y un solo futuro. Hasta hace poco, la historia fue una reflexión sobre las varias y opuestas verdades que cada cultura proponía y una verificación de la radical heterogeneidad de cada sociedad y de cada arquetipo. Ahora la historia ha recobrado su unidad y vuelve a ser lo que fue en su origen: una meditación sobre el hombre. La pluralidad de culturas que el historicismo moderno rescata, se resuelve en una síntesis: la de nuestro momento. Todas las civilizaciones desembocan en la occidental, que ha asimilado o aplastado a sus rivales. Y todas las particularidades tienen que responder a las preguntas que nos hace la historia: las mismas para todos. El hombre ha reconquistado su unidad. Las decisiones de los mexicanos afectan ya a todos los hombres y a la inversa. Las diferencias que separan a comunistas de «occidentales» son bastante menos profundas que las que dividían a persas y griegos, a romanos y egipcios, a chinos y europeos. Comunistas y demócratas burgueses esgrimen ideas antagónicas pero que brotan de una fuente común y disputan en un lenguaje universal, comprensible para ambos bandos. La crisis contemporánea no se presenta, según dicen los conservadores, como la lucha entre dos culturas diversas, sino como una escisión en el seno de nuestra civilización. Una civilización que ya no tiene rivales y que confunde su futuro con el del mundo. El destino de cada hombre no es ya diverso al del Hombre. Por lo tanto, toda tentativa por resolver nuestros conflictos desde la realidad mexicana deberá poseer validez universal o estará condenada de antemano a la esterilidad.

La Revolución mexicana nos hizo salir de nosotros mismos y nos puso frente a la historia, planteándonos la necesidad de inventar nuestro futuro y nuestras instituciones. La Revolución mexicana ha muerto sin resolver nuestras contradicciones. Después de la segunda guerra mundial, nos damos cuenta que esa creación de nosotros mismos que la realidad nos exige no es diversa a la que una realidad semejante reclama a los otros. Vivimos, como el resto del planeta, una coyuntura decisiva y mortal, huérfanos de pasado y con un futuro por inventar. La historia universal es ya tarea común. Y nuestro laberinto, el de todos los hombres.

Nuestros días

Búsqueda y momentáneo hallazgo de nosotros mismos, el movimiento revolucionario transformó a México, lo hizo *otro*. Ser uno mismo es, siempre, llegar a ser ese otro que somos y que llevamos escondido en nuestro interior, más que nada como promesa o posibilidad de ser. Así, en cierto sentido la Revolución ha recreado a la nación; en otro, no menos importante, la ha extendido a razas y clases que ni la Colonia ni el siglo XIX pudieron incorporar. Pero, a pesar de su fecundidad extraordinaria, no fue capaz de crear un orden vital que fuese, a un tiempo, visión del mundo y fundamento de una sociedad realmente justa y libre. La Revolución no ha hecho de nuestro país una comunidad o, siquiera, una esperanza de comunidad: un mundo en el que los hombres se reconozcan en los hombres y en donde el «principio de autoridad» – esto es: la fuerza, cualquiera que sea su origen y justificación– ceda el sitio a la libertad responsable. Cierto, ninguna de las sociedades conocidas ha alcanzado un estado semejante. No es accidental, por otra parte, que no nos haya dado una visión del hombre comparable a la del catolicismo colonial o el liberalismo del siglo pasado. La Revolución es un fenómeno nuestro, sí, pero muchas de sus limitaciones dependen de circunstancias ligadas a la historia mundial contemporánea.

La Revolución mexicana es la primera, cronológicamente, de las grandes revoluciones del siglo XX. Para comprenderla cabalmente es necesario verla como parte de un proceso general y que aún no termina. Como todas las revoluciones modernas, la nuestra se propuso, en primer término, liquidar el régimen feudal, transformar el país mediante la industria y la técnica, suprimir nuestra situación de dependencia económica y política y, en fin, instaurar una verdadera democracia social. En otras palabras: dar el salto que soñaron los liberales más lúcidos, consumar efectivamente la Independencia y la Reforma, hacer de México una nación moderna. Y todo esto sin traicionarnos. Por el contrario, los cambios nos revelarían nuestro verdadero ser, un rostro a un tiempo conocido e ignorado, un rostro nuevo a fuerza de sepultada antigüedad. La Revolución iba a inventar un México fiel a sí mismo.

Los países «adelantados», con la excepción de Alemania, pasaron del antiguo régimen al de las modernas democracias burguesas de una manera que podríamos llamar natural. Las transformaciones políticas, econó-

micas y técnicas se sucedieron y entrelazaron como inspiradas por una coherencia superior. La historia poseía una lógica; descubrir el secreto de su funcionamiento equivalía a apoderarse del futuro. Esta creencia, bastante vana, aún nos hace ver la historia de las grandes naciones como el desarrollo de una inmensa y majestuosa proposición lógica. En efecto, el capitalismo pasó gradualmente de las formas primitivas de acumulación a otras cada vez más complejas, hasta desembocar en la época del capital financiero y el imperialismo mundial. El tránsito del capitalismo primitivo al internacional produjo cambios radicales, tanto en la situación interior de cada país como en la esfera mundial. Por una parte, al cabo de siglo y medio de explotación de los pueblos coloniales y semicoloniales, las diferencias entre un obrero y su patrón fueron menos grandes que las existentes entre ese mismo obrero y un paria hindú o un peón boliviano. Por la otra, la expansión imperialista unificó al planeta: captó todas las riquezas, aun las más escondidas, y las arrojó al torrente de la circulación mundial, convertidas en mercancías; universalizó el trabajo humano (la tarea de un pizcador de algodón la continúa, a miles de kilómetros, un obrero textil) realizando por primera vez, efectivamente y no como postulado moral, la unidad de la condición humana; destruyó las culturas y civilizaciones extrañas e hizo girar a todos los pueblos alrededor de dos o tres astros, fuentes del poder político, económico y espiritual. Al mismo tiempo, los pueblos así anexados participaron sólo de una manera pasiva en el proceso: en lo económico eran meros productores de materias primas y de mano de obra barata; en lo político, eran colonias y semicolonias; en lo espiritual, sociedades bárbaras o pintorescas. Para los pueblos de la periferia, el «progreso» significaba, y significa, no sólo gozar de ciertos bienes materiales sino, sobre todo, acceder a la «normalidad» histórica: ser, al fin, «entes de razón». Tal es el trasfondo de la Revolución mexicana y, en general, de las revoluciones del siglo xx.

Puede verse ahora con mayor claridad en qué consistió la empresa revolucionaria: consumar, a corto plazo y con un mínimo de sacrificios humanos, una obra que la burguesía europea había llevado a cabo en más de ciento cincuenta años. Para lograrlo, deberíamos previamente asegurar nuestra independencia política y recuperar nuestros recursos naturales. Además, todo esto debería realizarse sin menoscabo de los derechos sociales, en particular los obreros, consagrados por la Constitución de 1917. En Europa y en los Estados Unidos estas conquistas fueron el resultado de más de un siglo de luchas proletarias y, en buena parte, representaban (y representan) una participación en las ganancias obtenidas por las metrópolis en el exte-

rior. Entre nosotros no sólo no había ganancias coloniales que repartir: ni siquiera eran nuestros el petróleo, los minerales, la energía eléctrica y las otras fuerzas con que deberíamos transformar al país. Así pues, no se trataba de empezar desde el principio sino desde antes del principio.

La Revolución hizo del nuevo Estado el principal agente de la transformación social. En primer lugar: la devolución y el reparto de tierras, la apertura al cultivo de otras, las obras de irrigación, las escuelas rurales, los bancos de refacción para los campesinos. Los expertos se extienden en los errores técnicos cometidos; los moralistas, en la intervención maléfica del cacique tradicional y del político rapaz. Es verdad. También lo es que, bajo formas nuevas, subsiste el peligro de un retorno al monopolio de las tierras. Lo conquistado hay que defenderlo todavía. Pero el régimen feudal ha desaparecido. Olvidar esto es olvidar demasiado. Y hay más: la reforma agraria no sólo benefició a los campesinos sino que, al romper la antigua estructura social, hizo posible el nacimiento de nuevas fuerzas productivas. Ahora bien, a pesar de todo lo logrado –y ha sido mucho– miles de campesinos viven en condiciones de gran miseria y otros miles no tienen más remedio que emigrar a los Estados Unidos, cada año, como trabajadores temporales. El crecimiento demográfico, circunstancia que no fue tomada en cuenta por los primeros gobiernos revolucionarios, explica parcialmente el actual desequilibrio. Aunque parezca increíble, la mayor parte del país padece de sobrepoblación campesina. O más exactamente: carecemos de tierras cultivables. Hay, además, otros dos factores decisivos: ni la apertura de nuevas tierras al cultivo ha sido suficiente, ni las nuevas industrias y centros de producción han crecido con la rapidez necesaria para absorber a toda esa masa de población sobrante, condenada así al subempleo. En suma, con nuestros recursos actuales no podemos crear, en la proporción indispensable, las industrias y las empresas agrícolas que podrían dar ocupación al excedente de brazos y bocas. Es claro que no sólo se trata de un crecimiento demográfico excesivo sino de un progreso económico insuficiente. Pero también es claro que nos enfrentamos a una situación que rebasa las posibilidades reales del Estado y, aun, las de la nación en su conjunto. ¿Cómo y dónde obtener esos recursos económicos y técnicos? Esta pregunta, a la que se intentará contestar más adelante, no debe hacerse aisladamente sino considerando el problema del desarrollo económico en su totalidad. La industria no crece con la velocidad que requiere el aumento de población y produce así el subempleo; por su parte, el subempleo campesino retarda el desarrollo de la industria, ya que no aumenta el número de consumidores.

La Revolución también se propuso, según se dijo, la recuperación de las riquezas nacionales. Los gobiernos revolucionarios, en particular el de Cárdenas, decretaron la nacionalización del petróleo, los ferrocarriles y otras industrias. Esta política nos enfrentó al imperialismo. El Estado, sin renunciar a lo reconquistado, tuvo que ceder y suspender las expropiaciones. (Debe agregarse, de paso, que sin la nacionalización del petróleo hubiera sido imposible el desarrollo industrial.) La Revolución no se limitó a expropiar: por medio de una red de bancos e instituciones de crédito creó nuevas industrias estatales, subvencionó otras (privadas o semi-privadas) y, en general, intentó orientar en forma racional y de provecho público el desarrollo económico. Todo esto –y muchas otras cosas más– fue realizado lentamente y no sin tropiezos, errores e inmoralidades. Pero, así sea con dificultad y desgarrado por terribles contradicciones, el rostro de México empezó a cambiar. Poco a poco surgió una nueva clase obrera y una burguesía. Ambas vivieron a la sombra del Estado y sólo hasta ahora comienzan a cobrar vida autónoma.

La tutela gubernamental de la clase obrera se inició como una alianza popular: los obreros apoyaron a Carranza a cambio de una política social más avanzada. Por la misma razón sostuvieron a Obregón y Calles. Por su parte, el Estado protegió a las organizaciones sindicales. Pero la alianza se convirtió en sumisión y los gobiernos premiaron a los dirigentes con altos puestos públicos. El proceso se acentuó y consumó, aunque parezca extraño, en la época de Cárdenas, el período más extremista de la Revolución. Y fueron precisamente los dirigentes que habían luchado contra la corrupción sindical los que entregaron las organizaciones obreras. Se dirá que la política de Cárdenas era revolucionaria: nada más natural que los sindicatos la apoyasen. Pero, empujados por sus líderes, los sindicatos formaron parte, como un sector más, del Partido de la Revolución, esto es, del partido gubernamental. Se frustró así la posibilidad de un partido obrero o, al menos, de un movimiento sindical a la norteamericana, apolítico, sí, pero autónomo y libre de toda injerencia oficial. Los únicos que ganaron fueron los líderes, que se convirtieron en profesionales de la política: diputados, senadores, gobernadores. En los últimos años asistimos, sin embargo, a un cambio: con creciente energía las agrupaciones obreras recobran su autonomía, desplazan a los dirigentes corrompidos y luchan por instaurar una democracia sindical. Este movimiento puede ser una de las fuerzas decisivas en el renacimiento de la vida democrática. Al mismo tiempo, dadas las características sociales de nuestro país, la acción obrera, si se quiere eficaz, debe evitar el sectarismo de algunos de los nuevos diri-

gentes y buscar la alianza con los campesinos y con un nuevo sector, hijo
también de la Revolución: la clase media. Hasta hace poco la clase media
era un grupo pequeño, constituido por pequeños comerciantes y las tradi-
cionales «profesiones liberales» (abogados, médicos, profesores, etc.). El
desarrollo industrial y comercial y el crecimiento de la administración pú-
blica han creado una numerosa clase media, cruda e ignorante desde el
punto de vista cultural y político pero llena de vitalidad.

Más dueña de sí, más poderosa también, la burguesía no sólo ha logra-
do su independencia sino que trata de incrustarse en el Estado, no ya
como protegida sino como directora única. El banquero sucede al ge-
neral revolucionario; el industrial aspira a desplazar al técnico y al políti-
co. Estos grupos tienden a convertir al gobierno, cada vez con mayor ex-
clusividad, en la expresión política de sus intereses. Pero la burguesía no
forma un todo homogéneo: unos, herederos de la Revolución mexicana
(aunque a veces lo ignoren), están empeñados en crear un capitalismo na-
cional; otros, son simples intermediarios y agentes del capital financiero
internacional. Finalmente, según se ha dicho, dentro del Estado hay mu-
chos técnicos que a través de avances y retrocesos, audacias y concesio-
nes, continúan una política de interés nacional, congruente con el pasado
revolucionario. Todo esto explica la marcha sinuosa del Estado y su de-
seo de «no romper el equilibrio». Desde la época de Carranza, la Revolu-
ción mexicana ha sido un compromiso entre fuerzas opuestas: nacionalis-
mo e imperialismo, obrerismo y desarrollo industrial, economía dirigida
y régimen de «libre empresa», democracia y paternalismo estatal.

Nada de lo logrado hubiese sido posible dentro del marco del capita-
lismo clásico. Y aún más: sin la Revolución y sus gobiernos ni siquiera
tendríamos capitalistas mexicanos. En realidad, el capitalismo nacional no
sólo es consecuencia natural de la Revolución sino que, en buena parte, es
hijo, criatura del Estado revolucionario. Sin el reparto de tierras, las gran-
des obras materiales, las empresas estatales y las de «participación esta-
tal», la política de inversiones públicas, los subsidios directos o indirectos
a la industria y, en general, sin la intervención del Estado en la vida eco-
nómica, nuestros banqueros y «hombres de negocios» no habrían tenido
ocasión de ejercer su actividad o formarían parte del «personal nativo»
de alguna compañía extranjera. En un país que inicia su desarrollo eco-
nómico con más de dos siglos de retraso era indispensable acelerar el
crecimiento «natural» de las fuerzas productivas. Esta «aceleración» se
llama: intervención del Estado, dirección –así sea parcial– de la econo-
mía. Gracias a esta política nuestra evolución es una de las más rápidas y

constantes en América. No se trata de bonanzas momentáneas o de progresos en un sector aislado –como el petróleo en Venezuela o el azúcar en Cuba– sino de un desarrollo más amplio y general. Quizá el síntoma más significativo sea la tendencia a crear una «economía diversificada» y una industria «integrada», es decir, especializada en nuestros recursos.

Dicho lo anterior, debe agregarse que aún no hemos logrado, ni con mucho, todo lo que era necesario e indispensable. No tenemos una industria básica, aunque contamos con una naciente siderurgia; no fabricamos máquinas que fabriquen máquinas y ni siquiera hacemos tractores; nos faltan todavía caminos, puentes, ferrocarriles; le hemos dado la espalda al mar: no tenemos puertos, marina e industria pesquera; nuestro comercio exterior se equilibra gracias al turismo y a los dólares que ganan en los Estados Unidos nuestros «braceros»... Y algo más decisivo: a pesar de la legislación nacionalista, el capital norteamericano es cada día más poderoso y determinante en los centros vitales de nuestra economía. En suma, aunque empezamos a contar con una industria, todavía somos, especialmente, un país productor de materias primas. Y esto significa: dependencia de las oscilaciones del mercado mundial, en lo exterior; y en lo interior: pobreza, diferencias atroces entre la vida de los ricos y los desposeídos, desequilibrio.

Con cierta regularidad se discute si la política social y económica ha sido o no acertada. Sin duda se trata de algo más complejo que la técnica y que está más allá de los errores, imprevisiones o inmoralidades de ciertos grupos. La verdad es que los recursos de que dispone la nación, en su totalidad, son insuficientes para «financiar» el desarrollo integral de México y aun para crear lo que los técnicos llaman la «infraestructura económica», única base sólida de un progreso efectivo. Nos faltan capitales y el ritmo interno de capitalización y reinversión es todavía demasiado lento. Así, nuestro problema esencial consiste, según el decir de los expertos, en obtener los recursos indispensables para nuestro desarrollo. ¿Dónde y cómo?

Uno de los hechos que caracterizan la economía mundial es el desequilibrio que existe entre los bajos precios de las materias primas y los altos precios de los productos manufacturados. Países como México –es decir: la mayoría del planeta– están sujetos a los cambios continuos e imprevistos del mercado mundial. Como lo han sostenido nuestros delegados en multitud de conferencias interamericanas e internacionales, ni siquiera es posible esbozar programas económicos a largo plazo si no se suprime esta inestabilidad. Por otra parte, no se llegará a reducir el desnivel, cada vez

más profundo, entre los países «subdesarrollados» y los «avanzados» si estos últimos no pagan precios justos por los productos primarios. Estos productos son nuestra fuente principal de ingresos y, por tanto, constituyen la mejor posibilidad de «financiamiento» de nuestro desarrollo económico. Por razones de sobra conocidas, nada o muy poco se ha conseguido en este campo. Los países «avanzados» sostienen imperturbables –como si viviésemos a principios del siglo pasado– que se trata de «leyes naturales del mercado», sobre las cuales el hombre tiene escasa influencia. La verdad es que se trata de la ley del león.

Uno de los remedios que más frecuentemente nos ofrecen los países «avanzados» –señaladamente los Estados Unidos– es el de las inversiones privadas extranjeras. En primer lugar, todo el mundo sabe que las ganancias de esas inversiones salen del país, en forma de dividendos y otros beneficios. Además, implican dependencia económica y, a la larga, injerencia política del exterior. Por otra parte, el capital privado no se interesa en inversiones a largo plazo y de escaso rendimiento, que son las que nosotros necesitamos; por el contrario, busca los campos más lucrativos y que ofrezcan posibilidades de mejores y más rápidas ganancias. En fin, el capitalista no puede ni desea someterse a un plan general de desarrollo económico.

Sin duda la mejor –y quizá la única– solución consiste en la inversión de capitales públicos, ya sean préstamos gubernamentales o por medio de las organizaciones internacionales. Los primeros entrañan condiciones políticas o económicas y de ahí que se prefiera a los segundos. Como es sabido, las Naciones Unidas y sus organismos especializados fueron fundados, entre otros fines, con el de impulsar la evolución económica y social de los países «subdesarrollados». Principios análogos postula la Carta de la Organización de los Estados Americanos. Ante la inestable situación mundial –reflejo, fundamentalmente, del desequilibrio entre los «grandes» y los «subdesarrollados»–, parecería natural que se hubiese hecho algo realmente apreciable en este campo. Lo cierto es que las sumas que se destinan a este objeto resultan irrisorias, sobre todo si se piensa en lo que gastan las grandes potencias en preparativos militares. Empeñadas en ganar la guerra de mañana por medio de pactos guerreros con gobiernos efímeros e impopulares, ocupadas en la conquista de la luna, olvidan lo que ocurre en el subsuelo del planeta. Es evidente que nos encontramos frente a un muro que, solos, no podemos ni saltar ni perforar. Nuestra política exterior ha sido justa pero sin duda podríamos hacer más si nos unimos a otros pueblos con problemas semejantes a los nuestros. La

situación de México, en este aspecto, no es distinta a la de la mayoría de los países latinoamericanos, asiáticos y africanos.

La ausencia de capitales puede remediarse de otra manera. Existe, ya lo sabemos, un método de probada eficacia. Después de todo, el capital no es sino trabajo humano acumulado. El prodigioso desarrollo de la Unión Soviética –otro tanto podrá decirse, en breve, de China– no es más que la aplicación de esta fórmula. Gracias a la economía dirigida, que ahorra el despilfarro y la anarquía inherentes al sistema capitalista, y al empleo «racional» de una inmensa mano de obra, dirigida a la explotación de unos recursos también inmensos, en menos de medio siglo la Unión Soviética se ha convertido en el único rival de los Estados Unidos. Pero nosotros no tenemos ni la población ni los recursos, materiales y técnicos, que exige un experimento de tales proporciones (para no hablar de nuestra vecindad con los Estados Unidos y de otras circunstancias históricas). Y, sobre todo, el empleo «racional» de la mano de obra y la economía dirigida significan, entre otras cosas, el trabajo a destajo (estajanovismo), los campos de concentración, las labores forzadas, la deportación de razas y nacionalidades, la supresión de los derechos elementales de los trabajadores y el imperio de la burocracia. Los métodos de «acumulación socialista» –como los llamaba el difunto Stalin– se han revelado bastante más crueles que los sistemas de «acumulación primitiva» del capital, que con tanta justicia indignaban a Marx y Engels. Nadie duda que el «socialismo» totalitario puede transformar la economía de un país; es más dudoso que logre liberar al hombre. Y esto último es lo único que nos interesa y lo único que justifica una revolución.

Es verdad que algunos autores, como Isaac Deutscher, piensan que una vez creada la abundancia se iniciará, casi insensiblemente, el tránsito hacia el verdadero socialismo y la democracia. Olvidan que mientras tanto se han creado clases, o castas, dueñas absolutas del poder político y económico. La historia muestra que nunca una clase ha cedido voluntariamente sus privilegios y ganancias. La idea del «tránsito insensible» hacia el socialismo es tan fantástica como el mito de la «desaparición gradual del Estado» en labios de Stalin y sus sucesores. Por supuesto que no son imposibles los cambios en la sociedad soviética. Toda sociedad es histórica, quiero decir, condenada a la transformación. Pero lo mismo puede decirse de los países capitalistas. Ahora bien, lo característico de ambos sistemas, en este momento, es su resistencia al cambio, su voluntad de no ceder ni a la presión exterior ni a la interior. Y en esto reside el peligro de la situación: la guerra antes que la transformación.

A la luz del pensamiento revolucionario tradicional –y aun desde la perspectiva del liberalismo del siglo pasado– resulta escandalosa la existencia, en pleno siglo xx, de anomalías históricas como los países «subdesarrollados» o la de un imperio «socialista» totalitario. Muchas de las previsiones y hasta de los sueños del siglo xix se han realizado (las grandes revoluciones, los progresos de la ciencia y la técnica, la transformación de la naturaleza, etc.) pero de una manera paradójica o inesperada, que desafía la famosa lógica de la historia. Desde los socialistas utópicos se había afirmado que la clase obrera sería el agente principal de la historia mundial. Su función consistiría en realizar una revolución en los países más adelantados y crear así las bases de la liberación del hombre. Cierto, Lenin pensó que era posible dar un salto histórico y confiar a la dictadura del proletariado la tarea histórica de la burguesía: el desarrollo industrial. Creía, probablemente, que las revoluciones en los países atrasados precipitarían y aun desencadenarían el cambio revolucionario en los países capitalistas. Se trataba de romper la cadena imperialista por el eslabón más débil... Como es sabido, el esfuerzo que realizan los países «subdesarrollados» por industrializarse es, en cierto sentido, antieconómico e impone grandes sacrificios a la población. En realidad, se trata de un recurso heroico, en vista de la imposibilidad de elevar el nivel de vida de los pueblos por otros medios. Ahora bien, como solución mundial la autarquía es, a la postre, suicida; como remedio nacional, es un costoso experimento que pagan los obreros, los consumidores y los campesinos. Pero el nacionalismo de los países «subdesarrollados» no es una respuesta lógica sino la explosión fatal de una situación que las naciones «adelantadas» han hecho desesperada y sin salida. En cambio, la dirección racional de la economía mundial –es decir, el socialismo– habría creado economías complementarias y no sistemas rivales. Desaparecido el imperialismo y el mercado mundial de precios regulado, es decir, suprimido el lucro, los pueblos «subdesarrollados» hubieran contado con los recursos necesarios para llevar a cabo su transformación económica. La revolución socialista en Europa y los Estados Unidos habría facilitado el tránsito –ahora sí de una manera racional y casi insensible– de todos los pueblos «atrasados» hacia el mundo moderno.

La historia del siglo xx hace dudar, por lo menos, del valor de estas hipótesis revolucionarias y, en primer término, de la función universal de la clase obrera como encarnación del destino del mundo. Ni con la mejor buena voluntad se puede afirmar que el proletariado ha sido el agente decisivo en los cambios históricos de este siglo. Las grandes revoluciones de

nuestra época –sin excluir a la soviética– se han realizado en países atrasados y los obreros han representado un segmento, casi nunca determinante, de grandes masas populares compuestas por campesinos, soldados, pequeña burguesía y miles de seres desarraigados por las guerras y las crisis. Esas masas informes han sido organizadas por pequeños grupos de profesionales de la revolución o del «golpe de Estado». Hasta las contrarrevoluciones, como el fascismo y el nazismo, se ajustan a este esquema. Lo más desconcertante, sin duda, es la ausencia de revolución socialista en Europa, es decir, en el centro mismo de la crisis contemporánea. Parece inútil subrayar las circunstancias agravantes: Europa cuenta con el proletariado más culto, mejor organizado y con más antiguas tradiciones revolucionarias; asimismo, allá se han producido, una y otra vez, las «condiciones objetivas» propicias al asalto del poder. Al mismo tiempo, varias revoluciones aisladas –por ejemplo: en España y, hace poco, en Hungría– han sido reprimidas sin piedad y sin que se manifestase efectivamente la solidaridad obrera internacional. En cambio, hemos asistido a una regresión bárbara, la de Hitler, y a un renacimiento general del nacionalismo en todo el viejo continente. Finalmente, en lugar de la rebelión del proletariado organizado democráticamente, el siglo xx ha visto el nacimiento del «partido», esto es, de una agrupación nacional o internacional que combina el espíritu y la organización de dos cuerpos en los que la disciplina y la jerarquía son los valores decisivos: la Iglesia y el Ejército. Estos «partidos», que en nada se parecen a los viejos partidos políticos, han sido los agentes efectivos de casi todos los cambios operados después de la primera guerra mundial.

El contraste con la periferia es revelador. En las colonias y en los países «atrasados» no han cesado de producirse, desde antes de la primera guerra mundial, una serie de trastornos y cambios revolucionarios. Y la marea, lejos de ceder, crece de año en año. En Asia y África el imperialismo se retira; su lugar lo ocupan nuevos Estados con ideologías confusas pero que tienen en común dos ideas, ayer apenas irreconciliables: el nacionalismo y las aspiraciones revolucionarias de las masas. En América Latina, hasta hace poco tranquila, asistimos al ocaso de los dictadores y a una nueva oleada revolucionaria. En casi todas partes –trátese de Indonesia, Venezuela, Egipto, Cuba o Ghana– los ingredientes son los mismos: nacionalismo, reforma agraria, conquistas obreras y, en la cúspide, un Estado decidido a llevar a cabo la industrialización y saltar de la época feudal a la moderna. Poco importa, para la definición general del fenómeno, que en ese empeño el Estado se alíe a grupos más o menos po-

derosos de la burguesía nativa o que, como en Rusia y China, suprima a las viejas clases y sea la burocracia la encargada de imponer la transformación económica. El rasgo distintivo –y decisivo– es que no estamos ante la revolución proletaria de los países «avanzados» sino ante la insurrección de las masas y pueblos que viven en la periferia del mundo occidental. Anexados al destino de Occidente por el imperialismo, ahora se vuelven sobre sí mismos, descubren su identidad y se deciden a participar en la historia mundial.

Los hombres y las formas políticas en que ha encarnado la insurrección de las naciones «atrasadas» son muy variados. En un extremo Gandhi; en el otro, Stalin; más allá, Mao Tse-tung. Hay mártires como Madero y Zapata, bufones como Perón, intelectuales como Nehru. La galería es muy variada: nada más distinto que Cárdenas, Tito o Nasser. Muchos de estos hombres hubieran sido inconcebibles, como dirigentes políticos, en el siglo pasado y aun en el primer tercio del que corre. Otro tanto ocurre con su lenguaje, en el que las fórmulas mesiánicas se alían a la ideología democrática y a la revolucionaria. Son los hombres fuertes, los políticos realistas; pero también son los inspirados, los soñadores y, a veces, los demagogos. Las masas los siguen y se reconocen en ellos… La filosofía política de estos movimientos posee el mismo carácter abigarrado. La democracia entendida a la occidental se mezcla a formas inéditas o bárbaras, que van desde la «democracia dirigida» de los indonesios hasta el idolátrico «culto a la personalidad» soviético, sin olvidar la respetuosa veneración de los mexicanos a la figura del presidente.

Al lado del culto al líder, el partido oficial, presente en todas partes. A veces, como en México, se trata de una agrupación abierta, a la que pueden pertenecer prácticamente todos los que desean intervenir en la cosa pública y que abarca vastos sectores de la izquierda y de la derecha. Lo mismo sucede en la India con el Partido del Congreso. Y aquí conviene decir que uno de los rasgos más saludables de la Revolución mexicana –debido, sin duda, tanto a la ausencia de una ortodoxia política como al carácter abierto del partido– es la ausencia de terror organizado. Nuestra falta de «ideología» nos ha preservado de caer en esa tortuosa cacería humana en que se ha convertido el ejercicio de la «virtud» política en otras partes. Hemos tenido, sí, violencias populares, cierta extravagancia en la represión, capricho, arbitrariedad, brutalidad, «mano dura» de algunos generales, «humor negro», pero aun en sus peores momentos todo fue humano, es decir, sujeto a la pasión, a las circunstancias y aun al azar y a la fantasía. Nada más lejano de la aridez del espíritu de sistema y su mo-

ral silogística y policíaca. En los países comunistas el partido es una mi-
noría, una secta cerrada y omnipotente, a un tiempo ejército, administra-
ción e inquisición: el poder espiritual y el brazo seglar al fin reunidos. Así
ha surgido un tipo de Estado absolutamente nuevo en la historia, en el
que los rasgos revolucionarios, como la desaparición de la propiedad pri-
vada y la economía dirigida, son indistinguibles de otros arcaicos: el ca-
rácter sagrado del Estado y la divinización de los jefes. Pasado, presente
y futuro: progreso técnico y formas inferiores de la magia política, de-
sarrollo económico y esclavismo sindicalista, ciencia y teología estatal: tal
es el rostro prodigioso y aterrador de la Unión Soviética. Nuestro si-
glo es una gran vasija en donde todos los tiempos históricos hierven, se
confunden y mezclan.

 ¿Cómo es posible que la *intelligentsia* contemporánea –pienso sobre
todo en la heredera de la tradición revolucionaria europea– no haya he-
cho un análisis de la situación de nuestro tiempo, no ya desde la vieja
perspectiva del siglo pasado sino ante la novedad de esta realidad que nos
salta a los ojos? Por ejemplo: la polémica entre Rosa Luxemburg y Lenin
acerca de la «espontaneidad revolucionaria de las masas» y la función del
Partido Comunista como «vanguardia del proletariado», quizá cobraría
otra significación a la luz de las respectivas condiciones de Alemania y
Rusia. Y del mismo modo: no hay duda de que la Unión Soviética se pa-
rece muy poco a lo que pensaban Marx y Engels sobre lo que podría ser
un Estado obrero. Sin embargo, ese Estado existe; no es una aberración
ni una «equivocación de la historia». Es una realidad enorme, evidente
por sí misma y que se justifica de la única manera con que se justifican los
seres vivos: por el peso y plenitud de su existencia. Un filósofo eminente
como Lukács, que ha dedicado tanto de su esfuerzo a denunciar la «irra-
cionalidad» progresiva de la filosofía burguesa, no ha intentado nunca, en
serio, el análisis de la sociedad soviética desde el punto de vista de la ra-
zón. ¿Puede alguien afirmar que era racional el estalinismo?, ¿es racional
el empleo de la «dialéctica» por los comunistas y no se trata, simplemen-
te, de una racionalización de ciertas obsesiones, como sucede con otra
clase de neurosis? Y la «teoría de la dirección colectiva», la de los «cami-
nos diversos hacia el socialismo», el escándalo de Pasternak y... ¿todo
esto es racional? Por su parte, ningún intelectual europeo de izquierda,
ningún «marxólogo», se ha inclinado sobre el rostro borroso e informe de
las revoluciones agrarias y nacionalistas de América Latina y Oriente para
tratar de entenderlas como lo que son: un fenómeno universal que requie-
re una nueva interpretación. Por supuesto que es aún más desolador el si-

lencio de la *intelligentsia* latinoamericana y asiática, que vive en el centro del torbellino. Claro está que no sugiero abandonar los antiguos métodos o negar al marxismo, al menos como instrumento de análisis histórico. Pero nuevos hechos –y que contradicen tan radicalmente las previsiones de la teoría– exigen nuevos instrumentos. O, por lo menos, afilar y aguzar los que poseemos. Con mayor humildad y mejor sentido Trotski escribía, un poco antes de morir, que si después de la segunda guerra mundial no surgía una revolución en los países desarrollados quizá habría que revisar toda la perspectiva histórica mundial.

La Revolución mexicana desemboca en la historia universal. Nuestra situación, con diferencias de grado, sistema y «tiempo histórico», no es muy diversa a la de muchos otros países de América Latina, Oriente y África. Aunque nos hemos liberado del feudalismo, el caudillismo militar y la Iglesia, nuestros problemas son, esencialmente, los mismos. Esos problemas son inmensos y de difícil resolución. Muchos peligros nos acechan. Muchas tentaciones, desde el «gobierno de los banqueros» –es decir: de los intermediarios– hasta el cesarismo, pasando por la demagogia nacionalista y otras formas espasmódicas de la vida política. Nuestros recursos materiales son escasos y todavía no nos enseñamos del todo a usarlos. Más pobres aún son nuestros instrumentos intelectuales. Hemos pensado muy poco por cuenta propia; todo o casi todo lo hemos visto y aprendido en Europa y los Estados Unidos. Las grandes palabras que dieron nacimiento a nuestros pueblos tienen ahora un valor equívoco y ya nadie sabe exactamente qué quieren decir: Franco es demócrata y forma parte del «mundo libre». La palabra *comunismo* designa a Stalin; *socialismo* quiere decir una reunión de señores defensores del orden colonial. Todo parece una gigantesca equivocación. Todo ha pasado como no debería haber pasado, decimos para consolarnos. Pero somos nosotros los equivocados, no la historia. Tenemos que aprender a mirar cara a cara la realidad. Inventar, si es preciso, palabras nuevas e ideas nuevas para estas nuevas y extrañas realidades que nos han salido al paso. Pensar es el primer deber de la *intelligentsia*. Y en ciertos casos, el único.

Mientras tanto ¿qué hacer? No hay recetas ya. Pero hay un punto de partida válido: nuestros problemas son nuestros y constituyen nuestra responsabilidad; sin embargo, son también los de todos. La situación de los latinoamericanos es la de la mayoría de los pueblos de la periferia. Por primera vez, desde hace más de trescientos años, hemos dejado de ser materia inerte sobre la que se ejerce la voluntad de los poderosos. Éramos

objetos; empezamos a ser agentes de los cambios históricos y nuestros actos y nuestras omisiones afectan la vida de las grandes potencias. La imagen del mundo actual como una pelea entre dos gigantes (el resto está compuesto por amigos, ayudantes, criados y partidarios por fatalidad) es bastante superficial. El trasfondo –y, en verdad, la substancia misma– de la historia contemporánea es la oleada revolucionaria de los pueblos de la periferia. Para Moscú, Tito es una realidad desagradable pero es una realidad. Lo mismo puede decirse de Nasser o Nehru para los occidentales. ¿Un tercer frente, un nuevo club de naciones, el club de los pobres? Quizá es demasiado pronto. O, tal vez, demasiado tarde: la historia va muy de prisa y el ritmo de expansión de los poderosos es más rápido que el de nuestro crecimiento. Pero antes de que la congelación de la vida histórica –pues a eso equivale el «empate» entre los grandes– se convierta en definitiva petrificación, hay posibilidades de acción concertada e inteligente.

Hemos olvidado que hay muchos como nosotros, dispersos y aislados. A los mexicanos nos hace falta una nueva sensibilidad frente a la América Latina; hoy esos países despiertan: ¿los dejaremos solos? Tenemos amigos desconocidos en los Estados Unidos y en Europa. Las luchas en Oriente están ligadas, de alguna manera, a las nuestras. Nuestro nacionalismo, si no es una enfermedad mental o una idolatría, debe desembocar en una búsqueda universal. Hay que partir de la conciencia de que nuestra situación de enajenación es la de la mayoría de los pueblos. Ser nosotros mismos será oponer al avance de los hielos históricos el rostro móvil del hombre. Tanto mejor si no tenemos recetas ni remedios patentados para nuestros males. Podemos, al menos, pensar y obrar con sobriedad y resolución.

El objeto de nuestra reflexión no es diverso al que desvela a otros hombres y a otros pueblos: ¿cómo crear una sociedad, una cultura, que no niegue nuestra humanidad pero tampoco la convierta en una vana abstracción? La pregunta que se hacen todos los hombres hoy no es diversa a la que se hacen los mexicanos. Todo nuestro malestar, la violencia contradictoria de nuestras reacciones, los estallidos de nuestra intimidad y las bruscas explosiones de nuestra historia, que fueron primero ruptura y negación de las formas petrificadas que nos oprimían, tienden a resolverse en búsqueda y tentativa por crear un mundo en donde no imperen ya la mentira, la mala fe, el disimulo, la avidez sin escrúpulos, la violencia y la simulación. Una sociedad, también, que no haga del hombre un instrumento y una dehesa de la Ciudad. Una sociedad humana.

El mexicano se esconde bajo muchas máscaras, que luego arroja un día

de fiesta o de duelo, del mismo modo que la nación ha desgarrado todas las formas que la asfixiaban. Pero no hemos encontrado aún esa que reconcilie nuestra libertad con el orden, la palabra con el acto y ambos con una evidencia que ya no será sobrenatural, sino humana: la de nuestros semejantes. En esa búsqueda, hemos retrocedido una y otra vez, para luego avanzar con más decisión hacia adelante. Y ahora, de pronto, hemos llegado al límite: en unos cuantos años hemos agotado todas las formas históricas que poseía Europa. No nos queda sino la desnudez o la mentira. Pues tras este derrumbe general de la Razón y la Fe, de Dios y la Utopía, no se levantan ya nuevos o viejos sistemas intelectuales, capaces de albergar nuestra angustia y tranquilizar nuestro desconcierto; frente a nosotros no hay nada. Estamos al fin solos. Como todos los hombres. Como ellos, vivimos el mundo de la violencia, de la simulación y del *ninguneo*: el de la soledad cerrada, que si nos defiende nos oprime y que al ocultarnos nos desfigura y mutila. Si nos arrancamos esas máscaras, si nos abrimos, si, en fin, nos afrontamos, empezaremos a vivir y pensar de verdad. Nos aguardan una desnudez y un desamparo. Allí, en la soledad abierta, nos espera también la transcendencia: las manos de otros solitarios. Somos, por primera vez en nuestra historia, contemporáneos de todos los hombres[1].

1. Releo este capítulo con sentimientos encontrados. Por una parte, se resiente de la influencia del marxismo que circulaba durante esos años en los círculos intelectuales y que fue una simplificación de la realidad política, económica y social; por otra, sobre todo hacia el fin, aparece ya una crítica del socialismo totalitario. Fue mi adiós al marxismo escolástico, al que, por lo demás, nunca fui enteramente fiel. Cuando escribí esas páginas, los movimientos revolucionarios de la periferia me hicieron concebir esperanzas excesivas que pronto se disiparon. Señalo al lector interesado que en «Itinerario», prólogo a *Ideas y costumbres I*, volumen noveno de estas obras, de inminente publicación, me refiero con cierta amplitud a la evolución de mis ideas políticas. (*Nota de 1993.*)

APÉNDICE

La dialéctica de la soledad

La soledad, el sentirse y el saberse solo, desprendido del mundo y ajeno a sí mismo, separado de sí, no es característica exclusiva del mexicano. Todos los hombres, en algún momento de su vida, se sienten solos; y más: todos los hombres están solos. Vivir es separarnos del que fuimos para internarnos en el que vamos a ser, futuro extraño siempre. La soledad es el fondo último de la condición humana. El hombre es el único ser que se siente solo y el único que es búsqueda de otro. Su naturaleza —si se puede hablar de naturaleza al referirse al hombre, el ser que, precisamente, se ha inventado a sí mismo al decirle «no» a la naturaleza— consiste en un aspirar a realizarse en otro. El hombre es nostalgia y búsqueda de comunión. Por eso cada vez que se siente a sí mismo se siente como carencia de otro, como soledad.

Uno con el mundo que lo rodea, el feto es vida pura y en bruto, fluir ignorante de sí. Al nacer, rompemos los lazos que nos unen a la vida ciega que vivimos en el vientre materno, en donde no hay pausa entre deseo y satisfacción. Nuestra sensación de vivir se expresa como separación y ruptura, desamparo, caída en un ámbito hostil o extraño. A medida que crecemos esa primitiva sensación se transforma en sentimiento de soledad. Y más tarde, en conciencia: estamos condenados a vivir solos, pero también lo estamos a traspasar nuestra soledad y a rehacer los lazos que en un pasado paradisíaco nos unían a la vida. Todos nuestros esfuerzos tienden a abolir la soledad. Así, sentirse solos posee un doble significado: por una parte consiste en tener conciencia de sí; por la otra, en un deseo de salir de sí. La soledad, que es la condición misma de nuestra vida, se nos aparece como una prueba y una purgación, a cuyo término angustia e inestabilidad desaparecerán. La plenitud, la reunión, que es reposo y dicha, concordancia con el mundo, nos esperan al fin del laberinto de la soledad.

El lenguaje popular refleja esta dualidad al identificar a la soledad con la pena. Las penas de amor son penas de soledad. Comunión y soledad, deseo y amor, se oponen y complementan. Y el poder redentor de la soledad transparenta una obscura, pero viva, noción de culpa: el hombre

solo «está dejado de la mano de Dios». La soledad es una pena, esto es, una condena y una expiación. Es un castigo, pero también una promesa del fin de nuestro exilio. Toda vida está habitada por esta dialéctica.

Nacer y morir son experiencias de soledad. Nacemos solos y morimos solos. Nada tan grave como esa primera inmersión en la soledad que es el nacer, si no es esa otra caída en lo desconocido que es el morir. La vivencia de la muerte se transforma pronto en conciencia del morir. Los niños y los hombres primitivos no creen en la muerte; mejor dicho, no saben que la muerte existe, aunque ella trabaje secretamente en su interior. Su descubrimiento nunca es tardío para el hombre civilizado, pues todo nos avisa y previene que hemos de morir. Nuestras vidas son un diario aprendizaje de la muerte. Más que a vivir se nos enseña a morir. Y se nos enseña mal.

Entre nacer y morir transcurre nuestra vida. Expulsados del claustro materno, iniciamos un angustioso salto de veras mortal, que no termina sino hasta que caemos en la muerte. ¿Morir será volver allá, a la vida de antes de la vida? ¿Será vivir de nuevo esa vida prenatal en que reposo y movimiento, día y noche, tiempo y eternidad, dejan de oponerse? ¿Morir será dejar de ser y, definitivamente, estar? ¿Quizá la muerte sea la vida verdadera? ¿Quizá nacer sea morir y morir, nacer? Nada sabemos. Mas aunque nada sabemos, todo nuestro ser aspira a escapar de estos contrarios que nos desgarran. Pues si todo (conciencia de sí, tiempo, razón, costumbres, hábitos) tiende a hacer de nosotros los expulsados de la vida, todo también nos empuja a volver, a descender al seno creador de donde fuimos arrancados. Y le pedimos al amor –que, siendo deseo, es hambre de comunión, hambre de caer y morir tanto como de renacer– que nos dé un pedazo de vida verdadera, de muerte verdadera. No le pedimos la felicidad, ni el reposo, sino un instante, sólo un instante, de vida plena, en la que se fundan los contrarios y vida y muerte, tiempo y eternidad, pacten. Obscuramente sabemos que vida y muerte no son sino dos movimientos, antagónicos pero complementarios, de una misma realidad. Creación y destrucción se funden en el acto amoroso; y durante una fracción de segundo el hombre entrevé un estado más perfecto.

En nuestro mundo el amor es una experiencia casi inaccesible. Todo se opone a él: moral, clases, leyes, razas y los mismos enamorados. La mujer siempre ha sido para el hombre *lo otro*, su contrario y complemento. Si una parte de nuestro ser anhela fundirse a ella, otra, no menos imperiosamente, la aparta y excluye. La mujer es un objeto, alternativamente precio-

so o nocivo, mas siempre diferente. Al convertirla en objeto, en ser aparte y al someterla a todas las deformaciones que su interés, su vanidad, su angustia y su mismo amor le dictan, el hombre la convierte en instrumento. Medio para obtener el conocimiento y el placer, vía para alcanzar la supervivencia, la mujer es ídolo, diosa, madre, hechicera o musa, según muestra Simone de Beauvoir, pero jamás puede ser ella misma. De ahí que nuestras relaciones eróticas estén viciadas en su origen, manchadas en su raíz. Entre la mujer y nosotros se interpone un fantasma: el de su imagen, el de la imagen que nosotros nos hacemos de ella y con la que ella se reviste. Ni siquiera podemos tocarla como carne que se ignora a sí misma, pues entre nosotros y ella se desliza esa visión dócil y servil de un cuerpo que se entrega. Y a la mujer le ocurre lo mismo: no se siente ni se concibe sino como objeto, como *otro*. Nunca es dueña de sí. Su ser se escinde entre lo que es realmente y la imagen que ella se hace de sí. Una imagen que le ha sido dictada por familia, clase, escuela, amigas, religión y amante. Su feminidad jamás se expresa, porque se manifiesta a través de formas inventadas por el hombre. El amor no es un acto natural. Es algo humano y, por definición, *lo más humano*, es decir, una creación, algo que nosotros hemos hecho y que no se da en la naturaleza. Algo que hemos hecho, que hacemos todos los días y que todos los días deshacemos.

No son éstos los únicos obstáculos que se interponen entre el amor y nosotros. El amor es elección. Libre elección, acaso, de nuestra fatalidad, súbito descubrimiento de la parte más secreta y fatal de nuestro ser. Pero la elección amorosa es imposible en nuestra sociedad. Ya Breton decía en uno de sus libros más hermosos –*El loco amor*– que dos prohibiciones impedían, desde su nacimiento, la elección amorosa: la interdicción social y la idea cristiana del pecado. Para realizarse, el amor necesita quebrantar la ley del mundo. En nuestro tiempo el amor es escándalo y desorden, transgresión: el de dos astros que rompen la fatalidad de sus órbitas y se encuentran en la mitad del espacio. La concepción romántica del amor, que implica ruptura y catástrofe, es la única que conocemos porque todo en la sociedad impide que el amor sea libre elección.

La mujer vive presa en la imagen que la sociedad masculina le impone; por lo tanto, sólo puede elegir rompiendo consigo misma. «El amor la ha transformado, la ha hecho otra persona», suelen decir de las enamoradas. Y es verdad: el amor hace otra a la mujer, pues si se atreve a amar, a elegir, si se atreve a ser ella misma, debe romper esa imagen con que el mundo encarcela su ser.

El hombre tampoco puede elegir. El círculo de sus posibilidades es

muy reducido. Niño, descubre la feminidad en la madre o en las hermanas. Y desde entonces el amor se identifica con lo prohibido. Nuestro erotismo está condicionado por el horror y la atracción del incesto. Por otra parte, la vida moderna estimula innecesariamente nuestra sensualidad, al mismo tiempo que la inhibe con toda clase de interdicciones –de clase, de moral y hasta de higiene. La culpa es la espuela y el freno del deseo. Todo limita nuestra elección. Estamos constreñidos a someter nuestras aficiones profundas a la imagen femenina que nuestro círculo social nos impone. Es difícil amar a personas de otra raza, de otra lengua o de otra clase, a pesar de que no sea imposible que el rubio prefiera a las negras y éstas a los chinos, ni que el señor se enamore de su criada o a la inversa. Semejantes posibilidades nos hacen enrojecer. Incapaces de elegir, seleccionamos a nuestra esposa entre las mujeres que nos «convienen». Jamás confesaremos que nos hemos unido –a veces para siempre– con una mujer que acaso no amamos y que, aunque nos ame, es incapaz de salir de sí misma y mostrarse tal cual es. La frase de Swann: «Y pensar que he perdido los mejores años de mi vida con una mujer que no era mi tipo», la pueden repetir, a la hora de la muerte, la mayor parte de los hombres modernos. Y las mujeres.

La sociedad concibe el amor, contra la naturaleza de este sentimiento, como una unión estable y destinada a crear hijos. Lo identifica con el matrimonio. Toda transgresión a esta regla se castiga con una sanción cuya severidad varía de acuerdo con tiempo y espacio. (Entre nosotros la sanción es mortal muchas veces –si es mujer el infractor, pues en México, como en todos los países hispánicos, funcionan con general aplauso dos morales, la de los señores y la de los otros: pobres, mujeres, niños.) La protección impartida al matrimonio podría justificarse si la sociedad permitiese de verdad la elección. Puesto que no lo hace, debe aceptarse que el matrimonio no constituye la más alta realización del amor, sino que es una forma jurídica, social y económica que posee fines diversos a los del amor. La estabilidad de la familia reposa en el matrimonio, que se convierte en una mera proyección de la sociedad, sin otro objeto que la recreación de esa misma sociedad. De ahí la naturaleza profundamente conservadora del matrimonio. Atacarlo, es disolver las bases mismas de la sociedad. Y de ahí también que el amor sea, sin proponérselo, un acto antisocial, pues cada vez que logra realizarse, quebranta el matrimonio y lo transforma en lo que la sociedad no quiere que sea: la revelación de dos soledades que crean por sí mismas un mundo que rompe la mentira social, suprime tiempo y trabajo y se declara autosuficiente. No es extraño,

así, que la sociedad persiga con el mismo encono al amor y a la poesía, su testimonio, y los arroje a la clandestinidad, a las afueras, al mundo turbio y confuso de lo prohibido, lo ridículo y lo anormal. Y tampoco es extraño que amor y poesía estallen en formas extrañas y puras: un escándalo, un crimen, un poema.

La protección al matrimonio implica la persecución del amor y la tolerancia de la prostitución, cuando no su cultivo oficial. Y no deja de ser reveladora la ambigüedad de la prostituta: ser sagrado para algunos pueblos, para nosotros es alternativamente un ser despreciable y deseable. Caricatura del amor, víctima del amor, la prostituta es símbolo de los poderes que humilla nuestro mundo. Pero no nos basta con esa mentira de amor que entraña la existencia de la prostitución: en algunos círculos se aflojan los lazos que hacen intocable al matrimonio y reina la promiscuidad. Ir de cama en cama no es ya, ni siquiera, libertinaje. El seductor, el hombre que no puede salir de sí porque la mujer es siempre instrumento de su vanidad o de su angustia, se ha convertido en una figura del pasado, como el caballero andante. Ya no se puede seducir a nadie, del mismo modo que no hay doncellas que amparar o entuertos que deshacer. El erotismo moderno tiene un sentido distinto al de un Sade, por ejemplo. Sade era un temperamento trágico, poseído de absoluto; su obra es una revelación explosiva de la condición humana. Nada más desesperado que un héroe de Sade. El erotismo moderno casi siempre es una retórica, un ejercicio literario y una complacencia. No es una revelación del hombre sino un documento más sobre una sociedad que estimula el crimen y condena al amor. ¿Libertad de la pasión? El divorcio ha dejado de ser una conquista. No se trata tanto de facilitar la anulación de los lazos ya establecidos, sino de permitir que hombres y mujeres puedan escoger libremente. En una sociedad ideal, la única causa de divorcio sería la desaparición del amor o la aparición de uno nuevo. En una sociedad en que todos pudieran elegir, el divorcio sería un anacronismo o una singularidad, como la prostitución, la promiscuidad o el adulterio.

La sociedad se finge una totalidad que vive por sí y para sí. Pero si la sociedad se concibe como unidad indivisible, en su interior está escindida por un dualismo que acaso tiene su origen en el momento en que el hombre se desprende del mundo animal y, al servirse de sus manos, se inventa a sí mismo e inventa conciencia y moral. La sociedad es un organismo que padece la extraña necesidad de justificar sus fines y apetitos. A veces los fines de la sociedad, enmascarados por los preceptos de la moral dominante, coinciden con los deseos y necesidades de los hombres que la

componen. Otras, contradicen las aspiraciones de fragmentos o clases importantes. Y no es raro que nieguen los instintos más profundos del hombre. Cuando esto último ocurre, la sociedad vive en una época de crisis: estalla o se estanca. Sus componentes dejan de ser hombres y se convierten en simples instrumentos desalmados.

El dualismo inherente a toda sociedad, y que toda sociedad aspira a resolver transformándose en comunidad, se expresa en nuestro tiempo de muchas maneras: lo bueno y lo malo, lo permitido y lo prohibido; lo ideal y lo real, lo racional y lo irracional; lo bello y lo feo; el sueño y la vigilia, los pobres y los ricos, los burgueses y los proletarios; la inocencia y la conciencia, la imaginación y el pensamiento. Por un movimiento irresistible de su propio ser, la sociedad tiende a superar este dualismo y a transformar el conjunto de solitarias enemistades que la componen en un orden armonioso. Pero la sociedad moderna pretende resolver su dualismo mediante la supresión de esa dialéctica de la soledad que hace posible el amor. Las sociedades industriales –independientemente de sus diferencias «ideológicas», políticas o económicas– se empeñan en transformar las diferencias cualitativas, es decir: humanas, en uniformidades cuantitativas. Los métodos de la producción en masa se aplican también a la moral, al arte y a los sentimientos. Abolición de las contradicciones y de las excepciones... Se cierran así las vías de acceso a la experiencia más honda que la vida ofrece al hombre y que consiste en penetrar la realidad como una totalidad en la que los contrarios pactan. Los nuevos poderes suprimen la soledad por decreto. Y con ella al amor, forma clandestina y heroica de la comunión. Defender el amor ha sido siempre una actividad antisocial y peligrosa. Y ahora empieza a ser de verdad revolucionaria. La situación del amor en nuestro tiempo revela cómo la dialéctica de la soledad, en su más profunda manifestación, tiende a frustrarse por obra de la misma sociedad. Nuestra vida social niega casi siempre toda posibilidad de auténtica comunión erótica.

El amor es uno de los más claros ejemplos de ese doble instinto que nos lleva a cavar y ahondar en nosotros mismos y, simultáneamente, a salir de nosotros y realizarnos en otro: muerte y recreación, soledad y comunión. Pero no es el único. Hay en la vida de cada hombre una serie de períodos que son también rupturas y reuniones, separaciones y reconciliaciones. Cada una de estas etapas es una tentativa por transcender nuestra soledad, seguida por inmersiones en ambientes extraños.

El niño se enfrenta a una realidad irreductible a su ser y a cuyos estí-

mulos no responde al principio sino con llanto o silencio. Roto el cordón que lo unía a la vida, trata de recrearlo por medio de la afectividad y el juego. Inicia así un diálogo que no terminará sino hasta que recite el monólogo de su muerte. Pero sus relaciones con el exterior no son ya pasivas, como en la vida prenatal, pues el mundo le exige una respuesta. La realidad debe ser poblada por sus actos. Gracias al juego y a la imaginación, la naturaleza inerte de los adultos –una silla, un libro, un objeto cualquiera– adquiere de pronto vida propia. Por la virtud mágica del lenguaje o del gesto, del símbolo o del acto, el niño crea un mundo viviente, en el que los objetos son capaces de responder a sus preguntas. El lenguaje, desnudo de sus significaciones intelectuales, deja de ser un conjunto de signos y vuelve a ser un delicado organismo de imantación mágica. No hay distancia entre el nombre y la cosa y pronunciar una palabra es poner en movimiento a la realidad que designa. La representación equivale a una verdadera reproducción del objeto, del mismo modo que para el primitivo la escultura no es una representación sino un doble del objeto representado. Hablar vuelve a ser una actividad creadora de realidades, esto es, una actividad poética. El niño, por virtud de la magia, crea un mundo a su imagen y resuelve así su soledad. Vuelve a ser uno con su ambiente. El conflicto renace cuando el niño deja de creer en el poder de sus palabras o de sus gestos. La conciencia principia como desconfianza en la eficacia mágica de nuestros instrumentos.

La adolescencia es ruptura con el mundo infantil y momento de pausa ante el universo de los adultos. Spranger señala a la soledad como nota distintiva de la adolescencia. Narciso, el solitario, es la imagen misma del adolescente. En este período el hombre adquiere por primera vez conciencia de su singularidad. Pero la dialéctica de los sentimientos interviene nuevamente: en tanto que extrema conciencia de sí, la adolescencia no puede ser superada sino como olvido de sí, como entrega. Por eso la adolescencia no es sólo la edad de la soledad, sino también la época de los grandes amores, del heroísmo y del sacrificio. Con razón el pueblo imagina al héroe y al amante como figuras adolescentes. La visión del adolescente como un solitario, encerrado en sí mismo, devorado por el deseo o la timidez, se resuelve casi siempre en la bandada de jóvenes que bailan, cantan o marchan en grupo. O en la pareja paseando bajo el arco de verdor de la calzada. El adolescente se abre al mundo: al amor, a la acción, a la amistad, al deporte, al heroísmo. La literatura de los pueblos modernos –con la significativa excepción de la española, en donde no aparecen sino como pícaros o huérfanos– está poblada de adolescentes, solitarios en

busca de la comunión: del anillo, de la espada, de la Visión. La adolescencia es una vela de armas de la que se sale al mundo de los hechos.

La madurez no es etapa de soledad. El hombre, en lucha con los hombres o con las cosas, se olvida de sí en el trabajo, en la creación o en la construcción de objetos, ideas e instituciones. Su conciencia personal se une a otras: el tiempo adquiere sentido y fin, es historia, relación viviente y significativa con un pasado y un futuro. En verdad, nuestra singularidad –que brota de nuestra temporalidad, de nuestra fatal inserción en un tiempo que es nosotros mismos y que al alimentarnos nos devora– no queda abolida, pero sí atenuada y, en cierto modo, «redimida». Nuestra existencia particular se inserta en la historia y ésta se convierte, para emplear la expresión de Eliot, en *a pattern of timeless moments*. Así, el hombre maduro atacado del mal de soledad constituye en épocas fecundas una anomalía. La frecuencia con que ahora se encuentra a esta clase de solitarios indica la gravedad de nuestros males. En la época del trabajo en común, de los cantos en común, de los placeres en común, el hombre está más solo que nunca. El hombre moderno no se entrega a nada de lo que hace. Siempre una parte de sí, la más profunda, permanece intacta y alerta. En el siglo de la acción, el hombre se espía. El trabajo, único dios moderno, ha cesado de ser creador. El trabajo sin fin, infinito, corresponde a la vida sin finalidad de la sociedad moderna. Y la soledad que engendra, soledad promiscua de los hoteles, de las oficinas, de los talleres y de los cines, no es una prueba que afine el alma, un necesario purgatorio. Es una condenación total, espejo de un mundo sin salida.

El doble significado de la soledad –ruptura con un mundo y tentativa por crear otro– se manifiesta en nuestra concepción de héroes, santos y redentores. El mito, la biografía, la historia y el poema registran un período de soledad y de retiro, situado casi siempre en la primera juventud, que precede a la vuelta al mundo y a la acción entre los hombres. Años de preparación y de estudio, pero sobre todo años de sacrificio y penitencia, de examen, de expiación y de purificación. La soledad es ruptura con un mundo caduco y preparación para el regreso y la lucha final. Arnold Toynbee ilustra esta idea con numerosos ejemplos: el mito de la cueva de Platón, las vidas de San Pablo, Buda, Mahoma, Maquiavelo, Dante. Y todos, en nuestra propia vida y dentro de las limitaciones de nuestra pequeñez, también hemos vivido en soledad y apartamiento, para purificarnos y luego regresar entre los nuestros.

La dialéctica de la soledad –*the twofold motion of withdrawal-and-re-*

turn, según Toynbee– se dibuja con claridad en la historia de todos los pueblos. Quizá las sociedades antiguas, más simples que las nuestras, ilustran mejor este doble movimiento.

No es difícil imaginar hasta qué punto la soledad constituye un estado peligroso y temible para el llamado, con tanta vanidad como inexactitud, hombre primitivo. Todo el complicado y rígido sistema de prohibiciones, reglas y ritos de la cultura arcaica, tiende a preservarlo de la soledad. El grupo es la única fuente de salud. El solitario es un enfermo, una rama muerta que hay que cortar y quemar, pues la sociedad misma peligra si alguno de sus componentes es presa del mal. La repetición de actitudes y fórmulas seculares no solamente asegura la permanencia del grupo en el tiempo, sino su unidad y cohesión. Los ritos y la presencia constante de los espíritus de los muertos entretejen un centro, un nudo de relaciones que limitan la acción individual y protegen al hombre de la soledad y al grupo de la dispersión.

Para el hombre primitivo salud y sociedad, dispersión y muerte, son términos equivalentes. Aquel que se aleja de la tierra natal «cesa de pertenecer al grupo. Muere y recibe los honores fúnebres acostumbrados»[1]. El destierro perpetuo equivale a una sentencia de muerte. La identificación del grupo social con los espíritus de los antepasados y el de éstos con la tierra se expresa en este rito simbólico africano: «Cuando un nativo regresa de Kimberley con la mujer que lo ha desposado, la pareja lleva consigo un poco de tierra de su lugar. Cada día la esposa debe comer un poco de ese polvo… para acostumbrarse a la nueva residencia. Ese poco de tierra hará posible la transición entre los dos domicilios». La solidaridad social posee entre ellos «un carácter orgánico y vital. El individuo es literalmente miembro de un cuerpo». Por tal motivo las conversiones individuales no son frecuentes. «Nadie se puede salvar o condenar por su cuenta» y sin que su acto afecte a toda la colectividad[2].

A pesar de todas estas precauciones el grupo no está a salvo de la dispersión. Todo puede disgregarlo: guerras, cismas religiosos, transformaciones de los sistemas de producción, conquistas… Apenas el grupo se divide, cada uno de los fragmentos se enfrenta a una nueva situación: la soledad, consecuencia de la ruptura con el centro de salud que era la vieja sociedad cerrada, ya no es una amenaza, ni un accidente, sino una condición, la condición fundamental, el fondo final de su existencia. El de-

1. Lucien Lévy-Bruhl, *La Mentalité primitive*, París, 1922.
2. *Op. cit.*

samparo y abandono se manifiesta como conciencia del pecado –un pecado que no ha sido infracción a una regla, sino que forma parte de su naturaleza. Mejor dicho, que es ya su naturaleza. Soledad y pecado original se identifican. Y salud y comunión vuelven a ser términos sinónimos, sólo que situados en un pasado remoto. Constituyen la edad de oro, reino vivido antes de la historia y al que quizá se pueda acceder si rompemos la cárcel del tiempo. Nace así, con la conciencia del pecado, la necesidad de la redención. Y ésta engendra la del redentor.

Surgen una nueva mitología y una nueva religión. A diferencia de la antigua, la nueva sociedad es abierta y fluida, pues está constituida por desterrados. Ya el solo nacimiento dentro del grupo no otorga al hombre su filiación. Es un don de lo alto y debe merecerlo. La plegaria crece a expensas de la fórmula mágica y los ritos de iniciación acentúan su carácter purificador. Con la idea de redención surgen la especulación religiosa, la ascética, la teología y la mística. El sacrificio y la comunión dejan de ser un festín totémico, si es que alguna vez lo fueron realmente, y se convierten en la vía de ingreso a la nueva sociedad. Un dios, casi siempre un dios hijo, un descendiente de las antiguas divinidades creadoras, muere y resucita periódicamente. Es un dios de fertilidad, pero también de salvación y su sacrificio es prenda de que el grupo prefigura en la tierra la sociedad perfecta que nos espera al otro lado de la muerte. En la esperanza del más allá late la nostalgia de la antigua sociedad. El retorno a la edad de oro vive, implícito, en la promesa de salvación.

Seguramente es muy difícil que en la historia particular de una sociedad se den todos los rasgos sumariamente apuntados. No obstante, algunas se ajustan en casi todos sus detalles al esquema anterior. El nacimiento del orfismo, por ejemplo. Como es sabido, el culto a Orfeo surge después del desastre de la civilización aquea, que provocó una general dispersión del mundo griego y una vasta reacomodación de pueblos y culturas. La necesidad de rehacer los antiguos vínculos, sociales y sagrados, dio origen a cultos secretos, en los que participaban solamente «aquellos seres desarraigados, trasplantados, reaglutinados artificialmente y que soñaban con reconstruir una organización de la que no pudieran separarse. Su sólo nombre colectivo era el de huérfanos»[1]. (Señalaré de paso que *orphanos* no solamente es huérfano, sino vacío. En efecto, soledad y orfandad son, en último término, experiencias del vacío.)

Las religiones de Orfeo y Dionisos, como más tarde las religiones pro

1. Amable Audin, *Les Fêtes solaires*, París, 1945.

letarias del fin del mundo antiguo, muestran con claridad el tránsito de una sociedad cerrada a otra abierta. La conciencia de la culpa, de la soledad y la expiación, juegan en ellas el mismo doble papel que en la vida individual.

El sentimiento de soledad, nostalgia de un cuerpo del que fuimos arrancados, es nostalgia de espacio. Según una concepción muy antigua y que se encuentra en casi todos los pueblos, ese espacio no es otro que el centro del mundo, el «ombligo» del universo. A veces el paraíso se identifica con ese sitio y ambos con el lugar de origen, mítico o real, del grupo[1]. Entre los aztecas, los muertos regresaban a Mictlán, lugar situado al norte, de donde habían emigrado. Casi todos los ritos de fundación, de ciudades o de mansiones, aluden a la búsqueda de ese centro sagrado del que fuimos expulsados. Los grandes santuarios –Roma, Jerusalén, la Meca– se encuentran en el centro del mundo o lo simbolizan y prefiguran. Las peregrinaciones a esos santuarios son repeticiones rituales de las que cada pueblo ha hecho en un pasado mítico, antes de establecerse en la tierra prometida. La costumbre de dar una vuelta a la casa o a la ciudad antes de atravesar sus puertas, tiene el mismo origen.

El mito del Laberinto se inserta en este grupo de creencias. Varias nociones afines han contribuido a hacer del Laberinto uno de los símbolos míticos más fecundos y significativos: la existencia, en el centro del recinto sagrado, de un talismán o de un objeto cualquiera, capaz de devolver la salud o la libertad al pueblo; la presencia de un héroe o de un santo, quien tras la penitencia y los ritos de expiación, que casi siempre entrañan un período de aislamiento, penetra en el laberinto o palacio encantado; el regreso, ya para fundar la ciudad, ya para salvarla o redimirla. Si en el mito de Perseo los elementos místicos apenas son visibles, en el del Santo Grial el ascetismo y la mística se alían: el pecado, que produce la esterilidad en la tierra y en el cuerpo mismo de los súbditos del Rey Pescador; los ritos de purificación; el combate espiritual; y, finalmente, la gracia, esto es, la comunión.

No sólo hemos sido expulsados del centro del mundo y estamos condenados a buscarlo por selvas y desiertos o por los vericuetos y subterráneos del Laberinto. Hubo un tiempo en el que el tiempo no era sucesión y tránsito, sino manar continuo de un presente fijo, en el que estaban contenidos

1. Sobre la noción de «espacio sagrado», véase Mircea Eliade, *Histoire des religions*, París, 1949.

todos los tiempos, el pasado y el futuro. El hombre, desprendido de esa eternidad en la que todos los tiempos son uno, ha caído en el tiempo cronométrico y se ha convertido en prisionero del reloj, del calendario y de la sucesión. Pues apenas el tiempo se divide en ayer, hoy y mañana, en horas, minutos y segundos, el hombre cesa de ser uno con el tiempo, cesa de coincidir con el fluir de la realidad. Cuando digo «en este instante», ya pasó el instante. La medición espacial del tiempo separa al hombre de la realidad, que es un continuo presente, y hace fantasmas a todas las presencias en que la realidad se manifiesta, como enseña Bergson.

Si se reflexiona sobre el carácter de estas dos opuestas nociones, se advierte que el tiempo cronométrico es una sucesión homogénea y vacía de toda particularidad. Igual a sí mismo siempre, desdeñoso del placer o del dolor, sólo transcurre. El tiempo mítico, al contrario, no es una sucesión homogénea de cantidades iguales, sino que se halla impregnado de todas las particularidades de nuestra vida: es largo como una eternidad o breve como un soplo, nefasto o propicio, fecundo o estéril. Esta noción admite la existencia de una pluralidad de tiempos. Tiempo y vida se funden y forman un solo bloque, una unidad imposible de escindir. Para los aztecas, el tiempo estaba ligado al espacio y cada día a uno de los puntos cardinales. Otro tanto puede decirse de cualquier calendario religioso. La fiesta es algo más que una fecha o un aniversario. No celebra, sino *reproduce* un suceso: abre en dos al tiempo cronométrico para que, por espacio de unas breves horas inconmensurables, el presente eterno se reinstale. La fiesta vuelve creador al tiempo. La repetición se vuelve concepción. El tiempo engendra. La edad de oro regresa. Ahora y aquí, cada vez que el sacerdote oficia el misterio de la Santa Misa, desciende efectivamente Cristo, se da a los hombres y salva al mundo. Los verdaderos creyentes son, como quería Kierkegaard, «contemporáneos de Jesús». Y no solamente en la fiesta religiosa o en el mito irrumpe un Presente que disuelve la vana sucesión. También el amor y la poesía nos revelan, fugaz, este tiempo original. «Más tiempo no es más eternidad», dice Juan Ramón Jiménez, refiriéndose a la eternidad del instante poético. Sin duda la concepción del tiempo como presente fijo y actualidad pura, es más antigua que la del tiempo cronométrico, que no es una aprehensión inmediata del fluir de la realidad, sino una racionalización del transcurrir.

La dicotomía anterior se expresa en la oposición entre historia y mito, o historia y poesía. El tiempo del mito, como el de la fiesta religiosa, o el de los cuentos infantiles, no tiene fechas: «Hubo una vez...», «En la época en que los animales hablaban...», «En el principio...». Y ese *principio*

–que no es el año tal ni el día tal– contiene todos los principios y nos introduce en el tiempo vivo, en donde de veras todo principia todos los instantes. Por virtud de la poesía, del cuento de hadas o del rito, que realiza y reproduce el relato mítico, el hombre accede a un mundo en donde los contrarios se funden. «Todos los rituales tienen la propiedad de acaecer en el ahora, en este instante[1].» Cada poema que leemos es una recreación, quiero decir: una ceremonia ritual, una fiesta.

El teatro y la épica son también fiestas, ceremonias. En la representación teatral como en la recitación poética, el tiempo ordinario deja de fluir, cede el sitio al tiempo original. Gracias a la participación, ese tiempo mítico, original, padre de todos los tiempos que enmascaran a la realidad, coincide con nuestro tiempo interior, subjetivo. El hombre, prisionero de la sucesión, rompe su invisible cárcel de tiempo y accede al tiempo vivo: la subjetividad se identifica al fin con el tiempo exterior, porque éste ha dejado de ser medición espacial y se ha convertido en manantial, en presente puro, que se recrea sin cesar. Por obra del mito y de la fiesta –secular o religiosa– el hombre rompe su soledad y vuelve a ser uno con la creación. Y así, el mito –disfrazado, oculto, escondido– reaparece en casi todos los actos de nuestra vida e interviene decisivamente en nuestra historia: nos abre las puertas de la comunión.

El hombre contemporáneo ha racionalizado los mitos, pero no ha podido destruirlos. Muchas de nuestras verdades científicas, como la mayor parte de nuestras concepciones morales, políticas y filosóficas, sólo son nuevas expresiones de tendencias que antes encarnaron en formas míticas. El lenguaje racional de nuestro tiempo encubre apenas a los antiguos mitos. La utopía, y especialmente las modernas utopías políticas, expresan con violencia concentrada, a pesar de los esquemas racionales que las enmascaran, esa tendencia que lleva a toda sociedad a imaginar una edad de oro de la que el grupo social fue arrancado y a la que volverán los hombres el Día de Días. Las fiestas modernas –reuniones políticas, desfiles, manifestaciones y demás actos rituales– prefiguran al advenimiento de ese día de Redención. Todos esperan que la sociedad vuelva a su libertad original y los hombres a su primitiva pureza. Entonces la historia cesará. El tiempo (la duda, la elección forzada entre lo bueno y lo malo, entre lo injusto y lo justo, entre lo real y lo imaginario) dejará de triturarnos. Volverá el reino del presente fijo, de la comunión perpetua: la realidad arro-

1. Van der Leeuw, *L'Homme primitif et la religion*, París, 1940.

jará sus máscaras y podremos al fin conocerla y conocer a nuestros seme-
jantes.

Toda sociedad moribunda o en trance de esterilidad tiende a salvarse
creando un mito de redención, que es también un mito de fertilidad, de
creación. Soledad y pecado se resuelven en comunión y fertilidad. La so-
ciedad que vivimos ahora también ha engendrado su mito. La esterilidad
del mundo burgués desemboca en el suicidio o en una nueva forma de
participación creadora. Tal es, para decirlo con la frase de Ortega y Gas-
set, el «tema de nuestro tiempo»: la substancia de nuestros sueños y el
sentido de nuestros actos.

El hombre moderno tiene la pretensión de pensar despierto. Pero este
despierto pensamiento nos ha llevado por los corredores de una sinuosa
pesadilla, en donde los espejos de la razón multiplican las cámaras de tor-
tura. Al salir, acaso, descubriremos que habíamos soñado con los ojos
abiertos y que los sueños de la razón son atroces. Quizá, entonces, empe-
zaremos a soñar otra vez con los ojos cerrados.

El laberinto de la soledad se publicó por primera vez en México, Cuadernos Ame-
ricanos, 1950; y en 1959 apareció, en Fondo de Cultura Económica, la segunda edición
revisada y aumentada.

Mito e historia

Cuauhtémoc, joven abuelo[1]

Político, periodista y escritor, Héctor Pérez Martínez se interesó siempre por la historia. No es nada casual este interés: Ortega y Gasset ha mostrado que el pasado es función del futuro. La tradición es siempre recreación: resurrección de lo que fue tanto como su re-ordenación conforme a la perspectiva de nuestro proyecto histórico. La voluntad de futuro pone de pie a los muertos e impone un orden a sus obras. Así, al volver los ojos hacia nuestro pasado e interrogarse sobre el sentido de esa masa de escombros, Pérez Martínez busca los signos del futuro de México. Su obra aspira a comprender para fundar. Esta comprensión es, a su manera, poesía e invención. Toda historia, cuando es algo más que acumulación de fechas, es invención; quiero decir: no es un mero sacar a la luz el pasado sino que es también un insertarlo dentro de una realidad en marcha. Desde este punto de vista, el libro de Pérez Martínez es típico de la actitud del escritor mexicano contemporáneo: es una pregunta al pasado y asimismo es una respuesta a la pregunta que el pasado nos hace. Nosotros somos los que tenemos que decir las palabras finales del diálogo mortal que iniciaron Cuauhtémoc y Hernán Cortés.

Toda pregunta contiene, implícita, su respuesta. La formulación de un problema supone ya los elementos de la posible resolución; y de la autenticidad de la pregunta depende, precisamente, la libertad que se otorga a la respuesta para darse o no. Al formular su pregunta, Pérez Martínez no parte de un sistema rígido de ideas previas. En esto sigue a la Revolución mexicana. Como es sabido, este movimiento no fue el fruto de una «ideología», en el sentido de un esquema intelectual impuesto a la realidad por el espíritu geométrico; por eso, aun en plena lucha civil, la Revolución mexicana jamás practicó el terror organizado sino la violencia popular. La violencia, cuando es explosión espontánea, es saludable. El espíritu de sistema, hijo del racionalismo del siglo XVIII, hizo desembocar a las revoluciones europeas en la tiranía burocrática o en la restauración cesárea; las instituciones mexicanas, en cambio, se fueron creando poco a poco, alimentadas por el espíritu de rebelión y según lo iba exigiendo el libre juego del combate. Pues bien, el Cuauhtémoc de Pérez Martínez participa de

1. Prólogo a la edición francesa del libro de Héctor Pérez Martínez, *Cuauhtémoc: vida y muerte de una cultura.*

esta flexibilidad. Su libro no es un juicio sino una evocación del pasado. Su método es doble; la empresa del historiador coincide con la ciencia por el rigor de la investigación; con la creación artística, por su respeto a la libre y moviente objetividad de la realidad. Pérez Martínez no creía poseer la llave de la historia. Sabía que los poderes del hombre sobre el futuro son harto precarios; de ahí que su imagen del pasado no dependa tanto de su idea del futuro cuanto de su búsqueda de ese mismo futuro. Lejos de postular una verdad, Pérez Martínez interroga, busca: quiere saber quién fue Cuauhtémoc. Y quiere saberlo porque piensa que el caudillo azteca le dirá el secreto –o una parte del secreto– de México. Quizá Pérez Martínez no acertó con la respuesta total, pero su libro es ya, en su limitación, una contestación: México es búsqueda.

Tentativa de comprensión, el estudio de Pérez Martínez escapa de la mezquindad del «indianismo» como de la soberbia vacía del «hispanismo». No se puede reducir la historia al tamaño de nuestros rencores. El Cortés que nos pinta Diego Rivera es tan falso como el Cuauhtémoc que nos describe Vasconcelos. Si se empequeñece a uno de los antagonistas, se degrada al otro: Cuauhtémoc y Cortés son inseparables. La caída de Tenochtitlan es trágica por las mismas razones que hacen trágico el derrumbe de Ilión. La moral de la historia es siempre trágica: conjunción de destinos, choque de mundos. Cuauhtémoc y Cortés están vivos en la imaginación de todos los mexicanos y no dejan de luchar secretamente en el interior de cada uno de nosotros. Negar a uno es negar al otro y negarnos a nosotros mismos. Sus sombras forman la substancia de nuestro destino. Pérez Martínez amó a los indios pero su pasión no era exclusiva y en su pecho había sitio para el pueblo español. Por eso –a diferencia de los artistas rencorosos– pudo escribir con limpieza la vida de Cuauhtémoc.

En el primer capítulo de su libro, Pérez Martínez subraya el carácter total de la religión azteca. Lo sagrado impregnaba todas las actividades del pueblo y apenas había gesto o actitud que no estuviese teñida de religiosidad. La vida se petrifica en el rito. Para los aztecas la guerra era una fiesta religiosa, esto es, una reproducción de la lucha cósmica; combatir era representar ritualmente la eterna muerte y resurrección universales. Sólo desde esta perspectiva pueden entenderse muchas de las actitudes de los aztecas ante los españoles. Y uno de los méritos de Pérez Martínez es haber subrayado este hecho. Sin embargo, me parece que pasa por alto algo que juzga decisivo: el análisis de la naturaleza de la religión azteca y, consecuentemente, del Estado y de lo que llamaríamos la «ideología» de los mexica.

La religión azteca, como sus templos, está hecha de la superposición de creencias y conceptos: un edificio recubre a otro; un dios a otro. Los primitivos dioses aztecas eran divinidades guerreras y cazadoras, según conviene a un pueblo nómada; más tarde, al establecerse en el valle de México, adoptaron los dioses de los pueblos que los antecedieron. La rápida carrera que los lleva a la dominación política corre pareja con su no menos rápida absorción de la cultura tolteca. Ahora bien, toda asimilación de una alta y compleja civilización por un pueblo bárbaro o semibárbaro implica también una desnaturalización y una simplificación de esa misma cultura. Ciertos trabajos recientes, especialmente los de Laurette Séjourné, confirman que el Estado azteca se sirvió de la religión de Quetzalcóatl de una manera que no es muy distinta a la seguida por otros Estados, imperialistas o tiránicos, con viejas filosofías y religiones: como un instrumento de dominación política, por una parte y por la otra, como una justificación intelectual. La función de la religión tolteca no fue distinta a la del helenismo en el mundo antiguo; la supremacía política azteca se fundaba en la hegemonía cultural tolteca, como el poderío romano en la universalidad del helenismo. Aztecas y romanos se proclamaban herederos de una alta tradición que justifica su soberanía sobre los otros pueblos. Además, la religión tolteca le sirve al Estado para autodivinizarse. La interpretación azteca de la religión de Quetzalcóatl tendía a cubrir con el prestigio de lo sagrado la opresión más desenfrenada e inhumana. Esta interpretación estaba en proceso de elaboración a la llegada de los españoles; y de ahí que en el seno del pensamiento religioso azteca sean perceptibles dos cultos, que se entrelazan sin fundirse del todo: el de Huitzilopochtli, el dios solar de los guerreros, y el de Quetzalcóatl, la divinidad de los sacerdotes. Ambos piden sangre. Pero el primero es el dios de la matanza y la guerra; el segundo, de la mortificación, la penitencia y el ascetismo. Los dos encarnan las tendencias fundamentales del hombre, el doble instinto de matar y morir, de sacrificar al prójimo y de sacrificarse por el prójimo.

En *La Pensée cosmologique des anciens mexicains*, Soustelle observa que este dualismo corresponde a los ideales de cada una de las facciones de la clase dirigente, guerreros y sacerdotes. Los atributos del dios reflejan los apetitos y las esperanzas de sus adoradores. No es aventurado suponer que la llegada de los españoles provocó inmediatamente una doble reacción entre los caudillos aztecas. Moctezuma siente la fascinación del suicida ante Cortés. No es un azar que haya visto en el conquistador a Quetzalcóatl. Cierto, al poco tiempo se desengaña; pero su rebelión es

tardía. Estaba vencido de antemano; desfallece porque en él triunfa la tendencia a la autodestrucción. Cuauhtémoc representa el movimiento opuesto, polarizado en la figura terrible de Huitzilopochtli. La Conquista de México puede explicarse, desde la religión azteca, como una última representación de sus mitos grandiosos. En este sentido, la Conquista puede verse como una fiesta trágica, un rito.

La caída de Tenochtitlan se inicia con el abandono de los dioses. Antes de que deserten los amigos y vasallos, las divinidades dan la espalda a su pueblo. Por eso, el hecho determinante de la Conquista, tanto como su necesaria consecuencia, fue la orfandad de todos los indios. Sus lazos con lo sagrado se rompieron. En otro ensayo he intentado describir la función compensadora del catolicismo mexicano. Es significativa la rapidez con que se extendió por todo el antiguo Anáhuac el culto a la Virgen de Guadalupe. Su templo, construido sobre los restos de una antigua pirámide consagrada a Tonantzin, diosa de la fertilidad, es todavía la Meca de los mexicanos. Se trata, sin duda, de un regreso a las viejas divinidades femeninas: el rasgo característico de la religiosidad mexicana consiste en este volver a las entrañas de la diosa madre. No deja de ser reveladora, por otra parte, la vitalidad y permanencia del culto a Cuauhtémoc. El último jefe azteca es un mito popular. En otra época habría sido deificado. Divinidad en potencia, Cuauhtémoc encarna el culto al dios joven, que muere peleando para dar vida. Su figura polariza otra de las corrientes de la sensibilidad mexicana. Si Guadalupe-Tonantzin encarna la vieja relación con el cosmos a través de la madre divina, Cuauhtémoc representa, por el contrario, la soledad del héroe, que lucha y muere solo, abandonado por los dioses y los hombres.

Explicar el mito, desentrañar su sentido, es humanizarlo. Y, al mismo tiempo, aclarar el sentido de nuestra historia. El mito es el jeroglífico de nuestro destino. Si el libro de Pérez Martínez no nos ofrece una clave, es un punto de partida para una futura elucidación. Su libro se propone iluminar nuestros conflictos para que tengamos conciencia de nosotros mismos.

París, noviembre de 1951

«Cuauhtémoc, joven abuelo» se publicó en *Las peras del olmo*, México, Universidad Nacional Autónoma de México, 1957.

Hernán Cortés: exorcismo y liberación

La figura de Hernán Cortés ha provocado siempre los sentimientos y los juicios más contradictorios. Desde sus contemporáneos Bernal Díaz del Castillo y Francisco López de Gómara hasta los historiadores y biógrafos que los han sucedido durante cuatro siglos, nadie ha escapado a una fascinación que va de la idolatría al aborrecimiento. El hombre no fue menos complejo y diverso que los juicios que ha suscitado. Su juventud fue una novela de aventuras, a ratos heroicas y otras picarescas. La Conquista de México evoca las empresas de César en las Galias o de Baber en el Indostán; el parecido se acentúa porque, como ellos, Cortés fue un escritor notable y sus *Cartas de relación* soportan la comparación con los *Comentarios de la guerra de las Galias* y con las *Memorias* del conquistador de la India. Su voracidad sexual le pareció a Prescott, que lo admiraba, la de un semental. La crueldad y la perfidia de algunos de sus hechos –la matanza de Cholula, la ejecución de Cuauhtémoc– traen a la memoria los actos de esos príncipes brillantes y sin escrúpulos del Renacimiento, un César Borgia o un Malatesta. La ingratitud y los desaires que sufrió al regresar a España habrían merecido un soneto de Quevedo (nunca lo escribió, él que dedicó algunos inolvidables a Escipión y al duque de Osuna). Los amores de Cortés y doña Marina recuerdan otros en los que la ambición política se mezcla a la pasión erótica, como los de Marco Antonio y Cleopatra.

La historia de Cortés es un fragmento, pero un fragmento central, de la historia de la Edad Moderna. También, a veces, parece una epopeya fantástica. El sitio de Tenochtitlan y el heroísmo de sitiadores y sitiados tienen una grandeza más épica que histórica: es Troya. Al mismo tiempo, la significación filosófica de ese hecho –el choque de dos civilizaciones– hace pensar no en Homero sino en Gibbon o en Hegel: Cortés ante Moctezuma es Alejandro ante Darío. Su diplomacia y sagacidad al unir a las naciones indias en una batalla contra el opresor Estado azteca parecen inspiradas en las máximas de Maquiavelo, al que nunca leyó.

Sin embargo, Cortés es una figura renacentista sólo por un costado; por el otro es medieval: fue siempre un vasallo leal. También fue un creyente fervoroso y esto lo distingue de otros grandes capitanes incrédulos como Condé y Bonaparte. Guerrero, político, diplomático, aventurero ávido de riquezas y mujeres, católico devoto, Cortés fue también un des-

cubridor de tierras y un fundador de ciudades. Fue un hombre extraordinario, un héroe en el antiguo sentido de la palabra. No es fácil amarlo pero es imposible no admirarlo.

La figura histórica de Cortés despierta y soporta los juicios más diversos y las comparaciones más osadas, pero ¿su mito? Porque Cortés es un mito. A diferencia de los personajes históricos, que son complejos y ambiguos como la realidad misma, los mitos son simples y unívocos. De ahí que las pasiones que convocan sean directas, fervientes y no pocas veces feroces. El mito de Cortés es un mito mexicano y es un mito negro, negativo. Por lo primero, es casi incomprensible para los extranjeros; por lo segundo, se asemeja a una herida enconada. Cortés es el emblema de la Conquista: no como un fenómeno histórico que, al enfrentar a dos mundos, los unió, sino como la imagen de una penetración violenta y de una usurpación astuta y bárbara. Con la Conquista –rapacidad, doblez, crueldad– comienzan la opresión y la injusticia. En la peculiar lógica del mito, hecha de oposiciones simétricas, la Conquista simboliza el comienzo de la dominación y la Independencia el principio de la libertad. Así, la función del mito de Cortés es ideológica; mejor dicho, es una pieza maestra en un teatro histórico-mitológico.

En sus orígenes el mito de Cortés fue inglés, francés y holandés, de modo que pertenece al período de la expansión europea y a la gran querella ideológica entre los imperios. Al comenzar el siglo XIX los ideólogos mexicanos lo reelaboraron y lo insertaron en la historia de México. Primero fue un arma en la lucha por la Independencia y después, en el siglo XIX, sirvió como ariete en la tarea de demolición del viejo orden católico conservador heredado de España. Por una curiosa transposición ideológica, se vio a la Independencia no como el comienzo de la nueva nación mexicana sino como el regreso a una situación anterior a la Conquista: México había *recobrado* la autonomía que le habían arrebatado Cortés y sus soldados. Cuauhtémoc se habría asombrado al encontrar aliados y defensores en los herederos de Cortés. Herederos no tanto por la sangre, aunque los ideólogos eran criollos y mestizos, como por la cultura: después de todo las ideas de la Enciclopedia y del liberalismo pertenecen a la misma tradición occidental que el catolicismo de Cortés y de los misioneros.

Durante el siglo XX el mito de Cortés se afianzó. El indigenismo y el descubrimiento de nuestro pasado prehispánico –dos hechos de signo positivo– contribuyeron a fortificarlo. Otra confirmación de la creencia tradicional: el bien trae siempre consigo algún mal. No es extraño así, aunque sea lamentable, que sobre los muros de un edificio oficial Diego

Rivera haya pintado un Cortés disforme e inválido. Es una obra que no lo enaltece ni moral ni artísticamente, una caricatura mezquina que revela una admiración que se avergüenza de sí misma y que se manifiesta como rencor. Pero la naturaleza contradictoria y esencialmente negativa del mito no aparece en la pintura de Diego Rivera sino en una composición, también mural, de José Clemente Orozco en el antiguo Colegio de San Ildefonso. Este noble edificio, uno de los más hermosos de la ciudad de México, es de comienzos del siglo XVIII y perteneció a la Compañía de Jesús. Haber decorado esos muros con los frescos expresionistas de Orozco fue una incongruencia estética. Agrego que es una incongruencia estimulante; quiero decir: es una lección de historia viva. El mural de Orozco es de 1926 y representa a Cortés y a doña Marina (la Malinche), desnudos, las manos entrelazadas y en una suerte de quietud a un tiempo poderosa y pacífica. Son el Adán y Eva de México: los fundadores. Pero la composición de Orozco es trágica: a los pies de los amantes hay el cadáver de un indio. El símbolo del origen es también un símbolo de violencia: la sexualidad no es inocente sino criminal y la historia no comienza con la unión del Adán español y la Eva india sino con la muerte y el asesinato. La impresionante pintura de Orozco posee una grandeza sombría. Pintó el enigma del origen. Un enigma trágico.

He llamado *trágica* a la composición de Orozco porque la esencia de la tragedia consiste en presentar oposiciones que son irreductibles, salvo por la aniquilación de uno de los términos. En el caso del mito de Cortés, la aniquilación de uno de ellos, simbolizado por el indio muerto, no resuelve el conflicto sino que lo aviva o agrava. La aniquilación del otro término, simbolizado por Cortés, ha consistido en su transformación en un mito negro: el Padre se convierte en Violador, el Fundador en Usurpador, el Vencedor en Asesino. Pero la conversión de la figura histórica de Cortés en demonio tampoco pone fin al conflicto. El mito, según se ve en la pintura de Orozco, está desgarrado por una contradicción insoluble: su lecho nupcial es el cuerpo de su víctima. El mito nos presenta un conflicto sin desenlace: se combate sin cesar a sí mismo sin lograr nunca ni una victoria ni una derrota definitiva. Es el emblema de la contradicción. Por eso es un mito estéril.

El carácter ideológico del mito de Cortés es evidente: fue el arma de combate de un partido. Pero esas luchas pertenecen al pasado; hoy el mito pelea contra fantasmas. Aparte de su irrealidad, el mito es nocivo porque, en lugar de unir, divide a las conciencias. Su función es exactamente contraria a la del Cid, que fue un mito fundado en un personaje histórico no

menos sino más dudoso que Cortés. Pero en tanto que el Cid unió a los españoles, Cortés divide a los mexicanos, envenena las almas y alimenta rencores anacrónicos y absurdos. El odio a Cortés no es odio a España: es odio a nosotros mismos. El mito nos impide vernos en nuestro pasado y, sobre todo, impide la reconciliación de México con su otra mitad. El mito nació de la ideología y sólo la crítica de la ideología podrá disiparlo. Cortés debe ser restituido al sitio a que pertenece, con toda su grandeza y todos sus defectos: a la historia. Apenas Cortés deje de ser un mito histórico y se convierta en lo que es realmente: un personaje histórico, los mexicanos podrán verse a sí mismos con una mirada más clara, generosa y serena. Esta tarea de crítica equivale a una cura moral y debe ser emprendida por aquellos que son los herederos directos de los creadores del mito: los intelectuales y la actual clase gobernante de México. De ahí que la crítica que propongo tenga que comenzar por ser una verdadera *autocrítica*.

México, 14 de septiembre de 1985

«Hernán Cortés: exorcismo y liberación» se publicó en *El País*, Madrid, 12 de octubre de 1985, y se recogió en el primer volumen –*El peregrino en su patria*– de *México en la obra de Octavio Paz*, México, Fondo de Cultura Económica, 1987.

Comunicación y encuentro de civilizaciones:
la Conquista de México

(Conversación con Tzvetan Todorov e Ignacio Bernal)

El 21 de abril de 1980 se celebró, en el Instituto Francés de América Lati-
na de la ciudad de México, una mesa redonda en la que participaron Oc-
tavio Paz, el historiador y arqueólogo mexicano Ignacio Bernal y el lin-
güista y crítico Tzvetan Todorov. Unos meses antes, en la revista Vuelta
(núm. 33, agosto de 1979), este último había publicado un ensayo en el que
anticipaba lo esencial de su interpretación de la Conquista de México des-
de el punto de vista de la comunicación, recogida más tarde en su libro La
Conquista de América *(1985).*

Tzvetan Todorov: No soy historiador de profesión. Mi campo es más
bien la comunicación, la producción y la interpretación de los símbo-
los, y descubrí la historia de México, casi por casualidad: al leer las cró-
nicas y otros documentos que versan sobre la Conquista, me sorprendió
la *diferencia* en el comportamiento simbólico de cada una de las partes
enfrentadas. Al querer describir esta diferencia, me hallé enfrascado en
una búsqueda que se sitúa a la vez más allá de la historia –pues presupo-
ne que la tarea histórica está concluida, ya que se vuelve para nosotros
la base de la comparación–, y más acá de ella, en la medida en que la
cuestión de las formas de la comunicación o de la simbolización perte-
nece a un nivel microscópico, que el historiador, apresurándose por cap-
tar las vastas entidades de la vida política y cultural, no siempre tiene el
tiempo de estudiar.

Pero el discurso de la diferencia es un discurso difícil. El que se arries-
ga en él se ve amenazado por dos peligros que no parecen dejar lugar a
una tercera vía. Ya, conforme a la ideología dominante de nuestra época,
el individualismo, y con su corolario, la democracia, se parte de la afirma-
ción de igualdad, pero que conduce hasta la de la identidad: siendo los
hombres iguales en todas partes, nos negamos a reconocerles diferencias
significativas. Ya admitimos las diferencias, pero entonces, llevados por el
mismo principio de la identidad, las traducimos en seguida en términos de
superioridad e inferioridad. Nos cuesta trabajo aceptar que el *otro* sea lla-

namente otro: lo creemos, según los casos, peor o mejor, pero siempre del mismo género que uno mismo.

Por tanto, trataré de formular esta diferencia sin emitir inmediatamente un juicio de valor sobre los dos términos de la comparación. En el estudio referente a este tema que ya publiqué, me había dedicado al análisis de los textos españoles que tratan de este asunto; con el fin de completarlo, quisiera interrogar, hoy día, y según el mismo enfoque, algunos de los testimonios indígenas de la época. Una objeción preliminar y obvia puede presentarse: todos estos testimonios son posteriores a la Conquista y, por lo tanto, todos son sospechosos –éste es el caso del de Sahagún– de haber sufrido la influencia del punto de vista español. En sí, esta objeción es insuperable, pero sus efectos pueden ser atenuados al tomar en cuenta dos consideraciones. En primer lugar, si rechazamos esta fuente informativa, no la podemos substituir por ninguna otra; por consiguiente, es necesariamente preferible una lectura prudente y crítica de estos documentos a un rechazo de ellos. Luego, el tipo de cuestión aquí planteada encuentra su respuesta menos en el conocimiento de lo verdadero que en el de lo verosímil (para hablar como los antiguos retóricos) de lo que hubiera podido ocurrir, incluso si no ocurrió en la realidad. Desde este punto de vista, dichos documentos son de innegable valor.

La comunicación, tal como la practican los indígenas en el momento de la Conquista, es diferente de aquella de los españoles, sin ser inferior a ella. No se puede decir en absoluto, por ejemplo, que los indígenas no dedican su tiempo y energía a la *interpretación* de los mensajes, o que esta interpretación carezca de formas elaboradas, sino todo lo contrario. La vida del hombre azteca está constantemente relacionada con una serie de fenómenos naturales y sobrenaturales que requieren en cada momento interpretación. «Después de haber nacido la criatura, luego procuraban de saber el signo en que había nacido para saber la ventura que había de tener», leemos en Sahagún (VI, 36). Esta actividad fundamental requiere incluso de un gremio de especialistas, los *adivinos*; y se sabe cómo, durante los contactos con los españoles, los caudillos aztecas acudieron a menudo a ellos.

Por consiguiente, la interpretación es copiosa pero se ve en el acto que no tiene el mismo sentido que entre los españoles: esto se debe desde luego a las hondas diferencias ideológicas que separan a los dos bandos. En la sociedad indígena, el individuo no es en sí una totalidad, sólo es el elemento constitutivo de esta totalidad que resulta ser la colectividad. La vida de la persona no es un campo abierto e indeterminado, susceptible de ser modelado por la libre voluntad, sino la realización de un orden

siempre presente. El pasado colectivo regula el porvenir del individuo, y uno no «labra» su porvenir: él se revela, mediante una serie de indicios, de presagios, de augurios. La interrogación característica de aquel mundo no es, como entre los españoles, de tipo praxeológico: ¿qué hacer?, sino epistémico: ¿cómo aprehenderlo? El campo principal de la actividad hermenéutica no se sitúa, como entre los españoles, entre el hombre y el hombre, sino entre el hombre y el mundo. Y la interpretación del acontecimiento se hace menos en función de su contenido concreto, individual y único, que del orden preestablecido y por restablecer, de la armonía universal.

Todos los relatos indígenas de la Conquista la hacen preceder de una serie de presagios. Esto es válido no sólo para los mexicas, sino también para los mayas y los incas del Perú. Incluso si uno no quisiera excluir por principio la realidad de tales presagios, tantas coincidencias bastarían para ponernos sobre aviso. Todo deja pensar que los presagios fueron inventados *a posteriori*, y esto, no con el fin de entender el acontecimiento en su singularidad sino, al contrario, para poder integrarlo dentro del orden de creencias ya existente, para domesticarlo de alguna manera. Los aztecas superan mentalmente la Conquista, es decir la derrota, inscribiéndola en una historia concebida según su sistema mental: el presente se vuelve menos inadmisible en cuanto se le puede ver ya anunciado en el pasado. Y el remedio resulta tan adecuado a la situación que todos creen recordar que estos presagios se habían realmente manifestado antes de la Conquista.

El considerar la *producción* de los símbolos y de los discursos nos llevaría a observaciones semejantes. Nada sería más falso que imaginarse a los aztecas indiferentes ante esta cuestión. Se sabe que la instrucción verbal era parte de la educación familiar y que los padres no dejan de iniciar a sus hijos en los buenos modos de hablar. En el otro extremo de la cadena, parece que los altos dignatarios reales se escogen más que todo en función de sus dotes de oratoria. Refiere Sahagún que «entre los mexicanos, los sabios retóricos y virtuosos y esforzados eran tenidos en mucho», y recuerda eventualmente: «los señores siempre traían consigo muy expertos oradores, para responder y hablar cuanto fuera menester, y esto desde el principio de su elección» (VI, 12).

Una vez más, sin embargo, la simple presencia de una atención dedicada a la producción verbal entre los indígenas y entre los españoles no significa que la naturaleza de esta atención sea idéntica aquí y allá. La palabra privilegiada por los aztecas es la palabra ritual. Todo el Libro VI de la historia de Sahagún está constituido por la descripción de los discursos

empleados ritualmente en toda clase de circunstancias: oraciones, discursos de ceremonia, palabras formuladas a propósito de cada uno de los «ritos de iniciación»: nacimiento, acceso a la edad adulta, matrimonio, etc. No puede dejar uno de quedar impresionado por el número y la extensión de estos discursos y, por tanto, por el lugar que ocupa la palabra ritual en el seno de la vida verbal de la comunidad.

Es posible que Sahagún, o más bien, sus informantes, exageren este papel, en detrimento de la palabra improvisada; de ser así, lo hacen en todos los casos con conocimiento de causa, pues la separación misma de los dos tipos de discurso es claramente percibida: la palabra ritual se opone a los casos en los que «los mismos naturales dieron la relación de las cosas que en este libro se tratan muy bajamente, según que ellos las entienden» (VII, Aviso). Habiendo alcanzado maestría en el arte de la palabra ritual, los indígenas desmerecen en situación de improvisación; ésta es precisamente la situación de la Conquista. Su educación verbal favorece el paradigma en detrimento del sintagma, el código en detrimento del contexto, la conformidad al orden más que la eficiencia del instante, el pasado más que el futuro. Pues bien, la invasión española crea una situación radicalmente nueva, totalmente inédita, una situación en la que el arte de la improvisación importa más que aquel del ritual.

Por estas razones, aunque Moctezuma disponga por lo menos de tantas *informaciones* como los españoles (está perfectamente enterado de los movimientos de tropa de Cortés o de los de Narváez), acierta menos que ellos en la actividad de *comunicación*. Me prometí describir diferencias sin expresar juicios de valor y me veo aquí impulsado a juzgar: «mejor», «menos bien». Me explico: toda comunicación es siempre paradigma y sintagma, código y contexto; toda acción conlleva una parte de rito y una parte de improvisación; el hombre precisa tanto comunicarse con el mundo como con los otros hombres. Pero el encuentro de Moctezuma con Cortés, de los indígenas con los españoles es un encuentro humano en primer lugar; y no hay por qué admirarse de que los especialistas de la comunicación humana sean quienes vencen.

Esta victoria, de la que procedemos todos, tanto europeos como americanos, asestó al mismo tiempo un duro golpe a nuestra capacidad de sentirnos en armonía con el mundo, de pertenecer a un orden preestablecido; refrenó poderosamente la comunicación del hombre con el mundo, al producir la ilusión de que toda comunicación es comunicación interhumana. Es muy probable que esta represión sea responsable de cierto callejón sin salida en que desembocó la ideología occidental; desgraciadamente, es

menos probable que este estado pueda superarse por una solución hallada fuera de esta ideología. Pero es, sin lugar a duda también, el deseo de liberarnos de esta represión lo que originó, desde hace más de un siglo, la investigación antropológica sobre las sociedades llamadas primitivas y asimismo, indirectamente, mi presente interrogación acerca de las *formas* de la comunicación humana.

Ignacio Bernal: En primer lugar debo excusarme ante ustedes porque, desgraciadamente, no traigo conmigo un texto escrito como el magnífico de Todorov. Lo que tenga que decir será un tanto deshilvanado. Leí con gran interés el trabajo de Todorov, publicado en *Vuelta*, y debo reconocer, para empezar, que este problema de la comunicación en general y, en concreto, en el caso de la Conquista de México, ni siquiera se me había ocurrido antes. Pero creo que sería interesante examinar, en relación con este tema, cómo veían las cosas Cortés y Moctezuma. Tomo a Cortés y Moctezuma, por supuesto, como representantes de sus dos civilizaciones. ¿Cómo veían las cosas ellos y cómo las han visto una serie de historiadores, desde entonces hasta la fecha?

A todos les asombran ciertos aspectos de la Conquista. El aspecto que más se repite es el siguiente: ¿cómo fue posible que Cortés con unos cuantos soldados haya vencido a esos inmensos ejércitos de Moctezuma? Creo que la respuesta es bastante conocida. En primer lugar, los famosos cientos de miles de soldados de Moctezuma nunca existieron. Eran grupos mucho menores aunque, de todas maneras, muy superiores en número a los españoles. Pero olvidamos con mucha frecuencia el papel absolutamente de primera importancia que jugaron los aliados indígenas: primero los totonacas, después los tlaxcaltecas y los texcocanos más tarde. Los aliados son los que realmente hacen la Conquista. Claro, guiados por ese genio que fue Cortés. Pero la fuerza material, la fuerza humana, él no la podía poner; la fuerza era la de los aliados indígenas. Ahora bien, ¿por qué los indígenas atacaban a Moctezuma? ¿Cuál era el concepto que ellos tenían de la pugna entre los aztecas y los españoles? Veían en Cortés, indudablemente, a un salvador, a alguien que venía a liberarlos del yugo, bastante duro, de lo que llamamos el Imperio mexica. Los aliados indígenas creían que, al ayudar a Cortés, iban a liberarse del poder que los oprimía, que los obligaba a pagar tributos enormes y que de muchas maneras los aplastaba. Estaban equivocados pero esto es otra cuestión.

¿Y Moctezuma? Jamás entendió la verdadera naturaleza del conflicto en que estaba envuelto. ¿Por qué no la entendió? En primer lugar, porque el concepto de guerra para Moctezuma (y también para los aliados indí-

genas) era enteramente diferente al de los españoles. Para los españoles (herederos de Roma y de toda la historia europea) la guerra quería decir conquistar, ocupar materialmente un territorio; y para Moctezuma la guerra era algo así como un *raid*. Se enviaba un ejército contra otro pueblo, ese pueblo era tomado, se mataban unas gentes, se tomaban prisioneros, se imponía un tributo y los soldados se retiraban. Los mexicas no se proponían la conquista física permanente del territorio enemigo; ocupaban sitios estratégicos y, a veces, construían pequeñas fortalezas por aquí y por allá pero simplemente para permitir que sus soldados (y particularmente sus comerciantes, los famosos *pochtecas*) pudieran recoger en las fechas señaladas el tributo. Creo que éste es un punto importante que nos aclara algo. La falta de comunicación entre indios y europeos se debía en parte a estos diferentes conceptos acerca de la guerra.

Lo mismo pasa en otras cosas. Para el indígena no hay más que un mundo. Un mundo rodeado por los mares y, allá por el norte, unos cuantos bárbaros. Los que cuentan son los civilizados. Y los civilizados están rodeados por los mares. Fuera, más allá, no hay nada. No existen otras gentes y, por lo tanto, no hay ninguna razón para conocerlas, puesto que no existen. El punto de vista de Cortés era totalmente diferente.

Octavio Paz: Debo decir, en primer lugar, que me fascinaron la exposición de Todorov y los comentarios del doctor Bernal. Por otra parte, me temo (digo «me temo» porque estar de acuerdo no siempre es muy divertido para el público) que estemos de acuerdo en muchos puntos. Sin embargo, hay diferencias profundas. La exposición de Todorov, como su artículo antes en la revista *Vuelta*, provocó en mí una serie de asentimientos y algunos desacuerdos.

Para Todorov, la Conquista se explica –no únicamente pero fundamentalmente– como una falla de comunicación. Cuando digo «una falla de comunicación» estoy siendo levemente inexacto. Hay dos tipos de comunicación: una comunicación intrahumana, histórica, que es la comunicación de los españoles. Esta comunicación se funda en una visión del mundo que nace en Grecia y Roma y que llega hasta el Renacimiento. Esta visión en su origen y durante los siglos medievales fue religiosa pero empieza a dejar de serlo en el Renacimiento. Sin embargo, los españoles eran profundamente católicos, de modo que hay que matizar bastante la afirmación de Todorov: la comunicación entre los españoles es intrahumana pero en ella lo divino interviene aún de modo decisivo. Del lado azteca, en cambio, la comunicación es esencial aunque no totalmente religiosa, ritual. Los aztecas no perciben la alteridad humana: para ellos lo que

cuenta no es la relación entre los hombres sino entre el hombre y la naturaleza. Su diálogo fundamental no es con los otros sino con lo *otro*, con lo sagrado. De ahí que se confundan en cuanto ven a los españoles. No los perciben como un grupo de hombres que pertenecen a otra civilización sino que, como no tienen categorías mentales para clasificarlos, piensan que son criaturas divinas, dioses o semidioses.

El doctor Bernal, a su vez, muy claramente ha expresado el punto de vista tradicional de la historia, por el cual yo siento una profunda simpatía. La historia se explica por fenómenos históricos y el fenómeno histórico fundamental, el que explica la Conquista de México, es la división de la sociedad mesoamericana. Mesoamérica era una sociedad dividida en distintas naciones, todas ellas, en el momento de la Conquista, oprimidas por los mexicas. El doctor Bernal, al hablar del concepto de la guerra, no indicó que para los indios el fundamento de la guerra era sagrado. Para los aztecas, para los totonacas, para los mayas, para todos, la guerra era un fenómeno que se insertaba en el orden cósmico. La política estaba impregnada de religión y la guerra sagrada era una reproducción, una representación, del mito solar. Un mito de guerra cósmico. Así, parece que el secreto de la Conquista consiste en la oposición entre una civilización de tipo histórico, en la cual el hombre es el personaje esencial, y una civilización ritual, en la que lo esencial son las relaciones entre el hombre y la naturaleza concebida ésta como una realidad sobrenatural. Pero esta visión de la Conquista, que parece confirmar la idea de Todorov, requiere a su vez, como vamos a ver dentro de unos minutos, otra explicación.

Empezaré por una afirmación: *los antiguos mexicanos sí tenían noción de la alteridad humana*. Hay una distinción muy clara, desde la época tolteca, entre los bárbaros y los civilizados. La oposición entre bárbaros y civilizados aparece en muchas partes –Grecia, Roma, China, Japón, India– pero también en México: toltecas y chichimecas. Hay unos hombres que son distintos a nosotros, a los que vivimos en ciudades y cultivamos la tierra; esos hombres son los chichimecas, los nómadas bárbaros. Los mexicas pelean con los zapotecas, los mixtecas, los tarascos, los totonacas, etcétera, pero esas gentes no son para ellos bárbaros. Son extranjeros, son enemigos. Así pues, encontramos dos nociones distintas de la alteridad humana: el bárbaro nómada y el extranjero sedentario, con frecuencia enemigo. Entonces, ¿por qué no incluyen a los españoles ni en la noción de bárbaros ni en la de extranjeros? El doctor Bernal apuntó, de paso, la razón: los mexicas, como todos los indios mesoamericanos, tenían noción de otras sociedades pero no de otras civilizaciones. Ésta es la respuesta al enigma.

Viví durante seis años en la India, entre 1962 y 1968. La civilización de la India es una civilización muy original, cerrada sobre sí misma como la mesoamericana y profundamente religiosa. Todorov subraya el individualismo europeo y señala que el indio americano era un ser insertado en la colectividad. Bueno, en la India encontramos también que el individuo es casi indistinguible del grupo. El individuo es parte de la casta; a su vez, la casta es parte del mundo. La imagen que se hace de sí misma la sociedad hindú está fundada no en la historia sino en la naturaleza: hay castas como hay especies animales y vegetales. Casta es *jéti*, especie. El hombre de la India es un hombre inmerso en la totalidad, un hombre profundamente religioso y un hombre que vive en una civilización cerrada. En todo esto se parece al mesoamericano. Sin embargo, a ningún indio de la India se le ocurrió jamás pensar que los persas, los griegos, los escitas, los kushanes, los hunos blancos, todos los pueblos que, desde el siglo v a.C., han invadido a la India fuesen un pueblo de dioses, superhombres o divinidades.

Al llegar a este punto, debo leer unas líneas de un ensayo que escribí en 1965, precisamente en la India: «El rasgo característico de las antiguas civilizaciones americanas –la incaica y la mesoamericana– fue su aislamiento. El Viejo Mundo fue una pluralidad de civilizaciones; en América crecieron plantas distintas pero semejantes de una raíz única. Si ha habido civilizaciones realmente originales, ésas fueron las americanas. En esto radica su gloria y su condenación: ni fecundaron ni fueron fecundadas. Sucumbieron ante los europeos no sólo por su inferioridad técnica, resultado de su aislamiento, sino por su soledad histórica. No tuvieron nunca, hasta la llegada de los españoles, la experiencia del *otro*»[1]. Más tarde, en 1977, en otro ensayo sobre el arte precolombino mexicano, llegué a conclusiones semejantes. Leeré un fragmento: «Las civilizaciones americanas jamás conocieron algo que fue una experiencia repetida y constante de las sociedades del Viejo Mundo: la presencia del *otro*, la intrusión de civilizaciones y pueblos extraños. Por eso vieron a los españoles como seres llegados de otro mundo. La razón de su derrota no hay que buscarla tanto en su inferioridad técnica como en su soledad histórica. Entre sus ideas se encontraba la de otro mundo y sus dioses, no la de otra civilización y sus hombres»[2].

1. «Asia y América», en el séptimo volumen –*Los privilegios de la vista II*– de estas obras, México, Círculo de Lectores-Fondo de Cultura Económica, 1994, p. 113.
2. «El arte de México: materia y sentido», en el séptimo volumen –*Los privilegios de la vista II*– de estas obras, p. 78.

Entre las circunstancias que generalmente se citan para explicar la Conquista (ninguna de ellas mencionada por Todorov) la que aparece más frecuentemente es de orden material: la ausencia de armas de fuego, la caballería, las armaduras. Esta superioridad física estaba fundada en otra superioridad –no de orden moral ni, en sentido estricto, cultural, sino científico y técnico. Los europeos llegaron a estas tierras, entre otros factores, por uno determinante: la superioridad de su ciencia y el desarrollo del arte de la navegación. Subrayo que esta superioridad era relativa como todas las superioridades y no abarca a la realidad más vasta y compleja de las artes y las instituciones de los antiguos americanos. Otra circunstancia fue, como ya señaló el doctor Bernal, el estado de guerra permanente en Mesoamérica y el odio general que inspiraba la dominación azteca. Todas estas circunstancias –hay otras que sería tedioso recordar– se inscriben dentro del hecho central y característico: el aislamiento de los pueblos americanos, su ignorancia de una realidad universal que conocieron desde el principio los egipcios y los sumerios, los griegos y los romanos, los árabes y los cristianos: la pluralidad de culturas y civilizaciones.

Concluyo: sí, estamos frente a dos civilizaciones, una civilización en la cual el valor fundamental es la comunicación intrahumana y otra en la que el valor fundamental se manifiesta en el rito. Sin embargo, conocemos otras civilizaciones en las cuales la presencia de lo sagrado ha sido tan decisiva como en la civilización mesoamericana y que, no obstante, no han confundido a los invasores con dioses. Los indios de la India tenían la experiencia de otras civilizaciones: persas, griegos, chinos. Los mesoamericanos no la tenían.

T. Todorov: Hay otro punto que me parece interesante. Aunque la India no creyó que los occidentales fuesen dioses, la civilización occidental sí colonizó a la India. Me parece que éste es un hecho que, a su vez, exige una explicación: ¿por qué fue precisamente el modelo occidental el que tuvo un éxito tan asombroso en la colonización del mundo entero?

O. Paz: En primer término: la conquista europea de la India no fue la primera. Los musulmanes también la habían conquistado. Los europeos no fueron los primeros sino los últimos conquistadores de la India y del mundo. Son muy conocidas las razones que explican el triunfo del imperialismo europeo –ya hablé de su superioridad científica y técnica desde el siglo XVI– pero lo que ahora nos interesa saber no es esto sino *por qué* a los indios de la India, a diferencia de los indios de América, nunca se les ocurrió confundir a Alejandro, a Darío o a cualquier otro conquistador con un dios o un enviado divino.

I. Bernal: Creo que también esto afecta un poco al problema de la comunicación: Moctezuma vive exclusivamente dentro de su civilización, la cual incluye por supuesto a los pueblos que él ya ha conquistado. Entre los occidentales ocurre algo semejante: cuando Francia conquista a Italia o España conquista a Flandes, están conquistando a pueblos dentro de su mundo, dentro de su civilización. En cambio, sí era neta para los aztecas la noción de *bárbaro*. Es una oposición muy clara. Pero aquí también se presentan problemas más complicados. Vemos, por ejemplo, un libro curiosísimo: la *Historia tolteca-chichimeca*. ¿Cómo es posible entender ese concepto? Si los toltecas representan por definición al civilizado, y los chichimecas por definición al bárbaro, ¿cómo es posible que tengan ambos una historia común?

O. Paz: Creo que las explicaciones se juntan y se auxilian unas a las otras. Estamos frente a dos tipos de comunicación que corresponden a dos tipos de civilizaciones: una que es hija del Renacimiento europeo y que es ya el preludio de la modernidad; otra que es una civilización ritualista. Sin embargo, el carácter opuesto de estas civilizaciones no lo explica todo. Hay otro elemento: el aislamiento histórico, la soledad de los mexicas. Esto es capital porque dentro del esquema mental de los mexicas los españoles no podían entrar sino en una de estas tres categorías: o nómadas bárbaros o extranjeros civilizados o seres divinos. Ahora aparece, con lo que nos acaba de decir el doctor Bernal, una tercera explicación, que completa a las otras dos. Al hablar de la *Historia tolteca-chichimeca*, apuntó otra de las claves del enigma. Para entender esto hay que pensar en la historia de Mesoamérica en el momento en que llegan los españoles. ¿Qué había ocurrido antes?... Bueno, el mediodía de la civilización mesoamericana coincide con lo que los arqueólogos y los historiadores llaman el período teocrático (no sé si con razón o sin ella). Ese período es el del florecimiento de mayas, zapotecas y aquí, en el centro, del apogeo de Teotihuacan. Aunque no conocemos bien las causas, sabemos que hay una gran ruptura histórica hacia el siglo... entre el siglo VII, más o menos...

I. Bernal: ¡VIII más o menos!

O. Paz: ¡VIII, bueno!... Hay una gran ruptura histórica, caen las grandes ciudades-Estado, cae Teotihuacan y aparecen los bárbaros. Más tarde, los toltecas fundan Tula, una ciudad que se convierte en el modelo político de Mesoamérica. A su vez, Tula se desploma, hay un interregno, luchas intestinas y finalmente unos advenedizos, unos nómadas aventureros con genio, los mexicas, se apoderan de la herencia tolteca y fundan

Tenochtitlan, el poderoso Estado que encontraron los españoles. Ahora bien, el gran problema de todas las sociedades y de todas las civilizaciones es el de la legitimidad. Para nosotros, modernos, la legitimidad es de naturaleza política. Por ejemplo, para los occidentales, la legitimidad se funda en la democracia pero para un ruso o un cubano la legitimidad es la dictadura del proletariado representado por el partido comunista y su jefe. En uno y otro caso la legitimidad es política. Para los mesoamericanos la legitimidad era religiosa y venía de la autoridad del pasado mítico, es decir, de la legendaria Tula. Los aztecas tenían que encontrar una filiación. De ahí que el famoso Tlacaélel, consejero del *tlatoani* (rey) Izcóatl, ordenase la quema de los códices y de todos los documentos que impedían justificar la absurda pretensión: los aztecas eran los descendientes y herederos de Tula. En la conciencia colectiva de los mexicas había un sentimiento de profunda ilegitimidad. Su pasado bárbaro era reciente. Ese sentimiento había sido reprimido y recubierto por operaciones ideológicas como la de Tlacaélel. La *Historia tolteca-chichimeca* es una expresión de la misma ideología: la inserción de ciertas naciones con un reciente pasado bárbaro, como los aztecas y los texcocanos, en el linaje tolteca. Sin embargo, en un momento de crisis, ante los desconocidos españoles, a los que es imposible insertar en las categorías conocidas (no son bárbaros ni son mayas o zapotecas), estalla lo reprimido. Moctezuma y la clase dirigente azteca vieron en los españoles a los enviados de Quetzalcóatl, el dios fugitivo de Tula. Los españoles venían a recoger lo suyo, la herencia de Tula, que los mexicas, como dijo el mismo Moctezuma, habían «cuidado» durante su ausencia. Estamos así ante una explicación religiosa de la Conquista que es también una explicación política y psicológica. Podemos concluir: primero, diferencia de civilizaciones significa diferencia de comunicación; segundo, a la diferencia de comunicación y de civilización, debe añadirse algo más decisivo y determinante, la soledad histórica; y tercero, las circunstancias históricas concretas de ese momento, entre ellas el odio a la dominación de México-Tenochtitlan y el profundo sentimiento de ilegitimidad y usurpación de los aztecas.

Hay dos grandes figuras en este momento. No el mítico Cuauhtémoc sino el humano Moctezuma y el no menos humano Hernán Cortés. Dos hombres complejos, no dos mitos. Cortés es un hombre casi moderno. Digo casi porque en su extraordinaria personalidad hay también rasgos medievales, como el espíritu de cruzada (es un guerrero de la Fe) y la noción de vasallaje (su fidelidad a Carlos V, a pesar del trato que le dio el emperador). La racionalidad moderna, renacentista, es la otra mitad de su ca-

rácter; su figura recuerda un poco a la del príncipe maquiavélico. Es inteligente, astuto, culto, realista. Su despierta imaginación no es la enemiga sino la aliada de su razón. Moctezuma no es menos extraordinario. Es antiguo, profundamente religioso y está poseído por un obscuro sentimiento de culpa. Es un príncipe decadente, sensible y refinado, que duda de sí mismo y de su pueblo. Un hombre seducido por la muerte. El conflicto de dos civilizaciones es también choque de personas y, dentro de cada persona, lucha íntima. El drama de la Conquista es historia y es teatro.

Lévi-Strauss ha dicho que la antropología es la expresión de los remordimientos de Occidente. Extraño destino: Occidente ha destruido sociedades y, al mismo tiempo, ha tenido remordimientos. Occidente no ha sido el único imperialismo que ha destruido sociedades: también los aztecas, los romanos, los persas, los chinos, los griegos... todos, han destruido civilizaciones. Pero Occidente es la primera civilización que tiene remordimientos. Por eso, también, tiene antropología. ¿Por qué los remordimientos tienen tal importancia en Occidente? Tal vez Nietzsche pueda darnos una pista. Nietzsche dijo que el cristianismo había inventado algo que el mundo antiguo no conoció: el examen de conciencia. Por el examen de conciencia el cristiano se examina a sí mismo y se juzga. Al juzgarse se ve como otro, se pone en el lugar del otro. El cristianismo, al descubrir al otro como un tú que es un yo, abrió la vía a la verdadera historia universal y con ella a la antropología. Durante la gran expansión imperialista de Occidente, desde el siglo XVI, hay una transposición a la esfera de la sociedad y de la historia de esta dialéctica religiosa de la culpa, el examen y el juicio moral.

T. Todorov: Es muy interesante. Yo creo que es significativo que no haya existido en realidad antropología en el siglo XVI, en el sentido moderno. Hubo, sí, desde luego, estudios admirables, como los de Sahagún. Sin embargo, Sahagún no entendió el concepto de que se puede comprender mejor a los grupos ajenos por el hecho de ser extranjeros, lo cual es fundamental en la etnología. Lo menos que puedo decir es desear que el nacimiento de la antropología no venga a ser simplemente la última mutación de la religión cristiana sino, también, la anunciación de una ideología que llegará a caracterizar el mundo del futuro, en el sentido que implique un reconocimiento del *otro* como diferente, pero al mismo tiempo como alguien que está en el mismo plano, un plano de igualdad de derechos con nosotros.

O. Paz: Debo comentar lo que usted ha dicho. Lo primero, puramente circunstancial, se refiere al origen de la antropología... A mí me pare-

ce que el trabajo de Sahagún fue un trabajo antropológico, aunque él no sabía que estaba haciendo antropología, como aquel monsieur Jourdain que no sabía que estaba hablando en prosa. Por lo demás, en el nacimiento de la antropología –una disciplina moderna– no sólo están presentes los remordimientos sino también el etnocentrismo y la idea de superioridad sobre los otros. Por ejemplo, Lévy-Bruhl pensaba que los primitivos tenían una mentalidad prelógica y Frazer atribuía la creencia en la magia a una interpretación equivocada del principio de causalidad. Pero tiene usted razón: la idea de reconocer al *otro* en su alteridad, no como inferior ni como superior sino simplemente como distinto –ideal con el cual simpatizo profundamente– es la base de toda auténtica civilización y, evidentemente, va más allá del cristianismo. Pero su origen es cristiano y occidental.

Si hacemos un repaso de cómo las civilizaciones del pasado han visto a los otros, encontramos cosas muy curiosas. Algunas civilizaciones se proponen transfigurar al *otro*. Por ejemplo, los mexicas: ¿qué hacen con los extraños? En primer lugar, los sacrifican y así los transfiguran; además, comen un pedacito del cuerpo sacrificado y así comulgan. ¿Y qué hacen los musulmanes y los cristianos? Convierten. Hay que convertir al *otro* por la buena o por la mala, con el agua del bautismo o con el fuego y la espada. La India inventó las castas: vamos a coexistir todos aquí, en esta inmensa caldera que es la India, unos arriba y otros abajo. Podría seguir con otros ejemplos pero es tarde y esta conversación se ha prolongado demasiado. Yo también creo que la única manera de conocernos a nosotros mismos es reconocer a los otros en su alteridad. Ésta es la gran conquista de la historia y de la antropología de Occidente. Pero debo repetirlo: los inventores de esta idea no fueron las víctimas, sino los victimarios o, mejor dicho, aquellos grandes europeos que se negaron a ser cómplices de los crímenes de otros europeos. A Europa le debemos un descubrimiento capital: no hay un solo tipo de hombre; el hombre es plural, el hombre es muchos hombres y cada hombre representa algo precioso y único.

México, abril de 1980

«Comunicación y encuentro de civilizaciones: la Conquista de México» se publicó en *Vuelta*, abril de 1980.

El tres y el cuatro[1]

¿Por qué reírse de los antiguos
que consideraban los números
como el principio universal?

SENANCOUR

Sólo se nace una vez: esta frase, que nos parece incontrovertible, dicha ante un hindú o un budista provoca inmediatamente un gesto de rechazo o una sonrisa de incredulidad. Para ambos, todos los seres vivos están condenados al giro fatal de las reencarnaciones; de ahí que la liberación final no sea una victoria sobre la muerte, como entre nosotros, sino sobre la vida: el premio consiste en nunca volver a nacer. Opiniones parecidas predominaban entre los griegos y los romanos; la idea del tiempo cíclico y del inevitable regreso del pasado –y así del renacer, remorir y renacer de los hombres y las épocas– era común y aparece en muchos pensadores y poetas de la Antigüedad. Empédocles recordaba haber sido hombre, mujer y «en el Salado, pez mudo». Platón dice en el *Timeo* que los hombres están sometidos a innumerables nacimientos, prueba terrible que cesa únicamente cuando el alma inmortal, por la bondad de sus acciones, logra desprenderse del cuerpo; entonces, ya libre, vuelve a su astro nativo. Estas ideas repelen por partida doble a las mentes modernas: para los cristianos son una herejía y para la ciencia una quimera. No obstante, después de afrontar una dificultad grave o pasar por un peligro mortal, respiramos y, al sentirnos a salvo, decimos: «he vuelto a nacer». Los días del hombre están contados y cada uno de nosotros sólo vive una vez pero todos nacemos, morimos y renacemos muchas veces.

La vida es cambio continuo y algunos de esos cambios son de tal modo profundos e irrevocables que no es exagerado llamarlos nacimientos. Aquellos que un día se entregan a una fe o a una causa, hablan de su conversión como de «un segundo nacimiento». También decimos que hemos vuelto a nacer cuando nos enamoramos o al descubrir nuestra verdadera vocación o al abandonar a nuestra ciudad para comenzar, en otra parte, «una nueva vida». Algunos incluso adoptan otro nombre como si así quisieran decir que, al cambiar de género de vida, han cambiado también de

1. Prólogo al libro *Utopías mexicanas del siglo XVI*, México, Ediciones Azabache, 1992.

identidad y se han convertido en otra persona. En una de sus comedias más perfectas, *As You Like It*, Shakespeare hace decir a uno de sus personajes –Jacques, filósofo melancólico– que el hombre pasa por siete edades y que en la última, la senectud, regresa a la primera: la niñez. Así, antes de morir para siempre, cada uno de nosotros vive y muere siete veces, como los gatos. Recuerdo a los gatos porque lo que he dicho sobre los hombres puede aplicarse sin dificultad a los demás seres y entes sujetos a la sucesión y al devenir. Todo lo que es tiempo –«imagen móvil de la eternidad», lo llamó Platón– es perpetuo nacer, morir y renacer, trátese de un infusorio o de una civilización. Por esto, entre todas las concepciones acerca de la naturaleza de la historia, la que me parece más cuerda es aquella que la ve como la ciencia (y el arte) que estudia y cuenta los nacimientos de una sociedad o de un grupo de sociedades. La historia de un pueblo no es sino el relato de sus nacimientos, muertes y resurrecciones.

¿Cuántas veces ha nacido México? La pregunta admite muchas respuestas, tantas como los temperamentos y las filosofías de aquellos que se atrevan a contestarla. Además, esa pregunta requiere, primero, responder a otras que la determinan. Por ejemplo: ¿se puede hablar de nación mexicana al hablar de los mayas, los zapotecas o los aztecas? O más cerca de nosotros, ¿Nueva España en el siglo XVI era ya una nación? ¿Nacimos en el siglo XVII con el patriotismo novohispano de Sigüenza y de sor Juana o en el siglo XVIII con los jesuitas o en el XIX con Hidalgo y Morelos? Si lo último, ¿la Independencia fue un comienzo absoluto, un verdadero nacimiento, o una vuelta a los orígenes, un regreso a Tenochtitlan? Si lo segundo, ¿qué lugar ocupan en nuestra historia las sociedades y culturas anteriores o rivales de Tenochtitlan, como Teotihuacan y Tula, Monte Albán y Palenque? Las preguntas reaparecen al llegar al período moderno: ¿la Reforma liberal de 1857 no fue otro nacimiento, ya que consistió en la instauración de un proyecto nacional radicalmente distinto al de Nueva España? ¿Y la Revolución, no fue otro nacimiento? Estas preguntas provocan en mí una suerte de vértigo intelectual. No pretendo contestarlas y me limito a señalar que cada una de ellas designa a un cambio y que cada cambio significa la aparición de una sociedad distinta. Todas ellas, aisladamente consideradas, son gérmenes y elementos, prefiguraciones y profecías de esa realidad en continua transformación que hoy llamamos México pero que antes tuvo otros nombres.

Teotihuacan fue la primera gran ciudad de Mesoamérica. No era México aún pero su nombre es inseparable del de nuestra nación. Es su mito fundador: Teotihuacan fue el modelo de Tula que, a su vez, fue el de Tenoch-

titlan que, por su parte, fue el fundamento físico e histórico de la imperial ciudad de México que hoy es la capital de nuestra república. Todo esto significa que la realidad de México es histórica; quiero decir: una realidad compuesta por distintas partes y elementos heterogéneos, unidos y mezclados por un perpetuo movimiento que es, asimismo, un continuo intercambio. México se hace, deshace y rehace sin cesar, por esto es lícito decir que ha nacido varias veces. En cada nacimiento ha sido distinto y, no obstante, es inseparable de las otras sociedades que lo han precedido. Distinto y único en cada una de sus manifestaciones y siempre el mismo... Apenas escribo esta frase, me detengo y agrego: «el mismo y siempre otro». ¿Contradicción, misterio? No: el enigma se aclara en cuanto aceptamos que México ha nacido varias veces; por esto, siendo cada vez distinto es siempre el mismo. México no es una realidad dada ni una esencia: es un proceso.

¿México nace en el siglo XVI? La respuesta es la misma que la relativa a Teotihuacan: México no era todavía México en 1550 pero sin lo que entonces se hizo nuestro país no sería lo que es. Los fundamentos y cimientos de la moderna nación mexicana están en la realidad abigarrada y contradictoria de esa época. En cierto modo el siglo XVI, más que un nacimiento, fue una profecía de lo que seríamos y también de lo que hubiéramos podido ser. Una profecía en parte realizada y en parte fallida. En Europa ocurrió algo semejante, aunque en proporciones de magnitud y transcendencia mucho mayores. Allá el siglo XVI cierra definitivamente las puertas del mundo medieval y entreabre las de la modernidad. Digo que las entreabre porque no fue realmente la modernidad sino su anunciación y su sueño. Fue el siglo del idealismo clásico en la poesía y el arte, de la nueva ciencia en el dominio del pensamiento y de las utopías en la política. La idea y la realidad, la luz y la sombra, Campanella, Maquiavelo y, en la hoguera, Giordano Bruno y Miguel Servet. Un siglo que nos enseñó a dudar con Montaigne y a sonreír con Cervantes pero cuyo sueño de armonía social, fundado en la razón, la justicia y el Evangelio, se disolvió *melted into air, into thin air*, como dice Shakespeare en su última pieza. Una línea que no es tanto el epitafio de una época como, quizá, de todas las empresas humanas.

Ese gran siglo, desgarrado entre la utopía y la acción, llegó a México con varias personalidades excepcionales y contradictorias que eran la encarnación de sus conflictos y que, en las nuevas tierras, los exacerbaron: Hernán Cortés, Bartolomé de las Casas, Bernal Díaz del Castillo, Pedro de Gante, Bernardino de Sahagún, Pedro de Alvarado. Entre ellos tres figuras insignes: el virrey Antonio de Mendoza, el oidor Vasco de Quiroga y el obispo Juan de Zumárraga. Cada uno representa, en su dominio,

un comienzo luminoso. Es laudable que el joven historiador Guillermo Tovar de Teresa, espíritu alerta y sensible, haya tenido la feliz ocurrencia de reunir en este volumen tres notables ensayos sobre estas tres personalidades: el suyo y los de dos maestros reconocidos en esta materia, Silvio Zavala y Miguel León-Portilla. Nada mejor ni más apropiado para un libro que sirva de introducción a la historia del arte novohispano. Añado que estos tres estudios son, ante todo, una contribución esencial a la historia de las ideas que han formado a nuestra cultura y a nuestra nación. Nos descubren nuestra verdadera genealogía espiritual.

El siglo XVI fue, en México, el siglo de la evangelización pero también el de la fundación de ciudades y la edificación de iglesias, conventos, casas de gobierno, fortalezas, hospitales. Antonio de Mendoza, el primer virrey y figura emblemática del Renacimiento español, participó activamente en esta gran empresa. Lector atento de Alberti, procuró aplicar las ideas del humanista italiano en materia de urbanismo. Impregnado de platonismo, Alberti concebía la ciudad como un espacio vivo, regido por un orden racional que fuese, simultáneamente, geometría y belleza, justicia y convivencia armoniosa. Mendoza recogió su lección: clasicismo y cristianismo, Vitruvio y el Evangelio. En el caso de Juan de Zumárraga, primer obispo de México, la influencia capital no fue estética ni política sino religiosa y filosófica: Erasmo. Profesó, como su maestro, lo que podría llamarse un cristianismo liberal. Su interés por las lenguas indígenas se fundaba en ideas que venían de Erasmo. Por ejemplo, en uno de sus escritos declara que la conversión de los indios no consistía en hacerlos súbditos de los cristianos (los españoles) sino de Cristo. En la obra admirable del oidor Vasco de Quiroga la influencia central fue la de Thomas More, el amigo de Erasmo. Es imposible no conmoverse ante la tentativa de Quiroga: trasplantar la utopía de la isla imaginaria de More a la tierra firme de Michoacán. Mendoza, Zumárraga y Quiroga merecen ser llamados fundadores. Cierto, sus figuras son contradictorias, especialmente la de Zumárraga, pero la historia es el reino del claroscuro.

¿Qué nos han dejado? En primer término, por más deformada que haya sido su obra, sin ella México no sería lo que es. Además, sigue intacto el fundamento de su acción: la razón (el Logos) en su triple expresión, como proporción hermosa, como justicia y como armonía. Herencia platónica recogida y universalizada por el cristianismo renacentista. Hay un rasgo común a los tres proyectos y que los une a la modernidad: el universalismo. Sin embargo, debemos distinguir entre el universalismo de los tres fundadores y el de la Edad Moderna, ya sea el de la Ilustración o el de sus

descendientes y sucesores. El universalismo moderno se propuso, con los resultados que ahora conocemos, abolir las excepciones que son las naciones y las culturas tradicionales en aras de un patrón único: el Estado-nación (en sus versiones extremas: la ausencia de Estado o el Estado universal). El universalismo de los tres fundadores aspiró a integrar la gran excepción que era el continente recién descubierto en una gran síntesis cristiana y racional. En efecto, para la conciencia europea América no sólo era una excepción geográfica sino histórica y teológica: otra tierra y otra humanidad con extrañas creencias y costumbres. Convergencia y divergencia entre las dos concepciones: desde el final del siglo XVIII, la palabra clave, la llave de la universalidad, ha sido *revolución*; para el siglo XVI, en México, *conversión*. No nacimos con la Conquista, violento cambio total que puede equipararse a una revolución, sino con la conversión que la sucedió y procuró aliviar y cerrar las heridas. Es nuestro origen.

Las utopías son construcciones intelectuales fuera del tiempo y del espacio. Su relación con la historia es peculiar: están fuera de ella pero no en cualquier parte sino, precisamente, antes o después de ella. El modelo de algunas está en la edad feliz del comienzo; para otras, el paraíso está en el futuro. Volver al principio o colonizar al porvenir: arcaísmo y futurismo representados, en la Edad Moderna, por Rousseau y Fourier. Las tres utopías de nuestro siglo XVI pertenecen claramente al primer tipo. Mientras que en Europa era imposible destruir el trazo irregular de las viejas ciudades, en Nueva España, como señala Kubler, se disponía de un espacio libre sobre el que podía construirse la nueva ciudad ideal. Señalo que para Mendoza ese espacio estaba libre, sobre todo, de pasado. Nueva España era una tierra virgen de historia. Zumárraga y Quiroga, por su parte, se propusieron volver al cristianismo original; el segundo, en una carta al Consejo de Indias, declara que su propósito es implantar en las nuevas tierras un cristianismo «a las derechas, como el de la primitiva Iglesia». El alma de los indios, decía, es como cera blanda y en ella se puede grabar con facilidad la palabra santa de Cristo. En el Nuevo Mundo, creían muchos, no había desaparecido enteramente la inocencia de las primeras edades y el alma de los nativos –aunque manchada por el politeísmo, la poligamia, los sacrificios humanos y la idolatría– conservaba una parte de la simplicidad de nuestros primeros padres. Las utopías sólo pueden construirse sobre un suelo inocente, limpio de historia.

No vemos sólo con los ojos sino con nuestras pasiones, intereses, ideas y creencias. Vemos a través de nuestra historia: a los conquistadores los santuarios indios les recordaban las mezquitas musulmanas y los indios con-

fundieron la llegada de Cortés con el regreso de Quetzalcóatl. En la inmensa y desconcertante novedad de América, todos veían, especialmente los frailes, escondida pero visible por medio de signos e indicios secretos, una confirmación del sentido oculto de la historia. Los indios, decía Las Casas, habían sido descubiertos para ser cristianizados. Así, América no sólo era una novedad geográfica sino una confirmación teológica: la Conquista, a pesar de sus horrores y extravíos, se insertaba en la historia sagrada. Equívoco prodigioso: el alma de los indios no era dócil arcilla ni América una tierra inocente: era una historia. Y más: una historia ajena a la de Europa, con referencias sagradas distintas. Las complejas sociedades que encontraron los españoles en Mesoamérica y en el Perú eran el resultado de una historia milenaria. Algo semejante debe decirse de las naciones y tribus menos desarrolladas, fuesen sedentarias o nómadas: todas ellas tenían creencias antiguas y arraigadas, mitos venerables y, en suma, una visión del mundo y del transmundo que nos sorprende no por su simplicidad sino por su coherencia y profundidad. Los indios americanos, de los nómadas a las altas civilizaciones de México y Perú, compartían una visión del mundo que, a pesar de varias y hondas diferencias, era substancialmente la misma para todos.

La existencia de antiguas civilizaciones y la de muchas naciones de la periferia que compartían con los civilizados creencias y valores semejantes –por ejemplo, la noción de guerra cósmica y las concomitantes de dioses guerreros creadores del mundo por el sacrificio y, en la tierra, de la guerra como actividad sagrada– explican que la conversión fuese doble: hubo conversión al cristianismo pero, asimismo, conversión del cristianismo, que se mezcló a las antiguas creencias de los indios. La palabra *sincretismo*, empleada generalmente para designar este fenómeno, no lo describe enteramente: el proceso y el resultado fueron algo más sutil y profundo que la mera y caprichosa combinación de creencias diferentes. Pero no es esta la ocasión para tratar este punto; tampoco el relativo a las razones de la rápida conversión de los indios, que no fue únicamente el resultado de la coacción[1]. Aquí me limito a señalar que las consecuencias de la conversión fueron distintas a las esperadas y por esto el tema sigue siendo actual. Si

1. Me he ocupado del tema en varios escritos; el último es «El águila, el jaguar y la Virgen», un largo ensayo que apareció en 1990 como prólogo a *México, esplendores de treinta siglos* (Museo Metropolitano de Nueva York), y que se recoge en el séptimo volumen –*Los privilegios de la vista II*– de estas obras (México, Círculo de Lectores-Fondo de Cultura Económica, 1994). Doy estos datos porque las ideas que ahí expongo han sido varias veces usadas (y deformadas) por un escritor brillante y apresurado que nunca se toma el trabajo de mencionar sus fuentes.

queremos comprender nuestro pasado y comprendernos a nosotros mismos, alguien tendrá un día que reflexionar realmente sobre este asunto, tantas veces mencionado y nunca estudiado en su abismal complejidad.

El fundamento de una cultura es su visión del mundo. Es lo más antiguo y cambia mucho más lentamente que las técnicas y los regímenes políticos y económicos. La visión del mundo de los indios americanos llegó al continente con las primeras migraciones asiáticas y ya tenía miles de años cuando aparecieron las carabelas españolas. Esta visión, transformada por muchos pueblos y muchos siglos pero básicamente la misma, fue la realidad psíquica a que se enfrentaron los misioneros. Ahora bien, para entender un poco el carácter del encuentro entre la visión del mundo de los indios americanos y la europea, nada mejor que acudir al simbolismo de los números. No faltará quien se pregunte: ¿qué tiene que ver la historia con los números y sus símbolos? ¿Acaso la numerología es una ciencia? No, no lo es ni yo pretendo servirme de sus especulaciones. Sostengo, en cambio, que una sociedad es ininteligible sin el conocimiento de sus símbolos. La historia estudia la geografía, las instituciones políticas, la economía, la lengua, la religión y, en suma, la cultura de las sociedades. Cada cultura es un sistema de símbolos, de modo que el historiador debe investigar y describir el sistema simbólico de la sociedad y las relaciones de los símbolos entre ellos y con los de las otras sociedades. Para comprender el alma de un pueblo hay que conocer y descifrar sus símbolos. ¿Y los números? Los números son signos y, como todos los signos, tienden a convertirse en símbolos. Y hay más: los símbolos son maleables y se condensan con extraordinaria plasticidad en los números y en las figuras geométricas: el triángulo, el círculo, el cubo, la pirámide.

Es lo contrario de una casualidad que el universalismo renacentista haya llegado a México representado por tres personalidades y tres proyectos, uno estético, otro religioso y el tercero social. Tampoco es accidental la doble filiación de las tres utopías: la filosofía platónica y la teología cristiana, ambas acentuadamente trinitarias. La presencia del tres no es accidental porque, desde el origen, los mitos, los usos sociales, la política, la estética y el pensamiento mismo de Occidente, de la lógica a la metafísica, revelan una invencible y permanente predilección por las tríadas. En sus célebres estudios de mitología comparada Georges Dumézil demostró que los pueblos indoeuropeos compartían, desde la antigüedad más remota, una «ideología» tripartita. Esta ideología puede compararse a una corriente subterránea que aparece –o más exactamente: reaparece– en muchas instituciones sociales, creencias, leyendas, poemas y sistemas filosóficos de

Occidente. Después de los descubrimientos de Dumézil, varios historiadores y antropólogos, a su zaga, han explorado otras zonas de la historia y las instituciones de Occidente que han confirmado sus hallazgos. Apenas si necesito señalar que la presencia de la tríada es inequívoca en las tres utopías de los tres fundadores así como en el lema platónico que declara su propósito: lo bello, lo verdadero y lo bueno. Occidente ha visto y ve al mundo por la ventana del tres.

Un examen de las culturas mesoamericanas y de sus símbolos muestra inmediatamente una predilección por el cuatro y sus derivados. La visión del mundo de los mesoamericanos era cuaternaria: cuatro puntos cardinales, cuatro vientos, cuatro colores, cuatro aspectos de cada divinidad, cuatro destinos. La matriz del cuatro es el dos, la dualidad, realidad original y suprema, primera y última, para todos los pueblos de Mesoamérica. El cuadrado, forma canónica del universo en el antiguo México, base de la pirámide, se resuelve en el quincunce: el punto del centro[1]. En su manifestación espacial, es el centro de las cuatro direcciones, el ombligo del universo; en el temporal, es el Quinto Sol, la presente edad del mundo, que ha seguido a las cuatro primeras. A su vez, el cuatro y el cinco producen otros números preñados de significados: el nueve y el trece. Los pisos del inframundo son nueve y trece los del cielo.

Estamos frente a dos visiones del mundo, simbolizadas por el tres y el cuatro: la visión ternaria y la cuaternaria. Estas visiones, radicalmente distintas, ¿son inconciliables? México es una prueba viviente de que la fusión, dificilísima, no es quizá imposible. El tres y el cuatro se asocian por adición y por multiplicación. En el primer caso el resultado es siete, un número santo en Occidente y también en Mesoamérica. En el segundo, el producto es doce, otro numero santo. El experimento, la prueba, comenzó en el siglo XVI y aún no termina. No hemos llegado ni al siete ni al doce: México es todavía un proceso. Está vivo y va del tres al cuatro pero no se queda en ninguno de los dos. ¿Se busca? No: se inventa, se crea.

México, a 8 de noviembre de 1992

«El tres y el cuatro» se publicó como prólogo a *Utopías mexicanas del siglo XVI*, México, Ediciones Azabache, 1992; libro que recoge tres ensayos de Guillermo Tovar de Teresa, Silvio Zavala y Miguel León-Portilla.

1. Los diccionarios españoles no registran la palabra *quinconce* (en latín y en inglés *quincunx* y *quinconce* en francés y en italiano). Los diccionarios la consideran galicismo por tresbolillo, pero este término se refiere únicamente a las plantaciones, no a la cosmogonía.

Orfandad y legitimidad[1]

La imaginación es la facultad que descubre las relaciones ocultas entre las cosas. No importa que en el caso del poeta se trate de fenómenos que pertenecen al mundo de la sensibilidad, en el del hombre de ciencia al de los hechos y los procesos naturales y en el del historiador al de los acontecimientos y los personajes de las sociedades del pasado. En los tres el descubrimiento de las afinidades y repulsiones secretas vuelve visible lo invisible. Poetas, científicos e historiadores nos muestran el otro lado de las cosas, la faz escondida del lenguaje, la naturaleza o el pasado. Pero los resultados son distintos: el poeta produce metáforas, el científico leyes naturales y el historiador –¿qué produce el historiador?

El poeta aspira a una imagen única que resuelva en su unidad y singularidad la riqueza plural del mundo. Las imágenes poéticas son como los ángeles del catolicismo: cada una es en sí misma una especie. Son universales singulares. En el otro extremo, el científico reduce los individuos a series, los cambios a tendencias y las tendencias a leyes. Para la poesía, la repetición es degradación; para la ciencia, la repetición es regularidad que confirma las hipótesis. La excepción es el premio del poeta y el castigo del científico. Entre ambos, el historiador. Su reino, como el del poeta, es el de los casos particulares y los hechos irrepetibles; al mismo tiempo, como el científico con los fenómenos naturales, el historiador opera con series de acontecimientos que intenta reducir, ya que no a especies y familias, a tendencias y corrientes.

Los hechos históricos no están gobernados por leyes o, al menos, esas leyes no han sido descubiertas. Todavía están por nacer los Newton y los Einstein de la historia. Sin embargo, ¿cómo negar que cada sociedad y cada época son algo más que un conjunto de hechos, personas, cosas e ideas dispares? Unidad hecha del choque de tendencias y fuerzas contradictorias, cada época es una comunidad de gustos, necesidades, principios, instituciones y técnicas. El historiador busca la coherencia histórica –modesto equivalente del orden de la naturaleza– y esa búsqueda lo acerca al científico. Pero la forma en que se manifiesta esa coherencia no es la

1. Prólogo a *Quetzalcóatl et Guadalupe*, de Jacques Lafaye, París, Gallimard, 1974. [*Quetzalcóatl y Guadalupe. La formación de la conciencia nacional en México*, México, Fondo de Cultura Económica, 1977.]

de la ciencia sino la de la fábula poética: novela, drama, poema épico. Los sucesos históricos riman entre sí y la lógica que rige sus movimientos evoca, más que un sistema de axiomas, un espacio donde se enlazan y desenlazan ecos y correspondencias.

La historia participa de la ciencia por sus métodos y de la poesía por su visión. Como la ciencia, es un descubrimiento; como la poesía, una recreación. A diferencia de la ciencia y la poesía, la historia no inventa ni explora mundos; reconstruye, rehace el del pasado. Su saber no es un saber más allá de ella misma; quiero decir: la historia no contiene ninguna metahistoria como las que nos ofrecen esos quiméricos sistemas que, una y otra vez, conciben algunos hombres de genio, de San Agustín a Marx. Tampoco es un conocimiento, en el sentido riguroso de la palabra. Situada entre la etnología (descripción de sociedades) y la poesía (imaginación), la historia es rigor empírico y simpatía estética, piedad e ironía. Más que un saber es una sabiduría. Ésta es la verdadera tradición histórica de Occidente, de Herodoto a Michelet y de Tácito a Henry Adams. A esa tradición pertenece el notable libro de Jacques Lafaye sobre dos mitos de la Nueva España: Quetzalcóatl/Santo Tomás y Tonantzin/Guadalupe.

La investigación de Lafaye pertenece a la historia de las ideas o, más exactamente, a la de las creencias. Ortega y Gasset pensaba que la substancia de la historia, su meollo, no son las ideas sino lo que está debajo de ellas: las creencias. Un hombre se define más por lo que cree que por lo que piensa. Otros historiadores prefieren definir a las sociedades por sus técnicas. Es legítimo, sólo que tanto las técnicas como las ideas cambian con mayor rapidez que las creencias. El tractor ha substituido al arado y el marxismo a la escolástica pero la magia del neolítico y la astrología de Babilonia todavía florecen en Nueva York, París y Moscú. El libro de Jacques Lafaye es una admirable pintura de las creencias de Nueva España durante los tres siglos de su existencia. Creencias complejas en las que se confunden dos sincretismos: el catolicismo español y la religión azteca. El primero marcado por su coexistencia de siglos con el islam, religión de cruzada y de fin de mundo; el segundo, también religión militante de pueblo elegido. La masa de los creyentes no era menos compleja que sus creencias: las naciones indias (cada una con una lengua y una tradición propias), los españoles (igualmente divididos en naciones e idiomas), los criollos, los mestizos, los mulatos. Sobre ese fondo abigarrado se despliegan los dos mitos que estudia Lafaye. Ambos nacen en el mundo prehispánico y son reelaborados en el siglo XVII por espíritus en los que el naciente pensamiento moderno se mezcla con la tradición medieval (Des-

cartes y Tomás de Aquino). Los dos mitos, sobre todo el de Guadalupe, se convierten en símbolos y estandartes de la guerra de Independencia y llegan hasta nuestros días, no como especulaciones de teólogos, sino como imágenes colectivas. El pueblo mexicano, después de más de dos siglos de experimentos y fracasos, no cree ya sino en la Virgen de Guadalupe y en la Lotería Nacional.

Las reconstrucciones del historiador son asimismo excavaciones en el subsuelo histórico. Una sociedad es sus instituciones, sus creaciones intelectuales y artísticas, sus técnicas, su vida material y espiritual. También es aquello que está detrás o debajo de ellas. La metáfora que nombra esa realidad escondida cambia con las escuelas, las generaciones y los historiadores: factores históricos, raíces, células, infraestructuras, fundamentos, estratos... Metáforas tomadas de la agricultura, la biología, la geología, la arquitectura, todos esos nombres aluden a una realidad oculta, recubierta por las apariencias. La realidad histórica tiene muchas maneras de ocultarse. Una de las más eficaces consiste en mostrarse a la vista de todos. El libro de Lafaye es un ejemplo precioso de esto último: el mundo que nos descubre –la sociedad virreinal de los siglos XVII y XVIII de México– es un mundo que todos conocíamos pero que nadie había visto. Abundan los estudios sobre ese mundo y, no obstante, ninguno de ellos nos lo había mostrado en su singularidad. Lafaye nos revela un mundo desconocido no por haber estado oculto sino por lo contrario: por su visibilidad. Su libro nos obliga a frotarnos los ojos y a confesarnos que habíamos sido víctimas de una extraña ilusión de óptica histórica.

Nueva España: este nombre recubre una sociedad extraña y un destino no menos extraño. Fue una sociedad que negó con pasión sus antecedentes y antecesores –el mundo indígena y el español– y que, al mismo tiempo, entretejió con ellos relaciones ambiguas; a su vez, fue una sociedad negada por el México moderno. México no sería lo que es sin Nueva España pero México no es Nueva España. Y más: México es su negación. La sociedad novohispana fue un mundo que nació, creció y que, en el momento de alcanzar la madurez, se extinguió. Lo mató México. La ilusión de óptica histórica no es accidental ni inocente. No vemos a la Nueva España porque, si la viésemos realmente, veríamos todo lo que no pudimos y no quisimos ser. Lo que no pudimos ser: un imperio universal; lo que no quisimos ser: una sociedad jerárquica regida por un Estado-Iglesia.

La mayoría de los historiadores nos presenta una imagen convencional de la Nueva España: situada entre el México indio y el moderno, la con-

ciben como una etapa de formación y de gestación. La perspectiva lineal nos escamotea la realidad histórica: Nueva España fue algo más que una pausa o un período de transición entre el mundo azteca y el México independiente. La historia oficial representa una negación aún más categórica: Nueva España es un interregno, una etapa de usurpación y opresión, un período de ilegitimidad histórica. La Independencia cierra este paréntesis y restablece la continuidad del discurso histórico, interrumpido por los tres siglos coloniales. La Independencia es una *restauración*. Nuestro defecto de visión ante la realidad histórica de la Nueva España se revela al fin como lo que es realmente: no una miopía sino una ocultación inconsciente. El libro de Lafaye nos obliga a desenterrar el cadáver que teníamos escondido en el patio trasero de nuestra casa.

Nueva España es el origen del México moderno pero entre ambos hay una ruptura. México no continúa a la sociedad de los siglos XVII y XVIII: la contradice, es otra sociedad. Aunque esta idea no aparece explícitamente en el libro de Lafaye, es una consecuencia que, legítimamente, deduzco de muchas de sus páginas. La sociedad virreinal no sólo fue una sociedad singular sino que muy pronto sintió la necesidad de afirmar su singularidad. No contenta con ser y sentirse diferente de España, se inventó un destino universal frente y contra el universalismo español. Nueva España quiso ser la Otra España: un imperio, la Roma de América. Proposición contradictoria: Nueva España quería ser la realización de la Vieja y este proyecto implicaba su negación. Para consumar a la Vieja España, la Nueva la negaba y se hacía otra. La imagen del Fénix aparece constantemente en la literatura de los siglos XVII y XVIII; Sigüenza y Góngora llama a Santo Tomás/Quetzalcóatl: el *Fénix de Occidente*, es decir, el Fénix americano. El apóstol nace de la pira en que se incendia el dios indio y Nueva España brota de las cenizas de la Vieja. Misterio insoluble: es otra y es la misma. Este misterio le da el ser pero encierra una contradicción que no puede resolver sin dejar de ser: para ser *otra* debe morir, negar a la Vieja y a la Nueva. La contradicción que la define posee el carácter ambiguo del pecado original. Sólo que, a diferencia de la «culpa feliz» de San Agustín, la Nueva España está condenada: la razón de su ser, su pecado, es la causa de su muerte.

Lafaye observa en el siglo XVI una voluntad de ruptura total con la civilización prehispánica. A la Conquista sucedió el exterminio de la casta sacerdotal, depositaria del antiguo saber religioso, mágico y político; a la sumisión de los indios, su evangelización. Los primeros franciscanos –inspirados por el profetismo de Joaquín de Flora– se negaron a todo

compromiso con las religiones y creencias prehispánicas. Ninguno de los ritos y ceremonias que describe Sahagún –a pesar de sus turbadoras semejanzas con la confesión, la comunión, el bautismo y otras prácticas y sacramentos cristianos– fue visto como un «signo» que pudiese servir de puente entre la religión antigua y la cristiana. El sincretismo apareció únicamente en la base de la pirámide social: los indios se convierten al cristianismo y, simultáneamente, convierten a los ángeles y santos en dioses prehispánicos. El sincretismo como deliberada especulación con vistas a enraizar el cristianismo en el suelo de Anáhuac y desarraigar a los españoles, surge más tarde, en el siglo XVII, y alcanza su apogeo, magistralmente descrito por Lafaye, en el XVIII.

La re-interpretación de las historias y mitos prehispánicos a la luz de una lectura delirante del Antiguo y el Nuevo Testamentos coincide con la creciente importancia de dos grupos marcados por su ambivalencia frente al mundo indígena y español: los criollos y los mestizos. A los cambios en la composición étnica y social del país corresponde el ocaso de los franciscanos, desplazados por la Compañía de Jesús. Los jesuitas se convirtieron en los voceros de los agravios, las aspiraciones y las esperanzas criollas: hacer de la Nueva España la Otra España. La conciencia de la singularidad novohispana aparece temprano, al otro día de la Conquista; la transformación de esa consciencia en una voluntad por crear Otra España duró más de un siglo. Se expresó primero en altas creaciones artísticas y especulaciones sacro-históricas; después en alegatos políticos como el célebre sermón de fray Servando Teresa de Mier en la basílica de Guadalupe en el que afirmó, ahora ya como uno de los fundamentos del derecho a la independencia, la identidad entre Quetzalcóatl y el apóstol Santo Tomás.

Los historiadores han interpretado todo esto como una suerte de prefiguración del nacionalismo mexicano. El mismo Lafaye incurre en esta visión lineal de la historia mexicana. Dentro de esa perspectiva los jesuitas, Sigüenza y Góngora y hasta sor Juana Inés de la Cruz serían los «precursores» de la Independencia mexicana. Convertir a una poetisa barroca en un autor nacionalista no es menos extravagante que haber hecho del último tlatoani azteca, Cuauhtémoc, el origen del México moderno. Incluso críticos perspicaces como Alfonso Reyes y Pedro Henríquez Ureña descubrieron en las comedias de Ruiz de Alarcón y en los sonetos y décimas de sor Juana no sé qué esencias mexicanas. Es indudable –basta tener ojos y oídos para darse cuenta– que tanto las artes plásticas como la poesía de la Nueva España, durante el período barroco, se distinguen po-

derosamente de los modelos peninsulares. Esto es particularmente cierto en el caso de la poesía de sor Juana a pesar de los ecos de Calderón, Góngora y otros poetas que contiene su obra. Lo mismo puede decirse, aunque sean talentos menores, de Luis de Sandoval y Zapata y de Carlos de Sigüenza y Góngora. En la esfera de la arquitectura se produjo el mismo fenómeno: el barroco novohispano es irreductible al barroco español, aunque depende estilísticamente de este último. Estamos en presencia no de un nacionalismo artístico –invención romántica del siglo xix– sino de una variante, ricamente original, de los estilos imperantes en España al finalizar el siglo xvii.

El arte de la Nueva España, como la sociedad misma que lo produjo, no quiso ser *nuevo*: quiso ser *otro*. Esta ambición lo ataba aún más a su modelo peninsular: la estética barroca se propone sorprender, maravillar, extrañar, ir más allá. El arte de Nueva España no es un arte de invención sino de libre utilización –o más bien: utilización más libre– de los elementos clásicos de los estilos importados. Es un arte de combinación y mezcla de motivos y maneras. En su gran poema *El sueño* sor Juana combina el estilo visual y plástico de Góngora con el conceptismo y ambos con la erudición científica y el hermetismo neoplatónico. Pero la originalidad de sor Juana no reside únicamente en la combinación más bien insólita de tantos elementos contrarios sino en el tema mismo de su poema: el sueño del conocimiento y el conocimiento como sueño. No hay un solo poema en toda la historia de la poesía española, desde sus orígenes hasta nuestros días, que tenga por asunto un tema semejante. Aunque sor Juana fue probablemente el poeta más *inteligente* de su siglo (con la excepción de Calderón), no es la inteligencia lo que la distingue de sus contemporáneos sino la vocación intelectual. Para encontrar algo semejante hay que ir a una tradición que sor Juana no conoció: los poetas «metafísicos» ingleses, con su mezcla de imágenes brillantes, agudezas conceptistas y preocupaciones científicas. Donne y sor Juana comparten la misma fascinación ante los aparatos científicos y los procesos fisiológicos, la astronomía y la física. Ciencia y magia: ambos creían que los astros regían a las pasiones –aunque, hay que confesarlo, la experiencia pasional de sor Juana, comparada con la de Donne, es más bien pobre. El poeta inglés es incomparablemente más rico, suelto, libre y sensual que ella pero, me atreveré a decirlo, no es más inteligente ni más agudo.

Sor Juana, como poeta y salvo en *El sueño*, no va más allá de su época y su obra se inscribe, en sus desviaciones mismas, en la sintaxis poética del seiscientos hispano. Lo que la distingue, vale la pena repetirlo, es la

mirada intelectual: no ve al mundo como objeto de conversión religiosa, meditación moral o acción heroica –las vías de la poesía española– sino como objeto de conocimiento. Al final de su vida fue sitiada y luego abandonada por su confesor. Además y sobre todo fue hostigada por el poderoso y neurótico arzobispo de México. Este personaje odiaba a las mujeres con la misma pasión con que aborrecía a los herejes, como si ellas hubiesen sido una herejía de la naturaleza. Doblegada por la soledad y la enfermedad, sor Juana cede. Renuncia a la literatura y al saber como otros renuncian a las pasiones de los sentidos. Entregada a los ejercicios devotos vende sus libros y sus instrumentos de música, calla –y muere. Su silencio expresa el conflicto sin salida a que se enfrentaba aquella sociedad.

La contradicción de la Nueva España está cifrada en el silencio de sor Juana. No es difícil descifrarlo. La imposibilidad de crear un nuevo lenguaje poético era parte de una imposibilidad mayor: la de crear, con los elementos intelectuales que fundaban a España y sus posesiones, un nuevo pensamiento. En el momento en que Europa se abre a la crítica filosófica, científica y política que prepara el mundo moderno, España se cierra y encierra a sus mejores espíritus en las jaulas conceptuales de la neo-escolástica. Los pueblos hispánicos no hemos logrado ser realmente modernos porque, a diferencia del resto de los occidentales, no tuvimos una edad crítica. Nueva España era joven y tenía vigor intelectual –como lo demuestran sor Juana y Sigüenza y Góngora– pero no podía, dentro de los supuestos intelectuales que la constituían, inventar ni pensar por su cuenta. La solución habría sido la crítica de esos supuestos. Dificultad insuperable: la crítica estaba prohibida. Además, esa crítica la hubiera conducido a la negación de sí misma, como ocurrió en el siglo XIX. Ése fue el predicamento en que se encontró fray Servando Teresa de Mier: sus argumentos sacrohistóricos sobre Quetzalcóatl/Santo Tomás –tomados de Sigüenza y Góngora– justificaban no sólo la separación de la Vieja España sino la destrucción de la Nueva. La sociedad independiente mexicana rompió deliberadamente con Nueva España y adoptó como fundamentos principios ajenos y antagónicos: el liberalismo democrático de los franceses y los ingleses.

En el ámbito propiamente religioso la situación no era distinta: el catolicismo de la Nueva España era el de la Contrarreforma, una religión a la defensiva y que había agotado ya sus poderes creadores. Contradicción estética, intelectual y religiosa: los principios que habían fundado a Nueva España –el doble universalismo de la Contrarreforma católica y la monarquía española– se habían convertido en obstáculos que la ahogaban.

Las generaciones que siguen a sor Juana intentan perforar el muro de la historia: enraizar el catolicismo en la tierra de Anáhuac por medio de la especulación sincretista, hacer de la Nueva España la Otra España y de México-Tenochtitlan, cabeza del Imperio azteca, la Roma de la América septentrional. Su proyecto culminó con la Independencia pero la Independencia aniquiló esos sueños y destruyó a los soñadores: México no fue criollo sino mestizo y no fue imperio sino república. En 1847 la bandera de los Estados Unidos se plantó en el palacio de Moctezuma Ilhuicamina y de los virreyes. El sueño del Imperio mexicano se disipó para siempre: el verdadero imperio era otro. México se hizo más pobre, no más sabio: un siglo después de la guerra con los norteamericanos nos preguntamos todavía qué somos y qué queremos. Los mestizos destruimos mucho de lo que crearon los criollos y hoy estamos rodeados de ruinas y raíces cortadas. ¿Cómo reconciliarnos con nuestro pasado?

La contradicción novohispana se despliega en todos los órdenes y niveles, de la poesía a la economía y de la teología a las jerarquías raciales. La ambigüedad de la Nueva España frente al mundo indígena y el mundo español es la ambigüedad de los dos grupos centrales: los criollos y los mestizos. Los criollos eran españoles y no lo eran; como los indios, habían nacido en América y, casi siempre sin saberlo, compartían con ellos muchas de sus creencias. Los criollos despreciaban y odiaban a los indios con la misma violencia con que envidiaban y aborrecían a los españoles. La ambigüedad mestiza duplica la ambigüedad criolla aunque sólo para, en un momento final, negarla: como el criollo, el mestizo no es español ni indio; tampoco es un europeo que busca arraigarse: es un producto del suelo americano, el nuevo producto. El enraizamiento que busca el criollo por la mediación del sincretismo religioso e histórico, lo realiza existencial y concretamente el mestizo. Socialmente es un ser marginal, rechazado por indios, españoles y criollos; históricamente es la encarnación de los sueños criollos. Su relación con los indios obedece a la misma ambivalencia: es su verdugo y su vengador. En Nueva España el mestizo es bandido y policía, en el siglo XIX es guerrillero y caudillo, en el XX banquero y líder obrero. Su ascenso fue el de la violencia en el horizonte histórico y su figura encarnó la guerra civil endémica. Todo lo que en el criollo fue proyecto y sueño se actualizó en el mestizo. Pero se actualizó como violencia que, hasta 1910, careció de proyecto histórico propio. Durante más de un siglo los mestizos hemos vivido de las sobras de los banquetes intelectuales de los europeos y los norteamericanos.

En el siglo XVII los criollos descubren que tienen una patria. Esta pa-
labra aparece tanto en los escritos de sor Juana como en los de Sigüenza
y en ambos designa invariablemente a la Nueva España. El patriotismo de
los criollos no contradecía su fidelidad al imperio y a la Iglesia: eran dos
órdenes de lealtades diferentes. Aunque los criollos del seiscientos sienten
un intenso antiespañolismo, no hay en ellos, en el sentido moderno, na-
cionalismo. Son buenos vasallos del rey y, sin contradicción, patrio-
tas de Anáhuac. Todavía un siglo y medio más tarde, al reclamar la Inde-
pendencia, los criollos desean ser gobernados por un príncipe de la casa
real española. En el teatro de sor Juana y en sus villancicos cantan y ha-
blan, cada uno a su manera, indios y negros, blancos y mestizos. La uni-
versalidad del imperio amparaba la pluralidad de hablas y de pueblos. El
patriotismo novohispano y el reconocimiento de sus singularidades esté-
ticas no estaban en contradicción con ese universalismo:

> ¿Qué mágicas infusiones
> de los indios herbolarios
> de mi Patria, entre mis letras
> el hechizo derramaron?

La contradicción aparece más tarde, hacia 1730, advierte Lafaye. A
medida que pasan los años la discordia se agrava y en el momento de la
Independencia se revela insoluble. Hay un episodio que ilustra con cier-
to dramatismo esta contradicción: la querella entre las dos cabezas de
la Independencia, Hidalgo y Allende, uno caudillo de los indios y mesti-
zos y el otro de los criollos.

La necesidad de arraigarse en América y de disputar a los españoles sus
títulos de dominación llevó a los criollos a la exaltación del pasado indí-
gena. Una exaltación que fue asimismo una transfiguración. Lafaye des-
cribe con perspicacia el sentido de esta operación: «al abolir la ruptura de
la historia americana que representaba la conquista, se intentaba dar a la
América un estatuto espiritual –y por consecuencia, jurídico y político–
que la pusiera sobre un pie de igualdad con la potencia tutora, España».
Cuando Sigüenza y Góngora escoge a los emperadores aztecas como
tema del arco triunfal que se levantó para recibir al nuevo virrey conde de
Paredes (1680), encabeza su texto con esta declaración: «Teatro de virtu-
des políticas que constituyen un Príncipe: advertidas en los monarcas an-
tiguos del Mexicano Imperio, con cuyas efigies se hermoseó el arco triun-
fal que la muy noble, imperial ciudad de México erigió...». Sigüenza y

Góngora propone al virrey español, como ejemplo de buen gobierno, no a los emperadores de la Antigüedad clásica, paradigmas de sabiduría política, sino a los reyes aztecas. Es notable también la insistencia –común en todos los textos de la época– con que aparece el adjetivo *imperial*, aplicado indistintamente al Estado azteca y a la ciudad de México.

La exaltación del muerto pasado indio coexistía con el odio y el temor ante el indio vivo. El mismo Sigüenza y Góngora cuenta que, al limpiar un canal de la ciudad, se hallaron «un infinito número de pequeños objetos de superstición... muchas figurillas y muñecos de barro, todos de españoles y todos atravesados por cuchillos y lanzas hechas de la misma materia o con pintura roja en los cuellos como si los hubiesen acuchillado... prueba indudable del odio que nos profesan los indios y de la suerte que desean a los españoles...». Sigüenza y Góngora subraya que el canal en donde se habían encontrado esos objetos de magia negra era el mismo en que habían perecido muchos españoles durante la Noche Triste. Admiración, temor, odio: también amistad. Entre los grandes amigos de Sigüenza y Góngora se encuentra un indio puro, don Fernando de Alva Ixtlilxóchitl, descendiente de los antiguos reyes de Texcoco. Eran tan amigos que Ixtlilxóchitl, que no tenía herederos, legó a Sigüenza su rica colección de crónicas, papeles y antigüedades indias. «Sólo un espíritu simple –decía Gide– puede decir que hay sentimientos simples.»

Desde la segunda mitad del siglo XVI hasta finales del XVII Nueva España fue una sociedad estable, pacífica y próspera. Hubo epidemias, ataques de piratas, escasez de maíz, tumultos populares, sublevaciones de nómadas en el norte pero hubo asimismo abundancia, paz y, con frecuencia, buen gobierno. No porque todos los virreyes fuesen buenos, aunque los hubo excelentes, sino porque el sistema constituía de hecho un régimen de balanza de poderes. La autoridad del Estado estaba limitada por la de la Iglesia. A su vez, el poder del virrey se enfrentaba al de la Audiencia y el del arzobispo al de las órdenes religiosas. Aunque en ese sistema jerárquico los grupos populares no podían tener sino una influencia indirecta, la división de poderes y la pluralidad de las jurisdicciones obligaban al gobierno a buscar una suerte de consenso público. En este sentido, el sistema de la Nueva España era más flexible que el actual régimen presidencialista. Bajo la máscara de la democracia, nuestros presidentes son, a la romana, dictadores constitucionales. Sólo que la dictadura romana duraba seis meses y la nuestra seis años. Nueva España no creó una ciencia ni una filosofía pero sus creaciones artísticas son admirables, particularmente en las esferas de la poesía, el urbanismo y la arquitectura. En 1640

Bernardo de Balbuena publicó un extenso poema sobre la ciudad de México y lo intituló *Grandeza mexicana*. La expresión puede parecer hiperbólica, sobre todo si se recuerda la auténtica grandeza de Teotihuacan mil años antes; no lo es si se piensa en el desastre urbano, social y estético que es la moderna ciudad de México.

La creación más compleja y singular de Nueva España no fue individual sino colectiva y no pertenece al orden artístico sino al religioso: el culto a la Virgen de Guadalupe. Si la fecundidad de una sociedad se mide por la riqueza de sus imágenes míticas, Nueva España fue muy fecunda: la identificación de Quetzalcóatl con el apóstol Santo Tomás fue una invención no menos prodigiosa que la creación de Tonantzin/Guadalupe. El estudio de Lafaye sobre el nacimiento y la evolución de estos dos mitos es un modelo del género. No creo que sea fácil añadir algo que valga la pena, de modo que mis observaciones serán más bien marginales.

El mito de Quetzalcóatl/Santo Tomás nunca fue realmente popular. Desde el principio se presentó como un tema de interpretación histórica y teológica más que como un misterio religioso. Por eso preocupó y apasionó a los historiadores, a los juristas y a los ideólogos. Tonantzin/Guadalupe, en cambio, cautivó el corazón y la imaginación de todos. Fue una verdadera aparición, en el sentido numinoso de la palabra: una constelación de signos venidos de todos los cielos y todas las mitologías, del Apocalipsis a los códices precolombinos y del catolicismo mediterráneo al mundo ibérico precristiano. En esa constelación cada época y cada mexicano ha leído su destino, del campesino al guerrillero Zapata, del poeta barroco al moderno que exalta a la Virgen con una suerte de enamoramiento sacrílego, del erudito del seiscientos al revolucionario Hidalgo. La Virgen fue el estandarte de los indios y mestizos que combatieron en 1810 contra los españoles y volvió a ser la bandera de los ejércitos campesinos de Zapata un siglo después. Su culto es íntimo y público, regional y nacional. La fiesta de Guadalupe, el 12 de diciembre, es todavía la fiesta por excelencia, la fecha central en el calendario emocional del pueblo mexicano.

Madre de dioses y de hombres, de astros y hormigas, del maíz y del maguey, Tonantzin/Guadalupe fue la respuesta de la imaginación a la situación de orfandad en que dejó a los indios la Conquista. Exterminados sus sacerdotes y destruidos sus ídolos, cortados sus lazos con el pasado y con el mundo sobrenatural, los indios se refugiaron en las faldas de Tonantzin/Guadalupe: faldas de madre-montaña, faldas de madre-agua. La situación ambigua de Nueva España produjo una reacción semejante: los criollos buscaron en las entrañas de Tonantzin/Guadalupe a su verdadera

madre. Una madre natural y sobrenatural, hecha de tierra americana y teología europea. Para los criollos la Virgen morena representó la posibilidad de enraizar en la tierra de Anáhuac. Fue matriz y también tumba: enraizar es enterrarse. En el culto de los criollos a la Virgen hay la fascinación por la muerte y la obscura esperanza de que esa muerte sea transfiguración: sembrarse en la Virgen tal vez signifique lograr la *naturalización* americana. Para los mestizos la experiencia de la orfandad fue y es más total y dramática. La cuestión del origen es para el mestizo la central, la cuestión de vida y muerte. En la imaginación de los mestizos Tonantzin/Guadalupe tiene una réplica infernal: la Chingada. La madre violada, abierta al mundo exterior, desgarrada por la Conquista; la Madre Virgen, cerrada, invulnerable y que encierra en sus entrañas a un hijo. Entre la Chingada y Tonantzin/Guadalupe oscila la vida secreta del mestizo.

Quetzalcóatl es, como el fénix del poeta barroco Sandoval y Zapata, «alada eternidad del viento». Su nombre es náhuatl pero es un dios antiquísimo, anterior al nombre con que lo conocemos. Fue una divinidad de la costa, asociado al mar y al viento, que asciende al Altiplano, se asienta en Teotihuacan como un gran dios y, destruida la metrópoli, reaparece en Tula varios siglos después, ya con su nombre de ahora. En Tula se desdobla: es el dios creador y civilizador Quetzalcóatl, deidad que la gente de Tula, recién salida de la barbarie, hereda o roba a Teotihuacan; y es un sacerdote-rey que tiene como nombre ritual el del dios (Topiltzin-Quetzalcóatl)[1]. Tula es devastada por una guerra civil religiosa que es también un combate mítico entre las deidades guerreras de los nómadas y el dios civilizador originario de Teotihuacan. Quetzalcóatl –¿el dios o el rey-sacerdote?– huye y desaparece en el lugar «donde el agua se junta con el cielo»: el horizonte marino donde aparecen alternativamente Vésper y Lucifer. La fecha de la desaparición y transfiguración de Quetzalcóatl en Estrella de la Mañana es un año *ce ácatl*. El año de su regreso, dice la profecía, será también *ce ácatl*.

La caída de Tula y la fuga de Quetzalcóatl abren un interregno en Anáhuac. Siglos después surge el Estado azteca, creado como el de Tula por bárbaros recién civilizados. Los aztecas edifican México-Tenochtitlan a la imagen de Tula que, a su vez, había sido edificada a la imagen de Teotihuacan[2]. En el antiguo México la legitimidad era de orden religioso. Así,

1. El nombre del supremo sacerdote azteca también era Quetzalcóatl.
2. Cf. el estudio de Ignacio Bernal sobre la influencia de Teotihuacan en los destinos de México, publicado en *Plural*, núms. 21, 22 y 23, México, 1973.

no es extraño que los aztecas, para fundar la legitimidad de su domina-
ción sobre las otras naciones indias, se proclamasen herederos directos
de Tula. El tlatoani mexica gobierna en nombre de Tula. La aparición de
Cortés, precisamente por el horizonte marino y un año *ce ácatl*, parece
cerrar el interregno: Quetzalcóatl regresa, Tula vuelve por su herencia.
Cuando los aztecas –o una fracción de su casta dirigente– descubren que
los españoles no son los mensajeros de Tula, ya es demasiado tarde. Los
historiadores que minimizan este episodio no perciben su verdadero sig-
nificado: la llegada de los españoles puso al descubierto la falsedad de las
pretensiones de los aztecas. Aun antes de que se desmoronase la resisten-
cia de México-Tenochtitlan se había ya desmoronado el fundamento reli-
gioso de su hegemonía.

Quetzalcóatl o la legitimidad: al demostrar con toda clase de pruebas la
identidad entre Quetzalcóatl y el apóstol Santo Tomás, don Carlos de Si-
güenza y Góngora y el jesuita Manuel Duarte no hacen sino repetir la
operación de legitimización religiosa de los aztecas varios siglos antes.
Como dice Lafaye: «Si la patria americana debía arraigarse en el suelo
mismo, también tenía que adoptar un sentido *sui generis*; no podía co-
menzar sino buscando sus fundamentos en la Gracia del Cielo y no en la
desgracia de una conquista que se parecía demasiado a un Apocalipsis.
Santo Tomás-Quetzalcóatl fue para los mexicanos el instrumento de este
cambio de estatuto espiritual...».

Quetzalcóatl desaparece en el horizonte histórico del siglo XIX, salvo
para los escritores y los pintores que, sin mucha fortuna, lo han escogido
como tema de sus obras. Desaparece pero no muere: ya no es dios ni
apóstol sino héroe cívico. Se llama Hidalgo, Juárez, Carranza: la búsque-
da de la legitimidad se prolonga hasta nuestros días. Cada una de las gran-
des figuras oficiales del México independiente y cada uno de los momen-
tos capitales de su historia son manifestaciones de ese cambiante principio
de consagración. Para la mayoría de los mexicanos la Independencia fue
una restauración, es decir, un acontecimiento que cerró el interregno ini-
ciado por la Conquista. Curiosa concepción que hace de Nueva España
apenas un paréntesis. A su vez, Juárez representa la legitimidad nacional
frente a Maximiliano, llamado significativamente *el Intruso*: el Imperio de
Maximiliano es otro paréntesis histórico. Por último, el grupo vencedor
en la Revolución mexicana se llamó a sí mismo *constitucionalista* y se le-
vantó contra la usurpación del general reaccionario Huerta. Independen-
cia, Revolución liberal de 1857, Revolución popular de 1910: todos estos
movimientos, según la interpretación corriente, *han restablecido la legiti-*

midad. Pero la búsqueda de la legitimidad continúa y ya hay quienes piensan que el régimen que desde hace medio siglo nos rige es una usurpación de la legítima Revolución mexicana. El interregno abierto por la fuga de Quetzalcóatl en 987 aún no se ha cerrado.

Para un mexicano es una extraordinaria aventura intelectual seguir a Jacques Lafaye en su análisis de los dos mitos, acompañarlo en la descripción de la lógica histórica que los rige y contemplar su reconstrucción de las creencias en que se insertan. Al final de la expedición el lector se encuentra con dos constantes de la historia mexicana: la obsesión por la legitimidad y el sentimiento de orfandad. ¿No se trata de expresiones de una misma situación histórica y psíquica? Los mitos de Nueva España y los del México moderno son tentativas por responder, como todos los grandes mitos, a la pregunta sobre el origen. En este sentido, no son una exclusiva mexicana: orfandad y búsqueda de la legitimidad aparecen, con otros nombres, en todas las sociedades y todas las épocas. El libro de Lafaye nos muestra el carácter doble de la historia: describe situaciones universales y, al mismo tiempo, esas situaciones son particulares e irreductibles a otras. Lévi-Strauss piensa que los mitos, a diferencia de los poemas, son traducibles. Lo son pero cada traducción, como la de un poema, es una transubstanciación: Quetzalcóatl/Santo Tomás no es Topiltzin/Quetzalcóatl. Cada situación histórica es única y cada una es una metáfora del hecho universal de ser hombres. En la obra de Lafaye –etnología, poesía y reflexión– se despliega la ambigüedad de la historia, oscilando siempre entre lo relativo y lo absoluto, lo particular y lo universal. Si no es la metafísica sino la historia la que define al hombre, habrá que desplazar la palabra *ser* del centro de nuestras preocupaciones y colocar en su lugar la palabra *entre.* El hombre entre el cielo y la tierra, el agua y el fuego; entre las plantas y los animales; en el centro del tiempo, entre pasado y futuro; entre sus mitos y sus actos. Todas estas frases pueden reducirse a una: el hombre entre los hombres.

Cambridge, Mass., a 8 de octubre de 1973

«Orfandad y legitimidad» se publicó en *El ogro filantrópico*, Barcelona (Seix Barral) y México (Joaquín Mortiz), 1979.

Vuelta a *El laberinto de la soledad*

(Conversación con Claude Fell)

CLAUDE FELL: *Es bastante difícil hacerle preguntas sobre* El laberinto de la soledad, *que es una obra sumamente coherente, marcada por un balanceo dialéctico constante, y que sugiere al lector los calificativos de «claridad y transparencia» con los que usted define en el mismo libro la obra de Alfonso Reyes. Sin embargo, con motivo de lo que es algo como un aniversario, a 25 años de la primera publicación del libro, podemos tratar de hacer un balance de los principales problemas planteados por* El laberinto de la soledad. *Usted mismo, en 1970, después de los acontecimientos de 1968 en México y en otras partes del mundo, sintió la necesidad de volver sobre el libro y darle una «prolongación» titulada* Postdata, *donde escribe: «*El laberinto de la soledad *fue un ejercicio de la imaginación crítica: una visión y, simultáneamente, una revisión. Algo muy distinto a un ensayo sobre la filosofía de lo mexicano o a una búsqueda de nuestro pretendido ser. El mexicano no es una esencia sino una historia».*

Mi primera pregunta será más bien técnica: ¿cuáles son las diferencias esenciales entre la primera edición del Laberinto, *publicada en 1950, y la segunda, de 1959?*

OCTAVIO PAZ: Yo no creo que haya guna diferencia esencial entre las dos ediciones. Las correcciones más importantes tienden a poner el libro al día. Además, hay correcciones secundarias, una tentativa por darle mayor precisión, mayor concisión. Había cosas un poco *naïves* en la primera edición que traté de corregir... Pero fundamentalmente es el mismo libro.

–¿Qué había cambiado en la situación interior mexicana, entre las dos versiones del libro?

–Creo que cuando hice la segunda versión, ya era visible que habíamos pasado el período activo de la Revolución mexicana. Estábamos en pleno régimen institucionalista, en esta paradoja de la revolución petrificada o institucionalizada.

–Y en lo que toca a la situación internacional, la oposición entre países desarrollados y países subdesarrollados ¿se había afirmado plenamente?

–Fue algo que me impresionó mucho en esos años. La oposición entre los países pobres y los países ricos quiere decir, desde el punto de vista de la historia y la cultura: países centrales o imperiales y países periféricos o marginales, países sujetos y países objetos. El libro forma parte de esa

tentativa de los marginales para, literalmente, recobrar la conciencia: volver a ser sujetos. Otro tema que no figuraba en la primera edición: la crítica del partido único. Es un libro escrito después de la terrible experiencia del estalinismo. Se trata, sin embargo, de un fenómeno universal: los partidos únicos aparecieron lo mismo en países fascistas (Italia y Alemania) que en países con revoluciones en el poder, como la Unión Soviética o como México. Y ahora el fenómeno, lejos de disiparse, se extiende por todo el Tercer Mundo. Un hecho concomitante ha sido la aparición de los dogmatismos ideológicos. La ortodoxia es el complemento natural de las burocracias políticas y eclesiásticas. Ante las modernas ortodoxias y sus obispos siento la misma repulsión que el pagano Celso frente a los cristianos primitivos y su creencia en una verdad única. Por fortuna, el partido mexicano no es un partido ideológico; como el Partido del Congreso de la India, es una coalición de intereses. Esto explica que en México no haya habido *terror*, en el sentido moderno de la palabra. Tampoco inquisición. Ha habido violencia estatal y violencia popular, pero nada parecido al terrorismo ideológico del nazismo y el bolchevismo.

–*¿Cómo fue acogido el libro al ser publicado?*

–Más bien de un modo negativo. Mucha gente se indignó; se pensó que era un libro en contra de México. Un poeta dijo algo bastante divertido: que yo había escrito una elegante mentada de madre contra los mexicanos.

–*¿Cómo se situaba el libro en relación con la obra de Samuel Ramos y con la producción de lo que se podría llamar la «escuela de José Gaos»?*

–Este tipo de reflexión sobre los países es tan viejo como la cultura moderna. En Francia, en el siglo pasado, hubo algunos ensayos importantes en este aspecto. En nuestra lengua, la generación española del 98 inició el género. En Argentina, el ensayo de Ezequiel Martínez Estrada. Cuando escribí *El laberinto de la soledad* no lo había leído; en cambio, sí había leído dos o tres ensayos breves de Borges en los que tocaba, con gracia y rigor, aspectos del carácter y del lenguaje de los argentinos. En México la reflexión sobre estos asuntos comenzó con Samuel Ramos. Las observaciones de Ramos fueron sobre todo de orden psicológico. Estaba muy influido por Adler, el psicólogo austríaco, discípulo más o menos heterodoxo de Freud. El centro de su descripción era el llamado «complejo de inferioridad» y su compensación: el machismo. Su explicación no era enteramente falsa pero era limitada y terriblemente dependiente de los modelos psicológicos de Adler.

Después de Ramos, por la influencia del filósofo español Gaos, se insistió mucho en la historia de las ideas. Salieron varios libros, uno de Ed-

mundo O'Gorman sobre la historia de la idea del Descubrimiento de América[1], otro de Leopoldo Zea acerca del positivismo en México[2]. Este último me interesó particularmente, pues analizaba un período decisivo para el México contemporáneo. Cuando apareció ese libro, publiqué un artículo en *Sur* de Buenos Aires en el que hacía ciertas reservas críticas. El libro es un examen excelente de la función histórica del positivismo en México y explica cómo esta filosofía fue adoptada por las clases dominantes. Lo mismo en Europa que entre nosotros, el positivismo fue una filosofía destinada a justificar el orden social imperante. Pero –y en esto reside mi crítica– al cruzar el mar el positivismo cambió de naturaleza. Allá el orden social era el de la sociedad burguesa: democracia, libre discusión, técnica, ciencia, industria, progreso. En México, con los mismos esquemas verbales e intelectuales, en realidad fue la máscara de un orden fundado en el latifundismo. El positivismo mexicano introdujo cierto tipo de mala fe en las relaciones con las ideas. Equívoco no sólo entre la realidad social –neolatifundismo, caciquismo, peonaje, dependencia económica del exterior– y las ideas que pretendían justificarla sino aparición de un tipo de mala fe particular, pues se introducía en la conciencia misma de los positivistas mexicanos. Se produjo una escisión psíquica: aquellos señores que juraban por Comte y por Spencer no eran unos burgueses ilustrados y demócratas sino los ideólogos de una oligarquía de terratenientes.

Hay que mencionar, además, los trabajos de un grupo más joven, el grupo Hiperión. También eran discípulos de José Gaos y en ellos fue muy profunda la influencia de la filosofía que en aquellos años estaba en boga, el existencialismo, sobre todo en la versión francesa de Sartre y Merleau-Ponty. Uno de estos jóvenes, Luis Villoro, examinó con penetración la primera etapa de la Independencia desde la perspectiva de la historia de las ideas; quiero decir: analizó la relación entre los caudillos revolucionarios, Hidalgo especialmente, y las ideas que profesaban. Otros hicieron brillantes análisis psicológicos, como el ensayo de Portilla sobre el *relajo*[3]. En general, esos muchachos trataron de hacer una «filosofía del mexicano» o de «lo mexicano». Incluso uno de ellos –una inteligencia excepcional: Emilio Uranga– habló de «ontología del mexicano». En cuanto a mí: yo no quise hacer ni ontología ni filosofía del mexicano. Mi libro es

1. *La invención de América*, México, Fondo de Cultura Económica, 1977 y 1986.
2. *El positivismo en México*, México, 1942. [Fondo de Cultura Económica, 1968; cuarta reimp., 1984.]
3. Jorge Portilla, *Fenomenología del relajo*, Fondo de Cultura Económica, 1984 y 1987.

un libro de crítica social, política y psicológica. Es un libro dentro de la tradición francesa del «moralismo». Es una descripción de ciertas actitudes, por una parte, y, por la otra, un ensayo de interpretación histórica. Por eso no tiene que ver con el examen de Ramos. Él se detiene en la psicología; en mi caso, la psicología no es sino un camino para llegar a la crítica moral e histórica.

—*Y en el* Laberinto *usted dice que la tipología tal como la establece Ramos tendría que ser superada por el psicoanálisis.*

—Sí. Una de las ideas ejes del libro es que hay un México enterrado pero vivo. Mejor dicho: hay en los mexicanos, hombres y mujeres, un universo de imágenes, deseos e impulsos sepultados. Intenté una descripción —claro que fue insuficiente: apenas una ojeada— del mundo de represiones, inhibiciones, recuerdos, apetitos y sueños que ha sido y es México. El estudio de Freud sobre el monoteísmo judaico me impresionó mucho. Hablé antes de moral; ahora debo agregar otra palabra: terapéutica. La crítica moral es autorrevelación de lo que escondemos y, como lo enseña Freud, curación... relativa. En este sentido mi libro quiso ser un ensayo de crítica moral: descripción de una realidad escondida y que hace daño. La palabra crítica, en la edad actual, es inseparable del marxismo y yo sufrí la influencia del marxismo. Por esos años leí los estudios de Caillois y, un poco más tarde, los de Bataille y del maestro de ambos, Mauss, sobre la fiesta, el sacrificio, el don, el tiempo sagrado y el tiempo profano. Encontré inmediatamente ciertas analogías entre aquellas descripciones y mis experiencias cotidianas como mexicano. También me enseñaron mucho los filósofos alemanes que pocos años antes había dado a conocer en nuestra lengua Ortega y Gasset: la fenomenología, la filosofía de la cultura y la obra de historiadores y ensayistas como Dilthey y Simmel.

Ya en esa época pensaba lo que pienso ahora: la historia es conocimiento que se sitúa entre la ciencia propiamente dicha y la poesía. El saber histórico no es cuantitativo ni el historiador puede descubrir leyes históricas. El historiador describe como el hombre de ciencia y tiene visiones como el poeta. Por eso Marx es un gran historiador (ésa fue su verdadera vocación). También lo es Maquiavelo. La historia nos da una comprensión del pasado y, a veces, del presente. Más que un saber es una sabiduría. En fin, mi tentativa fue ver el carácter mexicano a través de la historia de México.

—*Con esto llegamos a una clave de* El laberinto de la soledad, *es decir, la concepción de la historia que se desprende del libro. Es un libro antianecdótico. Usted rehúsa toda historia* événementielle, *todo determinismo*

histórico, y trata de determinar lo que ciertos historiadores franceses actuales llaman «intrahistoria». Para confirmar esta orientación, se puede citar una de las primeras frases de Postdata: «El mexicano no está en la historia, es la historia». ¿Puede usted explicarse sobre el particular?

–El español tiene una ventaja sobre el francés: tenemos «estar» y «ser». «Estar en la historia» significa estar rodeado por las circunstancias históricas; «ser la historia» significa que uno mismo *es* las circunstancias históricas, que uno mismo es cambiante. Es decir, que el hombre no sólo es un objeto o un sujeto de la historia, sino que él mismo es la historia, él es los cambios. Uno de los llamados factores históricos que operan sobre él es... él mismo. Hay una continua interacción. A mí me parece que la expresión «intrahistoria» –¿no fueron los españoles los primeros en usarla: Unamuno o Américo Castro?– es más adecuada que otra expresión que ustedes emplean, «historia de las mentalidades». Porque las mentalidades, al menos para una persona de lengua española, son algo externo: tienen que ver con la mente y con las ideas. Yo creo que la historia auténtica de una sociedad tiene que ver no sólo con las ideas explícitas sino sobre todo con las creencias implícitas. Ortega y Gasset distinguía, me parece que con bastante razón, dos dominios: el de las ideas y el de las creencias. Las creencias viven en capas más profundas del alma y por eso cambian mucho menos que las ideas. Por ejemplo, todos sabemos que la Edad Media fue tomista, el siglo XVII cartesiano y que ahora mucha gente es marxista. Sin embargo, en Londres, en Moscú y en París, la gente sigue leyendo tratados de astrología que tienen sus orígenes en Babilonia, o acuden a prácticas mágicas del neolítico. Lo que me interesó, en el caso de México, fue rastrear ciertas creencias enterradas.

–*Todo esto nos lleva a otra noción esencial, la del mito. ¿Puede concebirse* El laberinto de la soledad *como un* décryptage *de los mitos mexicanos?*

–Sí, ésa fue mi intención. En esto hay que recordar lo que Lévi-Strauss ha dicho: todo desciframiento de un mito es otro mito. Los cuatro volúmenes de *Le Cru et le cuit*[1] son un tratado de mitología sudamericana y, también, son otro mito. Un mito en otro lenguaje. Yo creo que *El laberinto* fue una tentativa por describir y comprender ciertos mitos; al mismo tiempo, en la medida en que es una obra de literatura, se ha convertido a su vez en otro mito.

–*En un artículo de la revista* Esprit, *Lévi-Strauss escribía que ocurría que un mito* s'exténue sans pour autant disparaître. Deux voies restent en-

1. *Lo crudo y lo cocido*, México, Fondo de Cultura Económica, 1968.

core libres; celle de l'élaboration romanesque et celle du remploi aux fins de légitimation historique. *¿Cree usted, como Lévi-Strauss, que los mitos degeneran y mueren? ¿No se han convertido los mitos mexicanos en partes de programas políticos o en obras intelectuales?*

–Creo que los mitos, como todo lo que está vivo, nacen, degeneran, mueren. También creo que los mitos resucitan. Pero hay algo en lo que no estoy de acuerdo con Lévi-Strauss. Me extiendo sobre esta divergencia en el ensayo que escribí sobre él. Para Lévi-Strauss hay una diferencia esencial entre la poesía y el mito: el mito se puede traducir y la poesía es intraducible. Creo lo contrario: creo que el mito y la poesía son traducibles, pero que la traducción implica transmutación o resurrección. Un poema de Baudelaire traducido al español es otro poema y es el mismo poema. Ocurre lo mismo con los mitos: las antiguas diosas precolombinas renacen en la Virgen de Guadalupe, que es su traducción al cristianismo de Nueva España. Los criollos traducen la Virgen de Guadalupe –virgen española– al contexto mexicano. Doble traducción de mitología hispánica e india. La Virgen de Guadalupe es uno de los pocos mitos vivos de México. Asistimos todos los días a su resurrección en la sensibilidad popular. El caso de Quetzalcóatl –también examinado por su compatriota Jacques Lafaye– es muy distinto. Allí sí, como piensa Lévi-Strauss, el mito se ha transformado en política y literatura. El mito literario de Quetzalcóatl –la novela, el poema, el teatro– ha sido más bien desafortunado. Lo mejor fue *La Serpiente Emplumada*, de Lawrence, un libro desigual, brillante y deshilvanado. Como mito político, Quetzalcóatl ha tenido más suerte: muchos de nuestros héroes no son, para la imaginación popular, sino traducciones de Quetzalcóatl. Traducciones inconscientes. Es significativo porque el tema del mito de Quetzalcóatl –y el de todos sus sucesores, de Hidalgo a Carranza– es el de la legitimación del poder. Fue la obsesión azteca, fue la de los criollos novohispanos y es la del PRI.

En el fondo de la psiquis mexicana hay realidades recubiertas por la historia y por la vida moderna. Realidades ocultas pero presentes. Un ejemplo es nuestra imagen de la autoridad política. Es evidente que en ella hay elementos precolombinos y también restos de creencias hispánicas, mediterráneas y musulmanas. Detrás del respeto al Señor Presidente está la imagen tradicional del Padre. La familia es una realidad muy poderosa. Es el hogar en el sentido original de la palabra: centro y reunión de los vivos y los muertos, a un tiempo altar, cama donde se hace el amor, fogón donde se cocina, ceniza que entierra a los antepasados. La familia mexicana ha atravesado casi indemne varios siglos de calamidades y sólo hasta

ahora comienza a desintegrarse en las ciudades. La familia ha dado a los mexicanos sus creencias, valores y conceptos sobre la vida y la muerte, lo bueno y lo malo, lo masculino y lo femenino, lo bonito y lo feo, lo que se debe hacer y lo indebido. En el centro de la familia: el padre. La figura del padre se bifurca en la dualidad de patriarca y de «macho». El patriarca protege, es bueno, poderoso, sabio. El macho es el hombre terrible, el chingón, el padre que se ha ido, que ha abandonado mujer e hijos. La imagen de la autoridad mexicana se inspira en estos dos extremos: el Señor Presidente y el Caudillo.

La imagen del caudillo no es mexicana únicamente sino española e hispanoamericana. Tal vez es de origen árabe. El mundo islámico se ha caracterizado por su incapacidad para crear sistemas estables de gobierno, es decir, no ha instituido una legitimidad suprapersonal. El remedio contra la inestabilidad han sido los jefes, los caudillos. En América Latina, continente inestable, los caudillos nacen con la Independencia; en nuestros días se llaman Perón, Castro y, en México, Díaz, Carranza, Obregón, Calles. El caudillo es heroico, épico: es el hombre que está más allá de la ley, que crea la ley. El presidente es el hombre de la ley: su poder es institucional. Los presidentes mexicanos son dictadores constitucionales, no caudillos. Tienen poder mientras son presidentes; y su poder es casi absoluto, casi sagrado. Pero deben su poder a la *investidura*. En el caso de los caudillos hispanoamericanos el poder no les viene de la investidura sino que ellos le dan poder a ella.

El principio de rotación, que es una de las características del sistema mexicano, no existe en los regímenes caudillescos de América Latina. Aquí aparece, al lado del tema del padre terrible, otra vez el tema de la legitimidad. El misterio o enigma del origen. Algo particularmente grave para la América Latina, desde la Independencia. El caudillismo, que ha sido y es el verdadero sistema de gobierno latinoamericano, no ha logrado resolverlo; por eso tampoco ha podido resolver el de la sucesión. En el régimen caudillesco la sucesión se realiza por el golpe de Estado o por la muerte del caudillo. El caudillismo, concebido como el remedio heroico contra la inestabilidad, es el gran productor de inestabilidad en el continente. La inestabilidad es consecuencia de la ilegitimidad. Después de cerca de dos siglos de independencia de la monarquía española, nuestros pueblos no han encontrado todavía una forma de legitimidad. En este sentido el compromiso mexicano –la combinación de presidencialismo y dominación burocrática de un partido único– fue una solución. Lo es cada vez menos.

—Podemos ahora detenernos en el proceso histórico analizado en El laberinto de la soledad. *En su presentación de la Revolución mexicana de 1910, usted privilegia al zapatismo, lo que en la época en que fue escrito el libro era algo nuevo y excepcional, en la medida en que casi no se hablaba de Emiliano Zapata. Cuando aparecía en los periódicos o en unos escritos se le presentaba invariablemente como el Atila del Sur, como un bandido sanguinario, etc. ¿Cómo se explica el relieve que tiene el zapatismo en su libro?*

—Hay dos razones. La primera es de tipo anecdótico, y es que mi padre, aunque originario de una familia burguesa, fue amigo y compañero del gran revolucionario Antonio Díaz Soto y Gama, uno de los fundadores de la Casa del Obrero Mundial. Mi padre formaba parte de un grupo de jóvenes más o menos influidos por el anarquismo de Soto y Gama. Estos jóvenes querían irse al norte, en la época de la dictadura de Victoriano Huerta, donde estaban los ejércitos más disciplinados y los que realmente, desde el punto de vista militar, le dieron el triunfo a la Revolución. En el norte dominaban los rancheros y la clase media; en el sur, los campesinos sin tierra, bandas que la prensa llamaba «bárbaros», hunos, etc. Sucedió que esos jóvenes no pudieron unirse a las fuerzas norteñas y se fueron al sur, donde conocieron a Zapata y fueron conquistados por el zapatismo. Mi padre pensó desde entonces que el zapatismo era la verdad de México. Creo que tenía razón. Más tarde, la amistad con Soto y Gama y otros que habían combatido en el sur con los ejércitos campesinos consolidó mis creencias y sentimientos. El sur era y es acentuadamente indio; allá la cultura tradicional está todavía viva. Cuando yo era niño visitaban mi casa muchos viejos líderes zapatistas y también muchos campesinos a los que mi padre, como abogado, defendía en sus pleitos y demandas de tierras. Recuerdo a unos ejidatarios que reclamaban unas lagunas que están —o estaban— por el rumbo de la carretera de Puebla: los días del santo de mi padre comíamos un plato precolombino extraordinario, guisado por aquellos campesinos: «pato enlodado» de la laguna, rociado con pulque curado de tuna...

La idea que la propaganda oficial ha dado del zapatismo es bastante falsa y convencional. Como traté de explicar en *El laberinto de la soledad*, lo que distinguía al zapatismo de las otras facciones fue su tentativa por regresar a los orígenes. En todas las revoluciones hay ese impulso de regreso a un pasado que se confunde con los orígenes de la sociedad. Un pasado en el que reinaban la justicia y la armonía, violado por los poderosos y los violentos. Las revoluciones son las encarnaciones modernas del mito

del regreso a la edad de oro. De ahí su inmenso poder de contagio. En el zapatismo este anhelo se expresó como una vuelta a la propiedad comunal de la tierra, el ejido. Esa forma de propiedad había existido realmente en la época precolombina y, lo que es notable, fue reconocida por la monarquía española. Bien que penosamente, el ejido coexistió con la gran hacienda colonial y con los enormes latifundios de la Iglesia. La primera demanda de los zapatistas fue la *devolución* de la tierra y la segunda, que era subsidiaria, la *repartición*. La *devolución*: la vuelta al origen.

La paradoja del zapatismo consiste en que fue un movimiento profundamente tradicionalista; y en ese tradicionalismo reside, precisamente, su pujanza revolucionaria. Mejor dicho: por ser tradicionalista, el zapatismo fue radicalmente subversivo. Ese elemento a un tiempo tradicional y revolucionario fue el que, desde el principio, me apasionó. El zapatismo significa la revelación, el salir a flote de ciertas realidades escondidas y reprimidas. Es la revolución no como ideología sino como un movimiento instintivo, un estallido que es la revelación de una realidad anterior a las jerarquías, las clases, la propiedad.

–*Precisamente, usted insiste mucho en que la Revolución mexicana no tuvo bases ideológicas.*

–Ésta es la gran diferencia con movimientos como el liberalismo del siglo pasado. Llamar «revolución» a los cambios y trastornos que se iniciaron hacia 1910 es, quizá, ceder a una facilidad lingüística. Años más tarde, al repensar el tema de los grandes trastornos y conmociones del siglo XX, he llegado a la conclusión de que hay que distinguir entre revolución, revuelta y rebelión. He dedicado a esto algunas páginas de *Corriente alterna*, *Conjunciones y disyunciones* y *Postdata*. Las revoluciones, hijas del concepto de tiempo lineal y progresivo, significan el cambio violento y definitivo de un sistema por otro. Las revoluciones son la consecuencia del desarrollo, como no se cansaron de decirlo Marx y Engels. Las rebeliones son actos de grupos e individuos marginales: el rebelde no quiere cambiar el orden, como el revolucionario, sino destronar al tirano. Las revueltas son hijas del tiempo cíclico: son levantamientos populares contra un sistema reputado injusto y que se proponen restaurar el tiempo original, el momento inaugural del pacto entre los iguales.

En los trastornos de México entre 1910 y 1929 debemos distinguir varios fenómenos. Primero, una revolución de la burguesía y de la clase media para modernizar al país; es la que ha triunfado y a ella se deben muchas de las cosas buenas y muchas de las malas que hoy existen –por ejemplo, este horror que es la ciudad de México. Frente a esta revolución

progresista y que continúa al liberalismo y al porfirismo, está su nega-
ción, la *revuelta* de los campesinos mexicanos en el sur. Esta revuelta fue
vencida militarmente y su jefe, Zapata, asesinado. Después, ideológica-
mente, fue expropiada y desfigurada por los vencedores. La facción
triunfante concibió al ejido en términos predominantemente económicos.
Ahora bien, como sistema de producción el ejido es inferior a la agricul-
tura capitalista. Pero el ejido no sirve para producir más sino para vivir
mejor —para vivir de una manera diferente, más justa, armoniosa y libre
que la actual. Su función consiste en ser la base económica de un tipo de
sociedad que está igualmente lejos del modelo capitalista y del modelo
que, sin mucha exactitud, se llama socialista.

El movimiento zapatista fue una verdadera revuelta, un volver al revés
las cosas, un regreso al principio. Su fundamento era histórico porque los
campesinos querían volver a la propiedad comunal de la tierra; al mismo
tiempo, estaban inspirados por un mito: la edad de oro del comienzo. La
revuelta tenía una intensa coloración utópica: querían crear una comuni-
dad en la cual las jerarquías no fuesen de orden económico sino tradicio-
nal y espiritual. Una sociedad hecha a imagen y semejanza de las aldeas
del neolítico: económicamente autosuficientes, igualitarias —salvo por las
jerarquías «naturales»: padres e hijos, hombres y mujeres, viejos y jóve-
nes, casados y solteros, etc.— y en las cuales se reducía al mínimo la auto-
ridad política y la religiosa, es decir, se eliminaba a las dos burocracias: la
estatal y la eclesiástica. Un hecho significativo: los zapatistas llevaban es-
tandartes e insignias de la Virgen de Guadalupe; eran religiosos pero no
clericales. Tampoco eran nacionalistas: la realidad que conocían y defen-
dían era el pueblo, la pequeña comunidad de agricultores y artesanos, no
las abstracciones crueles que son la nación y el Estado. De haber podido,
Zapata habría quemado la silla presidencial. Soto y Gama, en su famoso
discurso en la Convención, estrujó la bandera nacional y la llamó: *este
trapo.*

—*Este concepto de utopía vuelve a aparecer periódicamente en la histo-
ria mexicana: en tiempos de la Conquista, con los misioneros; en el siglo
XIX, con el liberalismo; y a principios del siglo XX con el zapatismo.*

—Sí, este concepto utópico, comunitario, lo encuentro en los misione-
ros y también en el zapatismo. No lo encuentro en el liberalismo, que es
utopismo en el sentido racionalista de la palabra. La mayor parte de las
revoluciones del siglo XX han sido como la Revolución liberal mexicana
del siglo XIX: tentativas por imponer esquemas geométricos sobre reali-
dades vivas. Han engendrado monstruos. En México, la facción vencedo-

ra en las luchas revolucionarias continúa el proceso de «modernización» iniciado en el siglo XIX. Entre Juárez y Carranza hay una conexión muy clara; no la hay entre Juárez y Zapata. Cegado por su odio a Juárez, no se dio cuenta Vasconcelos de que Zapata era el anti-Juárez, la negación de todo jacobinismo y de todo progresismo. Creo que uno de los grandes méritos de Jean Meyer es haber visto esto con mucha claridad, en su excelente libro *La Révolution mexicaine*. El libro de John Womack también arroja luz sobre el verdadero zapatismo. ¡Un yanqui y un francés!… Pero vuelvo a lo que decíamos: por más contradictorias que nos parezcan sus figuras y sus ideas, hay una continuidad entre Lorenzo de Zavala, Mora, Gómez Farías, Juárez, Ocampo, Porfirio Díaz, Justo Sierra, Limantour, Carranza, Calles, Bassols, Lombardo Toledano, etc., etc. Esa continuidad es el «progresismo», la tentativa por «modernizar» a México. Todos esos proyectos tienen en común el querer borrar, por decirlo así, la mancha, el pecado original de México: el haber nacido frente y contra el mundo moderno. Zapata es la negación de todo eso. Zapata está más allá de la controversia entre los liberales y los conservadores, los marxistas y los neocapitalistas: Zapata está *antes* –y tal vez, si México no se extingue, estará *después*.

–*Una última pregunta sobre este período revolucionario. A propósito del cardenismo su posición aparece, por lo menos, muy matizada.*

–Yo fui testigo del cardenismo, lo viví; mientras el zapatismo lo leí, lo estudié, lo respiré, lo mamé, pero no lo viví. Creo que la política del general Cárdenas en muchos aspectos fue admirable. Por ejemplo, en el campo de la política internacional, en su actitud contra el fascismo, Hitler, Mussolini, la invasión de Etiopía, España. Todo eso fue irreprochable. No olvidemos tampoco algo que a mí me conmueve mucho: fue el único jefe de Estado que dio asilo a Lev Trotski. Cárdenas fue el hombre que abrió las puertas a los refugiados españoles, primero, y luego a los europeos. La acción internacional de Cárdenas fue posible no sólo porque existían las condiciones internas para realizarla –es decir, porque correspondía a una realidad nacional y expresaba las necesidades y las aspiraciones de México en ese momento– sino también porque la coyuntura internacional era favorable. El mundo todavía no se petrificaba en dos bloques y las rivalidades de las grandes potencias daban cierta latitud de maniobra a las naciones medianas y aun pequeñas. Después de la segunda guerra mundial hemos asistido a la congelación progresiva de la vida internacional, a pesar de los esfuerzos antihegemónicos de un De Gaulle y, ahora, de China. El ejemplo de Cuba muestra que es casi imposible liberarse de

las garras de una de las superpotencias sin caer en las redes de la otra. Pero las cosas empiezan a cambiar de nuevo y ya comienza a ser posible, dentro de ciertos límites, una política internacional independiente. Naturalmente, habrá que definir esa política. No se trata de regresar a la de Cárdenas: sería un anacronismo. En política internacional, como en todo, hay que huir de la gran tentación latinoamericana: los gestos no substituyen a los actos.

La presencia de los intelectuales europeos, sobre todo de los españoles, en el México de la década de la guerra, fue muy benéfica. A ellos les debemos, en buena parte, la renovación de la cultura mexicana. Pero la política de Cárdenas en materia cultural padeció de graves limitaciones. No tuvo ninguna simpatía por la universidad ni por los aspectos superiores de la cultura, quiero decir, por la ciencia y el saber desinteresados y por el arte y la literatura libres. Sus gustos artísticos –o los de sus colaboradores cercanos– tendían al didactismo pseudorrevolucionario y al nacionalismo. Ésa ha sido, por lo demás, en materia de arte y literatura, la política de nuestros gobiernos, con excepciones contadas como la de Vasconcelos. El arte público de México es un arte estatal, hinchado como un atleta de circo. Su único gran rival es el arte soviético. Nuestra especialidad es la glorificación de las figuras oficiales pintadas o esculpidas con el conocido método de la amplificación. Producción en serie de gigantes de cemento. Una vegetación de pesados monolitos cívicos aplasta nuestros parques y plazas. Pero Cárdenas no tuvo mucha culpa en esto; el horror empezó antes y se multiplicó bajo sus sucesores. En cambio, sí permitió que se echase del gobierno y que se injuriase a los poetas y escritores del grupo Contemporáneos –lo mejor de la literatura mexicana en aquellos días– bajo la odiosa acusación de ser homosexuales y reaccionarios. Lo más extravagante del período cardenista fue lo de la educación socialista en un país que no era socialista. Era otra vez la enajenación ideológica.

En los aspectos económicos y sociales la obra de Cárdenas fue importante y, en general, positiva. La nacionalización del petróleo fue un gran paso, aunque no haya dado los frutos que se esperaban. (Éste es un asunto sobre el que ya es tiempo de que se haga una investigación[1].) También fue ejemplar su política agraria y obrera. Pero ni Cárdenas ni sus sucesores sospecharon lo que nos tenía reservado el porvenir y no supieron pre-

1. Y ahora, después del fracaso de la política en materia de petróleo, más que nunca. Véase «Propósito», en *El ogro filantrópico*, p. 9. [Texto incluido en el noveno volumen –*Ideas y costumbres I*– de estas obras, con el título de «Literatura política».] (*Nota de 1983.*)

ver las desastrosas consecuencias del irreflexivo culto al desarrollo y a la industrialización *à outrance*. La política conservadora de sus sucesores –la miope adopción del modelo de desarrollo a la norteamericana– no hizo sino precipitar lo que ya está a la vista: el fracaso. El camino escogido para resolver los viejos problemas de México no fue un camino sino un muro ante el que nos hemos estrellado. Empeñados en la «modernización» del país, ninguno de nuestros gobernantes –todos ellos rodeados de consejeros, «expertos» e ideólogos– se dio cuenta a tiempo de los peligros del excesivo e incontrolado crecimiento de la población. El *otro* México, el no-desarrollado, crece más rápidamente que el desarrollado y terminará por ahogarlo. Tampoco tomaron medidas contra la centralización demográfica, política, económica y cultural, que ha convertido a la ciudad de México en una monstruosa, hinchada cabeza que aplasta el endeble cuerpo que la sostiene. A pesar de que bastaba con asomarse a la frontera para enterarse de que en las grandes ciudades norteamericanas el aire era ya irrespirable –para no hablar de los otros horrores físicos y morales de las sociedades industriales– no hicieron nada contra la contaminación atmosférica. Tampoco previeron el gigantesco fracaso de los planes educativos y el desplome de la educación superior... ¿Sigo?

En cuanto a la política propiamente dicha: bajo Cárdenas se gozó de gran libertad de expresión. Mérito inmenso. Otro no menos grande: Cárdenas fue el primer presidente que dejó voluntariamente el poder y que no quiso gobernar detrás del trono, como Calles. El *estilo* de gobernar de Cárdenas fue también admirable. Para los presidentes de México es muy grande la tentación de convertirse en ídolos; Cárdenas la resistió. Mientras estuvo en el poder, tuvimos la sensación, extraña entre todas, de que nos gobernaba un hombre, un ser como nosotros. Sin embargo, el cardenismo no intentó la experiencia democrática sino que fortaleció al partido único. El general Cárdenas siguió a los antiguos jefes revolucionarios que habían fundado el Partido Nacional Revolucionario, transformado por él en Partido de la Revolución Mexicana y que se llama ahora Partido Revolucionario Institucional. En esos tres nombres se concentra la historia de la burocracia política que domina al país desde hace medio siglo[1].

Nadie puede entender a México si omite al PRI. Las descripciones

1. Ya es hora de que nuestros historiadores emprendan, sin beatería, un examen de la obra de Cárdenas en varios aspectos centrales: el agrario y el del sindicalismo obrero –las organizaciones campesinas y obreras convertidas en agencias del Estado–, la educación popular y la alta cultura, la democracia política... (*Nota de 1986.*)

marxistas son insuficientes. Imbricado en las estructuras del Estado, como una casta política con características propias, gran canal de la movilidad social, ya que abarca del municipio de la aldea a las esferas más altas de la política nacional, el partido único es un fenómeno que no aparece en el resto de América Latina (salvo en Cuba, recientemente y con rasgos muy distintos). Por cierto, en México el poder es más codiciado que la riqueza. Si es usted millonario, le será muy difícil –casi imposible– pasar de los negocios a la política. En cambio, puede pasar de la política a los negocios. El enorme prestigio del poder frente al dinero es un rasgo antimoderno de México. Otro ejemplo de cómo los modos de pensar y sentir premodernos, precapitalistas, aparecen en nuestra vida diaria.

–*Volviendo a las evocaciones históricas de* El laberinto de la soledad, *tenemos que detenernos en el período colonial. Por una especie de balance dialéctico, usted escribe que la religión católica sirvió de «refugio» a las poblaciones indias. Y algunas líneas después añade que en realidad se trataba de una religión «petrificada». ¿Cómo conciliar estos dos aspectos?*

–Hay que partir de un hecho: el sincretismo. Cuando los españoles llegaron a México se encontraron con la sociedad azteca. En el Templo Mayor de México se levantaba la imagen de Huitzilopochtli, que era el dios tribal azteca, y la imagen de Tláloc, el dios de la lluvia. Este dios no era azteca, era un dios anterior. El primero que describió –con penetración– el sincretismo del Estado azteca fue Jacques Soustelle en *La Pensée cosmologique des anciens mexicains*. La versión de la civilización occidental que llegó a México también era sincretista. Por un lado, el sincretismo católico, que había asimilado la Antigüedad grecolatina y los dioses de los orientales y de los bárbaros; por el otro, el sincretismo español. Los siglos de lucha con el islam habían permeado la conciencia religiosa de los españoles: la noción de cruzada y de guerra santa es cristiana pero también es profundamente musulmana. Hay que comparar la actitud de los españoles con la de los ingleses, los holandeses y los franceses: ninguno de ellos tiene esa idea española de *misión* cuyas raíces son medievales y musulmanas. Bernal Díaz del Castillo, al ver los templos de Tenochtitlan, habla de «mezquitas». Para él, como para Cortés, los indios eran *los otros* y los otros eran, por antonomasia, los musulmanes.

Los españoles derriban las estatuas de los dioses, destruyen los templos, queman los códices y aniquilan a la casta sacerdotal. Es como si le hubiesen quitado los ojos, los oídos, el alma y la memoria al pueblo indígena. Al mismo tiempo, el catolicismo les da una visión del mundo y del transmundo; les da un estatuto y les ofrece un cielo; los bautiza, es decir,

Anónimo, *Virrey Antonio de Mendoza* (1492?-1552), 1535.

Anónimo, *Vasco de Quiroga* (1470?-1565), siglo XVIII.

EL ECSMO. SEÑOR CONDE DE GALVES.

Fray Jerónimo y fray Pablo de Jesús,
Conde Bernardo de Gálvez (1746-1786), 1796.

Antonio Vallejo, *Virrey Antonio María de Bucareli y Ursúa* (1717-1779), 1772.

les abre las puertas de un orden distinto. El catolicismo fue un refugio porque era una religión sincretista: al bautizar a los indios, bautizó a sus creencias y dioses. Pero el catolicismo, además, era una religión a la defensiva. El catolicismo que vino a México era el de la Contrarreforma. En la Universidad de México, la más antigua de América, se enseñaba el neotomismo; es decir, la cultura mexicana nace con la filosofía que en ese momento el Occidente abandonaba. El sentido de la oposición del México tradicional frente al mundo moderno, y sobre todo frente a los Estados Unidos, no podrá entenderse si se olvida que México nació en la Contrarreforma. Es una diferencia esencial: ellos nacieron con la Reforma; nosotros con la Contrarreforma. En ese sentido hablo de una religión «petrificada». Quizá el adjetivo sea excesivo: el catolicismo mexicano está vivo y no es una ideología.

–¿No cree usted que a lo largo de los años el catolicismo cambió de forma, como por ejemplo lo apunta Mariano Picón Salas en su ensayo De la Conquista a la Independencia[1] *cuando sostiene que el catolicismo fue en los primeros tiempos esencialmente militante, misionero, itinerante, abierto, para luego encerrarse en las ciudades, bajo la influencia de los jesuitas?*

–El catolicismo cambió pero no en el sentido que dice Picón Salas. Los jesuitas no tenían por qué ir al campo: ya estaba convertido. Pero la conversión de California fue en gran parte obra de los jesuitas. También fue obra suya la evangelización de los nómadas en el norte de México y en el sur de los Estados Unidos. Según Robert Ricard, la política de los franciscanos y de los primeros misioneros –influidos por el milenarismo de Joaquín de Flora– fue la de *tabula rasa* de las creencias indígenas. Los sucedieron los jesuitas, la orden religiosa más rica, poderosa e influyente de Nueva España en los siglos XVII y XVIII. Ellos fueron los principales autores de la «traducción» al cristianismo de los mitos indígenas. Fueron guadalupanos fervientes y los que trataron de justificar la fantástica hipótesis de que Quetzalcóatl era el apóstol Santo Tomás. Ése fue el cambio decisivo de la Iglesia: los jesuitas mexicanizaron al catolicismo mientras que los franciscanos querían cristianizar a los indios. Digo todo esto a pesar de que no tengo gran simpatía por la Compañía de Jesús. Los jesuitas son los bolcheviques del catolicismo.

–Claro, pero, por otra parte, poco a poco la Iglesia viene a ser el terrateniente más importante de México y el catolicismo extiende sobre el país, por lo menos al nivel del indio y del peón, una estructura opresiva.

1. México, Fondo de Cultura Económica, 1944.

–Sí, pero llamar *terrateniente* a la Iglesia tal vez sea demasiado simplista. Hay que hacer, por lo menos, dos distinciones. En primer término, habría que hablar en plural y decir *las propiedades eclesiásticas*; eran muchas: las de la Iglesia secular, las de las órdenes religiosas, las de los conventos, etc. En segundo lugar, esas propiedades no eran bienes individuales sino que pertenecían a distintas colectividades. En este sentido, se parecían más bien a la propiedad comunal de los pueblos. Así lo vieron Juárez y los liberales, que decretaron al mismo tiempo la desaparición de ambas modalidades. El latifundismo del régimen porfirista fue una consecuencia de la reforma liberal. La propiedad eclesiástica, si usted quiere, también podría parecerse a la de las modernas compañías y consorcios por acciones. En esas compañías no es tanto la voluntad de los accionistas individuales lo que cuenta como la de la burocracia técnica que las rige. Algo semejante ocurría con las propiedades de los conventos, las órdenes y los obispados. Pero sería una exageración comparar a las empresas capitalistas modernas con la Iglesia de Nueva España. Después de todo, el ánimo ostensible de estas corporaciones es el lucro mientras que ni el más primario anticlericalismo puede reducir la función de la Iglesia en esos siglos a la mera ganancia. Hay que examinar de nuevo la naturaleza social e histórica de Nueva España. Es una de las omisiones de *El laberinto de la soledad* y me gustaría escribir sobre esto. Insinué algo en el prólogo al libro de Lafaye sobre Guadalupe y Quetzalcóatl[1]. Lafaye parte de la idea de que la historia de México es una desde el mundo precolombino hasta nuestros días; yo creo que no, que hay una ruptura y varias interrupciones. En realidad, estamos ante tres sociedades distintas. La primera es la precolombina, a su vez dividida en el período, el más alto de esa civilización, llamado de las grandes teocracias (Teotihuacan, Palenque, Monte Albán, etc.) y después en el período de las ciudades-Estado militaristas, que empieza en Tula y tiene su apogeo en Tenochtitlan. Aquí se sitúa el gran corte de la Conquista. Ésa es la línea de separación. En el siglo XVII surge la nueva sociedad: la sociedad criolla, dependiente de España pero cada vez más autónoma. Nueva España es creadora original en la arquitectura, en el arte de gobernar, en la poesía, en el urbanismo, en la cocina, en las creencias. A fines del siglo XVII nace un proyecto nacional, el primero de México: hacer de la Nueva España una España *otra*, el Imperio de la América septentrional. Es un reflejo doble de Roma

1. Véase en este volumen «Orfandad y legitimidad», pp. 224-237, y «El reino de la Nueva España», en el quinto volumen de estas obras, pp. 31-86.

y de México-Tenochtitlan: la herencia latina y la indígena. En ese proyecto los jesuitas tuvieron una participación cardinal. Pero la Independencia –que es, simultáneamente, desmembramiento del Imperio español y nacimiento de otra sociedad– significa el fin de la sociedad criolla. La agonía de Nueva España fue larga y no se consumó hasta la segunda mitad del siglo XIX con la República Restaurada. Así, en el siglo XIX abortó el proyecto imperial del siglo XVIII. De las ruinas de ese proyecto nace una tercera sociedad, esta que vivimos ahora, y que todavía no acaba de formarse completamente. La sociedad novohispana de los siglos XVII y XVIII es un todo mucho más perfecto y armónico que la sociedad mexicana de la primera mitad del siglo XX. Para mí la arquitectura es el testigo insobornable de una sociedad. Comparemos a las tres sociedades en sus obras: las pirámides y templos mesoamericanos; las iglesias, conventos y palacios de Nueva España; la chabacana y pesada arquitectura –megalomanía estatal y espíritu de lucro de la burguesía mexicana– del siglo XX.

–*En* El laberinto de la soledad *usted afirma que este «catolicismo-refugio» implantado por los españoles ha permitido también la supervivencia del fondo precortesiano. ¿En qué consiste esta supervivencia?*

–La palabra sincretismo lo dice todo. O la expresión de aquella periodista norteamericana, Anita Brenner, «ídolos detrás de los altares». El catolicismo mexicano no ha creado una teología ni una mística pero ha creado muchas imágenes y ha fundido las de Occidente con las del mundo precolombino. ¡Ay de la religión o de la sociedad que no tiene imágenes! Una sociedad sin imágenes es una sociedad puritana. Una sociedad opresora del cuerpo y de la imaginación.

–*Para cambiar otra vez de tema, podemos pasar a otro plano importante en el libro, el de la vida cultural mexicana. Usted la define a través de dos términos antagónicos:* compromiso *y* crítica. *Por otra parte, usted volverá a insistir sobre la necesidad de una actitud «crítica» en* Postdata. *¿Nos puede dar su sentimiento sobre este punto?*

–Yo creo que el término *compromiso*, de origen sartreano, es equívoco. No sabemos muy bien lo que quiere decir un compromiso. Si se entiende por compromiso la relación de un escritor con su realidad y con la sociedad en que vive, todos somos escritores comprometidos, incluso los que no quieren estar comprometidos. Lo que a mí me parece inaceptable es que un escritor o un intelectual se someta a un partido o a una Iglesia. En el siglo XX hemos visto a muchos y grandes escritores ceder ante las exigencias de los partidos y de las Iglesias. Pienso en Claudel y en sus odas a Franco y Pétain; pienso en los himnos a Stalin de Aragon y Neru-

da. Nuestro siglo, decía Benjamin Péret, ha sido «el del deshonor de los poetas». También el de su honor: la sátira de Mandelstam contra Stalin, que le costó la vida, o el sacrificio de Lorca.

La crítica es, para mí, una forma *libre* del compromiso. El escritor debe ser un francotirador, debe soportar la soledad, saberse un ser marginal. Que los escritores seamos marginales es una condenación que es una bendición. Ser marginales puede dar validez a nuestra escritura. Y debo decir algo más sobre la crítica: para mí la crítica es creadora. La gran diferencia entre Francia e Inglaterra, por un lado, y España e Hispanoamérica, por el otro, es que nosotros no tuvimos siglo XVIII. No tuvimos ningún Kant, Voltaire, Diderot, Hume.

–*En* El laberinto *aparecen también los problemas sobre los cuales usted insistirá extensamente en obras posteriores, como por ejemplo* Signos en rotación: *los problemas del lenguaje. El lenguaje concebido como una máscara...*

–Mire usted. Hemos hablado de las deudas mías: Freud, Marx... No hemos hablado de una influencia esencial, sin la cual no hubiera podido escribir *El laberinto*: Nietzsche. Sobre todo, ese libro que se llama *La genealogía de la moral*. Nietzsche me enseñó a ver lo que estaba detrás de palabras como *virtud, bondad, mal*. Fue una guía en la exploración del lenguaje mexicano: si las palabras son máscaras, ¿qué hay detrás de ellas?

–*En esta búsqueda de un lenguaje auténtico, usted destaca la importancia de la obra de Alfonso Reyes.*

–Reyes fue fiel al lenguaje, y en este aspecto fue admirable. Claro que el hombre tuvo debilidades morales. Quizá fue demasiado obsequioso con los poderosos. Hay que olvidar todo eso y recordar que fue un escritor que logró que el español fuese transparente en ciertos momentos. Por ejemplo, en su gran poema *Ifigenia cruel*, y en algunos textos en prosa. Bioy Casares me contaba que él y Borges, cuando querían saber si un párrafo estaba bien escrito, decían: «Vamos a leerlo con el tono con que lo leería Alfonso Reyes».

–*¿Cuál debe ser la actitud del creador en relación con el lenguaje?*

–Yo creo que la actitud del creador frente al lenguaje debe ser la actitud del enamorado. Una actitud de fidelidad y, al mismo tiempo, de falta de respeto al objeto amado. Veneración y transgresión. El escritor debe amar al lenguaje pero debe tener el valor de transgredirlo.

–*En el capítulo de* El laberinto de la soledad *titulado «Nuestros días», usted aborda el problema del enfrentamiento entre países pobres y países ricos. En relación con este asunto, ¿qué piensa usted del concepto de* cultu-

ra de la pobreza, *elaborado por el antropólogo Oscar Lewis a partir del ejemplo mexicano?*

–No estoy muy de acuerdo con eso. En primer lugar, este concepto es poco científico, poco exacto. ¿Qué quiere decir *pobreza*? Pobreza es una categoría muy relativa. ¿Pobreza con respecto a qué? El mérito de Lewis es otro. Su tema fueron los campesinos que viven en una cultura tradicional y que, debido a la sobrepoblación y al desempleo rurales, atraídos por la fascinación de la gran ciudad, dejan su pueblo. Es un fenómeno que conoció Europa en el siglo XIX y que nuestra América vive de modo mucho más trágico en el siglo XX: la perversión y destrucción de la cultura tradicional. Los campesinos son cultos aunque sean analfabetos. Tienen un pasado, una tradición, unas imágenes. Llegan a México o a Guadalajara y olvidan todo. Y entonces, ¿qué tienen sus hijos, y los hijos de sus hijos? La cultura de la sociedad industrial moderna. Pero las formas de la cultura industrial, cuando llegan a México, ya son muy inferiores a las de los Estados Unidos o de Europa. A su vez, lo que llega a la gente que pertenece al *lumpenproletariat* son los restos, los detritos de esas formas e ideas. Esto no tiene nada que ver con la pobreza en sentido estricto sino con el fenómeno de coexistencia de dos sociedades: sociedades industriales y sociedades tradicionales.

El hombre, por el hecho de ser hombre, es un enajenado. Marx pensaba que si el hombre fuera dueño de sus productos, sería dueño de su destino: recobraría su ser natural y cesaría la enajenación. Pero yo creo que la enajenación consiste, fundamentalmente, en ser otro dentro de uno mismo. Esa enajenación es el fondo de la naturaleza humana y no de la sociedad de clases. Estoy más cerca de Nietzsche y de Freud que de Marx y Rousseau. Todas las civilizaciones son civilizaciones de la enajenación y todos los civilizados se rebelan contra la enajenación.

–*¿Podría usted dar una respuesta a la pregunta que hace en* El laberinto: «*¿Qué es lo que da sentido a nuestra presencia en la tierra?*». *Por otra parte, ¿ha encontrado México esa «forma» que desde hace siglos busca y combate a la vez?*

–Comenzaré por la segunda pregunta: México no ha encontrado esa «forma». En el zapatismo había probablemente el germen de la respuesta. Pero otra vez se han superpuesto formas externas a nuestra realidad y se han aplastado los gérmenes de salud que había en la revuelta zapatista. Evidentemente, en el campo de la creación poética y literaria sí, ahí hay expresiones que me devuelven la fe en la originalidad de México. En cuanto a saber «lo que da sentido a nuestra presencia en la tierra»: me re-

conozco hombre no en la respuesta que podría dar ahora a esta pregunta sino en la pregunta misma. Esa pregunta, repetida desde el principio, desde Babilonia y aun antes, es lo que da sentido a nuestros afanes terrestres. No hay sentido: hay búsqueda del sentido.

—En el último capítulo del libro usted afirma que en nuestro mundo el amor y la poesía son forzosamente marginales. ¿Sigue usted pensando que hay una oposición entre «historia» y «poesía»?

—Sí. Creo que hay una oposición fundamental entre lo que yo llamo la realidad real y la otra realidad. Hay una frase de Marx (está en el *Manifiesto comunista*) que Luis Buñuel pensó en utilizar como subtítulo de su película *La Edad de Oro*. Usted sabe que el tema de esa película es la suerte del amor en el mundo moderno. La frase de Marx es, en español, un alejandrino perfecto: *En las aguas heladas del cálculo egoísta.* Eso es la sociedad. Por eso el amor y la poesía son marginales.

México, agosto de 1975

«Vuelta a *El laberinto de la soledad*» se publicó por primera vez en *Plural*, núm. 50, México, noviembre de 1975, y se recogió en *El ogro filantrópico*, Barcelona (Seix Barral) y México (Joaquín Mortiz), 1979.

II

PRESENTE FLUIDO

...¡Oh Tiempo, oh Todavía
preñado de inminencias!

ANTONIO MACHADO

Postdata

Crítica de la pirámide

Nota

Estas páginas desarrollan y amplían la conferencia que pronuncié en la Universidad de Texas, Austin, el 30 de octubre pasado (Hackett Memorial Lecture). Su tema es una reflexión sobre lo que ha ocurrido en México desde que escribí *El laberinto de la soledad* y de ahí que haya llamado a este ensayo: *Postdata*. Es una prolongación de ese libro pero, apenas si es necesario advertirlo, una prolongación crítica y autocrítica; *Postdata* no solamente por continuarlo y ponerlo al día sino por ser una nueva tentativa por descifrar la realidad. Tal vez valga la pena aclarar (una vez más) que *El laberinto de la soledad* fue un ejercicio de la imaginación crítica: una visión y, simultáneamente, una revisión. Algo muy distinto a un ensayo sobre la filosofía de lo mexicano o a una búsqueda de nuestro pretendido ser. El mexicano no es una esencia sino una historia. Ni ontología ni psicología. A mí me intrigaba (me intriga) no tanto el «carácter nacional» como lo que oculta ese carácter: aquello que está detrás de la máscara. Desde esta perspectiva el carácter de los mexicanos no cumple una función distinta a la que tiene en otros pueblos y sociedades: por una parte es un escudo, un muro; por la otra, un haz de signos, un jeroglífico. Por lo primero, es una muralla que nos defiende de la mirada ajena a cambio de inmovilizarnos y aprisionarnos; por lo segundo, es una máscara que al mismo tiempo nos expresa y nos ahoga. La mexicanidad no es sino otro ejemplar, una variación más, de esa cambiante idéntica criatura plural una que cada uno es y todos somos: ninguno. El hombre/los hombres: perpetua oscilación. La diversidad de caracteres, temperamentos, historias, civilizaciones, hace del hombre: los hombres; y el plural se resuelve, se disuelve, en un singular: yo, tú, él, desvanecidos apenas pronunciados. Como los nombres, los pronombres son máscaras y detrás de ellos no hay nadie salvo, quizá, un nosotros instantáneo que es el parpadeo de un ello igualmente fugaz. Pero mientras vivimos no podemos escapar ni de las máscaras ni de los nombres y pronombres: somos inseparables de nuestras ficciones –nuestras facciones. Estamos condenados a inventarnos una máscara y, después, a descubrir que esa máscara es nuestro verdadero rostro. En *El laberinto de la soledad* me esforcé por eludir (claro, sin lograrlo del todo) tanto las trampas del humanismo abstracto como las ilusiones de una filosofía de lo mexicano: la máscara convertida en rostro/el rostro petrificado en máscara. En aquella época no me in-

teresaba la definición de lo mexicano sino, *como ahora*, la crítica: esa actividad que consiste, tanto o más que en conocernos, en liberarnos. La crítica despliega una posibilidad de libertad y así es una invitación a la acción.

Postdata a un libro que escribí hace veinte años, estas páginas son igualmente un prefacio a otro libro no escrito. En dos obras, *El laberinto de la soledad* y *Corriente alterna*, he aludido a ese libro: el tema de México desemboca en la reflexión sobre la suerte de América Latina. México es un fragmento, una parte de una historia más vasta. Yo no sé si soy la persona más a propósito para escribir ese libro y, si lo fuese, tampoco sé si alguna vez podré hacerlo. En cambio, sé que esa reflexión deberá ser una recuperación de nuestra verdadera historia, desde el dominio español y el fracaso de nuestra Revolución de Independencia –un fracaso que corresponde a los de España en los siglos XIX y XX– hasta nuestros días; sé, además, que ese libro deberá enfrentarse, como su tema central, al problema del desarrollo. Las revoluciones contemporáneas en América Latina han sido y son respuestas a la insuficiencia del desarrollo y de ahí arrancan tanto su justificación histórica como sus fatales y obvias limitaciones. Para los clásicos del pensamiento revolucionario del siglo XIX, la Revolución sería la consecuencia del desarrollo: el proletariado urbano pondría fin al desequilibrio entre el progreso técnico y económico (el modo de producción industrial) y el nulo o escaso progreso social (el modo de propiedad capitalista); para los caudillos revolucionarios de las naciones atrasadas o marginales del siglo XX, la Revolución se ha convertido en una vía hacia el desarrollo, con los resultados que todos conocemos. Los modelos de desarrollo que hoy nos ofrecen el Oeste y el Este son compendios de horrores: ¿podremos nosotros inventar modelos más humanos y que correspondan a lo que somos? Gente de las afueras, moradores de los suburbios de la historia, los latinoamericanos somos los comensales no invitados que se han colado por la puerta trasera de Occidente, los intrusos que han llegado a la función de la modernidad cuando las luces están a punto de apagarse –llegamos tarde a todas partes, nacimos cuando ya era tarde en la historia, tampoco tenemos un pasado o, si lo tenemos, hemos escupido sobre sus restos, nuestros pueblos se echaron a dormir durante un siglo y mientras dormían los robaron y ahora andan en andrajos, no logramos conservar ni siquiera lo que los españoles dejaron al irse, nos hemos apuñalado entre nosotros... No obstante, desde el llamado modernismo de fines de siglo, en estas tierras nuestras hostiles al pensamiento han brotado, aquí y allá, dispersos pero sin interrupción, poetas y prosis-

tas y pintores que son los pares de los mejores en otras partes del mundo. Y ahora, ¿seremos al fin capaces de pensar por nuestra cuenta? ¿Podremos concebir un modelo de desarrollo que sea nuestra versión de la modernidad? ¿Proyectar una sociedad que no esté fundada en la dominación de los otros y que no termine ni en los helados paraísos policíacos del Este ni en las explosiones de náuseas y odio que interrumpen el festín del Oeste?

El tema del desarrollo está íntimamente ligado al de nuestra identidad: ¿quién, qué y cómo somos? Repetiré que no somos nada, excepto una relación: algo que no se define sino como parte de una historia. La pregunta sobre México es inseparable de la pregunta sobre el porvenir de América Latina y ésta, a su vez, se inserta en otra: la del futuro de las relaciones entre ella y los Estados Unidos. La pregunta sobre nosotros se revela siempre como una pregunta sobre los otros. Desde hace más de un siglo ese país se presenta ante nuestros ojos como una realidad gigantesca pero apenas humana. Sonrientes o coléricos, con la mano abierta o cerrada, los Estados Unidos ni nos oyen ni nos miran pero caminan y, al caminar, se meten por nuestras tierras y nos aplastan. Es imposible detener a un gigante; no lo es, aunque tampoco sea fácil, obligarlo a oír a los otros: si escucha, se abre la posibilidad de la convivencia. Por razón de sus orígenes (el puritano habla con Dios y consigo mismo, no con los otros) y, sobre todo, de su poderío, los norteamericanos sobresalen en el monólogo: son elocuentes y, también, conocen el valor del silencio. Pero la conversación no es su fuerte: no saben ni escuchar ni replicar. A pesar de que hasta ahora han fracasado casi todas nuestras tentativas de diálogo con ellos, durante los últimos años hemos presenciado ciertos acontecimientos que, quizá, prefiguran un cambio de actitud. Si América Latina vive un período de revueltas y transformaciones, los Estados Unidos atraviesan por otro no menos violento y profundo: la rebelión de los negros y los chicanos, la de los jóvenes y las mujeres, la de los artistas y los intelectuales. Cierto, tanto por las causas que los originan como por las ideas que los inspiran, esos movimientos son distintos a los que conmueven a nuestros países y por eso cometeríamos un nuevo error si tratásemos de imitarlos ciegamente; no lo cometeremos si nos damos cuenta de que en ellos se despliega una capacidad de crítica y de autocrítica que sería vano buscar en América Latina. Nosotros todavía no aprendemos a pensar con verdadera libertad. No es una falla intelectual sino moral: el valor de un espíritu, decía Nietzsche, se mide por su capacidad para soportar la verdad. Una de las razones de nuestra incapacidad para la democracia es nuestra correlativa in-

capacidad crítica. Los norteamericanos –al menos los mejores, la conciencia de la nación– intentan ahora ver a la verdad, a su verdad, sin cerrar los ojos. Por primera vez en la historia de los Estados Unidos –antes sólo lo habían hecho unos cuantos poetas y filósofos– se manifiesta una poderosa corriente de opinión que pone en tela de juicio los valores y creencias sobre los que se ha edificado la civilización angloamericana. Aquellos que están a la cabeza del progreso ahora lo critican: ¿no es inaudito? La crítica del progreso es un portento, una promesa de otros cambios. Si se me preguntase: ¿podrán los Estados Unidos dialogar con nosotros?, yo contestaría: sí, a condición de que aprendan antes a hablar con ellos mismos, con su propia *otredad*: con sus negros, sus chicanos y sus jóvenes. Habría que decir algo parecido a los latinoamericanos: la crítica del *otro* comienza con la crítica de uno mismo.

Austin, a 14 de diciembre de 1969

Olimpiada y Tlatelolco

Mil novecientos sesenta y ocho fue un año axial: protestas, tumultos y motines en Praga, Chicago, París, Tokio, Belgrado, Roma, México, Santiago... De la misma manera que las epidemias medievales no respetaban ni las fronteras religiosas ni las jerarquías sociales, la rebelión juvenil anuló las clasificaciones ideológicas. A esta espontánea universalidad de la protesta correspondió una reacción no menos espontánea y universal: invariablemente los gobiernos atribuyeron los desórdenes a una conspiración del exterior. Aunque los supuestos y secretos inspiradores fueron casi los mismos en todas partes, en cada país se barajaron sus nombres de manera distinta. A veces hubo curiosas, involuntarias coincidencias; por ejemplo, lo mismo para el gobierno de México que para el Partido Comunista Francés, los estudiantes estaban movidos por agentes de Mao y de la CIA. También fue notable la ausencia o, en el caso de Francia, la reticencia, de la clase tradicionalmente considerada como revolucionaria *per se*: el proletariado; los únicos aliados de los estudiantes han sido hasta ahora los grupos marginales que la sociedad tecnológica no ha podido o no ha querido integrar. Es claro que no estamos ante un recrudecimiento de la lucha de clases sino ante una revuelta de esos sectores que, de un modo permanente o transitorio, la sociedad tecnológica ha colocado al margen. Los estudiantes pertenecen a la segunda de estas categorías. Además, es el único grupo realmente internacional; todos los jóvenes de los países desarrollados son parte de la subcultura juvenil internacional, producto a su vez de una tecnología igualmente internacional.

Entre todos los sectores desafectos, el estudiantil es el más inquieto y, con la excepción de los negros norteamericanos, el más exasperado. Su exasperación no brota de condiciones de vida particularmente duras sino de la paradoja en que consiste ser estudiante: durante los largos años que pasan aislados en universidades y escuelas superiores, los muchachos y muchachas viven en una situación artificial, mitad como reclusos privilegiados y mitad como irresponsables peligrosos. Añádase la aglomeración extraordinaria en los centros de estudio y otras circunstancias bien conocidas y que operan como factores de segregación: seres reales en un mundo irreal. Es verdad que la enajenación juvenil no es sino una de las formas (y de las más benévolas) de la enajenación que impone a todos la sociedad tecnológica. También lo es que, debido a la irrealidad misma de

su situación, habitantes de una suerte de laboratorio en donde no rigen del todo las reglas de la sociedad de afuera, los estudiantes pueden reflexionar sobre su estado y, asimismo, sobre el del mundo que los rodea. La universidad es, a un tiempo, el objeto y la condición de la crítica juvenil. El objeto de la crítica porque es una institución que segrega a los jóvenes de la vida colectiva y que así, en esa segregación, anticipa en cierto modo su futura enajenación; los jóvenes descubren que la sociedad moderna fragmenta y separa a los hombres: el sistema no puede, por razón de su naturaleza misma, crear una verdadera comunidad. La condición de la crítica porque, sin la distancia que establece la universidad entre los jóvenes y la sociedad exterior, no habría posibilidad de crítica y los estudiantes ingresarían inmediatamente en el circuito mecánico de la producción y el consumo. Contradicción insalvable: si la universidad desapareciese, desaparecería la posibilidad de la crítica; al mismo tiempo, su existencia es una prueba –y más: una garantía– de la permanencia del objeto de la crítica, es decir, de aquello cuya desaparición se desea. La rebelión juvenil oscila entre estos dos extremos: su crítica es real, su acción es irreal. Su crítica da en el blanco pero su acción no puede cambiar a la sociedad e incluso, en algunos casos, lejos de atraer o de inspirar a otras clases, provoca regresiones como la de las elecciones francesas en 1968.

La acción de los gobiernos, por su parte, posee la opacidad de todos los realismos a corto plazo y que, a la larga, producen los cataclismos o las decadencias. Fortalecer el *statu quo* es fortalecer un sistema que crece y se extiende a expensas de los hombres que lo alimentan: a medida que aumenta su realidad, aumenta nuestra irrealidad. La ataraxia, el estado de ecuánime insensibilidad que los estoicos creían alcanzar por el dominio de las pasiones, la sociedad tecnológica la distribuye entre todos como una panacea. No nos cura de la desdicha que es ser hombres pero nos gratifica con un estupor hecho de resignación satisfecha y que no excluye la actividad febril. Sólo que la realidad reaparece cada vez con mayor furia y frecuencia: crisis, violencias, explosiones. Año axial, 1968 mostró la universalidad de la protesta y su final irrealidad: ataraxia y estallido, explosión que se disipa, violencia que es una nueva enajenación. Si las explosiones son parte del sistema, también lo son las represiones y el letargo, voluntario o forzado, que las sucede. La enfermedad que roe a nuestras sociedades es constitucional y congénita, no algo que le venga de fuera. Es una enfermedad que ha resistido a todos los diagnósticos, lo mismo a los de aquellos que se reclaman de Marx que a los de aquellos que se dicen herederos de Tocqueville. Extraño padecimiento que nos

condena a desarrollarnos y a prosperar sin cesar para así multiplicar nuestras contradicciones, enconar nuestras llagas y exacerbar nuestra inclinación a la destrucción. La filosofía del progreso muestra al fin su verdadero rostro: un rostro en blanco, sin facciones. Ahora sabemos que el reino del progreso no es de este mundo: el paraíso que nos promete está en el futuro, un futuro intocable, inalcanzable, perpetuo. El progreso ha poblado la historia de las maravillas y los monstruos de la técnica pero ha deshabitado la vida de los hombres. Nos ha dado más cosas, no más ser.

El sentido profundo de la protesta juvenil –sin ignorar ni sus razones ni sus objetivos inmediatos y circunstanciales– consiste en haber opuesto al fantasma implacable del futuro la realidad espontánea del ahora. La irrupción del ahora significa la aparición, en el centro de la vida contemporánea, de la palabra prohibida, la palabra maldita: *placer*. Una palabra no menos explosiva y no menos hermosa que la palabra *justicia*. Cuando digo placer no pienso en la elaboración de un nuevo hedonismo ni en el regreso a la antigua sabiduría sensual –aunque lo primero no sea desdeñable y lo segundo sea deseable– sino en la revelación de esa mitad obscura del hombre que ha sido humillada y sepultada por las morales del progreso: esa mitad que se revela en las imágenes del arte y del amor. La definición del hombre como un ser que trabaja debe cambiarse por la del hombre como un ser que desea. Ésa es la tradición que va de Blake a los poetas surrealistas y que los jóvenes recogen: la tradición profética de la poesía de Occidente desde el romanticismo alemán. Por primera vez desde que nació la filosofía del progreso de las ruinas del universo medieval, precisamente en el seno de la sociedad más avanzada y progresista del mundo, los Estados Unidos, los jóvenes se preguntan sobre la validez y el sentido de los principios que han fundado a la Edad Moderna. Esta pregunta no revela ni odio a la razón y la ciencia ni nostalgia por el período neolítico (aunque el neolítico fue, según Lévi-Strauss y otros antropólogos, probablemente la única época feliz que hayan conocido los hombres). Al contrario, es una pregunta que sólo una sociedad tecnológica puede hacerse y de cuya contestación depende la suerte del mundo que hemos edificado: pasado, presente y futuro, ¿cuál es el verdadero tiempo del hombre, en dónde está su reino? Y si su reino es el presente, ¿cómo insertar el *ahora*, por naturaleza explosivo y orgiástico, en el tiempo histórico? La sociedad moderna ha de contestar a estas preguntas sobre el ahora –*ahora mismo*. La otra alternativa es perecer en un estallido suicida o hundirse más y más en el ruinoso proceso actual en el que la producción de bienes amenaza ser ya inferior a la producción de desechos.

La universalidad de la protesta juvenil no impide que asuma características específicas en cada región del mundo. El movimiento juvenil en los Estados Unidos y en Europa contiene, según acabo de explicar, preguntas implícitas y no formuladas que atañen a los fundamentos mismos de la Edad Moderna y a lo que, desde el siglo XVIII, constituye su principio rector. Esas preguntas aparecen muy diluidas en los países de Europa oriental y no aparecen del todo, excepto como *slogans* vacíos, en América Latina. La razón es clara: los norteamericanos y los europeos son los únicos que tienen realmente una experiencia completa de lo que es y significa el progreso. En Occidente los jóvenes se rebelan contra los mecanismos de la sociedad tecnológica: contra su mundo tantálico de objetos que se gastan y disipan apenas los poseemos —como si fuesen una involuntaria y concluyente confirmación del carácter ilusorio que atribuyen a la realidad los budistas— y contra la violencia abierta o solapada que esa sociedad ejerce sobre sus minorías y, en el exterior, sobre otros pueblos. En cambio, en los países del Este europeo la lucha juvenil presenta dos notas ausentes en Occidente: nacionalismo y democracia. Nacionalismo frente a la dominación y la injerencia soviética en esos países; democracia frente a las burocracias comunistas incrustadas en la vida política y económica. Es revelador que esta última aparezca como la reivindicación inmediata y primordial de los jóvenes en el Este: la democracia, esa palabra que ha perdido casi todo su magnetismo en Occidente. Es un síntoma desolador: cualesquiera que sean las limitaciones de la democracia occidental (y son muchas y gravísimas: régimen burocrático de partidos, monopolios de la información, corrupción, etc.), sin libertad de crítica y sin pluralidad de opiniones y grupos no hay vida política. Y para nosotros, hombres modernos, vida política es sinónimo de vida racional y civilizada. Esto es verdad incluso para naciones herederas de altas civilizaciones y que, como la antigua China, no conocieron la democracia. Los jóvenes fanáticos que recitan el catecismo de Mao —de paso: mediocre poeta académico— cometen no sólo una falta estética e intelectual sino un error moral. No se puede sacrificar el pensamiento crítico en las aras del desarrollo económico acelerado, la idea revolucionaria, el prestigio y la infalibilidad de un jefe o cualquier otro espejismo análogo. Las experiencias de Rusia y México son concluyentes: sin democracia, el desarrollo económico carece de sentido, aunque éste haya sido gigantesco en el primer país y muchísimo más modesto pero proporcionalmente no menos apreciable en el segundo. Toda dictadura, sea de un hombre o de un partido, desemboca en las dos formas predilectas de la esquizofrenia: el mo-

nólogo y el mausoleo. México y Moscú están llenos de gente con morda-
za y de monumentos a la Revolución.

El movimiento de los estudiantes mexicanos mostró semejanzas con los
de otros países, tanto de Occidente como de Europa oriental. Me parece
que la afinidad mayor fue con los de esta última: nacionalismo, sólo que
no en contra de la intervención soviética sino del imperialismo norteame-
ricano; aspiración a una reforma democrática; protesta, no en contra de
las burocracias comunistas sino del Partido Revolucionario Institucional.
Pero la rebelión juvenil mexicana fue singular, como el país mismo. No
hay ningún dudoso nacionalismo en mi observación; México es una na-
ción que, dentro de la civilización occidental, ocupa una posición excén-
trica: «castellana rayada de azteca», decía el poeta López Velarde; asimis-
mo, dentro de América Latina, su situación histórica es única: México
vive un período postrevolucionario en tanto que la mayoría de los otros
países atraviesan por una etapa prerrevolucionaria. Por último, su de-
sarrollo económico ha sido excepcional. Después de un prolongado y
sangriento período de violencia, la Revolución mexicana logró crear ins-
tituciones originales y un Estado nuevo. Desde hace cuarenta años, y
especialmente en las dos últimas décadas, la economía del país ha hecho
tales progresos que los economistas y sociólogos citan el caso de México
como un ejemplo para los otros países subdesarrollados. En efecto, las es-
tadísticas son impresionantes, sobre todo si se tiene en cuenta el estado en
que se encontraba la nación en 1910 y las destrucciones materiales y hu-
manas que sufrió durante cerca de veinte años de guerras civiles. Como
una suerte de reconocimiento internacional a su transformación en un
país moderno o semimoderno, México solicitó y obtuvo que su capital
fuese la sede de los Juegos Olímpicos en 1968. Los organizadores no sólo
salieron airosos de la prueba sino que inclusive añadieron al programa de-
portivo una nota original, tendiente a subrayar el carácter pacífico y no
competitivo de la Olimpiada mexicana: exposiciones de arte universal,
conciertos y representaciones de teatro y danza por compañías de todos
los países, un encuentro internacional de poetas y otros actos de la mis-
ma índole. Pero dentro del contexto de la rebelión juvenil y de la repre-
sión que la siguió, estas celebraciones parecieron gestos espectaculares
con los que se quería ocultar la realidad de un país conmovido y aterra-
do por la violencia gubernamental. Así, en el momento en que el gobier-
no obtenía el reconocimiento internacional de cuarenta años de estabili-
dad política y de progreso económico, una mancha de sangre disipaba

el optimismo oficial y provocaba en todos los espíritus una duda sobre el sentido de ese progreso.

El movimiento estudiantil se inició como una querella callejera entre bandas rivales de adolescentes. La brutalidad policíaca unió a los muchachos. Después, a medida que aumentaban los rigores de la represión y crecía la hostilidad de la prensa, la radio y la televisión, en su casi totalidad entregadas al gobierno, el movimiento se robusteció, se extendió y adquirió conciencia de sí. En el transcurso de unas cuantas semanas apareció claramente que los estudiantes, sin habérselo propuesto expresamente, eran los voceros del pueblo. Subrayo: no los voceros de esta o aquella clase, sino de la conciencia general. Desde el principio se intentó aislar el movimiento tendiendo un cordón sanitario que lo aislase e impidiese el contagio ideológico. Los dirigentes y funcionarios de los sindicatos obreros se apresuraron a condenar, en términos amenazadores, a los estudiantes; lo mismo hicieron, aunque con menos violencia, los partidos políticos de la izquierda y la derecha oficiales. No obstante la movilización de todos estos medios de propaganda y de coacción moral, para no hablar de la violencia física de la policía y el ejército, el pueblo engrosó espontáneamente las manifestaciones juveniles y una de ellas, la célebre «manifestación silenciosa», agrupó a cerca de cuatrocientas mil personas, algo nunca visto en México.

A diferencia de los estudiantes franceses en mayo de ese mismo año, los mexicanos no se proponían un cambio violento y revolucionario de la sociedad ni su programa tenía el radicalismo de los de muchos grupos de jóvenes alemanes y norteamericanos. Tampoco apareció la tonalidad orgiástica y pararreligiosa de los *hippies*. El movimiento fue reformista y democrático, a pesar de que algunos de sus dirigentes pertenecían a la extrema izquierda. ¿Una maniobra táctica? Me parece más sensato atribuir esta ponderación a la naturaleza de las circunstancias y al peso de la realidad objetiva: ni el temple del pueblo mexicano es revolucionario ni lo son las condiciones históricas del país. Nadie quiere una revolución sino una reforma: acabar con el régimen de excepción iniciado por el Partido Nacional Revolucionario hace cuarenta años. Las peticiones de los estudiantes, por lo demás, fueron realmente moderadas: la derogación de un artículo del Código Penal, a todas luces inconstitucional y que contiene esa afrenta a los derechos humanos que se llama «delito de opinión»; la libertad de varios presos políticos; la destitución del jefe de la policía, etc. Todas estas peticiones se resumían en una palabra que fue el eje del movimiento y el secreto de su instantáneo poder de seducción sobre la conciencia popu-

lar: *democratización*. Una y otra vez los muchachos pidieron «el diálogo público entre el gobierno y los estudiantes», preludio del diálogo entre el pueblo y las autoridades. Esta demanda recogía la que habíamos hecho un grupo de escritores en 1958 ante disturbios semejantes, aunque de menor amplitud –que anunciaban, como entonces advertimos al gobierno, los que se producirían diez años después.

La actitud de los estudiantes le daba al gobierno la posibilidad de enderezar su política sin perder la cara. Hubiera bastado con oír lo que el pueblo decía a través de las peticiones juveniles; nadie esperaba un cambio radical pero sí mayor flexibilidad y una vuelta a la tradición de la Revolución mexicana, que nunca fue dogmática y sí muy sensible a las mudanzas del ánimo popular. Se habría roto así la cárcel de palabras y conceptos en que el gobierno se ha encerrado, todas esas fórmulas en las que ya nadie cree y que se condensan en esa grotesca expresión con que la familia oficial designa al partido único: el Instituto Revolucionario. Al liberarse de su cárcel de palabras, el gobierno habría podido forzar la otra cárcel, más real, que lo envuelve y paraliza: la de los negocios e intereses de los banqueros y financieros. Restablecer la comunicación con el pueblo hubiera significado recobrar autoridad y libertad para dialogar con la derecha, la izquierda y con los Estados Unidos. Con gran claridad y concisión una de las inteligencias más agudas y honradas de México, Daniel Cosío Villegas, apuntaba lo que a su juicio –y debe agregarse: al de la mayoría de los mexicanos pensantes– era «el único remedio: hacer pública de verdad la vida pública». El gobierno prefirió apelar, alternativamente, a la fuerza física y a la retórica «revolucionario-institucional». Estas vacilaciones eran probablemente el reflejo de una lucha entre los «técnicos», deseosos de salvar lo poco que aún queda vivo de la herencia revolucionaria, y la burocracia política partidaria de la mano dura. Pero en ningún momento se advirtió el deseo de «hacer pública la vida pública» y abrir el diálogo con la gente. Las autoridades, es verdad, propusieron la negociación, sólo que entre bastidores; las pláticas abortaron porque los estudiantes se negaron a aceptar este inmoral procedimiento.

A fines de septiembre el ejército ocupó la Universidad Nacional y el Instituto Politécnico. Ante la reprobación que provocó esta medida, las tropas desalojaron los locales de las dos instituciones. Hubo un respiro. Esperanzados, los estudiantes celebraron una reunión (no una manifestación) en la plaza de Tlatelolco, el 2 de octubre. En el momento en que los recurrentes, concluido el mitin, se disponían a abandonar el lugar, la plaza fue cercada por el ejército y comenzó la matanza. Unas horas después

se levantó el campo. ¿Cuántos murieron? En México ningún periódico se
ha atrevido a publicar las cifras. Daré aquí la que el periódico inglés *The
Guardian*, tras una investigación cuidadosa, considera como la más pro-
bable: 325 muertos. Los heridos deben haber sido miles, lo mismo que las
personas aprehendidas[1]. El 2 de octubre de 1968 terminó el movimiento
estudiantil. También terminó una época de la historia de México.

Aunque las revueltas estudiantiles son un fenómeno mundial, se mani-
fiestan con mayor virulencia en las sociedades más adelantadas. Así, pues,
puede decirse que el movimiento estudiantil y la celebración de la Olim-
piada en México fueron hechos complementarios: los dos eran signos del
relativo desarrollo del país. Lo discordante, lo anómalo y lo imprevisible
fue la actitud gubernamental. ¿Cómo explicarla? Por una parte, ni las pe-
ticiones de los estudiantes ponían en peligro al régimen ni éste se enfren-
taba a una situación revolucionaria; por la otra, ningún acto de ningún
gobierno −ni siquiera el de Francia, ése sí amenazado con una oleada re-
volucionaria− tuvo la ferocidad, no hay otra palabra, de la represión me-
xicana. La prensa mundial, a pesar de la diaria ración de iniquidades que
contienen sus páginas, se sintió levemente escandalizada. Una popular re-
vista norteamericana, horrorizada pero púdica, dijo que lo de México era
un caso típico de *overreaction*, un síntoma de «la esclerosis del régimen
mexicano». Curioso *understatement*... Una reacción exagerada o excesi-
va delata, en cualquier organismo vivo, miedo e inseguridad; y la esclero-
sis no sólo es signo de vejez sino de incapacidad para cambiar. El régimen
mostró que no podía ni quería hacer un examen de conciencia; ahora
bien, sin crítica y, sobre todo, sin autocrítica, no hay posibilidad de cam-
bio. Esta debilidad mental y moral lo condujo a la violencia física. Como
esos neuróticos que al enfrentarse a situaciones nuevas y difíciles retroce-
den, pasan del miedo a la cólera, cometen acciones insensatas y así regre-
san a conductas instintivas, infantiles o animales, el gobierno regresó
a períodos anteriores de la historia de México: agresión es sinónimo de
regresión. Fue una repetición instintiva que asumió la forma de un ritual
de expiación; las correspondencias con el pasado mexicano, especialmen-
te con el mundo azteca, son fascinantes, sobrecogedoras y repelentes. La
matanza de Tlatelolco nos revela que un pasado que creíamos enterrado
está vivo e irrumpe entre nosotros. Cada vez que aparece en público, se

1. Todavía están en la cárcel 200 estudiantes, varios profesores universitarios y José
Revueltas, uno de los mejores escritores de mi generación y uno de los hombres más
puros de México. (*Nota de 1970.*)

presenta enmascarado y armado; no sabemos quién es, excepto que es destrucción y venganza. Es un pasado que no hemos sabido o no hemos podido reconocer, nombrar, desenmascarar. Pero antes de tocar este tema –que es el tema central y secreto de nuestra historia– debo describir, en sus grandes líneas, el desarrollo del México moderno, ese desarrollo paradójico en el que la simultaneidad de los elementos contradictorios se condensa en estos dos nombres: Olimpiada y Tlatelolco.

El desarrollo y otros espejismos[1]

Apenas consumada la derrota militar del antiguo régimen, el país tuvo que hacer frente al peligro que amenaza a toda revolución triunfante: la anarquía. Las querellas entre las distintas facciones que componían el movimiento revolucionario no fueron menos violentas que la rebelión armada del pueblo contra la autocracia de Porfirio Díaz y su ejército profesional. Las facciones eran más personalistas que ideológicas pero representaban ya, en forma rudimentaria, los intereses y tendencias de las distintas clases y grupos: campesinos, rancheros, pequeña burguesía, naciente clase obrera, etc. Aunque la recién adoptada Constitución (1917) preveía la transmisión pacífica del poder por medio de elecciones democráticas, la realidad era muy distinta: los partidos políticos no existían y el país estaba regido por la dictadura revolucionaria, es decir, por la dictadura de los caudillos militares de la Revolución. La lucha entre las facciones nunca fue democrática: no era el número de votos sino el de soldados y fusiles lo que daba la supremacía política. Cada elección presidencial degeneraba en una lucha armada que terminaba con la muerte de uno o varios de los aspirantes al poder y de muchos de sus partidarios, para no hablar de la gente inocente arrastrada por las aventuras y rencillas de los grandes. Después de haber destruido la dictadura de Porfirio Díaz, el país parecía condenado a repetir otra vez (y para siempre) el ciclo monótono y sangriento de la dictadura a la anarquía y de la anarquía a la dictadura. Pero la eliminación progresiva y violenta de los caudillos militares facilitó el tránsito hacia un régimen que, si no era democrático, tampoco era suicida ni autodestructivo. La primera medida, negativa, fue la prohibición cons-

1. He suprimido tres páginas sobre temas económicos, en las que me reducía a glosar las opiniones de unos cuantos especialistas. (*Nota de 1993.*)

titucional de la reelección presidencial. Así se evitó la dictadura personal. La segunda medida, positiva, fue la fundación del Partido Nacional Revolucionario (1929). Así se aseguró la dictadura revolucionaria. Mejor dicho: la dictadura del grupo vencedor en la lucha entre las facciones.

El PNR fue una asociación de jefes militares y políticos en torno a la figura del general Calles. Agente, brazo civil del poder revolucionario, el partido no poseía fuerza por sí mismo; su poder era el reflejo del poder del caudillo y de los militares y caciques que regían las provincias. No obstante, a medida que la paz se extendía y que el país iniciaba el regreso hacia la normalidad, el partido cobraba fuerza –no a expensas del caudillo sino de los generales. La estructura política dual del México contemporáneo estaba ya en embrión en el PNR: el presidente y el partido. La función del nuevo organismo fue sobre todo de orden negativo: no sirvió tanto para implantar un programa como para reducir los choques entre las facciones y someter a los levantiscos. Aunque no fue una semilla de democracia, fue el comienzo de una estructura política nacional, estrechamente fundida al nuevo Estado. Entre las palabras que formaban su nombre, la significativa era la segunda (*nacional*): el PNR combatió y debilitó el poder de los sátrapas regionales y de los atamanes revolucionarios.

En 1938 Lázaro Cárdenas cambió el nombre del partido, su composición y su programa. El Partido de la Revolución Mexicana tuvo una base social más ancha que el PNR y lo integraron cuatro grupos: el obrero, el campesino, el popular y el militar. Fue una tentativa por crear una democracia por funciones más que una democracia política[1]. Su programa y su acción fueron auténticamente revolucionarios. El PRM se convirtió en un eficaz instrumento de auscultación y consulta del pueblo: los ojos y los oídos del excelente y generoso presidente que fue Lázaro Cárdenas. A pesar de que su lema era «Por una democracia de trabajadores», el PRM tampoco fue un partido democrático. Si no queda memoria de sus debates es porque no los hubo: su política nunca fue el producto de una deliberación pública sino que le fue dictada por el presidente Cárdenas. Incluso el ingreso al partido de las agrupaciones obreras y campesinas, lejos de fortalecerlas, contribuyó a su servidumbre ulterior. Según la mayoría de los historiadores, la Revolución propiamente dicha terminó en la década que va de 1940 a 1950. Desde entonces el desarrollo econó-

1. En realidad el PRM de Cárdenas fue un partido compuesto por sindicatos y otras agrupaciones, no por individuos. Fue un partido corporatista –y lo sigue siendo. (*Nota de 1985.*)

mico y la industrialización se han convertido en los objetivos inmediatos y primordiales del régimen. El iniciador de esta política fue Miguel Alemán, un presidente no menos enérgico que Cárdenas. En 1946 Alemán cambió otra vez el nombre del partido, que ahora se llama, intrépidamente y como una curiosa ilustración de las paradojas de la política más que de la lógica: Partido Revolucionario Institucional.

Los tres nombres del partido reflejan los tres momentos del México moderno: la creación del nuevo Estado, la reforma social y el desarrollo económico. Pero ninguna de las tendencias que caracterizan a estos tres momentos surgió del partido sino de arriba, de la presidencia y sus consejeros[1]. ¡Ninguna idea y ningún programa en los cuarenta años que lleva de vida! El partido no es una agrupación política en el sentido recto de la palabra: ni su forma de reclutamiento es democrática ni en su seno se elaboran programas y estrategias para realizarlos. Es un organismo burocrático que cumple funciones político-administrativas. Su misión principal es la dominación política, no por la fuerza física sino por el control y la manipulación de los grupos populares, a través de las burocracias que dirigen los sindicatos obreros y las asociaciones de los campesinos y la clase media. En esta tarea cuenta con la protección del poder público y con la benévola neutralidad, cuando no con el apoyo descarado, de la casi totalidad de los medios de información: el monopolio político implica no sólo el control de las organizaciones populares sino el de la opinión pública. Al mismo tiempo, el partido es un órgano de exploración de la conciencia popular y de sus aspiraciones y tendencias. Es una función capital y que, en el pasado, le dio flexibilidad, vitalidad y aun popularidad, pero que ahora, debido a su organización jerárquica y a la esclerosis que lo va paralizando cada vez más, cumple con creciente ineficacia. La sordera del PRI aumenta en proporción directa al aumento del clamor popular.

Por sus funciones y por el uso inmoderado de una jerga radical, el PRI podría parecerse a los partidos comunistas del Este europeo: uno y otros son burocracias políticas incrustadas en la economía nacional, aunque las de aquellos países sean economías estatales y la nuestra sea mixta. Pero el PRI no es un partido ideológico sino de grupos e intereses, circunstancia que, si ha favorecido la venalidad, nos ha salvado de los terrores de una

1. Observo que en ninguna de estas tres etapas aparece, salvo de manera retórica, la demanda inicial de la Revolución de México, una aspiración que conmovió a las conciencias y movió a las voluntades como ninguna otra: la democracia. (*Nota de 1986.*)

ortodoxia cualquiera. La variedad de tendencias que coexisten en su interior, mejor dicho: que hasta hace poco coexistían, podría asemejarlo al Partido del Congreso de la India, sólo que hay una diferencia de cuenta: el partido mexicano no conoce la democracia interna y está dominado por un grupo de jerarcas que, a su vez, prestan obediencia ciega al presidente en turno. Esto ha sido particularmente infortunado porque la diversidad de corrientes y opiniones dentro del partido –reflejo de las que dividen a la nación y que constituyen su realidad política y social– hubiera permitido intentar un experimento que, además de vitalizar y regenerar el régimen, habría ofrecido una solución a la crisis que desde hace más de diez años vive el país: iniciar la reforma democrática en el PRI mismo. Es lo que esperábamos muchos y lo que se propuso hacer, recientemente, Carlos Madrazo[1]. El fracaso de su tentativa es un signo de que ese remedio es ya tardío.

Al asegurar la continuidad gubernamental, el partido ha sido un instrumento de paz y estabilidad. Frente a la pesadilla de la dictadura personal sin más límites que el poder del caudillo y que terminaba casi siempre en una explosión sangrienta, los jefes revolucionarios idearon un régimen de dictadura institucional limitada e impersonal. El presidente tiene poderes inmensos pero no puede ocupar el puesto sino una sola vez; el poder que ejerce le viene de su investidura y desaparece con ella; el principio de rotación y selección opera dentro del partido: para ser presidente, gobernador, senador, diputado o alcalde, hay que pasar por el PRI, aprobar las asignaturas y ascender escalón por escalón. El PRI es una escuela, un laboratorio y un cedazo de dirigentes políticos y gobernantes. Los métodos de promoción son los mismos que en todas las burocracias; para ascender se requiere disciplina, espíritu de cuerpo, respeto a las jerarquías, antigüedad, capacidad administrativa, dedicación, eficacia, habilidad, suavidad, astucia, energía despiadada… Los ascensos se hacen por consenso de los superiores. Si el partido desdeña el principio democrático de elección, acepta en cambio el derecho aristocrático de veto: aunque el presidente tiene el privilegio indisputado de designar a su sucesor, debe consultar antes con los antiguos presidentes y con los grandes jerarcas. La

1. Cf. «Revisión y profanación» (en *Ideas y costumbres II*, décimo volumen de estas obras), en el que me ocupo asimismo del tema de la debilidad del mercado interno y de la necesidad de restablecer la democracia interna en los sindicatos obreros, medida que simultáneamente habría contribuido a la solución de dos problemas: la crisis política y el bajo poder de consumo de nuestro proletariado.

regla no formulada es que su candidato no debe, por lo menos, provocar la oposición de estos dignatarios. Cada uno de ellos representa poderosos intereses, desde los de las empresas privadas hasta los de las burocracias de los sindicatos obreros y las organizaciones campesinas. El derecho de veto corresponde particularmente a los antiguos presidentes: son la voz de la tradición y representan la continuidad revolucionaria, algo así como el Consejo de los Ancianos[1].

Derecho de veto pero no de censura: el PRI jamás ha sido un órgano de crítica de la acción presidencial; al contrario, lo ha sido de apoyo incondicional a sus medidas y de diligente ejecución de sus órdenes. En México hay un horror que no es excesivo llamar sagrado a todo lo que sea crítica y disidencia intelectual; una diferencia de opinión se transforma instantánea e insensiblemente en una querella personal. Esto es particularmente cierto por lo que toca al presidente: cualquier crítica a su política se convierte en sacrilegio. Aclaro que es una veneración que desaparece al ceder el puesto a su sucesor; en verdad, la devoción se rinde más a sus atributos cívicos que a su persona real: esos atributos lo recubren como la máscara que ocultaba el rostro de las divinidades de los antiguos mexicanos y lo transmutan, literalmente, en una Imagen. El respeto fanático a la persona del caudillo es un sentimiento de origen árabe que se encuentra en todo el mundo hispánico; la religiosa reverencia que inspiran los atributos impersonales del presidente a los mexicanos es un sentimiento de raíz azteca. Volveré más adelante sobre esto. Por ahora me limitaré a señalar lo siguiente: el Senado y la Cámara de Diputados han sido y son dos cuerpos parlanchines y aduladores que jamás han ejercitado crítica alguna; el poder judicial es mudo e impotente; la libertad de prensa es más formal que real; la radio y la televisión están más interesadas en ganar dinero anestesiando al público con sus programas que en analizar con honradez y objetividad los problemas del país. Por último, dueño del partido y de los medios de información, el presidente goza de una facultad casi ilimitada para utilizar los fondos federales. Lo extraordinario es que con semejantes poderes nuestros presidentes no hayan sido ni calígulas ni nerones. La razón reside, quizá, en los largos años de disciplina y adiestramiento que el PRI impone a sus fieles. Aparece de nuevo la relación orgánica entre la institución presidencial y el partido; desde su origen fueron y son realidades complementarias: respuesta a una

[1]. La práctica de la consulta ha desaparecido y así se ha fortalecido a la autocracia. (*Nota de 1986.*)

situación histórica de crisis, representaron un compromiso entre la dicta-
dura personal de los caudillos y el programa democrático de la Revolu-
ción mexicana.

Las virtudes y los defectos del PRI son obvios. Entre las primeras
sobresale su independencia del poder militar. El PRI representa el princi-
pio de separación entre el cuerpo militar y el cuerpo político de la nación,
algo que no ha logrado todavía casi ninguno de los países de América La-
tina. ¿Conservará esa independencia en el futuro? Lo dudo muchísimo: a
medida que la crisis política se encone, el PRI dependerá más y más de la
fuerza física de las armas. La mayoría de los escritores que se ocupan de
la historia moderna de México piensan que el partido se ha sobrevivido
pero señalan que, cualesquiera que hayan sido sus defectos, contribuyó
poderosamente a la paz y estabilidad del país, sin las cuales hubiese sido
imposible el desarrollo de México. Aunque coincido con esta opinión, me
pregunto si muchos de los defectos de nuestro desarrollo no se deben
precisamente al PRI: si es verdad que preservó la continuidad de la acción
gubernamental, también lo es que impidió el análisis y la crítica de esa ac-
ción. Además y sobre todo: protegió la irresponsabilidad y la venalidad
de los funcionarios encargados de realizar los programas de desarrollo
económico. En cuanto al presente: concebido como un remedio extremo
contra una enfermedad que parecía crónica y que amenazaba con destruir
el país –el peligro de caer en el ciclo de la dictadura a la anarquía y de ésta
a aquélla– el partido perpetúa ahora un régimen de transición y de excep-
ción. En México no hay más dictadura que la del PRI y no hay más peli-
gro de anarquía que el que provoca la antinatural prolongación de su mo-
nopolio político.

Durante la segunda guerra mundial se terminó el período propiamente re-
volucionario del México moderno y se inició la etapa del desarrollo eco-
nómico. El proceso ha sido semejante, aunque no idéntico, en todos los
países en donde han triunfado movimientos revolucionarios que no con-
taban con una base económica previa y capaz de afrontar sin bancarrota
el peso de las reformas sociales. Ésta es la gran limitación –sería más exac-
to decir: condenación– de todas las revoluciones en los países atrasados,
sin excluir, por supuesto, ni la rusa ni la china: hay una contradicción
inescapable entre desarrollo y reformas sociales, una contradicción que
siempre se ha resuelto a favor del primero. En el caso de México el cam-
bio de orientación se debió, entre otras circunstancias menores, a estas
tres: la decisión del régimen de proceder a la industrialización, aun si sólo

podíamos realizarla en escala modesta, como único remedio a los males del país; la influencia de los Estados Unidos y la aparición de una nueva clase capitalista. Lo primero fue determinante. En el transcurso de la guerra los mexicanos descubrieron que, a pesar de que los precios de sus materias primas habían aumentado considerablemente en el mercado internacional, no podían comprar nada en ese mismo mercado; un poco después, en la postguerra, se dieron cuenta de que la fluctuación de los precios de esas materias primas y su continua tendencia a la baja, así como el alza de los precios de los productos manufacturados, no sólo se comían todos sus ahorros sino que impedían la capitalización y, por tanto, el desarrollo. Para evitar en lo posible las condiciones desventajosas que nos imponía el comercio internacional, el gobierno se preocupó por diversificar la producción y volver así menos vulnerable y dependiente nuestra economía. Gracias a nuestros recursos y también a nuestros esfuerzos hemos sido más afortunados en esto que otros países: Cuba, por ejemplo, todavía depende del azúcar. Sin la diversificación de los productos y la bonanza de la década 1940-1950 no hubiese sido posible el acelerado desarrollo de los últimos veinte años. Sin esas circunstancias de orden económico y, agrego, sin la voluntad del gobierno de cambiar la estructura económica del país: la decisión política no fue menos importante que la coyuntura económica.

La influencia de los Estados Unidos fue considerable pero no central; en otros países no es menos determinante su presencia económica y, no obstante, en ellos no se han operado cambios estructurales equivalentes a los de México. Como este tema ha provocado y provoca muchas discusiones, debo analizarlo brevemente. El único recurso de los países débiles frente a los poderosos es aprovechar hasta el máximo las querellas entre los grandes. Ésta ha sido la política de los gobiernos mexicanos. La regla del juego es simple: a mayor número de potencias mundiales, más libertad de movimiento de las medianas y pequeñas. El juego se ha hecho más difícil desde la segunda guerra mundial. Primero se borraron todos los matices y posiciones intermedias por la alianza entre norteamericanos y rusos; inmediatamente después, a esa alianza sucedió una rivalidad que polarizó a las naciones en dos bandos irreconciliables. La ausencia de una política internacional independiente de los países de Europa occidental (el degaullismo apareció, para México, como una alternativa tardía), el carácter expansionista y nacionalista de la Rusia estalinista y la actitud intransigente y agresiva de Dulles, acentuaron el carácter defensivo de la política internacional mexicana. Y no hay que olvidar que desde 1840 la política de Méxi-

co frente a los Estados Unidos ha sido y es esencialmente defensiva. No sin trabajos y contradicciones el gobierno conservó, cada vez con mayor timidez y de una manera paulatinamente formal, nuestra tradición en el frente internacional; el cambio se realizó en el interior.

Aunque la presión exterior propició ese cambio, lo decisivo fueron las consideraciones de orden interior. Ante la disyuntiva de acometer la industrialización o de resignarse al estancamiento, el gobierno se decidió por la primera alternativa; esta decisión lo llevó a la siguiente: aceptar que el sector privado debería ser parte esencial en el programa de desarrollo y, por tanto, favorecerlo en lo posible. Dado el carácter incipiente del capitalismo mexicano en esos años, se aceptó, no sin muchas vacilaciones y disputas internas, que en la tarea del desarrollo debería participar también el sector privado internacional (norteamericano). Así se acentuó la dependencia económica de México. Al llegar a este punto se impone una digresión, no de orden económico –no soy perito en esa materia– sino histórico[1].

La realidad del imperialismo económico y político de los Estados Unidos es un hecho que no es necesario demostrar y sobre el cual abundan los análisis. Ahora bien, la oposición entre los Estados Unidos y América Latina no es únicamente de naturaleza económica y política; la dicotomía es más antigua y más profunda. El imperialismo puede desaparecer mañana, ya sea por un cambio de régimen en los Estados Unidos o, más probablemente, porque la técnica y la ciencia acabarán por descubrir substitutos para nuestras materias primas y porque las economías de los países desarrollados serán progresivamente autosuficientes. Tal vez en un futuro no demasiado lejano los países adelantados ni siquiera esquilmarán a los subdesarrollados: los abandonarán a su miseria y a sus convulsiones. Lo cual no quiere decir que dejaremos de ser lo que somos ahora: el teatro de sus disputas y el campo de sus batallas. Pero lo que deseo subrayar es lo siguiente: la desaparición del imperialismo económico no implica la nivelación de poderes; así, pues, mientras exista ese desequilibrio de fuerzas, existirá la dominación de los Estados Unidos sobre el resto del continente. Se trata de un fenómeno que no depende directamente de la naturaleza de los regímenes económicos y políticos de cada país sino de

1. Hoy escribiría todo esto de un modo distinto. La expansión de los Estados Unidos, la económica y la política (más la primera que la segunda, es importante subrayarlo), no fue un hecho que dependiese de la voluntad del gobierno mexicano o de una decisión suya. Es un fenómeno anterior; comenzó al otro día de la Independencia y ha sido determinante lo mismo en la época de Santa Anna que la de Juárez, en la de Porfirio Díaz que a lo largo del siglo XX. Es un fenómeno mundial. (*Nota de 1993.*)

la desigualdad de poderío entre las sociedades. Esa desigualdad se da lo mismo entre los países capitalistas que entre los llamados socialistas. Testigos: Santo Domingo y Praga. Supongamos que inclusive ese desequilibrio desaparece: la oposición persistirá porque vive en estratos más profundos que los de la organización económica y política. Hablo de realidades que han sido olvidadas o negadas de un modo terco y obtuso por el mundo moderno y que, no obstante, reaparecen ahora con mayor energía: todo ese conjunto de actitudes ante el mundo y el transmundo, la vida y la muerte, el yo y el *otro*, que constituyen lo que llamamos una civilización.

Aunque rusos, chinos y japoneses hayan abrazado con parecido furor la causa de la modernidad y el progreso –dos ideas de Occidente– siguen y seguirán siendo rusos, chinos, japoneses; serán distintos y serán los mismos, como el Grifón que vio Dante en el Purgatorio. Dumézil ha mostrado que la estructura tripartita de la ideología indoeuropea ha pervivido durante milenios, a pesar de que esas sociedades experimentaron cambios que no fueron menos sino más profundos que los que han sufrido las naciones modernas. El tránsito de la sociedad nómada a las grandes civilizaciones urbanas durante el segundo milenio antes de Cristo no fue menos radical que el salto del feudalismo a la Edad Moderna; no obstante, el substrato ideológico, como lo llama Dumézil, persistió y persiste. El ejemplo del psicoanálisis me ahorra demorarme en una demostración fastidiosa: la persistencia de traumas y estructuras psíquicas infantiles en la vida adulta es el equivalente de la permanencia de ciertas estructuras históricas en las sociedades. Tales estructuras son el origen de esos haces de rasgos distintivos que son las civilizaciones. Civilizaciones: estilos de vivir y morir.

Cierto, la oposición entre los Estados Unidos y América Latina no es una oposición entre civilizaciones sino que pertenece al subgénero de contradicciones dentro de una misma civilización. Hecha esta salvedad, agrego que se trata de diferencias radicales, como me he esforzado en mostrar en muchas páginas de *El laberinto de la soledad*. Es verdad que esta relación de oposición podría ser fecunda si la fuerza de uno de los interlocutores y la angustia del otro no empañasen y viciasen el diálogo. De todos modos, el diálogo es difícil: apenas se rebasa el nivel informativo y cuantitativo, la conversación entre norteamericanos y latinoamericanos se convierte en un arriesgado caminar en círculo entre equívocos y espejismos. La verdad es que no son diálogos sino monólogos: nunca oímos lo que dice el *otro* o, si lo oímos, creemos siempre que dice otra cosa. Ni

siquiera la literatura y la poesía escapan a este enredo de confusiones. La mayoría de los poetas y escritores norteamericanos ignoran o disminuyen a la cultura o al hombre latinoamericano. Ejemplo de lo primero: en los *Cantos* de Ezra Pound, ese gran monumento de la voracidad enciclopédica de los Estados Unidos, aparecen todas las civilizaciones y todos los hombres, excepto el mundo precolombino y la América hispano-lusitana: ni los templos mayas ni las iglesias barrocas, ni el *Popol Vuh* ni sor Juana Inés de la Cruz. Ejemplo de lo segundo es la actitud de casi todos los norteamericanos que han escrito sobre o desde América Latina, sin excluir a un poeta de la distinción de Wallace Stevens: invariablemente nuestro pasado indígena o nuestro paisaje los exalta pero también invariablemente encuentran insignificante al hombre latinoamericano contemporáneo. América Latina: ruinas, naturaleza y unas figuras borrosas –los criados y el gerente del hotel. Las visiones que tenemos los latinoamericanos de los Estados Unidos son descomunales y quiméricas: para Rubén Darío el primer Roosevelt era nada menos que una encarnación de Nabucodonosor; a Jorge Luis Borges, cuando visitó Texas, lo primero que se le ocurrió fue escribir un poema en honor de los defensores de El Álamo. Exageraciones de la cólera, la envidia o la obsequiosidad: para nosotros los Estados Unidos son, al mismo tiempo y sin contradicción, Goliat, Polifemo y Pantagruel.

En su ensayo «The Mexican Revolution, Then and Now», el historiador Daniel Cosío Villegas afirma que el gobierno mexicano se ha convertido en un prisionero de la nueva clase capitalista y que así paga su error inicial: haber confiado al sector privado una parte central de los planes de industrialización y desarrollo[1]. Esta afirmación, exacta en lo esencial, debe modificarse levemente. Empezaré por subrayar un hecho poco comentado: la nueva clase es una criatura del régimen revolucionario, su deliberada creación, como la clase capitalista japonesa lo fue del movimiento de modernización que siguió a la restauración Meiji. En ambos casos se invierte la relación a que el marxismo nos había acostumbrado y que simplifica con exceso la realidad del proceso: el Estado no es tanto la expresión de la clase dominante, al menos en su origen, sino que ésta es el resultado de la acción del Estado. A esta circunstancia agrego otra: la existencia del PRI como una organización burocrático-política relativamente autónoma y que comprende a las burocracias de las organizaciones obreras y campesinas. Es un rasgo que no aparece en otros países, excepto en

1. Daniel Cosío Villegas, *Change in Latin America*, The University of Nebraska, 1960.

los «socialistas». El PRI está incrustado en el capitalismo mexicano pero no es el capitalismo mexicano. Al analizar la nueva clase de *entrepreneurs*, Frank R. Brandenburg indica que el «régimen de Alemán originó una clase dual: parte de sus miembros se pusieron al frente de compañías privadas y otra parte asumieron la dirección de las empresas estatales»[1]. Entre los segundos se encuentra ese amplio grupo de funcionarios que ha procurado defender, con éxito variable, la herencia de la Revolución mexicana. Es un sector distinto al del PRI y constituye la otra burocracia del nuevo Estado, la de los técnicos y los administradores como el PRI es la burocracia política. Brandenburg observa que la nueva clase de *entrepreneurs* «muy pocas veces ocupa puestos oficiales aunque muchos políticos pasan del manejo de los asuntos públicos a los negocios privados». En suma, no sólo hay un margen de independencia entre el sector privado y el público sino que el PRI conserva considerable autonomía. La izquierda oficial, el sector técnico dentro del gobierno y muchos grupos de intelectuales han especulado siempre con la posibilidad de que el gobierno, valiéndose precisamente de la fuerza del PRI y de los sectores populares que domina, se enfrente algún día a la iniciativa privada. Me parece que el 2 de octubre disipó esas esperanzas. Para enfrentarse a los banqueros y financieros, el PRI necesitaría primero recobrar su ascendencia entre las clases populares y para ello debería transformarse y democratizarse, algo que no puede ni quiere hacer. Por otra parte, como el partido empieza a mostrar una alarmante incapacidad para absorber o siquiera desviar las frecuentes oleadas de inconformidad y de descontento, el sector privado tarde o temprano sentirá la tentación de deshacerse del PRI. Aquí reaparece la doble alternativa que planteó el movimiento estudiantil, la alternativa en que termina todo análisis de la presente situación mexicana: democratización o dictadura[2].

Nuestros problemas económicos son inmensos y complejos pero yo no tengo ni autoridad ni competencia para tratarlos. En cambio, creo que

1. Frank R. Brandenburg, *The Making of Modern Mexico*, Prentice Hall, 1964.
2. Debo rectificar un poco este largo párrafo. Al escribirlo, tenía aún demasiada confianza en las virtudes del dirigismo estatal, como casi toda mi generación que sufrió la influencia combinada de Marx y Keynes. La crisis de 1980, en México, no fue la consecuencia de la acción del sector privado sino de la progresiva parálisis de nuestra economía, efecto a su vez de la exagerada política estatal de nuestros gobiernos, sobre todo a partir de 1970. No es gratuito ver en esa política, además de la influencia de las doctrinas del intervencionismo estatal, en boga después de la gran crisis de 1927, un eco del patrimonialismo que hemos heredado del absolutismo europeo. (*Nota de 1993.*)

todos coincidimos en pensar que cualquier enmienda o transformación que se intente exige, ante todo y como condición previa, la reforma democrática del régimen. Sólo en una atmósfera realmente libre y abierta a la crítica podrán plantearse y discutirse los verdaderos problemas de México, entre ellos algunos inmensos y que el gobierno ni siquiera se ha atrevido a abordar, como el del excesivo crecimiento de la población. Una revisión leal de lo que ocurre tanto en nuestro país como en las otras partes del mundo nos llevaría a ver con otros ojos el tema del desarrollo a toda prisa y cueste lo que cueste. Olvidemos por un momento los crímenes y las estupideces que se han cometido en nombre del desarrollo, de la Rusia comunista a la India socialista y de la Argentina peronista al Egipto nasserista, y veamos lo que pasa en los Estados Unidos y en Europa occidental: la destrucción del equilibrio ecológico, la contaminación de los espíritus y de los pulmones, las aglomeraciones y los miasmas en los suburbios infernales, los estragos psíquicos en la adolescencia, el abandono de los viejos, la erosión de la sensibilidad, la corrupción de la imaginación, el envilecimiento de Eros, la acumulación de los desperdicios, la explosión del odio... Ante esta visión, ¿cómo no retroceder y buscar *otro* modelo de desarrollo? Se trata de una tarea urgente y que requiere por igual la ciencia y la imaginación, la honestidad y la sensibilidad; una tarea sin precedentes porque todos los modelos de desarrollo que conocemos, vengan del Oeste o del Este, conducen al desastre. En las circunstancias actuales la carrera hacia el desarrollo es mera prisa por condenarse... Pero nos está vedado hablar de estos temas mientras no hayamos conseguido lo mínimo: ese ámbito libre que es el espacio natural en que se despliega lo mismo el pensamiento crítico que la imaginación.

Las crisis políticas son crisis morales. En 1943, en un artículo famoso, Jesús Silva Herzog anunció que la Revolución atravesaba por una crisis quizá mortal y que esa enfermedad era más de índole moral que física. En esos años se inicia el tercer período de nuestra historia contemporánea: las ideas se transforman en fórmulas y las fórmulas en antifaces. Los moralistas se escandalizan ante las fortunas acumuladas por los antiguos revolucionarios pero no han reparado en que a este florecimiento material corresponde otro verbal: la oratoria se ha convertido en el género literario predilecto de la gente próspera. Más que un estilo es una marca, un distintivo de clase. Al lado de la oratoria y sus flores de plástico, triunfa y se propaga la sintaxis bárbara en los diarios, las inepcias de los programas de la televisión norteamericana doblados en nuestro idioma por gente que ignora tanto el inglés como el castellano, la diaria deshonra de la palabra

en altavoces y radios, la cursilería empalagosa de la publicidad –toda esa asfixiante retórica a un tiempo nauseabunda y azucarada de gente satisfecha y aletargada por el mucho comer. Sentados sobre México, los nuevos señores y sus cortesanos y parásitos se relamen ante gigantescos platos de basura florida. Cuando una sociedad se corrompe, lo primero que se gangrena es el lenguaje. La crítica de la sociedad, en consecuencia, comienza con la gramática y con el restablecimiento de los significados. Esto es lo que ha ocurrido en México. La crítica del estado de cosas reinante no la iniciaron ni los moralistas ni los revolucionarios radicales sino los escritores (apenas unos cuantos entre los de las viejas generaciones y la mayoría de los jóvenes). Su crítica no ha sido directamente política –aunque no hayan rehuido tratar temas políticos en sus obras– sino verbal: el ejercicio de la crítica como exploración del lenguaje y el ejercicio del lenguaje como crítica de la realidad.

La nueva literatura, la poesía tanto como la novela, comenzó por ser simultáneamente una reflexión sobre el lenguaje y una tentativa por inventar otro lenguaje: un sistema de transparencias para provocar la aparición de la realidad. Para realizar este propósito era indispensable limpiar el idioma y extirpar la ponzoña de la retórica oficial; de ahí que los escritores tuviesen que enfrentarse a las tendencias heredadas del período revolucionario y que habían terminado por corromperse enteramente: el nacionalismo y el arte social comprometido. Ambas tendencias habían sido protegidas por los regímenes revolucionarios y por sus sucesores. No deja de ser aleccionadora esta coincidencia entre la estética oficial del estalinismo y la estética oficiosa de los políticos y jerarcas mexicanos. La pintura mural mexicana –originalmente un movimiento vigoroso– fue el ejemplo máximo de esta convivencia entre el régimen y los artistas «progresistas». La crítica del nacionalismo de colorines y del arte de *slogans* patrióticos o revolucionarios fue moral más que estética: crítica de la impostura y del arte servil. Esta crítica se extendió de la pintura mural (oratoria pintada) a esa oratoria en verso (poesía mural) que con una insistencia que se asemeja a la depravación practican muchos poetas hispanoamericanos –y no de los menores, como el gran Neruda. Liberar el arte fue el comienzo de una libertad más ancha.

La crítica del arte revolucionario o nacionalista llevó a los escritores, acompañados por los pintores jóvenes, a la crítica de la sociedad creada por la Revolución y los regímenes epígonos. De nuevo, esa crítica no fue ni es directa; tampoco contiene ningún mensaje explícito ni está inspirada por ninguna doctrina establecida. La forma que adopta no es la de la

moral o la de la política sino la de la exploración; no es una crítica
en nombre de este o aquel principio ni es un juicio sobre la realidad: *es
una visión*. La crítica del lenguaje es una operación activa que significa
minar el lenguaje para descubrir lo que está escondido: los cimientos car-
comidos de las instituciones, el subsuelo fangoso, los animales viscosos, el
cemento y la sed, los corredores y los subterráneos interminables como
prisiones, esas prisiones mexicanas que ahora encierran a tantos jóvenes...
La aparición de este arte crítico y pasional, obsesionado por las imágenes
dobles de la banalidad y lo maravilloso cotidianos, el humor y la pasión,
sorprendió y turbó a la nueva casta en el poder. Era natural. La clase de
los *entrepreneurs*, banqueros, financieros y jefes políticos da ahora sus
primeros pasos por la senda que hace más de cien años caminaron sus co-
rrespondientes en Europa y los Estados Unidos; los da precisamente en
el momento en que esas naciones, que han sido sus modelos y el objeto
de su admiración y de su envidia, comienzan a sufrir transformaciones
substanciales, lo mismo en el orden de la tecnología que en el económico,
en la esfera social y en la espiritual, en el pensamiento y en la sensibilidad.
Algo termina en los países desarrollados: eso mismo que apenas se inicia
entre nosotros. Lo que es alba en México es ocaso allá y lo que es allá au-
rora no es nada todavía en México. La modernidad en que creen los je-
rarcas del régimen ya no es moderna y de ahí su horror y su pánico ante
los escritores y artistas: a sus ojos representan esas tendencias de disolu-
ción, crítica y negación que minan a Occidente. Así ha terminado el lar-
go período de tregua –iniciado por la Revolución y prolongado por las
necesidades (el espejismo) del desarrollo– entre los intelectuales y el po-
der. La cultura mexicana ha recobrado su vocación crítica.

Las instituciones de enseñanza superior en la capital y en los estados han
sido los grandes centros de independencia política en los últimos años. La
ideología y la fraseología de los estudiantes y los profesores mexicanos re-
flejan la de los grupos análogos en los Estados Unidos y en Europa occi-
dental pero, en realidad, según se vio por sus demandas, su actitud expre-
sa las aspiraciones de las nuevas fuerzas sociales creadas por la Revolución
y el desarrollo. Me refiero especialmente a esos grupos que forman lo que,
con un término bastante vago, se llama la clase media. Abundan en ella los
individuos dedicados a tareas técnicas e intelectuales; como son los más
activos e independientes, ejercen considerable influencia sobre los otros.
Aunque nuestra clase media no es todavía la nueva clase de trabajadores
intelectuales que ha originado la sociedad tecnológica, tampoco es la clase

media tradicional. Constituye un estrato móvil de la población que, a pesar de estar relativamente satisfecha desde el punto de vista económico, sabe que su situación puede variar mañana. Esta inseguridad le infunde una agresividad y una inquietud que no aparecen entre los obreros, instalados en las posiciones conquistadas y protegidos por sus sindicatos y las leyes del trabajo. A la inseguridad social debe añadirse otro sentimiento no menos poderoso; la clase media es un producto de la sociedad postrevolucionaria y nadie le asignó un lugar en el nuevo orden de cosas, de modo que carece de un estatuto explícito como el proletariado o implícito como la nueva burguesía: ni sindicato ni club. Por último, es muy sensible a las desigualdades que advierte entre las funciones que realiza (considerables), su condición económica (mediocre) y su influencia política (nula). Todo esto explica que se haya convertido en la propulsora y defensora de los anhelos de cambios democráticos: escritores, profesores, intelectuales, artistas y estudiantes pertenecen a la clase media. Pero no posee una organización propia ni me parece que le sea posible crear una. Su función histórica no es expresarse como clase sino ejercer su acción crítica en muchos sitios y medios, tal como lo hace ahora: lo mismo en las universidades que en las agrupaciones de trabajadores al servicio del Estado y aun en el seno de las organizaciones obreras y del PRI. Es una fuerza nacional difusa, activa y crítica. Semillero de inconformidad y rebeldía, está destinada a despertar e inspirar a los otros grupos y clases a medida que, en el porvenir inmediato, la persistencia de la crisis agudice las luchas políticas. Esto último es seguro y no vale la pena preguntarse si habrá o no grandes batallas políticas en México sino si serán públicas o clandestinas, pacíficas o violentas. Se trata de una pregunta que sólo el régimen tiene el privilegio –y la responsabilidad– de contestar.

El proletariado mexicano no es esa clase satisfecha y arrogante que en París abandonó a los estudiantes y que en Pittsburgh desfiló contra los negros. Tampoco es una clase activamente crítica e inconforme como ciertos sectores de la media. A pesar de que sus condiciones materiales dejan muchísimo que desear, su nivel de vida la convierte en un grupo privilegiado frente a la gran mayoría de los campesinos y, sobre todo, ante la inmensa y miserable masa flotante de semidesocupados que han emigrado del campo a los centros urbanos. Este último sector es numerosísimo y su desamparo es casi absoluto. Su doble situación de desarraigados del campo y de la ciudad convierte a todos estos mexicanos andrajosos y humillados en una fuente potencial de rebelión; pero es un conjunto amorfo, aún demasiado ligado a la cultura tradicional y con nociones rudimen-

tarias sobre el mundo y la política. No obstante, sería un error exagerar su pasividad o desdeñar su fuerza dormida. Otro tanto debo decir del proletariado: la indiferencia con que escucha las fórmulas y consignas radicales de los jóvenes extremistas no implica que manifieste la misma indiferencia ante el programa de democratización. Al contrario: los obreros han sido mediatizados y burlados por las corrompidas burocracias que dirigen los sindicatos, esas burocracias que son el pilar más fuerte del PRI. Estoy convencido de que uno de los puntos vulnerables del régimen está precisamente en las organizaciones obreras. Las aspiraciones de la clase media y de la clase obrera coinciden en esta coyuntura: ambas reclaman mayor participación política y una efectiva autonomía. Los obreros tienen necesidad de librarse de sus líderes, casta de cínicos que han convertido su función en un negocio y una carrera político-burocrática. La crítica política del régimen exige, en primer término, el restablecimiento de la democracia interna en los sindicatos. El tránsito de la democracia sindical a la política será insensible.

Ciertos voceros del gobierno –periodistas, líderes obreros y campesinos, antiguos presidentes y unos cuantos ingenuos– enarbolaron frente al movimiento estudiantil dos espantajos: el de la revolución «marxista-leninista» y el del cuartelazo militar. Para unos, la revuelta estudiantil era el preludio de la revolución social; para otros, una pérfida conspiración del imperialismo yanqui destinada a provocar un pandemonio que justificase la intervención del ejército y la liquidación del orden constitucional. Observo que el ejército efectivamente intervino pero no para liquidar el orden reinante sino a varios cientos de muchachas y muchachos reunidos en una plaza pública. Cierto, no puede ni debe descartarse una recaída en el militarismo; advierto, no obstante, que no se trata de una eventualidad inmediata. El régimen presidencialista y el PRI fueron creados como un recurso contra la recurrencia de las rebeliones militares; si en el futuro próximo se clausurase la posibilidad de una solución democrática a la crisis actual, las tensiones, desórdenes y violencias serían tales que, a la larga, abrirían la puerta a los militares. Todavía no hemos llegado allí... La posibilidad de una revolución social es aún más remota. El análisis que se ha hecho a lo largo de estas páginas excluye, desde luego, la hipótesis de una revolución en las ciudades. Falta la clase social, el protagonista histórico: en las circunstancias presentes ninguno de los sectores urbanos populares reúne las condiciones que pide la acción revolucionaria. ¿Y en el campo, en el otro México, el subdesarrollado? En vastas zonas de ese México se encuentran las causas que, según la idea general, producen las revolucio-

nes. Digo que esa idea es «general» porque es uno de los poquísimos puntos en que casi siempre coinciden los observadores de izquierda y derecha. Disiento de unos y otros, como se verá por lo que sigue.

En el campo hay inquietud y descontento; en muchos lugares esa inquietud es ya exasperación y en otros el descontento se traduce con frecuencia en actos de violencia desesperada. Es natural: la industrialización y el desarrollo han sido pagados, en gran parte, por nuestros campesinos. En tanto que su bajísimo nivel de vida apenas si se modificaba, nacían y crecían clases nuevas y relativamente prósperas, como la obrera y la media: medio México semidesnudo, analfabeto y mal comido contempla desde hace años los progresos del otro medio. Aquí y allá ha estallado la violencia popular; ninguno de esos brotes ha tenido caracteres realmente revolucionarios: han sido y son conflictos locales. Además, el régimen posee dos armas de disuasión: el ejército y la movilidad social. El primero es odioso pero real; la segunda es un factor decisivo, una verdadera válvula de seguridad. Gracias a la movilidad social y a otras circunstancias no menos positivas –dotaciones de tierras, obras de irrigación, etc.– sería absurdo decir que la situación del campo es revolucionaria. No lo es decir que es angustiosa. Pero mi desacuerdo frente a los profetas de la revolución del campo se apoya en razones distintas a las fundadas en la condición económica y social de los campesinos. Sobre los movimientos agrarios –esto lo vio Marx mejor que nadie– pesa una doble condenación: disiparse en una serie de rebeliones locales o inmovilizarse a medio camino, hasta que son destruidos u otras fuerzas sociales se apoderan de ellos y los transforman en verdaderas revoluciones. Entre el ejercicio del poder y la clase campesina hay una suerte de contradicción esencial y permanente: no ha habido ni habrá un Estado campesino. Los campesinos nunca han querido ni quieren tomar el poder; y cuando lo toman, no saben qué hacer con ese poder. Desde Sumeria y Egipto hay una relación orgánica entre el Estado y la urbe; existe la misma relación, sólo que en sentido inverso de oposición y contradicción, entre la sociedad campesina y el Estado. Nuestro único vínculo con el neolítico, esa edad feliz que apenas si conoció al monarca y al sacerdote, son los campesinos.

Un ejemplo muy claro de esta repugnancia ante el poder –o de esta incapacidad para conquistarlo– es Hidalgo y su ejército de campesinos ante la ciudad de México: la saben inerme y abandonada pero no se atreven a tomarla; dan marcha atrás y unos meses después el ejército campesino es aniquilado e Hidalgo fusilado. En el período revolucionario, durante la ocupación de la capital por las tropas de Zapata y de Villa, los dos jefes

populares visitaron el Palacio Nacional; todo el mundo sabe que Zapata vio con horror la silla presidencial y que, a diferencia de Villa, se negó a sentarse en ella. Más tarde dijo: «deberíamos quemarla para acabar con las ambiciones». (Una observación al pasar: la supersticiosa veneración que inspira a los mexicanos la Silla Presidencial –aquí las mayúsculas son de rigor– es un indicio más de la permanencia de lo azteca y lo hispanoárabe en nuestra sensibilidad; el culto que profesamos al poder está hecho de adoración y terror: los sentimientos ambiguos del cordero frente al cuchillo.) Zapata tenía razón: el poder corrompe y deberíamos quemar todas las sillas y tronos. Ahora bien, en el contexto inhumano de la historia, particularmente en una etapa revolucionaria, la actitud de Zapata tenía el mismo sentido que el gesto de Hidalgo ante la ciudad de México: a aquel que rehúsa el poder, por un proceso fatal de reversión, el poder lo destruye. El episodio de la visita de Zapata al Palacio Nacional ilustra el carácter del movimiento campesino y su suerte posterior: su aislamiento en las montañas del sur, su cerco y su final liquidación por obra de la facción de Carranza. La victoria de este último y, más tarde, la de Obregón y Calles, se debió a que los tres caudillos, a pesar de que representaban tendencias conservadoras, especialmente Carranza, expresaban igualmente y sobre todo aspiraciones y programas nacionales. Villa era la dispersión y Zapata era el aislamiento, la segregación; los otros, una vez derrotados los ejércitos campesinos, integraron las demandas del movimiento agrario en un programa más vasto y nacional.

El campesino está atado al suelo; su visión no es nacional y aún menos internacional; por último, concibe las organizaciones políticas en términos tradicionales: sus modelos de asociación son los lazos consanguíneos, los religiosos y los patrimoniales. Cuando brotan en el campo rebeliones, siempre son locales y provinciales; para que esos brotes se transformen en un movimiento revolucionario son imprescindibles, por lo menos, dos condiciones: una crisis del poder central y la aparición de fuerzas revolucionarias capaces de transmutar las rebeliones aisladas de los campesinos en revoluciones nacionales. Esto último se cumple, en general, a través de un proceso que esencialmente consiste en el desarraigo de los campesinos y en su militarización: el campesino se convierte en soldado y el soldado en revolucionario. El proceso debe coincidir con la crisis del poder central y su desmoronamiento en las ciudades, sea a causa de una derrota militar (Rusia) o de un conflicto interior doblado de una guerra extranjera (China). Si esas dos condiciones no se presentan, la rebelión campesina es una llamada que se extingue; Zapata habría sido un líder obscuro per-

dido en las soledades del sur de no haber coincidido su insurgencia con la insurrección general del país y con el derrumbe del régimen de Díaz en la capital. El caso de Cuba se ajusta también al esquema que acabo de esbozar, aunque con la diferencia radical de que en Cuba ni siquiera hubo rebelión campesina: un pequeño ejército de revolucionarios liquidó a un régimen podrido y que carecía ya de todo apoyo popular, inclusive el de la burguesía. Las teorías sobre la guerrilla del infortunado comandante Guevara (la disidencia intelectual no excluye ni el respeto ni la admiración) fueron y son un extraño renacimiento de la ideología de Blanqui en pleno siglo xx. Extraño por inesperado y por desesperado. Pero Blanqui, al menos, fundaba su acción en la homogeneidad de la masa urbana, en tanto que la teoría de la guerrilla ignora la heterogeneidad entre el campo y la ciudad. Repetiré, por último, que si un movimiento rebelde campesino no se inserta en un proceso revolucionario más amplio de carácter nacional, se inmoviliza. La rebelión de los Turbantes Amarillos, al final del período Han, en la antigua China, logró hacer frente por años a los ataques combinados del poder imperial y la burocracia confuciana. Los Turbantes Amarillos eran campesinos-soldados, dominaban un extenso territorio, se habían organizado en una sociedad de tipo comunitario y estaban unidos por lazos más estrechos y fuertes que los de cualquier ideología moderna: un taoísmo popular con una fuerte coloración mágico-religiosa. Todas estas circunstancias les dieron energía para resistir al poder central, no para vencerlo; incapaz de propagarse, la rebelión se inmovilizó hasta que, cercada, fue extirpada sin piedad. La rebelión de los Turbantes Amarillos no representaba una alternativa nacional... En suma, para que una revuelta campesina prospere es indispensable que coincida con una crisis profunda del poder central en las ciudades. En México *todavía* no se produce esa conjunción.

Tres conclusiones se desprenden de mi análisis: en primer término, la crisis de México es una consecuencia del cambio en la estructura social y de la aparición de nuevas clases, es una crisis del México desarrollado; en segundo lugar, sólo una solución democrática permitirá que se planteen los graves problemas del país, en especial el de la integración del México subdesarrollado o marginal, y que se adopte una política de verdad nacional, lo mismo en el exterior que en el interior; por último, si el régimen impidiese la solución democrática, el resultado no sería el *statu quo* sino una situación de inmovilidad forzada que terminaría por provocar una explosión y la recaída en el ciclo de la anarquía a la dictadura.

No faltará quien advierta que en este esquema no aparece la otra solución, la extrema: la solución revolucionaria. Sobre esto ya me he explicado en estas páginas. Además, depende de lo que se entienda por revolución: si es lo que ha entendido Occidente desde el nacimiento de la Edad Moderna, ya he expuesto en varias obras (*Corriente alterna* y *Conjunciones y disyunciones*) mi creencia: asistimos al fin de la época de las revoluciones en los países desarrollados. ¿Y en los subdesarrollados? Sin duda nos aguarda un período de grandes revueltas y cambios profundos; esas transformaciones serán inmensas pero no sé si sea legítimo llamarlas revoluciones, en el sentido riguroso del término. Experimento la misma duda, por lo demás, ante las revoluciones de esa primera mitad del siglo. No es ésta la ocasión para tratar el tema; diré solamente que es algo más que una querella lingüística. En todo caso, la historia de la Edad Moderna nos muestra que, por lo visto, hay dos clases de revoluciones: aquellas que son consecuencia del desarrollo (el histórico, económico y social tanto como el cultural) y cuyo ejemplo más perfecto es la Revolución francesa; y aquellas otras que estallan a causa precisamente de un desarrollo insuficiente. A estas últimas son a las que no sé si les conviene el nombre de revolución[1].

Llámeselas como se quiera, lo cierto es que son movimientos que, al triunfar, deben enfrentarse al problema del desarrollo y que, para resolverlo, sacrifican sus otros objetivos sociales y políticos. En este caso la revolución no es un resultado del desarrollo sino un método para acelerarlo. Ahora bien, todas esas revoluciones, de la rusa a la mexicana, internacionalistas o nacionalistas, degeneran en regímenes burocráticos más o menos paternalistas y opresores.

Aquí debo repetir, a riesgo de pesadez, que el rasgo distintivo de la situación mexicana es la existencia de una burocracia política, constituida en partido estatal y compuesta por especialistas en la manipulación de las masas. Hecho a la imagen de la realidad política y social de México, el PRI es una burocracia jerárquica, una verdadera pirámide. Ahora bien, según me propongo mostrar en el capítulo final de este libro, además de constituir una realidad social y política, esta pirámide encarna una realidad imaginaria; sin cesar de ser realidades políticas, el PRI y el presidente son proyecciones míticas, formas en las que se condensa la imagen que nos hemos hecho del poder. Con esto no quiero decir que el PRI sea un

1. La palabra *revuelta*, que es la tradicional y popular, describe más fielmente la índole de estos fenómenos.

fenómeno exclusivamente mexicano, aunque sí lo sean los mitos que lo nutren. Ya apunté la universalidad del fenómeno y la causa que, probablemente, lo explica. La aparición de las burocracias políticas en el siglo XX es quizá la consecuencia de revoluciones sociales en países insuficientemente desarrollados; la imposición de modelos avanzados de desarrollo a sociedades arcaicas tanto como la aceleración forzada del proceso, explican la institución de regímenes de excepción. La contradicción entre estas dos palabras, *institución* y *excepción*, expresa la contradicción básica. Una contradicción que es de orden económico pero asimismo social e histórico. Con frecuencia se olvida que apenas una porción de Occidente –que no comprende a España, Portugal, América Latina, la mayoría de los Balcanes y de los países eslavos, para no hablar de los casos de Alemania e Italia– posee realmente la doble y complementaria tradición de la democracia política y el pensamiento crítico, los dos elementos centrales que conforman lo que llamamos *modernidad*.

El pensamiento social moderno no previó la aparición de regímenes burocráticos y, hasta hace poco, había desdeñado analizar el fenómeno. Claro, tanto los liberales como los revolucionarios estaban poseídos por la idea de que el Estado es una realidad secundaria, carente de existencia propia, mera expresión de la clase dominante o de los grupos fundamentales que componen una sociedad determinada. Los liberales pensaban que, gracias a los controles democráticos, el Estado poco a poco se debilitaría y humanizaría; los marxistas, más radicales, afirmaban que en las sociedades socialistas el Estado comenzaría a extinguirse, hasta evaporarse del todo al advenimiento del comunismo.

No solamente ha ocurrido exactamente lo contrario sino que ahora empezamos a sospechar que el Estado es una realidad relativamente autónoma. Nos hace falta un análisis verdadero –quiero decir: objetivo y crítico– del Estado contemporáneo. Por ejemplo, aunque esté íntimamente ligado a ambos, el PRI no es una simple agencia de la burguesía mexicana o del imperialismo norteamericano; ninguno de los dos explica la existencia del PRI. En cuanto a los países del Este europeo: si es evidente que esos partidos comunistas no «expresan» a sus respectivos proletariados, ¿a qué clases sociales «representan»? Con la teoría del «modo asiático» de producción y con la llamada teoría hidráulica se ha intentado, sin gran éxito, explicar los antiguos despotismos orientales, todos ellos caracterizados por el predominio de inmensas burocracias pero ¿qué teoría podrá explicar la aparición, en la era tecnológica, de las burocracias? En los círculos cercanos a Trotski, en los años inmediatamente anteriores a su

asesinato, se discutió mucho el tema de la «verdadera naturaleza» del Estado soviético y, en consecuencia, se elaboraron varias hipótesis acerca de la función y el carácter de la burocracia dentro de ese sistema. Fiel a Marx, Trotski se negó siempre a aceptar que la burocracia fuese una clase. Entonces, ¿qué es? No sólo no hemos logrado contestar a esta pregunta sino que tampoco hemos sido capaces de formularla de una manera rigurosa. La burocracia sigue siendo un concepto fantasmal, elusivo.

La fusión entre el Estado y lo que los norteamericanos llaman el *financial military complex* es uno de los aspectos más inquietantes de la evolución de los países capitalistas. El fenómeno parece consistir en lo siguiente: no se trata de la dominación del Estado por grupos financieros y económicos sino de la emergencia de formaciones casi institucionales que, por el control de los medios económicos, militares y políticos, se proponen una política de dominación nacional y/o mundial. No la supeditación de la política y del Estado a los intereses financieros de una minoría sino más bien el monopolio de la economía y del Estado por grupos y sistemas en los cuales son ya indistinguibles los intereses financieros de los políticos y ambos de los militares. A las máscaras de Hitler y Stalin sucede ahora una realidad incorpórea y a la que no podemos siquiera nombrar y maldecir. Para nombrarla, necesitamos conocerla; sólo así podremos vencerla.

Otra sorpresa: los regímenes burocráticos contemporáneos desmienten la idea de la historia como un proceso lineal análogo a la demostración de un discurso: esclavismo, feudalismo, capitalismo, etc. Pero no es la primera vez que una crisis histórica desemboca en un régimen burocrático: a la China feudal no sucedió el capitalismo sino el sistema de los mandarines, una casta de letrados especializados en la política y que, en alianza inestable con los militares, el emperador y otras fuerzas, gobernó a ese país durante dos mil años. La diferencia es que nuestras modernas burocracias están compuestas por tecnócratas.

Nadie sabe la forma del futuro: es un secreto –ésa es la enseñanza de este medio siglo de trastornos– que no está ni en los libros de Marx ni en los de sus adversarios. Pero podemos decirle algo a ese futuro que en alguna parte construyen unos muchachos apasionados y terribles: toda revolución sin pensamiento crítico, sin libertad para contradecir al poderoso y sin la posibilidad de substituir pacíficamente a un gobernante por otro, es una revolución que se derrota a sí misma. Un fraude. Mis palabras irritarán a muchos; no importa, el pensamiento independiente es casi siempre impopular. Hay que renunciar definitivamente a las tendencias autoritarias de la tradición revolucionaria, especialmente de su rama mar-

xista. Al mismo tiempo, hay que romper los monopolios contemporáneos –sean los del Estado, los partidos o el capitalismo privado– y encontrar formas, nuevas y realmente efectivas, de control democrático y popular lo mismo del poder político y económico que de los medios de información y de la educación. Una sociedad plural, sin mayorías ni minorías: en mi utopía política no todos somos felices pero, al menos, todos somos responsables. Sobre todo y ante todo: debemos concebir modelos de desarrollo viables y menos inhumanos, costosos e insensatos que los actuales. Dije antes que ésta es una tarea urgente: en verdad, *es la tarea de nuestro tiempo*. Y hay algo más: el valor supremo no es el futuro sino el presente; el futuro es un tiempo falaz que siempre nos dice «todavía no es hora» y que así nos niega. El futuro no es el tiempo del amor: lo que el hombre quiere de verdad, lo quiere *ahora*. Aquel que construye la casa de la felicidad futura edifica la cárcel del presente.

Crítica de la pirámide

A lo largo de estas páginas ha aparecido una y otra vez el tema de los dos Méxicos, el desarrollado y el subdesarrollado. Es el tema central de nuestra historia moderna, el problema de cuya solución depende nuestra existencia misma como pueblo. En general, los economistas y los sociólogos ven las diferencias entre la sociedad tradicional y la moderna como una oposición entre desarrollo y subdesarrollo: las disparidades entre los dos Méxicos son de orden cuantitativo y el problema se reduce a determinar si la mitad desarrollada podrá o no absorber a la subdesarrollada. Ahora bien, si es normal que las estadísticas omitan la descripción cualitativa de los fenómenos, no lo es que nuestros sociólogos no adviertan que detrás de esas cifras hay realidades psíquicas, históricas y culturales irreductibles a las groseras medidas que, por fuerza, debe utilizar el censo. Esos cuadros estadísticos, además, no han sido pensados para México sino que son toscas adaptaciones de modelos extraños. Es otro caso de «imitación extralógica» y su adopción revela más aturdida irreflexión que rigor científico. Por ejemplo, entre los índices del desarrollo figuran el trigo y el maíz: el comer pan de trigo es uno de los signos de que se está más allá de la línea que separa a los subdesarrollados de los desarrollados, en tanto que comer tortilla de maíz señala que se está más acá. Dos razones se alegan para justificar la inclusión del trigo como uno de los índices del de-

sarrollo: sus mayores virtudes nutritivas y ser un producto cuyo consumo revela que se ha dado el salto de la sociedad tradicional a la moderna. Es un criterio que condena al subdesarrollo por la eternidad al Japón, ya que el arroz es menos nutritivo que el trigo y no es menos «tradicional» que el maíz. Por lo demás, el trigo tampoco es «moderno», de modo que nada lo distingue del arroz y del maíz excepto pertenecer a otra tradición cultural, la de Occidente (¡aunque el *chapati* hindú está hecho de trigo!). En verdad, lo que se quiere indicar es que en todo, inclusive en materia de alimentación y cocina, la civilización occidental es superior a las otras y que, dentro de ella, la más perfecta es la rama norteamericana. Otro de los índices del subdesarrollo, según nuestras estadísticas, es el uso del guarache. Si se piensa en términos de comodidad y de estética, en nuestro clima el guarache resulta superior al zapato; lo que ocurre es que, dentro del contexto de nuestra sociedad, maíz y sandalias son rasgos característicos del *otro* México.

La porción desarrollada de México impone su modelo a la otra mitad, sin advertir que ese modelo no corresponde a nuestra verdadera realidad histórica, psíquica y cultural sino que es una mera copia (y copia degradada) del arquetipo norteamericano. De nuevo: no hemos sido capaces de crear modelos de desarrollo viables y que correspondan a lo que somos. El desarrollo ha sido, hasta ahora, lo contrario de lo que significa esa palabra: extender lo que está arrollado, desplegarse, crecer libre y armoniosamente. El desarrollo ha sido una verdadera camisa de fuerza. Una falsa liberación: si ha abolido muchas de las antiguas e insensatas prohibiciones, en cambio nos agobia con exigencias no menos terribles y onerosas. Cierto, cuando llegó el progreso a la moderna, nuestra casa, hecha con los despojos del mundo precolombino y las viejas piedras de la civilización hispano-católica, se desmoronaba; la que hemos construido en su lugar, aparte de albergar únicamente a una minoría de mexicanos, ha sido deshabitada por el espíritu. Pero el espíritu no se ha ido: se ha ocultado. Para referirse al México subdesarrollado, algunos antropólogos usan una expresión reveladora: *cultura de la pobreza*. La designación no es inexacta sino insuficiente: el otro México es pobre y miserable; además, es efectivamente *otro*. Esa *otredad* escapa a las nociones de *pobreza* y de *riqueza*, *desarrollo* o *atraso*: es un complejo de actitudes y estructuras inconscientes que, lejos de ser supervivencias de un mundo extinto, son pervivencias constitutivas de nuestra cultura contemporánea. El *otro* México, el sumergido y reprimido, reaparece en el México moderno: cuando hablamos a solas, hablamos con él; cuando hablamos con él, hablamos con nosotros mismos.

La división de México en dos, uno desarrollado y otro subdesarrollado, es científica y corresponde a la realidad económica y social de nuestro país. Al mismo tiempo, en un estrato distinto, hay *otro* México. No me refiero de ninguna manera a una entelequia ahistórica y atemporal; tampoco a un arquetipo en el sentido de Jung o de Mircea Eliade. Es posible que la expresión *el otro México* carezca de precisión, pero la verdad es que no he encontrado ninguna otra más a propósito. Con ella pretendo designar a esa realidad gaseosa que forman las creencias, fragmentos de creencias, imágenes y conceptos que la historia deposita en el subsuelo de la psiquis social, esa cueva o sótano en continua somnolencia y, asimismo, en perpetua fermentación. Es una noción que viene tanto del subconsciente (individual) de Freud como de la ideología (social) de Marx. Una ideología que representa lo que el mismo Marx llamaba «la conciencia absurda del mundo» y que nunca es consciente del todo. Sin embargo, las concepciones de Marx y Freud, cada una por razones diferentes y que no analizaré aquí, me parece que no explican la totalidad del fenómeno: la existencia en cada civilización de ciertos complejos, presuposiciones y estructuras mentales generalmente inconscientes y que resisten con terquedad a la erosión de la historia y a sus cambios. Dumézil llama a estas estructuras «ideologías» pero usa el término en un sentido más cercano a Kant que a Marx: una cierta predisposición particular de la mente frente y hacia la realidad objetiva. En suma, para mí la expresión *el otro México* evoca una realidad compuesta de diferentes estratos y que alternativamente se pliega y se despliega, se oculta y se revela.

Si el hombre es doble y triple, también lo son las civilizaciones y las sociedades. Cada pueblo sostiene un diálogo con un interlocutor invisible que es, simultáneamente, él mismo y el *otro*, su doble. ¿Su doble? ¿Cuál es el original y cuál el fantasma? Como en la banda de Moebius, no hay exterior ni interior y la otredad no está allá, fuera, sino aquí, dentro: la otredad es nosotros mismos. La dualidad no es algo pegado, postizo o exterior; es nuestra realidad constitutiva: sin otredad no hay unidad. Y más: la otredad es la manifestación de la unidad, la manera en que ésta se despliega. La otredad es una proyección de la unidad: la sombra con que peleamos en nuestras pesadillas; y a la inversa, la unidad es un momento de la otredad: ese momento en que nos sabemos un cuerpo sin sombra –o una sombra sin cuerpo. Ni adentro ni afuera, ni antes ni después: el pasado reaparece porque es un presente oculto. Hablo del verdadero pasado, que no es lo mismo que «lo que pasó»: las fechas, los personajes y todo eso que llamamos historia. Aquello que pasó efectivamente pasó, pero

hay algo que no pasa, algo que pasa sin pasar del todo, perpetuo presente en rotación. La historia de cada pueblo contiene ciertos elementos invariantes o cuyas variaciones, de tan lentas, resultan imperceptibles. ¿Qué sabemos de esos invariantes y de las formas en que se asocian o separan? Por analogía con lo que ocurre en otros dominios, vislumbramos que su modo de operación es la combinación de unos cuantos elementos; como en el caso de los procesos biológicos, el montaje cinematográfico o las asociaciones verbales de los poetas, esas combinaciones producen figuras distintas y únicas –o sea: historia. Pero es engañoso hablar de elementos y de invariantes como si se tratase de realidades aisladas y con vida propia: aparecen siempre en relación unos con otros y no se definen como elementos sino como partes de una combinatoria. De ahí que no sea lícito confundir estos complejos sistemas con los llamados factores históricos, sean éstos económicos o culturales. Aunque esos factores son, diría, el motor de la historia, lo que me parece decisivo, desde esta perspectiva, es determinar cómo se combinan: *su forma de producción de historia*. Tal vez en todos los pueblos y en todas las civilizaciones opera el mismo sistema combinatorio –de otra manera se rompería tanto la unidad de la especie humana como la universalidad de la historia–, sólo que en cada cultura el modo de asociación es distinto.

La otredad nos constituye. No afirmo con esto el carácter único de México –ni el de México ni el de pueblo alguno–, sostengo que esas realidades que llamamos culturas y civilizaciones son elusivas. No es que México escape a las definiciones: somos nosotros mismos los que nos escapamos cada vez que intentamos definirnos, asirnos. El carácter de México, como el de cualquier otro pueblo, es una ilusión, una máscara; al mismo tiempo, es un rostro real. Nunca es el mismo y siempre es el mismo. Es una contradicción perpetua: cada vez que afirmamos una parte de nosotros mismos, negamos otra. Lo que ocurrió el 2 de octubre de 1968 fue, simultáneamente, la negación de aquello que hemos querido ser desde la Revolución y la afirmación de aquello que somos desde la Conquista y aun antes. Puede decirse que fue la aparición del *otro* México o, más exactamente, de uno de sus aspectos. Apenas si debo repetir que el *otro* México no está afuera sino en nosotros: no podríamos extirparlo sin mutilarnos. Es un México que, si sabemos nombrarlo y reconocerlo, un día acabaremos por transfigurar: cesará de ser ese fantasma que se desliza en la realidad y la convierte en pesadilla de sangre. Doble realidad del 2 de octubre de 1968: ser un hecho histórico y ser una representación simbólica de nuestra historia subterránea o invisible. Y hago mal en hablar de re-

presentación pues lo que se desplegó ante nuestros ojos fue un acto ritual: un sacrificio. Vivir la historia como un rito es nuestra manera de asumirla; si para los españoles la Conquista fue una *hazaña*, para los indios fue un *rito*, la representación humana de una catástrofe cósmica. Entre estos dos extremos, la hazaña y el rito, han oscilado siempre la sensibilidad y la imaginación de los mexicanos.

Todas las historias de todos los pueblos son simbólicas; quiero decir: la historia y sus acontecimientos y protagonistas aluden a otra historia oculta, son la manifestación visible de una realidad escondida. Por esto nos preguntamos: ¿qué significaron realmente las Cruzadas, el Descubrimiento de América, el saqueo de Bagdad, el Terror jacobino, la guerra de secesión norteamericana? Vivimos la historia como si fuese una representación de enmascarados que trazan sobre el tablado figuras enigmáticas; a pesar de que sabemos que nuestros actos significan, dicen, no sabemos qué es lo que dicen y así se nos escapa el significado de la pieza que representamos. ¿Alguien lo sabe? Nadie conoce el desenlace final de la historia porque su fin es también el fin del hombre. Pero no podemos demorarnos en estas preguntas sin respuesta porque la historia nos obliga a vivirla: es la substancia de nuestra vida y el lugar de nuestra muerte. Entre vivir la historia e interpretarla se pasan nuestras vidas. Al interpretarla, la vivimos: hacemos historia; al vivirla, la interpretamos: cada uno de nuestros actos es un signo. La historia que vivimos es una escritura; en la escritura de la historia visible debemos leer las metamorfosis y los cambios de la historia invisible. Esa lectura es un desciframiento, la traducción de una traducción: jamás leeremos el original. Cada versión es provisional: el texto cambia sin cesar (aunque quizá siempre dice lo mismo) y de ahí que de tiempo en tiempo se descarten ciertas versiones en favor de otras que, a su vez, antes habían sido descartadas. Cada traducción es una creación: un texto nuevo... Lo que sigue es una tentativa por traducir el 2 de octubre en los términos de lo que yo creo que es la verdadera, aunque invisible, historia de México: esa tarde la historia visible desplegó, a la manera de un códice precolombino, nuestra otra historia, la invisible. La visión fue sobrecogedora porque los símbolos se volvieron transparentes.

Las geografías también son simbólicas: los espacios físicos se resuelven en arquetipos geométricos que son formas emisoras de símbolos. Llanuras, valles, montañas: los accidentes del terreno se vuelven significativos apenas se insertan en la historia. El paisaje es histórico y de ahí que se convierta en escritura cifrada y texto jeroglífico. Las oposiciones entre mar y tierra, lla-

nura y montaña, isla y continente, selva y desierto son símbolos de oposiciones históricas: sociedades, culturas, civilizaciones. Cada tierra es una sociedad: un mundo y una visión del mundo y del transmundo. Cada historia es una geografía y cada geografía una geometría de símbolos: India es un cono invertido, un árbol cuyas raíces se hunden en el cielo; China es un inmenso disco –vientre, ombligo y sexo del cosmos–; México se levanta entre dos mares como una enorme pirámide trunca: sus cuatro costados son los cuatro puntos cardinales, sus escaleras son los climas de todas las zonas, su alta meseta es la casa del sol y de las constelaciones. Apenas si es necesario recordar que para los antiguos el mundo era una montaña y que, lo mismo en Sumeria y Egipto que en Mesoamérica, la representación geométrica y simbólica de la montaña cósmica fue la pirámide. La geografía de México tiende a la forma piramidal como si existiese una relación secreta pero evidente entre el espacio natural y la geometría simbólica y entre ésta y lo que he llamado nuestra historia invisible. Arquetipo arcaico del mundo, metáfora geométrica del cosmos, la pirámide mesoamericana culmina en un espacio magnético: la plataforma-santuario. Es el eje del universo, el sitio en que se cruzan los cuatro puntos cardinales, el centro del cuadrilátero: el fin y el principio del movimiento. Una inmovilidad en la que se acaba y se reengendra la danza del cosmos. Tiempo petrificado, los cuatro lados de la pirámide representan los cuatro soles o edades del mundo y sus escaleras son días, meses, años, siglos. Arriba, en la plataforma: el lugar del nacimiento del Quinto Sol, la era nahua y azteca. Un edificio hecho de tiempo: lo que fue, lo que será, lo que está siendo. Espacio, la plataforma-santuario es el lugar de aparición de los dioses y el altar del sacrificio: punto de convergencia entre el mundo humano y el divino; tiempo, es el centro del movimiento, el fin y el principio de las eras: presente eterno de los dioses. La pirámide es una imagen del mundo; a su vez, esa imagen del mundo es una proyección de la sociedad humana. Si es cierto que el hombre inventa dioses a su semejanza, también lo es que encuentra su semejanza en las imágenes que le ofrecen el cielo y la tierra. El hombre hace del paisaje inhumano historia humana; la naturaleza convierte la historia en cosmogonía, danza de astros.

La pirámide asegura la continuidad del tiempo (el humano y el cósmico) por el sacrificio: es un espacio generador de vida. La metáfora del mundo como montaña y de la montaña como dadora de vida se materializa con pasmosa literalidad en la pirámide. Su plataforma-santuario, cuadrada como el mundo, es el teatro de los dioses y su campo de juego. ¿Cuál es el juego de los dioses? Juegan con tiempo y su juego es la

creación y la destrucción de los mundos. Oposición entre el trabajo y el juego divino: el hombre trabaja para comer, los dioses juegan para crear. Mejor dicho, para ellos no hay diferencia entre jugar y crear: cada una de sus piruetas es un mundo que nace o que se aniquila. Creación y destrucción son nociones antitéticas para los hombres pero idénticas para los dioses: todo es juego. En sus juegos –que son guerras que son danzas– los dioses crean, destruyen y, a veces, se autodestruyen. Al inmolarse, recrean al mundo. El juego de los dioses es un juego sangriento que culmina en un sacrificio que es la creación del mundo. La destrucción creadora de los dioses es el modelo de los ritos, las ceremonias y las fiestas de los hombres: sacrificio es igual a destrucción productiva. Para los antiguos mexicanos *danza* era sinónimo de *penitencia*. Parece extraño pero no lo es: danza es primordialmente rito y éste es ceremonia que reproduce la creación del mundo por los dioses en un juego que es destrucción creadora. Hay una íntima conexión entre el juego divino y el sacrificio que engendra el universo; a ese modelo celeste corresponde otro humano: en el rito la danza es penitencia.

La ecuación danza = sacrificio se repite en el simbolismo de la pirámide: la plataforma de la cúspide representa el espacio sagrado donde se despliega la danza de los dioses, un juego creador del movimiento y, por tanto, del tiempo humano; el lugar de la danza es igualmente, por las mismas razones de analogía y correspondencia, el lugar del sacrificio. Ahora bien, para los aztecas el mundo de la política no era distinto al mundo de la religión: la danza celeste que es destrucción creadora es asimismo guerra cósmica; esta serie analógica divina se proyecta en otra, terrestre: la guerra ritual (o «guerra florida») es el doble de la danza guerrera de los dioses y culmina en el sacrificio de los prisioneros de guerra. Destrucción creadora y política de dominación de los otros son la doble cara, la divina y la humana, de una misma concepción. La pirámide, tiempo petrificado, lugar del sacrificio divino, es también la imagen del Estado azteca y de su misión: asegurar la continuidad del culto solar, fuente de la vida universal, por el sacrificio de los prisioneros de guerra. El pueblo mexica se identifica con el culto solar: su dominación es semejante a la del sol que cada día nace, combate, muere y renace. La pirámide es el mundo y el mundo es México-Tenochtitlan: deificación de la nación azteca por su identificación con la imagen ancestral del cosmos, la pirámide. Para los herederos del poder azteca, la conexión entre los ritos religiosos y los actos políticos de dominación desaparece pero, como se verá en seguida, el modelo inconsciente del poder siguió siendo el mismo: la pirámide y el sacrificio.

Si México es una pirámide trunca, el valle de Anáhuac es la plataforma de esa pirámide. En el centro del valle está la ciudad de México, la antigua México-Tenochtitlan, sede del poder azteca y hoy capital de la república de México. Hay un hecho que posee una significación particular y en el cual, que yo sepa, nadie ha reparado: la capital ha dado su nombre al país. Es algo extraño. En casi todo el mundo –las excepciones se cuentan con los dedos– el nombre de la capital es distinto al de la nación. La razón, me parece, es la siguiente: hay una regla universal, aunque no formulada, que exige distinguir cuidadosamente entre la realidad particular de una ciudad y la realidad plural y más vasta de una nación. La distinción se vuelve imperativa si, como ocurre con frecuencia, la capital es una vieja metrópoli con una historia propia y, sobre todo, si esa historia ha sido de dominación de las otras ciudades y provincias: Roma/Italia, París/Francia, Tokio/Japón, Teherán/Irán, Londres/Inglaterra... Ni siquiera los centralistas castellanos se atrevieron a violar la regla: Madrid/España. La extrañeza del caso mexicano aumenta si se recuerda que para los pueblos que componían el mundo prehispánico el nombre de México-Tenochtitlan evocaba la idea de la dominación azteca. Mejor dicho: la realidad terrible de esa dominación. Haber llamado al país entero con el nombre de la ciudad de sus opresores es una de las claves de la historia de México, la historia no escrita y nunca dicha. La fascinación que han ejercido los aztecas ha sido tal que ni siquiera sus vencedores, los españoles, escaparon de ella: cuando Cortés decidió que la capital del nuevo reino se edificaría sobre las ruinas de México-Tenochtitlan, se convirtió en el heredero y sucesor de los aztecas. A pesar de que la Conquista española destruyó el mundo indígena y construyó sobre sus restos otro distinto, entre la antigua sociedad y el nuevo orden hispánico se tendió un hilo invisible de continuidad: el hilo de la dominación. Ese hilo no se ha roto: los virreyes españoles y los presidentes mexicanos son los sucesores de los tlatoanis aztecas.

Si desde el siglo XIV hay una secreta continuidad política, ¿cómo extrañarse de que el fundamento inconsciente de esa continuidad sea el arquetipo religioso-político de los antiguos mexicanos: la pirámide, sus implacables jerarquías y, en lo alto, el jerarca y la plataforma del sacrificio? Al hablar del fundamento inconsciente de nuestra idea de la historia y de la política, no pienso nada más en los gobernantes sino en los gobernados. Es evidente que los virreyes españoles eran ajenos a la mitología de los mexicanos pero no lo eran sus súbditos, fuesen indios, mestizos o aun criollos; todos ellos, espontánea y naturalmente, veían en el Estado español la continuación del poder azteca. Esta identificación no era explícita y ni si-

quiera asumía una forma racional: era algo que estaba en el orden de las cosas. La continuidad entre el virrey y el señor azteca, entre la capital cristiana y la antigua ciudad idólatra no eran, por lo demás, sino uno de los aspectos de la idea que se hacía la sociedad colonial del pasado precolombino. En el ámbito de la religión la continuidad aparecía también: la aparición de la Virgen de Guadalupe sobre las ruinas de un santuario consagrado a la diosa Tonantzin es el ejemplo central, aunque no es el único, de esta relación entre los dos mundos, el indígena y el colonial. En un auto sacramental de sor Juana, *El divino Narciso*, la antigua religión precolombina, a pesar de sus ritos sangrientos, aparece como una prefiguración de la llegada del cristianismo a tierras mexicanas. Para los españoles, el modelo histórico era Roma y su imperio; México-Tenochtitlan y, después, la ciudad de México, no fueron sino versiones reducidas del arquetipo romano. Del mismo modo que la Roma cristiana prolongaba, rectificándola, a la Roma pagana, la nueva ciudad de México era la continuación, la rectificación y, finalmente, la afirmación de la metrópoli azteca. La Independencia no alteró radicalmente esta concepción: se consideró que la Colonia española había sido una *interrupción* de la historia de México y que, al liberarse de la dominación europea, la nación restablecía sus libertades y reanudaba su tradición. Desde este punto de vista la Independencia fue una suerte de restauración. Esta ficción histórico-jurídica consagraba la legitimidad de la dominación azteca: México-Tenochtitlan era y es el origen, la fuente del poder. Desde la Independencia el proceso de identificación sentimental con el mundo prehispánico se acentúa hasta convertirse, después de la Revolución, en una de las características más notables del México moderno. Lo que no se ha dicho es que los mexicanos, en su inmensa mayoría, han hecho suyo el punto de vista azteca y así han fortificado, sin saberlo, el mito que encarna la pirámide y su piedra de sacrificios.

A medida que progresa nuestro conocimiento del mundo mesoamericano, cambia nuestro juicio sobre los aztecas. Durante mucho tiempo se pensó que en México-Tenochtitlan había alcanzado su apogeo la civilización prehispánica. Ésa fue la idea de los españoles y ésa es, todavía, la de muchísimos mexicanos, sin excluir a varios historiadores, arqueólogos, críticos de arte y otros estudiosos de nuestro pasado. Pero ahora sabemos con certeza que el gran período creador de Mesoamérica es anterior en varios siglos a la llegada de los aztecas al valle de Anáhuac. Inclusive es probable que Teotihuacan no haya sido nahua, al menos exclusivamente. Así, pues, aunque existe una indudable relación entre la cultura de Tula y

la de Teotihuacan –la relación del bárbaro que hereda e interpreta una civilización– es un error estudiar desde la perspectiva nahua (y más desde su tardía versión azteca) la totalidad de la civilización mesoamericana, que es una realidad más rica, diversa y antigua. Sobre esto me he explicado con alguna amplitud en otro estudio[1]. En todo caso, la fase creadora de Mesoamérica –llamada por los arqueólogos actuales, no sé si muy exactamente, «período de las grandes teocracias»– termina hacia el siglo IX. La extraordinaria fecundidad artística e intelectual de esa etapa se debe, a mi manera de ver, a la coexistencia en distintas zonas del país de varias culturas originales, aunque posiblemente surgidas de un tronco común: mayas, zapotecas, la gente de Teotihuacan, la gente de El Tajín. No hubo hegemonía de un Estado sobre los otros sino diversidad y confrontación, ese juego de influencias y reacciones en que consiste finalmente toda creación. Mesoamérica no era una pirámide sino una asamblea de pirámides. Por supuesto, ese período no fue una época de paz universal como han dicho con ingenuidad algunos de nuestros arqueólogos. Teocráticas o no, esas ciudades-Estado no eran pacíficas; los muros de Bonampak conmemoran una batalla con su corolario ritual, el sacrificio de los prisioneros; y en Teotihuacan aparecen muchos de los símbolos que después figurarían en el culto solar azteca así como los emblemas de las órdenes militares del águila y el jaguar y varios indicios de canibalismo ritual. Muchos estudiosos minimizan estos rasgos de la civilización mesoamericana, tendencia no menos nociva que la de aquellos que los exageran. Unos y otros olvidan que la ciencia no tiene por objeto juzgar sino comprender. Mesoamérica, además, no necesita ni apologistas ni detractores.

La segunda época, el llamado «período histórico», es la de las grandes hegemonías. Fue predominantemente nahua y se inicia con Tula y su dominación. Los toltecas llegaron hasta Yucatán y allá los mayas los vieron con la misma admiración y el mismo horror con que después verían a los aztecas. Para entender lo que significa el dominio de un pueblo sobre otro hay que haber visto esa serpiente nahua de piedra que recorre el muro frontal del templo consagrado al dios maya Chac en Uxmal: lo recorre y lo desfigura como el hierro la frente del esclavo. A la hegemonía de Tula, tras un período de confusión y luchas, sucedió la de México-Tenochtitlan. Los nuevos señores, hasta hacía poco nómadas errantes, por muchos años habían merodeado a las puertas de las ciudades que más tarde some-

1. «El punto de vista nahua», incluido en el séptimo volumen –*Los privilegios de la vista II*– de estas obras.

terían. La versión azteca de la civilización mesoamericana fue grandiosa y sombría. Los grupos militares y sacerdotales, y a su imagen y semejanza la gente del común, estaban poseídos por una creencia heroica y desmesurada: ser los instrumentos de una tarea divina que consistía en servir, mantener y extender el culto solar y así contribuir a la conservación del orden cósmico. El culto exigía alimentar a los dioses con sangre humana para asegurar la marcha del universo. Idea sublime y aterradora: la sangre como substancia animadora del movimiento de los mundos, un movimiento análogo al de la danza y al de la guerra. Danza guerrera de los astros y los planetas, danza de la destrucción creadora. Cadena de ecuaciones y transformaciones: rito → danza → guerra ritual → sacrificio. En esta cosmología la edad nahua y la de sus herederos, los aztecas, era la quinta edad del mundo, la del Quinto Sol: el sol del movimiento, el sol guerrero que bebe sangre y cada día salva al mundo de la destrucción definitiva. Sol polémico, sol del movimiento: guerras, temblores de tierra, eclipses, danza del cosmos.

Si el pueblo azteca era el pueblo del Quinto Sol, el fin del mundo se confundía con el de la supremacía azteca y de ahí que evitar ambos –por la guerra, el vasallaje de las otras naciones y el sacrificio– fuese al mismo tiempo una tarea divina y una empresa político-militar. La identificación de una era cósmica con su destino nacional es el aspecto más notable de la imbricación entre las ideas religiosas y filosóficas de los aztecas y sus intereses políticos. Uno de los informantes de Sahagún explicó de un modo memorable la verdadera significación religiosa de Huitzilopochtli, el dios nacional de los mexica: *el dios era nosotros.* No «el pueblo es dios» de los demócratas de Occidente sino *el dios es pueblo:* la divinidad encarna en la sociedad y le impone tareas inhumanas, sacrificar y ser sacrificada. La «paz azteca», como llama a la hegemonía mexica uno de sus eruditos idólatras contemporáneos, convirtió en institución permanente la guerra ritual: los pueblos vasallos, como el de Tlaxcala, tenían la obligación de celebrar periódicamente batallas campales con los aztecas y sus aliados para proveerlos (y proveerse) de cautivos destinados al sacrificio. Las naciones sojuzgadas constituían una reserva de alimento sagrado. La «guerra florida» combinaba la caza con el torneo y los dos con una institución filantrópica moderna: el banco de sangre.

Los aztecas modificaron su tradición religiosa nacional para adaptarla a una cosmología anterior, creada por los toltecas o, tal vez, por los mismos teotihuacanos. El dios tribal, Huitzilopochtli, el Guerrero del Sur, ocupó el centro del culto; a su lado figuraron los otros grandes dioses de las cul-

turas que los habían precedido en el valle de Anáhuac: Tláloc, Quetzal-cóatl. Confiscaron así una visión del universo singularmente profunda y compleja para transformarla en un instrumento de dominación[1]. Religión solar e ideología expansionista, heroísmo sobrehumano e inhumano realismo político, locura sagrada y fría astucia, sacrificio y pillaje: entre tales extremos se movía el *ethos* azteca. Esta dualidad psíquica y moral estaba en correlación con el dualismo de su organización social y con el de su pensamiento religioso y cosmológico. Al dualismo original de los aztecas –rasgo distintivo de los nahuas y que quizá sea una característica de todos los indios americanos– se superpuso otro de orden histórico: la amalgama de las concepciones de los pueblos sedentarios de la Meseta con las de los nómadas que habían sido los aztecas. Religión solar y religión agrícola, observa Jacques Soustelle.

En suma, al sincretismo en la religión y la cosmología corresponden, por una parte, esa duplicidad moral que he mencionado más arriba y, por la otra, un arte híbrido que va de lo sublime a lo grotesco y del estilo oficial al patético. Nuestros críticos de arte se extasían ante la estatua de Coatlicue, enorme bloque de teología petrificada. ¿La han *visto*? Pedantería y heroísmo, puritanismo sexual y ferocidad, cálculo y delirio: un pueblo de soldados y sacerdotes, astrólogos y sacrificadores. También de poetas: ese mundo de colores brillantes y pasiones sombrías estaba atravesado por breves, prodigiosos relámpagos de poesía. Y en todas las manifestaciones de esa nación extraordinaria y terrible, de los mitos astronómicos a las metáforas de los poetas y de los ritos diarios a las meditaciones de los sacerdotes, la obsesión, el olor, el tufo de la sangre. Como esas ruedas de suplicios que aparecen en las novelas de Sade, el año azteca era un círculo de dieciocho meses empapados de sangre; dieciocho ceremonias, dieciocho maneras de morir: por flechamiento o por inmersión en el agua o por degollación o por desollamiento... Danza y penitencia.

¿Por cuál aberración religiosa y social una ciudad de la hermosura de México-Tenochtitlan fue el teatro de agua, piedra y cielo de un alucinante ballet fúnebre? ¿Y por cuál ofuscación del espíritu nadie entre nosotros –no pienso en los nacionalistas trasnochados sino en los sabios, los historiadores, los artistas y los poetas– quiere ver y admitir que el mundo azteca es una de las aberraciones de la historia? El caso azteca es único porque su crueldad era el fruto de un sistema de impecable e implacable

[1]. Varios autores han dedicado estudios al tema; entre los más recientes y perspicaces se encuentran los de Laurette Séjourné.

coherencia, un irrefutable silogismo-puñal. El puritanismo sexual, la represión de los sentidos y el peso aplastante de lo sagrado podrían explicar esa violencia pero no es ella lo que asombra y paraliza, sino los métodos realistas al servicio de una metafísica a un tiempo rigurosamente racional y delirante, la insensata siega de vidas ante una razón petrificada. No el furor homicida de Gengis Khan o de Timur ni la embriaguez en el asesinato y el incendio de los hunos blancos; más bien, inclusive por el esplendor de su ciudad y el carácter litúrgico y grandioso de sus matanzas, los mexica recuerdan a los asirios, que fueron también herederos de una alta civilización y que mostraron igual predilección por la pirámide trunca (*zigurat*). No obstante, los asirios no eran teólogos. En realidad, los émulos de los aztecas no están en Asia sino en Occidente, pues sólo entre nosotros la alianza entre política y razón metafísica ha sido tan íntima, exasperada y mortífera: las inquisiciones, las guerras de religión y, sobre todo, las sociedades totalitarias del siglo xx.

A reserva de ofrecer, más adelante, una hipótesis que explique la singular seducción que nos ha impedido contemplar con objetividad el mundo azteca, aclaro que no pretendo que se le juzgue y menos aún que se le condene. México-Tenochtitlan ha desaparecido y ante su cuerpo caído lo que me preocupa no es un problema de interpretación histórica sino que no podamos contemplar frente a frente al muerto: su fantasma nos habita. Por eso creo que la crítica de México y de su historia –una crítica que se asemeja a la terapéutica de los psicoanalistas– debe iniciarse por un examen de lo que significó y significa todavía la visión azteca del mundo. La imagen de México como una pirámide es un punto de vista entre otros igualmente posibles: el punto de vista de aquel que está en la plataforma que la corona. Es el punto de vista de los antiguos dioses y de sus servidores, los señores y pontífices aztecas. Asimismo es el de sus herederos y sucesores: virreyes, altezas serenísimas y señores presidentes. Y hay algo más: es el punto de vista de la inmensa mayoría, las víctimas aplastadas por la pirámide o sacrificadas en su plataforma-santuario. La crítica de México comienza por la crítica de la pirámide.

El segundo período de Mesoamérica estuvo marcado por Tula y México-Tenochtitlan. Ambos Estados pesaron sobre los otros pueblos como esos gigantescos guerreros de piedra que los arqueólogos han desenterrado en la primera de esas ciudades. Repeticiones, ampliaciones, obras inmensas, grandeza inhumana –nada comparable al gran período creador. Pero lo que me interesa destacar es la extraña relación de los aztecas con la tradi-

ción mesoamericana. Es sabido que ignoraban todo o casi todo de las grandes «teocracias» que habían precedido a Tula. Confieso que esa ignorancia me estremece: es la misma de los europeos de los siglos obscuros ante la Antigüedad grecorromana, la misma que sufrirán nuestros descendientes ante París, Londres, Nueva York.

Si los aztecas tenían nociones rudimentarias y grotescas acerca de Teotihuacan y sus constructores, en cambio Tula les inspiraba ideas exaltadas. Los mexica afirmaron siempre y orgullosamente que eran los legítimos y directos herederos de los toltecas, es decir, de Tula y Culhuacan. Para entender la razón de esta pretensión hay que recordar que para la gente nahua la dicotomía universal *civilizado/bárbaro* se expresaba por estos dos términos: *tolteca/chichimeca*. Los aztecas querían negar su pasado chichimeca (bárbaro). Esta pretensión no tenía gran fundamento: antes de la fundación de México habían sido una banda de fugitivos fuera de la ley. El sentimiento de ilegitimidad, común a todos los bárbaros y advenedizos, fue una suerte de llaga en la psiquis azteca y, además, una tacha en sus títulos de dominadores del mundo por voluntad de Huitzilopochtli. En efecto, Huitzilopochtli mismo, supuesto centro de la cosmogonía del Quinto Sol y sustento del culto solar, no era sino un dios tribal, un advenedizo entre las antiguas divinidades de Mesoamérica. Por eso el tlatoani Izcóatl, aconsejado por el célebre Tlacaélel, el arquitecto de la grandeza mexica, ordenó la quema de los códices y documentos antiguos así como la fabricación de otros destinados a probar que el pueblo azteca era el descendiente de los señores de Anáhuac. Al afirmar su filiación directa con el mundo tolteca, los aztecas afirmaban la legitimidad de su hegemonía sobre las otras naciones de Mesoamérica. Ahora aparece con mayor claridad el sentido de la correlación entre la falsificación de la historia y el sincretismo religioso.

Las naciones sojuzgadas veían con escepticismo estas doctrinas. Los aztecas mismos, por su parte, sabían que se trataba de una superchería aunque nadie se atreviese a decírselo ni aun a sí mismo. Todo esto explica que, al recibir a Cortés, Moctezuma II lo salude como al enviado de alguien que reclama su herencia. Aclaro y subrayo: lo recibe no como al emisario del emperador Carlos sino como a un dios (o semidiós o mago-guerrero: los aztecas nunca llegaron a tener ideas definidas acerca de la naturaleza de los españoles) enviado para restablecer el orden sagrado del Quinto Sol, interrumpido con la caída de Tula. La llegada de los españoles coincide con un interregno en Mesoamérica: a la destrucción de Tula, la fuga de Quetzalcóatl (dios-jefe-sacerdote) y su profecía de regresar al-

gún día, había sucedido la hegemonía de México-Tenochtitlan; pero el poder azteca, por razón misma de su origen bárbaro, estaba perpetuamente amenazado por la vuelta de aquellos que realmente encarnaban el principio del Quinto Sol, los legendarios toltecas. Para comprender la actitud del mundo mesoamericano frente a los españoles hay que recordar que, según la leyenda, el rey-sacerdote Topiltzin-Quetzalcóatl nació el año 1 *ácatl* (caña) y que su fuga y desaparición acaecieron 52 años más tarde, otra vez en la fecha 1 *ácatl*. La creencia general era que Quetzalcóatl regresaría en un año 1 *ácatl* ¡y Cortés llegó a México en 1519, o sea precisamente en 1 *ácatl*!

Es impresionante leer la arenga con que Moctezuma II recibe a Cortés: «Señor nuestro, te has fatigado, te has dado cansancio: ya a la tierra tú has llegado. *Has arribado a tu ciudad: México*. Aquí has venido a asentarte en tu solio, en tu trono. Oh, por breve tiempo te lo reservaron, te lo conservaron, los que ya se fueron, tus substitutos». El soberano no pone en duda los títulos sagrados del español; México pertenece a Cortés no por derecho de conquista sino de propiedad original: viene a recobrar su herencia. Y Moctezuma subraya que los que «ya se fueron» –es decir, sus predecesores, los antiguos soberanos de México: Izcóatl, Moctezuma el Viejo, Tizoc, Axayácatl, Ahuízotl– gobernaron sólo como *substitutos* o regentes. No eran, como el mismo Moctezuma, sino los guardianes, los custodios de la herencia tolteca. El tlatoani señala, no sé si lamentando el hecho o haciéndolo valer ante Cortés, que esa regencia duró poco: «Oh, qué breve tiempo tan sólo guardaron para ti...». Es patética la insistencia de Moctezuma: «ha cinco, ha diez días que yo estaba angustiado: tenía fija la mirada en la Región del Misterio. Y tú has venido entre nubes, entre nieblas. Como que esto era lo que nos habían dejado dicho los reyes, los que rigieron, los que gobernaron tu ciudad: que habrías de instalarte en tu asiento, que habrías de venir acá»[1]. No puedo detenerme más en el análisis del tema. Habría que dedicar una vida entera al estudio y elucidación de la Conquista.

La actitud de Moctezuma y de la casta dirigente de México-Tenochtitlan no es tan fantástica como a primera vista parece: el regreso de Tula y Quetzalcóatl se insertaban con naturalidad dentro de una concepción circular del tiempo. La idea nos choca porque nosotros los modernos, a un tiempo fanáticos y víctimas del tiempo rectilíneo e irrepetible del progreso, no podemos aceptar con todas sus consecuencias la visión del tiempo

1. Cf. *Visión de los vencidos (Relaciones indígenas de la Conquista)*. Introducción y notas de Miguel León-Portilla; versión de textos nahuas de Ángel M.ª Garibay K.

cíclico. En el caso de los aztecas, la idea del regreso del tiempo hundía sus raíces en un sentimiento de culpabilidad. El tiempo del principio, al regresar, asumía la forma de una *reparación*. Esto no habría sido posible si los aztecas no se hubiesen sentido culpables no sólo frente al pasado mítico de Tula sino también ante los otros pueblos.

El extraño episodio de la aparición del dios Tezcatlipoca lo prueba. Como es sabido, ese dios tiene un papel decisivo en la historia de la caída de Tula. A la manera de Satán con Cristo y de Mara con Buda, Tezcatlipoca es el tentador de Quetzalcóatl, sólo que, más astuto y afortunado que aquéllos, valido de sus artes de hechicería logra que el dios asceta se embriague y cometa incesto con su hermana. Así se consuma la ruina de Quetzalcóatl y de su ciudad.

Tezcatlipoca era particularmente venerado por los mexica. Pues bien, cuando Moctezuma II se entera de que Hernán Cortés y sus compañeros, lejos de escuchar sus ruegos o sus veladas amenazas, no se retiran por donde habían venido sino que marchan hacia México-Tenochtitlan, decide hacerles frente con un arma infalible: la hechicería. Así, destaca a un grupo de magos y hechiceros; el grupo se pone en camino pero, cuando los magos están a punto de encontrar a los españoles, tropiezan con un joven «que habla como si estuviese borracho» (¿poseído por el delirio sagrado?) que los detiene y les dice: «¿Qué cosa es la que queréis? ¿Qué es lo que hacer procura Moctezuma?... Ha cometido errores: ha llevado allá lejos a sus vasallos, ha destruido a las personas...». Los hechiceros escuchan suspensos las palabras confusas y entrecortadas del joven «borracho». Cuando quieren tocarlo, éste desaparece. No obstante, siguen oyendo su voz: les ordena volver la mirada hacia abajo, hacia el valle en donde está la ciudad: «Ardiendo estaban los templos y las casas comunales y los colegios sacerdotales y todas las casas de México. Y todo era como si hubiera batalla. Y cuando los hechiceros todo esto vieron, se les fue el corazón quién sabe adónde. Ya no hablaron claramente... Dijeron: No era un cualquiera ése: ¡ése era el joven Tezcatlipoca!». Los magos regresan sin haber cumplido su misión y le cuentan a Moctezuma lo que habían visto y oído. El tlatoani al principio se quedó sin habla, tal fue su abatimiento; más tarde murmuró: «¿Qué remedio, mis fuertes? ¡Con esto ya se nos dio el merecido...!»[1].

Para Moctezuma la llegada de los españoles significa, en cierto modo, el pago de la vieja cuenta, la antigua falta de la usurpación sacrílega. La

[1]. Cf. *Visión de los vencidos*.

imbricación entre lo sagrado y lo político, que había servido a los aztecas para justificar su hegemonía, jugó en su contra al aparecer los españoles: la divinidad de estos últimos tenía el mismo origen que la pretendida misión cósmica del pueblo azteca. Unos y otros eran los agentes del orden divino, los mandatarios e instrumentos del Quinto Sol. Lo más curioso fue que los españoles no sospecharon la complejidad de las contrarias actitudes de los indios ante ellos. Y hay otro elemento que aumentó la confusión trágica de todos estos equívocos: los pueblos indios aliados a los españoles esperaban que la caída de México-Tenochtitlan pusiese fin al interregno, la usurpación y el vasallaje. Su horrible desengaño fue, quizá, el origen de su pasividad de siglos: al convertirse en los sucesores del poder azteca, los españoles perpetuaron la usurpación.

Herederos de México-Tenochtitlan, los españoles se encargaron de transmitir el arquetipo azteca del poder político: el tlatoani y la pirámide. Transmisión involuntaria y, por eso mismo, incontrovertible: transmisión inconsciente, al abrigo de toda crítica y examen racional. En el curso de nuestra historia el arquetipo azteca a veces se opone y separa y otras se funde y confunde con el arquetipo hispano-árabe: el caudillo. La oscilación entre estas dos figuras es uno de los rasgos que nos distingue de España, Portugal y los demás países latinoamericanos, ya que en todos ellos reina sin rival el caudillismo[1]. El tlatoani es impersonal, sacerdotal e institucional; de ahí que la figura abstracta del señor presidente corresponda a una corporación burocrática y jerárquica como el PRI. El caudillo es personalista, épico y excepcional; de ahí también que aparezca en momentos de interrupción del orden. El tlatoani representa la continuidad impersonal de la dominación; una casta de sacerdotes y jerarcas ejerce el poder a través de una de sus momentáneas encarnaciones: el señor presidente es el PRI durante seis años pero al cabo de ese término surge otro presidente que es una encarnación distinta del PRI. Distinta y la misma: doble exigencia de la institución presidencialista mexicana. La concentración de poder en manos del presidente es enorme pero nunca es un poder personalista sino que es una consecuencia de su investidura impersonal. La presidencia es una función institucional; el caudillaje es una misión excepcional: el poder del caudillo es siempre personal. El caudillo no pertenece a ninguna casta ni lo elige ningún colegio sacro o profano: es una presen-

1. Estas páginas fueron escritas en 1969, muchos años antes del regreso de América Latina a la democracia.

cia inesperada que brota en los momentos de crisis y confusión, rige sobre el filo de la ola de los acontecimientos y desaparece de una manera no menos súbita que la de su aparición. El caudillo gobierna de espaldas a la ley: él hace la ley. El tlatoani, inclusive si su poder brota de la usurpación azteca o del monopolio del PRI, se ampara siempre en la legalidad: todo lo que hace, lo hace en nombre de la ley. Nuestra historia está llena de tlatoanis y caudillos: Juárez y Santa Anna, Carranza y Villa.

No ha habido, es natural, ningún gobernante que haya sido absolutamente tlatoani o íntegramente caudillo pero hay un rasgo revelador de la secreta supremacía del modelo azteca: todos los jefes que hemos tenido, aun los más arbitrarios y caudillescos, aspiran a la categoría de tlatoani. Hay una nostalgia mexicana por la legalidad que no experimentan los otros caudillos hispanoamericanos; todos ellos –trátese de Bolívar y de Fidel Castro o de Rosas y de Perón– han creído y creen en el acto como hazaña en tanto que los mexicanos afirman el mismo acto como rito. En un caso la violencia es transgresión; en el otro, expiación. Con la fundación del PNR se inició el ocaso del caudillismo mexicano; también desde entonces se consolidó más y más el arquetipo azteca. No podía ser de otro modo: es el modelo mismo de la estabilidad y, después de cerca de veinte años de guerra civil y de querellas violentas entre los caudillos revolucionarios, la estabilidad es el valor político más buscado y apreciado en México. Pero los partidarios de la estabilidad *à outrance* olvidan una circunstancia que trastorna todo ese edificio piramidal en apariencia tan sólido: el PRI fue concebido como una solución de excepción y transición, de modo que la continuación de su monopolio político tiene cierta analogía con la usurpación de México-Tenochtitlan y su pretensión de ser el eje del Quinto Sol. La traducción de los términos políticos contemporáneos en conceptos míticos prehispánicos no se detiene en la equivalencia entre la usurpación de la herencia revolucionaria por el PRI y la usurpación de la herencia tolteca por México-Tenochtitlan; el Quinto Sol –la era del movimiento, los temblores de tierra y el derrumbe de la gran pirámide– corresponde al período histórico que vivimos ahora en todo el mundo: revueltas, rebeliones y otros trastornos sociales. Ante las agitaciones y convulsiones del Quinto Sol, no serán la estabilidad, la solidez y la dureza de la piedra las que nos preservarán sino la ligereza, la flexibilidad y la capacidad para cambiar. La estabilidad se resuelve en petrificación: mole pétrea de la pirámide que el sol del movimiento resquebraja y pulveriza.

La plaza de Tlatelolco está imantada por la historia. Expresión del dualismo mesoamericano, en realidad Tlatelolco fue un centro gemelo de

México-Tenochtitlan. Aunque nunca perdió enteramente su autonomía, después de un conato de rebelión reprimido con severidad por el tlatoani Axayácatl, vivió en estrecha dependencia del poder central. Fue sede de la casta de los mercaderes y su gran plaza albergaba, además de los templos, un célebre mercado que Bernal Díaz y Cortés han descrito con exaltación minuciosa y encantada, como si contasen un cuento. Durante el sitio ofreció tenaz resistencia a los españoles y fue el último puesto azteca que se entregó. En la inmensa explanada de piedra, como si hiciesen una apuesta temeraria, los evangelizadores plantaron —ésa es la palabra— una iglesia minúscula. Aún está en pie. Tlatelolco es una de las raíces de México: allí los misioneros enseñaron a la nobleza indígena las letras clásicas y las españolas, la retórica, la filosofía y la teología; allí Sahagún fundó el estudio de la historia prehispánica... La Corona y la Iglesia interrumpieron brutalmente esos experimentos y todavía mexicanos y españoles pagamos las consecuencias de esta fatal interrupción: España nos aisló de nuestro pasado indio y así ella misma se aisló de nosotros. (No sé si se haya reparado que, después del extraordinario y ejemplar esfuerzo del siglo XVI, continuado parcialmente en el XVII, la contribución de España al estudio de las civilizaciones americanas es prácticamente nula.) Tlatelolco vivió después una vida obscura: prisión militar, centro ferroviario, suburbio polvoso. Hace unos años el régimen transformó el barrio en un conjunto de grandes edificios de habitación popular y quiso rescatar la plaza venerable: descubrió parte de la pirámide y frente a ella y la minúscula iglesia construyó un rascacielos anónimo. El conjunto no es afortunado: tres desmesuras en una desolación urbana. El nombre que escogieron para la plaza fue ese lugar común de los oradores el 12 de octubre: plaza de las Tres Culturas. Pero nadie usa el nombre oficial y todos dicen: Tlatelolco. No es accidental esta preferencia por el antiguo nombre mexica: el 2 de octubre de Tlatelolco se inserta con aterradora lógica dentro de nuestra historia, la real y la simbólica.

Tlatelolco es la contrapartida, en términos de sangre y de sacrificio, de la petrificación del PRI. Ambos son proyecciones del mismo arquetipo, aunque con distintas funciones dentro de la dialéctica implacable de la pirámide. Como si los hechos contemporáneos fuesen una metáfora de ese pasado que es un presente enterrado, la relación entre la antigua plaza de Tlatelolco y la plaza Mayor de México-Tenochtitlan se repite ahora en la conexión entre la nueva plaza de las Tres Culturas y el Zócalo con su Palacio Nacional. La relación entre uno y otro lugar es explícita si se atiende a la historia visible pero también resulta simbólica apenas se advierte

que se trata de una relación que alude a lo que he llamado la historia invisible de México. Cierto, podemos encogernos de hombros y recusar toda interpretación que vaya más allá de lo que dicen los periódicos y las estadísticas. Sólo que reducir el significado de un hecho a la historia visible es negarse a la comprensión e, inclusive, someterse a una suerte de mutilación espiritual.

Para elucidar el verdadero carácter de la relación entre el Zócalo y Tlatelolco debemos acudir a un tercer término e interrogar a otro lugar no menos imantado de historia: el bosque de Chapultepec. Allí el régimen ha construido un soberbio monumento: el Museo Nacional de Antropología. Si la historia visible de México es la escritura simbólica de su historia invisible y si ambas son la expresión, la reiteración y la metáfora, en diversos niveles de la realidad, de ciertos momentos reprimidos y sumergidos, es evidente que en ese museo se encuentran los elementos, así sea en dispersión de fragmentos, que podrían servirnos para reconstruir la figura que buscamos. Pero el museo nos ofrece algo más –y más inmediato, tangible y evidente– que los signos rotos y las piedras desenterradas que encierran sus salas: en él mismo y en la intención que lo anima el arquetipo al fin se desvela plenamente. En efecto, la imagen que nos presenta del pasado mexicano no obedece tanto a las exigencias de la ciencia como a la estética del paradigma. No es un museo sino un espejo –sólo que en esa superficie tatuada de símbolos no nos reflejamos nosotros sino que contemplamos, agigantado, el mito de México-Tenochtitlan con su Huitzilopochtli y su madre Coatlicue, su tlatoani y su Culebra Hembra, sus prisioneros de guerra y sus corazones-frutos-de-nopal. En ese espejo no nos abismamos en nuestra imagen sino que adoramos a la Imagen que nos aplasta.

Entrar en el Museo de Antropología es penetrar en una arquitectura hecha de la materia solemne del mito. Hay un inmenso patio rectangular y en el patio hay un gran parasol de piedra por el que escurren el agua y la luz con un rumor de calendarios rotos, cántaros de siglos y años que se derraman sobre la piedra gris y verde. El parasol está sostenido por una alta columna que sería prodigiosa si no estuviese recubierta por relieves con los motivos de la retórica oficial. Pero no es la estética sino la ética lo que me mueve a hablar del museo: allí la antropología se ha puesto al servicio de una idea de la historia de México y esa idea es el cimiento, la base enterrada e inconmovible que sustenta nuestras concepciones del Estado, el poder político y el orden social. El visitante recorre encantado sala tras sala: el mundo sonriente del neolítico con sus figurillas desnudas; los *ol-*

mecas y el cero; los mayas, mineros del tiempo y del cielo; los huastecos y sus grandes piedras en las que la escultura tiene la simplicidad de un dibujo lineal; la cultura de El Tajín: un arte que escapa a la pesadez olmeca y al hieratismo teotihuacano sin caer en el barroquismo maya, un prodigio de gracia felina; los toltecas y sus toneladas de escultura –toda la diversidad y la complejidad de dos mil años de historia mesoamericana presentada como prólogo al acto final, la apoteosis-apocalipsis de México-Tenochtitlan. Apenas si debo señalar que, desde el punto de vista de la ciencia y la historia, la imagen que nos ofrece el Museo de Antropología de nuestro pasado precolombino es falsa. Los aztecas no representan en modo alguno la culminación de las diversas culturas que los precedieron. Más bien lo cierto sería lo contrario; su versión de la civilización mesoamericana la simplifica por una parte y, por la otra, la exagera: de ambas maneras la empobrece. La exaltación y glorificación de México-Tenochtitlan transforma el Museo de Antropología en un templo. El culto que se propaga entre sus muros es el mismo que inspira a los libros escolares de historia nacional y a los discursos de nuestros dirigentes: la pirámide escalonada y la plataforma del sacrificio.

¿Por qué hemos buscado entre las ruinas prehispánicas el arquetipo de México? ¿Y por qué ese arquetipo tiene que ser precisamente azteca y no maya o zapoteca o tarasco u otomí? Mi respuesta a estas preguntas no agradará a muchos: los verdaderos herederos de los asesinos del mundo prehispánico no son los españoles peninsulares sino nosotros, los mexicanos que hablamos castellano, seamos criollos, mestizos o indios. Así, el museo expresa un sentimiento de culpa sólo que, por una operación de transferencia y descarga estudiada y descrita muchas veces por el psicoanálisis, la culpabilidad se transfigura en glorificación de la víctima. Al mismo tiempo –y esto es lo que me parece decisivo– la exaltación final del período azteca confirma y justifica aquello que en apariencia condena el museo: la supervivencia, la vigencia del modelo azteca de dominación en nuestra historia moderna. Ahora bien, ya he dicho que la relación entre aztecas y españoles no es únicamente una relación de oposición: el poder español substituye al poder azteca y así lo continúa; a su vez, el México independiente, explícita e implícitamente, prolonga la tradición azteca-castellana, centralista y autoritaria. Repito: hay un puente que va del tlatoani al virrey y del virrey al presidente. La glorificación de México-Tenochtitlan en el Museo de Antropología es una exaltación de la imagen de la pirámide azteca, ahora garantizada, por decirlo así, por la ciencia. El régimen se ve, transfigurado, en el mundo azteca. Al contemplarse, se

afirma. Por eso la crítica de Tlatelolco, el Zócalo y el Palacio Nacional –la crítica política, social y moral del México moderno– pasa por el Museo de Antropología y es asimismo una crítica histórica. Si la política es una dimensión de la historia, la crítica de la historia es también crítica política y moral. Al México del Zócalo, Tlatelolco y el Museo de Antropología tenemos que oponerle no otra imagen –todas las imágenes padecen la fatal tendencia a la petrificación–, sino la crítica: el ácido que disuelve las imágenes. En este caso (y tal vez en todos) la crítica no es sino uno de los modos de operación de la imaginación, una de sus manifestaciones. En nuestra época la imaginación es crítica. Cierto, la crítica no es el sueño pero ella nos enseña a soñar y a distinguir entre los espectros de las pesadillas y las verdaderas visiones. La crítica es el aprendizaje de la imaginación en su segunda vuelta, la imaginación curada de fantasía y decidida a afrontar la realidad del mundo. La crítica nos dice que debemos aprender a disolver los ídolos: aprender a disolverlos dentro de nosotros mismos. Tenemos que aprender a ser aire, sueño en libertad.

Austin, octubre de 1969

Postdata se publicó por primera vez en México, Siglo XXI, 1970.

Reflexiones sobre el presente

A cinco años de Tlatelolco[1]

I

El movimiento estudiantil de 1968 y la represión gubernamental que brutalmente lo quebró fueron sucesos que conmovieron a los mexicanos. Se inició entonces una crisis política, social y moral que todavía no ha sido resuelta. El libro de Elena Poniatowska, *La noche de Tlatelolco*, no es una interpretación de esos acontecimientos. Es algo mejor que una teoría o una hipótesis: un extraordinario reportaje o, como ella dice, un *collage* de «testimonios de historia oral». Crónica histórica pero antes de que la historia se enfríe y las palabras se vuelvan documento escrito.

Para el cronista de una época saber oír no es menos sino más importante que saber escribir. Mejor dicho: el arte de escribir implica dominar antes el arte de oír. Un arte sutil y difícil, pues no sólo exige finura de oído sino sensibilidad moral: reconocer, aceptar la existencia de los otros. Dos razas de escritores: el poeta oye una voz interior, la suya; el novelista, el periodista y el historiador oyen muchas voces afuera, las de los otros. Elena Poniatowska se dio a conocer como uno de los mejores periodistas de México y un poco después como autora de intensos cuentos y originales novelas, mundos regidos por un humor y una fantasía que vuelven indecisas las fronteras entre lo cotidiano y lo insólito. Lo mismo en sus reportajes que en sus obras de ficción, su lenguaje está más cerca de la tradición oral que de la escrita. En *La noche de Tlatelolco* pone al servicio de la historia su admirable capacidad para oír y reproducir el habla de los otros. Crónica histórica y, asimismo, obra de imaginación verbal.

El libro de Elena Poniatowska es un testimonio apasionado pero no partidista. Apasionado porque, frente a la injusticia, la frialdad es complicidad. La pasión que corre por sus páginas es pasión por la justicia, la misma que inspiró a los estudiantes en sus manifestaciones y protestas. A imagen del movimiento juvenil, *La noche de Tlatelolco* no sostiene una tesis explícita ni revela una dirección ideológica precisa; en cambio, es un libro animado por un ritmo, ora luminoso y ora dramático, que es el de

[1]. Prólogo a la edición en inglés del libro de Elena Poniatowska *La noche de Tlatelolco*, Nueva York, The Viking Press, 1973.

la vida misma. Empieza en el entusiasmo y la alegría: los estudiantes, al lanzarse a la calle, descubren la acción en común, la democracia directa y la fraternidad. Armados de estas armas, se abren paso frente a la represión y conquistan en poquísimo tiempo la adhesión popular. Hasta ese momento la crónica de Elena Poniatowska es la del despertar cívico de una juventud. La crónica del entusiasmo colectivo no tarda en ensombrecerse: la oleada juvenil se estrella contra el muro del poder y la violencia gubernamental se desata: todo acaba en un charco de sangre. Los estudiantes buscaban el diálogo público con el poder y el poder respondió con la violencia que acalla a todas las voces. ¿Por qué? ¿Por qué la matanza? Desde octubre de 1968 los mexicanos se hacen esta pregunta. Hasta que no sea contestada el país no recobrará la confianza en sus gobernantes y en sus instituciones. No recobrará la confianza en sí mismo.

Como todos los acontecimientos históricos, los sucesos de 1968 son un tejido de hechos y significados ambiguos. Son reales pero su realidad no tiene la consistencia de la realidad de todos los días. Tampoco poseen la coherencia fantástica de la imaginación: la suya es la realidad contradictoria de la historia, la más problemática y enigmática de todas las realidades. Daré dos ejemplos: la actitud de los dirigentes estudiantiles y la del gobierno.

Desde el principio los estudiantes revelaron una notable habilidad política. Su instantáneo descubrimiento de la democracia directa como un método para rejuvenecer al movimiento y no alejarlo de su fuente original, la colectividad; su insistencia en sostener un diálogo público con el gobierno, en un país acostumbrado a las componendas entre bastidores y a la corrupción palaciega; la moderación de sus demandas, englobadas en la palabra *democratización*, aspiración nacional de los mexicanos desde 1910 –todo esto es un ejemplo de madurez y aun de sabiduría política. Pero estas virtudes y capacidades son de orden táctico y se evaporan apenas los oímos reflexionar sobre las perspectivas del movimiento, sus alcances y su significado dentro del doble contexto de la historia de México y de la situación mundial. En lugar del realismo táctico y estratégico: las fórmulas huecas, los esquemas rígidos, el simplismo doctrinario, las frases gaseosas. Casi todos se imaginaban participar en un movimiento distinto a aquel en que realmente participaban. Era como si el México de 1968 fuese una metáfora de la Comuna de París o de la toma del Palacio de Invierno: México era México y simultáneamente era otro tiempo y otro lugar, otra realidad. La pieza de teatro que estaban escribiendo no era la misma que leían. Sus actos eran reales, sus interpretaciones imaginarias. Algunos creían advertir

una filiación directa entre el movimiento de los ferrocarrileros en 1958 y el suyo diez años después; minimizaban así no sólo la diferencia de objetivos, tácticas y, sobre todo, de clase, sino los significados distintos de ambos episodios. Otros pensaban que al movimiento estudiantil de la clase media sucederían movimientos de obreros y campesinos: la historia como carrera de relevos. Pero el relevo no vino: la clase obrera mexicana mostró la misma indiferencia que la de los países de Occidente y los Estados Unidos ante llamados y esperanzas semejantes.

Más desconcertante –y muchísimo menos perdonable– fue la actitud del gobierno de México. Lo que impresiona sobre todo es su sordera y su ceguera. Ambas son hijas de la incredulidad. No es que nuestros gobernantes estuviesen ciegos y sordos sino que no querían oír ni ver. Reconocer la existencia del movimiento estudiantil habría equivalido, para ellos, a negarse a sí mismos. El sistema político mexicano está fundado en una creencia implícita e inconmovible: el presidente y el partido encarnan la *totalidad* de México.

Acostumbrados al monólogo e intoxicados por una retórica altisonante que los envuelve como una nube, nuestros presidentes y dirigentes difícilmente pueden aceptar que existan voluntades y opiniones distintas a las suyas. Ellos son el pasado, el presente y el futuro de México. El PRI no es un partido político mayoritario: es la Unanimidad. El presidente no sólo es la autoridad política máxima: es la encarnación de la historia mexicana, el Poder como substancia mágica transmitida desde el primer tlatoani a través de virreyes y presidentes. El autoritarismo mexicano, a diferencia del caudillismo hispánico y latinoamericano, es legalista y las raíces de ese legalismo son religiosas. De ahí la terrible violencia que descendió sobre los estudiantes.

La operación militar contra ellos no fue una acción política únicamente sino que asumió la forma casi religiosa de *un castigo de lo alto*. Una venganza divina. Había que castigar ejemplarmente. Moral de Dios Padre colérico. Los orígenes de esta actitud se hunden en la historia de México, en el pasado azteca y en el pasado colonial. Son una suerte de petrificación de la imagen pública del gobernante, que deja de ser un hombre para convertirse en un ídolo. Una expresión más del machismo y, sobre todo, de la preeminencia del padre en la familia y la sociedad mexicanas. En suma, en el México de 1968, una vez más, los hombres hicieron la historia con los ojos vendados.

II

Siempre he pensado que para entender al México contemporáneo, así sea parcialmente, hay que volver a la historia de Nueva España. Allí no está, claro, la respuesta a nuestras preguntas pero el mundo novohispano, por ser el directo antecedente del nuestro, ofrece la posibilidad de la comparación con el presente. En el caso de 1968, ¿cómo no pensar en los llamados «tumultos de 1692»? Las semejanzas entre los dos episodios no son menos significativas, según se verá, que sus diferencias.

El final del siglo XVII fue un período afortunado para México. Mientras España se hundía más y más en un sopor político y social que duraría cerca de dos siglos, Nueva España prosperaba. La paz reinaba sobre el inmenso territorio, apenas interrumpida de vez en cuando por esporádicos desórdenes en las provincias y sublevaciones de indios bravos en el lejano norte, todavía no enteramente sometido a la autoridad central. Al amparo del notable desarrollo de la agricultura y la minería, especialmente de esta última, había crecido una rica clase de propietarios criollos. Clase emprendedora, devota y fastuosa: gracias a sus dádivas las ciudades se cubrieron de admirables construcciones civiles y religiosas.

En la segunda mitad del siglo XVII la cultura colonial alcanzó su mediodía y, entre muchos ingenios notables, produjo dos figuras de primer rango, una de ellas universal: la poetisa sor Juana Inés de la Cruz y el historiador y matemático Carlos de Sigüenza y Góngora. No es extraño que los mexicanos viesen en la ciudad de México, como dice el mismo Sigüenza y Góngora, a «la cabeza y metrópoli de América» y que la llamasen, con orgullo parecido al de los bostonianos un siglo y medio más tarde, «la nueva Roma». Los extranjeros no eran menos entusiastas que los naturales y todavía a principios del siglo XIX el barón Alexander von Humboldt escribe: «Ninguna ciudad del Nuevo Continente, sin exceptuar a los Estados Unidos, ofrece establecimientos científicos tan grandes como los de México... ni tantos edificios hermosos y que podrían figurar en las mejores calles de París, Berlín o Petersburgo». La sociedad criolla se contemplaba confiadamente en el esplendor y solidez de sus iglesias y palacios: altares y salones dorados, cimientos y muros de piedra. Pero aquella sociedad resultó ser más frágil que sus monumentos.

En 1692 la escasez de maíz sublevó al pueblo –indios, mestizos y aun criollos pobres– y la ciudad de México fue teatro de graves disturbios. La multitud se echó a las calles y este acto de osadía cogió por sorpresa al gobierno, que no estaba acostumbrado a ver desafiada su autoridad. La gen-

te saqueó los almacenes y, arremolinada en la plaza central, quemó los archivos y amenazó con incendiar la sede del poder virreinal. Los desórdenes se transformaron en algo más que una protesta contra la falta de maíz y adquirieron una coloración política subversiva. Las autoridades, recobradas de su sorpresa inicial, desencadenaron una represión implacable que ensombreció el fin del siglo XVII mexicano.

El sueño dorado del virreinato terminó en una llamarada; a su luz la sociedad colonial descubrió su otra mitad: una cara india y mestiza, una cara colérica y ensangrentada. Hasta entonces los disturbios habían sido desórdenes locales y, en el norte, actos de tribus indómitas todavía no evangelizadas. Los tumultos en la ciudad de México revelaron una escisión en el centro mismo de la sociedad. El testimonio de Sigüenza y Góngora, que presenció los desórdenes, no es menos impresionante que el de Elena Poniatowska: «Por aquella calle donde yo estaba (y por cuantas otras desembocaban en la plaza) venían atropellándose bandadas de hombres. Traían desnudas sus espadas los españoles y, viendo lo mismo que allí me tenía suspenso, se detenían porque los negros, los mulatos y todo lo que es plebe gritaba: "¡Muera el Virrey y cuantos lo defendieren!". Y los indios: "¡Mueran los españoles que nos comen nuestro maíz!". Y exhortándose unos a otros a tener valor, supuesto que ya no había otro Cortés que los sujetase, se arrojaban a la plaza a acompañar a los otros y a tirar piedras. "¡Ea, señoras!", decían las indias en su lengua unas a otras, "¡vamos con alegría a esta guerra y como quiera Dios que se acaben en ella los españoles, no importa que muramos sin confesión!". "¿No es nuestra tierra? Pues ¿qué quieren en ella los españoles?"».

Casi todos los historiadores ven en los tumultos de 1692 una anticipación de las luchas por la Independencia, cien años más tarde. No sé, sin embargo, si alguno haya reparado en lo que, a mi modo de ver, es la nota característica del episodio. Los amotinados de 1692 se levantaron contra el poder virreinal y la dominación española pero su revuelta no fue realmente un acto revolucionario sino una explosión instintiva. Su negación no contenía ninguna afirmación. Sería inútil buscar en su protesta una idea acerca de cómo debería ser la sociedad mexicana una vez desaparecido el poder virreinal. El regreso al mundo anterior a la Conquista era imposible: había sido destruido con sus príncipes y sus sacerdotes, sus dioses y sus pirámides. Sobre sus ruinas se había construido otro mundo: los rebeldes que gritaban contra el virrey lo hacían en español y adoraban al mismo Dios que sus opresores.

Ninguno de los principios que habían fundado a la sociedad colonial

–los dos universalismos: el Imperio español y el catolicismo romano– podía operar como un principio de reforma. La sociedad colonial se encontró de pronto en un callejón sin salida: no había solución dentro de los supuestos religiosos, filosóficos y políticos que la fundaban. Entre el universalismo católico-monárquico y el particularismo de los amotinados indios y mestizos había una contradicción insoluble. Más exactamente: la solución no estaba *dentro* sino *fuera* de la ideología de la Nueva España. Hubo que esperar más de un siglo para que los mexicanos, lenta y tímidamente, buscasen los principios de otro universalismo y tratasen de aplicarlos, con poquísimo éxito por lo demás, a nuestra realidad. Esos principios ajenos fueron los de la Ilustración, tal como habían cristalizado en las dos revoluciones que sirvieron de modelo a los movimientos de Independencia de la América española: la Revolución francesa y la norteamericana.

La historia moderna de México, como la de los otros países hispanoamericanos, está marcada por el fracaso de nuestras guerras de Independencia. Logramos liberarnos políticamente de España pero no pudimos cambiar nuestras sociedades ni logramos instaurar en nuestras tierras instituciones realmente democráticas. La fachada republicana cubrió una realidad arcaica y atroz. El tema de la dificultad que han experimentado y experimentan los países hispánicos y lusitanos para adoptar y adaptar los principios democráticos debería ser el tema central de los estudios históricos y sociales en América Latina, España y Portugal. No ha sido así y, aunque parezca increíble, todavía no sabemos por qué las instituciones democráticas no han sido viables en la mayoría de nuestros países. Se habla mucho de nuestro subdesarrollo económico y en los últimos tiempos el subdesarrollo y la dependencia se han convertido en los chivos expiatorios de todas nuestras fallas. No niego al subdesarrollo y a la dependencia pero observo que pocos se han preguntado si existe o no una relación entre ese subdesarrollo y nuestra vida política. La modernidad no se mide exclusiva ni primordialmente por el número de fábricas y de máquinas sino por el desarrollo de la crítica intelectual y política. Probablemente la pobreza de nuestra tradición científica y filosófica tiene el mismo origen que nuestra pobre tradición democrática. Nuestra historia está infestada de caudillos como las aguas del golfo de México de tiburones y nuestra historia intelectual de canónigos quema-herejes, jacobinos cortacabezas y marxistas con vocación de carceleros.

III

Los tumultos de 1968 tienen, indudablemente, analogía con los de 1692. En ambos casos estamos ante el despertar de un sueño de injusta prosperidad y falsa armonía social. Hacia 1950 los grupos dirigentes de México en la esfera de la política y la economía –sin excluir a la mayoría de los técnicos y a muchos intelectuales– empezaron a sentir cierta satisfacción ante los progresos logrados desde la consolidación del régimen postrevolucionario (1930): estabilidad política; desarrollo económico no interrumpido a pesar de una alta tasa de crecimiento demográfico; obras públicas impresionantes; nacimiento de una clase media; extensión de la clase obrera y elevación de su nivel de vida; en fin, a semejanza del siglo XVII, un clima de tranquilidad, como si todos estuviesen de acuerdo, de los dirigentes obreros a los banqueros y de los jerarcas de la Revolución institucionalizada a los procónsules de los consorcios internacionales.

En 1690 la sociedad criolla se veía retratada en sus palacios barrocos y en sus conventos y colegios; en 1960 la sociedad postrevolucionaria se contemplaba en sus fábricas, sus ranchos, sus mansiones a la Hollywood y sus colosales monumentos a las glorias y los héroes revolucionarios. (Sería injusto, sin embargo, comparar el arte barroco del siglo XVII, exquisito aun en sus delirios, con el estilo megalomaníaco del México postrevolucionario, en la mejor tradición del arte de Stalin.) El elogio extranjero no podía faltar. El más resonante fue el del presidente Kennedy, que no vaciló en afirmar que el régimen mexicano era un ejemplo para la América Latina. Los herederos de los revolucionarios recibían al fin la consagración de Washington. Triunfo póstumo de la Revolución mexicana. En realidad, la pobre Revolución había sido víctima de una doble confiscación: la confiscación política del partido gubernamental, una burocracia que tiene más de una semejanza con las burocracias comunistas del Este europeo; y la confiscación económica y social de una oligarquía financiera estrechamente ligada a los grandes consorcios norteamericanos.

En 1968 se rompió el consenso y apareció otra cara de México: una juventud encolerizada y una clase media en profundo desacuerdo con el sistema político que nos rige desde hace cuarenta años. Los tumultos de 1968 revelaron una grieta en el interior de la sociedad mexicana que podemos llamar desarrollada, es decir, en ese sector predominantemente urbano que forma cerca de la mitad de la población y que ha pasado en los últimos decenios por un acelerado proceso de modernización. Pero lo que otorga dramatismo y urgencia a la crisis del México moderno y desa-

rrollado es su trasfondo: el otro México en andrajos, los millones de campesinos pobrísimos y las masas de semidesocupados que emigran a las ciudades y se convierten en los nuevos nómadas –los nómadas del desierto urbano.

Como en 1692, el movimiento de 1968 careció de una ideología precisa. A diferencia de 1692, no fue un movimiento de las clases bajas sino de los estudiantes, la clase media y los grupos intelectuales. Como en 1692, aunque por razones distintas, englobó y expresó el descontento general del país. Descontento ante la anquilosis del sistema político implantado después del período violento de la Revolución mexicana (el partido gubernamental fue fundado en 1929); descontento, asimismo, ante la degradación del programa social de los revolucionarios en una política «desarrollista» que ha beneficiado sólo a una minoría. De ahí que el llamado a la democratización haya conquistado inmediatamente la adhesión de la mayoría de la población perteneciente al sector urbano.

Como en 1692 –de nuevo: por razones distintas– las demandas políticas pasaron a primer término. Y aquí aparece la diferencia mayor entre los tumultos de 1692 y los de 1968: mientras que los principios en que estaba fundada la sociedad colonial no ofrecían una respuesta a la crisis de 1692, en los que fundan a la sociedad mexicana se encuentra precisamente la solución, al menos en germen, a nuestros problemas. Cierto, la «democratización» no es la solución pero es el camino para examinar en público nuestros problemas, discutirlos, proponer soluciones y organizarnos políticamente para lograr la aplicación de esas soluciones. A los impacientes hay que recordarles lo que ha significado y significa, en incontables sufrimientos físicos y degradación moral, el desarrollo a marchas forzadas del «socialismo» burocrático. La creación de una tradición democrática en México no es menos importante y urgente que el desarrollo económico y que la lucha por la igualdad.

En 1968 el sistema político mexicano entró en crisis; cinco años después no hemos logrado todavía crear un movimiento democrático independiente que ofrezca soluciones reales a los inmensos problemas de nuestro país. A la espontánea y saludable negación de 1968 no ha sucedido una afirmación. Hemos sido incapaces de elaborar un programa coherente y viable de reformas y también de crear una organización nacional. La verdad es que el primero y casi el único que ha aprovechado la experiencia de 1968 es el régimen mismo, que en los últimos años –no sin contradicciones y recaídas, como la del 10 de junio de 1971– se ha embarcado en un programa de reformas tendientes a liberalizarlo. Sería inmoral ignorarlas

o minimizarlas; sería falso decir que son suficientes. No, el remedio no puede venir de una reforma desde arriba sino desde abajo, impulsada por un movimiento popular *independiente*.

Hay que encontrar una solución distinta a la del PRI, algo que hasta ahora no han podido hacer los partidos políticos tradicionales de la oposición. Hay un anquilosamiento intelectual de la izquierda mexicana, prisionera de fórmulas simplistas y de una ideología autoritaria no menos sino más nefasta que el burocratismo del PRI y el presidencialismo tradicional de México. En cuanto a la derecha: hace mucho que la burguesía mexicana no tiene ideas –sólo intereses. Por todo esto, la «democratización» que pedían los estudiantes en 1968 sigue siendo una demanda válida y una tarea urgente. Ésa es la condición esencial de toda tentativa de reforma en México. La democracia, en su expresión más simple, es ese espacio libre donde se despliega la crítica. Pero la crítica de los otros exige la autocrítica. Para hablar con los demás, debemos primero aprender a hablar con nosotros mismos. Los grupos que desean el cambio en México deberían empezar por *autodemocratizarse*, es decir, por introducir la crítica y el debate dentro de sus organizaciones. Y más: deberían examinarse a sí mismos y hacer la crítica de sus actitudes y sus ideologías. Entre nosotros abundan los teólogos soberbios y los fanáticos obtusos: los dogmas petrifican. La regeneración intelectual de la izquierda sólo será posible si pone entre paréntesis muchas de sus fórmulas y *oye* con humildad lo que dice realmente México –lo que dicen nuestra historia y nuestro presente. Entonces recobrará la imaginación política. ¿O habrá que esperar, como en 1692, otro siglo?

Cambridge, Mass., marzo de 1973

«A cinco años de Tlatelolco» se publicó en el diario *Excélsior*, México, 1, 2 y 3 de octubre de 1973, y se recogió en *El ogro filantrópico*, Barcelona (Seix Barral) y México (Joaquín Mortiz), 1979.

El ogro filantrópico

Adspice sim quantus! Non est hoc corpore
major Jupiter in coelo...

OVIDIO, *Metamorfosis*, XIII

Los liberales creían que, gracias al desarrollo de la libre empresa, florecería la sociedad civil y, simultáneamente, la función del Estado se reduciría a la de simple supervisor de la evolución espontánea de la humanidad. Los marxistas, con mayor optimismo, pensaban que el siglo de la aparición del socialismo sería también el de la desaparición del Estado. Esperanzas y profecías evaporadas: el Estado del siglo xx se ha revelado como una fuerza más poderosa que las de los antiguos imperios y como un amo más terrible que los viejos tiranos y déspotas. Un amo sin rostro, desalmado y que obra no como un demonio sino como una máquina.

Los teólogos y los moralistas habían concebido al mal como una excepción y una transgresión, como una mancha en la universalidad y la transparencia del ser. Para la tradición filosófica de Occidente, salvo para las corrientes maniqueas, el mal carecía de substancia y no podía definirse sino como *falta*, es decir, como carencia de ser. En sentido estricto no había mal sino malos: excepciones, casos particulares. El Estado del siglo xx invierte la proposición: el mal conquista al fin la universalidad y se presenta con la máscara del ser. Sólo que a medida que crece el mal, se empequeñecen los malvados. Ya no son seres de excepción sino espejos de la normalidad. Un Hitler o un Stalin, un Himmler o un Yéjov nos asombran no sólo por sus crímenes sino por su mediocridad. Su insignificancia intelectual confirma el veredicto de Hannah Arendt sobre la «banalidad del mal».

El Estado moderno es una máquina pero es una máquina que se reproduce sin cesar. En los países de Occidente, lejos de ser la dimensión política del sistema capitalista, una superestructura, es el modelo de las organizaciones económicas; las grandes empresas y negocios, a imitación suya, tienden a convertirse en Estados e imperios más poderosos que muchas naciones. En los últimos cincuenta años hemos asistido no a la esperada socialización del capitalismo sino a su paulatina pero irresistible burocratización. Las grandes compañías transnacionales prefiguran ya un

capitalismo burocrático. Frente a ellas, las burocracias totalitarias del Este europeo. Allá el proceso ha sido más rápido y feroz. La sociedad civil ha desaparecido casi enteramente: fuera del Estado no hay nada ni nadie. Sorprendente inversión de valores que habría estremecido al mismo Nietzsche: el Estado es el ser y la excepción, la irregularidad y aun la simple individualidad son formas del mal, es decir, de la nada. El campo de concentración, que reduce al prisionero a un no-ser, es la expresión política de la ontología implícita en las ideocracias totalitarias.

A pesar de la omnipresencia y omnipotencia del Estado del siglo xx –a pesar también del antecedente de la tradición anarquista, tan rica en adivinaciones y descripciones proféticas– sólo hace poco ha renacido la crítica del poder y del Estado. Pienso sobre todo en Francia, Alemania y Estados Unidos. En América Latina el interés por el Estado es mucho menor. Nuestros estudiosos siguen obsesionados con el tema de la dependencia y el subdesarrollo. Cierto, nuestra situación es distinta. Las sociedades latinoamericanas son la imagen misma de la extrañeza: en ellas se yuxtaponen la Contrarreforma y el liberalismo, la hacienda y la industria, el analfabeto y el literato cosmopolita, el cacique y el banquero. Pero la extrañeza de nuestras sociedades no debe ser un obstáculo para estudiar al Estado latinoamericano, que es, precisamente, una de nuestras peculiaridades mayores. Por una parte, es el heredero del régimen patrimonial español; por la otra, es la palanca de la modernización. Su realidad es ambigua, contradictoria y, en cierto modo, fascinante. Las páginas que siguen, escritas sobre el caso que mejor conozco: el de México, son el resultado de esa fascinación. Apenas si debo advertir a los suspicaces que mis opiniones no son una teoría sino un puñado de reflexiones.

La primera evidencia: el Estado creado por la Revolución mexicana es más fuerte que el del siglo xix. En esto, como en tantas otras cosas, los revolucionarios no sólo han mostrado una decidida inclinación tradicionalista sino que han sido infieles a aquellos que reconocen como sus antecesores: los liberales de 1857. Salvo durante los interregnos de anarquía y guerra civil, los mexicanos hemos vivido a la sombra de gobiernos alternativamente despóticos o paternales pero siempre fuertes: el rey-sacerdote azteca, el virrey, el dictador, el señor presidente. La excepción es el corto período que Cosío Villegas llama la República Restaurada y durante el cual los liberales trataron de limar las garras del Estado heredado de Nueva España. Esas garras se llamaban (se llaman): burocracia y ejército. Los liberales querían una sociedad fuerte y un Estado débil. Tentativa ejemplar que pronto fracasó: Porfirio Díaz invirtió los términos e hizo de

México una sociedad débil dominada por un Estado fuerte. Los liberales pensaban que la modernización sería la obra –como en otras partes del mundo: Inglaterra, Francia, Estados Unidos– de la burguesía y la clase media. No fue así y con Díaz el Estado comienza a convertirse en el agente de la modernización. Cierto, la acción económica del régimen se apoyó en las empresas privadas y en el capitalismo extranjero. Pero la fundación de empresas industriales y la construcción de fábricas y ferrocarriles no fue tanto la expresión del dinamismo de una clase burguesa como el resultado de una deliberada política gubernamental de estímulos e incentivos. Además, lo decisivo no fue la acción económica sino el fortalecimiento del Estado. Para que un organismo sea capaz de llevar a cabo tareas históricas como la modernización de un país, el primer requisito es que sea fuerte. Con Porfirio Díaz el Estado mexicano recobró el poder que había perdido durante los conflictos y guerras que sucedieron a la Independencia.

El historiador conservador Carlos Pereyra señala que las convulsiones políticas y el estado caótico del país hasta la dictadura de Díaz fueron, esencialmente, una consecuencia de la debilidad de los gobiernos desde la Independencia. El Estado novohispano había sido una construcción de extraordinaria solidez y que fue capaz de hacer frente lo mismo a los revoltosos encomenderos que a los obispos despóticos. Al derrumbarse, dejó una clase rica muy poderosa y dividida en facciones irreconciliables. La ausencia de un poder central moderador tanto como la inexistencia de tradiciones democráticas explica que las facciones no tardasen en acudir a la fuerza para dirimir sus diferencias. Así nació la plaga del militarismo: la espada fue la respuesta a la debilidad del Estado y al poderío de las facciones. ¿Por qué era débil el Estado mexicano? La debilidad, dice Pereyra, era una consecuencia de la pobreza. Aclaro: no pobreza del país sino del poder político. El Estado era pobre frente a una Iglesia dueña de la mitad del país y una clase de propietarios y hacendados inmensamente ricos. ¿Cómo someter a los obispos y cómo lograr que prevaleciera la ley en una sociedad donde cada jefe de familia se sentía un monarca? Bajo la dictadura del general Díaz el Estado mexicano empezó a salir de la pobreza. Los gobiernos que sucedieron a Díaz, pasada la etapa violenta de la Revolución, impulsaron el proceso de enriquecimiento y muy pronto, con Calles, otro general, el gobierno mexicano inició su carrera de gran empresario. Hoy es el capitalista más poderoso del país aunque, como todos sabemos, no es ni el más eficiente ni el más honrado.

El Estado revolucionario hizo algo más que crecer y enriquecerse.

Como el Japón durante el período Meiji, a través de una legislación adecuada y de una política de privilegios, estímulos y créditos, impulsó y protegió el desarrollo de la clase capitalista. El capitalismo mexicano nació mucho antes que la Revolución pero maduró y se extendió hasta llegar a ser lo que es gracias a la acción y a la protección de los gobiernos revolucionarios. Al mismo tiempo, el Estado estimuló y favoreció a las organizaciones obreras y campesinas. Estos grupos vivieron y viven a su sombra, ya que son parte del PRI. No obstante, sería inexacto y simplista reducir su relación con el poder público a la del súbdito y el señor. La relación es bastante más compleja: por una parte, en un régimen de partido único como es el de México, las organizaciones sindicales y populares son la fuente casi exclusiva de legitimación del poder estatal; por la otra, las uniones populares, sobre todo las obreras, poseen cierta libertad de maniobra. El gobierno necesita a los sindicatos tanto como los sindicatos al gobierno. En realidad, las dos únicas fuerzas capaces de negociar con el gobierno son los capitalistas y los dirigentes obreros. Por último, no contento con impulsar y, en cierto sentido, modelar a su imagen al sector capitalista y al obrero, el Estado postrevolucionario completó su evolución con la creación de dos burocracias paralelas. La primera está compuesta por administradores y tecnócratas; constituye el personal gubernamental y es la heredera histórica de la burocracia novohispana y de la porfirista. Es la mente y el brazo de la modernización. La segunda está formada por profesionales de la política y es la que dirige, en sus diversos niveles y escalones, al PRI. Las dos burocracias viven en continua ósmosis y pasan incesantemente del partido al gobierno y viceversa.

La descripción que acabo de hacer es apresurada y esquemática pero no es inexacta. Por ella no es difícil comprobar que el poder central, en México, no reside ni en el capitalismo privado ni en las uniones sindicales ni en los partidos políticos sino en el Estado. Trinidad secular, el Estado es el Capital, el Trabajo y el Partido. Sin embargo, no es un Estado totalitario ni una dictadura. En la Unión Soviética el Estado es el propietario de las cosas y de los hombres, quiero decir: es el dueño de los medios de producción, de los productos y de los productores. A su vez, el Estado es la propiedad del Partido Comunista y el Partido es la propiedad del Comité Central. En México el Estado pertenece a la doble burocracia: la tecnocracia administrativa y la casta política. Ahora bien, estas burocracias no son autónomas y viven en continua relación –rivalidad, complicidad, alianzas y rupturas– con los otros dos grupos que comparten la dominación del país: el capitalismo privado y las burocracias obreras. Estos gru-

pos, por lo demás, tampoco son homogéneos y están divididos por querellas de intereses, ideas y personas. Además, hay otro sector, cada vez más influyente e independiente: la clase media y sus voceros, los estudiantes y los intelectuales. La función de los frailes y los clérigos en Nueva España la desempeñan ahora los universitarios y los escritores. El lugar que antes ocupaban la teología y la religión lo ocupa hoy la ideología. Por fortuna, México es una sociedad más y más plural y el ejercicio de la crítica –único antídoto contra las ortodoxias ideológicas– crece a medida que el país se diversifica.

La acción de todas estas clases, grupos e individuos se despliega dentro de un marco: el contexto internacional. Algunos países, a través de distintos grupos, influyen indirectamente en la opinión, sobre todo entre los estudiantes, los periodistas y otros sectores profesionales. A veces, como en el caso de Cuba, esa influencia no está en relación ni con su poderío real –su fuerza militar es impresionante pero no es propia sino dependiente de la Unión Soviética– ni con sus insignificantes avances en materia económica, social y cultural. En nuestro siglo la ideología no sólo es un vidrio de aumento: también es un cristal deformante que produce toda clase de aberraciones –no cromáticas sino morales. En el caso de los Estados Unidos, en cambio, no es necesario acudir a la ideología para explicarse las imágenes que provoca en la conciencia de los mexicanos: su poder es múltiple y ha sido constante en nuestra historia desde hace siglo y medio. Un poder que es económico, científico, técnico, militar y cultural. El poderío norteamericano asume la forma de la fascinación, es decir, suscita una reacción contradictoria hecha de atracción y repulsión. Su influencia es particularmente profunda –y con frecuencia nefasta– en la vida económica; asimismo, penetra en los dominios de la técnica, la ciencia, la cultura, la sensibilidad popular y, claro, la política. La presencia de los Estados Unidos en la vida mexicana es una evidencia histórica que no necesita demostración: posee una realidad física, material. La observación que he hecho a propósito de la relación ambigua que prevalece entre los sindicatos y el Estado mexicano puede aplicarse a la que nos une con Washington; quiero decir: es una relación de dominación que no puede reducirse pura y simplemente al concepto de dependencia y que permite cierta libertad de negociación y de movimientos. Hay un margen de acción. Por más estrecho que nos parezca ese margen, es de todos modos considerablemente más amplio que el de Polonia, Hungría, Checoslovaquia o Cuba frente a la Unión Soviética. Por supuesto, en momentos de crisis política la influencia del embajador de Estados Unidos en México puede ser –y de

hecho ha sido– tan importante y decisiva como la del sátrapa del Gran Rey durante la guerra del Peloponeso.

Los autores radicales que, a principios de siglo, se ocuparon de la historia social de la Rusia prerrevolucionaria –Plejánov, Trotski, Lenin– coincidían en señalar la debilidad de la burguesía frente al Estado autoritario. Una de las características del capitalismo ruso fue su dependencia del Estado zarista. La burguesía jamás logró liberarse del todo de la tutela de la autocracia. Esta flaqueza le impidió finalmente llevar a cabo la tarea que, según los marxistas, constituía su misión histórica: la modernización de Rusia. Toda la polémica entre los bolcheviques y los mencheviques arranca de las distintas posiciones que unos y otros adoptaron frente a esta situación. Aparte de la debilidad de la burguesía, hay que mencionar otro factor que se omite con frecuencia: el Estado zarista no podía ser un agente eficaz de modernización porque en su estructura, en sus cuadros dirigentes y en el espíritu que lo animaba, era todavía, en gran parte, un Estado patrimonialista, en el sentido en que Max Weber emplea esta expresión. En suma, es indudable que la debilidad de la burguesía rusa frente al Estado patrimonialista fue la causa determinante de la suerte ulterior de la Revolución. La burocracia soviética, sucesora de la autocracia, se enfrentó a la tarea que históricamente –según los marxistas– correspondía a la burguesía (la modernización) pero el resultado fue diametralmente opuesto tanto a las previsiones de los mencheviques como a las de los bolcheviques. La conjunción del poder político y del poder económico –ambos absolutos– no produjo ni la revolución democrática burguesa ni el socialismo sino la implantación de una ideocracia totalitaria.

He recordado el caso de Rusia porque, por más alejado que parezca, ilumina indirectamente las peculiaridades de la situación mexicana. Como en la Rusia de principios de siglo, el proyecto histórico de los intelectuales mexicanos y, asimismo, el de los grupos dirigentes y el de la burguesía ilustrada, puede condensarse en la palabra *modernización* (industria, democracia, técnica, laicismo, etc.). Como en Rusia, ante la relativa debilidad de la burguesía nativa, el agente central de la modernización ha sido el Estado. Por último, como en Rusia, nuestro Estado es el heredero de un régimen patrimonial: el virreinato novohispano. No obstante, hay diferencias capitales. La primera: entre el Estado novohispano y el moderno se interpone el breve pero imborrable período democrático de la República Restaurada (1867-1876). La segunda: mientras el Estado totalitario liquidó a la burguesía rusa, sometió a los campesinos y a los obre-

ros, exterminó a sus rivales políticos, asesinó a sus críticos y creó una nueva clase dominante, el Estado mexicano ha compartido el poder no sólo con la burguesía nacional sino con los cuadros dirigentes de los grandes sindicatos. Ya he apuntado que la relación entre los gobiernos mexicanos, los dirigentes obreros y campesinos y la burguesía es ambigua, una suerte de alianza inestable no exenta de querellas, sobre todo entre el sector privado y el público. Todo esto puede condensarse en una diferencia que las engloba a todas y que es capital: mientras en Rusia el partido es el verdadero Estado, en México el Estado es el elemento substancial y el partido es su brazo y su instrumento. Así, aunque México no es realmente una democracia, tampoco es una ideocracia totalitaria.

Me falta mencionar otra característica notable del Estado mexicano: a pesar de que ha sido el agente cardinal de la modernización, él mismo no ha logrado modernizarse enteramente. En muchos de sus aspectos, especialmente en su trato con el público y en su manera de conducir los asuntos, sigue siendo patrimonialista. En un régimen de ese tipo el jefe de gobierno –el príncipe o el presidente– considera al Estado como su patrimonio personal. Por tal razón, el cuerpo de los funcionarios y empleados gubernamentales, de los ministros a los ujieres y de los magistrados y senadores a los porteros, lejos de constituir una burocracia impersonal, forman una gran familia política ligada por vínculos de parentesco, amistad, compadrazgo, paisanaje y otros factores de orden personal. El patrimonialismo es la vida privada incrustada en la vida pública. Los ministros son los familiares y los criados del rey. Por eso, aunque todos los cortesanos comulguen en el mismo altar, los regímenes patrimonialistas no se petrifican en ortodoxias ni se transforman en burocracias. Son lo contrario de una Iglesia y de ahí que, a la inversa de lo que ocurre en cuerpos como la Iglesia católica y el Partido Comunista, los vínculos entre los cortesanos no sean ideológicos sino personales. En las burocracias políticas y eclesiásticas el orden jerárquico es sagrado y está regido por reglas objetivas y por principios inmutables, tales como la iniciación, el noviciado o aprendizaje, la antigüedad en el servicio, la competencia, la diligencia, la obediencia a los superiores, etc. En el régimen patrimonial lo que cuenta en último término es la voluntad del príncipe y de sus allegados.

En el interior del Estado mexicano hay una contradicción enorme y que nadie ha podido o intentado siquiera resolver: el cuerpo de tecnócratas y administradores, la burocracia profesional, comparte los privilegios y los riesgos de la administración pública con los amigos, los familiares y los favoritos del presidente en turno y con los amigos, los familiares y los

favoritos de sus ministros. La burocracia mexicana es moderna, se propone modernizar al país y sus valores son valores modernos. Frente a ella, a veces como rival y otras como asociada, se levanta una masa de amigos, parientes y favoritos unidos por lazos de orden personal. Esta sociedad cortesana se renueva parcialmente cada seis años, es decir, cada vez que asciende al poder un nuevo presidente. Tanto por su situación como por su ideología implícita y su modo de reclutamiento, estos cuerpos cortesanos no son modernos: son una supervivencia del patrimonialismo. La contradicción entre la sociedad cortesana y la burocracia tecnócrata no inmoviliza al Estado pero sí vuelve difícil y sinuosa su marcha. No hay dos políticas dentro del Estado: hay dos maneras de entender la política, dos tipos de sensibilidad y de moral.

Lo mismo en Inglaterra que en Francia, los regímenes modernos se esforzaron desde el principio por dotar al nuevo Estado burgués de una burocracia *ad hoc*, radicalmente distinta a la de las monarquías de los siglos XVII y XVIII. Mejor dicho, como ha mostrado admirablemente Norbert Elias, las burocracias del siglo XIX y del XX, en Occidente, se formaron dentro del Tercer Estado y la «nobleza de toga», en lucha permanente contra la sociedad cortesana de los regímenes absolutistas. Por su origen, sus métodos de trabajo, sus jerarquías y su moral, la nueva burocracia fue la negación del patrimonialismo. Su evolución fue la misma de la burguesía, que pasó del derecho a la economía y de la lógica jurídica a la lógica de la empresa privada. Así, impuso la racionalidad económica, esencialmente cuantitativa, en el despacho de los negocios de Estado. Exigencia imposible: el Estado no es una empresa. Las ganancias y las pérdidas de una nación se calculan de una manera distinta a la que nos enseñan las reglas de contabilidad. Ésta es una contradicción que el Estado burgués liberal no ha podido resolver. Desde la perspectiva de la administración de las cosas, las burocracias de las sociedades democráticas burguesas han sido incomparablemente superiores no sólo a las de las antiguas monarquías sino a las de los Estados totalitarios de nuestros días. Agrego que, además de ser más eficaces, han sido más humanas y más tolerantes. Pero esta superioridad de orden profesional y moral se convierte en inferioridad si se pasa de la administración a la política. La inferioridad se vuelve manifiesta en el dominio de las relaciones internacionales.

Abundan los ejemplos de la ineptitud política de las democracias burguesas. Su actitud ante Hitler fue una mezcla extraordinaria de inconsistencia y de ceguera. Al principio, su intransigencia y su egoísmo frente a Alemania favorecieron el surgimiento del nazismo; después, a veces por

cálculo y otras por cobardía, fueron cómplices del dictador. Su política con Stalin no fue más clarividente. La misma mezcla de realismo pérfido y a corto plazo inspira su actitud ante las satrapías y tiranías del Nuevo y el Viejo Mundo. El oportunismo no explica enteramente estas flaquezas e incoherencias. La falla es congénita y ya apunté la razón más arriba: el Estado no es una fábrica ni un negocio. La lógica de la historia no es cuantitativa. La racionalidad económica depende de la relación entre el gasto y el producto, la inversión y la ganancia, el trabajo y el ahorro. La racionalidad del Estado no es la utilidad ni el lucro sino el poder: su conquista, su conservación y su extensión. El arquetipo del poder no está en la economía sino en la guerra, no en la relación polémica capital/trabajo sino en la relación jerárquica jefes/soldados. De ahí que el modelo de las burocracias políticas y religiosas sea la milicia: la Compañía de Jesús, el Partido Comunista.

La naturaleza peculiar del Estado mexicano se revela por la presencia en su interior de tres órdenes o formaciones distintas (pero en continua comunicación y ósmosis): la burocracia gubernamental propiamente dicha, más o menos estable, compuesta por técnicos y administradores, hecha a imagen y semejanza de las burocracias de las sociedades democráticas de Occidente; el conglomerado heterogéneo de amigos, favoritos, familiares, privados y protegidos, herencia de la sociedad cortesana de los siglos XVII y XVIII; la burocracia política del PRI formada por profesionales de la política, asociación no tanto ideológica como de intereses faccionales e individuales, gran canal de la movilidad social y una gran fraternidad abierta a los jóvenes ambiciosos, generalmente sin fortuna, recién salidos de las universidades y los colegios de educación superior. La burocracia del PRI está a medio camino entre el partido político tradicional y las burocracias que militan bajo una ortodoxia y que operan como milicias de Dios o de la historia. El PRI no es terrorista, no quiere cambiar a los hombres ni salvar al mundo: quiere salvarse a sí mismo. Por eso quiere reformarse; pero sabe que su reforma es inseparable de la del país. La cuestión que la historia ha planteado a México desde 1968 no consiste únicamente en saber si el Estado podrá gobernar sin el PRI sino si los mexicanos nos dejaremos gobernar sin un PRI.

El tema de la Reforma Política, como se llama a las recientes tentativas del gobierno mexicano por introducir el pluralismo, merece una pequeña digresión. El PRI nació de una necesidad: asegurar la continuidad del régimen postrevolucionario, amenazado por las querellas entre los jefes

militares sobrevivientes de las guerras y trastornos que sucedieron al derrocamiento de Porfirio Díaz. Su esencia fue un compromiso entre la auténtica democracia de partidos y la dictadura de un caudillo como en los otros países de América Latina. El régimen nacido de la Revolución mexicana vivió durante muchos años sin que nadie pusiese en duda su legitimidad. Los sucesos de 1968, que culminaron en la matanza de varios cientos de estudiantes, quebrantaron gravemente esa legitimidad, gastada además por medio siglo de dominación ininterrumpida. Desde 1968, los gobiernos mexicanos buscan, no sin contradicciones, una nueva legitimidad. La fuente de la antigua era, por una parte, de orden histórico o más bien genealógico, pues el régimen se ha considerado siempre no sólo el sucesor sino el heredero, por derecho de primogenitura, de los caudillos revolucionarios; por la otra, de orden constitucional, ya que era el resultado de elecciones formalmente legales. La nueva legalidad que busca el régimen se funda en el reconocimiento de que existen otros partidos y proyectos políticos, es decir, en el pluralismo. Es un paso hacia la democracia.

A la larga, si no se malogra, la Reforma Política realizará el sueño de muchos mexicanos, sin cesar diferido desde la Independencia: transformar al país en una verdadera democracia moderna. A corto plazo, sin embargo, es lícito dudar que baste con unas cuantas medidas de orden legal para cambiar las estructuras políticas de una sociedad. En efecto, ante todo hay que preguntarse: ¿cuáles son los partidos políticos que podrían disputarle al PRI su dominación? Si descartamos a los partidos peleles que durante años han desempeñado el papel de títeres en la farsa electoral, el único rival serio del PRI ha sido el PAN. Es un partido nacionalista, católico y conservador que, como su nombre lo indica (Partido Acción Nacional), estuvo emparentado en su origen con tendencias más o menos influidas por el pensamiento de Maurras y de su Action Française (el monarquismo y el antisemitismo excluidos). El PAN ha sido el eterno derrotado en las elecciones, aunque no siempre legalmente. No hay que olvidar que el PRI no es un partido que ha conquistado el poder: es el brazo político del poder. Hasta ahora sólo a unos cuantos les ha importado que el PRI gane invariablemente las elecciones. Esta indiferencia explica por qué ni el PAN ni ninguno de los otros grupos de oposición, de la derecha o la izquierda, han sido capaces de organizar un movimiento de resistencia nacional. El descontento del pueblo mexicano no se ha expresado en formas políticas activas sino como abstención y escepticismo. Hoy el régimen busca una nueva legalidad en el pluralismo y en esto reside la no-

vedad de la situación. Pero la crisis del sistema político mexicano no ha beneficiado al PAN, que no ha podido capitalizar en su favor el descontento contra el partido oficial. Al contrario: hoy el PAN es más débil que hace quince años. Para colmo, desgarrado por luchas intestinas, padece una suerte de crisis de identidad. Aunque trata de olvidar sus inclinaciones autoritarias y *maurrasianas* no ha logrado convertirse en un partido demócrata cristiano. ¿Y los otros partidos?[1]

El Partido Comunista Mexicano, a pesar de que fue fundado hace más de cincuenta años, antes que el PRI, es una agrupación pequeña, con nula o escasa influencia entre los trabajadores. Sin embargo, gracias a su control de algunos grupos de estudiantes y, sobre todo, a su dominación en varios sindicatos de empleados y profesores, se ha hecho fuerte en las universidades. El Partido Comunista de México es un partido universitario y esta paradoja, que habría escandalizado a Marx, significa una conquista estratégica apreciable: las universidades son uno de los puntos sensibles del país. Hace poco, inspirado y alentado sin duda por el ejemplo de los europeos (Italia, España y Francia), el Partido Comunista de México se ha declarado partidario del pluralismo democrático, aunque sin renunciar al «centralismo democrático» leninista. Este cambio implica en cierto modo una autocrítica de su pasado estalinista. Por desgracia, no ha sido una crítica explícita; además, ha sido demasiado tímida y está llena de lagunas y reticencias. Es revelador que el Partido Comunista Mexicano, en varias declaraciones y manifestaciones recientes, se haya mostrado afín a las posiciones del Partido Comunista Francés, el más conservador y centralista de los tres grandes partidos europeos. (Althusser lo ha descrito hace unos meses, en *Le Monde*, como una organización cerrada de tipo militar, una «fortaleza».) Otra característica de la situación mexicana: la nula influencia de los intelectuales de izquierda en esta evolución del Partido Comunista de México. El cambio de los partidos comunistas europeos, como es sabido, se debe en buena parte a la crítica de sus intelectuales disidentes; en México –salvo raras excepciones como las de José Revueltas, Eduardo Lizalde y otros pocos más– los intelectuales marxistas han sido los fieles aunque poco imaginativos apologistas del «socialismo histórico», a través de todas sus contradictorias metamorfosis, de Stalin a Bréznev.

El Partido Demócrata Mexicano tiene orígenes semejantes a los del

1. Sobre el PAN y los otros partidos de izquierda véase, también en este volumen, «Hora cumplida (1929-1985)», pp. 383-396.

PAN aunque su clientela no es la clase media sino los campesinos pobres de la región central. Un partido auténticamente plebeyo. Es el descendiente directo de la Unión Nacional Sinarquista, una organización animada por un populismo nacionalista y religioso en el que no era difícil reconocer, al lado de retazos de ideologías fascistas, las aspiraciones tradicionales de los movimientos revolucionarios campesinos. Entre los sinarquistas todavía estaba viva la tradición de los levantamientos agrarios, nota constante de la historia de México desde el siglo xviii. Extraño amasijo: la hermandad religiosa, la falange fascista y la *jacquerie* revolucionaria. El Partido Demócrata Mexicano atraviesa por una crisis de identidad semejante a la del PAN, y no acaba de definir su nuevo perfil democrático. Sin embargo, a pesar de ser un partido pobre lo mismo en recursos materiales que en ideas, tiene todavía influencia entre los campesinos y la clase media pobre del centro del país. Un rasgo común de estos partidos: los tres quisieran olvidar su pasado autoritario. Pero no acaban de exorcizar las sombras de Maurras, Mussolini y Stalin...

Una agrupación política que no arrastra ningún pasado terrible y que surgió de un genuino anhelo de cambio social y democrático: el Partido Mexicano de los Trabajadores. Nacido de la crisis de 1968, su aparición fue vista con gran simpatía por muchos grupos de estudiantes e intelectuales; asimismo, por los veteranos de los descalabros del movimiento obrero en el pasado. Por desgracia, este partido todavía no ha sido capaz de formular un programa que le otorgue fisonomía política y que lo distinga de los otros grupos de izquierda. Podría mencionar a otros partidos independientes pero son minúsculos y sin fuerza apreciable.

El espectador más distraído descubre inmediatamente en este panorama dos grandes ausencias. Una, la de un partido conservador como el Republicano de los Estados Unidos o los partidos conservadores de la Gran Bretaña, Francia, Alemania y España; otra, la de un auténtico partido socialista con influencia entre los trabajadores, los intelectuales y la clase media. Esto último es lo verdaderamente lamentable y revela cruelmente una de las carencias más graves de México: la inexistencia de una tradición socialista democrática. ¿El pluralismo mexicano que prepara la Reforma Política estará compuesto por partidos minoritarios y que difícilmente merecen el calificativo de democráticos? Lo más probable es que ese remedo de pluralismo, lejos de aliviarla, agrave la crisis de legitimidad del régimen. Si así fuese, el desgaste del PRI se acentuaría y el Estado, para no disolverse, tendría que apoyarse en otras fuerzas sociales: no en una burocracia política como el PRI sino, según ha sugerido recientemente

Jean Meyer, en la burocracia militar[1]. Hay, sin embargo, otro remedio. Pero es un remedio visto con horror por la clase política mexicana: dividir al PRI. Tal vez su ala izquierda, unida a otras fuerzas, podría ser el núcleo de un verdadero partido socialista.

La Reforma Política ha sido concebida por uno de los hombres más inteligentes de México, un verdadero intelectual que es asimismo un político sagaz[2]. Sin embargo, como se ha visto, este proyecto se enfrenta al mismo muro que ha cerrado el paso a otras iniciativas de nuestros intelectuales y hombres de Estado, de Juárez y los liberales de 1857 a nuestros días. No es un muro de piedras ni ideas ni intereses: es un muro de vacío. Entre «la idea y la realidad, entre el impulso y el acto, cae la sombra». Como en el poema de Eliot, ¿México es «la tierra muerta, la tierra de cactos», cubierta de ídolos rotos y de imágenes apolilladas de santos y santas? ¿No hacemos sino «dar vueltas y vueltas al nopal»? Pero ese nopal no es, en nuestra mitología, la planta del reino de los muertos; al contrario: es la planta heráldica de la fundación de México-Tenochtitlan y sus frutos sangrientos simbolizan la unión del principio solar y el agua primordial. Tal vez hemos equivocado el camino; tal vez la salida esté en volver al origen.

Aclaro: no condeno prematura y precipitadamente a la Reforma Política. Es benéfica incluso dentro de sus limitaciones. Creo que hay que profundizarla y, por decirlo así, democratizarla: descender del nivel de los partidos, que es el nivel de la ideología, al de los intereses y sentimientos concretos y particulares de los pueblos, los barrios y los grupos. En el caso de la Reforma Política, la expresión *volver al origen* quiere decir: tratar de insertarla en las prácticas democráticas tradicionales de nuestro pueblo. Esas prácticas y esas tradiciones –ahogadas por muchos años de opresión y recubiertas por unas estructuras legales formalmente democráticas pero que son en realidad abstracciones deformantes– están vivas todavía. Vivas en muchas formas de convivencia social y, sobre todo, vivas en la memoria colectiva. Pienso, por ejemplo, en la democracia espontánea de los pequeños pueblos y comunidades, en el autogobierno de los grupos indígenas, en el municipio novohispano y en otras formas políticas tradicionales. Ahí está, creo, la raíz de una posible democracia mexicana. Sólo que, para que la Reforma Política llegase al pueblo real, el Estado tendría

1. «Technocrates en uniforme: L'État symbiotique», en *Critique*, París, agosto-septiembre de 1978.
2. Jesús Reyes Heroles.

que comenzar por su autorreforma. Si democracia es pluralismo, lo primero que hay que hacer es descentralizar. ¿Es posible? La *otra* tradición histórica mexicana es el centralismo. En México la realidad de realidades se llama, desde Itzcóatl, *poder central*. Contra esa realidad se estrellaron los liberales y federalistas del siglo pasado. Además, burocracia es sinónimo de centralismo y el Estado mexicano, como todos los del siglo XX, inexorablemente tiende a convertirse en un Estado burocrático.

La situación de los partidos políticos es uno de los signos de la ambigua modernidad de México. Otro signo es la corrupción. Desde la perspectiva de la persistencia del patrimonialismo es más fácil entender este fenómeno. En todas las cortes europeas, durante los siglos XVII y XVIII, se vendían los empleos públicos y había tráfico de influencias y favores. Durante la regencia de Mariana de Austria, el privado de la reina, don Fernando Valenzuela (el Duende de Palacio), en un momento de apuro del erario público decidió consultar con los teólogos si era lícito vender al mejor postor los altos cargos, entre ellos los virreinatos de Aragón, Nueva España, Perú y Nápoles. Los teólogos no encontraron nada en las leyes divinas ni en las humanas que fuese contrario a este recurso. La corrupción de la administración pública mexicana, escándalo de propios y extraños, no es en el fondo sino otra manifestación de la persistencia de esas maneras de pensar y de sentir que ejemplifica el dictamen de los teólogos españoles. Personas de irreprochable conducta privada, espejos de moralidad en su casa y en su barrio, no tienen escrúpulos en disponer de los bienes públicos como si fuesen propios. Se trata no tanto de una inmoralidad como de la vigencia inconsciente de otra moral: en el régimen patrimonial son más bien vagas y fluctuantes las fronteras entre la esfera pública y la privada, la familia y el Estado. Si cada uno es el rey de su casa, el reino es como una casa y la nación como una familia. Si el Estado es el patrimonio del rey ¿cómo no va a serlo también de sus parientes, sus amigos, sus servidores y sus favoritos? En España el primer ministro se llamaba, significativamente, Privado.

La presencia de la moral patrimonialista cortesana en el interior del Estado mexicano es otro ejemplo de nuestra incompleta modernidad. Lo mismo en los estratos más bajos –la sociedad campesina y sus creencias religiosas y morales– que en la clase media y en la alta burocracia, tropezamos con la mezcla desconcertante de rasgos modernos y arcaicos. La modernización de México, iniciada a fines del siglo XVIII por los virreyes de Carlos III, sigue siendo un proyecto realizado a medias y que afecta

sólo a la superficie de las conciencias. La mayoría de nuestras actitudes profundas ante el amor, la muerte, la amistad, la cocina, la fiesta, no son modernas. Tampoco lo son nuestra moralidad pública, nuestra vida familiar, el culto a la Virgen, nuestra imagen del presidente... ¿Por qué? En otros escritos he tratado de responder a esta pregunta. Aquí sólo repetiré que desde la gran ruptura hispánica –la crisis del final del siglo XVIII y su consecuencia: la Independencia– los mexicanos hemos adoptado varios proyectos de modernización. Todos ellos no sólo se han revelado inservibles sino que nos han desfigurado. Máscaras de Robespierre y Bonaparte, Jefferson y Lincoln, Comte y Marx, Lenin y Mao: si la historia es teatro, la de nuestro país ha sido una mascarada interrumpida una y otra vez por el estallido del motín y la revuelta. No predico el regreso a un pasado, imaginario como todos los pasados, ni pretendo volver al encierro de una tradición que nos ahogaba. Creo que, como los otros países de América Latina, México debe encontrar su propia modernidad. En cierto sentido debe inventarla. Pero inventarla a partir de las formas de vivir y morir, producir y gastar, trabajar y gozar que ha creado nuestro pueblo. Es una tarea que exige, aparte de circunstancias históricas y sociales favorables, un extraordinario realismo y una imaginación no menos extraordinaria. No necesito recordar que el renacimiento de la imaginación, lo mismo en el dominio del arte que en el de la política, siempre ha sido preparado y precedido por el análisis y la crítica. Creo que a nuestra generación y a la que sigue les ha tocado este quehacer. Pero antes de emprender la crítica de nuestras sociedades, de su historia y de su presente, los escritores hispanoamericanos debemos empezar por la crítica de nosotros mismos. Lo primero es curarnos de la intoxicación de las ideologías simplistas y simplificadoras.

México, D.F., 28 de marzo de 1978

«El ogro filantrópico» se publicó por primera vez en *Vuelta*, núm. 21, agosto de 1978, y se recogió en *El ogro filantrópico*, Barcelona (Seix Barral) y México (Joaquín Mortiz), 1979.

Las ilusiones y las convicciones:
Daniel Cosío Villegas

Imitate him if you dare,
World-besotted traveler; he
Served human liberty.

W. B. YEATS

En 1910 México cumplía cien años de vida independiente y Daniel Cosío Villegas doce años de edad. Ese mismo año fue el del reconocimiento universal de Porfirio Díaz –más de un tercio de siglo de estabilidad política y de prosperidad material– y el de su rápido, sangriento ocaso. Los años de la adolescencia de Cosío Villegas fueron los años violentos de la guerra civil y las luchas entre las facciones revolucionarias. Su primera juventud coincidió con la victoria de Álvaro Obregón, que pacificó al país y con la que se inicia un nuevo período de la historia de México: el nuestro. En 1920 la Revolución era joven y llamó a los jóvenes, sobre todo a los que sabían leer y escribir: el país había sido destruido y había que reconstruirlo o, más exactamente, construirlo, hacerlo de nuevo. Todos tenían la sensación de que otro México iba a nacer entre las cenizas del antiguo. Como la mayoría de sus brillantes compañeros de generación, Cosío Villegas colaboró con el nuevo gobierno revolucionario. José Vasconcelos dirigía la Secretaría de Educación Pública –no como se maneja un ministerio sino como se encabeza una cruzada. Daniel Cosío Villegas fue uno de los cruzados.

Entre sus trabajos de aquella época quiero recordar uno, no tanto por sus consecuencias intelectuales sino por su significación espiritual y moral: la traducción de las *Enéadas* para la colección de clásicos que editaba Vasconcelos. (Una traducción de la versión inglesa.) Sería inútil buscar en su obra posterior huellas de las especulaciones de Plotino sobre el Uno y sus emanaciones. Tanto por temperamento como por decisión intelectual, Cosío Villegas esquivó siempre las cuestiones metafísicas; sus preferencias filosóficas se orientaron hacia un escepticismo viril y un sobrio empirismo. Rasgos saludables en la viciada atmósfera intelectual de México: entre nosotros predominan los simplismos ideológicos y los intelectuales no muestran mucho respeto por la realidad. No es su caso: su obra funda-

mental –la *Historia moderna de México*–, aparte de tener una sólida base sociológica y económica, hace pensar a veces en Gibbon y otras en Tucídides y Maquiavelo. Pero es imposible que Cosío Villegas haya atravesado indemne por las páginas encendidas y transparentes de Plotino. Tal vez hay que buscar esa influencia más en su vida que en su pensamiento: en la rectitud de la conducta y en la constante aspiración hacia el bien.

La generación de Cosío Villegas heredó la superstición positivista de la sociología; quiero decir, creyó en la posibilidad de una ciencia de la sociedad, distinta de la etnografía y de la historia. Se trata de una superstición que ha sobrevivido al positivismo y que incluso ha contagiado a muchos marxistas. Estos últimos olvidan que la ciencia de la sociedad era, para Marx, la historia. Más que una geología, como tanto se ha dicho, el materialismo histórico era, para su inventor, una suerte de biología. «La mercancía –dice en *El capital*– es la célula social.» Biología era (y es) sinónimo de evolución, es decir, cambio; cuando Engels quería ponderar la importancia científica del marxismo, no citaba a Newton sino a Darwin. Pero no es necesario seguir a Marx para darse cuenta de que los sociólogos, cuando lo son de verdad, son historiadores que se ignoran. La sociología, dice Paul Veyne, es «una fraseología o una descripción, no una explicación»[1]. Para justificar este juicio cita tres explicaciones, dos de carácter científico y la tercera de orden sublunar, es decir, hija de una causalidad confusa, ya que está sujeta a dos imponderables: el azar y la libertad humana. «La fórmula de Newton explica el movimiento de los planetas, la patología microbiana explica la rabia y el alza de los impuestos explica la impopularidad de Luis XVI.» En los dos primeros casos estamos «ante un proceso que confirma un sistema hipotético-deductivo»; en el tercer caso la explicación es «hija de la Memoria» y la recomienda no la ciencia sino la prudencia. Buscar en el tercer caso «categorías generales que puedan aplicarse a otras situaciones es buscar un vocabulario para describir la vida social». La sociología es una fraseología y a partir de ella «nada puede deducirse ni preverse». En verdad, la sociología nos propone, como la historia, analogías entre una situación y otra. La diferencia consiste en que el historiador se contenta con esas analogías mientras que el sociólogo trata de hacerlas pasar por leyes.

La justeza de estas ideas se verifica apenas hacemos esta comparación: si queremos saber algo de física o de biología, acudimos a ciertos principios y leyes que forman un cuerpo de doctrina más o menos invariante; si que-

1. Paul Veyne, *Comme on écrit l'histoire*, París, 1971.

remos saber algo de sociología, no tenemos más remedio que estudiar los sucesivos sistemas sociológicos: Durkheim no desplaza a Tocqueville ni Max Weber a Pareto. Como estos grandes maestros, los jóvenes mexicanos que hacia 1920 se interesaban en los problemas sociales y políticos de México creían que hacían estudios sociológicos pero practicaban la historia. En 1923 –tenía apenas 25 años– Cosío Villegas impartió en la universidad un curso de sociología mexicana. El tema había sido sugerido por otro de los jóvenes cruzados, Manuel Gómez Morín, director de la Facultad de Derecho. La contradicción entre los términos era palpable. También era fecunda: ¿cómo concebir una sociología mexicana salvo como la descripción de una sociedad concreta, en un espacio y un tiempo determinados? El curso de Cosío Villegas no era realmente un curso de sociología sino de etnografía, pero el objeto de su descripción no era una tribu primitiva sino la sociedad mexicana moderna. Disolución de la sociología en la etnografía y de la etnografía en la historia. Es evidente que Cosío Villegas no intentaba formular leyes sino describir *casos*; por tanto, en el seno mismo de las regularidades sociales, aceptaba la existencia de excepciones. Y esas excepciones eran *características*. La «sociología mexicana» reunía así las condiciones de la historia, que considera lo particular igualmente como transgresión y como ejemplo de una situación.

Aunque no lo sabía, ya en 1923 Cosío Villegas hacía historia de México. Digo *hacía* porque para él, como para toda su generación, la frontera entre el hacer y el escribir era muy tenue. Para aquellos jóvenes el pensamiento era una forma de acción y ésta no era sino una actualización del pensamiento. La «sociología mexicana» de Cosío Villegas era una historia que, a su vez, desembocaba en una política. La exploración de la realidad social era ya el primer paso para transformarla. En el «Diorama de la Cultura» de *Excélsior* (en el número del 14 de marzo pasado) se publicó una versión taquigráfica, tomada por uno de sus alumnos, de la lección inaugural del curso. Cosío Villegas empieza confesando, en un lenguaje muy cercano al de Vasconcelos, que la sociología mexicana, «más que una cuestión científica, es una cuestión de arte, de evangelio…». Se trata de conocer a México. Y de conocerlo para cambiarlo. El país vivía un momento único: ¿ese momento era el del fin o el del nacimiento? En aquellos años Cosío Villegas creía que en México comenzaba algo, un nuevo país, una nueva sociedad. Pero para saberlo con certeza había que ir al fondo de las cosas «y al fondo de las cosas se llega sólo por la crítica. Para saber es necesario herir; para conocer es necesario cortar… Hay que hacer la crítica de nuestro país, de su situación, de sus riquezas, de sus ciu-

dadanos. Crítica, crítica severa, honrada... crítica y siempre crítica...». El pensamiento crítico realiza una doble función: es un método para conocer la realidad, una exploración, y un guía del camino a seguir: «el país no avanza porque no se sabe adónde es necesario llegar». La ignorancia, más que la coalición de los intereses materiales y las pasiones de los hombres, era el principal obstáculo para el movimiento histórico. Esta idea viene tanto de Vasconcelos como del positivismo (*saber para prever*) pero sus raíces están en la *República* y en *Las leyes*.

La vocación intelectual de la generación de Cosío Villegas fue indistinguible de su voluntad de reforma social, política y moral. En un primer momento todos ellos concibieron su actividad no frente o contra sino dentro del Estado. El gobierno revolucionario los había llamado a colaborar en la tarea de la reconstrucción nacional y ellos, al aceptar ese llamado, asumieron la responsabilidad íntegra de esa colaboración. Incluso la crítica al poder se hizo desde el poder. La diferencia con los intelectuales europeos o con la situación del México contemporáneo es radical. Entre 1920 y 1940 los intelectuales de México creyeron que su misión era la de ser consejeros de los príncipes revolucionarios. La realidad los desengañó cruelmente: aquellos príncipes, como casi todos los de la historia, o estaban sordos o no querían oír.

En algunos casos el desengaño llevó a los intelectuales a apartarse del gobierno y a intentar, desde la oposición política, un cambio de rumbo de nuestra historia (Manuel Gómez Morín). Otros se obstinaron hasta el final en buscar fórmulas de colaboración, cada vez más vacías, con el poder (Vicente Lombardo Toledano). La acción de Cosío Villegas adoptó la forma de la colaboración indirecta –«empresario cultural»– alternada con escritos críticos más y más francos y rigurosos. En otra parte de *Plural* el joven historiador Enrique Krauze se refiere a su actividad de fundador y animador de instituciones como el Fondo de Cultura Económica y El Colegio de México. Las sucesivas decepciones ante las sucesivas gestiones de los gobiernos revolucionarios (o más exactamente: postrevolucionarios) lo llevaron a escribir ensayos en los que la creciente severidad de los juicios se aliaba a la inflexible lucidez. En 1947, cuando todavía muchos se resistían a admitir el fracaso, Cosío Villegas publicó en *Cuadernos Americanos* (en el número XXXII, de marzo-abril) un ensayo célebre: «La crisis de México». En este texto la gravedad de las conclusiones correspondía a la exactitud intransigente del análisis: si los regímenes revolucionarios se mostraban incapaces de regenerarse, el país no sólo perdería su futuro sino incluso su identidad.

La Revolución mexicana, según Cosío Villegas, había fracasado en sus tres propósitos centrales: instaurar un régimen democrático; dar razonable prosperidad y dignidad a los ciudadanos, especialmente a los campesinos y a los obreros; construir una nación moderna, dueña de sus recursos, reconciliada con su historia y decidida a enfrentarse a su futuro. En sus aspectos negativos, la Revolución había alcanzado sus metas: la destrucción del régimen autoritario de Porfirio Díaz, la derrota de la oligarquía y la liquidación del latifundio. Pero la Revolución substituyó la dictadura personal de un caudillo por la dictadura impersonal de un partido único; destruyó el latifundio pero no creó una nueva agricultura; recobró algunos de los recursos nacionales (el petróleo como ejemplo máximo) pero no supo ni explotarlos ni administrarlos; en fin, su política nacionalista no había roto las cadenas que ataban el país a los intereses extranjeros. Cierto, no todo había sido negativo: los regímenes revolucionarios habían provisto al país con una red de carreteras, habían construido presas y habían implantado, mal que bien, un sistema de educación popular. No obstante, ninguna de sus creaciones podía compararse con los logros del pasado. En esto Cosío Villegas se equivocaba; hay un aspecto en el que el porfiriato es decididamente inferior a la Revolución: en el tamaño de los monumentos que uno y otro régimen han erigido a sus prohombres. Compárense las modestas estatuas del Paseo de la Reforma con la tribu de cíclopes revolucionarios que se han plantado en las plazas y jardines de nuestras ciudades durante los últimos 25 años.

En otra parte de su ensayo, Cosío Villegas subrayaba el carácter genuino, realmente popular, del movimiento revolucionario, en contraste con los hombres del porfiriato, entes de levita y chistera en un país descalzo y vestido de manta de algodón. Los revolucionarios –instintivos, directos, con la sabiduría innata del que ignora las letras pero no la dureza de la vida y sus injusticias– eran la verdad de México. Una verdad escondida en sus entrañas y que repentina y violentamente la explosión revolucionaria había revelado. Pero esa verdad, al contacto con el poder, se había gastado, desfigurado y corrompido; vuelta caricatura de sí misma, era ya mentira, dolo, opresión. Ninguno de los revolucionarios, afirmaba Cosío Villegas, había estado a la altura de las circunstancias; todos habían sido inferiores a lo que el país les pedía. Juicio terrible, desolador –y que podríamos extender a casi todos los gobiernos que México ha tenido desde la Independencia. El fracaso de los regímenes revolucionarios ¿era el fracaso de la sociedad mexicana? Los gobernantes revolucionarios habían salido del pueblo; ellos o sus familias habían sido las víctimas del cacique,

el militar, el latifundista. Y ahora esas víctimas se habían convertido en jefes despóticos, ministros voraces, senadores y diputados serviles, gobernadores ladrones, alcaldes arbitrarios. Al final de la lección inaugural de 1923, Cosío Villegas había dicho: «si nuestro país no triunfa ni avanza, hemos de creer que una fuerza superior –la mano de Dios o del demonio– traza el camino fatal de los pueblos y de los hombres y que el nuestro es fracasar». En 1947 vuelve a hacerse la pregunta, aunque en términos menos impregnados de religiosidad.

Ante las decepciones del presente nos quedan siempre dos recursos: hacer del futuro la sede de la perfección o situarla en el pasado. La historia como ascenso o como descenso: la utopía que nos espera al final de los tiempos o la edad de oro que está a su comienzo. La elección entre estas dos actitudes es más bien cuestión de temperamento que de filosofía: mientras los optimistas ven en la miseria presente un escalón hacia el futuro radiante, los pesimistas ven en ella la prueba de la irremediable corrupción del pasado dichoso. Ninguna actitud es más cuerda que la otra. Ya lo dijo Quevedo:

> ¿Qué te ríes, filósofo cornudo?
> ¿Qué sollozas, filósofo anegado?
> Sólo cumples con ser recién casado
> Como el otro cabrón recién viudo.

No obstante, ante ciertas situaciones la fe del optimista resulta desvarío. El México de 1950 era el reverso del que había provocado las esperanzas de 1920. *Las ilusiones perdidas* –ese tema balzaciano– son una constante en la historia de los intelectuales modernos. El nihilismo ha sido, generalmente, la respuesta al desengaño. No en el caso de Cosío Villegas. La crítica le había servido, en 1923, para preparar un futuro que creía inminente; ahora le serviría para interrogar al pasado. No buscaba una edad de oro sino una explicación: ¿cuáles eran las causas de nuestro fracaso? La historia, que es la madre de la sabiduría, es la hija del desengaño.

Otros mexicanos, desencantados como él, se habían hecho ya la misma pregunta. A pesar de ser un temperamento ahistórico –un poeta filósofo que nunca debió haber escrito tratados sino poemas como el de Lucrecio– Vasconcelos no había encontrado remedio mejor, para curarse de sus descalabros políticos, que escribir una *Historia de México*. Las diferencias entre Vasconcelos y Cosío Villegas no son menos significativas que sus semejanzas. Ambos parten de la misma visión negra del México contem-

poráneo y ambos interrogan a los mismos fantasmas pero sus respuestas son distintas y aun contrarias. Vasconcelos escribió una historia sintética y su libro, más que una teoría –una procesión de hechos y explicaciones– es una imagen que, alternativamente, nos seduce y nos repele. En cambio, Cosío Villegas analiza sucesos y situaciones, aduce cifras, exhibe datos recién desenterrados de los archivos, combina el trabajo del minero con el del estadístico, elabora hipótesis –no muestra: demuestra.

Alamán fue el modelo de ambos, declarado en Vasconcelos y en Cosío Villegas implícito. Vasconcelos sigue a Alamán en sus ideas y en su filosofía política; Cosío Villegas en su rigor intelectual y en su respeto por hechos y personas, es decir por lo que se llama la «objetividad histórica». También lo emula en la exactitud cruel de ciertos retratos. Allí donde Vasconcelos, romántico y expresionista, presenta personajes sublimes o grotescos, Cosío Villegas desenreda la madeja de los intereses y las pasiones. Uno procede de la tradición bíblica, es un profeta metido a historiador, y su historia es una suerte de juicio final; el otro viene de los grandes historiadores de los siglos XVIII y XIX, especialmente los ingleses, y su libro no es una galería de ángeles y monstruos sino un museo de las singularidades de una sociedad y una época. No sólo son distintos los estilos y los métodos de Vasconcelos y Cosío Villegas: también lo es el objeto de su estudio. Para Vasconcelos la historia de México comienza en el siglo XVI; para Cosío Villegas en el XIX. Para el primero, la Conquista inaugura nuestra historia; para el segundo, la Independencia.

Vasconcelos ve en los siglos XVII y XVIII una época de madurez, un mediodía histórico. (Creo que no se equivocaba: son los dos grandes siglos mexicanos.) Durante esos doscientos años el genio criollo logró crear una sociedad civilizada, no exenta de injusticias y muchos horrores, claro, pero que no podemos comparar con nada o casi nada de lo que hemos hecho después: paz en el interior y capacidad defensiva en el exterior; un territorio que sin cesar se extendía; una economía próspera, al menos para el grado de desarrollo técnico de la época; un sistema de equilibrio de poderes ya que no de libertades públicas; un régimen de jurisdicciones especiales, en ausencia de una legislación igualitaria; una gran arquitectura, el arte social por excelencia; una literatura, una historiografía y los comienzos de una tradición científica –en fin y sobre todo: un pueblo unido y regido por valores religiosos que eran asimismo valores morales, estéticos y políticos. Desde esta perspectiva, la historia moderna de nuestro país, de la Independencia a la Revolución, es la de una *caída*, en todos los sentidos de la palabra y sobre todo en el teológico. El agente de esa caída –el

seductor maligno– es el espíritu moderno. Un demonio con dos caras: liberalismo e imperialismo norteamericano. Vasconcelos recoge los grandes temas de la historiografía europea y los traduce a los términos de nuestra historia, que se convierte así en un episodio de la lucha entre civilizaciones, el Norte protestante y el Sur católico. Los hechos históricos pierden su autonomía –dejan de ser configuraciones de una causalidad irreductible a leyes– y se vuelven ilustraciones de un drama mítico-filosófico.

Vasconcelos percibió admirablemente la conexión entre protestantismo, capitalismo y democracia burguesa. Muchas de las páginas en que describe los efectos corrosivos y desintegradores del espíritu moderno –aridez en el alma y agitación maquinal del apetito vital– resisten con ventaja la comparación con otras análogas de autores famosos, como Solzhenitsyn. Su visión es de una pasmosa simplicidad. Como todas las visiones maniqueas, tiene el atractivo de la coherencia y la totalidad: es una explicación global y autosuficiente. Su defecto es el de todos los sistemas: al ofrecer una respuesta para cada enigma, suprime las excepciones y mutila a la realidad. Al explicar demasiado finalmente no explica nada. Atribuir los males de México a un demonio con los rasgos del protestantismo y del imperialismo norteamericano no es ofrecernos una explicación sino una imagen. En realidad, el tema de Vasconcelos no es la caída de México sino la decadencia de España. Un tema que, a su vez, es un capítulo de otro más vasto: el nacimiento de la era moderna. Cosío Villegas ataca el mismo tema pero desde una perspectiva radicalmente opuesta. Vasconcelos ve en la modernidad al agente de la decadencia de nuestra civilización y de nuestro país; Cosío Villegas se pregunta por qué la modernidad fracasó en México.

El período de formación de México, según Cosío Villegas, comenzó con la Independencia o un poco antes. Su prematuro mediodía –mejor dicho: su alba, indecisa y fugaz– dura diez años, de 1867 a 1876. Son los de la restauración de la República liberal, tras la derrota de Maximiliano y del Partido Conservador. En el prólogo al tercer tomo de la *Historia moderna de México* (1956), Cosío Villegas explica, en unas cuantas páginas nítidas, la razón de su juicio sobre este período:

> México había alcanzado el punto más alto de su desarrollo político... no sólo porque la Constitución de 1857 y las Leyes de Reforma eran el mejor molde logrado hasta entonces para vaciar la vida política del país sino porque se vivió libre y democráticamente... Nuestro país se acercó en esos años a la vida democrática mucho más de lo que estuvo antes y de lo que ha estado hasta el día de hoy. La prensa y el parlamento eran

libres y cada hombre era y se sentía libre... El grupo dirigente no sólo
era el mejor que ha dado la nación hasta ahora sino que era amplio, nu-
trido y lo formaban hombres con méritos propios y ciertos.

¿Por qué fracasó el experimento liberal y democrático? México era una
sociedad desequilibrada. En el mismo prólogo, Cosío Villegas explica en
qué consistía ese desequilibrio:

> A una Constitución liberal, a una vida democrática, a una libertad pú-
> blica e individual ilimitada, a un interés apasionado en la cosa pública, a
> una vida política, en suma, sana, robusta y libre, no correspondía una
> economía vigorosa.

Después de más de medio siglo de guerras civiles y extranjeras el país
se había empobrecido; en cincuenta años habíamos destruido las riquezas
acumuladas durante los tres siglos de Nueva España. Además, la desigual-
dad social y la ignorancia y pasividad populares: ¿cómo preservar la de-
mocracia en un país de campesinos indigentes y analfabetos y en el que la
clase media era minúscula? A la República Restaurada le faltó una base
económica y una clientela popular.

El régimen autocrático de Porfirio Díaz fue la respuesta de la «realidad
rugosa» a la construcción demasiado geométrica y diáfana que fue la Re-
pública Restaurada. El porfiriato intentó comenzar por el principio y sen-
tó las bases económicas para construir una sociedad moderna. Sólo que,
en lugar de atenuar el desequilibrio que había causado el derrumbe de la
República Restaurada, lo acentuó: por una parte, destruyó la democracia
política y, por la otra, agravó las diferencias entre las clases. Fue un régi-
men que legisló y gobernó únicamente para los ricos. El descontento de
una clase media privada de derechos políticos y el resentimiento de un
pueblo mal comido y mal tratado –junto con otras circunstancias como la
lucha entre las generaciones y una coyuntura internacional favorable–
provocaron la convulsión revolucionaria. Los regímenes revolucionarios
y postrevolucionarios, a su vez, no lograron remediar los males que ha-
bían ocasionado la ruina de la República liberal y el porfiriato. Concluyo:
al cabo de cien años de esfuerzos y tentativas, el desequilibrio con que se
inició nuestra historia moderna no sólo no ha desaparecido sino que se ha
agravado. En cuanto a las relaciones con el exterior, la dependencia eco-
nómica se ha acentuado y, si se ha hecho algún avance en política interna-
cional, no ha sido tanto por el fortalecimiento del Estado mexicano como

por la crisis a que se enfrenta la República imperial. Es probable que esa crisis se intensifique en el futuro inmediato. Pero el ocaso de los Estados Unidos no es anuncio de independencia sino de nuevas sumisiones a otras y más despiadadas hegemonías. El caso de Cuba es un aviso.

La persistencia del desequilibrio que Cosío Villegas señala como la falla básica de la República de 1867 –la disparidad o contradicción entre las estructuras económicas, sociales y políticas– nos enfrenta a una conclusión que él, tal vez, no habría aceptado: no estamos ante el fracaso de los «científicos» del porfiriato o de los tecnócratas del régimen postrevolucionario sino ante la bancarrota del proyecto liberal. Ahora bien, ese proyecto –su figura representativa es Juárez– no se identifica sólo con la doctrina liberal clásica. La prueba es que ni el porfiriato ni la Revolución –el primero enemigo del jacobinismo de los liberales y la segunda de su individualismo y su *laissez-faire* en materia económica– renegaron del juarismo. El punto de unión entre el porfiriato y la Revolución, esos gemelos enemigos, es el liberalismo, la República Restaurada en 1867. Porfiristas y revolucionarios se consideraron siempre herederos y continuadores de la Constitución de 1857 y las Leyes de Reforma. La razón salta a la vista: los tres proyectos –el liberal, el positivista y el revolucionario– son variantes de la misma idea. Los une el mismo propósito y los anima la misma voluntad: convertir a México en una nación moderna. Así, el fracaso de estas tres tentativas es el fracaso del proyecto liberal original. Aquí es necesario subrayar que ese proyecto se inicia en la Independencia[1]. En ese momento se opera la gran ruptura con la sociedad tradicional de Nueva España y el país cambia de rumbo. Ese cambio se hizo, primero, a pesar de la oposición de las clases acaudaladas y, después de 1867, con su colaboración y complicidad[2]. Al término de nuestra reflexión sobre la historia moderna de México nos encontramos con Vasconcelos y con el pensamiento de los conservadores: lo que está en entredicho es el proyecto nacional mismo, tal como fue formulado desde la Independencia.

1. En realidad comienza en la época de Carlos III, durante la cual nos gobernaron algunos excelentes virreyes. Pero el proceso se interrumpió, primero, por el reinado de Carlos IV y después, en España, por la invasión de Napoleón y, en México, por la guerra de Independencia.
2. Esas clases, por supuesto, no fueron exactamente las mismas. La clase que se opuso al liberalismo en la primera mitad del siglo xix era la heredera del régimen novohispano; la sucedió otra, predominantemente neolatifundista, enriquecida con la venta de los bienes de la Iglesia y que medró a la sombra de la República Restaurada y del porfiriato. Esta clase, a su vez, fue desplazada por la nueva plutocracia revolucionaria.

Frontispicio de la edición *princeps* de la *Historia de la Revolución de Nueva España* de José Servando Teresa de Mier Noriega y Guerra, 1813.

18º... Que en la nueva Legislación no se admita la tortura

19º... Que en la misma; se establezca por Ley Constitucional, la
celebración del día doce de Diciembre en todos los Pueblos, de-
dicado á la Patrona de nra. Libertad María Sma. de Guad⁴;
encargando á todos los Pueblos la devoción mensal.

20º Que las tropas extrangeras, ó de otro Reyno, no pisen
nro. suelo, y si fuere en auxilio, no estarán donde la Supre-
ma Junta.

21º Que no se hagan expediciones fuera de los limites del Reyno,
especialmente Ultramarinas; pero que no son de esta
clase, propagar la fé, á nros. hermanos de tierradentro.

22º Que se quite la infinidad de Tributos, pechos, é imposiciones
que nos agobian, y se señale á cada Individuo un cinco
por ciento de semillas y demas efectos, ó otra carga igu-
al ligera, que no oprima tanto, como la alcabala, el
Estanco, el Tributo, y otras; pues con esta ligera Contribución,
y la buena administracion de los bienes Confiscados al
enemigo, podrá llevarse el peso de la Guerra, y honora-
rios de Empleados.

y Sept.ᵉ 5º

Chilpancingo 14 d. 1813

José M.ª
Morelos

23º Que igualmᵗᵉ se solemnize el día 16 de Septiembre, todos los
años, como el día Aniversario en q.ᵉ se levantó la Voz, de la Inde-
pendencia, y nra. Santa Libertad Comenzó, pues en ese
día fue en el q.ᵉ se desplegaron los labios de

CONSTITUCION FEDERAL

DE LOS

ESTADOS-UNIDOS MEXICANOS,

SANCIONADA Y JURADA

EL DIA 5 DE FEBRERO,

Y PUBLICADA POR BANDO NACIONAL

El 11 de Marzo de 1857.

MEXICO.

IMPRENTA DE IGNACIO CUMPLIDO,
Calle de los Rebeldes núm. 2.

1857.

Portada de la Constitución de 1857.

La Administracion juega á manos postizas.

Caricatura de *Guillermo Prieto* (1818-1897) y
Benito Juárez (1806-1872), en *La Orquesta*, marzo de 1861.

Escudo imperial de Maximiliano, 1864.

Águila republicana, en *Estatutos de la Sociedad de
Amigos de Aguascalientes*, 1827.

Los sucesivos planes de modernización han sido verdaderas camisas de fuerza que han deformado nuestra cultura sin cambiar ni nuestra sociedad ni nuestras almas. Antonio Caso había reflexionado sobre esto y había llegado a la conclusión de que se trataba de un fenómeno social estudiado por Gabriel Tarde y al que llamaba: «imitación extralógica». Caso nos propuso un vocabulario para describir un fenómeno pero no nos dio una explicación. Un revolucionario del siglo xx, Frantz Fanon, ha descrito la misma situación en uno de sus mejores libros: *Peau noire, masques blancs* (1952). Fanon explica la imitación extralógica dentro del contexto del colonialismo. Sus ideas no son enteramente aplicables al caso de México porque las sociedades que estudia son muy distintas a la nuestra. Ni los pueblos negros ni menos aún las naciones islámicas de África del Norte son entidades mestizas; quiero decir: en México el proceso de «aculturación» es ya tan avanzado que es irreversible. El islam está vivo en Argelia y Marruecos mientras que Huitzilopochtli y Tonantzin, para la mayoría de los mexicanos, son meros nombres. Lo característico del caso mexicano no es que las supervivencias precolombinas se presenten enmascaradas sino que es imposible separar la máscara del rostro: se han fundido.

La vuelta a la «cultura nacional» que pedía Fanon como primer paso de los pueblos coloniales para recobrar la conciencia de sí mismos, en México significaría, más que regresar a Tenochtitlan, volver a Nueva España. Pero ni Tenochtitlan ni Nueva España son México, aunque ambos circulen por nuestra sangre. En esto Cosío Villegas tenía razón: México comienza con la Independencia. No obstante, hay que enmendar y completar su afirmación: México comienza como ruptura y negación. Para comprender esa negación debemos interrogar a la sociedad negada: Nueva España. Los siglos XVII y XVIII no sólo son lo que fuimos y ya no somos sino aquello que nos determina negativamente: Nueva España no es nuestro espejo sino nuestro interlocutor. Y en Nueva España, también como negación primero y después sublimado e idealizado, está Tenochtitlan. Aquí debo señalar a un gran ausente en la obra de Cosío Villegas: el mundo precolombino, que en la de Vasconcelos se transforma en demonio. Es el *otro*, el reverso del demonio protestante. El otro y el mismo.

Recordar todo esto es recordar la extraordinaria complejidad de nuestro país. Este repaso a la historia moderna de México y su fracaso nos lleva a preguntarnos si es posible formular *otro* proyecto de modernización. Es un tema que rebasa los límites de este artículo. Aquí me contento con decir que no se trata de *cambiar* a nuestro país –y menos aún de arriba para abajo– sino de devolverle su capacidad creadora. Un pueblo que ha

levantado Teotihuacan y ha construido Morelia y Puebla, que ha producido una sor Juana Inés de la Cruz y un Ramón López Velarde, no es un pueblo condenado, por más grave que haya sido el fracaso de este último siglo y medio. De ahí que la actitud de Cosío Villegas en 1923 tenga todavía vigencia: la función de la crítica, hoy como hace cincuenta años, es una función creadora. Yo agregaría que nos hacen falta también simpatía e imaginación, la dimensión humana de la crítica y que se resuelve en lo que llamaba Max Weber la *comprensión*. Necesitamos comprender –con el entendimiento y la sensibilidad– nuestra historia en su totalidad: los tres Méxicos, cada uno presente en los otros, en sus alianzas, rupturas y metamorfosis. Los tres Méxicos: sus instituciones, dioses, héroes, monstruos, ideas, grupos étnicos, clases, individuos –y la red secreta de creencias e impulsos que nos mueven, esas corrientes psíquicas que irrigan el subsuelo social y que producen a veces un crimen y otras un poema.

Más de una vez Cosío Villegas señaló, como una de las fallas más graves de la República Restaurada, la desaparición del Partido Conservador. Sin enemigo al frente, «el Partido Liberal agotó su capacidad política creadora. La victoria había sido demasiado aplastante; su tolerancia lo condujo a renunciar aun al *shadow-boxing* con lo que quedaba de conservadurismo; consintió, pues, en la supervivencia de los conservadores pero sin alentarlos a reconstituirse como partido, no ya por la salud de ellos sino de los liberales...». Los conservadores se infiltraron en el gobierno liberal y esta tendencia se acentuó y generalizó durante el porfiriato: «la lucha ideológica contra el conservador fue cada vez más insincera y más formal; pronto se le incorpora y aun se le llama al poder; el conservador, por su parte, limita su fuego a los jacobinos inofensivos... y se cuela en el poder»[1]. El fenómeno se ha repetido en el período revolucionario. Hay además otra cir-

1. Cosío Villegas percibió el fenómeno pero su análisis fue insuficiente. Confundió los intereses con las ideas; los llamados «conservadores» que se infiltraron en los regímenes liberales (la República Restaurada y el porfiriato) no eran realmente conservadores en el sentido político e ideológico de la palabra: eran hombres de negocios, burgueses o latifundistas, como muchos de sus congéneres liberales. En sentido estricto eran hombres sin partido. La falla política e histórica de la República Restaurada consistió en ser una democracia no *entre* distintos partidos sino dentro de uno solo: el liberal. El otro partido, el conservador, había desaparecido tanto por su derrota militar como por su alianza con la intervención francesa (aunque uno de sus jefes, Miramón, no combatió por el imperio sino hasta la salida de los franceses). El error de los liberales fue no haber siquiera intentado, después de su victoria, reconciliar a los mexicanos. Esta política preparó, involuntariamente, el *despotismo liberal ilustrado* de Porfirio Díaz. (*Nota de 1986*.)

cunstancia que no menciona Cosío Villegas: tanto los liberales como los re-
volucionarios cambiaron las leyes del país pero no sus realidades. Victorias
en el papel: el federalismo, la división y autonomía de los poderes, la demo-
cracia representativa. La realidad es otra: México es un país centralista, el
Poder Legislativo y el Judicial son apéndices obedientes del Poder Ejecuti-
vo, Porfirio Díaz nombraba a los diputados y senadores y después cada
presidente revolucionario ha hecho lo mismo. En este aspecto, la única di-
ferencia con el porfiriato es la existencia del PRI. El resultado de esta pal-
pable contradicción entre la verdad legal y la verdad verdadera ha sido la
aclimatación de la mentira en nuestra vida pública. No menos grave que
la naturalización de la mentira ha sido el eclipse de las ideas conservadoras:
nadie las profesa y nadie las defiende, ni siquiera los banqueros. Aclaro: de-
saparecieron el Partido Conservador y su filosofía política, no los intereses
conservadores. Éstos perviven aún pero enmascarados, primero con la
máscara liberal y ahora con la revolucionaria.

Durante el porfiriato el régimen tuvo una manifestación corpórea y
otra espiritual: el caudillo y la idea, don Porfirio y el positivismo. Como
la ortodoxia (supuesta) del régimen era el liberalismo de la Constitución
de 1857, la filosofía positivista fue la ideología oficiosa del régimen. Algo
semejante sucede ahora. La manifestación física del régimen es dual: el Se-
ñor Presidente y el PRI; su ortodoxia es «el ideario de la Revolución»; su
filosofía oficiosa una amalgama que puede llamarse la ideología y que está
hecha de retazos de marxismo vulgar y radicalismo populista. A diferen-
cia del positivismo, filosofía de profesores y para profesores, la ideología
es la doctrina oficial de poderosos Estados y de influyentes partidos po-
líticos: la ideología es una fe mundial. Cierto, las formas mexicanas son
generalmente versiones confusas y gaseosas de la doctrina. Hay que decir,
además, que es una doctrina muy difícil de aislar y definir: ¿dónde está la
verdad verdadera, en Moscú o en Pekín, en Belgrado o en Hanoi, en el
Partido Comunista de España o en el de Portugal, en el de Italia o en
el de Angola? Tampoco es fácil definir la ortodoxia del régimen actual. Es
un sincretismo hecho de fragmentos de diversos evangelios y revelacio-
nes: el de don Benito y el de don Emiliano, el de don Lázaro y el de don
Pancho, el de don Venustiano y el de don Plutarco. En apariencia hay una
oposición irreductible entre la ortodoxia y la ideología. No es así y, como
todos sabemos, abundan los ejemplos de flexibilidad y acomodo. Uno de
los más socorridos –et pour cause– es el de la pintura mural revoluciona-
ria de Diego Rivera y David Alfaro Siqueiros. Pero el ejemplo máximo de
este curioso y mexicanísimo empleo de la dialéctica es Vicente Lombardo

Toledano, que logró, *al mismo tiempo*, ser partidario de Miguel Alemán y de Iósif Stalin.

Durante los últimos quince años de su vida, la actividad intelectual de Daniel Cosío Villegas se orientó más y más hacia el examen y la crítica de nuestra vida pública. Después de haber sido el historiador del período moderno de México, fue el moralista de su etapa contemporánea.

Moralista en el sentido de escritor que describe la conducta, los usos y las pasiones de los hombres. Entre sus escritos de estos años –demasiado numerosos para reseñarlos y analizarlos en este artículo– unos son estudios de nuestro sistema político y otros comentarios del diario acontecer. En los primeros su estilo colinda a veces con el de esos libros de historia natural que nos cuentan las *moeurs* de los elefantes de Ceilán, los ritos de las hormigas de Nigeria y las sectas de los coyotes del desierto americano. Esos volúmenes podrían llevar como título general uno de Baudelaire, levemente modificado: *Curiosités politiques*. Los comentarios periodísticos poseen un doble valor, además del de ser documentos de una época que en ocasiones, como en 1968, ha sido dramática: la claridad y la valentía. Claridad en el sentido físico, intelectual y moral: capacidad para *distinguir* entre lo justo y lo injusto, lo útil y lo nocivo, lo bueno y lo malo. Valentía: sus otros nombres son entereza, integridad en el carácter, las ideas y los actos. Por fatalidad de temperamento y por vocación moral, Cosío Villegas escogió la soledad –no el aislamiento. La suya fue soledad en el centro de la vida pública. Muy pronto se dio cuenta de que el destino de los escritores, tanto en México como en el resto del mundo, es la marginalidad y él aceptó con decisión ser un hombre marginal. Por eso, por no haber tenido miedo a quedarse solo, es ahora una figura central.

En *Plural* aparecieron sus últimos artículos. Nosotros procuraremos ser fieles a su memoria siendo fieles a su ejemplo: defenderemos siempre la libertad y la independencia de los escritores. La lucidez y la ironía –las dos cualidades de su prosa y, asimismo, de su actitud vital– no lo abandonaron nunca. Fue leal con los demás porque fue leal a sí mismo. Entre sus maestros y compañeros de generación no todos tuvieron su entereza y su rectitud. Alguno, al final de su vida, abrazó el obscurantismo religioso y, en política, la violencia fascista; otros se contagiaron de la lepra estalinista, enfermedad incurable; otros practicaron el arte de la sonrisa obsequiosa y del compromiso con el poder arbitrario; los demás, aterrados o asqueados, se encerraron en sus gabinetes de estudio o en sus laboratorios... Cosío Villegas atravesó sonriente el fúnebre baile de disfraces que

es nuestra vida pública y salió limpio, indemne. Cosío Villegas fue un liberal de 1867 que hubiese leído a Marx y a Keynes, a Freud y a Bertrand
Russell. Fue inteligente e íntegro, irónico e incorruptible. Como la mayoría de los intelectuales de nuestro siglo, perdió las ilusiones; como muy
pocos entre ellos, guardó siempre sus convicciones.

Cuernavaca, marzo de 1976

«Las ilusiones y las convicciones: Daniel Cosío Villegas» se publicó por primera vez
en *Plural*, núm. 55, México, abril de 1976, y se recogió en *El ogro filantrópico*, Barcelona (Seix Barral) y México (Joaquín Mortiz), 1979.

Suma y sigue

(Conversación con Julio Scherer)

JULIO SCHERER GARCÍA: *La mayor parte de los escritores mexicanos han descubierto la política en sus años de estudiantes universitarios. Tu situación, Octavio, es diferente y singular; podríamos decir que naces en la política. Por una parte, el año de tu nacimiento (1914: triunfo de la coalición revolucionaria contra Huerta, primera guerra mundial). Por otra, tu abuelo, a quien alcanzas a conocer, el general Ireneo Paz, una figura importante del liberalismo mexicano; y tu padre, un intelectual capitalino ligado al zapatismo y que llega a representar a Zapata en los Estados Unidos. ¿Cómo influyen en ti estas condiciones, podemos decir, excepcionales? ¿Qué herencia política recoges de tu padre y de tu abuelo?*

OCTAVIO PAZ: Mi padre y mi abuelo eran muy distintos. Como todas las casas, la mía era el teatro de la lucha entre las generaciones (aparte de la otra, tal vez más profunda, entre los sexos). Mi abuelo –periodista y escritor liberal– había peleado contra la intervención francesa y después había creído en Porfirio Díaz. Una creencia de la que, al final de sus días, se arrepintió. Mi padre decía que mi abuelo no entendía la Revolución mexicana y mi abuelo replicaba que la Revolución había substituido la dictadura de uno, el caudillo Díaz, por la dictadura anárquica de muchos: los jefes y jefecillos que en esos años se mataban por el poder. Ni al uno ni al otro les alcanzó la vida para ver cómo la fundación del PNR resolvió la disyuntiva entre dictadura y anarquía por la instauración de una «democracia dirigida».

Mi abuelo tenía razón pero también era cierto lo que decía mi padre: los viejos liberales, además de haber caído en la idolatría del «hombre fuerte», habían mostrado una extraordinaria ceguera ante los problemas sociales de México. Mi padre decía que él había descubierto al verdadero México al convivir, durante la Revolución, con los campesinos de Morelos, Guerrero y Puebla. Muchos antiguos zapatistas visitaban mi casa. Entre ellos, Antonio Díaz Soto y Gama, una figura quijotesca a la que quise y admiré mucho. Después fui alumno suyo en la cátedra de Historia de la Revolución Mexicana, que impartía en San Ildefonso.

Mi padre me había iniciado en el conocimiento de la *otra* historia de México al hablarme de la lucha de los campesinos por la tierra. Soto y

Gama completó y amplió esta iniciación y me dio otra visión de México. Comprendí que desde la Independencia nuestro país se esfuerza por convertirse en una sociedad moderna y que este propósito había inspirado lo mismo a los viejos liberales como mi abuelo que, aunque con métodos distintos, a los positivistas porfirianos. Al margen de estas «soluciones por arriba», y a veces contra ellas, una y otra vez los campesinos mexicanos habían intentado establecer, en escala reducida y regional, un tipo de sociedad no-progresista pero más justa, libre y humana. Una sociedad regida no por una ética «productivista» sino por reglas de convivencia social fundadas en una moral precapitalista. El *calpulli* era la semilla social y económica de esta utopía milenarista, extraída no de los libros sino de la tradición campesina. El zapatismo fue la expresión más radical de este milenarismo. Entonces comencé a hacerme algunas preguntas que sólo más tarde, en *El laberinto de la soledad*, logré expresar con cierta claridad. No creo, por supuesto, haber encontrado una respuesta. Creo, en cambio, que el valor de mi libro, si alguno tiene, consiste en haber formulado esas preguntas.

Aunque mi abuelo y mi padre murieron antes de que surgiese el México contemporáneo, los dos puntos de vista que ellos representaban siguen teniendo extraordinaria actualidad. El tema de mi abuelo, la democracia: México sigue siendo, en materia política, a pesar de la Constitución y la retórica oficial, un régimen patrimonialista como los del siglo XVII. Con mayor libertad y autoridad que los virreyes de Nueva España, que lo hacían en nombre del rey, los gobernantes mexicanos rigen la cosa pública como si fuese su patrimonio personal. El tema de mi padre: por más urgente que sea la reforma política, el problema que debería ser el centro de la reflexión y la discusión es el de la modernización o, como se dice ahora, el desarrollo. Los grupos dirigentes mexicanos sucesivamente han adoptado los modelos políticos, económicos y sociales que les ofrecía Occidente: liberalismo democrático, evolucionismo positivista, capitalismo clásico y, en sus distintas versiones, socialismo. Las diferencias entre el Partido Comunista Mexicano y los patronos de Monterrey son enormes pero ambos grupos creen que en el desarrollo industrial y económico está la salvación de México. Son adoradores del Progreso, aunque unos juren por Ford y los otros por Lenin. Pero hoy sabemos que las dos vertientes de la sociedad industrial moderna –la democracia capitalista y el colectivismo burocrático mal llamado «socialismo»– terminan en un *impasse*. ¿No crees que es hora de buscar otro camino?

–*Cumples 15 años cuando Vasconcelos inicia su campaña presidencial:*

¿Llegas a participar en el vasconcelismo? ¿Te afecta el desengaño que su-
frieron quienes eran en 1929 un poco mayores que tú? ¿Qué piensas, casi
medio siglo después, de esa única frustrada tentativa de un intelectual me-
xicano por hacerse del poder? (Del poder real, no de sus inmediaciones
como consejero, ideólogo, redactor de discursos o elemento decorativo.)

–Yo participé en la gran huelga estudiantil de 1929 pero no en el movi-
miento vasconcelista. Muchos amigos y compañeros, casi todos mayores
que yo, sí fueron vasconcelistas militantes. Algunos de ellos, después de
la derrota, se orientaron hacia el marxismo y comenzaron a trabajar en
organizaciones y partidos radicales. Otros derivaron hacia posiciones de
signo contrario: las juventudes católicas, Acción Nacional, el sinarquis-
mo. Otros más escogieron el camino de la colaboración con el gobierno.
Justificaron esta táctica en nombre del realismo y la eficiencia. Seguían así
el ejemplo de la generación anterior: Gómez Morín, Lombardo Toledano,
Bassols, Alfonso Caso, Cosío Villegas… Años más tarde Lombardo To-
ledano perfeccionó esta política con una suerte de doctrina metafísica
–fundada, claro, en la dialéctica marxista– que le permitió apoyar a todos
los presidentes y, al mismo tiempo, hacer cada dos o tres años peregrina-
ciones rituales a la Plaza Roja.

Es comprensible la obsesión de los intelectuales mexicanos por el
poder. En nuestra escala de valores el poder está antes que la riqueza y,
naturalmente, antes que el saber. Cuando los mexicanos sueñan con la
gloria, se ven el pecho cruzado por la banda trigarante. No predico la abs-
tención: los intelectuales pueden ser útiles dentro del gobierno… a con-
dición de que sepan guardar las distancias con el príncipe. Gobernar no
es la misión específica del intelectual. El filósofo en el poder termina casi
siempre en el patíbulo o como tirano coronado. Los que mueren antes,
como Lenin, tampoco se escapan: los embalsaman y los transforman en
fetiches. El intelectual, ante todo y sobre todo, debe cumplir con su tarea:
escribir, investigar, pensar, pintar, construir, enseñar. Ahora bien, la críti-
ca es inseparable del quehacer intelectual. En un momento o en otro,
como don Quijote y Sancho con la Iglesia, el intelectual tropieza con el
poder. Entonces el intelectual descubre que su verdadera misión política
es la crítica del poder y de los poderosos.

La derrota salvó a Vasconcelos. Si hubiese triunfado, habría acabado
mal. (Aunque, de todos modos, acabó mal. Lástima: un hombre admirable
al que no es inexacto llamar, en todos los sentidos de la palabra, genial.) El
gran fracaso del vasconcelismo no fue la derrota electoral sino la incapaci-
dad de Vasconcelos y sus amigos para formar un auténtico partido políti-

co con un programa propio. Gómez Morín lo intentó después, sin mucho éxito. Una pregunta que no se han hecho nuestros politólogos: ¿por qué no hay partidos políticos en México? Si los hubiese, Reyes Heroles no habría tenido necesidad de inventar la actual reforma política.

—Aunque claramente y desde un principio tu vocación es poética y no política, en los años treinta te pareces a muchos jóvenes de los setenta: estudias marxismo, escribes poemas contra el avance fascista, vas a España en plena guerra y luego a Yucatán a enseñar a leer a los campesinos[1]. *¿Qué piensas hoy de ese muchacho que fuiste? ¿Qué piensas de los muchachos que hoy son como tú fuiste hace cuarenta años?*

—Es natural sentir un poco de ternura por el muchacho que fuimos. Pero un poco de ironía y dos o tres coscorrones no le harían daño a ese fantasma juvenil... En 1937 la amenaza eran Hitler y sus aliados. Hicimos bien en oponernos. Además, había la gran esperanza encendida por la Revolución de Octubre en Rusia. Ahora sabemos que ese resplandor, que a nosotros nos parecía el de la aurora, era el de una pira sangrienta. La situación de 1977 es muy diferente a la de 1937. Después de miles de testimonios —en un extremo los de Trotski y Victor Serge, en el otro los de Souvarine y Solzhenitsyn, en el centro el informe de Jruschov— es imposible cerrar los ojos. La peste totalitaria, por lo demás, no es un monopolio soviético: se extiende a China y a todos los países que, en la Europa del Este y el Sudeste asiático, se llaman socialistas. (Una excepción, a medias: la Yugoslavia de Tito.) Yo no me atrevo a juzgar a ningún joven. Sé que el impulso que los mueve es, casi siempre, la generosidad y la indignación ante las miserias e injusticias materiales y morales de nuestro mundo. Sin embargo, me parece inexcusable ignorar o callar la realidad de la URSS y los otros países «socialistas».

—¿Por qué has excluido de Libertad bajo palabra *casi toda tu poesía política o comprometida de esos años? ¿No ves en ello una falta de solidaridad para con tu propio pasado? ¿Cuáles son los poemas más representativos que ahora quieres olvidar o sepultar?*

—Excluí de la segunda edición de *Libertad bajo palabra* más de cuarenta poemas y entre ellos sólo uno era de tema político (*Elegía a un compañero muerto en el frente de Aragón*). En cambio dejé otro (*Los viejos*[2]), también inspirado por la guerra de España, porque me sigue gustando. Esto te demuestra que las exclusiones han sido por motivos de orden estético y no

1. En realidad, primero estuve en Yucatán y después en España.
2. Barco de carga con evacuados, durante la guerra civil española.

político. Y hay algo más: a pesar de que el poema excluido no me gusta, he decidido reintroducirlo en la edición de mi obra poética que publicará Seix Barral el año próximo. La razón, en este caso, es moral, política y afectiva: ese poema está dedicado a mi amigo y camarada José Bosch, un joven anarquista catalán que vivió en México cuando yo era estudiante y que, en 1930, fue expulsado de nuestro país por el gobierno. Bosch influyó mucho en mí y en otros amigos. Gracias a él pude conocer relativamente temprano el pensamiento libertario. La historia de Bosch es dolorosa pero larga de contar. Aquí diré solamente que fue una víctima, una más, del franquismo y del estalinismo... Otros dos poemas han sido excluidos: *¡No pasarán!* y *Oda a España*. No por razones ideológicas sino por su indigencia poética. En cambio, hay un poema bastante más importante que los que he citado, *Entre la piedra y la flor*, de tema también social, que aparece en todas las reediciones de mis libros. Como nunca me he sentido totalmente satisfecho con ese texto, el año pasado escribí una nueva versión. Apareció en el número 9 de *Vuelta*.

–¿Cuál fue tu experiencia durante el cardenismo, especialmente tu actitud en Yucatán, y cómo fue tu gran descubrimiento de la miseria mexicana?

–Fui a Yucatán, en 1937, para fundar, con Octavio Novaro y Ricardo Cortés Tamayo, una escuela secundaria para hijos de trabajadores. El poema que acabo de citar, *Entre la piedra y la flor*, expresa mis sentimientos de entonces... y de ahora. Reproduzco un fragmento de la nota que acompañaba, en *Vuelta* 9, a la nueva versión del poema:

El gobierno había repartido la tierra entre los trabajadores pero la condición de éstos no había mejorado. Por una parte eran (y son) las víctimas de la burocracia gremial y gubernamental que ha substituido a los antiguos latifundistas; por la otra, seguían dependiendo de las oscilaciones del mercado internacional. Quise mostrar la relación que, como un verdadero nudo estrangulador, ataba la vida concreta de los campesinos a la estructura impersonal, abstracta, de la economía capitalista.

–En la entrevista que te hizo recientemente, Elena Poniatowska dijo que siempre has sido anticomunista. Pero hay otros que te consideran trotskista. ¿Qué piensas de Trotski? ¿Cómo influyó en ti su llegada a México y, sobre todo, su asesinato por órdenes de Stalin?

–Yo me atrevo a corregir un poco a mi querida amiga Elena Poniatowska: Octavio Paz no ha sido nunca anticomunista pero es, desde hace mucho, un enemigo de la burocracia que ha convertido a la URSS y a otros

países «socialistas» en ideocracias totalitarias. Pensar así no me convierte en un anticomunista: el que asesinó a los comunistas fue Stalin, no sus críticos. Pero lo mejor, para deshacer el equívoco, será citar un párrafo de mi libro *El arco y la lira*:

> La idea de una comunidad universal en la que, por obra de la abolición de las clases y del Estado, cese la dominación de los unos sobre los otros y la moral de la autoridad y del castigo sea reemplazada por la de la libertad y la responsabilidad personal –una sociedad en la que, al desaparecer la propiedad privada, cada hombre sea propietario de sí mismo y esa «propiedad individual» sea literalmente común y compartida por todos gracias a la producción colectiva; la idea de una sociedad en la que se borre la distinción entre trabajo y arte –esa idea es irrenunciable... Renunciar a ella sería renunciar a lo que ha querido ser el hombre moderno, renunciar a ser... El marxismo es la última tentativa del pensamiento occidental por reconciliar razón e historia.

Pero en la misma página añadía:

> Si ha de surgir un nuevo pensamiento revolucionario, tendrá que absorber dos tradiciones desdeñadas por Marx y sus herederos: la libertaria y la poética[1].

Por desgracia, el marxismo se ha mostrado incapaz de absorber esa tradición de libertad y ésa es la razón de su petrificación en el Este europeo y de su crisis en Occidente y en América Latina. El maestro de mis adversarios, el filósofo comunista Louis Althusser, hace unas semanas, en una conferencia en Venecia que algunos llaman «confesión ideológica», admite al fin que hay un mal que roe a la doctrina, aunque no se atreve a diagnosticar la enfermedad:

> Sí, el marxismo está en crisis... Asumamos todas las contradicciones y las lagunas de la teoría para darle a la crisis del marxismo su función liberadora.

1. *Poética* no en el sentido literario de la palabra sino en el más amplio que le doy en *El arco y la lira*: visión de la *otredad* que somos cada hombre, percepción de nuestra *extrañeza* en el mundo. Véase el primer volumen –*La casa de la presencia*– de las Obras Completas, México, Círculo de Lectores-Fondo de Cultura Económica, 1994, pp. 257-261.

Admiré y admiro profundamente a Trotski. Al escritor, al político, al hombre. Pero no cierro los ojos ante los aspectos aterradores de su pensamiento y de su actividad política. Trotski contribuyó poderosamente a que la idea de Marx sobre la dictadura del proletariado se convirtiese en la de la dictadura del partido comunista sobre los otros partidos proletarios y sobre el proletariado mismo. Lenin, Trotski, Bujarin y los otros bolcheviques tienen una indudable responsabilidad, aunque no hayan sido ésas sus intenciones, no sólo en la instauración de la tiranía paranoica de Stalin sino en la transformación del antiguo Imperio zarista en una ideocracia totalitaria. ¿Qué pensaría hoy Trotski? Sus últimos escritos me hacen pensar en una rectificación de muchas de sus ideas. Tal vez habría vuelto a ser el menchevique que fue en su juventud. Natalia Sedova, su viuda, un poco antes de morir renunció a la IV Internacional.

–*¿Qué determinó tu ruptura con los comunistas: el pacto Hitler-Stalin, la muerte de Trotski? ¿Qué consecuencias tuvo esta ruptura para tu vida y tu trabajo?*

–La política del Frente Popular despertó en mí, al principio, ciertas resistencias y escrúpulos. Pero mis amigos comunistas me convencieron: ante el avance de Hitler la táctica adecuada era la unión de todos los antifascistas. Ésa fue la política que defendimos en *El Popular*. De ahí que el pacto entre Hitler y Stalin me haya escandalizado e indignado. Dejé el periódico y me alejé de mis amigos. Me quedé muy solo. Por fortuna había algunos que pensaban como yo. En cambio, la ruptura con Neruda y otros fue total y dolorosa. Los debates de aquellos años –también los de ahora– pertenecen no tanto a la historia de las ideas políticas como a la de la patología religiosa. Se trata de un desplazamiento del objeto religioso: se pasa de la adoración a una divinidad a la de una idea y de ésta a la adoración de los sistemas y los jefes. Se termina en la androlatría, el culto a un hombre divinizado. Lo más extraño es que esta enfermedad –a la que le conviene más que a la lepra la denominación de «mal sagrado»– ataca a gente de gran imaginación y sensibilidad. Extraña corrupción: las intenciones y los sentimientos del creyente son puros pero el objeto de su creencia es vil. En esos años conocí a Victor Serge. Mis conversaciones con Serge aclararon mis ideas políticas como, durante mi adolescencia, la amistad con Bosch había templado mi carácter. Pero la lección de Serge no fue exclusiva y predominantemente teórica; lo que me impresionaba en él no eran las ideas –aunque las tenía, y brillantes– sino el corazón, la nobleza de alma. Años después, al conocer a Breton, recordé a Serge: ambos eran lo que se llama *hombres de conciencia*. Y la conciencia, decía Breton, es aquello que, «ocurra lo que

ocurra, nos lleva a oponernos a todo lo que atente contra la dignidad de la vida». La conciencia es lo contrario de la razón de Estado.

–¿Es cierto que durante la «guerra fría», cuando los intelectuales de izquierda aún quieren suponer que los campos de concentración estalinianos son un invento de la propaganda anticomunista o, en el mejor de los casos, que no debe hablarse de ellos «para no hacer el juego al enemigo», tú te atreves a romper el silencio y publicas en la revista Sur, *de Buenos Aires, documentos que luego aceptaron los partidos comunistas del mundo y el mismo XX Congreso de la URSS como irrefutables?*

–Sí, en 1950 reuní una documentación sobre los campos de trabajos forzados en la URSS. Me serví sobre todo de los textos dados a conocer durante el proceso público que enfrentó David Rousset al semanario comunista *Lettres Françaises*. No pude publicar este trabajo en México: las publicaciones de izquierda y aun las liberales estaban paralizadas por la guerra fría. Otra vez la razón de Estado y el argumento hipócrita: no hay que darle armas el enemigo. José Bianco llevó mi texto a Victoria Ocampo y ella decidió, valerosamente, publicarlo en *Sur*. En esa ocasión, como tantas veces, se me acusó de «anticomunismo». Para deshacer esta vieja calumnia estalinista reproduzco la parte final de mi trabajo:

> Pero es inexacto decir que la experiencia soviética condena al socialismo. La planificación de la economía y la expropiación de capitalistas y latifundistas no engendran automáticamente el socialismo pero tampoco producen inexorablemente los campos de trabajos forzados, la esclavitud y la deificación en vida del Jefe. Los crímenes del régimen burocrático son suyos y bien suyos, no del socialismo.

Este texto apareció en marzo de 1951. Ha pasado un cuarto de siglo y estas frases hoy no tienen el sabor sacrílego que tenían cuando se escribieron. Ojalá que esto haga reflexionar a los sacristanes que, después de santiguarse, me apedrean.

–Mucha gente, aun la que comparte tus críticas a la represión psiquiátrica, ideológica y carcelaria en la URSS, lamenta que en el antiguo Plural *y en* Vuelta *los perseguidos, torturados o exterminados por los regímenes militares del sur no ocupen siquiera un mínimo del espacio dedicado al combate contra el Gulag y a la defensa de los disidentes soviéticos y de la Europa central. ¿Cómo responderías a estos juicios? Sé que condenas a Pinochet, a Bánzer, a Videla. Pero ¿a qué se debe que tu obsesión sea tan distante como Gulag y no tan próxima como América Latina?*

–¡Falso! En *Plural* y *Vuelta* hemos procurado siempre denunciar los crímenes de los regímenes militares de América Latina. Un ejemplo entre muchos: en *Plural* apareció un reportaje –necesariamente anónimo– sobre los fusilamientos en la prisión militar de Trelew (Argentina). Fue un hecho terrible pero al que la prensa mexicana e internacional concedió poca atención. Sobre el cuartelazo de Chile publicamos muchos textos, entre ellos un artículo mío que fue reproducido por *Le Monde* y *The New York Times*. Sobre la política norteamericana en Vietnam y en otras partes también publicamos muchos artículos, entre ellos algunos de Chomsky y de Stone. Finalmente, lo que pasaba y pasa fuera no ha sido nunca para nosotros un pretexto para callar ante lo que pasa en México. *Vuelta* es una revista literaria y artística pero, cada vez que ha sido necesario, nos hemos ocupado de la actualidad política mexicana.

Tu crítica delata un error de óptica. En México, sobre todo entre la izquierda, que todavía constituye la opinión ilustrada (a la derecha no le interesan las ideas y los debates le producen dolor de cabeza), asombra e irrita cualquier crítica a los países llamados socialistas. Ciertos temas siguen siendo tabú. Así como hay un puritanismo sexual hay un puritanismo político. Condenar los crímenes de los generalotes y los generalillos es un ritual sin riesgos; decir que los soldados cubanos no tienen nada que hacer en África, salvo perder la vida, es más grave que blasfemar ante la Virgen de Guadalupe.

En cuanto al argumento de la distancia: me parece una variante de la razón de Estado. No importa que Pinochet esté en Chile y el mariscal Kim Il Sung en Corea; en materia de moral política no hay cerca ni lejos: hay verdugos y hay víctimas.

Desde otro punto de vista, no moral sino histórico, es bueno distinguir entre los regímenes militaristas de América Latina y las ideocracias contemporáneas. Los Pinochet y los Videla son un pasado sangriento que se perpetúa. La denuncia de las dictaduras militares y sus conexiones con Washington es una tarea de limpia moral y política; el examen de los regímenes llamados socialistas es un trabajo de análisis histórico. Por un colosal equívoco, esos regímenes se ostentan como los herederos de una de las tradiciones más nobles de la historia moderna: el socialismo. El análisis de estas sociedades se inició no en los círculos conservadores sino entre los grupos revolucionarios, marxistas y anarquistas. Por ejemplo, el eje de la polémica entre Trotski y los intelectuales norteamericanos de la IV Internacional giró en torno al problema de la verdadera naturaleza histórica de la URSS (una polémica que recuerda curiosamente las disputas

medievales sobre el sexo de los ángeles). En un momento de la discusión Trotski no descartó enteramente la posibilidad de que la URSS, en lugar de ser un «Estado obrero degenerado» (ésa era su definición), fuese una nueva forma de dominación y explotación de los hombres. El colectivismo burocrático substituía al sistema de explotación capitalista y, con respecto a éste, significaba un retroceso. A mí me parece que ningún tabú pseudorrevolucionario puede impedir el libre examen de estos problemas.

–Si rechazas la solución socialista ¿qué alternativa ya no digamos de justicia sino de estricta salvación encuentras para la inmensa tragedia que es la vida mexicana en particular y latinoamericana en general? ¿No crees que el liberalismo ha agotado ya todas sus posibilidades y que no hay más elección que entre el socialismo y el fascismo de la dependencia?

–Yo no rechazo la solución socialista. Al contrario, el socialismo es, quizá, la única salida racional a la crisis de Occidente. Pero, por una parte, me niego a confundir al socialismo con las ideocracias que gobiernan en su nombre en la URSS y en otros países. Por otra parte, pienso que el socialismo verdadero es inseparable de las libertades individuales, del pluralismo democrático y del respeto a las minorías y a los disidentes. Por último, el socialismo fue pensado y diseñado para los países desarrollados. Según Marx y Engels, es la etapa más alta del desarrollo social, de modo que viene *después* y no *antes* del capitalismo y la industrialización. Sobre esto Engels fue terminante: no se pueden saltar las etapas históricas. Una de las tragedias del siglo XX es que las revoluciones no han ocurrido ahí donde la teoría las esperaba (en los países avanzados) sino en la periferia, en países con un capitalismo incipiente y con estructuras políticas arcaicas, como la Rusia zarista y el antiguo Imperio chino.

El dilema para América Latina no consiste en escoger entre socialismo y fascismo de la dependencia. En primer lugar, el socialismo no está a la orden del día en América Latina. El socialismo no es un método para desarrollarse más pronto sino una consecuencia del desarrollo. El socialismo en los países subdesarrollados, como lo demuestra la experiencia de este siglo, se transforma rápidamente en un capitalismo de Estado, generalmente controlado por una burocracia que gobierna de una manera despótica y absoluta en nombre de una idea (ideocracia). Tampoco es exacta la denominación «fascismo de la dependencia» para describir a las dictaduras militares sudamericanas. Son regímenes dictatoriales, fundados en la fuerza militar, generalmente (pero no siempre: recuerda el caso del Perú) conservadores y más o menos dependientes de Washington. En ellos no aparece ninguna de las características del fascismo: el jefe, el partido, la ideología

pseudosocialista, populista y populachera, etc. En América Latina lo más cercano al fascismo han sido Perón y el peronismo.

No tengo recetas infalibles para curar los males de México y América Latina. Tengo, sí, unas cuantas ideas o, más bien, sugerencias. Volveré sobre esto al final de la entrevista, ya que tu última pregunta repite implícitamente esta que ahora me haces. En cambio, sí quiero decirte algo sobre el Estado. Ésa es la verdadera amenaza a la que se enfrentan lo mismo los europeos que los asiáticos, los africanos que los latinoamericanos, es decir, el mundo entero. El «monstruo frío» ha crecido desmesuradamente en este siglo. A su imagen y semejanza, las otras organizaciones sociales –empresas capitalistas, sindicatos obreros, partidos políticos– se han transformado en Estados en miniatura, cada uno dotado de su correspondiente burocracia. El planeta se estatiza, es decir, se burocratiza. El proceso está más avanzado en los países llamados socialistas pero también en los capitalistas ha dado pasos gigantescos: las multinacionales, el complejo «militar-financiero» de los Estados Unidos, la CIA, el sindicalismo monolítico, los monopolios de la comunicación, etc. La era del *Big Brother* ha comenzado. En esto Orwell y Zamiatin fueron más perspicaces que los sabihondos del liberalismo y del marxismo. También hay indicaciones valiosas en Max Weber e intuiciones asombrosas en la tradición anarquista. Nosotros, primero en *Plural* y ahora en *Vuelta*, nos hemos ocupado y nos seguiremos ocupando del tema. (Te recomiendo, en el número 8 de *Vuelta*, el estudio de Nico Berti: «Anticipaciones anarquistas sobre los "nuevos patrones"».) Hay que luchar contra la estatización universal. En México, por ejemplo, la crítica del centralismo no es menos urgente que la implantación de una política demográfica. El centralismo –económico, político, cultural– no es sino una forma más perfecta y terrible del monopolio, es decir, del absolutismo.

–*Se ha dicho (en el número 13 de* Plural, *octubre de 1972) que tu renuncia a la embajada en la India fue un acto moral que despertó expectativas políticas, imposibles de cumplirse pues no querías ni podías regresar a México para convertirte en cabeza de la oposición. ¿Qué opinas al respecto?*

–El comentario de mi amigo José Emilio Pacheco (en *Plural* 13) se basa, a mi juicio, en una confusión. No creo que se deba separar, en este caso, la moral de la política. Incluso podría afirmarse que la eficacia *política* de mi actitud consistió en que fue la expresión de una decisión *moral*. Dejé la embajada de la India para expresar mi inconformidad *moral* con una política gubernamental. Así, no podía ni puedo convertirme en cabeza política de este o aquel grupo sin traicionar mi actitud. Creo que el es-

critor –la palabra *intelectual* es muy amplia y abarca muchas categorías–
es, como escritor, en las sociedades modernas, un ser marginal. Y por
serlo, justamente, ejerce una función crítica. Esa función es *central* pero a
condición de que quien la ejerce no esté en el centro de la acción, como
el político, sino al margen. La eficacia política de la crítica del escritor re-
side en su carácter marginal, no comprometido con un partido, una ideo-
logía o un gobierno.

En México, todos o casi todos los escritores, sin excluir a gente que fue
la independencia misma, como Revueltas y Cosío Villegas, hemos servi-
do en el gobierno. Compromiso peligroso que puede convertirse en pe-
cado mortal si el escritor olvida que su oficio es un oficio de palabras y
que entre ellas unas de las más cortas y convincentes es NO. Uno de los
privilegios del escritor es decir NO al poder injusto. Pero ese NO debe
brotar de la conciencia y no de la táctica, la ideología o las necesidades de
partido. La función política del escritor depende de su condición de hom-
bre fuera de las combinaciones políticas. El escritor no es el hombre del
poder ni el hombre del partido: es el hombre de conciencia.

–Tras un breve entusiasmo inicial (el artículo de 1971 en Excélsior *en
que dijiste que el presidente había «devuelto su transparencia a las pala-
bras», a raíz del cese de Martínez Domínguez y Flores Curiel después del
10 de junio) tú mantuviste tus distancias respecto a Echeverría y él, en co-
rrespondencia, parece que se negó a darte el Premio Nacional de Letras.
¿Cómo juzgas o cómo explicas o justificas a tus amigos intelectuales que se
comprometieron de pies a cabeza con Echeverría?*

–Escribí ese artículo, a pedido tuyo, a raíz de la salida de Martínez Do-
mínguez y de Flores Curiel y de la promesa del presidente Echeverría de
que se haría una investigación sobre los sucesos del 10 de junio de 1971.
Dije que Echeverría «había devuelto su transparencia a las palabras» pero
dije asimismo que, justamente por eso, «merecía nuestra crítica». El pre-
sidente no cumplió su promesa y las palabras volvieron a empañarse. Así
lo dije en una entrevista con Solares, un mes o dos después de la prome-
sa presidencial, y en muchos artículos en *Plural.* Sin embargo, algunos
amigos míos –Carlos Fuentes, Fernando Benítez, José Luis Cuevas y
otros pocos más– decidieron colaborar con el régimen y darle su apoyo
público. No estuve de acuerdo con su posición y así se lo dije, en priva-
do, varias veces. Nunca pensé que yo tenía derecho a condenarlos. Ade-
más, ¿cómo olvidar las actitudes valerosas de Fuentes y Benítez en tantas
ocasiones –un ejemplo: ante el asesinato de Jaramillo– mientras muchos
de sus críticos de ahora no chistaban? Naturalmente, nunca se me ocurrió

que fuesen inmunes a la crítica y en *Plural* se publicaron algunos artículos más bien severos sobre su posición. Pero me parece que hay cierta diferencia entre la crítica de un Zaid, por ejemplo, inflexible y cortés, y los ladridos y los aullidos de tantos perros y chacales que merodean por las afueras de la literatura.

A pesar de mi actitud reticente y distante, Echeverría fue siempre amable conmigo. No creo que él haya influido para que no se me diese el Premio Nacional de Letras. El último año de su gobierno se me acercó uno de los jurados, amigo mío, y me preguntó si yo estaría dispuesto a aceptar el premio. Respondí que, después del atentado contra *Excélsior* y *Plural*, la pregunta me parecía una broma lúgubre. El mejor premio literario que puede dar un gobierno es respetar la libertad de expresión y garantizar el ejercicio de la crítica. Cosío Villegas pensaba que el punto positivo de la gestión de Echeverría, por el que le serían perdonadas muchas cosas, era su respeto por la libertad de prensa. ¿Por qué, a última hora, con un solo gesto, anuló lo que había hecho? La soberbia es el vicio de los poderosos.

—¿Qué puede hacer realmente por su país un escritor mexicano?

—Yo no creo que los escritores tengan deberes específicos con su país. Los tienen con el lenguaje —y con su conciencia.

—A nueve años de Tlatelolco y seis de Postdata *¿cuál es tu visión actual del 68 en México?*

—Mi opinión sobre los acontecimientos de 1968 no ha variado substancialmente. Después de *Postdata* (1969), he aventurado algunas reflexiones complementarias en «Burocracias celestes y terrestres» (1972), en el prólogo a la edición en inglés de *La noche de Tlatelolco* de Elena Poniatowska (1973) y en algunos artículos publicados en *Plural* y en *Vuelta*[1]. Hacia 1930 se consolida el régimen postrevolucionario. Entre 1945 y 1960 el país —mejor dicho: la burguesía, la clase media y vastos sectores de la clase obrera— vive en un estado de satisfacción hipnótica. Era el reposo de la digestión, la siesta histórica. El despertar fue brusco. En 1968 se rompió el consenso y apareció otra cara de México: una juventud indignada. Esa juventud pertenecía a la clase media, la nueva clase, surgida en los años de relativa prosperidad y que pedía, aunque sin formular claramente sus aspiraciones, una mayor participación en la vida política nacional. «Los tumultos de 1968 —decía yo cinco años después en una serie de tres artículos publicados en *Excélsior*— revelaron una grieta en el interior de la sociedad mexicana que

1. Algunos de esos textos han sido recogidos en este volumen.

podemos llamar desarrollada, es decir, en ese sector urbano que ha pasado en los últimos años por un acelerado proceso de modernización… Pero lo que otorga dramatismo y urgencia a la crisis del México moderno y desarrollado es su trasfondo: el otro México en andrajos, los millones de campesinos pobrísimos y las masas de desocupados que emigran a las ciudades y se convierten en los nuevos nómadas, los nómadas del asfalto». Hoy, en 1977, la contradicción entre el México desarrollado y el subdesarrollado se ha vuelto más aguda. No es la contradicción de dos clases sino de dos tiempos históricos e, incluso, de dos países.

El movimiento de 1968 expresó el descontento del sector urbano, lo mismo ante el sistema político mexicano (PRI) que ante la política económica, social y cultural de los últimos gobiernos. Había también el contagio de las agitaciones y revueltas juveniles en Estados Unidos y en Europa occidental. El gran viento de rebeldía de esa década también sopló en México y agitó muchas conciencias. A pesar de su vaguedad, la palabra que condensaba las aspiraciones de los estudiantes –*democratización*– conquistó la adhesión de la clase media en todo el país. La demanda correspondía a algo real y de ahí que el gobierno de Echeverría y ahora el de López Portillo, después de la represión de 1968, hayan tratado de satisfacerla, aunque no sin contradicciones y vacilaciones. La reforma política en curso es, esencialmente, una consecuencia del movimiento de 1968. Pero es evidente que lo que México necesita no es tanto una reforma de la legislación como el nacimiento espontáneo, desde abajo, de partidos populares independientes. ¿Por qué el movimiento de 1968 no tuvo como consecuencia la formación de uno o varios partidos políticos? Sería absurdo atribuir al monopolio del PRI la debilidad de los partidos políticos mexicanos. En España, después de cuarenta años de dictadura, hemos presenciado la reaparición de dos partidos vigorosos: el Socialista y el Comunista. En Venezuela hay una vida política más intensa y sana que en México. ¿Por qué?

El panorama político no es alentador. La derecha mexicana ha dejado de pensar en términos políticos desde la derrota de Miramón. Es una clase acomodaticia y oportunista. Su táctica, lo mismo en la época de Díaz que ahora, consiste en infiltrarse en el gobierno. Es una clase que hace negocios pero que no tiene un proyecto nacional. El país, para ellos, no es el teatro de su acción histórica sino un campo de operaciones lucrativas. La izquierda sufre una suerte de parálisis intelectual. Es una izquierda murmuradora y retobona, que piensa poco y discute mucho. Una izquierda sin imaginación. No obstante, hay débiles signos que anuncian,

quizá, un cambio. Por ejemplo, a juzgar por ciertas declaraciones recientes, el ejemplo de los comunistas españoles, italianos y franceses comienza a inquietar y sacudir a las conciencias petrificadas por tantos años de recitación de los catecismos pseudomarxistas. ¿Despertará la durmiente del bosque? Para que México encuentre al fin su camino, los mexicanos debemos comenzar a pensar por cuenta propia. En lugar de importar soluciones para resolver problemas que no tenemos, deberíamos estudiar nuestros propios problemas. Son inmensos. No pido soluciones: pido que alguien se atreva a hacer las preguntas pertinentes.

–*Una última pregunta imposible e indispensable (pues nadie se hubiera imaginado en 1967 el México de 1977): ¿Cómo ves el porvenir de nuestro país, sus innumerables amenazas y sus contadas esperanzas?*

–Contestar a tu pregunta exigiría, aparte del don de videncia, muchas páginas y muchas horas. Ni tú dispones de las primeras ni yo de las segundas. Los budistas tienen un libro santo en cien mil estrofas pero tienen otro, no menos santo, que compendia toda la doctrina en un monosílabo: *A*. Por desgracia, no habla ningún bodisatva por mi boca, de modo que no me queda el recurso de pronunciar una sílaba enciclopédica. Además sería muy presuntuoso de mi parte enumerar las amenazas que nos rodean (tú mismo dices que son innumerables). En cuanto a las esperanzas: son vanas por definición. No, no veo –lo que se llama ver– el porvenir de México. Me consuelo pensando que los hombres, en general, no ven el futuro. Por eso, quizá, nuestra ocupación favorita es preverlo. Para desquitarnos de nuestra ceguera histórica, los hombres hacemos proyectos. Esos proyectos se transforman en obras que, a su vez, se convierten en ruinas.

Hubo un gran proyecto mexicano en la segunda mitad del siglo XVIII: el Imperio. Lo derrumbaron, el siglo pasado, primero las tropas yanquis que nos invadieron y, después, los cañones republicanos. Otro proyecto: la república liberal de Juárez. No se derrumbó: Porfirio Díaz lo convirtió en un templo hueco. En el altar colocó dos estatuas: el telégrafo y el ferrocarril. Los revolucionarios colgaron de los postes del telégrafo a los caciques porfiristas y en cada estación de ferrocarril libraron una batalla. Y así sucesivamente. La historia de México, como la de todas las naciones, es un cementerio de proyectos. Pero sin esos proyectos los pueblos no son pueblos ni la historia es historia.

¿Qué veo? Una ausencia de proyectos. Si vuelvo la cara hacia la derecha veo a gente atareada haciendo dinero; si la vuelvo a la izquierda, veo gente atareada discutiendo. Las ideas se han evaporado. O han hecho sus pruebas y han fracasado. La situación de México no es excepcional: el

mundo vive, desde hace ya años, no las consecuencias de la muerte de Dios sino de la muerte del Proyecto. Ese proyecto se llamó a veces Progreso, otras Revolución. Su nombre se ha desgastado. Los mexicanos creíamos que nuestro país era un cuerno de abundancia y sobre esa ilusión construimos, el siglo pasado, nuestro proyecto nacional. Al doblar el siglo descubrimos nuestra miseria: los tesoros del cuerno se los habían robado los de fuera o no eran tales tesoros sino un montón de piedras. Ahora el mundo entero comparte nuestra desilusión: asistimos al ocaso de las utopías, lo mismo las capitalistas que las socialistas. Unas y otras estaban basadas en la creencia en el progreso infinito que, a su vez, había engendrado la ilusión del desarrollo continuo. Hemos descubierto que vivimos en un planeta finito y con recursos finitos. La crisis de los energéticos y el futuro y previsible agotamiento de los recursos naturales ponen un hasta aquí al optimismo de las filosofías del siglo pasado. En el mundo subdesarrollado hay cada vez más habitantes y cada vez menos recursos. A menos de imprevisibles innovaciones técnicas y científicas, la situación de los desarrollados tenderá a empeorar. Cuando la situación se vuelva insostenible, acudirán a la fuerza. Ésa es la primera y gran amenaza. Los mexicanos tienen la tendencia a olvidar que viven en el mundo, no en una isla. Es bueno recordar de tiempo en tiempo que no estamos solos. Y prepararnos para lo peor.

La conjunción del exagerado crecimiento demográfico y del centralismo político y económico es explosiva. El centralismo, sea en la forma de monopolios capitalistas (nacionales y extranjeros) o en la forma de monopolios estatales, agudiza las enormes diferencias que separan a los mexicanos y hacen de cada clase social un mundo aparte, una plaza fuerte, y de cada individuo una planta espinosa. A su vez, el crecimiento demográfico puede paralizar nuestro modesto desarrollo económico y convertir a la ciudad de México, por ejemplo, en otra y más vasta Calcuta. Aunque con lentitud desesperante, nos encaminamos hacia formas políticas más democráticas. La demografía puede paralizar también este proceso. Cierto, tenemos el petróleo. Puede aliviar nuestros males, no curarlos. Agotado, la recaída será peor.

Nuestra pobreza es nuestra verdadera y única riqueza: la gente. Esa población desocupada, pasiva, ignorante, que nos parece una piedra atada al cuello, puede convertirse en brazos que trabajan e inteligencias que piensan. Si el almacén de proyectos históricos que fue Occidente se ha vaciado, ¿por qué no ponernos a pensar por nuestra cuenta, por qué no inventar soluciones? Algunos, poco oídos, han comenzado a hacerlo. Por

ejemplo, Gabriel Zaid en esa serie de artículos que publicó en *Plural* bajo el título de «Cinta de Moebio». Otros, también, hemos pedido que se diseñen nuevos modelos de desarrollo[1]. ¿Por qué no discutir esos temas en un ámbito nacional? En el fondo, el gran debate de la historia moderna de México, desde el siglo XVIII, es el de la modernización. De los jesuitas de Nueva España a los liberales de Juárez, de los positivistas porfirianos a los revolucionarios del siglo XX, sin excluir a los marxistas y a los capitalistas, todos, con distintos métodos, han propuesto una misma idea: la modernización. El progreso ha sido y es para todos ellos sinónimo de modernización. Muy pocos intelectuales han hecho la crítica de la modernización. La crítica la ha hecho el tradicionalismo del pueblo mexicano, algunos poetas (López Velarde: «Patria, *sé fiel a tu espejo diario*») y, a veces, como en la época de Zapata, el pueblo pobre en armas. Su utopía no venía de los libros. No era una utopía progresista sino intemporal, con raíces en la tradición oral y no en la libresca. No sugiero volver a Zapata ni a la aldea autosuficiente ni al neolítico. Pienso que en ese sueño de nuestros campesinos hay una semilla de verdad. ¿Por qué no poner en entredicho los proyectos ruinosos que nos han llevado a la desolación que es el mundo moderno y diseñar otro proyecto, más humilde pero más humano y más justo?

México, noviembre de 1977

«Suma y sigue» se publicó por primera vez en *Proceso*, núms. 57 y 58, México, 5 y 12 de diciembre de 1977, y se recogió en *El ogro filantrópico*, Barcelona (Seix Barral) y México (Joaquín Mortiz), 1979.

1. Enrique González Pedrero es uno de los autores que se han ocupado con mayor pericia de estos temas. Además, su gestión en el estado de Tabasco es un ejemplo de las inmensas posibilidades del desarrollo comunitario sin «expertos» ni créditos del exterior.

Hora cumplida (1929-1985)[1]

*Je ne veux point nier qu'il n'ait
dans le tableau d'un pouvoir
monarchique quelque chose de
séduisant, mais les institutions
dépendent des temps plus que
des hommes.*

BENJAMIN CONSTANT,
Principes de politique, 1805

UN COMPROMISO HISTÓRICO

El régimen actual nació en 1929, con la fundación del PRI (Partido Revolucionario Institucional). El programa original de la Revolución mexicana fue esencialmente político: se proponía transformar a nuestro país en una auténtica democracia. El movimiento revolucionario triunfó pero la democracia se quedó en aspiración. Tras cerca de veinte años de luchas intestinas, la nación, ya en paz, se enfrentó a una disyuntiva: ¿régimen de caudillos revolucionarios o instituciones democráticas? Esta disyuntiva, aunque nacida del proceso revolucionario, era una consecuencia de las luchas civiles de México desde la Independencia. Durante la primera mitad del siglo XIX los dos partidos que se disputaban el poder, el Liberal y el Conservador, acudieron más a las armas que a las urnas. Las luchas políticas se transformaron en operaciones militares hasta que la guerra civil endémica culminó en la intervención extranjera. La segunda mitad del siglo inauguró una situación que, *mutato nomine,* es la nuestra.

El triunfo de Juárez y los liberales republicanos sobre Maximiliano y sus partidarios significó, entre otras cosas, la desaparición del Partido Conservador. Juárez y Lerdo de Tejada gobernaron apoyados en una fracción del Partido Liberal y tuvieron como opositores no a los conservadores sino a otra fracción liberal, encabezada por el general Porfirio Díaz, que gozaba de gran prestigio por sus victorias sobre las tropas francesas. Al tomar el poder, Díaz se enfrentó a una disyuntiva parecida a la

1. Originalmente este ensayo fue parte de la conversación sostenida con Gilles Bataillon: «Inventar la democracia», que se incluye en el noveno volumen de estas obras.

de 1929: ¿conservar la democracia y exponerse a los cuartelazos y disturbios que habían trastornado la gestión de Juárez y Lerdo o volver al régimen de caudillos? La solución fue un compromiso que, sin romper el orden institucional, conservó en el poder a la fracción liberal vencedora y a su jefe. Este compromiso histórico –para emplear una expresión que ha hecho fortuna– duró treinta años; hoy llamamos a ese período el porfiriato. El término no es enteramente exacto porque, aunque fue un caudillo, Porfirio Díaz fue un presidente institucional. Durante el régimen de Porfirio Díaz hubo una coalición de intereses económicos de los grupos privilegiados pero no hubo resurrección ni del Partido Conservador ni de su ideología. El gobierno de Díaz fue un despotismo liberal ilustrado.

La Revolución de 1910 acabó con la dictadura de Porfirio Díaz; sin embargo, no reapareció en la escena política el Partido Conservador. La lucha por el poder, como ocurre siempre en la historia, fue la pelea entre las distintas tendencias de la Revolución triunfante. El desenlace tampoco se apartó del precedente de todas las revoluciones: la instauración de un cesarismo revolucionario. Ahora bien, en el caso de México, una vez asesinado el césar (Álvaro Obregón), se buscó una solución intermedia. Otro compromiso histórico. El césar en turno, el Augusto mexicano, era un político inteligentísimo, Plutarco Elías Calles; como su antecesor romano, encontró una solución muy original, a un tiempo institucional e intermedia: un partido que ha monopolizado el poder no por la violencia ni la dictadura militar o policíaca sino a través de un sistema hecho de calculados equilibrios, pesos y contrapesos. Indudablemente, esta solución fue más perfecta, más institucional, que la de Díaz.

Mi comparación entre el emperador Augusto y el general Calles parece traída por los cabellos. Las diferencias entre la Roma de 27 a.C. y el México de 1929 son enormes. En nada se parece el sobrino de César al revolucionario de Sonora, aunque Alfonso Reyes, en unas páginas que todavía se leen con rubor, al hablar de Virgilio, el amigo y protegido de Augusto, haya evocado la figura de Calles, en cuya política agraria veía –o más bien: oía– un eco de las *Geórgicas*. (Mientras digo eso, la sombra de don Alfonso me mira, no sé si enojado o contrito. ¡Perdón, tenía que decirlo!) Pero mi comparación entre el romano y el sonorense no es enteramente caprichosa. Como Augusto después de tantos años de guerras civiles y del asesinato de Julio César, el general Calles, tras la muerte violenta del caudillo Obregón, buscó una solución que fuese a un tiempo política e institucional. Por lo primero, la solución tenía que ser un compromiso, en Roma en-

tre la monarquía y la república, en México entre la dictadura y la democracia; por lo segundo, el nuevo régimen tenía que fundarse no en los caudillos sino en las instituciones, en una burocracia impersonal y no en un monarca imprevisible. El parecido se acentúa si se repara en que la reforma de Calles fue decidida y realizada, como la de Augusto, desde arriba, desde el poder, y en una situación postrevolucionaria.

Es indudable que al idear la fundación de un partido hegemónico, Calles tuvo presentes algunos ejemplos contemporáneos: la Turquía de Mustafá Kemal Atatürk y, sobre todo, el Partido Fascista Italiano. Es revelador también que el primer nombre de la agrupación haya sido Partido Nacional Revolucionario. Es un nombre con sabor de época y que evoca tanto al nacionalismo del socialista Mussolini como al «socialismo en un solo país» del nacionalista Stalin. Pero los partidos de Rusia e Italia habían conquistado el poder mientras que el mexicano fue creado desde el poder. El Estado italiano y, más acusada y totalmente, el ruso fueron proyecciones de esos partidos y de ahí que hayan sido Estados ideológicos (el segundo todavía lo es); en México el partido era (y es) proyección del gobierno. Ésta es la diferencia, esencial, entre el PRI y los partidos totalitarios. Las consecuencias, asimismo, han sido diferentes: en Rusia el Estado suplanta a la sociedad civil y tiende a suprimirla; en México la sociedad civil subsiste e incluso, a pesar de muchas trabas, se ha desarrollado a partir de 1930. Pienso sobre todo en las dos nuevas clases urbanas, el proletariado industrial y la clase media. Ambas han crecido a la sombra del PRI y del gobierno. Su desarrollo recuerda al del Estado llano (burguesía, clases intelectuales y profesionales) durante los siglos XVII y XVIII. El Estado llano fue aliado y protegido de la monarquía absoluta antes de convertirse en su enterrador.

LAS MILICIAS DEL PRI

La base del sistema mexicano es el control de las organizaciones obreras, campesinas y populares. Pero la palabra *control* contiene la idea de dominación y mando; la relación entre esas organizaciones y el sistema es más sutil y libre. Habría que hablar más bien de cooptación de los dirigentes obreros, campesinos y populares. Todos ellos, de una manera u otra, son parte del régimen y ocupan un alto lugar en la jerarquía. Sin embargo, la integración de los dirigentes populares dentro del grupo director del país no explica enteramente el fenómeno. Hay otro factor: los sucesivos gobiernos nunca han sido indiferentes a la situación de los trabajadores, so-

bre todo a la de los urbanos. El populismo ha sido uno de los rasgos distintivos de la política mexicana desde que la Revolución se transformó en gobierno. Hoy se critica al populismo con razón pero esa crítica no debe ocultarnos sus aspectos positivos; en una sociedad como la mexicana, en la que los pobres son tan pobres y los ricos tan ricos, el populismo, aunque manirroto y demagógico, equilibró un poco la balanza en el pasado. Pienso, más que nada, en los trabajadores de la ciudad. Los primeros gobiernos surgidos de la Revolución se preocuparon de manera preponderante por los campesinos pero, desde hace mucho, buena parte de la actividad gubernamental se ha desplazado del campo a las ciudades. Los campesinos son los que han pagado los costos, altos y a veces terribles, de la modernización. A pesar de todas estas sombras, es claro que el sistema ha contado no sólo con el apoyo explícito de los dirigentes obreros y campesinos sino, lo que es más importante, con el apoyo implícito de los trabajadores.

En el otro extremo, el sistema ha cooptado también, de una manera menos ostensible pero no menos efectiva, a muchos e importantes líderes de la clase empresarial. Por último, debo mencionar a los intelectuales. Su situación no es muy distinta a la de los clérigos de la época virreinal, especialmente a la de los miembros de las órdenes religiosas. Los intelectuales son parte del sistema como sus predecesores de los siglos XVI, XVII y XVIII; también como ellos, a veces son críticos y aun revoltosos. En ciertos momentos, algunos han sido la conciencia del régimen. Pero en general, por desgracia, su crítica ha sido casi siempre ideológica. Enamorados de las abstracciones, desdeñan a la realidad. Los medios de comunicación prolongan y acentúan estas características. Nuestra prensa –pienso, sobre todo, en la de la capital– es ideológica o, en el otro extremo, acomodaticia y aun, en ciertos casos, venal. Ésta es una de las razones de su escasa influencia.

Los méritos y los defectos del sistema están a la vista. He hablado de balanzas y contrapesos pero también podría hablarse de un sistema de compromisos y transacciones. Una política de esta naturaleza, por más elástica y flexible que sea, tiene un límite: una y otra vez las contradicciones entre los distintos grupos o entre uno de esos grupos y el gobierno, se acumulan y enconan. Entonces, como lo muestra la historia de los últimos treinta años, el régimen acude a medidas severas y aun a la represión. Otro límite es el agotamiento de la capacidad de negociación del gobierno, no por falta de voluntad y de habilidad sino por la carencia de recursos que pudiesen ofrecerse como una compensación a las insatis-

fechas demandas de este o aquel grupo. Esto último es lo que comienza a ocurrir ahora. Es un nuevo indicio de que estamos al fin de un período histórico. Dicho todo esto, debe reconocerse que esta política ha tenido éxito durante más de medio siglo.

LA BUROCRACIA TRICOLOR

Mi descripción del sistema político mexicano sería muy incompleta si olvidase señalar que el grupo dirigente está compuesto por dos cuerpos. En un ensayo[1] de 1978, recogido en *El ogro filantrópico*, apunté que en México existen dos burocracias, separadas aunque en perpetua comunicación. Una es política y la integran, esencialmente, los estados mayores de los tres sectores en que se divide el PRI: el obrero, el campesino y el popular. (Hay que añadir dos sectores de menor importancia: las mujeres y los jóvenes.) Este grupo, en su totalidad, constituye lo que se llama la «clase política» y se extiende a todo el país por medio de una vasta red de organismos. El otro cuerpo es el gubernamental propiamente dicho y su definición se ajusta más al concepto tradicional de burocracia. Es un grupo que ha crecido muchísimo en los últimos treinta años debido no sólo a la hipertrofia gubernamental sino a la política de nacionalizaciones. Estas dos burocracias concentran un inmenso poder político, económico y social. Hay que reconocer, de nuevo, que a su acción se debe, en buena parte, mucho de lo que se ha logrado. Al mismo tiempo, hoy son el principal obstáculo a que se enfrenta toda tentativa de renovación democrática. Las dos burocracias se oponen, casi instintivamente, a un cambio que ponga en peligro sus enormes privilegios.

La aparición de la burocracia como una nueva clase es un fenómeno universal y, según se ha dicho muchas veces, es uno de los rasgos más inquietantes de las sociedades contemporáneas. La imbricación entre partido, burocracia y Estado es el fundamento del totalitarismo moderno. No es el caso de México: aquí hemos gozado de muchas libertades desconocidas lo mismo en los países comunistas que en aquellos bajo dictaduras militares. Sin embargo, la historia reciente nos enseña que el tránsito del despotismo a la democracia ha sido más fácil allí donde no ha aparecido, como casta o clase, una burocracia político-tecnocrática. Los ejemplos abundan: Portugal, España, Argentina, Uruguay. La paradoja del

1. «El ogro filantrópico», pp. 336-350 de este volumen.

México contemporáneo reside en la doble faz de nuestra burocracia: ha sido el instrumento del cambio social y, hoy, es el obstáculo del cambio político.

Entre las circunstancias adversas a la reforma democrática hay otra, esencial. Se habla poco de ella a pesar de que es una de las claves de nuestra historia, desde la época precolombina hasta nuestros días. Me refiero a la ausencia de tradiciones democráticas. Los largos años de dominación del PRI no son una novedad histórica para los mexicanos. Salvo durante el corto período que Cosío Villegas llamó la República Restaurada, durante el cual, por lo demás, no faltaron sacudimientos y rebeliones, México no ha conocido nunca un régimen de partidos que de una manera pacífica se alternen en el gobierno. Antes de la Conquista, las ciudades-Estado de Mesoamérica eran teocracias militaristas; durante los tres siglos de la dominación española fuimos un virreinato (¡y qué virreinato: el régimen español era una monarquía absoluta!); después, la primera mitad del siglo pasado fue un período de dictaduras, golpes de Estado, guerras civiles e invasiones extranjeras; finalmente, tras el intermedio de Juárez y Lerdo, la dictadura liberal de Díaz, las luchas revolucionarias y, desde 1930, la hegemonía del PRI. La democracia es una invención colectiva pero, asimismo, es un aprendizaje. La historia nos ha privado, cruelmente, de la posibilidad de aprender. ¿La historia o nosotros mismos?

No es difícil advertir las analogías del sistema político mexicano con los de otros países: tampoco lo es percibir sus diferencias. Entre ellas, la más notable (y la más saludable) es la ausencia de una ortodoxia ideológica. Esto nos ha salvado del terror de un Estado burocrático e inquisidor, como en los países comunistas. Otro rasgo, también positivo: puede hablarse de un monopolio del PRI pero no de una dictadura. Varias veces he dicho que vivimos en un régimen peculiar, un régimen *hacia la democracia*.

¿Cuánto tiempo podremos seguir viviendo a medio camino entre un sistema y otro? Los mexicanos no cesamos de hacernos esta pregunta. En 1968 se abrió el período de revisión de nuestro sistema. Hoy la pregunta se ha vuelto imperiosa y la respuesta impostergable: o damos un paso definitivo hacia la democracia o la nación se estanca. De ahí que sea imprescindible reflexionar sobre la situación actual.

El primer elemento positivo es la existencia de distintos partidos políticos independientes. Mejor dicho: de un partido, el PAN, y de varios grupos que tienden a serlo sin conseguirlo aún. Por desgracia, esas agrupaciones, sin excluir al partido, son débiles, aunque cada vez lo son me-

nos. Su debilidad es, hasta cierto punto, explicable. En primer término, sus medios de acción han sido y son incomparablemente más reducidos que los del PRI, que cuenta con el apoyo y los recursos oficiales. En segundo lugar, cuando ha sido necesario, el poder no ha vacilado en recurrir a la intimidación e incluso, en ocasiones, a la represión. Las víctimas de la acción gubernamental han sido lo mismo los grupos llamados de derecha que los de izquierda (una denominación que día a día nos revela su insuficiencia). Pero la hegemonía del PRI no se explica sólo por las razones que he apuntado ni la debilidad de la oposición puede atribuirse exclusivamente a la coacción gubernamental. Hay otras razones, unas de orden histórico, como la ausencia de tradiciones democráticas, y otras más bien circunstanciales. Me ocuparé, así sea superficialmente, de las últimas.

DESCENDIENTES DE JOSEPH DE MAISTRE
Y DE JEAN-PAUL MARAT

El PAN es el heredero del antiguo Partido Conservador y de la tradición católica mexicana. Desde este punto de vista su legitimidad histórica es incuestionable. Es imposible entender a nuestro país sin la tradición conservadora: Lucas Alamán no es menos central para México que Benito Juárez. El primer equipo dirigente del PAN era muy brillante pero demasiado ligado al pensamiento conservador europeo. Durante algún tiempo, su tradicionalismo lo llevó a simpatizar con Franco. El otro partido conservador, el Demócrata, es heredero del sinarquismo, una tendencia tradicionalista y plebeya que agrupó a los campesinos pobres de algunas regiones pero que nunca fue democrática. Hoy se ha convertido a la democracia, como lo han hecho el PAN y, en el lado opuesto, los partidos de izquierda.

Aunque el PAN ha lavado su pasado autoritario con más éxito que el PSUM su pasado estalinista, no ha logrado renovar enteramente su doctrina[1]. Durante los últimos años ha aparecido en Occidente un pensamiento crítico del Estado que no sólo renueva a la tradición liberal sino que abre nuevas perspectivas. No parece que esas corrientes intelectuales hayan penetrado en el PAN. Esta crítica moderna al Estado, que es una real y profunda novedad intelectual en el pensamiento político de este fin de siglo, tampoco ha hecho vacilar las petrificadas convicciones de mu-

1. PSUM: fusión del Partido Comunista con otros grupos afines.

chos intelectuales mexicanos, sobre todo de izquierda. El culto al Estado tiene entre nosotros un origen triple: la herencia hispánica, la influencia francesa y, hoy, la marxista. Así pues, engloba a los conservadores, a los liberales y a los socialistas.

La crítica política del PAN al sistema ha impresionado favorablemente a la opinión pública pues está fundada en los principios democráticos. En cambio, no ha formulado un proyecto nacional nuevo y viable que se ofrezca como una opción distinta a la del PRI. Las profesiones de fe democrática de sus voceros son valiosas y útiles; su programa en otros dominios es vago. En materia económica proclaman las ideas de los economistas neoclásicos, que hoy defienden con singular vigor y éxito (en los Estados Unidos y en Europa occidental) la tradición de Adam Smith. Pero los problemas sociales y culturales del país son más vastos y sobre algunos de ellos, como el demográfico, la posición del PAN es insatisfactoria. Sin embargo, el PAN es ya un partido nacional. No sólo ha crecido en los últimos tiempos sino que, probablemente, crecerá aún más. Este crecimiento no se debe únicamente a sus raíces en nuestra historia ni a la bondad intrínseca de su programa o a la capacidad de sus dirigentes. La verdad es que el PAN recoge el descontento de un número cada vez mayor de mexicanos ante lo ocurrido en los últimos sexenios. Como el movimiento estudiantil de 1968, pero ahora en el ámbito nacional, especialmente en el norte del país y en Yucatán, el crecimiento del PAN expresa no tanto una tendencia ideológica como el descontento de muchos ciudadanos.

Pero hay algo más que el descontento y el anhelo general de una vida realmente democrática. Para entender el crecimiento del PAN hay que mencionar, además, la influencia de un fenómeno sobre el que se ha hablado poco y reflexionado aún menos: el despertar de la provincia. Se trata de un hecho nuevo en la historia de México y que está llamado a ejercer una influencia decisiva en nuestra vida nacional. Otro signo de este despertar es la vitalidad de la prensa regional, lo mismo en el norte que en Yucatán y en Veracruz. Es revelador, al mismo tiempo, que la prensa de la capital sea hoy poco leída en provincia. Los mexicanos comenzamos a tener mayor conciencia de la diversidad y personalidad de las regiones que componen nuestro país. Esto es saludable. Por una parte expresa la variedad, la riqueza y la complejidad de nuestra patria; por otra, es una reacción en contra del monopolio político, económico y cultural de la ciudad de México. Mejor dicho, es una reacción en contra de más de dos mil años de centralismo. Es una paradoja que el PAN, heredero del Partido Conservador, que siempre fue centralista, hoy exprese la rebelión

contra el centro, mientras que el PRI, descendiente de los liberales, que fueron federalistas, represente al centralismo. De todos modos, sea el PAN o cualquier otro partido el beneficiario de esta tendencia, estamos ante un hecho nuevo y de incalculables consecuencias históricas. Desde la fundación de Teotihuacan, los mexicanos han padecido la dominación del centro. Centralismo y concentración excesiva de poder en una persona (sacerdote-rey, caudillo, monarca o presidente) han sido realidades complementarias en nuestra historia y casi siempre nefastas. Hoy presenciamos un lento pero poderoso movimiento de reflujo histórico. Es un fenómeno que, probablemente, pertenece al dominio de lo que llaman los historiadores franceses *la cuenta larga*. Si es así, será irreversible.

Contrasta el crecimiento del PAN con el estancamiento de los partidos de izquierda. Se dice que sus divisiones intestinas han contribuido a su debilidad. Creo lo contrario: sus divisiones son la expresión de su debilidad. Los organismos débiles, lo mismo en el campo de la biología que en el de la política, tienden a la escisión y a la dispersión. Otra razón del estancamiento de la izquierda es que lo mejor y más vivo de su programa aparece también en el programa del PRI. Por último, los partidos de izquierda no han logrado insertarse en la vida colectiva mexicana porque ni su lenguaje ni sus ideas tienen una relación clara con la presente realidad mexicana. Tampoco con la historia de nuestro país. La izquierda mexicana, en general, se preocupa más por los temas internacionales que por los mexicanos: les importa más Nicaragua que Sonora y más Cuba que Chiapas. El Partido Mexicano de los Trabajadores ha sido sensible a esta falla y ha procurado mexicanizar su lenguaje, sus programas y sus símbolos. Es loable y positivo pero no es suficiente. Para que la gente los oiga, los grupos de izquierda no sólo tienen que mexicanizar su lenguaje sino responder a una pregunta básica: ¿qué clase de socialismo pretenden implantar en México?

He llamado *básica* a esta pregunta. Agrego que es urgente contestarla. La palabra *socialismo* cubre una serie de realidades distintas: el socialismo portugués y el español, el francés y el sueco, el alemán y el inglés (laborismo), el ruso y el chino, el vietnamita y el albanés. No sólo hay muchos socialismos sino que militan en bloques enemigos. Los socialistas alemanes, noruegos, belgas, ingleses y otros son partidarios de la Alianza Atlántica (como lo son también los comunistas italianos) mientras que los socialistas suecos son neutrales. Los gobiernos socialistas de Francia, España y Portugal son aliados de los Estados Unidos; los socialistas chinos combaten con las armas a los socialistas de Vietnam que, a su vez, ocupan

Camboya y pelean contra una numerosa facción de socialistas cambo-
yanos aliados a Pekín; los socialistas rusos invaden Afganistán y los
cubanos envían tropas a Angola y otras partes... Todo esto, para no ha-
blar del desprestigio universal del llamado «socialismo real», es decir: del
sistema ruso, hace imperativo que esta pregunta sea contestada con clari-
dad. Si lo que nos proponen es el socialismo democrático, deben enton-
ces decirnos en qué consiste. Para esto deben definir de una manera real
y concreta el sentido de las palabras *socialismo* y *democracia* y, en segui-
da, mostrar cómo y de que manera pueden compaginarlas.

Es imposible conquistar la confianza popular si antes no se clarifica
este tema esencial. Es una cuestión íntimamente ligada con otra: ¿cuál es
la visión que esos partidos y grupos tienen de la URSS y de los otros paí-
ses que han usurpado el nombre del socialismo? ¿Es socialista la URSS?
¿Lo son Polonia, Cuba, Vietnam? No basta con denunciar la invasión
rusa en Afganistán, la supresión del movimiento de Solidaridad en Polo-
nia o los abusos del régimen de Castro en materia de libertad intelectual
o sexual: ¿Qué política internacional debe adoptar nuestro país según la
izquierda mexicana? Contestar a estas preguntas quizá no les dará más
votos hoy pero, sin duda, creará para ellos, en el futuro inmediato, una
audiencia más vasta. Así habrán dejado de ser sectas de las catacumbas y
se habrán convertido en lo que todos deseamos: un interlocutor nacional[1].

LA TABLA DE SALVACIÓN

Las razones de la hegemonía del PRI están a la vista. La primera es de
orden histórico: no sólo es el partido heredero de la Revolución mexica-
na sino del liberalismo del siglo pasado, en sus dos vertientes: la juarista
y la porfirista, la libertaria y la autoritaria. Pero estos antecedentes histó-
ricos, por más poderosos que sean, no lo explican todo. El PRI ha con-
servado el poder porque su gestión ha sido positiva en términos genera-
les, aunque no exenta de sombras, manchas y crímenes. Para hacer el
elogio del PRI habría que pedirle prestadas a Karl Marx algunas de las ex-
presiones con que hizo el elogio de la burguesía. No mencionaré las obras

1. Hoy las corrientes democráticas dentro de la izquierda mexicana son más influyen-
tes. Sin embargo, el estatismo económico y la solidaridad (vergonzante) con Fidel
Castro siguen predominando. El partido de la izquierda sigue siendo una amalgama
heterogénea de distintas tendencias.

económicas y sociales, aunque hayan sido considerables, sino la acción política.

En primer lugar, ha dado estabilidad al país y, así, ha hecho posible su desarrollo (por más desigual y defectuoso que haya sido éste). Tampoco puede olvidarse que el PRI no ha implantado el terror ideológico como los regímenes comunistas y que nos ha preservado de los horrores que han sufrido casi todos los países latinoamericanos bajo dictaduras militares reaccionarias. Y hay algo más y más decisivo: el PRI ha sido el gran canal de la movilidad social. Al mismo tiempo, ha inmovilizado nuestra vida política y no ha vacilado en usar la fuerza y la represión para conservar el poder. Su influencia ha sido determinante en la corrupción que padecemos. Es verdad que los orígenes históricos de la corrupción están en el México virreinal, es decir, en el patrimonialismo de la monarquía absoluta: el príncipe gobierna a su pueblo como si fuese su casa. El fin del patrimonialismo, en Europa, se debió a la adopción de un nuevo tipo de racionalidad económica y política. Fue un cambio de la moral pública aliado estrechamente a la implantación de la democracia política y al ejercicio de la crítica. En México no hubo esos cambios por razones históricas que no puedo examinar aquí. La perpetuación del patrimonialismo, es decir, de la corrupción, se debe sobre todo a la ausencia de crítica social y política. En esto la responsabilidad del sistema es innegable: ha buscado el consenso y ha sido hostil a la expresión de las diferencias. Su ideal ha sido la imposible unanimidad, no la modesta pluralidad.

En 1968 el monopolio de este «ogro filantrópico» que es el PRI fue sometido a una dura prueba. El movimiento de los estudiantes fue el resultado de la emergencia de una nueva clase media. En el lenguaje de los estudiantes mexicanos no era difícil percibir ecos de las proclamas y declaraciones de los estudiantes de Berkeley y de París durante ese mismo año; sin embargo, había algunas diferencias. Los mexicanos eran menos libertarios y en sus declaraciones no aparecen las críticas virulentas que los jóvenes franceses hicieron a los regímenes comunistas. Pero no fue la ideología del movimiento lo que conquistó la simpatía de grandes grupos de la clase media urbana sino la aspiración democrática. Casi sin proponérselo y más allá de sus *slogans* revolucionarios, los estudiantes expresaron el anhelo general de la nueva clase media, sobre todo de la ciudad de México: una vida política realmente plural y en la que cesase el monopolio del PRI.

La respuesta fue brutal: la represión de Tlatelolco. El gobierno mexicano, que es inteligente y realista, no tardó en comprender el sentido pro-

fundo del movimiento y emprendió, un poco después, una reforma política. Primero fue la Apertura del presidente Echeverría; más tarde, la Reforma Política de López Portillo, concebida por el secretario de Gobernación de entonces, Jesús Reyes Heroles. La Reforma comenzó pronto a dar frutos. Pero la catástrofe financiera del final del gobierno de López Portillo nos precipitó en un hoyo del que todavía no podemos salir. El desastre fue el resultado de causas que estaban más allá del control del gobierno –la crisis financiera mundial, la baja del precio del petróleo, las altas tasas de interés bancario en los Estados Unidos– y de otras que sí son imputables a la administración mexicana: la corrupción y, fundamentalmente, los planes faraónicos. El gobierno se empeñó en continuar con esos planes en contra del aviso de los expertos y a pesar de los consejos del simple sentido común. ¿Por qué? Porque en nuestro país la autoridad, desde el siglo XVI, no tiene la costumbre de *oír*. Lo peor no fue la insensibilidad del gobierno ante las críticas y las advertencias sino que el derrumbe financiero provocó otra recaída en los métodos autoritarios. La respuesta al fracaso fue la nacionalización (estatización) de la banca. No critico el acierto o el desacierto de la disposición gubernamental. Se puede discutir interminablemente sobre la medida, si fue necesaria o inútil, benéfica o nociva; lo que me parece vituperable es la forma en que se llevó a cabo. No hubo ninguna discusión pública y el cambio se impuso a la población por sorpresa. Fue una orden –y punto.

Después hubo un cambio de mando. Miguel de la Madrid fue electo presidente por una amplia mayoría y su gobierno fue recibido con esperanza. Los escépticos, que son más y más, no han dejado de señalar que recibimos con la misma esperanza a Echeverría y a López Portillo. El nuevo gobierno ha hecho algunas cuerdas rectificaciones y adoptado ciertas medidas prudentes, casi todas ellas dirigidas a sanear nuestras finanzas y a vadear la crecida que amenaza con ahogarnos. La verdad es que las dificultades a que nos enfrentamos hoy los mexicanos, y no sólo el gobierno, son muchas, enormes y complejas. Pagamos años y años de imprevisión, ligereza, ignorancia y deshonestidad. El problema más urgente es el financiero. Es una cadena que tenemos atada al pie y que no nos deja caminar. Pero creo que saldremos del hoyo. Los problemas más difíciles, por ser de fondo y de lenta resolución, son otros. No soy un experto pero, a mi juicio, los más graves son los siguientes: el aumento de la población; el fracaso de nuestra agricultura (no sólo no nos alimenta sino que nos endeuda con el exterior); la escasa productividad y, en consecuencia, incapacidad de exportar y un mercado interno débil que acentúa

nuestras terribles desigualdades; la ruina de nuestro sistema educativo...
La lista no es exhaustiva pero es aterradora. Todo esto nos enfrenta a una
tarea gigantesca, prolongada y colectiva. Enderezar al país no puede ser la
obra de un hombre o de un grupo sino de una generación.

Es claro que lo primero que hay que hacer es echar a andar a la nación,
es decir, devolverle la iniciativa y la libertad de acción. El principal obs-
táculo es la centralización que padecemos. Es una realidad que nació con la
primera gran ciudad mesoamericana, Teotihuacan, y que prosperó con el
virreinato y los regímenes que lo han sucedido hasta nuestros días. Aun-
que el centralismo es económico, administrativo y cultural, su raíz es po-
lítica. Su persistencia, como la del patrimonialismo, revela que en muchos
aspectos nuestra sociedad todavía es premoderna. La familia patriarcal,
con su moral de círculo cerrado, sigue siendo el modelo inconsciente de
nuestra vida social y política. La sociedad vista como una proyección
de la familia. Pero la extraordinaria vitalidad del patrimonialismo y del
centralismo y su resistencia al cambio no son explicables únicamente
como supervivencias de nuestro pasado. Los aliados de ambos son la
ausencia de crítica política y de vida social democrática. En el caso del
centralismo hay que decir que se apoya en la nueva clase burocráti-
ca. Centralismo y burocracia son vasos comunicantes que se alimentan
mutuamente. El centralismo es la expresión de los grandes monopolios
económicos del Estado (y de muchos privados que son sus aliados), de los
monopolios culturales en las grandes ciudades y, en fin, de los monopo-
lios políticos. Tenemos que acabar con todo esto. El único método para
lograrlo es la democracia.

No necesito repetir que, por sí sola, la democracia no puede resolver
nuestros problemas. No es un remedio sino un método para plantearlos y
entre todos discutirlos. Además (y esto es lo esencial), la democracia libera-
rá las energías de nuestro pueblo. Así, la renovación nacional comienza por
ser un tema político: ¿cómo lograremos que México se convierta en una ver-
dadera democracia moderna? No pido (ni preveo) un cambio rápido. Deseo
(y espero) un cambio gradual, una evolución. Detener esa evolución sería
funesto y expondría al país a gravísimos riesgos. Las soluciones autoritarias
gastan a la autoridad, exasperan a los pueblos y provocan estallidos. El com-
promiso histórico que resolvió en 1929 la disyuntiva entre el régimen de
caudillos revolucionarios y el establecimiento de una genuina democracia,
hoy nos enfrenta a otra disyuntiva: estancamiento o democracia. El estan-
camiento no sólo es inmovilidad sino acumulación de problemas, conflictos
y agravios, es decir, a la larga, convulsiones y estallidos.

Hace algunos años creía, como tantos, que el remedio sería la reforma interna del PRI. Hoy no sería suficiente. La opinión pide más. Pide una *democracia sin adjetivos*, como ha dicho Enrique Krauze. En cuanto al PRI: ojalá que retome en su totalidad, es decir, sin olvidar al demócrata Madero, su herencia como partido de la Revolución mexicana. Así aprenderá a compartir e¹ poder con los otros partidos y grupos. Sería una vuelta a los orígenes: la Revolución mexicana comenzó en 1910 como una inmensa aspiración democrática. Realizar esa aspiración será convertir efectivamente a la Revolución en Institución.

México, mayo de 1985

«Hora cumplida (1929-1985)» se publicó en *Vuelta*, núm. 143, octubre de 1988, y se recogió en el primer volumen –*El peregrino en su patria*– de *México en la obra de Octavio Paz*, México, Fondo de Cultura Económica, 1987.

Remache: burocracia
y democracia en México

A través de estas páginas han aparecido, una y otra vez, un tema y una palabra: burocracia. El tema es capital pero la palabra es inexacta pues designa una realidad más vasta, universal y nueva que la de las antiguas burocracias históricas. No resisto a la tentación de volver sobre este asunto. Mi insistencia puede parecer monomaníaca pero creo que, en este caso, la repetición no sólo es perdonable sino necesaria. Es tocar el punto sensible.

El rasgo característico del México contemporáneo, el que lo distingue del pasado reciente, es la constitución de un grupo social que domina al Estado y, a través del Estado, a la vida política, económica y cultural de la nación. Este grupo está compuesto por políticos, tecnócratas e intelectuales. Surgió después de que cesó la lucha armada entre las facciones revolucionarias; su involuntario fundador fue un caudillo, Plutarco Elías Calles, con el que comienza el México contemporáneo. Su ascenso ha sido paulatino pero constante y firme. Sus escaleras: el Partido Revolucionario Institucional (en sus tres encarnaciones y en sus distintos organismos y sindicatos: obreros, campesinos, clase media), la administración pública y las empresas paraestatales, algunas gigantescas, como Petróleos Mexicanos, la más grande del mundo en su género. Cada nueva nacionalización ha fortificado no a los obreros ni a la nación sino a la burocracia. Como su ascenso ha sido gradual, insensible y pacífico, pocos han reparado en el fenómeno.

La burocracia es una clase privilegiada pero no es una aristocracia cerrada, una nobleza de la sangre; se puede ingresar en ella si se reúnen ciertos méritos y se cumplen varios requisitos. Como sucede con todos los grupos dirigentes, el origen social es primordial: en las altas esferas del gobierno y del partido tanto como en las empresas paraestatales abundan los descendientes de personalidades que ocuparon puestos de importancia en las primeras administraciones postrevolucionarias, como lo ha mostrado con gran riqueza documental el historiador Roderic A. Camp. Nos gobierna una segunda generación de dirigentes. Sin embargo, como ya dije, el origen familiar no es determinante ni equivale a un certificado de ingreso en la jerarquía; los aspirantes deben satisfacer ciertas condicio-

nes: educación, disciplina probada en el partido o en la administración, competencia técnica, habilidad política, tacto, energía, antigüedad en el escalafón y, en fin, esa red que tejen las alianzas, las amistades y las complicidades.

Todos los miembros de la clase dirigente han hecho estudios superiores en las universidades de nuestro país y muchos en los grandes centros del extranjero. Como los mandarines, son una clase culta o, más bien, instruida; a diferencia de la burocracia imperial china, no conocen a los clásicos ni a los poetas pero, en cambio, han estudiado economía, sociología, politología y las otras ciencias y pseudociencias sociales. Debemos a esta clase casi todos los cambios que ha experimentado el país en los últimos años. Muchos de ellos han sido positivos, ¿cómo negarlo?, pero una contradicción la mina. Desde su aparición en la vida pública, hace ya medio siglo, está empeñada en la modernización económica, social y técnica de México; al mismo tiempo, hoy es el obstáculo principal para llevar a cabo la modernización de que dependen todas las otras: la modernización política, la democracia.

El fenómeno mexicano es universal. Uno de los elementos que definen a este siglo, quizá el central, es el ascenso mundial de la clase burocrática. ¿Clase o casta? ¿Oligarquía o aristocracia? No es fácil ni necesario contestar a esas preguntas. En realidad, se trata de una *nueva categoría histórica*. Para designarla se emplea, con inexactitud, el término *burocracia*. Las burocracias del pasado, por más poderosas que hayan sido, fueron cuerpos de funcionarios y empleados mientras que el origen de las modernas es político. Muchas entre ellas son herederas de movimientos revolucionarios. Además, el rasgo común que las define, lo mismo en las naciones comunistas que en las capitalistas, es la voluntad de poder. A veces por la violencia y otras pacífica y gradualmente, han desplazado a las otras clases dirigentes. Allí donde no las han eliminado, como en México, las han subordinado. Ahora bien, esa voluntad y esas acciones son, por esencia, políticas. Más exactamente: son la esencia de la política. Vivimos en un período peculiar, quizá único en la historia: el del ocaso de los caudillos y los grandes jefes, substituidos por cuerpos políticos colegiados: el gobierno de los funcionarios. En este sentido, un Castro ya es una reliquia: Gorbachov es el hombre nuevo. Aunque no es imposible encontrarles ciertas semejanzas con las verdaderas burocracias del pasado, lo mismo en Bizancio y China que en Mesopotamia y Egipto, las burocracias del siglo XX son la verdadera y gran novedad histórica de nuestro tiempo.

Fenómeno ubicuo y que, no obstante, en cada país tiene una coloración

distinta. También su influencia varía en cada lugar. En los regímenes comunistas es absoluta; en las democracias, la acción pública y el ejercicio de los derechos sociales e individuales limitan considerablemente su poder. Tanto en los Estados Unidos, Europa occidental y Japón como en otros países de América, Asia y el Pacífico, su dominio no es ilimitado pero su influencia es considerable: ha penetrado en los órganos gubernamentales, en los sindicatos obreros y en la empresa privada: hay una burocracia capitalista como hay una burocracia estatal. En los países del «socialismo real» ha sometido totalmente a la sociedad civil, no sin antes haber aniquilado físicamente a clases y enteras categorías sociales. En México vive en una suerte de equilibrio: enclavada en la sociedad –mejor dicho, insertada y diseminada en el cuerpo social– ha sujetado a las otras clases pero no pretende ni absorberlas ni exterminarlas. Al contrario, en los últimos cincuenta años la sociedad civil ha crecido considerablemente. A veces, nuestra burocracia ha sido la aliada de los empresarios y de los banqueros; siempre, de los líderes y dirigentes de la clase obrera y campesina. En verdad, las burocracias obrera y campesina son parte central de la nueva clase.

Por razones que he explicado en otros escritos, su dominación no ha sido ni es despótica. Tampoco democrática. Precisamente por su posición peculiar, su origen civil, su pragmatismo no ideológico y, sobre todo, por ser la heredera tanto del liberalismo del siglo XIX como de la Revolución mexicana, tengo esperanzas en un cambio pacífico y gradual hacia formas de vida realmente democráticas. Sólo que, también precisamente por la naturaleza histórica y social de nuestra burocracia, insertada en la vida política, económica y cultural del país, nuestro camino será más lento y difícil que el recorrido por otras naciones de nuestro continente, como Argentina, Brasil y Uruguay. Las dictaduras militares son cuerpos extraños incrustados en el Estado y en la sociedad; las burocracias viven en simbiosis con el tejido social.

La aparición de una nueva categoría social es un hecho histórico sobre el que tenemos poco o ningún poder: nace y vive independientemente de nuestra voluntad y de nuestros deseos. No es siquiera, como a veces se dice, «un signo de los tiempos»: es el tiempo mismo, la historia social, que se manifiesta en una de sus creaciones. En el mundo de la historia el nacimiento de una nueva clase es un fenómeno análogo al de la emergencia, en el de la naturaleza, de una nueva especie animal. Con esto quiero decir que estamos ante una realidad con la que debemos contar y, sobre todo, con la que tenemos que aprender a convivir. No es fácil ni, quizá, tampoco deseable, suprimir o eliminar esta nueva realidad. Además, ¿es

posible? El único método sería la violencia revolucionaria; ha sido el remedio que algunos, entre ellos nadie menos que Trotski, han propuesto. Pero el remedio es peor que la enfermedad: las revoluciones del siglo XX fueron y son, justamente, el semillero de las burocracias. Han sido una cruel respuesta de la historia a las predicciones de Marx: la revolución que acabaría con el Estado no sólo lo ha fortalecido sino que ha creado un grupo social que es, a un tiempo, su criatura y su propietario. Pero si no es posible suprimir o exterminar a las burocracias, sí lo es reducirlas, humanizarlas, limitar sus poderes y someterlas al control de la sociedad. Este control tiene un nombre: democracia.

Hacia 1950 percibí, confusamente, la realidad nueva que brotaba de la porción más activa e ilustrada de la sociedad mexicana postrevolucionaria. El ejemplo de otros países me llevó a comprender mejor el fenómeno. También los libros que han aparecido hace mucho sobre este asunto, comenzando por los análisis de Max Weber, las discusiones en el grupo de Trotski sobre el «colectivismo burocrático» y, en fin, los estudios contemporáneos. En esos años vislumbré el verdadero remedio. No fue fácil llegar a ciertas conclusiones: nací en 1914 y pertenezco a una generación que, en sus dos expresiones mayores: la marxista y la nacionalista, vio siempre con desdén a la herencia democrática. Poco a poco, no sin estupor, redescubrí a los grandes nombres de los siglos XVIII y XIX que habían sido los maestros de mi abuelo y de los liberales mexicanos. No me ofrecieron una doctrina ni un catecismo: fueron y son una fuente, una inspiración. Nuestras sociedades son muy distintas a las del siglo XIX pero sus críticas al absolutismo y al despotismo no han perdido ni actualidad ni eficacia. Los sucesos de 1968 confirmaron que mis temores no eran fantasías ni quimérico mi diagnóstico.

Desde *Postdata* (1969) sostengo que la salida de México es la democracia. Ahora esta palabra se ha popularizado, al lado de otras que la acompañan como su complemento: pluralismo, diálogo, división de poderes, federalismo, resurrección política de las regiones, sociedad civil, etc. Hace apenas unos años esas palabras eran abominaciones, brasas que quemaban los labios de los ideólogos; hoy esos mismos labios las pronuncian con unción. En buena hora… Soy uno de los que creen que la democracia puede enderezar el rumbo de México y ser el comienzo de la rectificación de muchos de nuestros extravíos históricos. La reforma política haría posible la reforma económica y, asimismo, la de nuestra cultura; la democracia devolvería la iniciativa a la sociedad y liberaría los poderes creadores de nues-

tra gente. Naturalmente, hablo de la verdadera democracia, que no consiste sólo en acatar la voluntad de la mayoría sino en el respeto a las leyes constitucionales y a los derechos de los individuos y de las minorías. Ni los reyes ni los pueblos pueden violar la ley ni oprimir a los otros. Los antiguos concebían a la buena democracia –pues hay algunas que son malas: las demagógicas y las despóticas– como un régimen mixto que combina las otras dos formas de gobierno (la monarquía y la aristocracia), fundado en el equilibrio de poderes y en el culto a la Constitución.

A los mexicanos nos hace falta, lo mismo en la esfera privada que en la pública, volver a Montesquieu, quiero decir: conocer y reconocer los límites de cada uno, los míos y los de mi vecino. De ahí que la reforma política sea inseparable de la reforma intelectual y moral. Esto únicamente puede realizarse por una acción interior e interpersonal: una enmienda, una conversión. Por esto me atrevo a decir que la reforma moral es, o debería ser, la tarea de la nueva generación intelectual.

México, 31 de diciembre de 1986

«Remache: burocracia y democracia en México» se publicó por primera vez en *Vuelta*, núm. 127, México, junio de 1987, y se recogió en el primer volumen –*El peregrino en su patria*– de *México en la obra de Octavio Paz*, México, Fondo de Cultura Económica, 1987.

Ante un presente incierto

HISTORIAS DE AYER

Me había prometido no volver a escribir sobre la actualidad política. La situación que vivimos después de las elecciones del 6 de julio me obliga a romper mi voto. Asistimos al desenlace de un proceso que se inició hace más de veinte años. Como ocurre siempre en la historia, hoy todos ignoramos qué nos aguarda: ¿comienza un período de transición pacífica hacia la democracia o, de nuevo, la obstinación de unos y la ceguera de otros desencadenará la doble violencia que ha ensombrecido a nuestra historia, la de los partidos y la de los gobiernos? Antes de que sea demasiado tarde, todos debemos hacer un leal y riguroso examen de conciencia. Las reflexiones que siguen son una contribución a ese examen colectivo.

En 1968 estalló la revuelta de los estudiantes. Fue un aviso y algo más: una fractura. La revuelta estudiantil no tuvo carácter nacional; sus protagonistas pertenecían a la clase media y su acción se limitó casi exclusivamente a la ciudad de México. Aunque el movimiento de los jóvenes mexicanos fue parte de una ola universal que exaltó y conmovió a la juventud de entonces, no es difícil advertir dos notas que lo distinguieron de los de París, Berkeley y otros sitios. La primera: más allá de la retórica revolucionaria de los dirigentes (incluso a veces en contra de ella), los jóvenes manifestaron confusamente las también confusas aspiraciones de la clase media, que deseaba una sociedad más democrática. La segunda: la explosión demográfica de la ciudad de México provocó a su vez la explosión juvenil. Miles y miles de estudiantes llenaron las plazas y las calles, entregados a manifestaciones libertarias, frente a las que el gobierno no pudo oponer sino la fuerza. El movimiento terminó en un charco de sangre. ¿Terminó? Más exacto es decir que regresó a las entrañas de donde había surgido: la sociedad mexicana. Ahora ha renacido.

Dije antes que la revuelta estudiantil había sido un aviso y una fractura. El aviso: la ciudad de México es una caldera que contiene esos elementos inflamables que son las masas urbanas, especialmente las de los jóvenes. La caldera puede estallar cada vez que el vapor que despide no tiene salida o cada vez que manos insensatas atizan el fuego. Hoy estamos ante el peligro de otro estallido, más terrible y mortífero que el de 1968. En

cuanto a la fractura: el movimiento juvenil mostró que nuestra sociedad no era un todo homogéneo y que el sistema político mexicano no correspondía ya a la realidad social y cultural de nuestro país. México había crecido y se había diversificado; el régimen le quedaba chico a la nación y la rigidez del sistema la ahogaba.

Los jóvenes de entonces, así como muchos ideólogos de izquierda, sostenían que la única salida del atolladero histórico era un cambio revolucionario violento. No eran demócratas ni creían en las que ellos llamaban, desdeñosamente, «las libertades formales» de la burguesía. En 1969 publiqué un pequeño libro *(Postdata)* en el que sostuve precisamente lo contrario: la crisis de México era una crisis de crecimiento y la salida hacia formas más plurales y democráticas de convivencia debería ser pacífica y gradual. Desde entonces he sostenido lo mismo, tanto en las revistas *Plural* y *Vuelta*, con la fraternal colaboración de Gabriel Zaid, Enrique Krauze y otros pocos amigos, como en los distintos libros que he dedicado al tema *(El ogro filantrópico, Tiempo nublado, Hombres en su siglo)*, así como en muchos artículos y ensayos recogidos ahora en *El peregrino en su patria*.

En todos estos ensayos, primero en forma embrionaria y después más claramente formulada, aparece esta idea: el rasgo distintivo del México contemporáneo es la aparición de un grupo social que domina al gobierno y a la vida nacional entera. Este grupo, nacido del PRI, está compuesto por la llamada «clase política», los dirigentes de las organizaciones obreras, campesinas y los otros sectores del partido, la burocracia estatal y la de las empresas paraestatales. El ascenso histórico de este nuevo grupo es un fenómeno universal pero en México tiene características particulares. Lo llamo burocracia a sabiendas de que el término no corresponde a la nueva realidad que designa: no hay otro. ¿Clase o casta? No importa la clasificación: es un estrato social muy extenso y poderoso, situado en lo alto de la pirámide y con ramificaciones en los puntos vitales de la economía y la cultura. Su hegemonía no es absoluta, claro está; asimismo, es un grupo que, como todas las colectividades, está dividido por querellas de poder, intereses e ideas. Me he detenido un poco en la descripción de la clase dirigente porque es imposible entender al México contemporáneo si no tenemos en cuenta su presencia y su inmenso peso en la vida del país. Sus decisiones y sus disputas nos afectan a todos.

En mi análisis encontré que el principal obstáculo para la «modernización» política, económica y cultural, era la burocracia dominante. No es fácil renunciar voluntariamente a los privilegios. Aparte de la natural inmovilidad de la clase dirigente, advertí otro obstáculo: la debilidad de los

partidos de la oposición. Ninguno de ellos representaba, en el sentido mejor de la palabra, la realidad de México. Ellos también le quedaban chicos al país. No obstante, ante la creciente inconformidad popular, hubo varios cambios tanto en las actitudes del gobierno como en las de los partidos. Por una parte, la llamada Apertura del presidente Echeverría y, más tarde, la Reforma Política impulsada por Jesús Reyes Heroles. Por la otra, los partidos de izquierda dieron un paso hacia concepciones más democráticas: renunciaron a la vía violenta y participaron en la vida política, sobre todo en los comicios. Aunque durante este período la izquierda no logró conquistar nuevos espacios públicos, sí fue capaz de consolidar su dominio en las universidades. A pesar de que los ideólogos quemaron a muchos de sus viejos fetiches, su autocrítica no tuvo la radicalidad que revelan los verdaderos cambios de conciencia. La abjuración de sus antiguas idolatrías no fue (ni es) completa. Siguieron siendo adoradores del Estado y sus críticas al socialismo totalitario parecen más bien exculpaciones, sobre todo si las comparamos con las que hoy se hacen en la Unión Soviética, en China y en otras partes. Los ideólogos mexicanos se quedaron atrás de sus homólogos europeos y orientales.

Durante esos años el PAN creció. Después de atravesar por un período de perplejidad, debido a la desaparición de sus dirigentes históricos, surgieron nuevos líderes. Casi todos del norte y casi todos son empresarios o ligados a la clase empresarial. El lenguaje de los nuevos líderes era directo y simple; también, con frecuencia, crudo, simplificador y con pocas ideas. El crecimiento del PAN se debió, sobre todo, a su afirmación de los valores democráticos. Aunque había tenido veleidades autoritarias en sus comienzos, supo deshacerse más pronto y más totalmente de esas nostalgias que la izquierda de su dogmatismo. El PAN logró arraigarse en muchas regiones. No se presentó como un don caído del cielo universal de las ideologías ni como un enviado del Gran Señor de México-Tenochtitlan: fue y es un producto local. Pero el PAN tuvo y tiene graves limitaciones que hoy se han hecho cruelmente visibles. No ha penetrado en el México rural, especialmente en el centro y el sur. Tampoco ha formulado un verdadero programa, a un tiempo tradicional e innovador, como han hecho algunos partidos conservadores de otros países. Esto último explica, quizá, que no haya logrado conquistar los medios intelectuales ni atraer a los profesores y a los estudiantes de las universidades. Esta carencia es grave, capital: los intelectuales han sido y son el gran fermento político y moral de la Edad Moderna, desde fines del siglo XVIII. Sin ellos se pueden ganar votos pero no cambiar a una nación.

Tal era la situación antes de la campaña electoral de 1987-1988. En lo que sigue me ocuparé de los grandes cambios recientes, trataré de descifrar su sentido y prever su dirección.

ROMPIMIENTO DEL ARCA DE LA ALIANZA

El PRI está compuesto no por individuos sino por corporaciones (herencia de Cárdenas); al mismo tiempo, es la Revolución hecha no sólo Gobierno sino Institución (herencia de Alemán). Por lo primero, se funde y confunde con la sociedad; por lo segundo, con el Estado. A lo largo de su historia el régimen logró conciliar los intereses encontrados y las rivalidades entre los grupos a través de la distribución de mercedes y privilegios, transacciones y compromisos. Fue una política que consiguió la estabilidad y cierto desarrollo pero que ha terminado por inmovilizar a la nación. El fenómeno mexicano no es enteramente nuevo en la historia; ha sido descrito con brillo, primero por Maquiavelo y después por Max Weber. Su verdadero nombre es patrimonialismo. En México es una herencia del régimen virreinal español.

El sistema se fracturó en 1968 y las tímidas reformas de los sucesivos gobiernos no lograron devolverle la salud. El desastre económico al finalizar el período del presidente López Portillo precipitó la crisis y agudizó los conflictos sociales y políticos. Aunque las causas del desplome económico son conocidas, vale la pena repetir algo que con frecuencia se olvida: es cierto que esas causas fueron y son internacionales, más allá del control de nuestro gobierno; también lo es que contribuyeron poderosamente a la bancarrota varias y serias fallas de nuestra política económica. Esas fallas no sólo fueron técnicas sino también morales y políticas. Graves errores se habrían evitado si el gobierno hubiese oído las críticas y las advertencias que muchos le hicimos, sobre todo frente a su política petrolera y su obstinación en emprender proyectos faraónicos e irreales. Todo fue inútil. Según una tradición de siglos, la sabiduría de nuestros jefes es infinita e intocable su autoridad. El presidente apostó —y perdió el país.

El nuevo presidente, Miguel de la Madrid, se hizo cargo de una administración empobrecida. La capacidad de negociación del gobierno se redujo considerablemente, no tanto por falta de habilidad como por carencia de recursos: no había mucho que repartir. El frenesí del patrimonialismo petrolero se resolvió en inmovilidad. No sin vacilaciones y retrocesos, se impuso el realismo. La medicina fue y es amarga. (¿Hay

otra?) El realismo consistió y consiste en desmantelar de una vez por todas el patrimonialismo del gobierno y convertir a México en una sociedad y un Estado realmente modernos. Puede definirse a la «modernización», sumaria y esencialmente, como una tentativa por devolver a la sociedad la iniciativa que le fue arrebatada y así romper la inmovilidad forzada a que nos ha condenado el patrimonialismo estatal. Es una reforma que otros han emprendido antes que nosotros y con mayor energía: Deng Xiaoping en China y Gorbachov en la Unión Soviética, para no hablar de Felipe González y de François Mitterrand en España y en Francia, respectivamente.

Devolverle la iniciativa a la sociedad no significa únicamente reconocer la función de la iniciativa privada en la economía moderna, reducir el gasto público y acabar con el capitalismo de Estado. También exige reformas políticas y sociales que el gobierno actual no ha intentado o no ha podido emprender, como llevar la democracia a los sindicatos y a los ejidos o liberar a nuestros campesinos de la tutela estatal que, con la mejor intención, los convierte en perpetuos menores de edad (herencia de las Leyes de Indias). En una palabra: la modernización de nuestra economía es inseparable de la reforma política, social y cultural. Todas ellas pueden resumirse en la palabra *democracia*.

Una fracción del grupo dirigente –la más joven, inteligente y dinámica– se decidió por la modernización. La analogía con los casos de Rusia y China es lícita pero, si se exagera, puede ser engañosa: la dominación de la burocracia mexicana nunca ha sido total como en esos países. Al contrario: durante los últimos treinta años la sociedad civil ha crecido, según lo muestran las últimas elecciones. El régimen mexicano no es totalitario ni México vive bajo una dictadura. Ahora bien, es imposible realizar las reformas sin dañar los intereses económicos y políticos de ciertos grupos asociados estrechamente al patrimonialismo estatal. En primer término, a todos esos empresarios y capitalistas que, durante más de medio siglo, han usado y abusado de la protección del Estado y que no han logrado producir bienes y objetos que compitan con los del extranjero. En seguida, las burocracias incrustadas en los sindicatos, las organizaciones campesinas y los sectores del PRI. Por último, la inmensa burocracia gubernamental y paraestatal.

La política de modernización, como ha ocurrido en España, Francia y otras partes, hirió a vastas capas de la población, especialmente en los centros urbanos: la clase media y los trabajadores. En México las consecuencias han sido más dolorosas por la tremenda presión demográfica y por-

que aquí los pobres son más pobres y la estrechez colinda con la indigencia. Debemos oír y atender a las víctimas inocentes de la necesaria pero cruel política de austeridad. Hay que remediar lo más pronto posible su situación, hay que repartir las cargas de modo que los que tengan más sean también los que paguen más los costos de la reforma. Pero sin ceder: hay que continuarla, extenderla y profundizarla. De lo contrario, caeremos en un pantano. Veámonos en el espejo de Perú.

La campaña electoral coincidió con las reformas económicas del gobierno. Fue desafortunado e inevitable. La consecuencia política de mayor gravedad fue la escisión del PRI. Se trata de un hecho decisivo en nuestra historia y que ha cambiado radicalmente la escena política. Todo comenzó cuando un grupo de líderes influyentes e inconformes con el nuevo rumbo, pidió una mayor participación en la dirección del partido y en la elección de sus candidatos. Fueron rechazados. Fue un error: la democracia bien entendida comienza, como la caridad, en la propia casa. La disidencia se transformó en separación y la Corriente Democrática se convirtió en un movimiento político autónomo. Su aparición coincidió con un momento de dispersión en el amplio abanico de los grupos de izquierda. Cárdenas, Muñoz Ledo y sus amigos no sólo lograron, con inteligencia y energía, reunir en torno suyo a varios pequeños partidos con programas distintos y aun antagónicos; también le dieron unidad a esta extraña alianza. Unidad de acción, no de idea. El Frente carece de programa –de ahí su fragilidad– pero no de ímpetu ni de osadía: es un *movimiento*, en la acepción literal de la palabra. Por esto es legítimo preguntarse: ¿adónde va, qué quiere?

La escisión del PRI era previsible. En una conversación con Antonio Marimón[1], publicada en noviembre de 1981 en el diario *Uno más Uno* y recogida en *Pasión crítica* (1985), me referí expresamente a esa posibilidad: «podría ser que un nuevo partido surgiese de una división en el PRI. Ésta es una de sus posibilidades históricas». Acerté y me equivoqué al mismo tiempo. Caractericé a esa futura agrupación «como un partido socialdemócrata que, por una parte, pudiese repensar los problemas mexicanos, dándoles soluciones que sean nuestras y que, por la otra y simultáneamente, preservase el pluralismo, la democracia y las libertades individuales». Es indudable que el neocardenismo recoge una tradición revolucionaria mexicana. Por esto, a diferencia de otros grupos de izquierda, ha podido

1. Esta conversación –«La política y el instante»– se incluye en el décimo volumen de estas obras.

atraer al verdadero pueblo. Su mexicanismo no está en duda; lo están la novedad, la originalidad y la coherencia de sus ideas. Las vagas declaraciones de sus dirigentes no substituyen a un auténtico programa. Algunos periodistas han dicho que se trata de un movimiento de centro-izquierda, semejante a los socialismos de España y Francia. Nada más falso. El neocardenismo no es un movimiento político *moderno*, aunque sea otras muchas cosas, unas valiosas, otras deleznables y nocivas: descontento popular, aspiración a la democracia, desatada ambición de varios líderes, demagogia y populismo; adoración al padre terrible: el Estado y, en fin, nostalgia por una tradición histórica respetable pero que treinta años de incienso del PRI y de los gobiernos han embalsamado en una leyenda piadosa: Lázaro Cárdenas.

Es difícil caracterizar al movimiento neocardenista. No lo es enumerar algunas de las notas que lo distinguen. En primer lugar, su naturaleza heterogénea. Es una alianza de partidos muy distintos y con programas contradictorios. En uno de sus extremos, están los grupos de izquierda tradicional, supervivientes de las sucesivas desilusiones y crisis por las que ha atravesado el marxismo-leninismo. Algunos entre ellos, con un retraso de años, descubren al fin que la democracia no es incompatible con el socialismo. (Esto es algo que deberían decirle con mayor frecuencia a Fidel Castro y a Daniel Ortega.) En el otro extremo, varios partidos definidos con un expresivo mexicanismo: «paleros del PRI», ahora puestos a un lado por sus protectores. En el centro: los neocardenistas. El núcleo lo componen los afectados y los amenazados por la «modernización» económica y social, es decir, los socios y los usufructuarios de las corporaciones y los otros sectores de la gran burocracia oficial. Son las *clientelas*, en el sentido romano de la palabra: los protegidos de los patricios. Fueron el soporte del porfiriato, como ha mostrado el historiador Guerra. A su lado los intelectuales añorantes. Abajo, en la base, un numeroso y más respetable conglomerado: las víctimas de la política de austeridad. El alma del movimiento, su ánima agitante, está constituida por un grupo de líderes que han roto con el PRI porque quieren volver al pasado.

Esta rápida descripción se completa con la mención de otras notas que distinguen al Frente Cardenista: el populismo; el culto al Estado, que debe ser el principal actor económico, es decir, el Gran Capitalista; una política exterior beligerante por razones ideológicas; un lenguaje que repite las fórmulas y los estribillos de hace cincuenta años... Regreso al patrimonialismo.

A pesar de todo, el neocardenismo es una fuerza social. Sería peligro-

so ignorarlo o desdeñarlo; también lo sería minimizarlo. Pero para dialogar con él es necesario discernir, a través de la humareda de sus confusas palabras, qué es lo que realmente representa y hacia dónde se dirige. En la época de las grandes rectificaciones, de Gorbachov a Felipe González, parece una nostalgia o, más bien, un arcaísmo que no sabe que lo es. Esta definición, aunque cruel, es exacta. Sin embargo, en el neocardenismo hay también algo más y más entrañable: gente, mucha gente, que ha perdido la paciencia, no la esperanza. Merece ser oída. Hay que tenderle la mano.

ENTRELUZ: ¿ALBA O CREPÚSCULO?

La afluencia de votantes en las elecciones del 6 de julio fue extraordinaria. Tengo setenta y cuatro años y nunca había visto, en México, nada semejante. No menos sorprendentes fueron los resultados. Los primeros sorprendidos deben haber sido los partidos de la oposición: ¿esperaban tantos votos? Tampoco los del PRI –pienso sobre todo en los viejos jeques y jerarcas– se imaginaron la magnitud de sus pérdidas. El voto secreto y libre de los mexicanos acabó, en un día, con el sistema de partido único. El mismo candidato del PRI, Carlos Salinas de Gortari, lo reconoció poco después de la elección. Comenzamos ahora a dar los primeros pasos en un territorio desconocido: el régimen pluralista de partidos. Después de haber liquidado de una manera pacífica una tradición política que duró más de medio siglo, ¿seremos capaces de convivir en una democracia abierta, con todos sus riesgos y limitaciones? El pluralismo es relativismo y el relativismo es tolerancia. En las democracias modernas no hay verdades absolutas ni partidos depositarios de esas verdades. Los absolutos pertenecen a la vida privada; son el dominio de las creencias religiosas o de las convicciones filosóficas. En las sociedades abiertas las derrotas son provisionales y las victorias relativas.

El relativismo de las democracias modernas contradice nuestra tradición política. La contradice por partida doble: en nuestra historia ni los vencedores ni los vencidos aceptaron nunca que sus triunfos y sus derrotas eran relativos y provisionales. Todo o nada, fórmula más religiosa que política. Una ojeada a nuestro pasado reciente demuestra que, con la excepción de Madero, la legitimidad de nuestros presidentes ha sido, por lo menos, dudosa. Algunos fueron claramente impuestos: Calles impuso a Ortiz Rubio y Lázaro Cárdenas a Ávila Camacho. Otros ganaron las elecciones pero su triunfo habría sido menos completo y más discutido si

no hubiesen contado con los recursos y la fuerza del partido. Ahora bien, el partido ha sido, desde su fundación, en 1929, el brazo político del gobierno, como el ejército y la policía son su brazo militar. En todos estos casos, las victorias fueron totales y absolutas: los vencedores *nunca* compartieron el poder con sus adversarios. La otra cara de la medalla no es menos deplorable: *todos* los candidatos vencidos afirmaron que habían sido víctimas de un fraude y muchos entre ellos acudieron a las armas para hacer valer sus derechos. Cada cuatro años había un levantamiento. El partido fue fundado por Calles precisamente para acabar con los pronunciamientos. Acabó con ellos pero también con la democracia. La lección del pasado es clara.

En la actitud de los partidos de la oposición hay más de un eco de ese pasado terrible que, sumariamente, acabo de evocar. Desde el mismo día de las elecciones no han cesado en sus denuncias: han sido víctimas de un fraude colosal. He leído con atención sus argumentos y confieso que no me han convencido. No voy a detenerme en el análisis de las cifras que presentan unos y otros. Son del dominio público y la prensa no hace todos los días sino hablar de estadísticas electorales. Creo que todo aquel que examine con imparcialidad y sin pasión este asunto llegará a conclusiones parecidas a las mías. Sin duda hubo irregularidades, además torpezas y errores. Es natural: aparte de la malsana persistencia de nuestro pasado en los hábitos del PRI y en el ánimo de sus opositores, hay que pensar que son las primeras elecciones de esta índole que se realizan en México. Ni el gobierno ni el PRI ni la oposición ni el pueblo mismo, nadie, tenía la experiencia necesaria. La democracia es una moral política pero también es un aprendizaje y una técnica. Cierto, las torpezas y los errores son explicables pero ¿las irregularidades? Respondo: todos exigimos que el Colegio Electoral examine cada caso con el mayor rigor, con la máxima limpidez y ante los ojos de la opinión pública. No es imposible que la oposición haya ganado en más distritos de los que hasta ahora se le han reconocido. Pero una cosa es formular esas legítimas reservas y reclamaciones, otra exigir la anulación de las elecciones o autoproclamarse presidente electo.

¿La disputa sobre la validez de las elecciones es un reflejo de nuestra inmadurez política? Sí y no. Es claro que nuestro pasado y su confusión entre lo absoluto y lo relativo, lo religioso y lo político, sigue vivo y se expresa en muchas de nuestras actitudes. No somos todavía –para bien y para mal– una sociedad enteramente moderna. Desde la Independencia nuestras instituciones, nuestras ideas y nuestras costumbres han variado; hoy viaja-

mos en avión y nos interesan la biología molecular, la crisis del marxismo y la moda *punk*, pero ¿han cambiado realmente nuestras creencias profundas y nuestras actitudes fundamentales? Por supuesto, sería una ligereza imperdonable atribuir únicamente a la persistencia del pasado nuestra disputa acerca de la credibilidad del resultado de las elecciones. Hay también responsables directos. En primer lugar, el gobierno y el PRI. Por una parte, son herederos de medio siglo de manipulaciones, manejos, abusos y violencia; por la otra, muchos de los dirigentes del PRI continúan, en sus actitudes y en su lenguaje vano y altisonante, los viejos trucos prepotentes. No convencen a nadie pero irritan a todos. El error más grave se cometió hace tres años en Chihuahua: al escamotearle al PAN el triunfo, se dañó la credibilidad del gobierno. La actitud de la prensa extranjera se ha debido, en parte, a este desacierto. Además, se perdió la oportunidad de comenzar la reforma democrática no en el centro sino en la periferia. Habría sido el comienzo de la descentralización política.

No es menor la responsabilidad de los dos candidatos de la oposición, los señores Cárdenas y Clouthier. El primero ha proclamado una y otra vez que ha triunfado y se dispone a hacer todo lo posible para evitar que se consuma la «usurpación»: marchas, desfiles, «plantones», «apagones», etc. Su propósito, ha dicho francamente, es crear una situación tal que le impida gobernar a Salinas, si éste fuese declarado presidente. Clouthier no pide la Presidencia: quiere que se anulen las elecciones y que se repita el proceso electoral. La pretensión de Cárdenas es insensata: ¿cómo puede probar que ganó la elección? ¿Con manifestaciones y desfiles, sobre todo en la ciudad de México, en donde cuenta con el apoyo de grandes grupos, principalmente de los militantes del movimiento universitario? La pretensión de Clouthier no sólo es desmesurada sino irrealizable. Mejor dicho: irreal.

Lo que piden los dos candidatos, en verdad, es la rendición incondicional de sus adversarios. En un abrir y cerrar de ojos quieren desmantelar al PRI y poner de rodillas al gobierno. Otra vez: *todo o nada*. Poseídos por los fantasmas de nuestro pasado, los líderes de la oposición buscan la derrota total, la aniquilación política de sus antagonistas. No son partidarios de una *transición* –o sea: una evolución gradual y pacífica, como pedimos algunos desde 1969– sino de un cambio brusco, instantáneo. Lo más curioso –lo más inquietante– es que ninguno de los dos puede afirmar seriamente que la mayoría de los mexicanos apoya su pretensión. Pedir la rendición incondicional del enemigo es muy arriesgado y puede ser suicida cuando, como en este caso, el contendiente es fuerte y está deci-

dido a combatir. Esto que digo es aplicable lo mismo al gobierno que a la oposición: el primero debe resistir a las provocaciones y a la tentación de la violencia; la segunda, si quiere sobrevivir, debe abandonar la política de «todo o nada». El proverbio dice que Dios ciega a los que quiere perder. Lo terrible es que los perdidosos, en este caso, seríamos todos.

No sabemos lo que ocurrirá en los días próximos. En cambio, sí podemos decir lo que desearíamos que sucediese. Aceptar la relatividad de la política significaría, en primer término, que la oposición conserve, mantenga y extienda sus enormes ganancias, lo mismo en las Cámaras que en la opinión pública. Por lo que toca al PRI no debería importarle perder la mayoría absoluta en alguna de las Cámaras: pero todo esto pertenece a lo que podría llamarse «la cocina política». Lo más importante es dar un paso adelante hacia la constitución de un auténtico régimen de partidos.

Para sobrevivir, el PRI debe cambiar radical y substancialmente. Ante todo, tiene que independizarse del gobierno; sólo así podrá convertirse en lo que tendría que ser: un partido socialdemócrata de centro-izquierda. Sobre esto González Pedrero ha hecho ya algunas cuerdas indicaciones. El PAN debe y puede afianzarse y extenderse. Debería recoger la tradición conservadora de México, viva todavía después de un siglo y medio de improperios e intolerancias de jacobinos y revolucionarios. Es una tradición que es parte de nuestra historia y que posee aspectos y personalidades admirables. El PAN debería modernizar y actualizar esa tradición. El neocardenismo, en fin, se enfrenta a un reto formidable: convertirse en un verdadero partido, no alrededor de un nombre sino de unas ideas y de un programa. Creo que esos grupos necesitan modernizar su visión y su lenguaje. También deberían repudiar al socialismo totalitario, si es que quieren que tomemos en serio sus invocaciones a la democracia. Y sobre todo: tienen que echar por la borda al populismo. Una última observación acerca de los grupos de izquierda de origen marxista. Entre ellos hay varios intelectuales que han dejado de creer en el «socialismo real». En Europa otros intelectuales, que han pasado por las mismas y terribles experiencias y decepciones, colaboran hoy con los gobiernos y los partidos socialistas y democráticos de Francia y de España. Pienso en Semprún, en Debray, en Claudín. ¿No es ése un camino honorable?

Pronto habrá elecciones en Jalisco y en Tabasco: serán la gran prueba. Estoy convencido de que la tarea dual de la nueva generación se condensa en dos palabras: democracia y descentralización. La democracia devolverá a la sociedad lo que le fue arrebatado; la descentralización cambiará el curso milenario de la historia de México. Tarea inmensa y de larga du-

ración. Tarea que, para llevarse a cabo, requiere un verdadero *cambio* no sólo en las instituciones y en los organismos políticos, económicos y culturales sino en la sociedad entera: en la moral individual y en la familiar, en las actitudes públicas y en las privadas, en la intimidad de cada uno y en el alma colectiva.

Los tres apartados anteriores se publicaron en *La Jornada*, México, 10-12 de agosto.

AL OTRO DÍA

Desde 1969, en libros y artículos, muy especialmente a través de las páginas de *Vuelta* (antes en *Plural*), he sostenido que el sistema político mexicano, tal como fue concebido por Plutarco Elías Calles en 1929, y con los cambios, reformas y adaptaciones de sus sucesores, en particular Lázaro Cárdenas y Miguel Alemán, había cumplido su misión: evitar la doble dolencia endémica en la historia de México, el cesarismo de los caudillos y el desorden violento de las facciones. El proceso hacia la democracia ha sido lento, demasiado lento. He apuntado la razón de esta lentitud en mi ensayo: «Remache: burocracia y democracia en México» (*Vuelta*, núm. 127, junio de 1987, recogido en *El peregrino en su patria*). Sin embargo, las elecciones del 6 de julio han representado una ganancia considerable y que nadie debe desdeñar o minimizar. Por primera vez en la historia moderna de México las corrientes de la oposición están ampliamente representadas en la Cámara de Diputados. A este primer logro deben seguir otros, entre ellos y ante todo los dos que un grupo de escritores ha señalado en el manifiesto *Ganar lo principal*. El primero: reformar el código electoral vigente de tal modo que asegure comicios intachables y más allá de toda sospecha. El segundo: las próximas elecciones para gobernador en los estados de Jalisco y Tabasco mostrarán si la voluntad de cambio, en el PRI y el gobierno, es más poderosa que las fuerzas del inmovilismo.

Estamos ante un país distinto. Los cambios que, desde hace veinte años, algunos anticipamos, se han realizado. Mejor dicho, se están realizando. Cambios no sin peligros ni asechanzas: el pluralismo no debe degenerar en divisiones y fragmentaciones. En estos días los mexicanos nos enfrentamos a una disyuntiva: o entre todos aseguramos el tránsito pacífico hacia la democracia o, por el camino de manifestaciones y agitaciones más y más violentas, regresamos al desorden de épocas pasadas. Todos sabemos –o debe-

ríamos saber– que el desorden fatalmente desemboca en la instauración de regímenes de fuerza. Los ciudadanos sin partido, pero no sin opiniones políticas y que somos la mayoría de la nación, debemos exigir a los partidos políticos que encuentren pronto no una imposible solución a sus diferencias sino un método para que esas querellas no pongan en peligro la paz y la estabilidad de México.

La responsabilidad es conjunta. El PRI debe asumir, en las palabras y en los hechos, una actitud de tolerancia hacia sus rivales. Ya lo han hecho algunos de sus dirigentes –uno de los primeros en manifestarlo ha sido Carlos Salinas de Gortari– pero es indispensable que quede muy claro que cualesquiera que hayan sido las violencias verbales de la oposición, el nuevo gobierno está decidido a respetar la pluralidad de opiniones y la existencia de fuerzas políticas independientes. El PRI debe aceptar que el país ha dejado de ser homogéneo políticamente hablando (nunca lo ha sido ni en lo social ni en lo cultural). Por su parte, los partidos de la oposición deben decirnos si prefieren «ganar la calle» (para usar su lenguaje) y continuar una agitación que no sólo es nociva sino suicida, o si aceptan las responsabilidades y los privilegios de toda oposición parlamentaria en régimen democrático. Lo segundo será escoger el camino civilizado y co-gobernar, no desde el poder, sino desde la crítica del poder, no en el gabinete ministerial sino en la banca parlamentaria. Sobre esto hay que decir algo más: el acuerdo entre los dos grupos de la oposición es esporádico y circunstancial. Los puntos de vista del PAN y del Frente Cardenista sobre los temas fundamentales de la política nacional son diametralmente opuestos, irreconciliables. Ésta es una de las incongruencias de la actual situación, en la que las pasiones han sido más fuertes que las ideas.

En el futuro inmediato los partidos tendrán que demostrarnos si realmente desean servir a la democracia o a sus intereses políticos. El PRI deberá reformarse, dejar de ser un partido de Estado y transformarse en lo que podría y debería ser: un partido social-demócrata de centro-izquierda. El PAN ha logrado convertirse en un partido democrático. Ahora debería vivificar y renovar su respetable tradición conservadora, que es parte esencial de nuestra historia. Debería mirar más hacia Lucas Alamán y menos hacia el Partido Republicano de los Estados Unidos. El Frente Cardenista, reunión heteróclita de grupos, ideologías, intereses, personas y despachos: debe encontrar (y pronto) un programa claro y una fisonomía. Los grupos que lo forman tienen que decirnos qué es lo que realmente quieren y cuáles son las ideas y proyectos que los unen. Hasta ahora han recogido el descontento, con frecuencia legítimo, de muchos

mexicanos; hoy tienen que dejar de ser una aglomeración y presentarse como un verdadero partido con ideas y un programa.

Muy pronto, en los días que vienen, podremos comprobar si los partidos quieren ayudar al nacimiento de un México nuevo o si, ciegamente, se han lanzado hacia su destrucción. La oposición ha pedido la modificación de la ley electoral. En efecto es de máxima importancia tener un código electoral que cuente con la aprobación de la inmensa mayoría de los mexicanos, incluidos los partidos de la oposición. Ésta podría ser la primera y gran prueba del México que amanece: si las Cámaras deciden que su tarea más urgente e importante es la elaboración de una nueva y más equitativa ley electoral, se habrá dado un fundamento inconmovible a nuestra joven democracia.

México, a 11 de septiembre de 1988

Este último apartado se publicó en *Excélsior*, México, 11 de septiembre de 1988. El texto completo, «Ante un presente incierto», se recogió en el segundo tomo –*El peregrino en su patria. Presente fluido*– de *México en la obra de Octavio Paz*, 2.ª edición, México, Fondo de Cultura Económica, 1989.

III

EL CERCADO AJENO

Flérida, para mí dulce y sabrosa
más que la fruta del cercado ajeno.

GARCILASO

El espejo indiscreto

Antes de ser una realidad, los Estados Unidos fueron para mí una imagen. No es extraño: desde niños los mexicanos vemos a ese país como al *otro*. Un *otro* que es inseparable de nosotros y que, al mismo tiempo, es radical y esencialmente el extraño. En el norte de México la expresión *el otro lado* designa a los Estados Unidos. El otro lado es geográfico: la frontera; cultural: otra civilización; lingüístico: otra lengua; histórico: otro tiempo (los Estados Unidos corren detrás del futuro mientras que nosotros todavía estamos atados a nuestro pasado); metafórico: son la imagen de todo lo que no somos. Son la extrañeza misma. Sólo que estamos condenados a vivir con esa extrañeza: el otro lado es el lado contiguo. Los Estados Unidos están siempre presentes entre nosotros, incluso cuando nos ignoran o nos dan la espalda: su sombra cubre todo el continente. Es la sombra de un gigante. La idea que tenemos de ese gigante es la misma que aparece en los cuentos y las leyendas. Un grandulón generoso y un poco simple, un ingenuo que ignora su fuerza y al que se puede engañar pero cuya cólera puede destruirnos. A la imagen del gigante bueno y bobalicón se yuxtapone la del cíclope astuto y sanguinario. Imagen infantil y licenciosa: el ogro devorador de niños de Perrault y el ogro de Sade, Minsk, en cuyas orgías los libertinos comen humeantes platos de carne humana sobre los cuerpos chamuscados que les sirven de mesas y sillas. San Cristóbal y Polifemo. También Prometeo; el fuego de la industria y el de la guerra. Las dos caras del progreso: el automóvil y la bomba.

Los Estados Unidos son la negación de lo que fuimos en los siglos XVI, XVII y XVIII y de lo que, desde el XIX, muchos entre nosotros querrían que fuésemos. Como todos los países, México ha nacido varias veces. La primera vez en el siglo XVII, cien años después de la Conquista; la segunda al iniciarse el siglo XIX: la Independencia. Pero quizá es inexacto decir que México ha nacido dos veces; lo que ocurre es que llamamos con el mismo nombre (México) a varias y distintas entidades históricas. La primera de esas entidades es la antigua sociedad indígena, compuesta por ciudades-Estado regidas por teocracias militares y creadoras de complejas religiones y no menos complejas obras artísticas. Más que como otra sociedad, este mundo se presenta como otra civilización. Después, tras el gran tajo de la Conquista y la evangelización, hacia mediados del siglo XVII, aparece otra sociedad: Nueva España. Esta sociedad no fue real-

mente una colonia, en el sentido recto de la palabra, sino un reino sujeto a la Corona de España como los otros que componían el Imperio español: Galicia, Aragón, Navarra, Sicilia, Andalucía, Asturias.

Desde su origen, los hijos de los españoles nacidos en México, los llamados *criollos*, se sintieron distintos a los europeos y este sentimiento se acentuó a partir del siglo XVII. La conciencia de la propia singularidad social e histórica –al principio obscura y confusa– se expresa paulatina pero poderosamente a lo largo de los siglos XVII y XVIII. En tres dominios fue particularmente visible la originalidad del genio criollo: en el de la sensibilidad, en el de la estética y en el de la religión. Ya a fines del siglo XVII puede hablarse de un *carácter* criollo, es decir, de una manera de ser en la que se despliegan una gama de actitudes vitales: modos de enfrentarse a este mundo y al otro, al sexo y a la muerte, al ocio y al trabajo, a uno mismo y a los otros (sobre todo a los *otros* por antonomasia: los españoles europeos). En el dominio de las artes los criollos se expresaron con verdadera felicidad: apenas si es necesario recordar la arquitectura barroca –lo mismo la culta que la popular– o la figura de sor Juana Inés de la Cruz. Esta mujer no sólo es una gran poetisa sino que fue la conciencia intelectual de su sociedad y, en ciertos aspectos, lo sigue siendo de la nuestra. Pero las grandes creaciones de Nueva España están sobre todo en la esfera de las creencias y mitos religiosos. Y la más grande de todas fue la Virgen de Guadalupe.

La sociedad criolla tuvo aspiraciones separatistas desde su nacimiento pero sólo hasta finales del siglo XVIII esas aspiraciones se manifestaron abiertamente. Contrasta el carácter embrionario y confuso de los sentimientos políticos de los criollos con la riqueza, complejidad y originalidad de sus creaciones y expresiones artísticas y religiosas. Cuando los criollos comienzan a pensar en términos políticos, lo hacen bajo la inspiración de los jesuitas. La Compañía de Jesús se había convertido no sólo en la educadora de la clase dirigente criolla sino en su conciencia moral y política. En ese momento en que la revelación de su singularidad se convierte en conciencia política, algunos entre ellos se dieron cuenta de que su tradición –monarquismo y neotomismo–, aparte de haber perdido vigencia en el mundo, no ofrecía una base suficiente para fundar sus aspiraciones y articularlas en un programa de acción política. Cierto, los criollos y sus mentores jesuitas habían concebido, vagamente, el proyecto de un imperio de la América septentrional. Esta idea, cuyos orígenes se remontan al último tercio del siglo XVII, perduró en el Partido Conservador Mexicano hasta la mitad del siglo XIX.

Más que una idea política, el Imperio mexicano fue una imagen. Como imagen, sedujo a muchos espíritus notables; como idea, no tardó en revelar ciertas inconsistencias. La primera y más grave es que era una simple prolongación del sistema español y, por tanto, no ofrecía elementos y conceptos para elaborar un programa realmente nacional. En efecto, Nueva España era una realidad social más vasta que los criollos y comprendía grupos sociales y étnicos, los indios y los mestizos, a los que no podía mover la idea imperial. Aparte de ser mera prolongación del sistema español, la idea del Imperio mexicano era un proyecto que iba en contra de la corriente general de esa época. En esos años la idea de nación, que era el fundamento de la Independencia, se había vuelto inseparable de la idea de soberanía popular, que era a su vez el fundamento de las nuevas repúblicas. Por último, en la aspiración a la Independencia había un elemento que no aparecía en el proyecto imperial: el ansia de modernidad. O como se decía entonces: el ansia de progreso. *Independencia, república* y *democracia* fueron, en México y en el resto de la América hispana, palabras sinónimas de progreso y modernidad.

La expulsión de los jesuitas precipitó la crisis intelectual de los criollos: no sólo se quedaron sin maestros sino sin un sistema filosófico que justificase su existencia. Muchos entre ellos volvieron entonces los ojos hacia la otra tradición, la enemiga de la tradición que había fundado a Nueva España. En ese momento se hizo visible y palpable la radical diferencia entre las dos Américas. Una, la de lengua inglesa, es hija de la tradición que ha fundado al mundo moderno: la Reforma, con sus consecuencias sociales y políticas, la democracia y el capitalismo; otra, la nuestra, la de habla portuguesa y castellana, es hija de la monarquía universal católica y la Contrarreforma. Los criollos mexicanos no podían fundar su proyecto separatista en su tradición política y religiosa: *adoptaron*, aunque sin *adaptarlas*, las ideas de la otra tradición. Ése es el momento del segundo nacimiento de México; más exactamente: es el momento en que Nueva España, para consumar su separación de España, se niega a sí misma. Esa negación fue su muerte y, al mismo tiempo, el nacimiento de otra sociedad: México.

Los Estados Unidos aparecen en nuestra historia durante este segundo momento. Aparecen no como un poder extraño que hay que combatir sino como un modelo que debe imitarse. Fue el principio de una fascinación que, si ha cambiado de forma durante los últimos ciento cincuenta años, no ha decrecido en intensidad. La historia de esa fascinación se con-

funde con la de los grupos de intelectuales que, desde la Independencia, han elaborado todos esos programas de reforma social y política con los que se ha intentado transformar el país en una nación moderna. Por encima de sus diferencias, hay una idea común que inspira a los liberales, los positivistas y los socialistas: el proyecto de modernizar a México. Desde los primeros años del siglo XIX ese proyecto se define frente –por o contra– los Estados Unidos. La pasión de nuestros intelectuales por la civilización norteamericana va del amor al rencor y de la adoración al horror. Formas contradictorias pero coincidentes de la ignorancia: en un extremo, el liberal Lorenzo de Zavala, que no vaciló en tomar el partido de los texanos en su guerra contra México; en el otro, los marxista-leninistas contemporáneos y sus aliados, los «teólogos de la liberación», que han hecho de la dialéctica materialista una hipóstasis del Espíritu Santo y del imperialismo norteamericano la prefiguración del Anticristo.

La *intelligentsia* no es la única que ha experimentado sentimientos encontrados hacia los Estados Unidos. Al otro día de la Independencia y hasta la mitad del siglo XIX, las clases acomodadas estuvieron resueltamente en contra de ellos; después se convirtieron en sus aliados y, casi siempre, en sus servidores y cómplices. No obstante, al fin y al cabo herederos de la sociedad jerárquica que fue Nueva España, nuestros ricos nunca han hecho realmente suya la ideología liberal y democrática; son amigos de los Estados Unidos por razones de interés pero sus verdaderas afinidades morales e intelectuales están con los regímenes autoritarios. De ahí su simpatía por Alemania durante las dos guerras mundiales. La misma evolución se observa en la casta política y en la casta militar: el general Miramón, conservador, fue enemigo de los Estados Unidos pero el general Porfirio Díaz, liberal, buscó su amistad. Puede concluirse, hasta donde es posible arriesgar generalizaciones en materia tan contradictoria, que durante el siglo XIX los liberales fueron los amigos y los aliados de los Estados Unidos (el ejemplo máximo es Juárez) y los conservadores sus adversarios (Lucas Alamán es el caso más notable) mientras que en el siglo XX los papeles se invierten. Pero en uno y otro siglo los enemigos de los norteamericanos han tenido que buscar aliados y protectores fuera del continente: en el XIX, un Miramón miraba hacia Francia; en el XX, un Fidel Castro mira hacia la URSS.

En el Brasil no se negó a Portugal; en cambio, en la América hispana los liberales fueron antiespañoles. El antiespañolismo de nuestros liberales puede parecer absurdo e irracional. Lo es, en efecto. Pero es explicable: las ideas democráticas adoptadas por los liberales eran la negación de

todo lo que había sido Nueva España. La Revolución de Independencia, en México y en toda la América española, fue simultáneamente una afirmación de las naciones hispanoamericanas y una negación de la tradición que había fundado a esas naciones. Fue una autonegación. Aquí aparece otra diferencia con los Estados Unidos. Al separarse de Inglaterra los norteamericanos no rompieron con su pasado; al contrario, afirmaron lo que habían sido y lo que querían ser. La Independencia de México, en cambio, fue la negación de lo que habíamos sido desde el siglo xvi; no fue la instauración de un proyecto nacional sino la adopción de una ideología universal ajena del todo a nuestro pasado.

Entre puritanismo, democracia y capitalismo no había oposición sino afinidad; el pasado y el futuro de los Estados Unidos se reflejan sin contradicción en estas tres palabras. Entre la ideología republicana y el mundo católico del virreinato mexicano, mosaico de supervivencias precolombinas y formas barrocas, hubo una ruptura: México negó su pasado. Como todas las negaciones, la nuestra contenía una afirmación: la de un futuro. Sólo que nosotros no elaboramos nuestra idea del futuro con ideas y elementos extraídos de nuestra tradición, sino que nos apropiamos de la imagen del futuro inventada por europeos y norteamericanos. Desde el siglo xvi nuestra historia, fragmento de la de España, había sido una apasionada negación de la modernidad naciente: Reforma, Ilustración y todo lo demás. Al principiar el siglo xix decidimos que seríamos lo que eran ya los Estados Unidos: una nación moderna. El ingreso a la modernidad exigía un sacrificio: el de nosotros mismos. Es conocido el resultado de ese sacrificio: todavía no somos modernos pero desde entonces andamos en busca de nosotros mismos.

Los primeros gérmenes de la democracia en este continente aparecen entre las comunidades y sectas disidentes de Nueva Inglaterra. Cierto, los españoles establecieron en las tierras conquistadas la institución del ayuntamiento, fundado en el autogobierno de las villas y ciudades. Pero los ayuntamientos vivieron siempre una vida precaria, estrangulados por una extensa y compleja red de jurisdicciones y privilegios burocráticos, nobiliarios, eclesiásticos y económicos. Nueva España fue siempre una sociedad jerárquica, sin gobierno representativo y dominada por el poder dual del virrey y el arzobispo. Max Weber dividía a los regímenes premodernos en dos grandes categorías: el sistema feudal y el patrimonial. En el primero, el príncipe gobierna con –a veces contra– sus iguales por el nacimiento y el rango: los barones; en el segundo, el príncipe rige a la nación como si fuese su patrimonio y su casa; sus ministros son sus familia-

res y sus criados. La monarquía española es un ejemplo de régimen patrimonialista. También lo han sido (y lo son) sus sucesoras, las «repúblicas democráticas» de América Latina, oscilantes siempre entre el caudillo y la demagogia, el padre déspota y los hijos revoltosos.

Las comunidades religiosas de Nueva Inglaterra afirmaron celosamente, desde su nacimiento, su autonomía frente al Estado. Inspirados por el ejemplo de las Iglesias cristianas de los primeros siglos, estos grupos fueron siempre hostiles a la tradición autoritaria y burocrática de la Iglesia católica. Desde Constantino el cristianismo había vivido en simbiosis con el poder político; durante más de mil años el modelo de la Iglesia había sido el Imperio cesáreo-burocrático de Roma y Bizancio. La Reforma fue la ruptura de esta tradición. A su vez, las comunidades religiosas de Nueva Inglaterra llevaron esta ruptura a sus últimas consecuencias, acentuando los rasgos igualitarios y la tendencia al autogobierno de los grupos protestantes de los Países Bajos. En Nueva España la Iglesia fue ante todo una jerarquía y una administración, es decir, una burocracia de clérigos que recuerda en algunos de sus aspectos la institución de los mandarines del antiguo Imperio chino. De ahí la admiración de los jesuitas en el siglo XVII ante el régimen de Kang-hi, en el que veían realizada al fin su idea de lo que podía ser una sociedad jerárquica y armoniosa. Una sociedad estable pero no estática, como un reloj que, aunque camina siempre, da siempre las mismas horas. En las colonias inglesas la Iglesia no fue una jerarquía de clérigos dueños del saber sino la libre comunidad de los fieles. La Iglesia fue plural y estuvo desde el principio constituida por una red de asociaciones de creyentes, verdadera prefiguración de la sociedad política de la democracia.

El fundamento religioso de la democracia norteamericana no es visible ahora pero no por ello es menos poderoso. Más que un cimiento es una raíz enterrada; el día que se seque, se secará ese país. Sin ese elemento religioso es imposible comprender ni la historia de los Estados Unidos ni el sentido de la crisis que hoy padece. La presencia de la ética religiosa protestante transforma un incidente como el de Watergate en un conflicto que toca los fundamentos mismos de la democracia norteamericana. Esos fundamentos no sólo son políticos –el pacto social entre los hombres– sino religiosos: el pacto de los hombres con Dios. En todas las sociedades colindan la política y la moral pero, a la inversa de lo que ocurre en una democracia laica como la francesa, en los Estados Unidos es casi imposible separar la moral de la religión. En Francia la democracia nació de la crítica de las dos instituciones que representaban *l'Ancien Régime*: el Tro

no y el Altar. La consecuencia de la crítica de la religión fue la rigurosa separación entre la moral religiosa, dominio privado, y la moral política. En cambio, en los Estados Unidos la democracia es la hija directa de la Reforma, es decir, de una crítica *religiosa* de la religión. La fusión entre moral y religión es característica de la tradición protestante. En las sectas reformistas los ritos y los sacramentos ceden su sitio cardinal a la moral y al examen de conciencia. Otras épocas y otras civilizaciones habían conocido teocracias de monjes guerreros e imperios regidos por burocracias sacerdotales; no es rara sino frecuente la unión entre teología y poder, dogma y autoridad. Tocaba a la era moderna, la edad que hizo la crítica del reino de los cielos y de sus ministros en la Tierra, invertir los términos de la antigua e impura alianza entre la religión y la política. La democracia norteamericana carece de dogma y de teología pero sus fundamentos no son menos religiosos que el pacto que une a los judíos con Jehová.

Por sus orígenes religiosos tanto como por las filosofías políticas que más tarde la conformaron, la democracia norteamericana tiende a fortalecer a la sociedad y al individuo frente al Estado. Desde el principio se encuentra en la historia norteamericana una aspiración dual al igualitarismo y al individualismo. Gérmenes de vida pero asimismo gérmenes contradictorios. En estos días los intelectuales norteamericanos, a propósito del bicentenario de la Independencia y ante la crisis que sacude su país hasta los cimientos, han vuelto a hacerse la pregunta que dividió a los «padres fundadores»: ¿libertad o igualdad? La polémica corre el riesgo de convertirse en una disputa escolástica: libertad e igualdad se transforman en entelequias apenas pierden sus dimensiones históricas concretas. La libertad se define frente a sus límites y obstáculos; lo mismo sucede con la igualdad. En el caso de los Estados Unidos, la libertad se definió frente a la desigualdad jerárquica de la sociedad europea, de modo que su contenido fue igualitario; a su vez, el deseo de igualdad se manifestó como acción contra la opresión de los privilegios económicos, esto es, como autodeterminación y libertad. Ambas, libertad e igualdad, fueron valores subversivos; pero lo fueron porque antes habían sido valores religiosos. Libertad e igualdad eran dimensiones de la vida ultramundana; eran dones de Dios y aparecían misteriosamente como expresiones de la voluntad divina. Del mismo modo que en la tragedia griega la libertad de los héroes es una dimensión del Destino, en la teología calvinista la libertad está ligada a la predestinación. Así, la revolución religiosa de la Reforma anticipó la revolución política de la democracia.

En la América Latina ocurrió precisamente lo contrario: el Estado lu-

chó contra la Iglesia no para fortalecer a los individuos sino para substi-
tuir al clero en el control de las conciencias y las voluntades. En nuestra
América no hubo revolución religiosa que preparase la revolución políti-
ca; tampoco hubo, como en Francia en el siglo xviii, un movimiento fi-
losófico que hiciese la crítica de la religión y de la Iglesia. La revolución
política en América Latina –me refiero a la Independencia y a las luchas
entre liberales y conservadores que ensangrentaron nuestro siglo xix– no
fue sino una manifestación, otra más, del patrimonialismo hispano-árabe:
combatió a la Iglesia como a un rival que había que desplazar; fortaleció
al Estado autoritario y los caudillos liberales no fueron más blandos que
los conservadores; acentuó el centralismo, aunque con la máscara del fe-
deralismo; en fin, volvió endémico el régimen de excepción que impera en
nuestras tierras desde la Independencia: el caudillismo.

La Independencia fue un falso comienzo: nos liberó de Madrid, no de
nuestro pasado. A los males heredados agregamos otros únicamente nues-
tros. A medida que nuestros sueños de modernización se disipaban, cre-
cía la fascinación por los Estados Unidos. La guerra de agresión de 1847
la convirtió en obsesión. Fascinación ambivalente: el titán era, al mismo
tiempo, el enemigo de nuestra identidad y el modelo inconfesado de lo
que queríamos ser. Los Estados Unidos, además de ser un ideal político y
social, eran un poder intruso, un agresor. Esta imagen doble y que corres-
pondía y corresponde a la realidad –los Estados Unidos son una demo-
cracia y un Imperio– se prolongó a lo largo del siglo xix y fue uno de los
temas de la polémica entre liberales y conservadores. Para comprender la
actitud de los liberales basta con recordar cuál ha sido la actitud de miles
de «intelectuales progresistas» ante la URSS: cierran los ojos ante la reali-
dad de la burocracia soviética, su policía omnipresente y omnipotente, sus
campos de concentración y la política imperialista de Moscú, para ver con
la mente la imagen de una patria socialista, libre, pacífica y feliz. Los li-
berales eran menos crédulos pero, sin embargo, también en ellos la ideo-
logía poseía más realidad que la realidad real.

Los liberales eran enemigos del pasado mexicano, al que denunciaban
como una imposición ajena, una intrusión española. Por eso decían que
México había «recobrado» su Independencia, como si la nación hubiese
existido antes de la llegada de los españoles. Al pasado inauténtico del vi-
rreinato no oponían el pasado precolombino –que no conocían y muchos
despreciaban: el indio Juárez no fue indigenista– sino el futuro de la de-
mocracia liberal. Frente a las dos excentricidades (desde el punto de vista

del Occidente moderno) que nos constituían, el pasado español y el pasado indio, los liberales postularon una universalidad abstracta, hecha de las ideologías progresistas de la época. Los Estados Unidos eran el ejemplo inmediato de esa universalidad: en su presente podíamos ver nuestro porvenir. Espejo indiscreto: cada vez que, como la madrastra del cuento, le preguntábamos por nuestra imagen, nos enseñaba la del *otro*.

Los conservadores pensaban que los Estados Unidos, lejos de ser un modelo, eran una amenaza contra nuestra soberanía y nuestra identidad. El contagio ideológico no les parecía menos peligroso que la agresión física: era una forma complementaria de penetración. Si el futuro que nos proponían los liberales era una enajenación, la defensa de nuestro presente exigía, por la misma razón complementaria, la de nuestro pasado. El razonamiento de los conservadores era irreprochable sólo en apariencia: ese pasado que ellos se obstinaban en defender y que, no sin razón, identificaban con el presente, era un pasado en descomposición. Ya he señalado que la tradición de Nueva España –una tradición admirable y que los mexicanos modernos han cometido la tontería de ignorar y aun de menospreciar– no ofrecía elementos ni principios que pudieran servir para resolver el doble problema al que la nación se enfrentaba: el de la vida independiente y el de la modernización. El primero estribaba en encontrar la forma política y la organización social que debería adoptar el México independiente; el segundo consistía en elaborar un programa viable que le permitiera al país, sin demasiados sacudimientos, penetrar al fin en aquella modernidad a la que hasta entonces el Imperio español le había impedido el ingreso. Como toda la América española, México estaba condenado a ser libre y a ser moderno, pero su tradición había negado siempre la libertad y la modernidad.

La Independencia no fue tanto una consecuencia del triunfo de las ideas liberales –adoptadas sólo por una minoría– cuanto de dos circunstancias poco estudiadas hasta ahora. La primera fue la desintegración del Imperio español. Sobre esto hay que repetir, aunque la afirmación haga alzar las cejas a más de un lector, que la Independencia de la América española se logró no sólo por la acción de los insurgentes sino, más que nada, por la inercia y la parálisis de la metrópoli. La América hispana era un continente joven y revoltoso, pero sano; la metrópoli era un alma dormida en un cuerpo desangrado. Esta imagen da cuenta del fenómeno de la Independencia con mayor economía y no menor exactitud que las explicaciones ideológicas. La segunda circunstancia determinante fue la existencia de una contradicción social en Nueva España. Esa contradic-

ción, insoluble dentro de los supuestos del orden novohispano y no sin analogías con la que hoy afrontan los Estados Unidos ante sus minorías étnicas, consistió en la oposición entre criollos y mestizos. La clase dirigente de los criollos postulaba un universalismo abstracto, pero los mestizos –la nueva realidad histórica– no tenían cabida, salvo metafóricamente, en ese universalismo. Herederos del doble universalismo hispánico –el Imperio y la Iglesia– los criollos habían soñado, durante el siglo XVIII y bajo la influencia de los jesuitas, con un Imperio mexicano: la Nueva España sería la Otra España. La Independencia consumó las aspiraciones separatistas de los criollos, sólo que los verdaderos vencedores no fueron ellos sino los que, hasta entonces, habían sido un grupo marginal dentro de la sociedad novohispana: los mestizos. México no fue un imperio sino una república y la ideología que alimentó a su casta gobernante no fue la de un imperio católico sino el nacionalismo burgués.

El episodio de Maximiliano ilustra cruelmente el carácter ilusorio del proyecto conservador. Llamar a un príncipe europeo para fundar un imperio latino que pusiese un dique a la expansión de la República yanqui era una solución no del todo descabellada en 1820 pero anacrónica en 1860[1]. La solución monárquica había dejado de ser viable porque la monarquía se identificaba con la situación anterior a la Independencia. La oposición entre criollos y españoles había sido la causa determinante del movimiento separatista. Desde la iniciación de la lucha, los mestizos y muchos indios –es decir, las clases desheredadas– habían participado en los combates por la Independencia. Era natural que, al consumarse ésta, estos grupos no tuviesen interés en reconstruir el sistema monárquico. No por republicanismo sino porque la monarquía significaba la legitimación y consagración de las jerarquías sociales. Los mestizos, que eran la porción más viva y dinámica de la sociedad, buscaban un estatuto social, económico y político. La República democrática abría las puertas a sus aspiraciones y ambiciones, aunque éstas no tuviesen mucho que ver ni con el republicanismo ni con la democracia.

La ideología liberal no fue una verdadera solución. El nacionalismo de los republicanos era una superficial imitación del nacionalismo francés; su federalismo –copia del norteamericano– era un caciquismo disfrazado;

1. Más y más pienso que la monarquía, a la brasileña, no el grotesco Imperio de Iturbide, habría sido la mejor solución. En el momento de nuestro primer conflicto con el exterior, con los Estados Unidos, habríamos tenido aliados y amigos en Europa. (*Nota de 1986.*)

su democracia, la fachada de la dictadura. En lugar de monarcas tuvimos dictadores. El cambio de ideología tampoco se tradujo en un cambio de las estructuras sociales y, menos aún, de las psíquicas. Cambiaron las leyes, no los hombres ni las relaciones de propiedad y dominación. Durante las guerras civiles y exteriores del siglo xix la aristocracia criolla fue desplazada por los grupos mestizos. El ejército fue la escuela de los nuevos grupos dirigentes. El régimen se apoyó en la fuerza militar y buscó y obtuvo la protección de las potencias extranjeras, especialmente de los Estados Unidos. La carrera imperial de la República norteamericana coincide, en su primera parte, durante la segunda mitad del siglo xix, con el afianzamiento del régimen liberal, que no tardó en transformarse en dictadura. Es un fenómeno que, *mutatis mutandis*, se repite en toda la América hispana. La revolución liberal, iniciada en la Independencia, no resultó en la implantación de una verdadera democracia ni en el nacimiento de un capitalismo nacional, sino en una dictadura militar y en un régimen económico caracterizado por el latifundio y las concesiones a empresas y consorcios extranjeros, especialmente norteamericanos. El liberalismo fue infecundo y no produjo nada comparable a las creaciones precolombinas o a las de la Nueva España: ni pirámides ni conventos, ni mitos cosmogónicos ni poemas de sor Juana Inés de la Cruz.

México siguió siendo lo que había sido pero ya sin creer en lo que era. Los viejos valores se derrumbaron, no las viejas realidades. Pronto las recubrieron los nuevos valores progresistas y liberales. Realidades enmascaradas: comienzo de la inautenticidad y la mentira, males endémicos de los países latinoamericanos. A principios del siglo xx estábamos ya instalados en plena pseudomodernidad: ferrocarriles y latifundismo, Constitución democrática y un caudillo dentro de la mejor tradición hispanoárabe, filósofos positivistas y caciques precolombinos, poesía simbolista y analfabetismo. La adopción del modelo norteamericano contribuyó a la disgregación de los valores tradicionales; la acción política y económica del imperialismo norteamericano fortaleció las arcaicas estructuras sociales y políticas. Esta contradicción reveló que la ambivalencia del gigante no era imaginaria sino real: el país de Thoreau era también el país de Roosevelt-Nabucodonosor.

La Revolución mexicana fue una tentativa por recuperar nuestro pasado y por elaborar al fin un proyecto nacional que no fuese la negación de lo que habíamos sido. Pero cometo algo peor que una inexactitud: una simplificación, al hablar de la Revolución mexicana como si fuese *una*. Des-

de el principio se desplegó en varios y contradictorios movimientos; todos ellos, más que postular programas ideológicos y filosofías políticas, fueron reacciones populares, espontáneas sublevaciones alrededor de un jefe. La palabra *revuelta* sería más apropiada que la de *revolución*. Entre los grupos revolucionarios había uno que, instintivamente, se propuso rectificar el rumbo adoptado por nuestros grupos dirigentes desde la Independencia: el movimiento de campesinos que encabezó Emiliano Zapata. Lo que pedían y querían realmente los zapatistas era una vuelta a los orígenes, es decir, a un tipo de sociedad agraria precapitalista: la aldea autosuficiente, caracterizada por la propiedad comunal de la tierra y en la que la célula social, económica y espiritual de la comunidad no fuese el individuo sino la familia. Los zapatistas llevaban como estandarte una imagen de la Virgen de Guadalupe, la misma que había servido de bandera a los campesinos descalzos que habían combatido por la Independencia. La imagen de la Virgen expresaba admirablemente no la marcha hacia el progreso y la modernización sino el regreso a las raíces. *Devolver la tierra a los pueblos*: esta frase, núcleo del programa de Zapata, señala el verdadero sentido de su movimiento; se quería volver a una situación –en parte realidad histórica y en parte mito milenarista– que era la negación misma del programa de modernización del liberalismo y de su heredero, el régimen de Porfirio Díaz. En cambio, las otras tendencias revolucionarias estaban decididas a continuar la obra de «modernización» de los liberales y positivistas, aunque con métodos distintos.

La facción triunfante elaboró un programa que trataba de armonizar las distintas aspiraciones de los revolucionarios. Más que una síntesis, fue un compromiso. Se levantaron altares cívicos a Zapata –México es tierra de elección del arte oficial y burocrático– pero el programa de modernización, bajo diferentes nombres, se convirtió en el dogma central del régimen que desde hace más de cincuenta años nos gobierna[1]. Es sabido lo que ocurrió después: la Revolución mexicana fue confiscada por una burocracia política no sin analogías con las burocracias comunistas del Este de Europa y por una clase capitalista hecha a la imagen y semejanza del capitalismo norteamericano y dependiente de éste. En el México contem-

1. La legislación agraria así como la política de los sucesivos regímenes postrevolucionarios han desfigurado el proyecto original del zapatismo. Las comunidades agrarias han perdido su autonomía económica y política pues viven atadas, en lo económico, a los bancos gubernamentales y en lo político, al partido oficial. Además, rasgo paternalista heredado de las Leyes de Indias, se ha convertido a los campesinos en perpetuos menores de edad: tienen el usufructo, no la propiedad de las tierras.

poráneo, salvo algunos excéntricos que desconfiamos del «desarrollo» y que quisiéramos un cambio de orientación de nuestra sociedad, lo mismo las facciones de derecha que las de izquierda, aunque irreconciliables, coinciden en el mismo culto suicida al progreso.

Viajar por los Estados Unidos, para un mexicano, es penetrar en el castillo del gigante y recorrer sus cámaras de horrores y maravillas. Pero hay una diferencia: el castillo del ogro nos sorprende por su arcaísmo, los Estados Unidos por su novedad. Nuestro presente está siempre un poco atrás del verdadero presente, mientras que el suyo está un poco más adelante. El suyo es un presente en el que ya está escrito el porvenir; el nuestro está todavía atado al pasado. Hago mal en usar el singular cuando hablo de nuestro pasado: son muchos, todos están vivos y todos pelean continuamente en nuestro interior. Aztecas, mayas, otomíes, castellanos, moros, fenicios, gallegos: maraña de raíces y ramas que nos ahogan. ¿Cómo convivir con ellos sin ser su prisionero? Ésta es la pregunta que sin cesar nos hacemos y a la que no hemos logrado dar una respuesta definitiva. No hemos sabido asumir nuestro pasado, quizá, porque tampoco hemos sabido hacer su crítica. La dificultad de los norteamericanos es precisamente la contraria: nacieron como una crítica tajante del pasado. Esa crítica fue una afirmación no menos tajante de los valores de la modernidad, tal como habían sido definidos primero por la Reforma y después por la Ilustración. No es que no tengan un pasado sino que es un pasado orientado hacia el futuro.

La conquista del futuro es la tradición norteamericana. Por eso es la tradición del cambio, en tanto que la hispánica es la tradición de la resistencia al cambio. España y sus obras: construcciones perdurables y significados eternos, intemporales. Lo valioso es, para nosotros, sinónimo de duración. La herencia precolombina acentúa esta inclinación: la pirámide es la imagen de la inmutabilidad. Las oposiciones entre norteamericanos y mexicanos se condensan en nuestras actitudes ante el cambio. Para nosotros el secreto no consiste en llegar antes sino en quedarse donde uno está. Es la oposición entre el viento y la roca. No hablo de ideas y filosofías sino de creencias y estructuras mentales inconscientes; cualquiera que sea nuestra ideología, incluso si es progresista, nosotros referimos instintivamente el presente al pasado, en tanto que los norteamericanos lo refieren al futuro. Los trabajadores mexicanos que emigran a los Estados Unidos han mostrado una notable capacidad de inadaptación a la sociedad norteamericana. Esa capacidad está hecha de insensibilidad frente al futuro. En ellos el pasado está vivo. Es el mismo pasado que ha preserva-

do a los chicanos, probablemente la minoría de los Estados Unidos que
ha guardado mejor su identidad. En México no han sido los profesiona-
les del antimperialismo los que han resistido mejor sino la gente humilde
que hace peregrinaciones al santuario de la Virgen de Guadalupe. Nues-
tro país sobrevive gracias a su tradicionalismo.

Desde el siglo XVIII la tradición que fundó a México y a los otros países
de la América española reveló sus insuficiencias y sus limitaciones. El Im-
perio español no pudo cambiar y por eso se rompió en tantos fragmen-
tos. Ahora le ha tocado el turno a la tradición que encarnan los Estados
Unidos. Las ideas que constituyen a la modernidad desde hace más de
doscientos años y que integran lo que puede llamarse la *tradición del fu-
turo* han perdido no sólo gran parte de su prestigio universal sino que in-
cluso muchos dudan de su coherencia y de su valor. El progreso es una
idea no menos misteriosa que la voluntad de Alá para los musulmanes o
la Trinidad para los católicos pero movió las almas y las voluntades du-
rante dos siglos. Hoy nos preguntamos: ¿progreso hacia dónde y para
qué? Resulta inútil extenderse sobre los síntomas de lo que desde hace
cerca de cincuenta años se llama «la crisis de la civilización de Occiden-
te». Durante el último decenio esa crisis se ha manifestado y agudizado
en la nación más rica, próspera y poderosa de nuestro mundo, los Esta-
dos Unidos. No es esencial o básicamente, una crisis económica ni de pu-
janza militar –aunque afecte a su economía y a su estrategia mundial– sino
que es una crisis política y moral. Es una duda sobre el camino que ha
emprendido la nación, sobre sus metas y sobre los métodos para alcan-
zarlas; es una crítica de la capacidad y la honradez de los hombres y los
partidos que dirigen el sistema; en fin, más que una interrogación, es un
someter a juicio los principios que han sido la base y la justificación de la
sociedad norteamericana.

Muchos de los problemas a que se enfrentan los Estados Unidos –aun-
que lejos de ser insignificantes– son más bien síntomas que causas del
mal que padecen. Tal es el caso, para citar un ejemplo notable y reciente,
de la rebelión juvenil en la década pasada. El problema racial, en cambio,
afecta de una manera más profunda y permanente la vida del país: es una
herida enconada, un foco permanente de infección. Los Estados Unidos
están ante un dilema: la perpetuación de la discordia civil o la construcción
de una democracia multirracial. No es ilusorio pensar que escogerán la
segunda solución. En realidad ya la han escogido y hacia ella se encaminan,
no sin desviaciones y tropiezos. Otras oposiciones, presentes desde el na-

cimiento de la nación, son de carácter básico. Todas las sociedades llevan en sus entrañas un principio de vida que es asimismo un principio de muerte. Ese principio es, por necesidad, dual y en los momentos de crisis asume la forma de una contradicción. Se trata de cuestiones de vida o muerte como lo fueron para las *polis* griegas las guerras y rivalidades entre las ciudades o como lo fue para los emperadores romanos de los siglos III y IV encontrar una política frente al cristianismo y las sectas gnósticas. La contradicción de los Estados Unidos –la que les dio la vida y puede causar su muerte– se resume en una pareja de frases: al mismo tiempo son una democracia plutocrática y una república imperial.

La primera contradicción afecta a las dos nociones que fueron el eje del pensamiento político de los «padres fundadores». La plutocracia provoca y acentúa la desigualdad; a su vez, la desigualdad convierte en quimeras las libertades políticas y los derechos individuales. En esto la crítica de Marx dio justo en el blanco. Cierto, la plutocracia norteamericana, a diferencia de la romana, es creadora de abundancia y así puede aligerar y aliviar las injustas diferencias entre los individuos y las clases. Pero lo ha hecho trasladando las desigualdades más escandalosas del ámbito nacional al internacional: los países subdesarrollados. Algunos piensan que esa desigualdad internacional también podría, ya que no eliminarse del todo, al menos reducirse al mínimo. La historia reciente desmiente esta hipótesis. Pero incluso si se revelase cierta, se olvida algo esencial: el dinero no sólo oprime sino que también corrompe. Y corrompe por igual a pobres y ricos. Sobre esto los moralistas de la Antigüedad, especialmente los estoicos y los epicúreos, sabían más que nosotros. La democracia norteamericana ha sido corrompida por el dinero.

La segunda contradicción, estrechamente ligada a la primera, se despliega entre lo que son interiormente los Estados Unidos: una democracia, y lo que son en su acción hacia el exterior: un imperio. Libertad y opresión son las caras opuestas y complementarias de su ser nacional. Del mismo modo que la plutocracia comienza por engendrar la desigualdad y acaba por maniatar a la libertad, por un proceso insensible y que el escándalo de Watergate puso al desnudo, las armas que el Estado imperial esgrime en contra de sus enemigos del exterior fatalmente se convierten en instrumentos que la burocracia política usa contra los ciudadanos independientes. Las necesidades del imperio crean una burocracia especializada en el espionaje y los otros métodos de la lucha internacional; a su vez esa burocracia amenaza a la democracia nacional.

La primera contradicción acabó con las instituciones republicanas de

Roma. La segunda, con la vida misma de Atenas como ciudad independiente. No pronuncio la sentencia de muerte de la democracia norteamericana. Además de temerario sería ridículo. Las analogías históricas son útiles como figuras retóricas; no son leyes históricas: son metáforas. Toda reflexión sobre la crisis de la república de los Estados Unidos debe terminar en una interrogación. En primer término, no hay determinismos históricos. Mejor dicho: si existen los determinismos, no los conocemos ni es fácil que lleguemos a conocerlos pues son demasiado vastos y complejos. En segundo lugar, las sociedades no mueren víctimas de sus contradicciones sino de su incapacidad para resolverlas. Cuando esto ocurre, una suerte de parálisis inmoviliza al cuerpo social, primero a los centros pensantes y deliberativos, después a los brazos ejecutores. La parálisis es la respuesta de la sociedad a preguntas sobre las que su tradición y los supuestos de su historia no ofrecen otra contestación que la del silencio. Esto fue lo que sucedió con el Imperio español. Todas las desgracias de los pueblos hispanoamericanos son efectos lejanos del estupor hecho de obstinación, orgullo y ceguera que sobrecogió a la monarquía austríaca a la mitad del siglo XVII. Los norteamericanos se encuentran ante una coyuntura muy distinta. En los principios mismos que los fundaron está, ya que no la respuesta, el método para encontrarla. Ese método no es otro que el empleado por los puritanos para escudriñar la voluntad de Dios en su propia conciencia: el examen interior, la expiación, la propiciación y la acción que nos reconcilia con nosotros mismos y con los otros.

México, junio de 1976

«El espejo indiscreto» se publicó por primera vez en *Plural*, núm. 58, México, julio de 1976, y se recogió en *El ogro filantrópico*, Barcelona (Seix Barral) y México (Joaquín Mortiz), 1979.

Posiciones y contraposiciones:
México y Estados Unidos[1]

POBREZA Y CIVILIZACIÓN

Si el hombre no es el rey de la creación, sí es la excepción de la naturaleza, la singularidad que desafía a todas las reglas y definiciones. Los científicos se asombran ante el comportamiento inesperado y, en cierto modo, caprichoso, de las partículas elementales, pero ¿qué son esas excentricidades físicas frente a las extravagancias psicológicas y morales de un Nerón o un San Francisco de Asís? La historia de las sociedades no es menos rica en irregularidades y extrañezas que las biografías de los individuos: ¿qué es la antropología sino la descripción de costumbres insólitas y ritos delirantes? Las sociedades son imprevisibles como los individuos y de ahí que el catálogo de las profecías fallidas de los sociólogos, sin excluir a los más grandes, sea mayor y más impresionante que el de los astrólogos y clarividentes. La historia acumula incoherencias y contrasentidos con una suerte de humor a un tiempo involuntario y perverso. Cuando estuve en la India, ante el espectáculo de las continuas disputas entre hindúes y musulmanes, me hice más de una vez la misma pregunta: ¿por qué accidente o fatalidad histórica tenían que convivir en la misma sociedad dos religiones manifiestamente inconciliables como el hinduismo y el islamismo? La presencia del monoteísmo más puro e intransigente en el interior de una civilización que ha elaborado el más complejo y perfecto politeísmo me parecía una verificación de la indiferencia con que la historia perpetra sus crueles paradojas. Cierto, la pareja contradictoria que forman en la India el hinduismo y el islamismo no podía sorprenderme: ¿cómo olvidar que yo mismo era (y soy) parte de una paradoja no menos peregrina: la de México y los Estados Unidos?

Nuestros países son vecinos y están condenados a vivir el uno al lado del otro; sin embargo, más que por fronteras físicas y políticas, están separados por diferencias sociales, económicas y psíquicas muy profundas. Esas diferencias saltan a la vista y una mirada superficial podría reducir-

1. Conferencia inaugural del simposio *Mexico Today*, Washington, 29 de septiembre de 1978.

las a la conocida oposición entre desarrollo y subdesarrollo, riqueza y pobreza, poderío y debilidad, dominación y dependencia. Pero la diferencia de veras básica es invisible; además, quizá es infranqueable. Para comprobar que no pertenece al dominio de la economía ni del poderío político basta con imaginar a un México de pronto convertido en un país próspero y pujante, una superpotencia como los Estados Unidos: las diferencias, lejos de desaparecer, serían más netas y acusadas. La razón es clara: estas diferencias no son únicamente cuantitativas sino que pertenecen al orden de las civilizaciones. Lo que nos separa es aquello mismo que nos une: somos dos versiones distintas de la civilización de Occidente.

Desde que los mexicanos comenzaron a tener conciencia de su identidad nacional, a mediados del siglo XVIII, se interesaron en sus vecinos. Al principio con una mezcla de curiosidad y desdén; después, con admiración y entusiasmo, pronto teñidos de temor y de envidia. La idea que tiene el pueblo de México de los Estados Unidos es contradictoria, pasional e impermeable a la crítica; más que una idea es una imagen mítica. Lo mismo puede decirse de la visión de nuestros intelectuales y escritores. Algo semejante ocurre con los norteamericanos, trátese de escritores o de políticos, de hombres de negocios o de simples viajeros. No olvido la existencia de un puñado de admirables estudios de varios especialistas norteamericanos, particularmente en el campo de la arqueología y en el de la historia antigua y moderna de México; por desgracia, por más meritorios que sean esos trabajos, no substituyen a lo que más falta nos hace: una visión a un tiempo global y penetrante. Cierto, las observaciones de los novelistas y poetas que han escrito sobre temas mexicanos han sido con frecuencia brillantes y, a veces, han dado en el blanco. Sin embargo, sus percepciones han sido fragmentarias y, como dice un crítico que ha dedicado un libro al tema (Drewey Wayne Gunn: *American and British Writers in Mexico*[1]), revelan menos la realidad de México que la personalidad de esos autores. En general los norteamericanos no han buscado a México en México; han buscado sus obsesiones, sus entusiasmos, sus fobias, sus esperanzas, sus intereses y eso es lo que han encontrado. En suma, la historia de nuestras relaciones es la de un mutuo y pertinaz engaño, generalmente –aunque no siempre– involuntario.

Las diferencias entre México y Estados Unidos no son, claro está, proyecciones imaginarias sino realidades objetivas. Unas son de carácter

1. *Escritores norteamericanos y británicos en México, 1556-1973*, Fondo de Cultura Económica, 1978.

cuantitativo y pueden explicarse por el desarrollo social, económico e histórico de los dos países. Otras, las más permanentes, aunque también son el resultado de la historia, no son fácilmente definibles ni mensurables. Ya señalé que pertenecen al orden de las civilizaciones, esa zona fluida, de contornos indecisos, en la que se funden y confunden las ideas y las creencias, las instituciones y las técnicas, los estilos y la moral, las modas y las Iglesias, la organización material y esa realidad evasiva que llamamos no muy exactamente «el genio de los pueblos». La realidad que nombra la palabra *civilización* no se deja definir con facilidad. Es la visión del mundo de cada sociedad pero asimismo es su sentimiento del tiempo: hay pueblos lanzados hacia el futuro y otros que tienen los ojos fijos en el pasado. Civilización es el estilo, la manera que tiene una sociedad de vivir, convivir y morir. Comprende a las artes eróticas y a las culinarias; a la danza y al entierro; a la cortesía y la injuria; al trabajo y al ocio; a los ritos y a las fiestas; a los castigos y a los premios; al trato con los muertos y con los fantasmas que pueblan nuestros sueños; a las actitudes ante las mujeres y los niños, los viejos y los extraños, los enemigos y los aliados; a la eternidad y al instante; al aquí y al allá... Una civilización no sólo es un sistema de valores: es un mundo de formas y de conductas, de reglas y excepciones. Es la parte visible de una sociedad –instituciones, monumentos, ideas, obras, cosas– pero sobre todo es su parte sumergida, invisible: las creencias, los deseos, los miedos, las represiones, los sueños.

NORTE Y SUR

Los puntos cardinales nos han servido para orientarnos no sólo en el espacio sino en la historia. La dualidad Este/Oeste adquirió pronto una significación más simbólica que geográfica y se convirtió en un emblema de la oposición entre civilizaciones. Lo mismo sucedió con Norte/Sur. La oposición Este/Oeste ha sido vista siempre como la básica y primordial; alude a la marcha del Sol y así es una imagen de la dirección y el sentido de nuestro vivir y morir. La relación Este/Oeste simboliza dos direcciones, dos actitudes, dos civilizaciones. Cuando se cruzan, hay choque guerrero o, más raramente, esa milagrosa conjunción que llamamos «coincidencia de los opuestos». La dualidad Norte/Sur se refiere más bien a la oposición de modos de vida y de sensibilidad. Las diferencias entre el Norte y el Sur pueden ser oposiciones dentro de una misma civilización.

Es claro que tanto desde el punto de vista geográfico como simbólico,

la oposición entre México y los Estados Unidos pertenece a la dualidad Norte/Sur. Esta oposición es muy antigua y se despliega ya en la América precolombina, de modo que es anterior a la existencia misma de los Estados Unidos y México. El norte del continente estaba poblado por naciones nómadas y guerreras; Mesoamérica, en cambio, conoció una civilización agrícola, dueña de complejas instituciones sociales y políticas, dominada por teocracias guerreras que inventaron rituales refinados y crueles, un gran arte y vastas cosmogonías inspiradas por una visión muy original del tiempo. La gran oposición de la América precolombina –en el territorio que ahora ocupan Canadá, Estados Unidos y México– no fue, como en el Antiguo Mundo, entre civilizaciones distintas sino entre modos de vida diferentes: nómadas y sedentarios, cazadores y agricultores. Esta división tuvo una gran influencia en el desarrollo posterior de los Estados Unidos y de México. La política de los ingleses y los españoles frente a los indios americanos estuvo determinada, en buena parte, por este hecho: no fue indiferente que los primeros fundasen sus establecimientos en el territorio de los nómadas y los segundos en el de los sedentarios.

Las diferencias entre los ingleses y españoles que fundaron Nueva Inglaterra y Nueva España no eran menos acusadas y decisivas que las que separaban a los indios nómadas de los sedentarios. De nuevo: fue una oposición en el interior de la misma civilización. Del mismo modo que la visión del mundo y las creencias de los indios americanos brotaban de una fuente común, independientemente de su modo de vida, los españoles y los ingleses compartían los mismos principios y la misma cultura intelectual y técnica. Sin embargo, la oposición entre ellos era tan profunda, aunque de otro género, como la que dividía a un azteca de un iroqués. Así, sobre la antigua oposición entre nómadas y sedentarios se injertó la nueva oposición entre ingleses y españoles. Se han descrito muchas veces las distintas y divergentes actitudes de españoles e ingleses. Todas ellas se resumen en una diferencia fundamental y en la que, quizá, está el origen de la distinta evolución de nuestros países: en Inglaterra triunfó la Reforma mientras que España fue la campeona de la Contrarreforma.

Como todos sabemos, el movimiento reformista tuvo en Inglaterra consecuencias políticas que fueron decisivas en la formación de la democracia anglosajona. En España la evolución se hizo en dirección opuesta. Vencida la última resistencia musulmana, España realizó su precaria unidad política, no nacional, a través de alianzas dinásticas. Al mismo tiempo, la monarquía suprimió las autonomías regionales y las libertades

municipales, cerrando el paso a una posible evolución hacia una ulterior democracia moderna. Por último, España estaba profundamente marcada por la dominación árabe y en ella perduraba aún, doble herencia cristiana y musulmana, la noción de *cruzada* y *guerra santa*. En España se yuxtaponían, sin fundirse enteramente, los rasgos de la Edad Moderna que comenzaba y los de la antigua sociedad. El contraste con Inglaterra no podía ser más señalado. La historia de España y la de sus antiguas colonias, desde el siglo XVI, es la de nuestras ambiguas relaciones –atracción y repulsión– con la Edad Moderna. Ahora mismo, en el crepúsculo de la modernidad, no acabamos de ser modernos.

El Descubrimiento y la Conquista de América son acontecimientos que inauguran la historia moderna pero España y Portugal los llevaron a cabo con la sensibilidad y el temple de la Reconquista. A los soldados de Cortés, asombrados ante las pirámides y templos de mayas y aztecas, no se les ocurrió nada mejor que compararlos con las mezquitas del islam. Conquista y evangelización: estas dos palabras, profundamente españolas y católicas, son también profundamente musulmanas. La Conquista no sólo significaba la ocupación de territorios extraños y la sumisión de sus habitantes sino la conversión de los vencidos. La Conquista se legitimaba por la conversión. Esta filosofía político-religiosa era diametralmente opuesta a la de la colonización inglesa: la noción de evangelización tuvo un lugar secundario en la expansión colonial inglesa.

Los dominios españoles nunca fueron realmente colonias, en el sentido tradicional de esta palabra: Nueva España y Perú fueron virreinatos, reinos súbditos de la Corona de Castilla como los otros reinos españoles. En cambio, los establecimientos ingleses en Nueva Inglaterra y en otras partes fueron colonias en la acepción clásica del término, es decir, comunidades instaladas en un territorio extraño y que conservan sus lazos culturales, religiosos y políticos con la madre patria. Esta diferencia de actitudes se combinó con la diferencia de condiciones culturales que encontraron ingleses y españoles: indios nómadas y sedentarios, sociedades primitivas y sociedades urbanas. La política española de sumisión y conversión no hubiera podido aplicarse a las belicosas naciones indias del norte con la misma facilidad con que se aplicó a las poblaciones sedentarias de Mesoamérica, como pudo verse cuando, un siglo después, la Conquista española se extendió a los territorios de los nómadas, en lo que hoy es el norte de México y el sur de los Estados Unidos. Los resultados de este doble y contradictorio conjunto de circunstancias fueron decisivos: sin ellas nuestros países no serían lo que son.

Los españoles exterminaron a las clases dirigentes de Mesoamérica, especialmente a la casta sacerdotal, es decir, a la memoria y al entendimiento de los vencidos. La aristocracia guerrera que escapó a la destrucción fue absorbida por la nobleza, la Iglesia y la burocracia. La política española frente a los indios tuvo una doble consecuencia: por una parte, al reducirlos a la servidumbre, se convirtieron en una mano de obra barata y fueron la base de la sociedad jerárquica novohispana; por la otra, cristianizados, sobrevivieron lo mismo a las epidemias que a la servidumbre y fueron una parte constitutiva de la futura nación mexicana. Los indios son el hueso de México, su realidad primera y última.

Al mestizaje racial hay que agregar el religioso y el cultural. El cristianismo que trajeron a México los españoles era el catolicismo sincretista romano que había asimilado a los dioses paganos, convirtiéndolos en santos y diablos. El fenómeno se repitió en México: los ídolos fueron bautizados y en el catolicismo popular mexicano están presentes, apenas recubiertas por una película de cristianismo, las antiguas creencias y divinidades. Lo indio impregna no sólo la religión popular de México sino la vida entera de los mexicanos: la familia, el amor, la amistad, las actitudes ante el padre y la madre, las leyendas populares, las formas de la cortesía y la convivencia, la cocina, la imagen de la autoridad y el poder político, la visión de la muerte y el sexo, el trabajo y la fiesta. México es el país más español de América Latina; al mismo tiempo, es el más indio. La civilización mesoamericana murió de muerte violenta pero México es México gracias a la presencia india. Aunque la lengua y la religión, las instituciones políticas y la cultura del país son occidentales, hay una vertiente de México que mira hacia otro lado: el lado indio. Somos un pueblo entre dos civilizaciones y entre dos pasados. En los Estados Unidos no aparece la dimensión india. Ésta es, a mi juicio, la diferencia mayor entre los dos países. Los indios que no fueron exterminados fueron recluidos en las *reservations*. El horror cristiano a la «naturaleza caída» se extendió a los naturales de América: los Estados Unidos se fundaron sobre una tierra sin pasado. La memoria histórica de los norteamericanos no es americana sino europea. De ahí que una de las direcciones más poderosas y persistentes de la literatura norteamericana, de Whitman a William Carlos Williams y de Melville a Faulkner, haya sido la búsqueda (o la invención) de raíces americanas. Voluntad de encarnación, obsesión por arraigar en la tierra americana: a este impulso le debemos algunas de las obras centrales de la época moderna.

La situación de México, tierra de pasados superpuestos, es precisamente

la contraria. La ciudad de México fue levantada sobre las ruinas de México-Tenochtitlan, la ciudad azteca, que a su vez fue levantada a semejanza de Tula, la ciudad tolteca, construida a semejanza de Teotihuacan, la primera gran ciudad del continente americano. Esta continuidad de dos milenios está presente en cada mexicano. No importa que esa presencia sea casi siempre inconsciente y que asuma las formas ingenuas de la leyenda y aun de la superstición. No es un conocimiento sino una *vivencia*. La presencia de lo indio significa que una de las facetas de la cultura mexicana no es occidental. ¿Hay algo semejante en los Estados Unidos? Cada uno de los grupos étnicos que forman la democracia multirracial que son los Estados Unidos posee su propia cultura y tradición y algunos de éstos –por ejemplo: los chinos y los japoneses– no son occidentales. Esas tradiciones coexisten con la tradición central norteamericana sin fundirse con ella. Son cuerpos extraños dentro de la cultura norteamericana. Incluso en algunos casos –el más notable es el de los chicanos– las minorías defienden sus tradiciones contra o frente a la tradición norteamericana. La resistencia de los chicanos no sólo es política y social sino cultural.

DENTRO Y FUERA

Si pudiesen condensarse en dos palabras las distintas actitudes del catolicismo hispánico y del protestantismo inglés, diría que la actitud española fue *inclusiva* y la inglesa *exclusiva*. En la primera las nociones de conquista y dominación están aliadas a las de conversión y absorción; en la segunda, conquista y dominación no implican la conversión del vencido sino su separación. Una sociedad inclusiva, fundada en el doble principio de la dominación y la conversión, tenía que ser jerárquica, centralista y respetuosa de las particularidades de cada grupo: estricta división de clases y grupos, cada uno regido por leyes y estatutos especiales y todos creyentes en la misma fe y obedeciendo al mismo señor. Una sociedad exclusiva tenía que separarse de los nativos, sea por la exclusión física o el exterminio; al mismo tiempo, puesto que cada comunidad era una asociación de hombres puros y aparte de los otros, tendía al igualitarismo entre ellos y a asegurar la autonomía y la libertad de cada grupo de creyentes. Los orígenes de la democracia norteamericana son religiosos y en las primeras comunidades de Nueva Inglaterra está ya presente esa doble y contradictoria tensión entre libertad e igualdad que ha sido el *leitmotiv* de la historia de los Estados Unidos.

La oposición que acabo de esbozar se expresa con gran nitidez en dos términos religiosos: *comunión/pureza*. Esta oposición marcó profundamente las actitudes ante el trabajo, la fiesta, el cuerpo y la muerte. Para la sociedad de Nueva España el trabajo ni redime ni es valioso por sí mismo. El trabajo manual es *servil*. El hombre superior ni trabaja ni comercia: guerrea, manda, legisla. También piensa, contempla, ama, galantea, se divierte. El ocio es noble. El trabajo es bueno porque produce riqueza pero la riqueza es buena porque está destinada a gastarse y consumirse en esos holocaustos que son las guerras, la construcción de templos y palacios, el boato y las fiestas. Formas distintas de la disipación de las riquezas: el oro brilla en los altares o se derrama en la fiesta. En México todavía, al menos en las ciudades pequeñas y en los pueblos, el trabajo es la antesala de la fiesta. El año gira en torno al eje doble del trabajo y la fiesta, la acumulación y el gasto. La fiesta es simultáneamente suntuosa e intensa, vivaz y fúnebre; es un frenesí vital y multicolor que se disipa en humo, cenizas, nada. Estética de la perdición: la fiesta está habitada por la muerte.

Los Estados Unidos no han conocido realmente el arte de la fiesta, salvo en los últimos años con el triunfo del hedonismo sobre la antigua moral protestante. Es natural: una sociedad que afirmaba con tal energía el valor redentor del trabajo, tenía que reprobar como una depravación el culto a la fiesta y la fascinación por el gasto. La condenación protestante era más religiosa que económica. Pero la conciencia puritana no podía ver que el valor de la fiesta era precisamente un valor religioso: la comunión. En la fiesta el elemento orgiástico es central: vuelta al origen, regreso al estado primordial, en el que cada uno se funde al gran Todo. Toda fiesta verdadera es religiosa porque toda fiesta es comunión. Aquí aparece con toda claridad la oposición entre comunión y pureza. Para los puritanos y sus herederos, el trabajo es redentor porque libera al hombre y esa liberación es una señal de la elección divina. El trabajo es una purificación que es asimismo una separación: el elegido asciende, rompe los lazos con la tierra, que son las leyes de la caída. Para los mexicanos, la comunión representa justamente lo contrario: no la separación sino la participación, no la ruptura sino la conjunción, la gran mezcla universal, el gran baño en las aguas del comienzo, un estado más allá de pureza e impureza.

La situación del cuerpo es inferior en el cristianismo. Pero el cuerpo es una potencia siempre activa y sus explosiones pueden destruir a una civilización. Por esto sin duda la Iglesia pactó desde el principio con el cuerpo.

Si no lo restauró en el lugar que ocupaba en la sociedad grecorromana, sí trató de devolverle su dignidad: el cuerpo es «naturaleza caída» pero, en sí mismo, es inocente. Después de todo, el cristianismo, a la inversa del budismo, es la religión de un dios encarnado. El dogma de la resurrección de los cuerpos es contemporáneo del cristianismo primitivo; bastante más tarde, en la Edad Media, apareció el culto a la Virgen. Ambas creencias son las dos expresiones más altas de esta voluntad de encarnación del espiritualismo cristiano. Las dos fueron transportadas a Mesoamérica con la cultura española y se fundieron inmediatamente, la primera con los cultos fúnebres de los indios y, la segunda, con la adoración a las diosas de la fecundidad y la guerra.

La visión de la muerte de los mexicanos modernos, que es asimismo esperanza de resurrección, está impregnada tanto de la escatología católica como del naturalismo indio. La muerte mexicana es corporal, exactamente lo contrario de la muerte norteamericana, que es abstracta y desencarnada. Para los mexicanos, la muerte se ve y se toca: es el cuerpo deshabitado por el alma, el montón de huesos que, de alguna manera, como en el poema azteca, ha de reflorecer. Para los norteamericanos, la muerte es lo que no se ve: la ausencia, la desaparición de la persona. En la conciencia puritana la muerte estaba presente siempre pero como una presencia incorpórea, una entidad moral, una idea. Más tarde, la crítica racionalista y cientista del cristianismo desalojó a la muerte de la conciencia norteamericana. La muerte se evaporó y se volvió inmencionable. Finalmente, el racionalismo y el idealismo progresista han sido substituidos, en vastas capas de la población norteamericana de nuestros días, por un neohedonismo. Pero el culto al cuerpo y al placer implica el reconocimiento y la aceptación de la muerte. El cuerpo es mortal y el reino del placer es el instante, según lo vio mejor que nadie Epicuro. El hedonismo norteamericano cierra los ojos ante la muerte y ha sido incapaz de conjurar la potencia destructiva del instante con una sabiduría como la de los epicúreos de la Antigüedad. El hedonismo actual ignora la templanza: es un recurso de angustiados y desesperados, una expresión del nihilismo que corroe a Occidente.

El capitalismo exalta las actividades y conductas tradicionalmente llamadas viriles: agresividad, espíritu de competencia y emulación, combatividad. La sociedad norteamericana hizo suyos esos valores y los exaltó. Esto explica, tal vez, que nada semejante a la devoción de los mexicanos por la Virgen de Guadalupe aparezca en las distintas versiones del cristianismo que profesan los norteamericanos, sin excluir a la minoría católica. En la Virgen se enlazan la religiosidad mediterránea y la mesoamericana,

ambas con antiquísimos cultos a divinidades femeninas. Guadalupe-Tonantzin es la madre de todos los mexicanos –indios, mestizos, blancos– pero también es una Virgen guerrera que muchas veces ha figurado en los estandartes de las sublevaciones campesinas. En la Virgen de Guadalupe encarna una visión muy antigua de la femineidad y que, como entre las diosas paganas, no excluye el temple heroico.

Un paréntesis: al mencionar la «masculinidad» de la sociedad capitalista norteamericana no ignoro que en ella las mujeres han conquistado derechos y posiciones que en otras partes todavía se les niegan. Pero los han obtenido como «sujetos de derecho», es decir, como entidades neutras o abstractas, como ciudadanas y no como mujeres. Ahora bien, nuestra civilización necesita, tanto o más que la igualdad de derechos entre hombres y mujeres, una «feminización» semejante a la que se operó en la mentalidad europea medieval por obra del «amor cortés». O una influencia como la irradiación femenina de la Virgen de Guadalupe sobre la imaginación y la sensibilidad de los mexicanos... Prosigo: la situación social de la mujer mexicana, por herencia hispanoárabe e india, es deplorable, pero lo que deseo destacar aquí no es tanto el carácter de las relaciones entre hombres y mujeres como la relación íntima de la mujer con esos símbolos elusivos que llamamos «femineidad» y «masculinidad». Por las razones que he apuntado antes, las mexicanas tienen una conciencia muy viva del cuerpo. Para ellas el cuerpo, el suyo y el del hombre, es una realidad concreta y palpable. No una abstracción ni una función sino una potencia ambigua y magnética en la que se entrelazan inextricablemente placer y pena, fecundidad y muerte.

PASADO Y FUTURO

El México precolombino era un mosaico de naciones, tribus y lenguas. España, por su parte, a pesar de que había realizado su unidad política, era también un conglomerado de naciones y pueblos. La heterogeneidad de la sociedad mexicana era la otra cara del centralismo español. El centralismo político de la monarquía española tenía como complemento y aun como fundamento la ortodoxia religiosa. La unidad real, efectiva, de la sociedad mexicana se ha ido realizando lentamente en el transcurso de varios siglos pero su unidad política y religiosa fue hecha desde la cumbre como la expresión conjunta de la monarquía española y de la Iglesia católica. Tuvimos un Estado y una Iglesia antes de ser una na-

ción. También en este aspecto nuestra evolución ha sido muy diferente a la de los Estados Unidos, en donde las pequeñas comunidades de colonos tenían ya, desde su nacimiento, una acusada y beligerante conciencia de su identidad frente al Estado. Entre los norteamericanos, la nación fue anterior al Estado.

Otra diferencia: en aquellas comunidades se había operado la fusión entre las convicciones religiosas, la embrionaria conciencia nacional y las instituciones políticas. Así, entre las convicciones religiosas de los norteamericanos y sus instituciones democráticas no hubo contradicción sino armonía; en cambio, en México el catolicismo se identificó con el régimen virreinal, fue su ortodoxia; por eso cuando los liberales mexicanos, después de la Independencia, intentaron implantar las instituciones democráticas, tuvieron que enfrentarse a la Iglesia católica. La instauración de la democracia republicana en México significó una ruptura radical con nuestro pasado y desembocó en las guerras civiles del siglo XIX. Esas guerras produjeron el militarismo que, a su vez, se resolvió en la dictadura del caudillo militar Porfirio Díaz. Los liberales vencieron a la Iglesia pero no pudieron implantar la verdadera democracia sino un régimen autoritario enmascarado de democracia.

Una tercera y no menos profunda diferencia: la oposición entre la ortodoxia católica y el reformismo protestante. En México la ortodoxia católica había adoptado la forma filosófica del neotomismo, un pensamiento a la defensiva frente a la modernidad naciente y más apologético que crítico. La ortodoxia impedía el examen y la crítica. En Nueva Inglaterra las comunidades estaban compuestas muchas veces por disidentes religiosos o, al menos, por creyentes en la libre lectura de la Escritura. Por una parte: ortodoxia, filosofía dogmática y culto a la autoridad; por la otra: libre lectura e interpretación de la doctrina.

Ambas sociedades eran religiosas pero sus actitudes religiosas eran inconciliables. No pienso únicamente en los dogmas y principios sino en la manera misma de practicar y entender la religión. En un caso: el complejo y majestuoso edificio conceptual de la ortodoxia, una jerarquía eclesiástica igualmente compleja, ricas órdenes religiosas militantes como los jesuitas y una concepción ritualista de la religión en la que los sacramentos ocupaban un lugar central. En el otro: libre discusión de la Escritura, una clerecía pobre y reducida al mínimo, una tendencia a borrar las fronteras jerárquicas entre el simple creyente y el sacerdote, una práctica religiosa fundada no en el ritual sino en la moral y no en los sacramentos sino en la interiorización de la fe.

La diferencia central, desde el punto de vista de la evolución histórica de las dos sociedades, reside a mi modo de ver en lo siguiente: con la Reforma, crítica religiosa de la religión y antecedente necesario de la Ilustración, comienza el mundo moderno; con la Contrarreforma y el neotomismo, España y sus posesiones se cierran al mundo moderno. No tuvimos Ilustración porque no tuvimos Reforma ni un movimiento intelectual y religioso como el jansenismo francés. La civilización hispanoamericana es admirable por muchos conceptos pero hace pensar en una construcción de inmensa solidez –a un tiempo convento, fortaleza y palacio– destinada a durar, no a cambiar. A la larga, esa construcción se volvió un encierro, una prisión. Los Estados Unidos son hijos de la Reforma y de la Ilustración. Nacieron bajo el signo de la crítica y la autocrítica. Y ya se sabe: quien dice crítica, dice cambio. La transformación de la filosofía crítica en ideología progresista se realizó y alcanzó su apogeo en el siglo xix. La crítica racionalista barrió el cielo ideológico y lo limpió de mitos y creencias; a su vez, la ideología del progreso desplazó los valores intemporales del cristianismo y los trasplantó al tiempo terrestre y lineal de la historia. La eternidad cristiana se convirtió en el futuro del evolucionismo liberal.

La diferencia que acabo de esbozar es la contradicción final y en ella culminan todas las divergencias y diferencias que he mencionado. Una sociedad se define esencialmente por su posición ante el tiempo. Por razón de su origen y de su historia intelectual y política, los Estados Unidos son una sociedad orientada hacia el futuro. Con frecuencia se ha señalado la extraordinaria movilidad espacial del pueblo norteamericano, nación constantemente en marcha. Al desplazamiento físico y geográfico corresponde, en el campo de las creencias y las actitudes mentales, la movilidad en el tiempo. El norteamericano vive en el límite extremo del ahora, siempre dispuesto a saltar hacia el futuro. El fundamento de la nación no está en el pasado sino en el porvenir. Mejor dicho: su pasado, su acta de fundación, fue una promesa de futuro y cada vez que los Estados Unidos regresan a su origen, a su pasado, redescubren el futuro.

La orientación de México, como se ha visto, fue la opuesta. En primer término: rechazo de la crítica y, con ella, de la noción del cambio: el ideal fue perdurar a imagen de la inmutabilidad divina. En segundo lugar: pluralidad de pasados, todos ellos presentes y combatiendo en el alma de cada mexicano. Cortés y Moctezuma están vivos en México. En el momento de esa gran crisis que fue la Revolución mexicana, la facción más radical, la de Zapata y sus campesinos, no postuló formas nuevas de organización social sino un regreso a la propiedad comunal de la tierra. Los

campesinos sublevados pedían la *devolución* de la tierra, es decir, querían volver a una forma de propiedad precolombina que había sido respetada por los españoles. La imagen instintiva que los revolucionarios se hacían de la edad de oro se situaba en el pasado más remoto. La utopía, para ellos, no consistía en construir el porvenir sino en regresar al origen, al comienzo. La actitud tradicional mexicana ante el tiempo ha sido expresada por Ramón López Velarde de esta manera: «Patria, sé siempre igual, fiel a tu espejo diario».

En el siglo xvii la sociedad mexicana era más rica y próspera que la norteamericana. Esta situación se prolongó hasta la primera mitad del xviii. Para comprobarlo basta con dar un vistazo a los monumentos y edificios de las ciudades de entonces: México y Boston, Puebla y Filadelfia. En menos de cincuenta años todo cambió. En 1847 los Estados Unidos invaden México, lo derrotan y le imponen terribles y onerosas condiciones de paz. Un siglo después, se convierten en la primera potencia mundial. Una conjunción inusitada de circunstancias de orden material, técnico, político, ideológico y humano explica el prodigioso desarrollo norteamericano. Entre estas condiciones, el conjunto de actitudes que sumariamente he descrito no fue menos decisivo que la existencia de un territorio inmenso y rico, una población emprendedora y un desarrollo científico y técnico extraordinario. De nuevo: en las pequeñas comunidades religiosas de Nueva Inglaterra estaba ya en germen el futuro: la democracia política, el capitalismo y el desarrollo social y económico. La Revolución de Independencia de los Estados Unidos no fue una ruptura con un pasado; la separación de Inglaterra no se hizo para cambiar los principios originales por otros sino para realizarlos más plenamente. En México ocurrió lo contrario. A fines del siglo xviii las clases dirigentes mexicanas –sobre todo los intelectuales– descubrieron que los principios que habían fundado a su sociedad la condenaban a la inmovilidad y al atraso. Acometieron una doble revolución: separarse de España y modernizar al país mediante la adopción de los nuevos principios republicanos y democráticos. Sus ejemplos fueron la Revolución de Independencia norteamericana y la Revolución francesa. Lograron la independencia de España pero la adopción de los nuevos principios fue inoperante: México cambió sus leyes, no sus realidades sociales, económicas y culturales.

Durante la primera mitad del siglo xix México sufrió una guerra civil endémica y dos invasiones extranjeras, la norteamericana y la francesa. En la segunda mitad del siglo se restableció el orden pero a costa de la democracia. Lo peor fue la mentira, plaga de las sociedades latinoamericanas:

en nombre de la ideología liberal y del positivismo de Comte y Spencer se implantó una dictadura que duró treinta años. Fue un período de paz y desarrollo material apreciable; también de la creciente penetración del gran capitalismo extranjero, sobre todo el inglés y el norteamericano. La Revolución de 1910 se propuso rectificar el rumbo. En parte lo consiguió. Digo «en parte» porque la democracia mexicana todavía no es una realidad y porque los avances logrados en ciertos sectores han sido nulificados o se ven en peligro por la centralización política excesiva, el desmesurado crecimiento demográfico, la desigualdad social, el derrumbe de la educación superior y la acción de los monopolios económicos, entre ellos los norteamericanos. El desarrollo del Estado mexicano, como el de todos los Estados del siglo xx, ha sido enorme, monstruoso. Una curiosa contradicción: el Estado ha sido el agente de la modernización pero no ha sido capaz de modernizarse a sí mismo enteramente. Es un híbrido del Estado patrimonialista español de los siglos xvii y xviii y de las modernas burocracias de Occidente. En cuanto a nuestra relación con los Estados Unidos: sigue siendo la vieja relación entre el fuerte y el débil, oscilante entre la indiferencia y el abuso, la mentira y el cinismo. La mayoría de los mexicanos tenemos la justificada convicción de que el trato que recibe nuestro país es injusto.

LA DOBLE OPOSICIÓN

Por encima de logros y fracasos, el México contemporáneo se enfrenta a la misma pregunta que, desde fines del siglo xviii, no han cesado de hacerse los mexicanos más lúcidos: la pregunta sobre la modernización. En el siglo xix se pensó que bastaba con la adopción de los nuevos principios liberales y democráticos. Ahora, tras cerca de dos siglos de tropiezos, nos hemos dado cuenta de que los pueblos cambian muy lentamente y que, además, para que esos cambios sean fecundos deben estar en consonancia con el pasado y la tradición de cada nación. Así pues, México tiene que encontrar su propio camino hacia la modernidad. Nuestro pasado no debe ser un obstáculo sino un punto de partida. Esto es dificilísimo, dada la índole de nuestra tradición; difícil pero no imposible. Ése fue, en realidad, el sentido profundo de la Revolución mexicana: mucho antes que nosotros, los campesinos de Zapata hicieron la crítica de la modernización *à outrance*. La hicieron con las armas. Para evitar nuevos desastres, debemos reconciliarnos con nuestro pasado: sólo así lograremos

encontrar una vía de salida hacia la modernidad. La búsqueda de un modelo propio de modernización es un tema que está ligado directamente con otro: hoy sabemos que la modernidad, en sus dos versiones, la capitalista y la pseudosocialista de las burocracias totalitarias, está herida de muerte en su centro mismo: la idea de un progreso continuo e ilimitado. Las naciones que habían inspirado a los liberales del siglo XIX –Inglaterra, Francia y, sobre todo, Estados Unidos– hoy dudan, vacilan y no encuentran su camino. Han dejado de ser ejemplos universales. Los mexicanos del siglo XIX volvían los ojos hacia las grandes democracias de Occidente: nosotros no tenemos a donde volver los ojos.

Durante cerca de treinta años, entre 1930 y 1960, la mayoría de los mexicanos estaba segura del camino escogido. Esas certidumbres se han desvanecido y algunos se preguntan si no hay que comenzar todo de nuevo. Pero la pregunta no se limita al caso de México: es universal. Por poco satisfactoria que nos parezca la situación de nuestro país, no es desesperada, sobre todo comparada con la que prevalece en otras partes. América Latina, salvo unas pocas excepciones, vive bajo dictaduras militares solapadas cuando no apoyadas por los Estados Unidos. Cuba escapó de la tutela norteamericana sólo para convertirse en un peón de la política de agresión militar de la Unión Soviética en África. Gran parte de las naciones de Asia y África que después de la segunda guerra mundial alcanzaron la independencia, padecen tiranías nativas con frecuencia más crueles y despóticas que las de las antiguas potencias coloniales. En el llamado Tercer Mundo, con distintos nombres y atributos, reina un Calígula ubicuo.

En 1917 la Revolución de Octubre en Rusia encendió las esperanzas de millones; en 1978, la palabra *Gulag* se ha vuelto sinónimo del «socialismo soviético». Los fundadores del movimiento socialista creían firmemente que el socialismo no sólo acabaría con la explotación de los hombres sino con la guerra; en la segunda mitad del siglo XX los «socialismos» totalitarios no sólo han esclavizado a la clase trabajadora despojándola de sus derechos básicos –el de asociación y el de huelga– sino que cubren el planeta entero con el griterío amenazante de sus disputas y querellas. En nombre de distintas versiones del «socialismo» los vietnamitas y los camboyanos se degüellan. Las guerras ideológicas del siglo XX no son menos feroces que las guerras de religión. En mi juventud era popular entre los intelectuales la idea de que asistiríamos a la crisis final del capitalismo. Ahora comprendemos que la crisis contemporánea no es la de un sistema socioeconómico sino de la civilización entera. La crisis es general, mundial; su expresión más extremada, aguda y peligrosa es la situación de la

Unión Soviética y sus satélites. Las contradicciones del «socialismo» totalitario son más profundas e inconciliables que las de las democracias capitalistas.

La enfermedad de Occidente, más que social y económica, es moral. Es verdad que los problemas económicos son graves y que no han sido resueltos: al contrario, la inflación y el desempleo aumentan. También es cierto que, a pesar de la abundancia, la pobreza no ha desaparecido. Vastos grupos –las mujeres, las minorías raciales, religiosas y lingüísticas– siguen siendo o sintiéndose excluidos. Pero la verdadera y más profunda discordia está en el alma de cada uno. El futuro se ha vuelto la región del horror y el presente se ha convertido en un desierto. Las sociedades liberales giran incansablemente: no avanzan, se repiten. Si cambian, no se transfiguran. El hedonismo de Occidente es la otra cara de su desesperación; su escepticismo no es una sabiduría sino una renuncia; su nihilismo desemboca en el suicidio y en formas inferiores de la credulidad, como los fanatismos políticos y las quimeras de la magia. El lugar vacante que ha dejado el cristianismo en las almas modernas no lo ocupa la filosofía sino las supersticiones más groseras. Nuestro erotismo es una técnica, no un arte ni una pasión.

No insistiré: la descripción de los males de Occidente se ha hecho muchas veces. La última, hace unos meses, ha sido la de Solzhenitsyn. Un hombre de temple admirable. Sin embargo, debo decir que, aunque su descripción me parece exacta, no me lo parecen su juicio sobre las causas de la enfermedad ni el remedio que propone. No podemos renunciar a la tradición crítica de Occidente; tampoco podemos volver al Estado teocrático medieval. Los calabozos de la Inquisición no son la respuesta a los campos de Gulag. No vale la pena substituir el Estado-Partido por el Estado-Iglesia, una ortodoxia por otra. La única arma eficaz contra las ortodoxias es la crítica; para defendernos de la intolerancia y de los fanatismos no tenemos más recurso que ejercer, con firmeza pero con lucidez, dos virtudes opuestas: la tolerancia y la libertad de espíritu. Yo no reniego de Montesquieu ni de Hume ni de Kant.

La crisis de los Estados Unidos afecta al fundamento mismo de la nación, quiero decir, a los principios que la fundaron. Dije ya que hay un *leitmotiv* que corre a lo largo de la historia norteamericana, desde la época de las colonias puritanas de Nueva Inglaterra hasta nuestros días: la tensión entre libertad e igualdad. Las luchas de los negros, los chicanos y otras minorías no son sino una expresión de este dualismo. A esta contradicción interna corresponde otra externa: los Estados Unidos son una re-

pública y son un imperio. En un ensayo escrito hace algunos años señalé que la primera de estas contradicciones (la interna entre igualdad y libertad) se resolvió en Roma con la supresión de la libertad; el cesarismo fue, al principio, una solución igualitaria que, como todas las soluciones por la fuerza, acabó también por suprimir la igualdad. La otra contradicción causó la ruina de Atenas, la primera república imperial de la historia.

Sería presuntuoso de mi parte proponer soluciones a esta doble contradicción. Pienso que cada vez que una sociedad se encuentra en crisis, vuelve instintivamente los ojos hacia sus orígenes y busca en ellos, ya que no una respuesta, un signo, una indicación. La sociedad colonial norteamericana fue una sociedad libre e igualitaria pero exclusiva. Fieles a sus orígenes, lo mismo en su política interior que en la exterior, los Estados Unidos han ignorado siempre al *otro*. En el interior al negro, al chicano o al portorriqueño; en el exterior: a las culturas y sociedades marginales. Hoy los Estados Unidos se enfrentan a enemigos muy poderosos pero el peligro mortal no está fuera sino dentro: no es Moscú sino esa mezcla de arrogancia y oportunismo, ceguera y maquiavelismo a corto plazo, volubilidad y terquedad, que ha caracterizado su política exterior en los últimos años y que recuerda extrañamente a la del Estado ateniense en su disputa con Esparta. Para vencer a sus enemigos, los Estados Unidos tienen primero que vencerse a sí mismos: regresar a sus orígenes. No para repetirlos sino para rectificarlos: el *otro* y los otros –las minorías del interior y los pueblos y naciones marginales del exterior– existen. No sólo somos la mayoría de la especie sino que cada sociedad marginal, por más pobre que sea, representa una versión única y preciosa de la humanidad. Si los Estados Unidos han de recobrar la entereza y la lucidez, tienen que recobrarse a sí mismos y para ello tienen que recobrar a los *otros*: a los excluidos del Occidente.

Washington, septiembre de 1978

«Posiciones y contraposiciones: México y Estados Unidos» se publicó en *Tiempo nublado*, Barcelona, Seix Barral, 1983.

454

En el filo del viento:
México y Japón

(Conversación con Tetsuji Yamamoto y Yumio Awa[1])

PROSA Y POESÍA

Iichiko Internacional: *¿Qué piensa usted sobre las formas del lenguaje? ¿Cuáles son las diferencias entre el hablar y el escribir?*

Octavio Paz: En el habla la comunicación es inmediata y está apoyada por los gestos y la entonación; en la palabra escrita, la comunicación es mediata y está apoyada por el estilo. Además, entre ustedes, los japoneses, la diferencia es mucho mayor, porque su escritura es en parte ideográfica. Antes la caligrafía formaba parte de su literatura, como en la de China. En cambio, en Occidente sólo en la Edad Media, en los manuscritos, la caligrafía tuvo una función estética. Ahora es la tipografía, no la caligrafía, un elemento muy importante para la publicidad y para cierto tipo de poesía moderna. En fin, hay una gran diferencia entre la expresión hablada y la escrita: la palabra escrita le pide más al lector. Ni el lector ve al autor ni el escritor ve al lector. Es una conversación entre fantasmas, un diálogo de sombras.

–*Creo que en Francia Jacques Derrida enfatiza especialmente la acción de escribir, más que la palabra hablada...*

–Bueno, yo no estoy de acuerdo con el profesor Derrida. Él cree que el signo es anterior. Para probar la anterioridad del signo escrito afirma que hay una suerte de *trazos* previos a la emisión de las palabras. Pero ¿en dónde se imprimen esos trazos? ¿En la mente? Es imposible probar su existencia. Incluso si fuesen una realidad, esos trazos no serían visibles sino audibles. Para mí es indudable que la palabra hablada es anterior a la escritura. El primer lenguaje literario que conoció la humanidad fue el de la poesía. El lenguaje de la magia y la religión son esencialmente poéticos –ritmos, metáforas– y aparecieron antes de que hubiera una escritura. La poesía nace con la sociedad, surge espontáneamente del lenguaje. La poesía es hablada siempre, in-

1. Publicada en el número 1 de *Iichiko Internacional*, Tokio. Reproducida en *Excélsior*, en marzo de 1989.

cluso cuando, como ahora, la escribimos. Al escribirla, la hablamos y, al leer-
la, la recitamos mentalmente. La prosa es un género tardío. No hay sociedad
sin poesía pero solamente en las sociedades históricas más evolucionadas hay
prosa, es decir, discurso filosófico, ciencia, historia. La novela es aún más
tardía y es un híbrido de la poesía épica. La forma original de expresión li-
teraria de la humanidad, la que ha surgido en todos los pueblos, ha sido la
poesía. Y la poesía es palabra hablada, ritmo, canto, música.

–*En Japón, la presencia de Octavio Paz está especialmente fincada
sobre su poesía, y ahora el señor Yamaguchi está incluyendo también es-
critos de literatura y antropología. Sobre su prosa todavía no hay muchas
cosas, porque no están traducidas.*

–Bueno, han traducido varios ensayos y dos libros de prosa: *El laberin-
to de la soledad* y *El mono gramático*. Este último colinda con la poesía.
Claro, han traducido más bien mis poemas. A mí esto me da gusto.

–*¿Cuál sería para Octavio Paz su actividad más importante? ¿Se sien-
te más poeta que ensayista? ¿O cuáles serían los vínculos que enlazan a su
poesía con su prosa?*

–Vamos por partes. Yo me siento sobre todo un poeta. Eso es lo que
yo quiero ser. No sé si lo sea. Mi pasión, lo central para mí, es la poesía.
Pero al mismo tiempo creo que un poeta que escribe poesía todos los días
se expone a escribir muchas tonterías. Hay que dejar para la poesía los
mejores momentos. La poesía es como el amor. Escribir novelas o trata-
dos de esto o de aquello es una ocupación; la poesía no es una ocupación:
es una pasión. ¿Qué puede hacer el poeta cuando no escribe poemas? En
primer lugar, no hacer nada: sin ocio, no hay poesía. Pero aun así, le que-
da mucho tiempo al poeta para otros trabajos.

–*¿Y en su caso?*

–He escrito ensayos porque mi temperamento es más bien reflexivo.
Desde joven mis modelos fueron aquellos poetas que reunían dos vertien-
tes, la vertiente de la creación y la de la reflexión. Una de las razones de
mi afición a la literatura japonesa fue ver cómo dos de sus grandes poetas
habían alternado con gran tino la prosa y la poesía. Uno de ellos es Zea-
mi, autor de teatro Nô, que también escribió un libro de filosofía y de
poética: *La transmisión secreta de la flor*. Es un tratado de cómo se escri-
be y qué significa el teatro Nô y, por eso mismo, es un tratado filosófico
sobre la poesía. Otro poeta que escribe también en prosa, aunque de
modo mucho más simple y directo, es Matsuo Bashō. Sus diarios de via-
je, salpicados de pequeños poemas, los haikú, me encantaron desde que
los leí. Vuelvo a ellos con frecuencia y traduje uno: *Sendas de Oku*.

En Occidente la alianza entre prosa y poesía es muy antigua. Los grandes ejemplos son Dante y Milton. En la época moderna tenemos a Baudelaire y, en lengua española, a Antonio Machado, que escribió páginas profundas y simples sobre la poesía. Otro modelo es Eliot. Yo he seguido un poco a estos maestros. Mis primeros ensayos en prosa fueron sobre temas vitales para mí: ¿qué es la poesía?, ¿por qué escribo poemas?, ¿qué significa ser poeta?, ¿cuál es el papel de la poesía en el siglo xx? Esto último siempre me ha angustiado mucho, porque la poesía se ha convertido en una actividad marginal en la sociedad industrial moderna. En la sociedad antigua e incluso todavía hace un siglo, la poesía era el centro de la sociedad. Ahora ese centro se ha desplazado; hoy los ideólogos, los publicistas y los profesores de filosofía ocupan el lugar de los poetas. Esto ha sido catastrófico, como se ve en el caso de Francia. Además, la publicidad y el negocio editorial han mercantilizado y prostituido a la novela.

–*De modo que sus ensayos son el complemento de sus poemas.*

–Sí y no. El tema de la poesía me llevó a escribir muchos ensayos y dos libros: *El arco y la lira* y *Los hijos del limo*. Pero otro tema –otro misterio– me interesó tanto o más: ¿qué significa ser mexicano? Esta pregunta sobre México y sobre los mexicanos era también una pregunta sobre mí mismo. Y así surgieron mis dos primeros libros de ensayos; *El laberinto de la soledad* y *El arco y la lira*: dos respuestas a dos preguntas. Todo lo que he escrito después ha sido, en cierto modo, el desarrollo de estos dos libros. Así como en mi respuesta sobre la poesía me vi como parte del movimiento poético moderno –un movimiento que comienza con el romanticismo– al tratar de responder a la pregunta sobre México me di cuenta, en el camino, de que ser mexicano era ser latinoamericano y vecino de los Estados Unidos. En mi reflexión sobre la historia de México la vi como un fragmento de la historia de América Latina, que a su vez es ininteligible sin la historia de España y Portugal, por una parte, y por la otra sin la de los Estados Unidos. Así, la pregunta sobre México me abrió las puertas de la historia universal. Además, mi juventud coincidió con la guerra de España, el ascenso de Hitler, el estalinismo y la segunda guerra, de modo que la pregunta sobre México también me llevó a la realidad contemporánea mundial y sus dramas y problemas.

MÉXICO INTROVERSO

También ha escrito varios libros sobre temas de política mundial, como
Tiempo nublado.

–En efecto, pero no crea usted que únicamente la historia y la política
me llevaron a interesarme en lo que pasa en el mundo. Lo esencial fue mi
vocación literaria. Ya me referí a *El arco y la lira*. También podría hablar
de mis poemas. Siempre me he sentido parte de una tradición que no es,
ni puede ser, exclusivamente mexicana. Aunque esta actitud mía la han
compartido y comparten varios grandes escritores y poetas mexicanos,
hay que decir que no es muy general entre nosotros ni muy popular. Al
contrario: México es un país ensimismado. En cambio, ustedes tienen una
gran curiosidad. Siempre la han tenido. Claro, hubo épocas en las que se
han cerrado, como en el Shogunato. Pero desde el período Meiji se han
abierto. Antes también, desde el siglo VII, se habían interesado en Corea
y China, asimilando y recreando esas culturas como ahora lo han hecho
con la occidental. México ha vivido encerrado en sí mismo. Primero, el
gran aislamiento de la civilización mesoamericana; después, dentro del ca-
pullo –o más bien: armadura– español. Nacimos a la historia mundial pre-
cisamente en el momento en que España se encierra en sí misma. La In-
dependencia no cambió las cosas. Desde entonces nuestra relación con el
exterior ha sido de recelo, suspicacia y aun animadversión, especialmente
frente a España, en el pasado y, ahora, ante los Estados Unidos. Es ver-
dad que sufrimos durante el siglo pasado ocupaciones de norteamericanos
y franceses, que perdimos la mitad de nuestro territorio en la guerra con
los Estados Unidos y que hemos sido víctimas de muchas injusticias en
nuestro trato con nuestro poderoso vecino. Pero cerrarse al mundo es
suicida. El ejemplo de ustedes muestra que la actitud sana es la contraria.
A mí la xenofobia me ha parecido siempre una enfermedad.

–Sin embargo se dice que el nacionalismo es un componente esencial de
la cultura mexicana.

–El nacionalismo es una ideología y, como todas las ideologías, vela o
deforma la realidad. No nos deja ver a los otros ni vernos a nosotros mis-
mos. El nacionalismo puede ser también el sentimiento profundo de per-
tenecer a una tierra y a una historia, a un pueblo. En este sentido, yo com-
parto apasionadamente ese sentimiento con mis compatriotas. Desde muy
joven he amado el pasado de México, su arte y su literatura, su historia.
Pero también desde que guardo memoria, tanto por influencia familiar

como por mis lecturas juveniles, amé a la cultura europea. Años más tarde me sentí atraído por el Oriente. Viví una temporada en la India y después en Japón, en 1952. Volví a la India en 1962, viví allá seis años y viajé mucho por el Sudeste asiático, Ceilán y Afganistán. He estado dos veces en Japón y he leído mucha literatura japonesa. Desde hace más de treinta años pienso que establecer una buena relación con el Japón es esencial para México. No podemos seguir viéndonos el ombligo ni mirando con obsesión hacia los Estados Unidos como antes, en la época de Porfirio Díaz, veíamos hacia Francia. Hay que mirar también al Pacífico. Es nuestro horizonte geográfico e histórico. Desde la segunda mitad del siglo xvi y hasta el xvii, cuando el Japón se aisló, nuestros abuelos novohispanos comerciaron con ustedes. La geografía nos une.

–*Entonces, ¿usted ve como mexicano al mundo? ¿O ve a México desde fuera?*

–Bueno, las dos cosas. La primera vez que estuve fuera descubrí que los mexicanos éramos distintos al resto del mundo. Cada país es distinto, por supuesto, pero yo me sentí solo, inseguro. Ustedes también han sentido lo mismo. Los japoneses han sentido la misma ambigüedad, el mismo sentimiento de inseguridad e incluso, a veces, de inferioridad ante el extranjero. Ustedes han logrado superar este sentimiento por un paciente esfuerzo de asimilación de las influencias extranjeras, que han logrado incorporar a su cultura nacional. La cultura del Japón no sólo es muy antigua sino que se ha desarrollado sin interrupciones. Casi todos los grandes cambios culturales y políticos del Japón han sido voluntarios, como la adopción del budismo, de la escritura china, de la filosofía de Confucio y de la ciencia y la técnica de Occidente. Incluso cuando han sufrido descalabros y desdichas, como en la pasada guerra, han sido capaces de convertir su derrota en victoria. En cambio, la historia de la cultura mexicana es discontinua y ha sido rota varias veces. Sin embargo, el sentimiento de inseguridad ha sido el mismo. Ustedes lo han resuelto de un modo, y nosotros lo estamos tratando de resolver de otro.

–*¿Cómo empezó su interés por la cultura japonesa?*

–Mi primer contacto con Japón fue a través del arte de la jardinería. Yo viví de niño en una casa con un vasto jardín. Mi abuelo era un admirador de los japoneses y el jardín de su casa había sido diseñado por un jardinero japonés. En mi casa también se admiraba a los japoneses por sus virtudes militares. Estaba todavía fresca la memoria de la guerra de 1904. En mi familia paterna la influencia francesa era muy grande y Francia, a fines del siglo pasado, estaba llena de *japonaiseries*, como se decía entonces.

Aparte de este antecedente familiar, la poesía japonesa –o más exactamente: el haikú– fue para mí un descubrimiento esencial en mi evolución poética y personal. Se lo debo al poeta mexicano José Juan Tablada. Empecé a leer –en traducciones: una de mis grandes penas es mi ignorancia del chino y del japonés– la gran literatura de Japón y también la de China. Por fortuna, hay traducciones admirables. Además, he contado con la amistad de un orientalista como Donald Keene y con la de un japonés, Eikichi Hayashiya, con el que traduje *Oku no Hosomichi*. He escrito varios ensayos sobre algunas figuras y momentos de la literatura japonesa –Murasaki, Sei Shonagon, el teatro Nô, Bashō–, he traducido tanka y haikú y, en fin, dirigí un número de *Sur*, con Donald Keene y Kasuya Sakai, dedicado a la literatura japonesa contemporánea. Fue ya hace unos treinta años... Un dato curioso: quise insertar la forma del poema colectivo, *Renga*, en la poesía moderna. En 1969 escribimos en París el primer *Renga* occidental cuatro poetas: el inglés Charles Tomlinson, el francés Jacques Roubaud, el italiano Edoardo Sanguineti y yo –un mexicano. Repetí la experiencia con Charles Tomlinson pero ahora en forma epistolar y de esa colaboración nació un texto que ha merecido varias traducciones: *Hijos del aire (Air Born)*. En cuanto a mi trabajo personal como poeta: le debo mucho a la poesía japonesa. Los latinos tenemos la tendencia a cierta retórica heredada de Roma y confundimos a veces la elocuencia con la poesía. Los poetas japoneses me enseñaron la concisión, la economía verbal, el arte de la reticencia y el silencio. Fue una gran enseñanza. Entre mis maestros están algunos poetas japoneses.

–De modo que el origen de su afición a las cosas japonesas fue la poesía.

–Se trata de algo más complejo. En la historia del Japón y en el carácter de su cultura encuentro una combinación nada frecuente entre pragmatismo y heroísmo, inmensa cortesía y no menor violencia, tradicionalismo y capacidad de innovación, realismo e idealismo. En Europa hay otra isla que también ha sido una gran nación y que ha cultivado con gran arte, como ustedes, el comercio y la guerra, la tradición y el cambio, la industria y las buenas maneras: Inglaterra. Tal vez el secreto de la grandeza de las dos islas reside en que ambos han amado a sus poetas. Yo creo que las grandes civilizaciones se han identificado siempre con una tradición poética: Grecia y Homero, Roma y Virgilio, Inglaterra y Shakespeare. Esto es lo que me parece admirable en el Japón: la persistencia de su tradición poética. Y esto es lo que ha desaparecido en las modernas sociedades industriales de Occidente. Hay un vacío, un hueco espiritual –son sociedades sin alma, desalmadas.

LAS TRAMPAS DE LA FE

Parece que siempre volvemos al punto de partida, porque en su libro sobre sor Juana, Las trampas de la fe, *se encuentra nuevamente México y también la poesía...*

—Este libro es, al mismo tiempo, un estudio de historia, un ensayo de crítica literaria y una biografía. El estudio histórico examina un período no muy bien estudiado: el final del siglo XVII. Ésta es una fase muy importante de nuestro pasado. En general ha habido un prejuicio frente a la Colonia porque en aquellos años éramos parte de España. Pero yo creo que ese período fue muy rico y creador en todos los órdenes. El trozo de tiempo que abarca mi estudio, el final del siglo XVII, posee una significación particular: fue un momento de gran decadencia en España pero no en México. Como crítica literaria, mi libro es un estudio sobre la obra de una mujer excepcional, una gran escritora. Fue un alto poeta —uno de los mejores de su siglo— y también un verdadero intelectual, como no ha habido muchos en nuestra lengua. Ustedes también tienen grandes escritoras: Murasaki Shikibu, Sei Shonagon, la poetisa Ono no Komachi y muchas otras. Entre ellas solamente Murasaki es, a la vez, una gran novelista y un intelectual. Lo mismo puede decirse de sor Juana; no fue nada más una gran poeta sino también una mente filosófica de primer orden. Es muy raro encontrar la unión de estas dos facultades en un escritor. La obra de sor Juana es universal y, en esa medida, le pertenece al mundo. Por último, la biografía. Su vida es una historia apasionante, muy rica en episodios, a pesar de que vivió más de la mitad de su vida encerrada en un convento. La biografía de sor Juana es la de una mujer de su época y su mundo, pero en varios aspectos y, sobre todo, por su fin dramático, es una vida extrañamente moderna.

—*¿Por qué entró en el convento?*

—Era de una familia de medianos recursos aunque entre sus parientes había gente acomodada y con puestos de cierta importancia en la burocracia virreinal o en la universidad. Sor Juana no era hija legítima y su madre la envió con unos parientes ricos que vivían en la ciudad de México. Estos parientes la colocaron ventajosamente en el Palacio Virreinal, como dama de la virreina. Juana Inés era bonita e inteligente. Triunfó en la corte pero no tenía padre ni dote, de modo que la posibilidad de un matrimonio ventajoso era más bien remota. Su empleo en el Palacio era temporal; los virreyes duraban en sus puestos unos cuantos años; ¿qué sería

de ella después? Por último, no tenía predisposición por el matrimonio y sí, en cambio, por el saber y las letras. Todo esto explica, más o menos, su decisión de tomar los hábitos de religiosa. Dentro de sus circunstancias, fue una decisión cuerda.

–*¿Fue una mística?*

–No: fue una intelectual. Como monja, no se distinguió por su fervor pero sí cumplió con sus obligaciones. La regla del convento era blanda y pudo dedicarse al estudio y a escribir sus obras. No llevó una vida retirada: la visitaban clérigos y cortesanos, literatos y teólogos. Pronto se dio a conocer y fue muy admirada y festejada, lo mismo en México que en Madrid, Lima y Manila. Escribió comedias, autos sacramentales (piezas sagradas que recuerdan al Nô), canciones sacras que se cantaban en las iglesias, poesía erótica y burlesca y un gran poema filosófico. Sus obras le dieron fama, influencia y aun dinero: entró en el convento como una monja pobre y al final de sus días gozaba de cierta afluencia.

–*Usted habló de su fin dramático.*

–Sí, al final se vio envuelta en una amarga disputa. Sor Juana era una política sagaz, conquistó la confianza de varias virreinas y fue protegida por sus maridos y por altos dignatarios de la Iglesia. Pero México, como todo el Imperio español, era lo que hoy se llama una «sociedad cerrada», regida por una estricta ortodoxia católico-monárquica y bajo la influencia intelectual y moral de la Compañía de Jesús. A instancias del obispo de Puebla, que luego la abandonó, sor Juana escribió una crítica teológica al sermón de un famoso predicador jesuita. La crítica fue interpretada como un ataque contra algunas autoridades eclesiásticas y, tras una acerba y envenenada polémica –durante la cual sor Juana escribió en defensa propia una memorable autobiografía intelectual– fue vencida. No pudo resistir a las fuerzas unidas de la intolerancia eclesiástica, la misoginia de aquella sociedad y la envidia colectiva. Renunció a las letras, firmó esa renuncia con su propia sangre, regaló sus libros y al poco tiempo murió en una epidemia.

–*¿Murió reconciliada con sus superiores?*

–Es difícil decir que murió «reconciliada». No lo sabemos. Lo que sabemos es que fue vencida, doblegada y humillada. Las autoridades eclesiásticas de su tiempo interpretaron su renuncia a las letras como un acto de conversión espiritual. Esta tesis ha sido recogida ahora por varios críticos, casi todos católicos. Yo pienso lo contrario: sor Juana fue objeto de una larga, sinuosa y despiadada presión clerical. En esa lucha sus persecutores contaron con un cómplice: ella misma. O más exactamente: sus creencias.

Aislada de sus protectores –como la antigua virreina, la condesa de Pare-
des, vuelta a España–, abandonada por otros –como el obispo de Puebla–
y desmanteladas sus defensas psicológicas, encontró en su fe la justificación
de las acusaciones de sus enemigos. Por esto el subtítulo del libro es *Las
trampas de la fe*. Me parece que este triste episodio puede verse como una
prefiguración de lo que hemos vivido en el siglo XX. Pertenezco a una ge-
neración que vio cómo los jefes bolcheviques, durante los procesos de
Moscú en 1938, se declaraban culpables de delitos imaginarios. ¿Terror? Sí,
pero también la complicidad de sus convicciones ideológicas. Las ideolo-
gías absolutistas no sólo destrozan a los disidentes y a los herejes: también
los convierten en cómplices de sus verdugos. Claro, el caso de sor Juana no
fue tan terrible pero posee un asombroso parecido histórico con lo ocurri-
do en el siglo XX. De modo que mi libro tiene, al final, cierta actualidad.

 –*¿Qué relación tiene sor Juana con usted?*

 –Es una figura que me atrae profundamente. Veo en ella al poeta que
reflexiona y que ama las ideas. En seguida, veo en sor Juana al intelectual
que, por fidelidad a su vocación, tiene una relación difícil, incluso desven-
turada, con su medio. Sor Juana fue vencida pero su derrota fue la del es-
critor independiente frente a una ideología cerrada y una clerecía despó-
tica. Su derrota, como ella dice en un poema, también fue triunfo. En este
sentido, sor Juana es una figura absolutamente moderna, algo que no se
puede decir ni de Lope de Vega ni de Góngora ni de Quevedo ni de Cal-
derón ni de los otros grandes poetas de su siglo en España. En fin, yo no
podría decir, como Flaubert de Madame Bovary, *Madame Bovary c'est
moi*. Pero sí puedo decir que me reconozco en sor Juana…

 –*¿Y sor Juana como mujer?*

 –Ése es otro aspecto muy actual de su persona. Sor Juana es una mujer
que escribe. Hay muchas mujeres que han escrito, grandes poetisas y nove-
listas –sobre todo en los siglos XIX y XX. Pero ella fue la primera en lengua
española, y la primera en América –antes aún que en Estados Unidos– que
afirma y defiende el derecho de las mujeres a participar en la cultura. Así
que podemos decir que sor Juana fue una de las primeras feministas de la
historia… La primera en nuestra lengua y en nuestro continente.

SEXO, EROTISMO, AMOR

¿Es usted feminista?

 –¡Claro que sí! Pero en algo estoy en desacuerdo, no con sor Juana sino

con algunas feministas modernas: no creo que las diferencias entre los hombres y las mujeres sean meramente sociales y que dependan de la función, o como ellas dicen del *role*, de los sexos en la sociedad. Son evidentes y están a la vista las diferencias biológicas y fisiológicas. También hay diferencias de sensibilidad y de orden espiritual. Aclaro: hablo de diferencias, no de desigualdad. Agrego que debemos preservar esas diferencias. La civilización moderna tiende a la uniformidad pero sería fatal que la uniformidad triunfase: sería la muerte de la verdadera civilización, que es siempre creación. Y la creación nace del choque y la fusión de las diferencias.

–*Tal vez, como las diferencias que existen entre el amor, el erotismo y el sexo...*

–...no son lo mismo, desde luego, pero son de la misma familia. Son partes, eslabones de la misma cadena. El sexo, la sexualidad, es fundamentalmente biología. Hay dos tipos de células: las que se reproducen a sí mismas y las que para reproducirse necesitan de otras. La sexualidad es un momento de la evolución de las células y, después, de organismos más complejos. La sexualidad rige la reproducción de los animales y de muchas plantas. Así pues, la sexualidad es un fenómeno natural. En cambio, el erotismo es la forma que la sexualidad adopta en la especie humana. El erotismo no es natural: se inserta en el mundo de la cultura. Es verdad que entre las especies superiores –también en algunos insectos– se presentan formas de copular extrañas. Algunas son bastante crueles. Pero entre los animales, por más barrocos que sean sus acoplamientos, no existe ningún tipo de invención. En cambio, lo que distingue al erotismo es la invención. El hombre es un animal que inventa. Entre los hombres, la sexualidad animal se convierte en ceremonia y se transforma en rito. En las conversaciones diarias –y esto sucede en todas las sociedades– la gente utiliza expresiones muy curiosas. Un enamorado, por ejemplo, le dice a su pareja «mi leoncita», «mi caimancita» o «mi paloma». El hombre imita la sexualidad de los animales, y por eso se dice que «hacen el amor como los escorpiones» o «como las palomas». El erotismo refleja la sexualidad animal y, al reflejarla, la transforma. Ninguna especie animal imita la sexualidad humana o la de los otros animales.

El erotismo, como ya le dije, es algo más que imitación: al imitar la sexualidad animal, los hombres la cambian. Lo que llamamos erotismo es la metáfora humana de la sexualidad biológica. Las formas que asume esa metáfora son innumerables pero todas ellas obedecen al mismo impulso básico. El erotismo aparece en todas las sociedades y es, por una parte, una socialización y, por la otra, una ritualización de la sexualidad natural.

En el erotismo intervienen la creatividad y la imaginación. A veces adopta formas a un tiempo fantásticas y geométricas como las orgías imaginadas por Fourier. O formas crueles, como las prácticas que describe el marqués de Sade. Pero en todos los casos el erotismo, con su carga de imaginación, cambia radicalmente a la sexualidad natural. Además, hay algo muy importante: la sexualidad sirve siempre a la procreación. Los gatos, las moscas, los elefantes, todos los animales copulan con el propósito de procrear. En el erotismo, por el contrario, lo fundamental es el placer y generalmente el placer sin procreación. El erotismo colinda con la muerte.

–¿Y el amor?

–Es un dominio más limitado. En todas las sociedades hay prácticas eróticas pero no estoy muy seguro de que en todas aparezca ese sentimiento singular que llamamos amor. Lo que distingue al amor del erotismo es la individualización. O sea, la sublimación del erotismo por la inclinación hacia una sola persona. El erotismo es plural y por eso se habla de *objeto erótico*; en el amor, el *objeto* es un *sujeto* único, una *persona*. Yo primero creí que el amor era la gran invención de Occidente. Poco a poco, al conocer mejor al Oriente y su literatura, descubrí que el amor existe bajo formas muy distintas en India, China y Japón. Habría que hacer un estudio comparativo entre los distintos modelos del amor.

El amor occidental está fundado en la idea de un alma individual, una idea que viene de Platón. Uno se enamora, primero, de una figura física: el cuerpo de una muchacha o de un muchacho, en el caso de las mujeres y de los homosexuales; inmediatamente después, esa atracción se concentra en una persona. En la noción de persona aparece la idea de que los seres humanos tienen un alma y que esa alma es inmortal. Sobre esta idea fundó Platón su filosofía del amor. Con ella comienza una tradición seguida por los poetas de la Antigüedad, la Edad Media, el Renacimiento y, después, por toda la novela europea, sin excluir a las telenovelas contemporáneas. Otro rasgo notable de esta visión del amor es que uno se enamora *para siempre* –o al menos así se dice. Pero el enamorado sabe que su amada es mortal, que va a morir un día y que él también morirá. De modo que hay una contradicción trágica en el amor. Otra contradicción no menos terrible se refiere a la libertad; enamorarse significa, simultáneamente, *escoger* y *obedecer* a la fatalidad. El amor es poderoso porque es contradictorio: cuerpo y alma, mortalidad e inmortalidad, fatalidad y libertad.

–¿Y en Oriente?

–No, todo esto es absolutamente occidental. Cuando se conoce un

poco la cultura oriental –tanto la de la India como la de China, Japón y Corea– se advierte que ustedes han sometido la idea del alma individual a una crítica muy rigurosa, sobre todo a través del budismo. En las novelas chinas de amor, por ejemplo, en *El sueño del aposento rojo* y en la gran novela de amor japonés, *Las historias de Genji* –ambas impregnadas de nociones budistas–, el alma individual no existe. Y sin embargo, hay amor. Y amor a una persona. Hay también celos, éxtasis, el placer mezclado a la muerte, etc. Así que en el amor oriental hay exclusividad y fidelidad, a pesar de que no está fundado en la idea del alma individual. Por esto habría que convocar a un diálogo de culturas. Si yo dirigiese una fundación cultural, o fuese un millonario filántropo, patrocinaría una reunión entre poetas, novelistas, filósofos, psicólogos y sexólogos, occidentales y orientales, para que hablasen sobre las nociones básicas del amor. El punto de partida sería los grandes mitos de nuestras civilizaciones: Paolo y Francesca, Don Juan, Genji, Bao-yu y Dai-yu, Romeo y Julieta, Eloísa… Sería el gran diálogo del Este y el Oeste: la confrontación entre dos nociones del amor, tan parecidas y al mismo tiempo tan distantes. Por desgracia esa reunión no se va a celebrar nunca. Hoy en día a las fundaciones culturales no les interesan esos temas. En el Renacimiento, algún Medici habría patrocinado este encuentro. O en el Japón algún gran señor, en el Kioto del período Muromachi.

LITERATURA Y CRÍTICA EN MÉXICO

¿Cómo se ubica usted dentro de la tradición literaria de México? ¿Estaría en la misma línea trazada por Alfonso Reyes?

–La literatura mexicana nace en el siglo XVII o un poco antes, a fines del XVI. Inicialmente, era una rama de la literatura española pero poco a poco nos desprendimos y nos convertimos en un árbol distinto. Se habla mucho del problema de la identidad de México y esto es algo que a mí me da risa. Si hay algún país que no necesita probar su identidad, ese país es México. Tenemos una identidad muy fuerte, tal vez demasiado… Pero es verdad que esa identidad –mejor dicho: esa cultura– ha sido rota varias veces. Éste es nuestro problema: reunir esos pedazos, unir lo que fue separado, reconciliarnos con nosotros mismos: el mundo mesoamericano, Nueva España, la Independencia, el México actual. Éste es el propósito que anima a muchos de mis ensayos, desde *El laberinto de la soledad* hasta el libro sobre sor Juana.

En cuanto a su pregunta sobre Alfonso Reyes: es un escritor que admiro mucho. Lo considero uno de mis maestros. Pero lo admiro como *artista*, no como pensador ni como crítico. No me enseñó a pensar ni me descubrió ninguna idea. No fue un gran crítico. No escribió ningún libro fundamental sobre este o aquel tema literario. Comenzó a estudiar a Góngora pero no prosiguió y los grandes estudios sobre ese poeta son de Dámaso Alonso. Sin embargo, aunque no escribió ningún gran libro de ficción o de pensamiento, fue autor de muchas páginas perfectas. También de algunos ensayos, no de crítica o de ideas, sino en la mejor tradición de ese género: evocaciones, convocaciones de personas, momentos, paisajes, resurrecciones de estados de ánimo. Además, fue un verdadero poeta y le debemos algunos poemas de verdad excepcionales. Entre ellos un gran texto en la tradición de Mallarmé y Valéry: *Ifigenia cruel*. La crítica de nuestra lengua ha ignorado al Reyes poeta. Al poeta en verso y al poeta en prosa. Gran pecado, miopía imperdonable. Entre los poetas de su generación, no fue inferior ni a López Velarde ni a Gabriela Mistral. En el dominio de la prosa, Borges se llamó, con cierta razón, su discípulo. Es verdad que no tuvo el temple metafísico del argentino ni su prodigiosa facultad de inventar historias a un tiempo fantásticas y racionales pero su prosa es más fresca y suelta. Además posee una cualidad preciosa y poco frecuente en los escritores modernos: la gracia. Dicho todo esto, añado que hoy me siento un poco distante de Reyes. Aunque me deleita como antes, siento que a su obra le falta tensión y rigor crítico, tanto en el sentido intelectual como en el moral. No fue un escritor *incómodo*, como lo fue otro gran mexicano: José Vasconcelos. O como lo fue, ya en mi generación, el novelista José Revueltas. Ambos son escritores imperfectos, especialmente comparados con Reyes. No importa: en ellos sí encuentro, a veces con intensidad dramática, pasión y crítica, frente a sí mismos y frente a nuestro país… En cuanto a mí: no quise ser un escritor cómodo y, tal vez sin proponérmelo, he resultado a veces ser un escritor incómodo para mucha gente.

—¿*La crítica es, entonces, una excepción en la literatura mexicana?*

—La literatura mexicana hoy es muy rica. Tal vez sea la más rica de la lengua, pues tiene una gran variedad de obras y autores: dos o tres novelistas muy buenos —sin contar a Rulfo y a Ibargüengoitia, recién desaparecidos—, varios poetas excelentes —el movimiento poético de México es notable— y algunos ensayistas de primera. Lo más importante es el temple crítico de la nueva literatura: crítica de la realidad nacional, crítica del Estado, crítica de la historia de México y crítica de sí misma. Ustedes

comprenderán todo esto porque en el Japón contemporáneo también hay una literatura crítica.

–¿*Quiénes son, a su juicio, los exponentes más importantes de esa crítica? ¿Es gente posterior a usted?*

–Hay varios grupos y personalidades... La mayor parte de estos escritores ejercen la crítica política y social en los diarios. Son muchos y representan distintos puntos de vista. Esto es un buen síntoma. Algunos de ellos vienen de las universidades y, por la acritud de sus juicios tajantes, podrían llamarse «los profesores iracundos». Profetizan calamidades que generalmente no se cumplen. Tal vez les sobra suficiencia y les falta humor... Pero si hablamos de afinidades, me siento cerca de Gabriel Zaid, poeta y ensayista. Sus ensayos son incisivos e irónicos. Sus observaciones son muy originales y han provocado muchas ronchas en la piel de los políticos, los economistas y los ideólogos. Zaid ha escrito sobre temas sociales y políticos pero yo lo veo sobre todo como un moralista, en el buen sentido de la palabra.

Zaid ha publicado muchos de sus ensayos en *Vuelta*. En esta revista han colaborado y colaboran un grupo de escritores que han tratado de introducir los temas de la democracia y la crítica moral y social. Cuando empezamos, hace 15 años, la izquierda y la derecha se escandalizaron. Fuimos los primeros en hablar de pluralismo, un término que ahora todos repiten. Poco a poco hemos ido ganando terreno. Ahora la palabra *democracia* resuena en las salas de redacción de los diarios y en las aulas universitarias, en los labios de los líderes del PRI y en los del Partido Socialista pero pocos recuerdan que nosotros empezamos a martillar con ese tema. Quizá algún día lo reconocerán.

Fuimos también, con Cosío Villegas y algunos otros, los primeros en hacer la crítica del sistema político mexicano, desde el punto de vista de la democracia. Los otros críticos eran marxistas y querían una revolución. Nosotros éramos y somos partidarios de una evolución pacífica hacia formas más democráticas. También nuestras críticas a los sistemas totalitarios de fuera –la URSS, Cuba, etc.– fueron formuladas desde la perspectiva de la democracia. Hoy nos llaman «neoliberales» con cierto retintín. No me siento liberal aunque creo que es imperativo, sobre todo en México, rescatar la gran herencia liberal de los Montesquieu y los Tocqueville. No soy liberal porque el liberalismo deja sin respuesta a más de la mitad de las grandes interrogaciones humanas. Pero es una filosofía que nos puede guiar, moral y políticamente, en nuestro trato con los otros pues nos enseña la tolerancia. Además, es un pensamiento fundado en la libertad, un valor irrenunciable.

—¿Ese grupo se formó en la revista Vuelta?

—Más exactamente: allí se agruparon. En realidad, comenzó en *Plural* (1971). He citado a Zaid pero debo agregar a otros, como al historiador Enrique Krauze, que ahora es el subdirector de la revista. Sin embargo, no crea usted que la política es nuestra preocupación fundamental: ante todo nos interesa la buena literatura. Tampoco somos un grupo cerrado. Hemos publicado y seguiremos publicando a muchos jóvenes. Reconocemos que hay buenos escritores en otros círculos. Yo estimo mucho, como crítico literario pero también como crítico de la sociedad contemporánea mexicana, a Carlos Monsiváis. No sólo es inteligente sino que es divertido; no sólo es incisivo sino que posee humor. Otro ensayista considerable, que piensa con penetración y escribe con claridad, es Héctor Aguilar Camín. Y hay otros... Son escritores apreciables, aunque no siempre coincido con ellos. No importa: compartimos temas, ya que no puntos de vista.

—¿Cuáles son los intereses intelectuales de la revista?

—En *Vuelta* nos interesa, en primer lugar, examinar nuestro pasado, revisar la historia de México. Este aspecto me parece capital y por eso hemos publicado muchos ensayos de historia y antropología. En segundo lugar, queremos abrir puertas y ventanas hacia el interior y el exterior. Hacia el interior, por ejemplo, publicando a escritores jóvenes. Nos interesa mucho la poesía y procuramos darle el lugar que la publicidad y el comercio editorial le niegan.

—¿Y hacia el exterior?

—México ha sido un país cerrado o con una sola vía de comunicación hacia el exterior (ayer Francia, hoy Estados Unidos). Nosotros queremos abrir las puertas de nuestra cultura a los cuatro puntos cardinales. Hemos logrado algo. Por ejemplo, ahora muchos comienzan a ocuparse de las literaturas orientales, especialmente la japonesa, pero los primeros que publicamos en *Plural* textos de Japón y China fuimos nosotros. Uno de nuestros colaboradores fue Kasuya Sakai, un japonés argentino-mexicano, que tradujo en nuestra revista la serie de piezas Nô que giran alrededor de Ono no Komachi, la gran poetisa. Hemos abierto otras ventanas. Milan Kundera era desconocido en México y nosotros lo dimos a conocer, antes de que fuese popular. También al historiador francés François Furet, al filósofo político Castoriadis, al sociólogo Daniel Bell, al filósofo Kolakowski. Con toda intención, salvo en el caso de Kundera, he citado únicamente a ensayistas porque a usted le interesa el tema de la crítica política. En suma, hace unos quince años, el país se asfixiaba: predo-

minaba un nacionalismo cerrado y una ortodoxia pseudomarxista. Todo esto ha cambiado. Creo que nosotros hemos contribuido a ese cambio.

DEMOCRACIA, IRONÍA, PIEDAD

¿Lo que usted hace es, o puede llamarse, una crítica sin ideología?
–Pero no sin ideas... Vivimos un momento especialmente difícil, no sólo en México sino en el mundo entero. Hay un gran vacío intelectual en el dominio de la filosofía política. Vivimos el ocaso de los grandes sistemas concebidos en el siglo XIX, y esto ha coincidido con el surgimiento de burocracias político-económicas en todo el orbe. En realidad, se trata de un nuevo grupo social, una clase a la que, a falta de término mejor y más preciso, llamamos «burocracia». En algunos lugares esas burocracias están identificadas con una ideología y con un Estado. El ejemplo consumado es la Unión Soviética; su caricatura es Cuba. En otros países, la burocracia política y tecnocrática tiene una influencia determinante, como en México, pero su poder está lejos de ser absoluto. Esta nueva clase es universal y ha penetrado y permeado desde las grandes empresas capitalistas de Occidente y de Japón hasta los regímenes de la Europa del Este, pasando por la CIA y por muchas otras poderosas instituciones, así como por los gobiernos de los países subdesarrollados.
–Habló usted también de un vacío en el campo de las ideas políticas y sociales.
–Ese vacío es una consecuencia de la historia del siglo XX. Es un aspecto de la gran crisis de la civilización moderna en su etapa postindustrial. En el primer tercio del siglo XX, mucha gente pensó que la única salida a las contradicciones de nuestras sociedades sería la revolución socialista. Yo compartí esa idea. Pero hoy hemos visto que el experimento que se inició con la Revolución bolchevique de 1917 ha fracasado. Ha fracasado socialmente porque no ha sido capaz de generar ni la igualdad ni la libertad; ha fracasado económicamente porque no produjo la supuesta riqueza de bienes materiales que se pensó. Ha triunfado políticamente, mejor dicho: militarmente, en varios países de la periferia del mundo desarrollado y allí donde, como en la Europa central –Polonia, Checoslovaquia, Hungría– el ejército soviético sostiene a las oligarquías comunistas en el poder. Pero la idea revolucionaria ha sido gravemente dañada y ha perdido casi todo su magnetismo, especialmente en los países desarrollados. Hoy solamente líderes como Daniel Ortega pueden llamarse «marxista-

leninistas» sin reírse de sí mismos. Incluso en México, en donde la clase intelectual es singularmente reacia a la crítica –herencia de los clérigos y cortesanos de los siglos XVII y XVIII– la izquierda comienza a curarse de su intoxicación ideológica. Pero el desvanecimiento de la utopía, aun en la URSS, como se ve por las positivas reformas de Gorbachov, no significa que haya aparecido una nueva filosofía política. Vivimos un gran vacío en el dominio de las ideas sociales y de la moral colectiva. Los pueblos y los Estados van a la deriva.

–*¿Qué es lo que queda de las filosofías políticas que han inspirado a los movimientos sociales del siglo XX?*

–Gran parte de la crítica moral al capitalismo, lo mismo la de Marx que la de los anarquistas, sigue siendo válida. También la crítica del liberalismo a los regímenes despóticos y al socialismo de Estado –«socialismo de cuartel», lo llamaba Engels– no ha perdido nada de su vigencia. Algo semejante podría decir de la crítica de los cristianos y de otras religiones a las iniquidades del mundo actual. Pero los supuestos mismos de las ideologías políticas que movieron a los hombres en el siglo XX –socialismo, liberalismo, etc.– han sido puestos entre paréntesis después de la segunda guerra. Nos enfrentamos hoy a dos grandes amenazas que ponen en peligro no sólo la paz mundial sino la supervivencia del género humano: la explosión nuclear y el deterioro del medio ambiente. Ahora bien, ninguno de estos dos desastres es imputable a la injusticia del capitalismo o a la maldad del socialismo; ambos son la consecuencia de la naturaleza misma de la sociedad moderna en su conjunto. La bomba y la contaminación del planeta son el resultado del progreso técnico, no de esta o aquella ideología. La realidad ha hecho añicos a las ideologías.

–*¿No ve usted ninguna luz en el horizonte?*

–La historia es el dominio de lo imprevisto. Hace apenas diez años, ¿quién hubiera imaginado las reformas en la URSS, o que el gobierno polaco conversaría con Solidaridad, o que las tropas soviéticas abandonarían Afganistán, o que Reagan abrazaría a Gorbachov, o que el presidente Arias iniciaría un proceso de paz en América Central fundado en la democracia? Ahora bien, sin tratar de rasgar las brumas del futuro, sí podemos afirmar que, en este gran vacío histórico, lo único vivo es el régimen democrático. Pero la democracia no es una panacea: es una forma de convivencia, un sistema para que la gente no se mate, para que los gobiernos se renueven pacíficamente y los presidentes entren en el palacio presidencial por la puerta del voto. La democracia nos enseña a convivir y nada más. Espero que un día –tengo setenta y cinco años y quizá no lo verán mis ojos– sur-

girá un nuevo pensamiento político, que una la tradición liberal y la tradición socialista. Posiblemente lo que está pasando en la Unión Soviética sea el comienzo de un cambio. O lo que sucede en Europa, Estados Unidos y en Japón. No sé. Vivimos un momento de pausa universal. Y en ese sentido la pequeña *Vuelta*, en el pequeño mundo intelectual de México, cumple la pequeña función de limpiar de telarañas y de polvo, de abrir las ventanas para que entre un poco de luz. Eso es lo más que podemos hacer en estos momentos: no abandonar la actitud crítica, cultivar la reticencia y la desconfianza frente a todas las soluciones fáciles.

–En ese sentido, la ironía es un elemento de crítica...

–La ironía, sí. Pero la ironía es la hija del desengaño. Mi generación es una generación de desengañados. Hace falta algo más: imaginación y compasión.

–Usted ha hablado no sólo de ironía sino de algo que parece estar por encima de ella: la metaironía.

–Usé esa palabra al hablar de Marcel Duchamp. Se trata de una ironía que va más allá de la ironía, que se burla de ella y la anula. La ironía es subjetiva, es la respuesta del yo ante la seriedad estúpida o criminal del mundo objetivo. La ironía es el hombre que se ríe de los demás y se ríe de sí mismo; la metaironía consiste en ir más allá de este diálogo con el yo: la metaironía se ríe del yo que se ríe del mundo. La ironía es cruel, la metaironía disuelve la crueldad. Trasladando estas ideas estéticas al campo de la moral y la política, creo que el escritor político debería de tener un poco de ironía, frente a sí mismo y frente a los demás; es decir, mostrar cierta desconfianza, saber que no es dueño de recetas absolutas, asumir que no hay verdades totales. En seguida, por el camino de la metaironía, tener compasión, piedad.

–¿Piedad?

–Sí, piedad. El fundamento de los horribles despotismos que hemos padecido en el siglo xx han sido ideologías despiadadas. Acepto que muchas veces, como en el caso de Stalin, fueron versiones perversas de doctrinas altruistas; sin embargo, hay que aceptar también que en esas doctrinas había ya los gérmenes del despotismo y la intolerancia. Con profundo saber, los antiguos teólogos veían en la soberbia al pecado de Satán. Ese pecado nace, entre los hombres, de la pretensión de ser dueños de una verdad absoluta. Es un mal que ha infectado al siglo xx, bajo el disfraz de la ciencia y la filosofía. Desde este punto de vista, no debemos escandalizarnos demasiado ante los anatemas de Jomeini y los otros frenéticos: son *amateurs* al lado de Hitler. El único contraveneno que conozco frente a esta plaga moral, es la crítica. En

cuanto uno se da cuenta de que no es dueño de la verdad absoluta y de que todas las verdades –las verdades políticas en particular– son verdades relativas, en ese momento aparecen la ironía y la piedad. Piedad por los otros y piedad por uno mismo. Eso es lo que hace falta en este siglo xx: una resurrección de la piedad. Una de las cosas más bellas del budismo es que los santos budistas siempre sonríen. Y la sonrisa es ironía y es piedad. En cambio, los cristianos tenemos una religión exagerada, con santos chorreando sangre. Hay que introducir en la política la sonrisa de los santos budistas.

MÉXICO: POLÍTICA Y ECONOMÍA

¿Ha habido algún cambio en México en los últimos años? ¿Es el mismo México que usted denunció en 1968?
–Los problemas se han agravado. Antes del batacazo del petróleo, unos cuantos, no llegamos a diez, externamos nuestra preocupación. Yo escribí que la súbita riqueza petrolera me daba mucho miedo por dos razones: primero, porque iba a aumentar la corrupción estatal; y segundo –lo más grave– porque fatalmente inspiraría a nuestros dirigentes con proyectos faraónicos. Fue así: quisieron transformar al país de la noche a la mañana y nos llevaron a la ruina. Después, en una entrevista con la televisión francesa, cité los versos de López Velarde: «el niño Dios te escrituró un establo / y tus veneros de petróleo, el diablo». López Velarde creía en un país agrícola, un mito virgiliano. Naturalmente, no podemos renunciar a la industria, que es un aspecto central de la modernidad.
–Pero usted más de una vez ha criticado a la modernidad, a la técnica y a la idea del progreso.
–Así es y no me arrepiento. Aunque mis sentimientos frente a la modernidad –especialmente ante la industria– son ambiguos, no se trata de elegir: como el resto del mundo, estamos *condenados* a ser modernos. Lo que sí podemos y debemos hacer es tratar de adaptar a nuestro pasado y a nuestra cultura esa modernidad. Esto es lo que han hecho ustedes… Pues bien, el petróleo es una riqueza que pudo haber sido utilizada de una manera racional. No fue así.
–Vino la baja de los precios del petróleo…
–Algo que era previsible. Y con la baja, el desastre financiero. Naturalmente, la baja del petróleo no fue sino una de las causas de la crisis. Hubo otras, como todos sabemos, unas imputables a nosotros y otras a la anarquía del sistema económico internacional.

—¿Cuál es su opinión sobre la crisis?

—Yo no soy economista pero no es necesario serlo para decir que la responsabilidad de la crisis es colectiva. En parte, ha sido culpa de México (y no solamente de México, sino de toda América Latina): se nos prestó dinero y lo invertimos mal, fracasamos en nuestras empresas económicas y dilapidamos sumas enormes. Sin embargo, no toda la responsabilidad es nuestra. También es culpa de los banqueros y gobiernos que nos prestaron sumas inmensas.

—¿Cómo explica usted esta actitud?

—No lo sé. ¿Por ignorancia o por mala fe? Es difícil responder pero ellos sabían que era imposible que pagásemos. Tenían un exceso de dinero, dinero del petróleo de los árabes, y había que meter ese dinero donde fuera para que produjese réditos, eso es todo. De modo que México y América Latina fueron y son víctimas también de la rapacidad de la banca y del desorden económico mundial. No somos los únicos culpables, como muchas veces dice la prensa internacional. Eso hay que tomarlo muy en cuenta. Ahora bien, si la responsabilidad de la deuda es colectiva, también la solución debe y tiene que ser colectiva. El problema no es sólo financiero sino político. Lo que está en juego no sólo es el bienestar y el progreso económico de los mexicanos sino, a la corta, la estabilidad del país y, a la larga, la del mundo. La situación no es menos grave que la de Europa occidental y el Japón después de la segunda guerra. Si los Estados Unidos y los países desarrollados, incluyendo al Japón, no quieren enfrentarse a terribles problemas políticos internacionales, tienen que afrontar el problema en sus verdaderos términos, que no son los de contabilidad bancaria sino los de la política mundial. Les ha hecho falta imaginación política, como la que tuvo Truman cuando lanzó el Plan Marshall. Nada menos y nada más.

—¿Hace falta una reforma financiera o, más profundamente, económica?

—Económica y social. Incluso añadiría: cultural, en el sentido amplio de la palabra, que abarca la política y también la moral colectiva. Pero éste es un tema muy vasto. Para limitarnos a lo inmediato: en primer término, hay que distinguir entre las dificultades financieras por las que atravesamos y el dominio propiamente económico. El problema financiero tiene que resolverse a través de la cooperación internacional. El económico requiere reformas profundas. Algunas ya están en marcha. Creo que los recursos potenciales del país son enormes; creo también que no hemos sabido utilizarlos. Es necesario devolverle la iniciativa a la sociedad mexicana. El Estado ha sido, desde hace medio siglo, el principal agente de la moderniza-

ción económica de nuestro país; ahora esta tarea, como en todas partes, debe devolverse a la sociedad entera. El caso del Japón es un ejemplo: el Estado tuvo una función determinante al principio del proceso de modernización pero supo retirarse a tiempo. En el caso de México, con una historia muy distinta, la dimensión política, es decir: la democracia, es inseparable de la modernización económica. Para devolverle la iniciativa a la sociedad en la esfera de la economía, es indispensable devolvérsela en la de la política. O sea: es indispensable la reforma democrática. Sin democracia no puede haber modernidad económica. En consecuencia, el punto número uno de la agenda actual de México es doble: la reforma política y la económica. Creo que esto es lo que trata de realizar el nuevo gobierno.

–*¿Cómo ve usted ese proceso de reforma política?*

–Para realizar la reforma política es necesario, ante todo, transformar al PRI. Por una parte, tiene que dejar de ser el PRI instrumento del gobierno en turno; por la otra, debe cambiar radicalmente su actual estructura corporativa. Esto es difícil, muy difícil, pero no imposible. Los otros partidos también deben transformarse. Aunque el PAN fue un partido conservador con inclinaciones más o menos autoritarias, hoy es un partido realmente democrático. Ahora bien: sus líderes son regionales más que nacionales. Ésta es su fuerza y, también, su debilidad. Otra limitación: casi todos los nuevos líderes del PAN proceden de grupos empresariales y carecen de experiencia política. Por último, deben formular un programa que sea viable, a un tiempo moderno y tradicionalista, claramente distinto al del PRI.

–*¿Y la izquierda?*

–A mí no me gusta emplear expresiones como *derecha* e *izquierda* porque son imprecisas y relativas. ¿Derecha o izquierda respecto a qué o a quién? En fin, me resigno a usar esa palabra vaga y le respondo: la izquierda está compuesta por grupos heterogéneos. En un extremo, la izquierda tradicional, casi toda procedente del antiguo Partido Comunista y otras agrupaciones radicales, sin influencia en el pueblo, salvo en algunas universidades y en reducidos círculos intelectuales de la clase media. En el otro extremo, partidos populistas, exaliados del PRI. En el centro un grupo de líderes que ocuparon altos puestos en el PRI y que se han separado de ese partido. Estos grupos dispersos se unieron durante la campaña electoral y recogieron votaciones muy abundantes en la ciudad de México y en otros centros urbanos, es decir, allí donde la política de modernización y de austeridad del gobierno había creado mayor descontento. Ahora la izquierda se enfrenta a un doble problema: transformar las alianzas tácticas electorales en un verdadero partido y, como el PAN, formular un programa que repre-

sente una alternativa real frente al PRI. La pregunta que todos nos hacemos es la siguiente: ¿esos grupos persistirán en su estatismo y en su populismo?

La izquierda mexicana es heredera de una idea muy generosa y noble: el socialismo, pero estuvo ligada durante muchos años al estalinismo. No se ha curado completamente. Con frecuencia incurre en reacciones intolerantes. Además, padece el nacionalismo más estrecho. Y no ha abandonado muchas de sus ideas acerca de la intervención del Estado en la economía. La izquierda debe hacer una severa autocrítica, una revisión de su pasado en los últimos cincuenta años y esclarecer su relación con el «socialismo real». ¿Seguirá siendo cómplice intelectual de las tiranías que han usurpado el nombre del socialismo, como la de Fidel Castro?

–*¿Considera usted que las elecciones de 1988 cambiaron al país?*

–Sí. La gran novedad es el fortalecimiento de los partidos de oposición y la decisión del gobierno y del PRI de aceptar esta nueva distribución de fuerzas. Hoy cerca de la mitad de los asientos en la Cámara de Diputados pertenecen a la oposición. Ha sido un gran avance democrático. Negarlo, como lo hace la oposición, es un error político. Sin embargo, me parece que los cambios en la sociedad mexicana han sido más profundos y radicales que los cambios en el gobierno y en los partidos políticos. La sociedad va adelante y los partidos y el gobierno atrás. Esto es lo que hace fascinante el momento actual de México.

–*¿Y la economía?*

–En el dominio de la economía también es urgente despertar energías y fuerzas no utilizadas. Por ejemplo, la familia. En Japón ha sido un foco de creación económica y cultural. En México también podría serlo. Es verdad que la familia mexicana ha tenido una influencia negativa pues ha sido el origen del patrimonialismo y el nepotismo. Los lazos familiares y amistosos han sido más fuertes que los lazos ideológicos y que las consideraciones técnicas. Nuestros prohombres han protegido a sus parientes con puestos públicos y prebendas. Pero es imposible olvidar que la familia mexicana ha sido el centro de la solidaridad social y la depositaria de los valores tradicionales. ¿Por qué no podría convertirse en una fuerza creadora, como lo es en Japón?

JAPÓN A LA VISTA

¿Estos cambios tocan también a la cultura?

–Ya le dije mi opinión: la cultura mexicana hoy es más rica, crítica y

plural que hace medio siglo. No hablo de personalidades aisladas ni de obras sino del clima intelectual. Se discuten las ideas y las personas, se revisa nuestro pasado, se descubren aspectos escondidos de nuestra historia. Por ejemplo, Enrique Krauze publicó unas biografías de los presidentes de México, de Porfirio Díaz a Lázaro Cárdenas, que provocaron varias polémicas. La razón: la historia oficial presenta una visión en blanco y negro de nuestros grandes hombres; las biografías de Krauze les devuelven su dimensión humana, con sus fallas y sus virtudes. Esta actitud es el comienzo de la salud moral e intelectual. Y ya que hablo de temas históricos: el interés por el Japón comenzó en la época de Porfirio Díaz. La nación había pasado por largas guerras civiles y por una ocupación extranjera. Díaz inició una política exterior moderna y buscó diversificar nuestras relaciones con el extranjero. El caso de Japón interesó mucho a los mexicanos de esa época; vieron en su modernización un ejemplo y un estímulo. Díaz buscó la amistad con su país. Creo que esa política sigue teniendo vigencia.

Cuando descubrí al Japón, en la década de los cincuenta, hace ya más de treinta años, y regresé a México, sostuve que deberíamos ensanchar y profundizar nuestra relación con ustedes, no sólo en la esfera económica y comercial sino en el dominio de la cultura. Hoy esto es más cierto y urgente. Uno de los centros mundiales de la economía en el siglo XXI van a ser ustedes, con los chinos y los coreanos, es decir, el Pacífico oriental. Se trata de un cambio en la historia moderna: el centro de gravedad se desplaza. Este cambio no sólo es económico sino que afectará a la política y a la cultura.

–*¿A partir de qué elementos se pueden fortalecer las relaciones entre México y Japón? ¿Hay alguna tradición en este sentido?*

–Hay muchos parecidos entre México y Japón. Mencionamos a la familia, hace un instante. Otro ejemplo: los indios de México, como todos los de América, son de origen asiático. En fin, la geografía: nuestra vasta costa occidental mira hacia el Pacífico. Por último, algo que no todos recuerdan: el único santo mexicano es un santo japonés, San Felipe de Jesús. Un mártir sacrificado en Nagasaki. ¡No pudo haber relaciones más estrechas! Primero el shogun Nobunaga abre las puertas a los cristianos, después llega el shogun Hideyoshi, cierra las puertas y empieza a matar cristianos. Entre los misioneros enviados desde Nueva España se encontraba San Felipe de Jesús (por cierto, fiel a la tradición hispánica, en su juventud había sido un libertino). Para su infortunio, Hideyoshi derrota a sus enemigos, toma el poder, persigue a los misioneros (no sin razón le

parecían agentes de un poder extranjero) y crucifica a San Felipe. Su martirio lo convierte en el santo de los mexicanos, sobre todo de los artesanos de la plata (San Felipe era de Taxco). El episodio fue desventurado pero muestra la antigüedad de nuestras relaciones. Otro dato: el puerto más importante de América en el Pacífico no era San Francisco ni Los Ángeles sino Acapulco. De ahí salían los barcos que iban a Filipinas, y a Japón.

–*Después Tablada...*

–Sí. En la época de Porfirio Díaz, los poetas y los artistas descubrieron el Japón. Nuestros escritores fueron los primeros, entre los de lengua española, que se interesaron en la cultura japonesa. El primero fue un poeta, Efrén Rebolledo, que vivió varios años en su país. Llegó a Tokio con un pequeño empleo en la Embajada de México. Cuando Díaz dejó el poder, perdió su puesto y se ganó la vida dando clases de español, hasta que el nuevo gobierno lo volvió a admitir en el servicio diplomático. El segundo, con mayor originalidad, fue José Juan Tablada, que con inmenso talento y gracia poética adaptó el haikú en nuestra lengua. Además, escribió un libro sobre Hiroshigué, que todavía puede leerse con provecho. Es el primer libro en lengua española sobre un artista japonés. Tablada logró reunir una rica colección de grabados japoneses (*ukiyoe*). A la caída del dictador Huerta, al que Tablada había apoyado y defendido con rabiosos artículos, los revolucionarios saquearon su casa y su colección se dispersó. En el destierro, en 1919, publicó un pequeño libro de haikú, *Un día...*, que tuvo una influencia a un tiempo muy amplia y muy honda en la poesía moderna de nuestra lengua... Con estos dos poetas de México se abre una tradición que ahora nos afanamos por continuar.

–*Muchas gracias.*

«En el filo del viento: México y Japón» se publicó en *Pequeña crónica de grandes días*, México, Fondo de Cultura Económica, 1990.

IV

OCASIONES

¡Oh mar que bebiste la tarde
hasta descubrir sus estrellas:
no lo sabías, y ya sabes
que los hombres se libran de ellas!

ALFONSO REYES

Respuestas a diez preguntas

(Entrevista con Josefina e Ignacio Solares[1])

¿Qué puede decirnos de la ola de críticas que ha despertado el apoyo de algunos intelectuales al actual gobierno?
–Ya expliqué, en un artículo publicado hace poco en *Excélsior*, en qué consiste mi actitud y cuáles son las razones que la inspiran. Es verdad que he expresado públicamente apoyo a ciertas medidas recientes del gobierno –tales como la liberación de la mayoría de los presos políticos y la voluntad de entablar un diálogo con la opinión independiente– pero he subrayado, una y otra vez, que mi apoyo no era ni podía ser incondicional. Al contrario, es crítico y condicional. Mis opiniones son las de un hombre que vive fuera del sistema político mexicano: son opiniones independientes. También debo declarar que yo nunca he dicho que apoyaba al régimen o al presidente total o globalmente, sino –y el matiz es importante– que apoyaba ciertas medidas tendientes a crear las posibilidades de un debate democrático. Es indudable que esas posibilidades, por más modestas y precarias que nos parezcan, existen ahora. Existen y debemos aprovecharlas[2].
–*¿Acepta usted que existen diferencias entre sus opiniones y las de los estudiantes?*
–Bueno, no hay que exagerar. Existen diferencias de opinión con grupos aislados. Lamento no coincidir con ellos. Al mismo tiempo, me parece que las diferencias de opinión no sólo son inevitables sino que son saludables. Por lo demás, si no soy un adulador del poder establecido, tampoco lo soy del poder juvenil. Un poder con el que es difícil dialogar porque tiene mil cabezas, así como el poder institucional sólo tiene una. En México el debate se complica precisamente por esa perpetua oscilación entre la gritería y el monólogo... Pero, repito, no hay que exagerar nues-

1. Entrevista transmitida por Radio Universidad el 13 de julio de 1971, un mes después de que una manifestación de estudiantes fue atacada por un grupo paramilitar (los Halcones), con la complicidad de la policía (10 de junio). La entrevista fue reproducida el 14 de julio por el periódico *Excélsior*.
2. Algunos, no necesariamente de mala fe, confundieron al principio mi actitud con la de otros escritores y artistas mexicanos. La confusión se desvaneció pronto y los que persistieron en ella lo hicieron deliberadamente y a sabiendas de que levantaban un falso testimonio.

tras diferencias con los jóvenes: son menores y, sobre todo, frente a gru-
pos minoritarios.

—¿En qué consisten esas diferencias?

—La diferencia capital, a mi juicio, consiste en la idea que unos y otros
nos hacemos sobre el sentido y las perspectivas de la crisis política que
vive México. Para mí no es la crisis final del régimen actual. Al contrario:
es una crisis de crecimiento; y aún más: es la consecuencia de los cambios
que ha introducido en nuestra sociedad el relativo desarrollo del último
cuarto de siglo. La crisis del sistema mexicano se inició hacia 1958, en las
postrimerías del período de Ruiz Cortines, y se agudizó diez años des-
pués, en 1968. Fundamentalmente consiste en lo siguiente: el desarrollo
económico del país, por más injusto y desigual que haya sido, ha provo-
cado la aparición de nuevas fuerzas sociales. Unas todavía dormidas y sa-
tisfechas, como la clase obrera; otras despiertas y críticas, como los gru-
pos estudiantiles y los intelectuales. Por cierto, quisiera decir aquí algo
que se olvida con frecuencia: la crítica de la sociedad contemporánea —una
crítica que abarca tanto a sus formas de vida como a sus creencias, a sus
pasiones tanto como a su lenguaje— ha sido primordialmente la obra de
los poetas, escritores y artistas mexicanos, más que de los teóricos de la
política revolucionaria y de los ideólogos marxistas. Inclusive puede de-
cirse que contrasta la debilidad teórica de los ideólogos radicales —sin ex-
cluir a muchos de los dirigentes estudiantiles— con el brillo, la pasión y la
verdad de algunas de las obras de la literatura y el arte contemporáneos
de México. Naturalmente, la crítica de los escritores y de los artistas no
es una crítica ideológica: es una crítica que penetra en estratos de la con-
ciencia más profundos que la ideología.

Pero volvamos a nuestro tema: decía que en los últimos quince años
han aparecido nuevas fuerzas sociales que no encuentran lugar en el sis-
tema político y económico de México. O dicho de otra manera: hay un
México moderno, plural, que no puede expresarse porque le cierra el paso
el monopolio político en íntima alianza con el monopolio económico.
Hay una contradicción entre nuestra arcaica estructura política y los nue-
vos grupos sociales que ha creado el desarrollo económico. Y en esa con-
tradicción está la raíz, la esencia de la crisis que vivimos.

*—¿Entonces hay, según usted, una contradicción entre la realidad social
de México y nuestro sistema político?*

—Exactamente. El sistema político mexicano es único en América Lati-
na. Sólo que es una singularidad, como me he esforzado en mostrar en
Postdata y en otros escritos, que comparte con todos aquellos países que,

en el siglo xx, han realizado revoluciones, sean éstas socialistas o sin ideología precisa como la nuestra y las de algunos países de Asia y África. La teoría clásica preveía revoluciones en los países que hoy llamamos desarrollados. La realidad del siglo xx ha desmentido esta idea: únicamente en países subdesarrollados o atrasados, como la Rusia de 1917 o el México de 1910, para no hablar de ejemplos más recientes, han estallado revoluciones. En todos esos países, apenas conquistado el poder, los regímenes revolucionarios han tenido que enfrentarse al problema del subdesarrollo. En efecto, para realizar el programa político y social de la revolución es necesario primero desarrollar al país, industrializarlo, modernizarlo. El desarrollo exige, a su vez, acumulación de capital, sea éste privado o estatal. Para esto es necesario suspender, así sea provisional y parcialmente, el programa social y político de la revolución; y para esto también es necesario crear una doble burocracia: una burocracia de técnicos y administradores, y una burocracia política y policíaca. La primera se encarga de modernizar la economía y la segunda tiene por misión garantizar la paz social, ya que si hay disturbios o reclamaciones el proceso de desarrollo se interrumpe. La burocracia de técnicos y administradores reintroduce la desigualdad social; la burocracia política suprime la disidencia y la oposición. Y ambas burocracias suprimen a la revolución. Ésta ha sido la tragedia de los países que llamamos socialistas[1].

 —*¿Puede aplicarse este esquema a México?*

 —No. El caso de México no se ajusta estrictamente a este esquema. El desarrollo de México fue confiado, en buena parte, a los intereses privados y ha sido un desarrollo de tipo capitalista. Además, hay otro factor: la influencia decisiva del imperialismo norteamericano, que ha deformado nuestro desarrollo y ha contribuido a deshumanizarlo. Pero la burocracia política, el partido en sus tres encarnaciones pseudorreligiosas: Nacional, Revolucionario e Institucional, ha realizado una función social semejante, aunque no idéntica, a la del partido único de otros países. Digo que es semejante y no idéntica porque nuestro partido no es ideológico: es una coalición de intereses.

 —*¿En qué consiste el sistema político mexicano?*

 —Es un sistema dual: el PRI y el presidente. Sin el presidente, el PRI no existiría; a su vez, el PRI es el sustento social y político de nuestro régimen presidencialista: todos los presidentes vienen del PRI. El sistema no

1. Esta explicación, puramente económica, no es enteramente falsa pero sí incompleta. (*Nota de 1992.*)

es democrático pero nos salvó de un peligro cierto y de un mal general en todos los países de América Latina, con excepciones contadísimas como la de Chile: el caudillismo. Gracias al PRI no hemos tenido dictaduras de tipo personal. El PRI nos impidió la recaída en el cesarismo; al mismo tiempo impuso la dominación de una estructura burocrática impersonal.

–¿*Cuándo dejó de funcionar el sistema político mexicano?*

–El sistema político mexicano funcionó con cierta perfección durante unos treinta años. Hacia 1958 se inició la crisis, como ya dije, y se agudizó en 1968. ¿En qué consiste la crisis? En algo muy simple. La función política del PRI consistía y consiste en resolver de un modo pacífico los conflictos políticos. El PRI representa un compromiso entre un régimen de auténtica democracia y otro de fuerza. Fue una tentativa por encontrar soluciones políticas a los conflictos políticos. En el momento en que el PRI se muestra incompetente, como ocurrió en 1968, para resolver un problema político y el gobierno tiene que acudir al ejército, a la policía o a la fuerza armada –o en el momento en que intervienen grupos paramilitares como los Halcones–, pues bien, en ese momento precisamente el sistema entra en crisis. Aquí debo hacer tres observaciones. La primera es que la crisis actual es una crisis de orden político, es la crisis del sistema que ha regido al país durante los últimos cuarenta años; en segundo lugar, el fenómeno se circunscribe al México desarrollado; y en tercer término, la crisis es una consecuencia de un cambio social: la Revolución mexicana, a pesar de que ha sido congelada y desfigurada, liberó ciertas fuerzas sociales que ahora aparecen en la escena histórica. Una vez más: hay una contradicción entre estas fuerzas sociales y la estructura política mexicana.

–¿*Cuáles son, a su manera de ver, las alternativas de la presente situación?*

–He dicho varias veces que solamente hay dos alternativas: la alternativa democrática o la de la fuerza, la de la dictadura. La democratización, me apresuro a decirlo, no significa la solución automática de los problemas de México pero es la vía, la única vía, para que aparezcan a la superficie esos problemas. Los problemas y, sobre todo, las soluciones, las posibles soluciones. Nuestros problemas son graves. El mayor es la disparidad entre el México desarrollado y el México marginal. Al lado de este problema realmente inmenso, hay otros también muy importantes. Por ejemplo, la terrible desigualdad social y cultural en el México desarrollado; el problema demográfico; el de nuestra política internacional: es urgente redefinir nuestras relaciones con Estados Unidos. Finalmente, hay algo que a mí me parece decisivo: la reorientación de nuestro desarrollo. Hasta ahora el desarrollo

económico de México se ha hecho teniendo en cuenta el modelo norteamericano. No sólo eso: ha sido un desarrollo impuesto por los intereses del capitalismo mexicano y del imperialismo norteamericano. Ahora bien, el espectáculo de Nueva York o de cualquier otra gran ciudad norteamericana, muestra que este desarrollo termina en la creación de vastos infiernos sociales. Por supuesto también los programas pseudosocialistas de desarrollo han creado sus infiernos. El ejemplo más perfecto de esto último es la Unión Soviética. Así pues, nosotros tenemos que elaborar, de acuerdo con nuestra historia y nuestra tradición, programas distintos de desarrollo. Algo imposible si no hay una atmósfera democrática en México.

–¿Y la otra alternativa?

–La otra alternativa no es, como mucha gente piensa, la alternativa del statu quo. No: es la regresión pura y simple. En 1968 se rompió el equilibrio y desde entonces México está en movimiento. Ese movimiento es continuo e irreversible. Aunque nada lo detendrá, su dirección no está determinada de antemano; puede ir hacia adelante o hacia atrás. Cada paso que se da hacia la reforma democrática, por más pequeño que sea, nos lleva necesariamente a dar otro paso; al mismo tiempo, cada vacilación, cada pausa, no significan simplemente un alto, sino que se convierten fatalmente en un retroceso.

–¿Cómo ve usted el porvenir inmediato?

–Vivimos en una pausa. Después de los sucesos del 10 de junio, el presidente le pidió al regente de la ciudad y al jefe de la policía que se fuesen. Un gesto excepcional en cualquier parte del mundo y en México realmente inusitado. Creo que es la primera vez que sucede. La medida presidencial conquistó la aprobación y la simpatía de la gran mayoría de la opinión pública. El presidente ganó nuestra confianza. Pero nuestra confianza, ya lo dije, es condicional y crítica. El presidente prometió una investigación y el castigo a los culpables. Ahora el país entero espera, con angustia y con impaciencia, conocer los resultados de esa investigación. Subrayo que la investigación tiene una doble importancia: jurídica y política. Jurídica, porque se trata de un crimen y los culpables del crimen deben ser castigados. En México los infractores de la ley, cuando son poderosos, conquistan con frecuencia la impunidad. Si ahora se castiga a los culpables se habrá mostrado que México empieza a vivir en un régimen de derecho. Además del aspecto jurídico y moral hay el aspecto político: la existencia de grupos armados como el de los Halcones niega la posibilidad de una apertura democrática. Por eso desde el 13 de junio un grupo de escritores pedimos la disolución de esas bandas de delincuentes políticos. Pues lo que

está en juego en estos días, desde el punto de vista político, es saber si la gente puede manifestarse libremente en las calles sin peligro de ser asesinada por bandas armadas y bajo el ojo complaciente de la policía... Para terminar quisiera decir algo más: como yo creo que México atraviesa por una crisis social, histórica, las medidas de fuerza no la resolverán sino que la agravarán. Si la gente no se puede manifestar en la calle y a pleno sol, la gente se expresará en el subsuelo y en la obscuridad. En *Postdata* escribí algo que me parece necesario repetir ahora. «La persistencia de la crisis agudizará en el porvenir inmediato las luchas políticas. Esto último es seguro y no vale la pena preguntarse si habrá o no grandes batallas políticas en México, sino si serán públicas o clandestinas, pacíficas o violentas. Se trata de una pregunta que sólo el régimen tiene el privilegio –y la responsabilidad– de contestar.»

México, a 14 de julio de 1971

«Respuestas a diez preguntas» se publicó en *El ogro filantrópico*, Barcelona (Seix Barral) y México (Joaquín Mortiz), 1979.

Aterrados doctores terroristas[1]

I

ENTRE VIRIATO Y FANTOMAS

No pudimos comentar oportunamente –nuestro número anterior estuvo íntegramente dedicado a la joven literatura mexicana– varios sucesos que apasionaron a la opinión nacional durante el mes pasado y que todavía son materia de discusiones. El primero fue el secuestro del cónsul de los Estados Unidos en Guadalajara por un grupo de extremistas; el segundo fue la agresión de la policía de Puebla, el primero de mayo, contra una manifestación de estudiantes. El funcionario norteamericano fue liberado apenas el gobierno accedió a canjearlo por treinta «presos políticos» y se pagó un crecido rescate; en la refriega de Puebla fueron asesinados dos estudiantes y el gobernador del estado, ante el clamor nacional, tuvo que presentar su renuncia.

Apenas si es necesario repetir nuestra opinión sobre las guerrillas urbanas y rurales. La actividad guerrillera posee eficacia sólo en determinadas circunstancias y se justifica sólo dentro de contextos sociales e históricos muy precisos: frente a la ocupación del país por un ejército extranjero o contra un gobierno usurpador o contra una tiranía a la que únicamente la fuerza puede derribar. En estos casos y en otros semejantes se acude a la guerrilla porque se han agotado los otros medios de lucha política. La

1. Entre los textos desechados, al hacer la selección de los que formarían *El ogro filantrópico*, se encontraban estas tres notas sobre el terrorismo y los intelectuales, publicadas en distintos números del antiguo *Plural*. El secuestro y el asesinato del joven filósofo Hugo Margáin (1978) me hicieron pensar que tal vez valía la pena recoger estos comentarios, a pesar de sus notorias insuficiencias. El tema del terrorismo en la segunda mitad del siglo XX es extraordinariamente complejo y no lo son menos las actitudes ambiguas que ha provocado y provoca entre los intelectuales de izquierda. El terrorismo es un espejo que repite no nuestro rostro sino el de nuestro demonio. Pero ¿cómo distinguir entre el uno y el otro? El terrorismo no es sino la imagen invertida del terror estatal. Ambos son criaturas de las religiones ideológicas del siglo XX. Para exorcizar al demonio del terrorismo debemos hacer un examen de conciencia; la crítica de la violencia terrorista –la estatal y la de los grupos e individuos– comienza con la crítica de la ideología y esto significa, en el caso de los intelectuales, la *autocrítica*.

violencia no es un lenguaje pero es una respuesta contra el silencio que impone el poder. Recurso de excepción en una situación de excepción, la guerrilla encarna en su misma clandestinidad y aparente aislamiento la voluntad de una población a la que se ha negado la posibilidad de expresarse, organizarse y actuar. De ahí que los auténticos guerrilleros cuenten siempre con la simpatía y el apoyo de la población. Sin sostén popular la guerrilla no es verdaderamente guerrilla sino banda de aventureros suicidas. Esto último es lo que ha ocurrido recientemente en América Latina y ahora, en escala menor, en México. Los grupos guerrilleros latinoamericanos, generalmente compuestos por jóvenes de la clase media, han fracasado porque no son representativos de las aspiraciones populares. Más que una disidencia revolucionaria son una excepción nihilista. Oscilan entre Viriato y Fantomas. Son una nostalgia y una impaciencia que se resuelven en un charco de sangre.

Por más injusta e insatisfactoria que sea la situación de nuestro país, sería absurdo afirmar que no nos queda más recurso que la violencia pues se nos han cerrado los otros caminos de acción y de protesta. Lo contrario es lo cierto: el régimen actual, no sin contradicciones y limitaciones que somos los primeros en lamentar y que no nos cansaremos de denunciar, ha emprendido un proceso de autocrítica y de liberalización. Seamos honrados: los grupos independientes no han sabido o no han podido explorar y aprovechar muchas vías de acción política democrática. Los movimientos populares deben conquistar la legalidad, no la clandestinidad. Los extremistas que prefieren la conspiración en el subsuelo a la organización democrática al aire libre, aparte de no ser muy ortodoxos desde el punto de vista de la doctrina que dicen profesar: el marxismo, revelan que no han comprendido nada de la historia reciente de México y del mundo. En general se trata de muchachos de la clase media que transforman sus obsesiones y fantasmas personales en fantasías ideológicas en las que el «fin del mundo» asume la forma paradójica de una revolución proletaria… sin proletariado. Los grupos que en México han escogido el camino de la violencia han escogido también el camino del aislamiento que lleva a la derrota. Sus actos favorecen fatal aunque involuntariamente a las tendencias más reaccionarias y autoritarias del país. Al desplazar la controversia del campo de la acción política al de las operaciones militares y policíacas, los extremistas dan argumentos a todos los que, fuera y dentro del gobierno, piden un regreso a la política de mano dura. Y hay algo más y más grave: los violentos estorban la acción de todos aquellos que por medios políticos buscan un cambio del actual estado de cosas. La violencia aislada

y los golpes de mano no dan el poder al pueblo pero abren la puerta a los militares, como lo muestran los casos de Brasil, Bolivia, Perú, Uruguay, Guatemala… Veámonos en el espejo (roto) de América Latina.

LA OTRA VIOLENCIA

La crítica de la violencia antigubernamental es la mitad de la crítica. La otra mitad es la crítica de la violencia gubernamental. El atropello contra la manifestación estudiantil de Puebla no nos parece menos sino más condenable que los secuestros y los asaltos a los bancos. La agresión policíaca parece darle la razón a los partidarios de la violencia: el ejercicio pacífico de los derechos democráticos implica en México un riesgo mortal. Pesimismo explicable pero no enteramente justificable: el atentado gubernamental provocó una reacción nacional, movilizó a los estudiantes y a los profesores en todo el país y fue la causa inmediata de la renuncia del gobernador. Todo esto indica las posibilidades de la acción democrática. Fue una victoria contra el grupo más reaccionario y agresivo del país, heredero del cruel caciquismo poblano y del clericalismo ultramontano. Victoria parcial porque no basta con la caída del gobernador: hay que exigir una investigación imparcial de los sucesos y el castigo de los culpables. Hay que luchar también porque no se reduzca todo, como es costumbre, a un simple cambio de personas. Pero estos objetivos reclaman algo que la izquierda todavía no ha podido hacer: una organización popular independiente.

Hay otro aspecto de los sucesos de Puebla que nos parece indispensable comentar. En esta misma sección[1] en el número 15 («Los misterios del Pedregal»), indicamos los peligros de la utilización de las universidades como armas de combate y advertimos que la situación de Puebla fatalmente desembocaría en una confrontación violenta. Dijimos también que en la década de los 30 –después de la derrota del vasconcelismo y, sobre todo, después de la reforma al artículo tercero de la Constitución que implantó la llamada educación socialista– un numeroso y activo sector de la clase media había tratado de apoderarse de las universidades para transformarlas en bastiones contra el gobierno. El movimiento –nacionalista y conservador, más o menos inspirado por las ideas de Maurras a través de Gómez Morín y otros intelectuales– no derrocó al gobierno

1. Letras, letrillas y letrones.

pero estuvo a punto de acabar con las universidades. Ahora los comunistas y sus aliados han adoptado la misma táctica. Los resultados son ya los mismos: el gobierno no se tambalea pero las universidades y los politécnicos se desmoronan con impresionante rapidez. Hace unos pocos meses el astrónomo Guillermo Haro se refirió al «desastre de la educación y la investigación científica». El desastre es total y abarca también a las humanidades. El nivel académico de nuestras instituciones de educación superior amenaza con convertirse en uno de los más bajos del mundo.

Las universidades y los politécnicos pueden (deben) ser centros de crítica intelectual, moral y política pero no pueden transformarse en catapultas revolucionarias. El caso de la Universidad de Puebla no es el único. En Sinaloa la universidad se ha entregado a una actividad política cada vez más directa y cada vez menos universitaria. La función crítica ha sido substituida por el activismo radicaloide y el resultado, claro, no ha sido el cambio de las estructuras sociales sino la destrucción de la vida universitaria. Sobre los extremistas de Sinaloa podría decirse, parodiando a Baudelaire, que han puesto en la política la ferocidad natural del amor: las peleas entre los grupos, fracciones y facciones han culminado en el asesinato de un profesor y de un estudiante. Tránsito de las universidades mexicanas: del debate en el claustro a la arena de los gladiadores y de ésta a la callejuela donde se apuñalan los matones. Por todo esto vemos con verdadera zozobra los nuevos ataques contra la Universidad Nacional. Los extremistas no quieren a un rector enérgico e independiente como el doctor Soberón; quieren a un politicastro y a un demagogo que se preste a sus insensatos proyectos: convertir a la Universidad Nacional en una base de operaciones políticas como la de Puebla. Incapaces de organizar y guiar a los obreros y a los campesinos, intentan ser los capitanes de las mesnadas estudiantiles. Exactamente como los nacionalistas conservadores de hace 25 años. El 2 de junio de 1948 el candidato a rector del grupo extremista conservador, en un discurso pronunciado en el auditorio de la Facultad de Filosofía y Letras, dijo lo siguiente: «Yo les ofrezco, aunque me maten, que dentro de la UNAM afirmaré a Dios y afirmaré a Cristo, y que esta campaña que hoy iniciamos la sostendré hasta la derogación del artículo tercero de la Constitución». Los colores de la venda son distintos pero el personaje que da palos de ciego es el mismo: la clase media.

¿Cómo defender a las universidades sin, al mismo tiempo, abandonar la lucha por la reforma social y política de México? Lo primero es cam-

biar el sitio de la confrontación política: crear un espacio público abierto donde se despliegue la actividad de los grupos independientes. O sea: esforzarse de verdad por la democratización del país. Éste fue el sentido profundo del movimiento estudiantil de 1968 y lo que le valió la inmediata adhesión popular. La izquierda es la heredera natural del movimiento de 1968 pero en los últimos años no se ha dedicado a la organización democrática sino a la representación –drama y sainete– de la revolución en los teatros universitarios. Pervertida por muchos años de estalinismo y, después, influida por el caudillismo castrista y el blanquismo guevarista, la izquierda mexicana no ha podido recobrar su vocación democrática original. Además, en los últimos años no se ha distinguido por su imaginación política: ¿cuál es su programa concreto y qué es lo que propone ahora –no para las calendas griegas– a los mexicanos? Tampoco ha podido organizar a sus contingentes y movilizarlos en acciones nacionales. Todavía sigue siendo un vago proyecto la gran alianza popular independiente que muchos proponen desde 1970. Incapaz de elaborar un programa de reformas viables, se debate entre el nihilismo y el milenarismo, el activismo y el utopismo. El modo espasmódico y el modo contemplativo: dos maneras de escaparse de la realidad. El camino hacia la realidad pasa por la organización democrática: la plaza pública, no el claustro ni la catacumba, es el lugar de la política.

Plural, *núm. 21, junio de 1973*

II

EL DESIERTO POLÍTICO

En el primer tercio del siglo xix el poeta Nerval, al alzar los ojos hacia el cielo, descubrió con horror que era un desierto: lo mismo los dioses del paganismo que los ángeles y los santos del cristianismo se habían evaporado. La razón crítica despobló al cielo. El observador político que hoy alce los ojos hacia el «cielo ideológico» de México encontrará un desierto semejante al contemplado por Nerval: eclipse de las ideas, fuga de la imaginación política. Pero no ha sido la crítica sino la ausencia de crítica y, sobre todo, de autocrítica, la que ha transformado nuestra vida política en un páramo. Un yermo pedregoso, cubierto por una vegetación chaparra y espinosa que oculta toda suerte de insectos, bichos y víboras. ¿Quién será el jardinero que convierta este llano inhospitalario, ya que no en un jardín, en un lugar habitable? Ante todo hay que limpiarlo, quemar

la yerba mala, regarlo, mover las piedras donde se esconden las alimañas ponzoñosas. Jardinería política: escoba, tijeras y regadera. El barrido, la poda y el agua fría de la crítica.

Como una contribución a esta tarea crítica hemos publicado en este número de *Plural* una «Ojeada a la situación de México»: la política interior (Rafael Segovia), la exterior (Mario Ojeda) y la económica (Carlos Bazdresch). Ojeada lúcida y desilusionada. La descripción crítica que hace Rafael Segovia de nuestros partidos es difícilmente mejorable y lo mismo debe decirse de su reflexión sobre la violencia. Tiene razón, sobre esto último, en señalar la responsabilidad del gobierno. Más de una vez nos hemos referido en estas columnas a los sucesos sangrientos del 10 de junio de 1971 y hemos dicho que, como la mayoría de los mexicanos, seguimos esperando conocer los resultados de la investigación prometida. No se puede ser candil de la calle y obscuridad de su casa: el gobierno no tendrá autoridad moral para condenar la violencia de los grupos extremistas dentro y fuera de las universidades mientras no esclarezca lo del Corpus Christi de hace dos años. ¿Quiénes eran los Halcones; quiénes los organizaron; contaban o no con la complicidad de la policía y de altos funcionarios del gobierno?

El tema de la violencia está a la orden del día en México y, aún más, en la América Latina. Es innecesario repetir que condenar la violencia gubernamental en Puebla y en otros sitios –o el escamoteo de la justicia en el caso del Corpus Christi de 1971– no implica justificar la violencia de los extremistas, así se amparen en ideologías «socialistas». Emplear métodos fascistas y aun de gangsters en nombre del socialismo es una perversión no menos grave que el autoritarismo y el burocratismo estalinianos. Nuestra condenación de la violencia, claro está, no es absoluta. Condenamos la violencia ciega y que se vuelve como un bumerang no sólo contra los que la practican sino contra el pueblo entero, como acaba de suceder en Uruguay. Condenamos a los que desde la impunidad de la cátedra y el periódico, doctores vitriólicos con la boca babeante de ira, bendicen a los tupamaros de aquí y de allá con citas truncadas de las escrituras revolucionarias. Cierto, a veces la violencia es legítima. Otras, además, es eficaz. No ahora ni aquí. Además, no estamos muy seguros de que la violencia sea realmente «la partera de la historia». Tal vez es lo contrario: esteriliza a las sociedades y las hace oscilar entre los dos polos de la destrucción, la agresión y el suicidio. En fin, cualquiera que sea nuestra opinión sobre la violencia, es evidente que la que preconizaba Marx es muy distinta a la que predican y practican los extremistas en México y en América Latina.

LOS DOCTORES MONTONEROS

Para Marx la violencia revolucionaria estaba ligada orgánicamente al proletariado, es decir, su liga no era ideológica sino real, histórica, social: las organizaciones obreras. Hacer una política pro-obrera sin obreros es algo más que un error: es dar el primer paso hacia la dictadura. El césar de hoy es el aventurero político de ayer. Por eso Marx y Engels repudiaron categóricamente al *blanquismo*, ahora rampante en la América Latina, consagrado por la sangre de un justo trágica y radicalmente equivocado: Guevara. Oigamos a Engels: «Blanqui es un revolucionario puramente político aunque sus sentimientos sean socialistas... De la concepción de Blanqui se desprende la necesidad de una dictadura después del triunfo del golpe de Estado revolucionario. Su concepción afirma que cada revolución es un golpe de Estado ejecutado por un pequeño grupo de revolucionarios. No se trata, naturalmente, de la dictadura de toda la clase revolucionaria, el proletariado, sino de un pequeño número: aquellos que han participado en el golpe de Estado y que, a su vez, están ya organizados bajo la dictadura de unos pocos» (*Littérature des émigrés*, 1874). Digamos de paso que para Marx y para Engels la dictadura del proletariado no significó nunca la dictadura de un partido. Ambos insistieron siempre en la pluralidad de partidos, una vez que el proletariado conquistase el poder y mientras subsistiese el Estado. Tampoco los bolcheviques, hasta que no tomaron el poder, hablaron de la dictadura de un partido único. Esta «innovación» fue justificada por Lenin y Trotski como una desafortunada pero imperiosa necesidad política resultante de la guerra civil y de la situación del país en los años siguientes. La verdad es que el régimen de partido único tiene más que ver con la tradición rusa –autocracia arriba y terrorismo abajo– que con el marxismo auténtico. El mismo Trotski, recobrado en parte de su intoxicación bolchevique, aunque sin confesarlo del todo, escribe en *La Revolución traicionada* (1936): «Supongamos que la burocracia soviética es desplazada del poder por un partido revolucionario... Ese partido comenzará por restablecer la democracia en los sindicatos y en los soviets. *Podrá y deberá restablecer las libertades de los partidos soviéticos...*». (Nosotros subrayamos.) Compárese estos textos con las proclamas y los actos de los terroristas latinoamericanos y mexicanos.

Tal vez no sea del todo exacto llamar «blanquistas» a los extremistas latinoamericanos. Louis Blanqui fue un revolucionario romántico y su figura pertenece a la prehistoria revolucionaria (aunque algunas de sus con-

cepciones tienen una inquietante semejanza con el leninismo). En todo caso, la ideología de los latinoamericanos es un blanquismo que se ignora. Pero más bien se trata de una lectura terrorista del marxismo. El lector ha sido una clase media exasperada, cogida entre la ausencia de auténticas revoluciones proletarias y socialistas en los países desarrollados y la emergencia de «socialismos» totalitarios y burocráticos en Rusia y China. De ahí la colusión de la izquierda con el peronismo en Argentina. De ahí el caudillismo igualitario de Castro. De ahí los tupamaros y, fenómeno menor pero significativo, los «Enfermos» de Sinaloa.

En realidad estamos ante nuevos brotes de viejos males hispanoárabes y latinoamericanos: el caudillo, la montonera, el jalifa, los cuadrilleros, las partidas. En nuestras tierras el jefe y sus montoneros se han disfrazado sucesivamente con retazos de ideologías: Robespierre, Danton, Jefferson, Garibaldi, Lenin, Mao. Las máscaras cambian, el desenlace es el mismo: si la aventura fracasa, desemboca en la muerte; si triunfa, en la dictadura. Pero la dictadura no salva al jefe del otro fracaso, el histórico. Oigamos de nuevo a Engels: «Lo peor que le puede pasar al jefe de un partido extremista es tomar el poder en una época en la que el movimiento no está aún maduro para la dominación de la clase que representa ni para la aplicación de las medidas que exige la dominación de esa clase... Así se encuentra fatalmente colocado ante un dilema insoluble: aquello que puede hacer contradice toda su acción anterior, sus principios y los intereses inmediatos de su partido, y aquello que debe hacer es irrealizable... Aquel que cae en esta situación está irremediablemente perdido» (Engels, *La Guerre des paysans*, 1850). Los ejemplos están a la vista en América Latina.

Plural, *núm. 22, julio de 1973*

III

EL PLAGIO, LA PLAGA Y LA LLAGA

> Plaga: *lo mismo que llaga,
> que es como hoy se dice.*
>
> Mariana, *Historia de España*

El secuestro del suegro del presidente de la república, el universitario y político José Guadalupe Zuno, ha provocado indignación y estupor. Indignación porque con este acto se trata de herir al jefe del Estado y le-

sionar su autoridad moral y política en momentos particularmente difíciles, cuando la nación se enfrenta a una situación económica desastrosa y cuando la clase obrera y sus dirigentes, ¡al fin!, parecen despertar de su letargo conformista y anuncian una acción que, si llega a orientarse como se debe y se conduce a buen término, podrá enderezar un poco las cosas en favor de las mayorías. Estupor porque el grupo que se ha declarado responsable del secuestro se dice marxista y revolucionario. Para colmo, el FRAP (Frente Revolucionario Armado del Pueblo) ha llamado a su fechoría: *Operación Tlatelolco, 2 de octubre de 1968*. Invocar la memoria de Tlatelolco para justificar el secuestro de un anciano de 80 años, conocido por sus ideas populistas, revela la descomposición moral e ideológica de los extremistas. Los «Enfermos», como se llamaba a sí mismo uno de estos grupos (el de la Universidad de Sinaloa), se han vuelto los Incurables.

La actitud del gobierno, hasta el momento de escribir este comentario (1.º de septiembre), ha sido la que desde el principio, hace más de dos años, se ha sugerido en estas mismas columnas: no ceder al chantaje de gente que jura en nombre de Karl Marx pero que obra como Al Capone. Naturalmente que no basta con rehusarse a pactar con los facinerosos. El gobierno debe mostrar, además, que es fuerte y que es capaz de usar su fuerza con moderación y cordura. Lo primero significa, ante todo, eficacia: los autores del secuestro han de ser aprehendidos en un plazo razonable. Lo segundo quiere decir que no se ha de tomar ninguna decisión que limite o restrinja los derechos políticos de los mexicanos, desde la libertad de información y opinión hasta la de reunión y manifestación pública de las ideas, cualesquiera que éstas sean. Sería lamentable que la provocación de los extremistas sirviese para justificar una política de represiones y mano dura, como ya empiezan a pedirlo los grupos conservadores. Las imperfecciones de la democracia no se curan con la supresión de la democracia. Nuestro sistema político es todavía un compromiso inestable entre la tradición autoritaria mexicana y la verdadera democracia. El actual gobierno ha enmendado en muchos aspectos las prácticas brutales de los regímenes anteriores. Su acción ha sido positiva pero no suficiente: otro gallo nos cantaría si, como se ha pedido muchas veces en estas páginas, se hubiese hecho una averiguación de los sucesos del 10 de junio de 1971 y se hubiese castigado a los responsables.

BOHEMIA Y REVOLUCIÓN

Los brotes de violencia en el campo, enfermedad endémica de México des-
de la época virreinal, son el resultado de circunstancias locales bien cono-
cidas: el caciquismo, el subempleo, el hambre de tierras, el hambre de jus-
ticia, el hambre de escuelas. En una palabra: el Hambre. La violencia
campesina no es nacional ni ideológica: es regional y espontánea. Los cam-
pesinos no son delincuentes sino desesperados. La violencia del campo no
es un problema de orden policíaco ni militar sino político y social. Lo que
hace falta en el estado de Guerrero es una verdadera reforma agraria, es-
cuelas, casas, hospitales, caminos, centros de trabajo. El terrorismo urba-
no es ideológico y tiene otras causas y otro estilo. Los terroristas no reclu-
tan sus milicias entre la clase obrera sino entre la clase media y la pequeña
burguesía. La desesperación de estos grupos es más de orden psicológico
y moral que social. Son las verdaderas víctimas de la alienación. Durante
el siglo pasado la clase media fue el almácigo de los bohemios y artistas
ratés; hoy lo es de los revolucionarios *manqués*. Ayer vestían el chaleco
rojo de Théophile Gautier pero nunca escribieron una línea que valiese la
pena; hoy leen a Lenin pero su «toma del Palacio de Invierno» se reduce
al asalto de un banco y al secuestro de un inocente. El romanticismo de los
bohemios del siglo pasado no dañaba a nadie sino a ellos mismos; el acti-
vismo de los bohemios de la revolución es una operación de violencia
circular: se inicia como una agresión contra un tercero y termina por vol-
verse contra los agresores. Es la dialéctica suicida y bien conocida del per-
seguido/perseguidor.

El terrorismo urbano es un fenómeno universal. El hecho de que todos
estos grupos se alimenten o, mejor dicho, se intoxiquen, con la retórica
de la izquierda, es un síntoma de la profunda crisis intelectual y moral
por que atraviesa el pensamiento revolucionario. Los mismos grupos
que, hace 40 años, hicieron suyos los delirios ideológicos de Hitler y las
filosofías antidemocráticas de Mussolini, Maurras y José Antonio Primo
de Rivera, ahora se sirven de las ideas de Marx, Lenin y Trotski. Pero
entre la pequeña burguesía desesperada y las ideologías fascistas había
un lazo orgánico; no lo hay entre el socialismo y los nuevos extremistas.
Cierto, el leninismo fue la primera gran quiebra de la tradición demo-
crática del socialismo, no sólo porque exageró las tendencias autoritarias
del marxismo sino porque suplantó la idea de la dictadura del proletaria-
do por la dictadura del partido bolchevique. Pero los partidos comunis-

tas, incluso en sus peores momentos, durante el período estalinista, siempre han buscado aliarse con la clase obrera y aspiran siempre a constituirse en partidos de masas.

LA DOCTA ADULACIÓN

Una de las causas de la proliferación de los grupos extremistas fue, probablemente, el descrédito que rodeó a los partidos comunistas después de las revelaciones de Jruschov y de que fueron conocidos los crímenes del estalinismo. Pero más decisivo fue el ascenso publicitario, entre 1960 y 1970, de una suerte de blanquismo para gente acomodada y con remordimientos por su desahogo económico. Esta gente, víctima no de la crisis económica del capitalismo sino del nihilismo de la abundancia, encontró paradójicamente sus arquetipos en personalidades y movimientos tan disímbolos como Che Guevara, los guerrilleros de Palestina, las Panteras Negras y Danny el Rojo. Entre estas buenas almas afligidas por sentimientos de culpas reales e imaginarias había, como es natural, muchos intelectuales. La mayoría no halló mejor manera de librarse de sus obsesiones que proyectar sus sueños en las actividades de los jóvenes estudiantes rebeldes. Pero no se contentaron con aprobar la legítima rebelión juvenil sino que se convirtieron en los apologistas y en los teóricos de la alianza contra natura entre las prácticas fascistas de los extremistas y la ideología del socialismo. Todavía hace unos pocos años el autor de estas líneas provocó la irritación de varios notables de la izquierda mexicana porque, durante una comida, se atrevió a criticar a los tupamaros. Al cabo de unos meses, como todos sabemos, pese a la virtuosa indignación de los doctores del extremismo académico, las actividades de aquellos «jóvenes héroes» –como llamó uno de los comensales a los tupamaros– abrieron la puerta a los militares uruguayos. También fueron coreadas con entusiasmo por nuestros radicales de salón las bravatas del MIR, que prometió a corto plazo el asalto al poder y que, a la hora de la verdad, fue incapaz de ofrecer una resistencia seria a Pinochet y sus jenízaros.

Las sonrisas de complacencia con que nuestros intelectuales contemplaban todavía hace poco las proezas de los extremistas se han transformado en muecas de sorpresa y, ahora, en mohínes de reprobación. Pero como son más amigos de la ideología que de la triste verdad, han pergeñado una curiosa explicación del terrorismo del FRAP y los otros extremistas: se trata, en realidad, de agentes del imperialismo yanqui y de la extrema derecha. Durante los últimos trastornos universitarios, algunos

profesores y periodistas también atribuyeron los desórdenes a Fidel Velázquez, al imperialismo yanqui y aun a la «crisis de la sociedad capitalista». No obstante, todos sabemos que el movimiento de los trabajadores y empleados universitarios que llevó a la renuncia del rector González Casanova, estaba dirigido por el Partido Comunista. Por supuesto, es muy posible que en los grupos extremistas haya una infiltración de la CIA y de otras organizaciones semejantes. También es indudable que las actividades de estos grupos provocan reacciones de repulsa en la opinión pública que son aprovechadas inmediatamente por los partidarios de la violencia derechista, como ocurrió en Uruguay y en Chile. Pero la derecha no podría servirse de los extremistas de izquierda si, antes, no se hubiese bendecido y santificado la alianza ilegítima e inmoral entre las ideas socialistas y las prácticas fascistas y gangsteriles.

ELOGIOS QUE MATAN

El primer deber del intelectual es hacer luz, despejar las confusiones, limpiar los cerebros de las telarañas de la pasión y de la ideología. La regla de Descartes: *no tener por verdadero nada que yo no sepa que lo es evidentemente*, no sólo es imperativa en la esfera de la ciencia y del pensamiento sino también en las de la moral y de la política. Por eso es inadmisible que personas inteligentes y que se llaman «de izquierda» afirmen que «*es evidente* –yo subrayo– que el secuestro del señor Zuno responde a un plan de la extrema derecha y del imperialismo», al mismo tiempo que pasan como si pisaran ascuas sobre las declaraciones del FRAP. ¿No fue gente del FRAP la que secuestró hace unos meses a un cónsul de los Estados Unidos? Esta actitud ha sido compartida por varios periodistas católicos que han abrazado las ideas de izquierda con esa fe simplista que tradicionalmente se atribuye a los carpinteros. La confusión mental de uno de ellos es tal que cada noche, al acostarse, reza ante la Hoz y cada mañana, al levantarse, da un martillazo con la Cruz. Para esta alma de Dios es «absurdo» pensar que los extremistas de izquierda sean responsables del secuestro; y no sólo absurdo: «es inverosímil que un grupo revolucionario cometa estos actos». No, no es inverosímil: esos actos se cometen todos los días.

La reaparición del terrorismo revela, en primer término, la crisis general –política, moral y filosófica– del pensamiento revolucionario. El malestar se inició en la época de los procesos de Moscú y se agravó con las

revelaciones de Jruschov, la disputa sino-soviética y la invasión de Checoslovaquia. Esta crisis ha frustrado la acción de los partidos socialistas y comunistas en aquellos países que deberían haber sido el teatro natural de su acción histórica: las naciones industriales de Occidente. En segundo lugar: ante una situación sin salida, el terrorismo parece, aunque no lo sea, una respuesta. Como la mayoría de los países subdesarrollados, México se encuentra entre la espada y la pared. El modelo capitalista clásico, que consumó el tránsito del antiguo régimen a la sociedad moderna de Occidente, ha resultado inoperante. Y es inoperante –entre otras causas de orden histórico, cultural y demográfico– porque nuestra burguesía, a diferencia de la burguesía de Occidente, en su momento de ascenso histórico, es una clase dependiente. Pero también el modelo socialista es inoperante. Impuesto a naciones que carecían de las estructuras económicas y sociales creadas por la burguesía –democracia política, alto nivel industrial y técnico, clase obrera con una larga tradición de libertad sindical– ha degenerado en burocracias terroristas. También se deben mencionar otras circunstancias que pertenecen a la historia del mundo ibérico e indio, tales como el caudillismo, el personalismo, el centralismo y la ausencia de una tradición de crítica intelectual y moral en España y sus antiguas colonias. Somos los hijos de la Contrarreforma y de este hecho se derivan, en buena medida, las dificultades que hemos tenido desde fines del siglo XVIII para dar el salto hacia la modernidad. Por último: los extremistas de la clase media no habrían podido disfrazarse de izquierdistas si los intelectuales de izquierda hubieran sido un poco más rigurosos y un poco menos narcisistas y complacientes. La impopularidad es uno de los riesgos –y asimismo: uno de los placeres– del ejercicio de la crítica.

¿HAY SALIDA?

Para salir de la encrucijada en que se encuentra nuestro país se necesitaría, ante todo, un cambio en la orientación de nuestra política de desarrollo. Habría que cambiar el rumbo que ha tomado nuestro país desde la época de Ávila Camacho y aun antes. Digo esto porque, si es cierto que desde la presidencia de Ávila Camacho el desarrollo del país ha beneficiado casi exclusivamente a la oligarquía financiera y a la burocracia política oficial, también lo es que los regímenes revolucionarios y postrevolucionarios heredaron la idea de la modernización de México del porfirismo que, a su vez, la heredó de los liberales. La imitación extralógica, como la

llamaba Antonio Caso, siguiendo a Tarde, ha sido una constante de la vida política mexicana desde la Independencia. Por eso el cambio que sugiero abriría al mismo tiempo la posibilidad de una reconciliación con nuestro pasado histórico, sobre todo con nuestros dos grandes siglos: el xvii y el xviii, ignorados y desdeñados al otro día de la Independencia. Con frecuencia me he referido a ciertos rasgos sombríos de nuestra tradición: el culto al jefe, la confusión entre religión y política, el reinado de la máscara y la mentira. Pero el cambio de orientación significaría el redescubrimiento de otra porción de nuestro pasado. Lo mismo en el mundo precolombino que en el de la Nueva España existen instituciones y tradiciones que podrían ser los puntos de partida hacia una democracia social y política. Pienso, como ejemplos inmediatos, en la propiedad comunal de la tierra y en el régimen de los ayuntamientos. Pienso también en el genio urbanístico de nuestro pueblo, hoy degradado por la confabulación del dinero y el poder. La modernidad, en sus dos vertientes, está en crisis: ¿por qué no explorar otros caminos?

Los dos modelos de modernización que nos ofrece el exterior, aunque en muchos aspectos diametralmente opuestos, tienen en común una concepción cuantitativa de la sociedad y de la historia: producir más y más. Mito inhumano, el progreso por el progreso es un culto más cruel que los de los aztecas y babilonios. Moloch y Huitzilopochtli son deidades benévolas comparadas al *time is money* del capitalismo y a la moral *estajanovista* del sovietismo. A todo esto debe añadirse el problema demográfico a que nos enfrentamos y que muchos toman a la ligera. Somos 58 millones de mexicanos, es decir, nuestro país tiene una población ligeramente superior a la de Francia: ¿cuántos años, bajo el régimen social y político que sea, necesitaremos para llegar al nivel que tienen hoy los franceses? La respuesta no está en imitar a tirios o troyanos: producir y producir más y más. Lo que hace falta es humanizar la economía. De ahí que sea imperativo un cambio de dirección de la producción y, asimismo, como objetivo a largo plazo, un control racional de los nacimientos. Ni el suplicio tantálico del capitalismo: el hombre encerrado en el círculo sin salida de producir para consumir y consumir para producir, ni el hombre como un engranaje del Plan, ese *Juggernaut* del socialismo burocrático, ídolo abstracto hecho de cifras que son víctimas humanas. Por último, para países en las condiciones geopolíticas de los nuestros, cambiar un modelo por otro significa simplemente cambiar de dependencia, como lo muestra cruelmente el caso de Cuba. ¿No hay salida? No, en términos absolutos; sí, en términos relativos. Diseñar otro modelo de desarrollo

podría ser el primer paso por el camino hacia la independencia, hasta donde ésta es posible y viable en el mundo de tiburones que son las grandes potencias del siglo XX. La descentralización económica, política y cultural, con la correspondiente redistribución regional de la población; la revitalización de la agricultura; la lucha contra la inflación demográfica, a la larga más peligrosa que la inflación monetaria; y, en fin, y sobre todo, la utilización racional de nuestros inmensos recursos humanos en un vasto programa de obras que sirvan a la comunidad –éstas y otras tareas no menos urgentes nos harían, ya que no más poderosos, sí más justos y libres. Gabriel Zaid ha mostrado en esta misma revista («Cinta de Moebio») que el Estado gobierna casi exclusivamente para la porción desarrollada o moderna de México: burguesía, burocracias políticas y gubernamentales, clase media, proletariado urbano y los grupos que integran el sector de la agricultura capitalista. ¿No es hora de gobernar para el *otro* México?

<div align="right">Plural, núm. 36, septiembre de 1974</div>

«Aterrados doctores terroristas» es el título con el que se recogieron los tres textos anteriores en *El ogro filantrópico*, Barcelona (Seix Barral) y México (Joaquín Mortiz), 1979.

Thanatos y sus trampas

(Tres notas sobre demografía)

HACIA UNA POLÍTICA DE POBLACIÓN EN MÉXICO

La discusión sobre el crecimiento demográfico no es nueva pero en el transcurso de los últimos años se ha convertido en una preocupación mundial. El tema del aumento de la población se confunde ya con el tema de la supervivencia de la especie humana. La situación de la sociedad moderna ante este problema es única. Las sociedades animales poseen mecanismos de control biológico de la población y en las sociedades primitivas el control se realiza a través de mecanismos culturales. En cuanto a las sociedades históricas: desde las primeras civilizaciones urbanas hasta el siglo XIX hubo un relativo equilibrio entre los dos factores que determinan el crecimiento de las poblaciones, la natalidad y la mortalidad. La era moderna rompe el equilibrio: la mortalidad infantil disminuye y la población aumenta. Al principio, las clases dirigentes y los gobiernos vieron el aumento como una bendición. Para unos: mano de obra abundante y barata; para otros: más carne de cañón. La burguesía hizo suyo el precepto bíblico: *creced y multiplicaos*. Una idea que habría escandalizado no sólo a los orgullosos espartanos sino a la mayoría de los filósofos de la Antigüedad: ni griegos ni romanos padecieron la idolatría del número.

La crítica de la política y la moral poblacionistas se inició casi al mismo tiempo que el brusco salto demográfico. En unos casos, la crítica fue económica y social: hay una disparidad entre el ritmo de crecimiento de los recursos alimenticios y el de las bocas humanas (Malthus). En otros casos, la crítica fue moral y política: cada niño que nace es un esclavo asalariado más o un nuevo soldado que engrosa los ejércitos del Estado opresor. Otros críticos subrayaron que la reproducción humana es una esfera en la que los Estados y las Iglesias no pueden legislar por encima de la pareja y, sobre todo y ante todo, por encima de la mujer. En esta tendencia se fundían dos corrientes, una que nace en el siglo XVIII y otra en la era romántica: la libertad erótica y la libertad de la mujer. La rebelión del cuerpo es inseparable de la liberación femenina. Y lo es porque desde el neolítico la opresión sobre la mujer ha sido doble: social y sexual.

Desde mediados del siglo xix hasta el xx la correspondencia entre el aumento de la población, la mano de obra barata y las guerras imperialistas fue un tema constante de pacifistas, anarquistas, feministas y otros disidentes y revolucionarios. Pero esta correspondencia se nubló en la conciencia de muchos revolucionarios cuando apareció el primer Estado «socialista». La legislación soviética en materia de población y sexualidad, tras un breve período inicial de gran libertad, no fue menos sino más reaccionaria que la de la mayoría de los países capitalistas, con la excepción de la Alemania de Hitler y la Italia de Mussolini. En todas partes triunfó el «poblacionismo» y el arquetipo universal fue la imagen, entre grotesca y obscena, de la «madre de muchos hijos» condecorada por los jefes de Estado. Después de la segunda guerra mundial, la quiebra del «poblacionismo» fue total, aunque hubo recaídas como la del general De Gaulle. Hoy todos sabemos que el excesivo crecimiento de la población no sólo es un obstáculo para el desarrollo de las naciones de América Latina, Asia y África sino que es una amenaza para la supervivencia de la humanidad entera. Thanatos y sus trampas: lo que se creía una derrota de la muerte ahora parece una estratagema suya para mejor aniquilarnos.

En México tres inercias, tres obstinaciones, se han opuesto a la legalización y a la difusión de las prácticas anticonceptivas: la Iglesia católica, el gobierno y la izquierda tradicional. No es ésta ocasión para detenerse sobre la posición de la Iglesia. Baste con decir que todo lo que se haga en este campo ha de ser sin ella o contra ella. La actitud del gobierno coincidió substancialmente con la de los intelectuales de izquierda: la verdadera respuesta a los problemas de la pobreza y el subdesarrollo no es el control de los nacimientos sino el acrecentamiento de la riqueza y, sobre todo, su mejor distribución. Apenas si vale la pena aclarar que nadie dice que en el control del crecimiento de la población está la solución de nuestros problemas; lo que muchos decimos es que esos problemas no serán resueltos si, al mismo tiempo, no nos enfrentamos con el que nos plantea la tasa de aumento anual de la población mexicana –una cifra literalmente catastrófica: 3,5%. Por fortuna, no es necesario continuar esta discusión: todos, gobierno e intelectuales, aunque tardíamente, están ya más o menos convencidos de la gravedad de la amenaza. Ojalá que de veras y pronto se adopten medidas eficaces para combatirla.

México, julio de 1972

«Hacia una política de población en México» es la presentación del suplemento de

Plural, núm. 12, septiembre de 1972, dedicado a los problemas de población de México, y se recogió en *El ogro filantrópico*, Barcelona (Seix Barral) y México (Joaquín Mortiz), 1979.

ENTRE LA PÍLDORA Y HERODES

En el número 12 de *Plural* (septiembre de 1972), dedicado parcialmente a los problemas del crecimiento demográfico de nuestro país, publicamos un interesantísimo artículo de Elena Poniatowska sobre el aborto. Ahora Elena vuelve al tema y publica en un diario dos reportajes no menos interesantes y esclarecedores. Como es sabido, la legislación mexicana considera el aborto como un delito. Se trata de una legislación bárbara y, asimismo, inoperante: nadie la cumple. Si la ley se aplicase, las cárceles de México estarían llenas de médicos, enfermeras, comadronas y honorables madres de familia[1]. En materia de aborto, por lo demás, las diferencias entre los países ricos y los pobres son menores que las diferencias entre las clases bajas y altas de cada país. Oigamos a Elena Poniatowska: «Dos terceras partes de la población del mundo practican el aborto y entre los países que lo han legalizado se encuentran Japón, India, los países escandinavos, Inglaterra y Estados Unidos. Según el doctor Benjamín Viel, director para el Hemisferio Occidental de la Federación de Planificación Familiar en América Latina, la tasa de mortalidad causada por abortos es de 16 por cada diez mil habitantes. En los países en que el aborto ha sido legalizado la cifra máxima es de 0,1 habitantes por cada diez mil». La economía es uno de los factores decisivos en la práctica del aborto: ¿lo es la moral religiosa? Oigamos de nuevo a Elena Poniatowska: «La doctora Blanca Sánchez Ordóñez, Prevención del Centro Médico, nos dijo –cuando le preguntamos acerca del aspecto moral y religioso del aborto– que el factor religioso no es determinante, ya que el 98 por ciento de la población mexicana se confiesa católica...». ¿Acuden al aborto las solteras embarazadas que quieren deshacerse de su «pecado» o la mayoría de las que abortan son casadas? ¿Son pobres, ricas o de la clase media? Respuesta: «Según se elevan las clases, baja la mortalidad infantil y sube el aborto. Esta tendencia cambia en los estratos altos de la sociedad: allí el aborto es muy bajo y también lo es la natalidad porque las mujeres conocen los an-

1. Según el presidente de la Asociación de Planeación Familiar el número de abortos clandestinos en México llega a los dos millones anuales (*Novedades*, 31 de mayo de 1978).

ticonceptivos y recurren a ellos... La clase media baja constituye la gran mayoría de la población que practica el aborto». Y algo más sobre lo que deberían reflexionar nuestras autoridades y nuestros moralistas de púlpito de tribuna popular: «La mayoría de las mujeres que abortan no son solteras sino casadas que tienen cinco o seis hijos».

La legislación mexicana sobre el aborto es doblemente nociva: es represiva y es ineficaz. Un espantapájaros que a nadie espanta. Nadie duda de la necesidad de reformarla substancialmente. Hay, sin embargo, un aspecto moral y social que la mayoría de los especialistas mexicanos elude: el aborto forma parte del derecho de las mujeres a disponer de ellas mismas, de sus cuerpos y de sus vidas. No es que la práctica sea aconsejable ni que sea moralmente neutra sino que es bárbaro castigarla. Bárbaro y socialmente inútil. Así pues, el tema del aborto se inscribe, por una parte, dentro del tema general de los problemas demográficos pero, por la otra, es una cuestión indisolublemente ligada a la libertad de la mujer. Este segundo aspecto del problema es el que, en general, se trata de eludir en México. Naturalmente, la reforma de la legislación sobre el aborto no puede constituir un acto aislado sino que debe ser precedida y acompañada por una acción del gobierno y de las asociaciones privadas tendiente a difundir los métodos preventivos, que son los aconsejables y recomendables. La reforma legal no puede ser sino parte de una política general en materia de población.

El control de la natalidad no es una panacea universal. Es un remedio a largo plazo y de ahí la lentitud de los gobiernos para adoptar una política de población y la resistencia de las comunidades para llevarla a cabo; además, la reducción de los nacimientos no es el substituto de una política social. En realidad, el problema presenta dos aspectos contradictorios y que exigen solución con la misma urgencia: la desigualdad social, según se ha visto, ha sido un factor determinante en el monstruoso crecimiento de nuestra población; simultáneamente, entre las causas de esa desigualdad figura en lugar prominente el excesivo crecimiento demográfico. Los efectos se vuelven causas y las causas efectos. Una sana política de población deberá atacar al mismo tiempo los dos problemas. La tarea es sobrehumana y no es seguro que los mexicanos tengamos la disciplina y los recursos –más bien de orden moral y social que económicos– para realizarla. La otra posibilidad es la catástrofe: escasez, hambres, estancamiento social, convulsiones, dictadura y quizá, al final, la extinción de la nación.

Aplaudimos la creación del Consejo Nacional de Población y nos pro-

metemos seguir de cerca su acción. Sabemos que se enfrenta a obstáculos formidables, unos de orden social y otros ideológicos. Entre los primeros hay que señalar la estructura misma de la sociedad mexicana: la diferencia entre la tasa de nacimientos entre los ricos y los pobres refleja abismales diferencias económicas, sociales y culturales. Entre los obstáculos ideológicos hay que mencionar, además de la timidez gubernamental, el doble dogmatismo obscurantista de muchos católicos y de una izquierda empeñada en atacar un fantasma llamado neomalthusianismo. Pero nadie habla de otro obstáculo de orden psicológico: el machismo mexicano. En el dominio de la sexualidad y de las relaciones familiares, como en tantos otros, todavía está viva la herencia dual de México: el pasado hispanoárabe, con su culto al patriarca y a Don Juan, y la tradición indígena, no menos rígida y opresora de la mujer. El machismo ve con horror a los anticonceptivos porque sabe que son –y no se equivoca– un instrumento de liberación de la mujer, un medio para que sea dueña al fin de su cuerpo. La píldora puede servir para que las mujeres se liberen y, así, para que nos liberen también a nosotros. La otra posibilidad es un Herodes nacional o, más probablemente, extranjero.

México, abril de 1974

«Entre la píldora y Herodes» se publicó en *Plural*, núm. 31, abril de 1974, y se recogió en *El ogro filantrópico*, Barcelona (Seix Barral) y México (Joaquín Mortiz), 1979.

IXTLILXÓCHITL Y OTROS EJEMPLOS

«México es el único país del mundo que, teniendo 60 millones de habitantes, crece a una tasa anual promedio de 3,5%.» Con esta frase se inicia un interesante y aterrador folleto del Consejo Nacional de Población. Sería un insulto a la inteligencia del lector detenerse en las consecuencias de este exagerado crecimiento. Baste con señalar la más obvia: dentro de muy poco será imposible satisfacer adecuadamente las demandas crecientes de educación, salubridad, habitación, empleo, esparcimiento, servicios urbanos y alimentación. En el año 2000, es decir: dentro de 25 años, México tendrá una población de 153 millones si no hay reducción en la fecundidad y de 126 millones si se consigue (¿cómo y por cuál milagro?) una declinación gradual, del 3,1% en los primeros años al 1,6% en los últimos. Además, el crecimiento demográfico es una de las causas deter-

minantes de la macrocefalia que padecemos. No la única: hay otras de
orden social, económico e histórico, entre ellas el centralismo, hermano
gemelo del autoritarismo, ambos con raíces en el México precolombino
y en la tradición hispánica. Hoy la población de la ciudad de México es
la sexta del mundo y será la primera en el año 2000, con 31,5 millones de
habitantes.

La política de reducción de la fecundidad tropieza en México con
resistencias poderosas y numerosas, unas conscientes y otras, las más, in-
conscientes. Las segundas están alimentadas por la moral tradicional. Las
más fuertes son el temor a la desintegración de la familia, la preocupación
(hipócrita) por la virtud de la mujer y, en fin, ese complejo de actitudes
que llamamos «machismo». La mujer mexicana no es dueña de su cuer-
po; uno de los caminos para que llegue a serlo es precisamente la mater-
nidad responsable –y de ahí el horror con que nuestros «machos» ven a
las prácticas anticonceptivas. En cuanto a las resistencias y oposiciones
conscientes y más o menos racionales: su gama es muy variada y va des-
de las objeciones de orden teológico de la Iglesia católica a los argumen-
tos, no menos dogmáticos, de los doctores que se inspiran en las críticas
de Marx contra Malthus. La posición de la Iglesia –es mejor que se aca-
be el mundo a que se pierdan las almas– se justifica únicamente desde una
perspectiva religiosa: como nuestra perspectiva es histórica, no la discuti-
remos siquiera. En cuanto a las opiniones de nuestros sabihondos de iz-
quierda: la situación actual no sólo ha superado los términos de la crítica
de Marx a Malthus sino que los ha cambiado. Para comprobarlo basta
con reparar por un instante en dos factores que ni uno ni otro pudieron
tener en cuenta: el primero es la influencia de la medicina, especialmente
de los antibióticos, en el descenso de la mortalidad infantil; el segundo es
el descubrimiento del carácter finito de nuestros recursos naturales. No
se trata tan sólo de la disparidad entre el crecimiento de la población y el
de la agricultura, proposición central de Malthus, sino de una contradic-
ción que el optimismo de Marx, fiel creyente en los poderes de la técni-
ca y la industria, no pudo prever: mientras teóricamente el aumento de la
población es ilimitado, no lo son los recursos naturales destinados a ali-
mentar las necesidades de la gigantesca industria contemporánea.

Algunos de nuestros especialistas en demografía arguyen que la dismi-
nución de la fecundidad es una consecuencia del desarrollo económico
y de la elevación general del nivel de vida y de la educación. El desarro-
llo, según esta hipótesis, se refleja primero en una reducción de la tasa
de mortalidad; después, en una segunda fase, se da el fenómeno de la re-

ducción de la natalidad. En México sólo se ha dado la primera fase
–reducción de la mortalidad– porque nuestro desarrollo ha sido injusto
y no ha favorecido a las mayorías. No negamos la odiosa injusticia de
nuestro desarrollo pero dudamos que esta tesis simplista pueda explicar-
nos cabalmente las complejidades de un fenómeno como el de los cam-
bios demográficos. A los especialistas les gusta generalizar; sus generali-
zaciones, naturalmente, son poco generales, es decir, dejan fuera muchas
cosas, ya sea por ignorancia o por dogmatismo. Son especialistas en gene-
ralizaciones estrechas. El ejemplo de la China contemporánea muestra
que el control de la natalidad, lejos de ser la consecuencia del desarrollo
económico, puede ser una de las condiciones para realizarlo. En China,
país subdesarrollado, predominantemente agrícola y con una altísima
proporción de analfabetos, ha sido posible llevar a cabo, con éxito apre-
ciable según parece, un programa de control de los nacimientos.

La experiencia histórica, por otra parte, no se ajusta enteramente al es-
quema ideológico que, en general, presentan nuestros demógrafos. Por
ejemplo, el historiador Pierre Chaunu, una autoridad en el dominio de la
historia demográfica –para no hablar de sus contribuciones al estudio de
la economía y la cultura de la América Latina durante los siglos XVI
y XVII–, señala que el fin de la Antigüedad clásica fue un período de no-
table reducción de la natalidad. Las causas fueron materiales y culturales,
de la decadencia de la agricultura y la bancarrota de las comunicaciones
(y por tanto del comercio) a la doble y complementaria propagación del
nihilismo y las supersticiones. Entre los factores de orden ideológico
Chaunu menciona la difusión entre las clases altas del neoplatonismo, una
filosofía indiferente cuando no adversaria de la reproducción humana.
Podría agregarse también el estoicismo, que influyó hasta en los mismos
cristianos y que, como el neoplatonismo, fue una defensa intelectual fren-
te a la inseguridad material y psíquica de esos siglos terribles. Sin embar-
go, hacia fines del siglo VII la población comienza a aumentar. Las razo-
nes de orden material se enlazan a las de orden espiritual: los progresos
de la agricultura (gracias a la introducción de un nuevo arado tirado por
caballos) no fueron menos decisivos que el renacimiento intelectual caro-
lingio. Así, en los siglos XII y XIII, el gran momento de la sociedad
medieval, nos encontramos con una Europa en la que la plétora demo-
gráfica coincide con el gran arte y con la plenitud de la filosofía escolás-
tica. Inmediatamente el mundo medieval busca un remedio a los peligros
de la sobrepoblación. La solución fue doble: por una parte, la emigración
hacia España, tierra de conquista y de espacios vacíos (un movimiento de

expansión que continuaría varios siglos, saltaría el mar y se desplegaría en América) y, por la otra, la limitación de la natalidad. ¿Cómo? Por el mismo método de la China contemporánea: el matrimonio tardío. A partir del siglo XII y hasta el XIV, el siglo de las grandes pestes y de la catástrofe demográfica, se eleva paulatinamente la edad matrimonial de las mujeres. No, como podría pensarse, la edad de las mujeres nobles, sino de las campesinas, las aldeanas y las pertenecientes a los estratos bajos y medios de la sociedad.

El fenómeno se repite tres siglos después. Se inicia en las postrimerías del siglo XVI, se extiende durante el XVII y se populariza en el XVIII. En un ensayo que recomendamos a nuestros especialistas, el historiador y demógrafo André Burguière demuestra que «gracias al análisis estadístico de la fecundidad familiar, ya no hay la menor duda: las prácticas malthusianas se difundieron en la masa de la población francesa en el siglo XVIII»[1].

En el siglo XVI Europa toma el camino de la reducción de la natalidad. El método más eficaz y socorrido fue, como en la Edad Media y en la China contemporánea, el matrimonio tardío. En la Toscana del *Quattrocento* la mayoría de los hombres se casaba después de cumplir los 30 años y las mujeres después de los 20. En Parma la edad promedio del matrimonio era, para los hombres, 33 años y para las mujeres 25. Estas cifras se elevaron, en el siglo XVIII, a 35 años para los hombres y 30 para las mujeres. La misma tendencia se dio en Francia: hacia 1550 las normandas se casaban a los 21 años y un siglo más tarde a los 25. Otro tanto puede decirse, *mutatis mutandis*, del resto de Francia. Las cifras aumentan a medida que se penetra en el siglo XVII. Así, concluye Burguière, «entre los siglos XVII y XVIII la actividad reproductora de la mujer se vio reducida en diez años».

Naturalmente, los europeos también comenzaron, ya en el siglo XVI, a utilizar métodos que quizá convendría llamar «artesanales». La práctica más favorecida fue, a pesar de la condenación de la Iglesia, el *coitus interruptus*. Muchos fieles descubrieron con sorpresa –conocemos el dato por los informes de los sacerdotes a sus obispos– que el «pecado de Onán», que identificaban con la masturbación, era precisamente el *coitus interruptus* que ellos practicaban con sus cónyuges. La Iglesia no fue insensible a estos cambios en la moral social. El jesuita Suárez había llegado a autorizar el *coitus interruptus* en las relaciones extraconyugales. Dos mo-

1. Cf. «Las claves del "milagro" demográfico occidental», en *Plural*, núm. 57, México, junio de 1976.

rales sexuales, una para la casa y otra para la calle, dualidad todavía vigente en el México contemporáneo. «La gran revolución del siglo xviii –dice Burguière– consistió en introducir este comportamiento extraconyugal en las relaciones conyugales.» Es una revolución que todavía está por realizarse en nuestro país. Concluyo: el estudio de Burguière revela que, lejos de ser una consecuencia de la Revolución industrial, el control de la natalidad la preparó. Este descubrimiento complementa la tesis de Max Weber sobre la génesis del capitalismo. El control de la natalidad fue uno de los factores determinantes en el nacimiento de la Edad Moderna: «La austeridad sexual tuvo la misma función que el ahorro en el origen del sistema capitalista».

Pueden darse otros ejemplos. Para nadie es un secreto que durante los siglos xvii y xviii se practicó en Japón un severo control de los nacimientos que no excluía el infanticidio. En Grecia, desde el siglo iv a.C., las ciudades se preocuparon por regular los nacimientos con el objeto de llegar al número óptimo de habitantes. Platón pensó que 5.040 era el número ideal. La oposición entre Atenas y Esparta se manifiesta también en esto: los atenienses se enfrentaron a la sobrepoblación mientras que los espartanos acudieron, sin gran éxito, a medidas tendientes a aumentar el número de nacimientos. Hacia el siglo ii, tal vez como consecuencia de la decadencia de las ciudades después de las conquistas de Alejandro, la despoblación se generalizó en la Grecia continental. El testimonio de Polibio es impresionante: «No hemos sufrido epidemias ni guerras prolongadas pero nuestras ciudades se han despoblado y no se cultivan nuestros campos… Las gentes no quieren casarse y cuando lo hacen procuran tener sólo un hijo o dos, para educarlos con desahogo y dejarles una buena herencia». Las prácticas malthusianas no sólo fueron populares en Roma sino que se acudió a otras más drásticas todavía, como el infanticidio y el abandono de los recién nacidos. Fueron populares asimismo las formas de copulación anal y oral y el onanismo, según observa el historiador L. P. Wilkinson. No hay duda sobre la extensión y la importancia de esas prácticas en Roma: «el control privado de la natalidad fue siempre un factor importante en la determinación de la población. Este hecho ha sido ocultado por la natural reticencia de la gente que se rehúsa a hablar abiertamente de infanticidios, abortos y prácticas destinadas a impedir la concepción»[1].

Ya me he referido al descenso de la natalidad durante el Bajo Imperio

1. L. P. Wilkinson, «Classical Approaches: I. Population and Family Planning», en *Encounter*, abril de 1978.

y a sus causas históricas e ideológicas. El caso de la civilización grecorromana no es el único: otras sociedades y civilizaciones implantaron el celibato obligatorio para ciertas categorías sociales, generalmente la clase sacerdotal, e incluso favorecieron y estimularon, al lado del ascetismo, la homosexualidad. Pero sin duda la mejor ilustración de una planeación racional de la fecundidad se encuentra en las sociedades primitivas. Durante milenios, hasta su destrucción en la era moderna, los primitivos lograron alcanzar, en materia de población, lo que ninguna otra sociedad histórica ha realizado: el número óptimo de miembros del grupo. Lo más notable es que lo consiguieron sin romper el equilibrio ecológico –la sociedad primitiva es la única que no deja ruinas por donde pasa, como sucede con todas las sociedades históricas– y sin tampoco sacrificar las necesidades del grupo.

Los casos que he mencionado –podría agregar otros muchos– muestran la importancia de los cambios de mentalidad colectiva en las variaciones de la demografía. Es claro que la fertilidad humana no es un mero epifenómeno del desarrollo económico y social, como creen muchos demógrafos mexicanos. Pero tampoco los ejemplos que he aducido nos autorizan a generalizaciones indebidas ni a postular una suerte de relación invariable entre los cambios de mentalidad y los cambios demográficos. Con muy buen juicio Burguière observa:

Si el interés de las fuentes demográficas sólo fuera función de su calidad estadística, la época contemporánea sería a un tiempo el objeto de estudio más cómodo y mejor conocido de la demografía histórica... Sin embargo, el estudio de las poblaciones preindustriales ha progresado más, durante los últimos veinte años, que el estudio de las poblaciones de la era industrial. Fenómenos complejos como la disminución de la fecundidad y la introducción del control de la natalidad en la Europa del siglo XVIII han sido estudiados y explicados mucho mejor que el fenómeno inverso: el aumento de la natalidad, llamado *baby boom*, que se produjo en la época de los cuarenta –fenómeno reciente y de importancia capital, cuyos efectos son obvios en el mundo que nos rodea; y fenómeno misterioso, ya que surge al mismo tiempo, entre 1940 y 1945, en países afectados por la guerra en forma tan desigual como Australia y Checoslovaquia, Estados Unidos y Suecia, Francia y el Reino Unido[1].

1. André Burguière, art. cit.

Cuando los historiadores y los demógrafos se refieren al carácter «misterioso» de la fertilidad humana y de sus ciclos, aluden a lo que podría llamarse, a pesar de ser un fenómeno biológico, su naturaleza histórica. La fertilidad es imprevisible como la historia misma. El historiador norteamericano Woodrow Borah es autor de varios estudios fundamentales que nos han hecho cambiar nuestras ideas sobre la población de México y de las Antillas antes de la Conquista. También ha estudiado con pertinencia los cambios demográficos de México durante los siglos XVI y XVII. Pues bien, en un ensayo reciente Borah dice:

> Entre las costumbres y prácticas adoptadas por los españoles, la más enigmática fue la de la tasa de natalidad. Los españoles y africanos que vinieron a México seguramente tenían las tasas de nacimiento del Antiguo Régimen, en las cuales se limitaba considerablemente la procreación. La sociedad indígena había conservado la tasa de nacimiento asiática mucho más alta y con muchas menos limitaciones, o casi ninguna, de procreación. Uno de los misterios más interesantes de la historia mexicana es la adopción hecha por los inmigrantes del Viejo Mundo de la tasa de nacimiento indígena, y el haberla conservado a través de todas las innovaciones (no sólo las de la cultura moderna europea, sino también las de la era industrial)[1].

Es verdaderamente extraño que esta observación del historiador norteamericano, a pesar de su evidente importancia histórica y actual, no haya provocado, que yo sepa, ni el más mínimo comentario de nuestros historiadores y demógrafos. ¿Por qué?

La adopción de la tasa asiática de natalidad por los españoles y, después, por los criollos y los mestizos mexicanos, es un ejemplo más de la persistencia de rasgos premodernos –precolombinos y novohispanos– en nuestras costumbres, instituciones, ideas y creencias. Ya aludí al carácter histórico, es decir: *imprevisible*, de la fertilidad humana. La palabra *imprevisible* linda, en uno de sus extremos, con la palabra *contingencia*; en el otro, con la palabra *libertad*. La fertilidad es imprevisible pero, como la historia lo muestra, es controlable por la acción de los hombres. Los mismos indios mexicanos fueron capaces, en momentos difíciles, de modificar la tasa asiática de natalidad. En un artículo inteligente y ameno como todos los suyos, publicado recientemente en *Excélsior*, el antropó-

1. «Rasgos novohispanos en el México contemporáneo», *Plural*, núm. 46, julio de 1975.

logo Gutierre Tibón nos cuenta que los toltecas también practicaron –y con notable éxito– la limitación de los nacimientos. Como buen historiador, Gutierre Tibón no vacila en subrayar la influencia determinante del factor ideológico, es decir, de la moral pública y la disciplina colectiva. Por eso atribuye el éxito de los toltecas, lo mismo que el de la China contemporánea, a lo que él llama una «mística nacional –algo que nos falta». La información sobre las prácticas malthusianas de los toltecas procede del historiador indio Fernando de Alva Ixtlilxóchitl. Al salir huyendo de Culhuacán, derrotados y perseguidos, los toltecas hicieron un voto: «En veintitrés años los hombres no habrían de conocer a sus mujeres ni ellas a sus maridos: y los que quebrantasen ese voto habían de ser castigados cruelmente». Años después, «vagueando subieron a unas islas y costa de mar llamada Chimalhuacán Atenco… aquí fue la primera parte en que comenzaron los hombres a tener acceso a sus mujeres y ellas comenzaron a parir». La razón, comenta Gutierre Tibón, es que había desaparecido la angustia por alimentar a los hijos. «Los veintitrés años de castidad obedecen a una cifra mágica: son la suma de los trece cielos, los nueve infiernos y el plano terrestre.»

México, junio de 1975

«Ixtlilxóchitl y otros ejemplos» se publicó en *Plural*, núm. 46, julio de 1975, y se recogió en *El ogro filantrópico*, Barcelona (Seix Barral) y México (Joaquín Mortiz), 1979.

Monólogo en forma de diálogo

Una habitación espaciosa; pocos muebles y adustos; en los muros, cuadros sombríos y estantes con libros; al fondo, una puerta alta, cerrada; en el centro, una pesada mesa cuadrada; sobre la mesa, tres platones de plata y sobre cada platón una cabeza cortada: al centro, frente al espectador, la cabeza de Basilio; a su izquierda, la de Astolfo; a su derecha, la de Clotaldo. La luz oblicua de un ventanuco relumbra sobre la calva de Basilio; la cabellera de Astolfo, negra y abundante como su barba, arroja chispas sombrías; la testa de Clotaldo, grisácea y bien peinada, modera el indiscreto rayo de sol. La voz de Basilio es grave, sonora; la de Astolfo, nasal y levemente aguda; la de Clotaldo metálica.

BASILIO. La indignación ha sido general. Basta dar una ojeada a los periódicos para comprobar que todas las personas pensantes de México condenan lo ocurrido en la universidad el pasado 14 de marzo[1].

ASTOLFO. Sí, todos condenamos la agresión contra el presidente Echeverría, aunque...

BASILIO. En la prensa de hoy cerca de quinientos intelectuales publican una protesta y denuncian la agresión como síntoma de tendencias profascistas impulsadas por la CIA.

CLOTALDO. Protestar y condenar es fácil, sobre todo para nuestros intelectuales. Son ritos inocuos, como persignarse para las beatas. Así tranquilizan sus conciencias y se ahorran el trabajo de pensar.

BASILIO. No hay mucho que pensar. Todo está claro. La prensa y la televisión han informado con amplitud y con libertad.

ASTOLFO. Me hubiera gustado que algún politólogo nos explicase lo que realmente sucedió.

BASILIO. ¿No te basta con lo publicado en los diarios?

CLOTALDO. Lo que Astolfo quiere decir, creo, es que echa de menos una interpretación objetiva de los hechos.

BASILIO. ¡Los periódicos han publicado cientos de artículos! Hay verdaderas montañas de comentarios...

CLOTALDO. Todos ellos interesados, ideológicos. Los estudiantes

1. En marzo de 1975 el presidente Luis Echeverría visitó la Universidad Nacional Autónoma de México. Fue recibido tumultuosamente y apenas pudo hacerse oír.

arrojan piedras pero los ideólogos nos apedrean con sus adjetivos. No sé qué sea peor.

BASILIO. A las ideas se contesta con las ideas. El apedreo no substituye al debate.

CLOTALDO. A condición de que efectivamente haya debate. En el caso de los libros de texto, por ejemplo, sus defensores no se tomaron la molestia de responder a las críticas; se limitaron a denunciar como reaccionarios y ultramontanos a sus opositores. En lugar de examinar las razones del adversario, se da por sentado que sus razones son máscaras que esconden motivos inconfesables. Curiosa perversión de Marx y de Freud: para condenarme al oprobio, basta con invocar mi clase social o los fantasmas de Edipo y de Electra.

ASTOLFO. Exageras, como siempre..., aunque debo confesar que en el caso de los estudiantes no te falta razón. Fue muy aventurado acusar a los escandalosos de fascistas y de instrumentos de la CIA.

BASILIO. Los procedimientos de los alborotadores eran fascistas. Oponer el grito a la idea, contestar con insultos a la crítica, negarse a discutir, utilizar la violencia verbal y física... todo eso es el camino hacia el fascismo. ¿No ha dicho Lukács que hay una relación directa entre irracionalidad y fascismo? No importa que esos muchachos lanzasen *slogans* radicales y repitiesen consignas pseudoizquierdistas: su actitud era irracional y, consciente o no de lo que hacían, eran instrumentos de la CIA.

ASTOLFO. Pero los muchachos dijeron claramente que pertenecían a la izquierda. Eran opositores de izquierda. Tú decías que los periódicos informaron con cierta objetividad. Bueno, al enumerar las agrupaciones que se manifestaron en contra de la visita presidencial a la universidad, la abrumadora mayoría resulta de izquierda: Juventud del Partido Comunista, Cuarta Internacional, Frente Popular Independiente, STEUNAM, grupos de trotskistas y anarquistas, etc.

CLOTALDO. *Excélsior* publicó también el discurso del estudiante que contestó al presidente de la república. Ahí se dice con todas sus letras que es un miembro del Partido Comunista de México.

ASTOLFO. Es claro que esos muchachos no son fascistas sino opositores. ¿Qué fue lo que llevó a estos grupos de izquierda a manifestarse en contra de la presencia del presidente en la universidad? Ésta es la pregunta que no se han hecho –o que no quieren hacerse– la mayoría de los que llaman fascistas a los estudiantes.

BASILIO. Acepto que tal vez, en algunos casos, se trate de opositores

de izquierda. Pero en lugar de expresar racionalmente sus quejas y dolencias, prefirieron portarse como fascistas y hacer el juego de la CIA.

ASTOLFO. Concedo que tú también, en parte, tienes razón. Estoy casi seguro de que, entre la gente que protestaba de buena fe, se deslizaron individuos pertenecientes a los grupos de extrema derecha. Por ahí andaban los de MURO. Ésos y los agentes de la CIA fueron los que arrojaron las piedras. No eran los mismos que los que se manifestaron democráticamente en el auditorio.

CLOTALDO. ¡Valiente democracia la tuya y la de tus amiguitos: gritar e insultar! Ustedes dos han caído en la tentación en que cayó el presidente Echeverría y los intelectuales que lo apoyan. Las actitudes que Basilio llama «irracionales» no son exclusivas del fascismo ni del imperialismo. A lo largo del siglo XX y cada vez con mayor frecuencia, la izquierda acude a métodos violentos, antidemocráticos y autoritarios. De la dictadura de un partido único al culto al Jefe, de los campos de trabajo forzado al terrorismo, la izquierda del siglo XX ha sido culpable de crímenes no menos abominables que los del fascismo, el nazismo y el imperialismo. Nadie se atreve a decir estas cosas porque todos tienen miedo a ser llamados reaccionarios. Ser de izquierda equivale a tener una bula de indulgencias plenarias. El desprestigio de la derecha y sus ideas es tal que hasta Isabelita Perón y su astrólogo se llaman revolucionarios.

BASILIO. Te equivocas: detrás del problema semántico hay un problema político...

CLOTALDO. Yo diría que se trata de un problema moral. Nuestros contemporáneos tienen horror a la verdad...

ASTOLFO. Te equivocas: la izquierda no ha tenido más remedio que contestar a la violencia con la violencia. Mira lo que le pasó a Allende. Por sus fines, ya que no por sus métodos, la violencia de la izquierda es muy distinta a la de la derecha. La violencia revolucionaria es progresista y creadora... «es la partera de la historia».

CLOTALDO. Una partera que saca más fetos y monstruos que criaturas sanas. En cuanto a la diferencia entre la violencia de la izquierda y la de la derecha, te sugiero que hagas una encuesta entre los millones exterminados por Hitler y los millones exterminados por Stalin. Ellos te explicarán las diferencias dialécticas entre una y otra violencia.

BASILIO. Estoy de acuerdo con Astolfo: la violencia puede ser creadora. Lo que yo reprocho a los estudiantes no es la violencia sino la irracionalidad. Su alboroto sólo favoreció a la derecha.

ASTOLFO. Tú estás de acuerdo conmigo pero yo no estoy de acuerdo

contigo. Lo que ni tú ni Clotaldo se han preguntado es si los estudiantes tenían o no motivos para negarse al famoso diálogo que les propone el gobierno. ¿Qué es lo que han hecho las autoridades para crear las bases de un verdadero diálogo? Sí, ha habido muchas y loables declaraciones pero «obras son amores y no buenas razones». Mientras no se aclare lo del 10 de junio de 1971, es difícil que la mayoría de los estudiantes y con ellos una fracción nada despreciable de la opinión pública dé crédito al gobierno.

BASILIO. Eres injusto. ¿Cómo puedes comparar la situación de México en 1975 con la que prevalecía en 1968? Es innegable que existe, ya que no una verdadera democracia, al menos un clima de tolerancia y de libertades políticas. También se ha renovado nuestra política internacional. Echeverría ha liberado a los presos políticos...

ASTOLFO. ¡Todavía hay presos políticos! Precisamente el estudiante que contestó al presidente indicó que una de las demandas de los grupos estudiantiles era la liberación de «docenas y docenas de presos políticos»...

BASILIO. ¡Qué sofisma! Esas personas no están en la cárcel por sus ideas sino por asaltar bancos, secuestrar gente y haber dado muerte a varios inocentes. Ni con la mejor buena voluntad del mundo se puede calificar las acciones de esos individuos como «actividades políticas». Son delincuentes.

ASTOLFO. Son guerrilleros.

CLOTALDO. Da lo mismo delincuentes o guerrilleros: no son presos políticos, en el sentido normal del término. Lo más extravagante –para aludir con suavidad a semejante hipocresía– es la razón que dio el estudiante comunista para justificar su demanda: «si bien es cierto que se encuentran presos a raíz de acciones armadas, esto es parte del reflejo del clima antidemocrático que se vive en el país». Todos sabemos que, lo mismo en México que en otras partes del mundo, la actividad de estos jóvenes se debe a un renacimiento de las tácticas terroristas.

BASILIO. Las otras demandas consistían en una modificación del estatuto universitario, el desplazamiento de los actuales líderes obreros (¿cómo?) y la «salida de los gorilas de la universidad de Guerrero»... Ninguna de las demandas mencionaba lo del 10 de junio.

ASTOLFO. Es un tema que está en el ánimo de todos, incluso si los estudiantes no lo formularon explícitamente. Te recuerdo que el presidente Echeverría prometió públicamente que se haría una investigación. Han pasado tres años y...

BASILIO. Querido Astolfo: eres más papista que los estudiantes. Lee lo que dijo el estudiante.

CLOTALDO. A mí no me interesa lo que han dicho los estudiantes sino lo que dijo el presidente Echeverría. Y él prometió una investigación.

BASILIO. Sí, la prometió. Pero no se puede hacer todo lo que se quiere. Ir hasta el fin, como ustedes piden, quizá habría puesto en peligro la estabilidad del país. Una acción política del género de la rectificación emprendida por el régimen actual tropieza a veces con obstáculos que no es exagerado llamar insuperables.

CLOTALDO. Lo que dices me recuerda a Jruschov. Dicen que habría sido un suicidio ir hasta el fin en la «desestalinización». Tal vez habría acarreado la destrucción del régimen. No obstante, me pregunto si no hubiera sido mejor para el pueblo ruso... y para la causa del auténtico socialismo.

ASTOLFO. Tu comparación es pérfida...

BASILIO. Y ociosa. Lo esencial es que el presidente Echeverría no haya cedido a la tentación de la represión y la mano dura. Desde 1970 escogió la otra alternativa: encontrar una solución política a la crisis de las instituciones políticas creadas por el régimen postrevolucionario. No niego los titubeos y aun los retrocesos parciales pero ustedes tampoco pueden negar que se ha superado el dilema de 1968.

ASTOLFO. Es el triunfo del principio de realidad. Hasta 1968 los regímenes postrevolucionarios vivieron en la ficción de la unanimidad. Reconstruir la unanimidad es imposible. Ésa es la lección del 14 de marzo.

CLOTALDO. No sé si el presidente concurrió a la universidad con suficiente información. Ignoro si hubo un error de cálculo o si, como parece más probable, intervinieron factores imprevisibles. El azar es la sal (y el vinagre) de la historia. Pero supongamos que no hubiese habido griterío ni pedradas: habría habido de todos modos polémica y oposición. El hecho de que la oposición se haya manifestado en forma tan baja e irracional es lo lamentable. Si el regreso a la unanimidad es imposible, ¿es factible la construcción de la pluralidad política? Ésa es la pregunta que nos plantea el incidente del 14 de marzo... (La puerta del fondo se abre. Entra una recamarera con un plumero y empieza a sacudir el polvo de las cabezas.)

México, marzo de 1975

«Monólogo en forma de diálogo» se publicó por primera vez en *Plural*, núm. 43, abril de 1975, y se recogió en *El ogro filantrópico*, Barcelona (Seix Barral) y México (Joaquín Mortiz), 1979.

La libertad como ficción

Desde su independencia de España y Portugal, hace más de siglo y medio, las naciones latinoamericanas han vivido bajo Constituciones republicanas y democráticas. Para nadie es un secreto que, salvo en períodos aislados y generalmente cortos, casi todos estos regímenes nominalmente republicanos y democráticos han sido, de hecho, dictaduras. Desde 1825 a 1976 nuestros gobiernos han adoptado muchas ideologías, pero la diversidad de todas esas máscaras no ha logrado ocultar la realidad permanente de nuestra historia política: el caudillo. Dentro de esta situación, que es hoy imperante en América Latina –salvo unas cuantas excepciones como las de Costa Rica y Venezuela– el caso de México es único, peculiar. Nuestro régimen es un compromiso entre la democracia auténtica y el caudillismo a la latinoamericana. Pero este compromiso, positivo en su primera etapa, se ha vuelto más y más inoperante. La crisis de 1968 fue un ejemplo dramático del progresivo desgaste del sistema mexicano. El partido en el poder durante cerca de medio siglo, incapaz de resolver el conflicto por medios políticos, no tuvo más remedio que apelar a la fuerza y llamar al ejército.

El gobierno actual recogió la lección e intentó una reforma democrática dentro del partido. La mayoría de los observadores encuentran, con razón, que los cambios han sido insuficientes. Se nos dio un respiro, pero no se logró infundir en nuestra anémica democracia un poco de vitalidad. En las verdaderas democracias la vitalidad es sinónimo de diversidad ideológica y de pluralidad de opiniones y partidos. La crisis de nuestro sistema político es tal que ninguno de los partidos independientes presentó candidatos en la elección presidencial de este año. El panorama es aún más desolador si se piensa en la situación de los dos poderes que, según nuestra Constitución, están encargados de preservar la democracia en México: el Poder Legislativo y el Judicial. El primero, formado por una abrumadora mayoría de miembros del partido oficial, no es un órgano de discusión y deliberación sino de aprobación mecánica de las iniciativas presidenciales. La misión de nuestros senadores y diputados es aplaudir y elogiar al presidente en turno… La función del Poder Judicial es todavía más triste: no es sino un apéndice del Ejecutivo.

Los cambios ocurridos en el diario *Excélsior* adquieren su cabal significado sólo dentro de la realidad que, someramente, acabo de describir. En México no existe una auténtica vida política porque carecemos de ese espacio libre donde se despliega, en las democracias, la actividad de los

grupos y los individuos. Ese espacio es plural: es el lugar público por excelencia, llámese plaza, parlamento, periódico o cualquier otro sitio de confrontación y discusión de ideas y personas. Los mexicanos no tenemos vida política real, pero tenemos una ficticia: cada tres y seis años celebramos elecciones. En ellas participan partidos y grupos fantasmas que no tienen más función que probar, con su irrealidad, la realidad aplastante y omnipresente del Partido Revolucionario Institucional (PRI). También tenemos una Cámara de Senadores y otra de Diputados, una Suprema Corte de Justicia y una federación de estados soberanos.

Nuestra ficticia vida política sería incompleta si no tuviéramos una libertad de prensa igualmente ficticia. Teóricamente nuestros periódicos pueden decir lo que quieren: prácticamente dicen lo que pueden. Y lo que pueden es lo que quiere el gobierno. O lo que quieren los grandes intereses que dominan al país, de las corporaciones privadas a las poderosas burocracias obreras y políticas. Aunque no hay que exagerar la influencia de los organismos privados y gremiales: en México el verdadero poder es político y se concentra en el Estado.

Ante la experiencia de 1968 el régimen decidió liberalizar su política frente a la prensa. Fue una decisión positiva que la mayoría de los mexicanos aplaudimos sin reserva. *Excélsior* era un periódico como los otros: gracias a la nueva coyuntura política, y, sobre todo, gracias a la iniciativa de su director, Julio Scherer García, se transformó en un periódico distinto a los otros: *Excélsior* empezó a decir lo que muchos querían y no podían decir. El diario se convirtió en el centro de convergencia de las opiniones libres y disidentes de México. No todo lo que se dijo en *Excélsior* coincide con lo que yo pienso y creo. Más de una vez estuve en desacuerdo con muchos de sus colaboradores. No defiendo sus opiniones: defiendo su derecho a sostener ideas distintas a las mías. Defiendo nuestro derecho a disentir del poder de los poderosos.

Justo en el momento en que el ocaso de los partidos independientes clausuraba el reducido espacio político mexicano, *Excélsior* abrió otro espacio. Hoy ese espacio también se cierra. No asistimos al triunfo de una ideología verde, roja o negra: asistimos al triunfo del color gris, el color del conformismo y la pasividad. ¿Por cuánto tiempo?

México, julio de 1976

«La libertad como ficción» se publicó en julio de 1976 en varios periódicos y revistas (*Le Monde* de París, *Cambio 16* de Madrid, *T.S.L.* de Londres, *Dissent* de Nueva York, etc.), y se recogió en *El ogro filantrópico*, Barcelona (Seix Barral) y México (Joaquín Mortiz), 1979.

La universidad, los partidos y los intelectuales

LOS PARTIDOS EN LA UNIVERSIDAD

inter audaces lupus errat agnos
HORACIO

El conflicto universitario terminó después de diecisiete días. Se perdieron cuatrocientos millones de pesos –para no hablar de otras pérdidas más cuantiosas aunque intangibles– y se derramaron océanos no de sangre sino de tinta. Los líderes del STUNAM aceptaron lo que previamente habían rechazado y denunciado como una imposición intolerable: los términos del arreglo en siete puntos que las autoridades universitarias les habían propuesto dos días antes de que se iniciase el movimiento. La actitud del rector Soberón mostró, una vez más, que la firmeza es la mejor política para emprender una negociación. Firmeza, flexibilidad y claridad: lo mismo en sus declaraciones públicas que en sus conversaciones con los líderes sindicales, Soberón manifestó que ciertos principios no eran negociables: la libertad de cátedra y de investigación, el pluralismo ideológico y filosófico, la independencia de la vida académica de las contingencias de la política y del sindicalismo. Cierto, fue lamentable la intervención policíaca; pero la medida, que el mismo rector deploró, fue impuesta por la intransigencia de los líderes del STUNAM.

El gobierno, a su vez, parece que al fin ha aprendido la lección de 1968 y del 10 de junio: usó la fuerza sólo como medida extrema y con un mínimo de violencia. Nadie está preso.

¿Y los líderes del STUNAM? Es difícil comprender por qué escogieron un curso de acción que fatalmente los llevaría a chocar, doble e irrevocablemente, con el gobierno y la universidad. El momento no era propicio, la relación de fuerzas les era adversa y dudosa la legitimidad de sus exigencias. Otro ejemplo de cómo la *hybris*, el pecado de desmesura, pierde a los soberbios. Imprudencia: impolítica. Pero la explicación psicológica, aunque no es falsa, es insuficiente. Detrás de las decisiones de los líderes del sindicato estaba y está el Partido Comunista de México, a cuya dirección pertenecen algunos de ellos. Así, para tratar de entender lo que ocurrió –a sabiendas, claro, de la fragilidad y la relatividad de estas interpre-

taciones– hay que tener en cuenta la situación peculiar del Partido Comunista en la vida universitaria.

Desde 1970 el Partido Comunista no ha cesado de ganar posiciones e influencia en las universidades del país, tanto en la capital como en provincia. Incluso hay varias que están casi enteramente bajo su dominio. Por eso nadie pestañeó cuando una de ellas, la de Puebla, otorgó un doctorado *honoris causa* al líder comunista chileno Luis Corvalán. Contrasta la influencia de los comunistas en nuestras universidades con la pobreza de los resultados de su acción entre los obreros y los campesinos. No es exagerado decir que el Partido Comunista de México no es un partido obrero sino universitario. La razón de esta peculiaridad, probablemente única en el mundo, se debe tanto a las circunstancias de la vida política mexicana como a la historia reciente de nuestras universidades. Me referiré a lo primero más adelante. En cuanto a lo segundo: después de 1968 hubo un vacío político e ideológico en la Universidad Nacional. Ese vacío fue ocupado por la única formación que poseía cierta coherencia ideológica y una organización política: el Partido Comunista. El movimiento estudiantil de 1968 no fue dirigido por partido alguno. Ni siquiera fue una ideología: fue una sensibilidad, una explosión libertaria. De ahí que haya fascinado a tantos y a tantas. Pasó el tiempo y los líderes de 1968 dejaron las aulas: unos regresaron al anonimato, otros fueron recogidos por la alta burocracia. Los otros partidos no podían ocupar el vacío dejado por los líderes juveniles. Unos, como el Partido Popular Socialista, porque estaban y están desprestigiados por su largo contubernio con el gobierno; otros, como el PAN, porque viven un período de desintegración y confusión ideológica; otros más recientes, como el Partido Mexicano de los Trabajadores, porque carecen de organización y, lo que es más grave, de verdadero programa. Por último, el PRI: el partido oficial jamás ha tenido ni puede tener influencia en la universidad, aunque sus dirigentes salgan, sin excepción, de las aulas universitarias. Así, el Partido Comunista recogió la herencia de 1968, a pesar de que, como todos sabemos, en un principio se opuso abiertamente al movimiento y, después, participó sólo tangencialmente y *à contre-coeur*.

La situación actual es análoga a la de la década que va de 1930 a 1940. La derrota del vasconcelismo y el paso del tiempo, que cobró su tributo a los líderes del movimiento estudiantil de 1929 –de nuevo: más explosión de una sensibilidad libertaria que una política precisa–, produjeron también un vacío; simetría inversa: al revés de lo que hoy ocurre, el hueco lo llenaron facciones clericales y conservadoras. La colaboración de Lom-

bardo y Bassols con el gobierno había desprestigiado a la izquierda. Pero hay una diferencia entre la situación de los treinta y la de ahora: la influencia conservadora se ejercía a través de los profesores y estudiantes, mientras que los comunistas, según corresponde a su estrategia, dominan el sindicato de empleados y lo han convertido en su base de operaciones. Esta ventaja es asimismo una desventaja pues puede aislarlos de los profesores y estudiantes. Por ejemplo, en el pasado conflicto estuvieron a punto de enfrentarse con la opinión universitaria, que –salvo pequeños grupos– no es sectaria y siente instintiva repugnancia por todas las ortodoxias militantes. La diferencia que acabo de apuntar no anula la extraordinaria semejanza entre la situación de hace cuarenta años y la de ahora.

Los conservadores y los clericales manejaron la universidad por un tiempo pero a la postre fueron desalojados. Su error consistió en desafiar al gobierno con el apoyo de una clase media amorfa y sin contar con otras fuerzas políticas organizadas. Ahora los comunistas cometen las mismas imprudencias. Pero ¿se trata realmente de imprudencias? Creo, más bien, que la naturaleza de su campo de operaciones, la universidad, es la que determina la táctica, lo mismo en el caso de los líderes de ayer que en el de los de ahora y por más opuestas que sean sus filosofías políticas. La universidad ha sido la fortaleza de la oposición al gobierno pero es una fortaleza que acaba por ahogar a aquellos mismos que ampara. La salud política está fuera, en el aire libre de la intemperie. Aquí aparece la contradicción del Partido Comunista y que esencialmente no es distinta a la de Gómez Morín y sus partidarios. El Partido Comunista carece de fuerza y de crédito fuera de la universidad; así, no posee capacidad de maniobra ni puede replegarse en un sitio para avanzar en otro. El único espacio en donde puede desplegarse y replegarse es el universitario. Movido por la lógica de su movimiento e impulsado por sus éxitos iniciales, tiende espontáneamente a ocupar todo el espacio que tiene al frente; si tropieza con un obstáculo, tiende a desbordarlo –o se estrella. En otras palabras, cada uno de sus movimientos significa un avance o un retroceso, una victoria o una derrota. Sin saberlo, sus acciones han sido y son una ilustración de la máxima de Heráclito: el camino de subida es el de bajada. El Partido Comunista no tiene respiro y está condenado a moverse sin cesar pero sólo en dos sentidos: hacia adelante o hacia atrás. Por eso, cada vez que se mueve –y debe moverse continuamente– tiene que jugarse el todo por el todo.

Aludí a la *hybris*, destructora de monarcas, jefes y secretarios genera-

les. El lugar que ocupa la Universidad Nacional en la vida de nuestro país explica la persistente aparición de esta pasión en la política universitaria. El Partido Comunista sólo dispone de un campo de acción pero ese campo es magnético. Es muy difícil abandonarlo porque ocuparlo es ocupar un sitio estratégico con ramificaciones en todos los órganos del poder político, cultural y económico. No es necesario extenderse sobre la diversidad de formas que asume la influencia de la universidad en el México contemporáneo. Sus profesores representan el saber, la técnica y algo más precioso aún: la memoria, la continuidad de la cultura mexicana. Sus estudiantes son los hijos de la burguesía y la clase media: lo que ocurra mañana en México será, en buena parte, obra suya. Los gobiernos sienten cierto supersticioso terror ante los estudiantes y rehúyen hasta donde pueden las confrontaciones con ellos. Nuestra sociedad es benévola con el parricidio y exalta a los jóvenes rebeldes que se levantan contra sus padres, los inmolan y, ritualmente, los devoran; en cambio, ve con horror a Saturno, el padre que se come vivos a sus hijos. En suma, desde la universidad se puede intervenir e influir en la marcha pública y en el Estado mismo. Es un punto sensible y tocarlo es tocar uno de los centros nerviosos de México. Aquí aparece otra vez la contradicción: precisamente por ser un punto sensible, la universidad es particularmente vulnerable. El gobierno no puede soportar por mucho tiempo las presiones ejercidas desde el sagrado recinto universitario. A su vez, la opinión de los dos sectores que definen a la universidad –los profesores y los estudiantes– no puede consentir indefinidamente en que se degrade la institución hasta convertirla en mero instrumento político de esta o aquella facción. La *hybris* encarna: es una tentación y asume una forma doble. La tentación del Partido Comunista se llama provocación; la del gobierno, represión. ¿Dónde está la salud? De nuevo: afuera. La plaza pública, no el aula ni el laboratorio, es el espacio de las luchas políticas.

EL PAÍS SIN PARTIDOS

Fébriles fantômes

VERLAINE

Se ha pretendido reducir el conflicto universitario al problema sindical. La verdad es que el sindicalismo es sólo uno de los aspectos del problema y no el central. Es evidente que los empleados universitarios tienen el derecho de unirse en defensa de sus intereses como el resto de los traba-

jadores mexicanos; también es evidente que la universidad no es un patrón en el sentido corriente de la palabra y que su función económica no es la de una fábrica de embutidos o de automóviles. Es claro que una legislación especial debe regir las relaciones también especiales entre la universidad y sus empleados. Los profesores son, asimismo, trabajadores y deberían estar regidos por una legislación análoga, con una salvedad: las reglas de designación, promoción y las otras derivadas de su función específica, tienen que ser también específicas. En uno y otro caso la legislación debe tener en cuenta la especie (trabajadores) y la familia (empleados/profesores). *One Law for the Lion and the Ox is Oppression.* Ahora bien, incluso si se resolviesen de una vez por todas los problemas de trabajo, la universidad seguiría siendo un campo de batalla. El mal no está en la ausencia de legislación adecuada sino en la inexistencia de un espacio político abierto a todos. Eso es lo que ha convertido a la universidad en una plaza fuerte sitiada, tomada y saqueada una y otra vez por las facciones políticas y la policía. Apenas si debo aclarar que no abogo por una universidad cerrada a la discusión, al debate y a la crítica. Al contrario: una de sus funciones –derivada precisamente de los principios que la definen: el pluralismo ideológico y la libertad de investigación y de cátedra– es ser refugio de disidentes y heterodoxos. Pero hay ciertas diferencias entre el simposio donde se discute y la barricada donde se golpea.

Puede concluirse de todo esto que la raíz del mal no está en la universidad sino fuera de ella. Lo mismo en 1930 que en 1970 los mexicanos no hemos sabido o no hemos podido crear ese espacio donde, en las democracias, se despliegan las luchas políticas. El principal responsable de esta situación es el PRI, que ha ejercido un monopolio desde hace medio siglo. Vivimos bajo la dominación, alternativamente benévola y severa, de una burocracia política que engloba a los líderes obreros y a otros especialistas de la manipulación de las masas. Las sucesivas conmociones que ha sufrido el país, en 1958 y en 1968, han mostrado las cuarteaduras del edificio construido por Calles y sus sucesores. El sistema político mexicano empieza a convertirse en una reliquia pero en una reliquia temible: su derrumbe puede sepultarnos a todos. El remedio no está en tapar las goteras sino en salir al aire libre: la evolución hacia una verdadera democracia. A este fin, creo, tienden los esfuerzos del actual gobierno y ése es el sentido de lo que se ha llamado la «Reforma Política». Pero haríamos mal en culpar únicamente al PRI. En primer término, el PRI es el heredero de errores que comenzaron probablemente con la Independencia y entre los cuales el mayor de todos ha sido la instauración de la mentira

constitucional: la realidad legal de México nunca ha reflejado la realidad real de la nación. Todos somos culpables de la perpetuación de esta mentira, sobre todo los intelectuales poseídos por el dogmatismo y el espíritu de partido. En segundo lugar: no es menor la responsabilidad de los dirigentes de los partidos de la oposición. La culpa es colectiva y puede repartirse equitativamente entre tirios y troyanos. Nuestros partidos, del PAN al Partido Comunista, de la Unión Nacional Sinarquista al Partido Mexicano de los Trabajadores, unos a la derecha y otros a la izquierda, son una asamblea de fantasmas.

Alegar la dominación del PRI para explicar y justificar la naturaleza espectral de los partidos independientes es un recurso de mala fe. También lo es achacarla a la pobreza de nuestro pueblo, a su ignorancia o al imperialismo norteamericano (nuestro chivo expiatorio). Los españoles vivieron cuarenta años bajo la tiranía de Franco y hoy salen a la superficie el Partido Socialista Obrero Español, el segundo de su país, y el Partido Comunista, respetado y maduro. En la India hay más pobres y analfabetos que en México, pero su Partido Socialista y su Partido Comunista, aunque ambos divididos, son incomparablemente más fuertes e influyentes que nuestra desgarrada izquierda. Venezuela es un país dependiente, como México; también es una democracia más avanzada que la nuestra y en la que existe un partido como el MAS (Movimiento al Socialismo). Nuestra izquierda debería reflexionar un poco ante el caso del MAS, doblemente ejemplar: por su independencia frente a los «socialismos» totalitarios y por sus esfuerzos para comprender la realidad venezolana. La izquierda mexicana, en cambio, ha cubierto la realidad real del país con una capa de fórmulas y lugares comunes. Hubo un obscurantismo clerical; ahora hay un obscurantismo progresista. El marxismo ha dejado de ser crítico.

La derecha mexicana ha sido más original. La derecha o lo que así llamamos por pereza o por facilidad –y que no hay que confundir con la alta burguesía y el gran capitalismo. En verdad, el término que conviene a estos movimientos y tendencias es más bien el de *reaccionarios*, en el sentido de Joseph de Maistre pero también en el de Alamán y Vasconcelos. Se trata de movimientos realmente populares y el sinarquismo podría reclamar orgullosamente, como el zapatismo en su tiempo, que se le llamase un partido *plebeyo*. Si la Unión Nacional Sinarquista penetró profundamente entre los campesinos pobres, el PAN movió a la gente modesta y a la clase media de las ciudades. Hoy estos partidos tradicionalistas, por razones que no es del caso analizar aquí, viven un período de desintegra-

Grabado francés, *Porfirio Díaz* (1830-1915), siglo XIX.

Anónimo, *Justo Sierra* (1848-1912), en *México Gráfico*, agosto de 1890.

Francisco I. Madero (1873-1913)

Emiliano Zapata (1879-1919)

Plutarco Elías Calles (1877-1945)

José Vasconcelos (1881-1959)

ción. La crisis de la Iglesia no es ajena probablemente a esta decadencia. Tironeados entre el origen popular de su clientela, el tradicionalismo de sus primeros líderes y una confusa aspiración a modernizarse –como si tuviesen vergüenza de sus orígenes–, no acaban de encontrar su camino, ni es fácil que lo encuentren. Pero sólo la obstinación ideológica, que es una forma moral de la ceguera, puede no ver que en estos movimientos se ha expresado algo muy profundo y antiguo de México.

Desde la época de Lombardo Toledano la izquierda mexicana ha dado pocas ideas nuevas. Más escasas aún han sido sus interpretaciones de la realidad mexicana. Por lo demás, la aportación de Lombardo, en materia de teoría política, tampoco fue muy original. Su contribución esencial fue una suerte de versión, adaptada a las necesidades de su colaboración con los distintos gobiernos, de las tesis del estalinista norteamericano Earl Browder. Después de Lombardo se han publicado algunos estudios y ensayos pero las interpretaciones más interesantes son de autores que sólo tangencialmente pueden llamarse marxistas. En todo caso ninguno de estos estudios ha servido como base o plataforma para la elaboración de un programa político y social. Así, su influencia ha sido nula en el movimiento de izquierda, a la inversa de lo que ha ocurrido con tesis cubanas y latinoamericanas, a pesar de que éstas no fueron pensadas para México. Curiosa incomunicación entre la izquierda mexicana y sus intelectuales. En realidad la crítica política y social más aguda ha sido hecha por liberales como Cosío Villegas o por escritores con una perspectiva intelectual muy alejada de la óptica izquierdista, como Gabriel Zaid y Rafael Segovia. La esterilidad intelectual de la izquierda ha sido tan grande como su incapacidad para organizarse y unificarse. Falta de ideas y falta de líderes.

No deja de ser desconcertante que, a pesar de que fue fundado hace medio siglo, no exista todavía un Partido Comunista fuerte con un programa realmente mexicano. Desde su nacimiento este partido no ha dado una sola figura de primer orden ya sea en el campo del pensamiento político o en el de la acción militante. Más desolador aún es que no exista un auténtico movimiento socialista independiente, crítico frente a los regímenes burocráticos del este de Europa y con un programa que conjugue la democracia política con las reformas sociales y económicas. Un programa que represente una alternativa viable frente al PRI. Nos hace falta un modelo de desarrollo distinto al que nos ofrecen los «socialismos» totalitarios y el neocapitalismo pero la izquierda mexicana –la nueva en esto más vieja que la vieja– continúa repitiendo las gastadas fórmulas de hace treinta o cuarenta años. Es imposible saber qué es lo que

piensa la izquierda sobre muchos de los problemas fundamentales de México y del mundo. Durante muchos años, con obstinación tan arrogante como ignara, se negó a aceptar que fuese un problema siquiera el crecimiento demográfico de nuestro país. El tema central de la discusión política en todo el mundo es el de la compatibilidad o incompatibilidad de socialismo y democracia: ¿qué dice la izquierda mexicana? La lista podría alargarse… En fin, no pido nada del otro mundo. Pido lo que tienen, cada uno a su manera y en dosis variable, un Mitterrand en Francia, un González en España, un Soares en Portugal, un Petkoff en Venezuela: un poco de independencia, realismo, imaginación.

ULEMAS Y ALFAQUÍES

Creer sospechas y negar verdades
LOPE DE VEGA

La mayoría de los intelectuales y de los profesores universitarios se mostró favorable al rector Soberón aunque, como es natural, no de una manera incondicional. Pero no faltaron los anatemas y las excomuniones de algunos calificadores del Santo Oficio, seguidos de la acostumbrada procesión de exorcistas, versicularios, sacristanes y otros familiares. Hubo un manifiesto –entre los firmantes estaban dos escritores que todos estimamos– en el que se reprochaba al rector, como crimen abominable, la decisión de no pagar salarios caídos a los huelguistas (algo que a la postre no fue cumplido). En otro manifiesto un grupo de profesores protestó (con alguna razón) por la intervención de la policía pero (sin razón) no dijo ni pío sobre las circunstancias que explican la medida. En general, las críticas sobre la presencia policíaca en la universidad omiten tocar los antecedentes del caso; asimismo, guardan silencio sobre un precedente aleccionador: la caída del rector González Casanova, envuelto también en un conflicto con el mismo sindicato. ¿Se le reprocha a Soberón que no haya escogido sufrir la suerte de su predecesor?

No quiero decir que fuese indiscutible la decisión del rector. Al contrario: había que discutirla y, si era justo, condenarla. Eso es lo que echo de menos en las excomuniones de nuestros ulemas y muftíes: la discusión, el examen. Los intelectuales están sobre la tierra para, en primer término, pensar; después, si ése fuese el caso, para protestar. Convertir la protesta en un reflejo pavloviano, más que una ligereza, es un vicio del carácter y

una perversión del espíritu. ¿Por qué nuestros censores ignoran los antecedentes y circunstancias que definían al conflicto universitario? ¿Por qué cerraron los ojos ante el carácter minoritario del sindicato de profesores, la amenaza de intromisión en la vida académica y, en fin, la naturaleza plenamente política del movimiento y sus transparentes designios hegemónicos sobre la universidad? Comprendo que les haya parecido reprobable la presencia de la policía pero ¿no les pareció reprobable la tentativa de convertir a la universidad en el feudo de una facción política? Todo esto que digo, más que un juicio, es una queja: algunos de los censores son mis amigos y los estimo.

Las actitudes que he mencionado son apenas un síntoma, un reflejo pálido de hábitos morales e intelectuales más y más frecuentes y extendidos. Respiramos una atmósfera de furores ideológicos como la que se respiró durante las guerras de religión. En nombre de principios reputados absolutos e intocables –la trinidad, la plusvalía, la transubstanciación, la pauperización progresiva del proletariado– se enreda y se embrolla, se oculta y¹ se disimula, se delata y se levantan falsos testimonios. Todo lo que sucede aquí abajo es relativo y no posee más valor y significación que su referencia a la *otra* realidad: la dialéctica, la lucha de clases, el Comité Central. Por lo tanto, podemos cambiar los hechos y dichos, desfigurar las opiniones y los actos, afirmar la inocencia del verdugo y escupir sobre los restos de la víctima. Extraño idealismo: la realidad está al servicio de la idea y la idea al servicio del tribunal de la historia. El mundo como un proceso criminal. La epidemia es universal pero ataca sobre todo a los intelectuales. Sus estragos han sido mayores allí donde no existe la vacuna de la crítica: América Latina. Entre nosotros todo el mundo encuentra natural que se denuncien los horrores de Pinochet y se callen los del mariscal Kim Il Sung. A todos nos indigna y entristece lo que pasa en Argentina, Brasil, Uruguay y Nicaragua pero es de mal tono musitar que tampoco es alentador lo que sucede en Checoslovaquia, Bulgaria, Cuba, Albania. Se descarta el testimonio de Solzhenitsyn con el pretexto de que es un reaccionario, como si la veracidad de un testigo dependiese del color de su filosofía. Estamos tan ocupados en defender a las víctimas del *apartheid* en África del Sur que no hemos podido enterarnos siquiera de las matanzas de Camboya.

¿Cómo calificar estas actitudes? ¿Maniqueas? Ése es el adjetivo más usado. No estoy muy seguro de que sea justo. Los maniqueos se distinguieron, como todos los gnósticos, por la pureza de su conducta y la intransigencia de sus opiniones. Por eso fueron víctimas de muchas perse-

cuciones, entre ellas la feroz cruzada de los dominicos, que acabó con la
civilización provenzal. Los intelectuales que llamamos maniqueos no sufren persecución por sus opiniones; al contrario, los tiranos y sus propagandistas se sirven de sus opiniones para justificar sus persecuciones.
Además, el maniqueísmo concibe al mundo como el campo de batalla de
dos principios, la luz y la tiniebla, el espíritu y la materia. El maniqueísmo fue un dualismo y las ideologías a que me refiero son una duplicidad. En efecto, en nombre del mismo principio –casi siempre: los derechos humanos– los faccionarios denuncian los crímenes de unos y callan
los de los otros. En un libro brillante (*Su moral y la nuestra*), Trotski
sostenía que era moral todo aquello que servía a la revolución e inmoral
todo lo que la combatía. Trotski no negaba la universalidad de la regla moral pero la sometía, mientras los hombres no llegasen al comunismo, a los accidentes de la lucha revolucionaria. La regla moral se bifurcaba, por decirlo así, y el mismo acto podía ser moral o inmoral, según
el contexto histórico. Hay un terror blanco y hay un terror rojo: uno
es inmoral y otro moral. Trotski postulaba una casuística no sin analogías con la de los jesuitas y todo lo que dice Pascal contra ellos podría
aplicarse al revolucionario ruso. Se puede discrepar de Trotski (yo discrepo), no acusarlo de incoherencia ni de hipocresía. No es el caso de los
intelectuales faccionarios.

El espíritu de partido, por más poderosas que sean las pasiones que
suscita, no explica enteramente la existencia y la persistencia de estas actitudes. Una explicación parcial podría ser la del (mal entendido) patriotismo latinoamericano: Camboya fue bombardeada por los norteamericanos, Cuba sufre su bloqueo, Moscú nos defiende de Washington, etc. El
razonamiento es infantil e inmoral… Cualesquiera que sean las causas del
fenómeno, produce cierto sonrojo darse cuenta de que nuestros intelectuales de izquierda –con las excepciones conocidas: un Vargas Llosa en
Perú, un Revueltas en México o, en España, un Juan Goytisolo, un Semprún, un Savater y otros pocos más como Liscano y Franqui– no han pasado por esas crisis de conciencia que periódicamente han experimentado
los intelectuales europeos. La comparación con Francia es instructiva. En
América no ha habido nada comparable a la serie de abjuraciones y retractaciones que son ya parte de la historia moral e intelectual de la literatura francesa desde 1920. Cito al azar: Breton y los surrealistas al final
de la década de los veinte, André Gide en 1938, André Malraux durante la
segunda guerra y después de ella Camus, Merleau-Ponty, el biólogo Jacques Monod y así sucesivamente hasta Sartre. La reciente abjuración de

Phillip Sollers, Kristeva y los otros miembros del grupo *Tel Quel* se inserta en esta serie impresionante.

Como en la Alemania de la primera postguerra, desde hace unos veinte años ha habido en Francia un renacimiento del marxismo (o más bien de la escolástica marxista). La mayoría de los jóvenes marxistas latinoamericanos ha sufrido la influencia de lo que podría llamarse «la escuela de París» y entre ellos son numerosos los discípulos del profesor Althusser. Pues bien, esta primavera aparecieron en París, casi simultáneamente, varios libros de jóvenes profesores universitarios –la prensa los ha llamado, no muy afortunadamente, los «nuevos filósofos»– que son otras tantas apasionadas denuncias del marxismo-leninismo. Algunos de estos muchachos habían participado en la rebelión de mayo de 1968, otros habían militado en el maoísmo (la *Cause du Peuple*) y casi todos habían sido discípulos de Althusser. Pero sería inútil buscar entre ellos a alguno de los jóvenes latinoamericanos de «la escuela de París».

La historia espiritual y moral del siglo XX ha sido y es, en buena parte, la historia de las desventuradas relaciones de la *intelligentsia* con el marxismo y con las Revoluciones de Rusia y China. El marxismo nos sedujo porque creímos que era una llave que abriría la puerta prohibida –la puerta que han cerrado desde el comienzo del comienzo el poder, las religiones y las filosofías. La emancipación de los hombres significaba asimismo el fin del exilio: el hombre recobraría su reino perdido y, al reconciliarse con los otros, se reconciliaría consigo mismo. El descubrimiento de que esa llave servía, en la Unión Soviética, no para abrir puertas sino para cerrarlas, ha conmovido y conturbado a varias generaciones de intelectuales. El socialismo se ha convertido poco a poco en sinónimo de prisión. De Bertrand Russell –el primero que, en 1920, percibió el verdadero carácter del régimen ruso– a Solzhenitsyn, los testimonios y los documentos se han ido acumulando. De Ciliga a Trotski, de Serge a Margarita Newman, disponemos ahora de una masa enorme de cifras, revelaciones, datos e interpretaciones. Una biblioteca de horrores. Y lo que después hemos sabido de Checoslovaquia, Indochina, Albania, Bulgaria, Rumania… En un ensayo reciente Edgar Morin hacía un resumen de las preguntas que nos hace la experiencia histórica de nuestro siglo –subrayo: la realidad es la que nos interroga y no a la inversa. No resisto a la tentación de reproducir, a pesar de su extensión, parte de lo que dice Morin:

¿Las nociones de explotación y de dominación deben aplicarse únicamente al capitalismo y a las formas sociales precapitalistas? ¿No se ha

creado, justamente en los países llamados «socialistas», una forma –a la vez nueva y antigua– de dominación, esclavitud y explotación? ¿El capitalismo es la única causa de los males de nuestro tiempo: guerras, campos de concentración, explotación, represión policíaca?

¿Debe ocultarse el fenómeno de los campos de concentración o decir que se trata de un accidente, una contingencia, algo extraño a la naturaleza del régimen soviético? ¿El término *totalitario* debe seguir siendo considerado como inadecuado para definir a la URSS o a China?

¿No hay que examinar de nuevo la palabra *socialismo*? Si uno afirma ser *realmente* socialista, ¿no hay que decir que el régimen soviético *no* es socialista?

¿No hay que continuar el análisis de la «sociedad concentracionaria» iniciado por David Rousset en 1950 bajo la rechifla de los que se decían «izquierdistas», el análisis de la «sociedad totalitaria» tal como lo había esbozado Hannah Arendt, el análisis de la «sociedad burocrática» emprendido por Lefort y Castoriadis en su revista *Socialismo o Barbarie*?

La evolución de los partidos comunistas de Italia, Francia y España sería inexplicable sin la crítica de los intelectuales de esos países. El informe de Jruschov y las revelaciones y relatos de los disidentes rusos estremecieron la conciencia europea; los escritores recogieron ese horror y esa cólera –y todo ese clamor penetró las células de los partidos, subió hasta los comités centrales y contribuyó al cambio actual. El silencio y la docilidad de nuestros escritores faccionarios es una de las causas del anquilosamiento intelectual y de la insensibilidad moral de la izquierda latinoamericana. Hace poco reprodujimos en *Vuelta* la respuesta de Bukovski a una peregrina afirmación de Luis Corvalán. Cuando fue canjeado por el disidente ruso, el líder chileno dijo que «en la Unión Soviética no había presos políticos». Hace poco Corvalán estuvo en México, nada menos que invitado por el PRI y a nadie se le ocurrió comentar o mencionar siquiera esta extravagante afirmación. ¿Por qué? Pues porque para hacer ciertas preguntas a los líderes de los movimientos de izquierda, nuestros intelectuales deben antes hacerse las preguntas que se hace Morin en su artículo. Es lástima: necesitamos con urgencia saber qué es lo que piensan esos líderes de temas como el pluralismo político y cultural, la democracia en una sociedad socialista, el feminismo, el derecho de huelga, la dictadura del proletariado, la libertad de tránsito y de domicilio, los derechos de las minorías (políticas, étnicas, lingüísticas, religiosas, sexuales…). Si los intelectuales latinoamericanos desean realmente contribuir a

la transformación política y social de nuestros pueblos, deben ejercer la crítica. Decir cuatro verdades al adversario es, relativamente, fácil; lo difícil es decírselas al amigo y al aliado. Pero si el escritor se calla, se traiciona a sí mismo y traiciona a su amigo. Me consta que algunos de los firmantes de uno de esos manifiestos pensaban que el movimiento del STUNAM era un disparate y una provocación; no obstante, callaron y, a la hora de la hora, firmaron la protesta ritual. ¿Los escritores latinoamericanos han dejado de ser las tapaderas de los antiguos caudillos para serlo de los secretarios generales?

México, 18 de julio de 1977

«La universidad, los partidos y los intelectuales» se publicó por primera vez en *Vuelta*, núm. 10, septiembre de 1977, y se recogió en *El ogro filantrópico*, Barcelona (Seix Barral) y México (Joaquín Mortiz), 1979.

Escombros y semillas

Ante los infortunios y los desastres, lo mismo los naturales que los históricos, los hombres han respondido siempre con actos y con obras. La religión, el pensamiento, el arte y la acción son nuestra respuesta a la universalidad del mal y de la pena. Los aztecas creían que esta edad del mundo estaba regida por el «sol del movimiento» y esta idea les dio ánimo para ver de frente y con entereza los terremotos, las erupciones volcánicas y las inundaciones; la creencia en la justicia y la misericordia divinas alivió a nuestros antepasados de la Nueva España e impregnó de sentido a las catástrofes y convulsiones naturales que padecieron; ahora los temblores del 19 y el 20 de septiembre nos han redescubierto un pueblo que parecía oculto por los fracasos de los últimos años y por la erosión moral de nuestras élites. Un pueblo paciente, pobre, solidario, tenaz, realmente democrático y sabio. La sabiduría popular no es libresca ni moderna sino antigua y tradicional. Es una mezcla de estoicismo, silenciosa energía, humor, resignación, realismo, valor, fe religiosa y sentido común. Ese sentido que, precisamente por ser común, es comunal, comunitario. En suma, la sempiterna combinación humana que Santayana definió en uno de su libros como «escepticismo y fe animal». Yo más bien diría: escepticismo y fe vital, confianza en este mundo y en el otro.

Los mexicanos han sido siempre grandes constructores y las distintas ciudades de México –la azteca, la novohispana y la del siglo xix– nos han dejado monumentos admirables. Al otro día de la destrucción de la gran Tenochtitlan, el conquistador Cortés decidió, con esa mezcla de cálculo y de inspiración que era el fondo de su genio, edificar la nueva ciudad sobre los restos de la antigua. Los españoles utilizaron el trazo de México-Tenochtitlan. Después, gracias sobre todo al impulso del gran virrey don Antonio de Mendoza, lo adaptaron a la nueva estética de la que, un siglo más tarde, sería la Imperial Ciudad de México. Aunque en la construcción de conventos, iglesias y otros edificios públicos, la arquitectura de ese primer siglo novohispano refleja la diversidad de estilos que reinaba entonces en la península, el trazo de la ciudad y los principios urbanísticos que la fundaron son una traducción y una recreación de las ideas estéticas y filosóficas del Renacimiento, asimiladas por España.

Feliz convergencia de dos geometrías urbanas, la azteca y la renacentista. Una fundada en la visión religiosa del espacio de los antiguos mexica-

nos, que dividían al universo en cuatro regiones correspondientes a los cuatro puntos cardinales, en el centro el eje solar del movimiento; otra basada en el neoplatonismo redescubierto por el Renacimiento, en el que la geometría es la forma de manifestación de las ideas y, así, la representación sensible de la armonía cósmica y la justicia divina. Para los grandes renacentistas la arquitectura ciudadana era la traducción terrestre y humana de las ideas eternas. (Véase en este número de *Vuelta* el luminoso ensayo que dedica al tema el joven historiador Guillermo Tovar.) Como a los otros pueblos del continente, nos fundó una utopía europea. La nuestra, a diferencia de la que formó a los Estados Unidos, no fue historicista, quiero decir, no estaba inspirada en las nociones de cambio y progreso sino en una visión intemporal de la perfección.

Los siglos siguientes abandonaron las ideas renacentistas –proporción, regularidad, perspectiva, geometría: orden– por otros estilos, unos más recargados y fantásticos, otros más regulares y fríos. Sin embargo, tanto la Edad Barroca como el neoclasicismo respetaron el trazo de la ciudad. Después, lo mismo durante el período en que México fue gobernado por el general Porfirio Díaz como bajo los regímenes revolucionarios que lo han sucedido en la primera mitad del siglo XX, se construyeron edificios notables, sólidos y muchas veces hermosos. Pero nuestra ciudad comenzó a desfigurarse hace unos cuarenta años. Ha padecido un crecimiento frenético y canceroso que ha destruido casi totalmente su trazo y su fisonomía.

Tres fuerzas nefastas se han confabulado para producir este colosal disparate que hoy es la ciudad de México. La primera ha sido el centralismo político, económico y cultural que, conjugado con el excesivo crecimiento de la población, engendró un hacinamiento humano contranatural. El centralismo comenzó en Teotihuacan hace más de dos mil años; después se trasladó a Tula primero y más tarde a México. Aquí ha sido azteca, español y mexicano. En su origen fue teocrático-militar y hoy es sobre todo político, ya que en el México actual la política domina a la cultura y a la economía. Constante a través de nuestra historia, alternativamente benéfica y fatídica como todas las grandes fuerzas históricas, la tendencia hacia la centralización se ha agudizado más y más desde 1950; este crecimiento ha sido paralelo al de una extensa y poderosa burocracia estatal con ramificaciones en todos los centros vitales de la nación. No es extraño que la doble acción del centralismo y la burocracia, ambos esencialmente autoritarios, haya terminado por asfixiarnos y paralizar a sus mismos y directos beneficiarios: los gobernantes. En efecto, hay una relación

directa entre la concentración del poder en un grupo y el centralismo: el excesivo crecimiento del segundo inmoviliza al primero.

La segunda fuerza ha sido de orden económico: el espíritu de lucro de los empresarios e industriales de la construcción, que aprovecharon el auge relativo de este cuarto de siglo para entregarse a una especulación urbana desenfrenada e inescrupulosa, con la complicidad de la burocracia gubernamental. Así, en unos cuantos años, la ciudad se extendió de manera caótica y se cubrió con multitud de edificios no sólo feos sino inseguros. Por último, la megalomanía de los últimos gobiernos, empeñados en levantar en un parpadeo sexenal babilonias de cemento del tamaño de su vanidad. Los cimientos de esas moles estaban podridos como la moral de los que las erigieron. Justicia poética: mientras el temblor en unos pocos minutos echó por tierra esas construcciones alzadas por la vanagloria, la ambición y la codicia, los viejos edificios siguen en pie. Lo verdaderamente terrible ha sido el costo en sangre: las víctimas nos duelen más que las pérdidas materiales. La naturaleza y la historia son divinidades crueles y el desastre del 19 de septiembre debe verse como la conjunción de una fatalidad natural y un error histórico.

Hoy nos enfrentamos a una tarea semejante a la del virrey Mendoza: reconstruir la ciudad. Pero la palabra *reconstrucción* es engañosa pues no designa realmente la naturaleza de la tarea que nos espera. No se trata de repetir lo hecho sino de rectificar el curso ancestral de la historia de México. Creo que es el momento de iniciar en serio el proyecto de descentralización que figuró de manera prominente en el programa del presidente De la Madrid y que fue uno de sus puntos más atractivos. Si algo puede unir a los mexicanos es, precisamente, esta idea. Cierto, es una tarea que, de llevarse a cabo, requerirá los esfuerzos de dos generaciones. No importa: éste es el momento propicio para comenzarla. Si el presidente, que se ha mostrado valeroso y sobrio ante el desastre, comienza de verdad a descentralizar, merecerá nuestra gratitud y la de nuestros descendientes. Al impulso centralista que ha animado nuestra vida social desde la época prehispánica debe suceder otro, hacia afuera, centrífugo, al encuentro de la provincia.

En su origen México fue plural. El mundo precolombino fue una sociedad internacional de ciudades con culturas y lenguas distintas que el Estado azteca no logró sujetar enteramente. El proceso de unificación de los aztecas fue continuado con éxito por el régimen hispano. Sin embargo, bajo la monarquía austríaca el centralismo fue menos absoluto y rígido que con los Borbones. El México independiente continuó en esto, como en tantas cosas, al despotismo ilustrado. Los liberales se dijeron

federalistas pero en verdad fueron, por influencia francesa, acentuadamente centralistas. Los gobiernos revolucionarios y postrevolucionarios han seguido la misma política de concentración de poder. Esto ha sido fatal porque en la provincia de México duermen muchas fuerzas que debemos despertar. Ese despertar, por lo demás, está escrito en el proceso histórico mismo de nuestra nación. La provincia está destinada a ser en el porvenir inmediato, como lo fue varias veces en el pasado, un protagonista central en la vida del país. Lo que no sabemos es si ese despertar será un desgarramiento, el comienzo de una rebelión en contra del centro, como a veces se manifiesta ya en el norte, o si será una conjunción. La descentralización conjurará los peligros de un cisma o, peor aún, los de una escisión. Es una empresa larga, como todas las que cuentan en la historia. También es una empresa impostergable.

La reacción del pueblo de la ciudad de México, sin distinción de clases, mostró que en las profundidades de la sociedad hay, enterrados pero vivos, muchos gérmenes democráticos. Estas semillas de solidaridad, fraternidad y asociación no son ideológicas, quiero decir, no nacieron con una filosofía moderna, sea la de la Ilustración, el liberalismo o las doctrinas revolucionarias de nuestro siglo. Son más antiguas y han vivido dormidas en el subsuelo histórico de México. Son una extraña mezcla de impulsos libertarios, religiosidad católica tradicional, vínculos prehispánicos y, en fin, esos lazos espontáneos que el hombre inventó al comenzar la historia. Kropotkin y Santo Tomás, Suárez y Rousseau, suspendiendo por un momento sus disputas, habrían aprobado con una sonrisa conmovida la conducta del pueblo de México. El hecho de que los gérmenes democráticos no sean ideológicos sino que vivan sepultados en el alma colectiva, explica que la gente haya encontrado espontáneamente y con una suerte de lucidez sonámbula, en los días que siguieron al temblor, formas originales de organización, participación y acción conjunta. La acción popular recubrió y rebasó en unas pocas horas el espacio ocupado por las autoridades gubernamentales. No fue una rebelión, un levantamiento o un movimiento político; fue una marea social que demostró, pacíficamente, la realidad verdadera, la realidad histórica de México. O más exactamente: la realidad intrahistórica de la nación.

Los gérmenes del renacimiento están en el origen. Son los de nuestro comienzo. Han sobrevivido a muchas desdichas y traiciones, a la seducción de la falsa modernidad y a las simplificaciones de las ideologías. Hay que preservarlos y vivificarlos; sería funesto que se desvaneciesen, o volviesen a ocultarse. De ahí que sea indispensable que en la tarea de recons-

trucción-rectificación, que será larga y penosa, participen todos los distintos grupos sociales. Tenemos que encontrar nuevas vías de participación popular. Es inaplazable, asimismo, que las autoridades *oigan* la crítica y acepten la fiscalización de la sociedad. Si el gobierno quiere reconquistar la confianza popular y no exponerse (y exponernos) a un estallido más grave y profundo que el temblor, debe mostrarse más abierto y flexible. El gobierno no es una fortaleza sino un lugar de encuentro. No pido que abdique de su autoridad sino que la comparta, que sea más atento y sensible a las voces de los que están fuera. El temblor sacudió a México y, entre las ruinas, apareció la verdadera cara de nuestro pueblo: ¿la vieron los que están arriba?

Hay otros temas sobre los que es urgente discutir y ponerse de acuerdo. Menciono, de paso, algunos. En primer término, hay que encontrar las formas institucionales, jurídicas y políticas que aseguren la participación popular en la administración del fondo de reconstrucción. Esto es esencial porque los escándalos financieros de la administración anterior han quebrantado la confianza popular en el régimen. Lo mismo digo de los aspectos técnicos y estéticos de esta inmensa tarea. Es imposible que la burocracia se convierta, como ha ocurrido con frecuencia en el pasado reciente, en la dictadora del gusto público. Hay ya mucha pesadez y desmesura en nuestros edificios públicos y demasiados adefesios escultóricos en las plazas y parques de México. El arte oficial no es menos deletéreo que las fugas de gas: envenena la sensibilidad y la imaginación.

Otro asunto sobre el que no es ocioso detenerse: la ayuda del exterior. Ha sido notable y generosa. Los mexicanos nos hemos sentido, casi siempre con razón, solos en el mundo, como si nuestro país fuese un suburbio de la historia mundial. Este justificado sentimiento de soledad histórica se expresa muchas veces como menosprecio y vilipendio de lo propio y admiración beata ante lo de fuera; otras, al abajamiento y a la autodenigración suceden el resentimiento y una vanidad nacionalista que sería ridícula únicamente si no fuese también suicida. Al otro día del temblor, algunos funcionarios declararon que México ni pedía ni necesitaba la ayuda internacional: teníamos recursos suficientes para hacer frente al desastre. La estupefacción de propios y extraños, así como el peso terrible de la realidad, los obligó a cambiar velozmente de actitud y de lenguaje. Sería lamentable que hoy otros tratasen de minimizar la ayuda internacional. Debemos conservar a nuestros amigos del exterior. Las pasiones falsamente nacionalistas son, como las ideologías, vidrios deformantes, sobre todo en las relaciones internacionales.

La suerte de las ciudades en el siglo XX ha sido desastrosa: unas, arrasadas por las bombas, otras deformadas y deshonradas por la industria, los automóviles y una loca demografía. Ciudades congestionadas, contaminadas y convertidas en gigantescas, inhumanas y crueles aglomeraciones. En esto han terminado las utopías arquitectónicas de los Gropius, Lloyd Wright, Le Corbusier, Aalto. En el momento en que se tracen los planos de reconstrucción, es imperativo que nuestro gobierno escuche, por una parte, las críticas y orientaciones del movimiento ecologista y que, por otra, consulte a nuestros arquitectos. Algunos de ellos son excelentes y se encuentran entre los mejores del mundo. También hay que oír a los artistas, a los poetas y, sobre todo, a nuestro pueblo, que ha sido y es el gran artista de México. Es claro que la mayoría de los espacios ocupados por los inmuebles derruidos tienen que transformarse en parques y jardines. Muchas industrias –entre ellas la refinería de Azcapotzalco– deben ser trasladadas a otros lugares. Las universidades metropolitanas han crecido de una manera monstruosa y este crecimiento, en conjunción con la política y la burocracia, las ha vuelto más y más ineficaces. Deberán dispersarse en el territorio nacional y recobrar sus dimensiones humanas. Pero ya Enrique Krauze se ocupa de este tema y otros semejantes en el artículo que publica en este mismo número de *Vuelta*. Aquí sólo destaco algo que me parece central y que ha sido el eje de estas reflexiones: el pueblo mexicano, a las pocas horas del sismo, se manifestó en una acción fraternal y espontánea de autorganización democrática. Las raíces comunitarias del México tradicional están intactas. Fue un espectáculo admirable y sobre el que deberían reflexionar nuestros gobernantes y todos aquellos que, como muchos de nuestros intelectuales, son idólatras del Estado. La enseñanza histórica y social del sismo puede reducirse a esta frase: hay que devolverle a la sociedad lo que es de la sociedad.

Acción y meditación: éstas son las dos maneras complementarias en que los hombres han dado la cara a la adversidad natural. A veces la meditación se vuelve disputa filosófica, controversia sobre el sentido de palabras como necesidad y libertad, mal y bien. Esto fue lo que ocurrió después del terremoto de Lisboa en 1755 y no necesito recordar el poema de Voltaire y los ensayos de otros filósofos de esa época. Otras veces, la destrucción física se vuelve creación literaria, como *La ginestra*, el poema de Leopardi, o relato histórico, como la carta que Plinio *el Joven* escribió a Tácito contando la muerte de su tío, Plinio *el Viejo*, durante la erupción del Vesubio en 79 a.C. El desastre natural nos enfrenta a las preguntas sin

respuesta: ¿Dios es un creador maligno?, ¿el mal es inseparable de la existencia?, ¿la naturaleza no tiene dirección ni sentido?, ¿creación y destrucción, libertad y necesidad, muerte y vida son términos intercambiables y sin sentido? Los pueblos contestan a estas preguntas no con razones sino con actos y obras, plegarias y pensamientos.

Cuatro días después del temblor del 19 de septiembre releí un poema de Wallace Stevens, *Esthétique du mal*, que me había impresionado cuando, hace ya muchos años, lo leí por primera vez. Stevens es el único poeta realmente filosófico que han dado los Estados Unidos en este siglo, ya que en Eliot predomina el acento religioso. *Esthétique du mal* es un poema de más de trescientos versos, en el que el poeta norteamericano trata de reconciliarse y reconciliarnos con la realidad, es decir, con las cosas terribles de este mundo y con nosotros mismos. Cada hombre y cada pueblo son un tejido inextricable de mal, pena y desdicha pero también de placer físico, emociones generosas, alegrías mentales, geometrías de la imaginación. Todo iluminado un instante por el «verde centelleo del maíz en el calor de agosto». La primera parte del poema ocurre, real y espiritualmente, frente al Vesubio. Stevens alude a su lectura de un libro «sobre lo sublime»; quiero creer que se trata de un volumen de Plinio y de la carta en la que el joven romano relata a su amigo Tácito la erupción del volcán y la muerte de su tío, el gran naturalista. He traducido esta primera parte como un ejercicio de meditación ante nuestro desastre. Los hombres somos la conciencia del destino y gracias a nosotros la naturaleza vislumbra algo de sí misma. Por nosotros ella sufre y piensa:

> Estaba en Nápoles y escribía a su gente.
> Entre una carta y otra leía párrafos
> sobre lo sublime. El Vesubio había gruñido
> un mes. Era agradable estar ahí sentado:
> cálidos fulgores trazaban ángulos de llamas
> sobre los cristales. Por ser un ruido antiguo
> podía describir el terror de ese ruido.
> Recordó las frases: pena audible al mediodía,
> pena que a sí misma se apena, pena
> que mata penas en el ápice de la pena.
> El volcán trepidaba en otro éter
> como al fin de la vida el cuerpo tiembla.
> Casi la hora del almuerzo. La pena es humana.
> Rosas en el fresco café. En su libro

estaba escrita la perfecta catástrofe.
Si no fuese por nosotros, el Vesubio, sin pena,
con fuego sólido consumiría estas tierras extremas.
No sabe que los gallos cantan al morir.
Ante esta faz de lo sublime, huimos.
Y sin embargo, si no fuese por nosotros
nada sentiría el pasado entero al ser destruido.

México, noviembre de 1985

«Escombros y semillas» se publicó por primera vez en *Vuelta*, núm. 108, noviembre de 1985, y se recogió en el primer volumen –*El peregrino en su patria*– de *México en la obra de Octavio Paz*, México, Fondo de Cultura Económica, 1987.

La letra y el cetro

Buena parte de este número de *Plural* está dedicado al tema «Los escritores y el poder». Escritores y no intelectuales por dos razones. Una: el campo de nuestra revista es la literatura, no la ciencia ni la técnica. Otra: no todos los intelectuales son escritores pero todos (o casi todos) los escritores son intelectuales. En la figura del escritor se dibuja una ambigüedad que consiste en la combinación, en dosis variables, de rasgos antiguos y modernos. Nos proponemos explorar esa ambigüedad.

El escritor es un artista y en este sentido su relación con la realidad en que vive no es esencialmente distinta a la que tuvieron sus predecesores con la de su época, trátese del mundo de la prehistoria o de la China de los Han, la Florencia del siglo XII o el Madrid del siglo XVII. Lírica, dramática o épica (sin excluir a la novela, forma más o menos próxima a la épica), la poesía es la presentación de un trozo de tiempo. Ese tiempo, por más íntimo y personal que sea, es asimismo un tiempo histórico, social. El poeta canta y su canto –narración, descripción o evocación: metáforas y metonimias– es siempre una consagración: himno, lamento, exaltación, condenación, celebración, maldición, burla. Pero desde el alba del mundo moderno, singularmente a partir del siglo XVIII, el canto del poeta, sin cesar de ser canto, se vuelve reflexión y crítica. El escritor –la boca que canta y cuenta– se desdobla en la mente que analiza y desmonta situaciones y personajes. La presentación se interioriza y se transforma en una reflexión sobre aquello que presenta y sobre sí misma. El escritor moderno introduce en la sociedad la crítica de la sociedad. Como, a su vez, el lenguaje es una sociedad, la literatura se convierte en crítica del lenguaje.

Homero nos presenta a la sociedad de los héroes y los reyes: los exalta o los maldice pero no los analiza; al presentarnos a la sociedad francesa de su tiempo, Balzac vuelve problemática, por el análisis, la naturaleza de esa sociedad: no es un misterio que hay que venerar o abominar sino un enigma que debemos descifrar. La *Divina Comedia* es la pintura del juicio de Dios sobre los hombres: infierno, purgatorio, paraíso; la «Comedia humana», más que el juicio de un hombre sobre los hombres es una inmensa tentativa por explicar a los hombres modernos en su medio *natural*: la ciudad. Expresión de la modernidad y, simultáneamente, condición de la existencia moderna, la ciudad es el verdadero personaje de las grandes obras literarias del siglo XIX y del XX. En su vientre nace, vive y

muere el hombre moderno. También sueña: para Baudelaire la ciudad es una pesadilla geométrica de la que ha sido abolido «el vegetal irregular». Una pesadilla que sólo se desvanece, dice Xavier Villaurrutia, a la hora del despertar: la muerte. La ciudad es nuestro mundo y nuestro transmundo: el lugar donde los hombres, por sus actos, se salvan o se pierden. Estas palabras tenían antes una dimensión ultraterrenal; la modernidad las desacraliza y las inserta en la urbe. Son la vegetación a un tiempo monstruosa y geométrica de los nuevos poderes: la razón, la duda, el análisis. La burguesía es la primera clase que asume el poder no en nombre de un principio intemporal o inamovible sino en nombre del cambio mismo: la razón crítica. Por eso también es la primera clase que no puede fundar su legitimidad: la crítica es su razón de ser, su arma de combate y su llaga incurable.

La ciudad antigua se abría a la eternidad, al cielo o al infierno; la moderna a la historia, a un futuro que a veces se llama *república de los justos* y otras *república de los iguales*. La dignidad de la política proviene de este cambio: deja de ser el arte de ganar o conservar el poder y se transforma en el juego donde se juega el porvenir de los hombres. Un juego que jugamos entre todos y que exige un mínimo de libertad para realizarse. El espacio donde se despliega la libertad política es circo, arena, teatro, tribunal, academia filosófica, laboratorio científico e iglesia al aire libre, todo junto. A veces es un pequeño cuarto donde se reúne en secreto un comité; otras es una plaza abierta donde una multitud enardecida asesina o es asesinada; otras más es un campo de batalla grande como el planeta. El juego de la política colinda por un lado con la filosofía y por el otro con la guerra. De una y otra manera, por las ideas o por las armas, es una forma de la crítica.

En el pasado, se consideraba a la política como la manifestación de las fuerzas que mueven a las sociedades, fuesen éstas las pasiones e intereses humanos o potencias sobrenaturales como el Destino de los paganos o la Providencia cristiana. Fuera del ámbito político, reservado a los menos (reyes, señores y jefes), se extendía al inmenso dominio público de la religión con sus fiestas, rituales y ceremonias. La modernidad invierte los términos: la política se convierte en el dominio de todos y la religión en asunto de fuero interno. La teología católica y la protestante se habían inclinado sobre el misterio insondable de las relaciones entre la omnipotencia divina y el libre albedrío humano; en la época moderna los filósofos de la historia y los sociólogos disertan sobre la extraña dialéctica que alternativamente une y desune a necesidad y libertad. Incluso para los de-

terministas, la política es materia de elección, decisión y opinión personales. Así nace una paradoja no menos asombrosa que la del misterio teológico de la libertad cristiana: aunque esté aherrojado por la camisa de fierro de la necesidad histórica o genética, el hombre político es responsable de sus acciones y de sus opiniones. Acto e idea, en la política se alían el amor por el poder y la fascinación por la teoría, la aspiración hacia la justicia y la envidia, la nostalgia por la comunión fraternal y el furor del inquisidor, el apetito por la dominación y el gusto (muy de escritor) por la autoacusación y el desgarrarse las vestiduras en la plaza. Una transposición religiosa.

La historia de la literatura moderna, desde los románticos alemanes e ingleses hasta nuestros días, es la historia de una larga pasión desdichada por la política. De Coleridge a Mayakovski, la Revolución ha sido la gran Diosa, la Amada eterna y la gran Puta de poetas y novelistas. La política llenó de humo el cerebro de Malraux, envenenó los insomnios de César Vallejo, mató a García Lorca, abandonó al viejo Machado en un pueblo de los Pirineos, encerró a Pound en un manicomio, deshonró a Neruda y Aragon, ha puesto en ridículo a Sartre, le ha dado demasiado tarde la razón a Breton... Pero no podemos renegar de la política; sería peor que escupir contra el cielo: escupir contra nosotros mismos.

México, septiembre de 1972

«La letra y el cetro» es el texto de presentación del número 13 de *Plural*, dedicado al tema «Los escritores y el poder», octubre de 1972, y se recogió en *El ogro filantrópico*, Barcelona (Seix Barral) y México (Joaquín Mortiz), 1979.

El escritor y el poder

Por los aires de México corre un secreto a voces: el sistema político que desde hace más de cuarenta años nos rige, está en quiebra. El 2 de octubre de 1968 y el 10 de junio de 1971 fueron el testimonio –la prueba por la sangre– de la gravedad de la crisis. Pero todo comenzó antes, hace unos quince años. Precisamente entonces, en 1958, algunos de los que ahora participamos en este intercambio de opiniones publicamos un manifiesto en el que preveíamos lo que vendría; un poco después apareció *El Espectador*, revista de crítica política. Así, la crisis del sistema y la crítica de los escritores se iniciaron casi al mismo tiempo. Una y otra se han agravado e intensificado.

El sistema político mexicano es dual: el partido y el presidente. El partido es la continuidad; los presidentes, la renovación o, al menos, el cambio. Gracias al precepto constitucional que prohíbe la reelección, el régimen revolucionario y sus herederos insertaron el principio del movimiento dentro de la continuidad. El partido es el monopolio de la vida pública; el presidente, su renovación sexenal. El ciclo posee una regularidad que habrían envidiado los antiguos chinos y caldeos. Nuestro calendario político combina la precisión astronómica con el poder astrológico: cada cambio en el zodíaco del poder produce cambios aquí abajo. Unos suben y otros bajan. Pero la armonía entre el cielo y la tierra no tarda en restablecerse y todo sigue igual.

La institución presidencialista mexicana se parece, más que al presidencialismo norteamericano que la inspiró, a la dictadura de la antigua Roma. Como el dictador constitucional romano, el presidente mexicano tiene un mandato limitado, sólo que en el caso del primero el mandato era de seis meses y en el del segundo de seis años. El dictador romano era elegido cuando se declaraba el estado de sitio, no podía promulgar nuevas leyes y tenía a su lado, lugarteniente y censor, al jefe de la caballería. En México no existen esas limitaciones: ni el Poder Legislativo ni el Poder Judicial tienen poder alguno. Los presidentes son, durante seis años, todopoderosos. No obstante, aunque muchos han abusado de sus atribuciones (oro y/o sangre), no hemos tenido ni un Calígula ni un Trujillo. Nuestro último dictador a la latinoamericana fue Calles, el jefe máximo de la Revolución –y duró poco. Otra similitud con Roma: ni en el magistrado romano ni en el mexicano hay trazas de cesarismo. Al contrario, la institución mexicana fue

un remedio contra el mal endémico de los países hispánicos: el caudillismo. Nuestros presidentes son dictadores constitucionales, no caudillos. La legalidad es, en parte, el origen de su fuerza, pero esa legalidad nace de una contradicción que corroe a su fuerza: la dictadura romana era un régimen de excepción en un estado de excepción, el presidencialismo mexicano es un régimen de excepción en una situación de paz y normalidad.

El partido nació en 1929. Sus nombres sucesivos muestran con claridad la paulatina petrificación de una facción revolucionaria nacionalista en una burocracia conservadora: Partido Nacional Revolucionario, Partido de la Revolución Mexicana, Partido Revolucionario Institucional. Desde el principio el partido ha vivido en simbiosis con el Estado y, en verdad, el uno es indistinguible del otro. Sin el gobierno y sus recursos no habría PRI, pero sin el PRI y sus masas no habría gobierno. El partido recluta a sus adeptos como los misioneros del siglo XVI cristianizaban a los indios: por el bautismo colectivo. Aparte de no ser individual, el reclutamiento es jerárquico: va del líder del barrio, la aldea o el sindicato a los procónsules de las ciudades y de éstos a los cónsules de la capital. Así se teje una red de alianzas y complicidades. Esa red ahoga a México. La red es fuerte porque el PRI es un canal de la movilidad social: los líderes salidos de la pequeña burguesía y de las aristocracias obreras y campesinas trepan por las escaleras de esta pirámide política. Una pirámide que es también, con frecuencia, la de los negocios y la riqueza.

Más que un partido político en el sentido tradicional de la palabra, el PRI es una gigantesca burocracia, una maquinaria de control y manipulación de las masas. Es la expresión mexicana de un fenómeno que aparece en todos los países que han sido teatro de revoluciones populares y que consiste en la transformación de los partidos revolucionarios en burocracias políticas. Las burocracias políticas del siglo XX, desde la soviética hasta la mexicana, esperan todavía una descripción científica; no sabemos si son una clase o una casta pero poseen características de ambas. A diferencia de las burocracias comunistas, la nuestra no controla la economía nacional sino que se inserta en un contexto capitalista y, hasta cierto punto, democrático. Esta doble circunstancia y la ausencia de una ortodoxia ideológica explican su relativo liberalismo y su relativa inestabilidad. También su relativa independencia. Para sobrevivir debe realizar lo imposible: si quiere preservar su alianza con la burguesía, tiene que controlar a las masas; si quiere preservar su identidad frente a la burguesía, tiene que apoyarse en las masas. En esa contradicción reside la crisis del PRI y la razón de la actual «apertura democrática».

En otros escritos me he ocupado de las causas de la crisis y de la vía para resolverla. No sé si valga la pena repetir lo que he dicho. Pensar en una transformación revolucionaria es quimérico y suicida dentro de la perspectiva nacional e internacional. La otra posibilidad –la violencia reaccionaria– no es nada remota aunque, todavía, no es inmediata. Todos debemos luchar contra ella. Ahora el régimen intenta la reforma del PRI y del sistema. Tampoco es una verdadera solución. La solución consiste en el nacimiento de un movimiento popular independiente y democrático que agrupe a todos los oprimidos y disidentes de México en un programa mínimo común. Como ciudadano soy partidario de ese movimiento. Como escritor mi posición no es distinta ni contraria sino, valga la paradoja, *otra*. Como escritor mi deber es preservar mi marginalidad frente al Estado, los partidos, las ideologías y la sociedad misma. Contra el poder y sus abusos, contra la seducción de la autoridad, contra la fascinación de la ortodoxia. Ni el sillón del consejero del Príncipe ni el asiento en el capítulo de los doctores de las Santas Escrituras revolucionarias.

Desde el siglo XVIII la política ha substituido a la religión. Las querellas políticas se transforman en disputas teológicas y las diferencias de opinión en herejías. Los inquisidores no vacilan en desenterrar a los réprobos muertos y deshonrar sus nombres. La fiebre religiosa ha hecho de los partidos políticos modernos milicias de fanáticos que se proclaman la encarnación de una clase, una raza, una nación o, incluso, de la historia. Las burocracias sacerdotales de la Antigüedad pretendían ser depositarias de un saber sagrado. Ese saber se llamaba antes «secreto de Estado»; ahora, «ortodoxia revolucionaria». Dos formas equivalentes de esa mentira institucional que es la «verdad oficial». Entre nosotros consiste en la monstruosa identificación del PRI con la nación mexicana y su historia. Triple confusión: el PRI es la Nación y la Nación es la Verdad. Los santones de la burocracia comunista son distintos a los santones de la burocracia mexicana: unos juran en nombre de Marx y Lenin, otros de Juárez y Zapata, pero todos juran en vano. Los partidos modernos son Iglesias sin religión dirigidas por clérigos blasfemos.

La palabra del escritor tiene fuerza porque brota de una situación de no-fuerza. No habla desde el Palacio Nacional, la tribuna popular o las oficinas del Comité Central: habla desde su cuarto. No habla en nombre de la nación, la clase obrera, la gleba, las minorías étnicas, los partidos. Ni siquiera habla en nombre de sí mismo: lo primero que hace un escritor verdadero es dudar de su propia existencia. La literatura comienza cuando alguien se pregunta: ¿quién habla en mí cuando hablo? El poeta y el

novelista proyectan esa duda sobre el lenguaje y por eso la creación lite-
raria es simultáneamente crítica del lenguaje y crítica de la misma litera-
tura. La poesía es *revelación* porque es crítica: abre, descubre, pone a la
vista lo escondido –las pasiones ocultas, la vertiente nocturna de las cosas,
el reverso de los signos. El político representa a una clase, un partido
o una nación; el escritor no representa a nadie. La voz del político surge
de un acuerdo tácito o explícito entre sus representados; la voz del escri-
tor nace de un desacuerdo con el mundo o consigo mismo, es la expre-
sión del vértigo ante la identidad que se disgrega. El escritor dibuja con
sus palabras una falla, una fisura. Y descubre en el rostro del Presiden-
te, el César, el Dirigente Amado y el Padre del Pueblo la misma falla, la
misma fisura. La literatura desnuda a los jefes de su poder y así los huma-
niza. Los devuelve a su mortalidad, que es también la nuestra.

México, septiembre de 1972

«El escritor y el poder» se publicó por primera vez en *Plural*, núm. 13, octubre de
1972, y se recogió en *El ogro filantrópico*, Barcelona (Seix Barral) y México (Joaquín
Mortiz), 1979.

Declaración sobre la libertad del arte

En las salas de la exposición retrospectiva de la obra de David Alfaro Siqueiros (por cierto, jamás ningún gobierno había organizado un acto de tal magnitud para honrar la memoria de un artista o un escritor, de Ramón López Velarde, José Vasconcelos y Alfonso Reyes a José Clemente Orozco y Diego Rivera: ¿será porque el maniqueísmo oficial se reconoce en el maniqueísmo ideológico de Siqueiros?) el presidente de la república ha hecho unas declaraciones en las que reconoce el fracaso del Instituto Nacional de Bellas Artes, lamenta el individualismo de los artistas, los excita a volver a la tradición del arte popular y social, fustiga el mercantilismo artístico y pide sugestiones para reorganizar el INBA o para fundar un nuevo instituto que lo substituya.

No es difícil coincidir con algunas de las opiniones del presidente –no con todas, naturalmente– pero me parece más urgente manifestar mi inconformidad de principio: las autoridades no tienen por qué expresar ideas de orden estético ni deben apoyar esta o aquella tendencia artística. Esta función le corresponde a la crítica, al público y a los artistas y creadores. En materia de arte –como en materia de creencias, ideas y opiniones– el Estado debe ser rigurosamente imparcial. Una de las razones de la rápida degeneración del muralismo mexicano, al lado de la ideología primaria y cerrada de muchos pintores, fue la intervención del Estado, que convirtió a nuestra pintura en un arte oficialista. El catecismo substituyó a la visión. Los artistas mexicanos tuvieron que luchar durante muchos años contra ese arte oficial disfrazado de arte revolucionario. Sería lamentable que hoy se volviese a caer en tendencias que, desde el punto de vista artístico, se han petrificado en un academismo grandilocuente y, en lo moral y político, en un arte burocrático, pseudorrevolucionario y patriotero.

Todo esto no implica, por supuesto, que no me parezca de veras importante el llamamiento del presidente. Es bueno que se pida la colaboración de escritores y artistas para, entre todos, buscar la manera de cambiar la orientación, efectivamente demasiado burocrática, de las actividades del Estado en materia de literatura y de arte. En el próximo número de *Plural* se comentará con toda amplitud este tema. Por ahora, me limito a subrayar dos principios de orden general.

El primero: debe gastarse menos en administración y más en ayuda de los creadores y productores de literatura y arte. Por ejemplo: en lugar

de hacer revistas mediocres, o de organizar innumerables y aburridas mesas redondas sobre dos o tres lugares comunes de la sociología del arte, el INBA debería dar becas a los escritores y artistas jóvenes. Lo ideal sería constituir un fondo para el fomento de la literatura y el arte, que funcionase de una manera independiente y destinado a ayudar a escritores y artistas dentro de la máxima libertad estética e ideológica. Hay precedentes en Inglaterra y en otros países.

El segundo principio es más bien de higiene moral: es indispensable distinguir de una vez por todas entre artistas e ideólogos. La mayor parte de las personas que redactan manifiestos, forman asociaciones, se reúnen, acusan, gritan y manotean, no son artistas sino ideólogos. Y añado: ideólogos con pocas ideas y muchos pulmones. El lugar de los ideólogos está en la tribuna y el púlpito. El artista no es ni orador ni predicador. No hay masas para él sino hombres, personas, cada una con un nombre propio. La misión del arte no es ni convencer ni adoctrinar: el arte es participación. Si el Estado quiere de veras fomentar la libre creación literaria y artística, debe dirigirse a los escritores y artistas, no a los que hablan en nombre de ellos, casi siempre sin derecho y sin autoridad.

México, mayo de 1975

«Declaración sobre la libertad del arte» se publicó por primera vez en el diario *Excélsior*, México, mayo de 1975, y se recogió en *El ogro filantrópico*, Barcelona (Seix Barral) y México (Joaquín Mortiz), 1979.

La literatura y el Estado[1]

Ante todo: le agradezco vivamente a usted, Señor Presidente, su presencia. Nuestro país vive días difíciles y los asuntos públicos reclaman todas sus horas y toda su vigilancia. Sin embargo, usted le ha quitado a su tiempo un poco de tiempo para estar con nosotros. La literatura, dicen muchos, no es un artículo de primera necesidad ni una materia básica ni un producto de utilidad general. Es verdad. Pero la literatura es más que una forma hermosa, instructiva o entretenida: es un estado de conciencia, una temperatura moral colectiva. Si se quiere saber qué es una nación, hay que tomarle el pulso a su literatura. Por esto –más allá de mi persona– me parece que la presencia de usted en este acto tiene una significación que me atrevo a llamar política. Me explico: la literatura no es política, salvo en casos aislados, pero no es fácil concebir una política moderna que ignore o desdeñe a la literatura.

En mis años de aprendizaje frecuenté no sólo los libros sino la casa y la conversación de Alfonso Reyes; después de su muerte, con el mismo fervor, leo sus poemas y sus ensayos: sigo siendo un aprendiz suyo. Tal vez por esta fidelidad mía a su obra y a su memoria, la Sociedad Alfonsina Internacional decidió otorgarme el premio Alfonso Reyes. Lo acepto con gratitud y emoción; recibirlo es, para mí, como entrar en una orden de caballería.

Con los mismos sentimientos he escuchado a Alí Chumacero. Confieso que apenas si me reconozco en sus benévolas palabras. La indulgencia con que ha hablado de mi persona y de mis escritos refleja, más que nada, la amistad que nos une desde hace muchos años. Su generosidad es un árbol eminente –no sé si álamo o fresno: en cualquier caso, un árbol que habla– a cuya sombra siempre nos hemos reunido sus amigos.

Leer o escuchar a Salvador Elizondo es una experiencia sorprendente. Lo vemos caminar sobre el filo de un pensamiento como sobre una navaja y siempre, con una infalible precisión de acróbata chino, en el momento justo, con apenas un quiebro, salta, vuela y cae, ileso, sobre el suelo. Sé que en todo lo que dijo de mí hay más fantasía que realidad, más bondad que justicia: ¿qué importa? Me encantó verlo pensar

[1]. Discurso de recepción del premio Alfonso Reyes.

con esa ligereza y recordé a Valéry: «Hay que ser ligero como el pájaro, no como la pluma». Hay que ser ligero como Salvador Elizondo.

Luis Mario Schneider ni es pájaro ni vuela: excava, descubre, resucita. Con tacto, inteligencia y perseverancia, frente a nuestra funesta manía de enterradores, exhuma, revela, revive. En México amamos a nuestros escritores a condición de que estén muertos; los sepultamos, a veces en vida, bajo montañas de elogios vacuos (otras bajo carretadas de vituperios) y construimos con sus obras suntuosos mausoleos que después nadie visita. Pero Schneider, explorador de los valles infernales y de las ruinas abandonadas de nuestra literatura, regresa de cada una de sus expediciones con un texto desconocido, un poema olvidado, un cuento rescatado, unas cartas perdidas. Nos devuelve la memoria, trabaja en favor de la vida.

Debo mencionar a un ausente: Francisco Zendejas. Fue el fundador del premio Alfonso Reyes y del premio Xavier Villaurrutia. Fue nuestro amigo. Y fue algo más: el centinela de nuestra literatura, el vigía que siguió días tras día, durante muchos años, las venturas y desventuras de nuestras letras. Pocas veces se equivocó en sus juicios y admiraciones. En el país del murmullo, el bisbiseo, el rasguño y el chitón, Zendejas defendió a la literatura viva.

La República de las Letras es una nación con un territorio vago y de fronteras movedizas. La rige una Constitución cuyas leyes, fantásticas y contradictorias, se anulan todos los días para proclamar otras aún más quiméricas. La gobierna un rey invisible, sin cara y sin nombre; mejor dicho, es un rey que cambia continuamente de cara y de nombre: lo llaman *el gusto* pero también tiene otros nombres, casi todos feos y terminados en *ismo*. Los ciudadanos de la República de las Letras pertenecen a todos los sexos, los conocidos y los desconocidos; los colores de su piel, de sus ideas y de sus filosofías son los de la escala cromática; cada uno de ellos pretende hablar en una lengua de su invención que, sin embargo, se obstina en proclamar universal y comprensible para todos. En ese país hay muchos ermitaños, muchos magos y no pocos extáticos. En los últimos años la República ha sido asolada por dos epidemias: la frenética de los doctrinarios y la letal de los escolásticos; contra ambas sólo hay un remedio conocido: la sonrisa. Estos letrados son imaginativos y contemplativos; también, por fatalidad astral, pendencieros y quisquillosos. Cuando no están ocupados en algunas de sus interminables guerras civiles, se apasionan por los fenómenos más sutiles y por las realidades apenas percep-

tibles: el peso de un grano de luz sobre el ala de una mariposa, el color de la sombra de los anillos de su planeta, Saturno. Una propiedad extraordinaria de los nativos de esta nación: sus muertos ilustres conversan y conviven con los vivos.

La República de las Letras reside en el territorio de la República de México. A veces es más grande que el país que la contiene, otras se reduce hasta convertirse en un pequeño hormiguero urbano. Las relaciones entre la República de México y la República de las Letras son tirantes; a veces la escasa cordialidad se convierte en abierta hostilidad. Es natural, pues la literatura mexicana limita al este con la indiferencia, al oeste con la ignorancia, al norte con otro dialecto y al sur con un abismo. Para romper el cerco se han inventado varias estratagemas. Una de ellas se llama premios literarios. Como todo lo que existe en esa República fantástica, los premios literarios han provocado grandes y enconadas disputas. Procuraré tocar este tema con un poco de imparcialidad.

Las opiniones sobre los premios literarios son encontradas. Unos los juzgan útiles y benéficos. Son el justo reconocimiento a méritos que no sólo son artísticos sino morales; escribir es una tarea que pide algo más que dedicación y perseverancia: la vida entera del escritor. Además, los premios educan al pueblo; así pues, al mismo tiempo son empresas pedagógicas y actos de justicia. Para otros los premios son torneos de pavos reales, peleas sórdidas por la fama y la ganancia material, pruebas irrefutables y repetidas de la injusticia, la estupidez o la incompetencia de las academias y cofradías literarias. Lo peor: los premios domestican al escritor independiente, cortan las alas al inspirado, castran al rebelde. ¿Quién tiene razón? Todos y ninguno. Los premios son buenos y son malos: depende de quién los otorga, de quién los recibe y de cómo se conceden. En una sociedad ideal no habría premios pero tampoco habría castigos: unos y otros serían innecesarios. El saber, la bondad y el genio artístico no serían virtudes aisladas sino comunes y naturales. Cada uno de nosotros sería una encarnación de la rectitud, la poesía y la ciencia; cada bicho viviente sería una obra maestra. Pero en esa sociedad de hombres y mujeres perfectos saldrían sobrando las constituciones y las instituciones, los gobiernos y los tribunales, las artes y la literatura misma. Escribimos porque nos falta algo o porque algo nos sobra, por carencia o por exceso, es decir, por un desequilibrio. Leemos por la misma razón. Lo que llamamos civilización es la expresión del desequilibrio congénito de los hombres. Añado que ese desequilibrio es creador. Así pues, mientras haya hombres y sociedades habrá autores, lectores, críti-

cos y coronas de laurel o de espinas. Los premios no son ni buenos ni malos: son necesarios.

Algunos premios (por ejemplo, el premio Alfonso Reyes) son una ilustración de las relaciones entre el Estado y la literatura. En la larga historia de esas relaciones aparecen, desde el alba de la sociedad humana, dos situaciones extremas, a las que corresponden también dos lugares opuestos: la celda del prisionero y la antesala del príncipe, la isla del desterrado y el salón del cortesano. Dos tipos: el rebelde y el paniaguado. El premio introduce un tercer término pues se realiza en un lugar de encuentro en el que, así sea fugazmente, se cruzan el gobernante y el escritor. El premio es propicio a la conversación, quiero decir, al diálogo entre el poder y la literatura. Este diálogo puede versar sobre distintos temas, muchos contradictorios, pero reposa en un acuerdo implícito: la convivencia. Es una palabra relativamente nueva en nuestro vocabulario (no aparece, por ejemplo, en el *Diccionario de Autoridades*, 1726-1739) y que presupone, indirectamente, una noción más civilizada de las relaciones humanas. En efecto, convivir es vivir unos con otros y exige, simultáneamente, independencia y solidaridad. La convivencia nos obliga a reflexionar sobre los límites de nuestra libertad y la extensión de nuestros derechos y obligaciones. Esos límites tienen muchos nombres pero hay uno que los abarca a todos: el otro, los otros. En un momento de ese diálogo entre el uno y el otro surgen ciertas preguntas: ¿qué puede hacer el Estado ante la literatura y qué puede hacer la literatura ante el Estado?

Estas preguntas han tenido muchas y muy distintas respuestas. Sería presuntuoso tratar de exponerlas o, siquiera, resumirlas. No lo es arriesgarme a exponer, al margen, unas cuantas y someras reflexiones. Los poderes del Estado sobre la literatura son inmensos pero no son ilimitados. Mencionaré algunos posibles e imposibles: el Estado no puede inventar una literatura pero sí puede suprimirla; el Estado no puede ser crítico literario, pero sí censor e inquisidor; el Estado puede y debe fundar colegios donde se enseñe la gramática y el arte de leer y escribir pero no puede legislar sobre la gramática ni dictar leyes de estética; el Estado puede ayudar a los escritores pero no demasiado y sin pedirles nada en cambio; el Estado puede y debe enseñar a leer a los mexicanos pero no debe obligarlos a que lean o no lean estos o aquellos libros… La lista puede prolongarse: sería redundante. Basta con repetir que el Estado no puede crear ni inventar una literatura pero sí puede desnaturalizarla y, como ha ocurrido en otros países y en distintas épocas, estrangularla. En cambio, el

Estado puede crear las condiciones sociales para el libre desarrollo de la literatura. Las dos palabras se complementan: desarrollo significa el fomento de las condiciones materiales, intelectuales y legales que permiten la producción, edición y circulación de las obras; a su vez, el desarrollo necesita, para cumplirse de verdad, la libertad de escribir y publicar.

Los poderes de la literatura frente al Estado también son inmensos y limitados. El escritor tiene que elegir entre la literatura y el poder: no puede gobernar y escribir al mismo tiempo; el escritor tampoco puede ser funcionario, redentor social, fundador de hospitales o de casas de refugio para desamparadas, apóstol de pecadores arrepentidos, hierofante del culto a Júpiter Amón o jefe de banda: el escritor tiene que elegir entre la acción colectiva, sea filantrópica o mesiánica, y la solitaria escritura. Naturalmente, es bueno que el escritor, en algún momento de su vida, haya conocido la acción y los variados oficios de los hombres: capitán de caballería, ujier, conspirador, vendedor de helados, industrial, electricista, diplomático, hombre de Estado como Milton o salteador como Villon. Pero después, en el momento de su verdad, el escritor no puede ser sino escritor. Aunque no es obligatorio que las tenga, el escritor sí puede tener opiniones morales y políticas: lo que no puede hacer es cambiar la literatura por la acción o la propaganda sin dejar de ser escritor. No propongo la abolición de la crítica; pido que no se convierta en sermón y que sea realmente literatura. La crítica de las costumbres y las ideas, las pasiones y las creencias, las instituciones y el Estado, ha sido y es uno de los dominios de la literatura moderna. Muchas y grandes obras literarias son creaciones que son críticas: Cervantes, Dostoyevski, Flaubert, Proust y tantos otros. También a veces el pensamiento crítico se vuelve creación artística, poema: Nietzsche y Valéry, como ejemplos próximos. En suma, lo que puede hacer el escritor frente al Estado es, sobre todo y ante todo, escribir. Subrayo: escribir lo mejor que pueda.

Escribir bien significa decir su verdad. La palabra del escritor no es la palabra colectiva: es una palabra individual, única, singular. Si el escritor dice su verdad, sus lectores encontrarán que esa verdad les pertenece también a ellos. En la palabra individual del escritor se oye, en sus momentos más intensos, la palabra del mundo. Esto se ha dicho muchas veces. Entre los que lo han dicho hay uno que lo dijo de una manera que no es exagerado llamar perfecta: Han Yu, un poeta chino que vivió en el siglo VIII. Fue hombre público y poeta privado. Sus palabras parecen escritas hoy y para nosotros. Nada mejor que terminar con ellas:

Todo resuena apenas se rompe el equilibrio de las cosas. Los árboles y las yerbas son silenciosos; el viento los agita y resuenan. El agua está callada: el aire la mueve, y resuena; las olas mugen: algo las oprime; la cascada se precipita: le falta suelo; el lago hierve: algo lo calienta. Son mudos los metales y las piedras, pero si algo los golpea, resuenan. Así el hombre. Si habla, es que no puede contenerse; si se emociona, canta; si sufre, se lamenta. Todo lo que sale de su boca en forma de sonido se debe a una ruptura de su equilibrio... El más perfecto de los sonidos humanos es la palabra; la literatura, a su vez, es la forma más perfecta de la palabra. Y así, cuando el equilibrio se rompe, el cielo escoge entre los hombres a aquellos que son más sensibles, y los hace resonar.

México, 21 de febrero de 1986

«La literatura y el Estado» se publicó por primera vez en el diario *Excélsior*, México, 21 de febrero de 1986, y se recogió en el primer volumen –*El peregrino en su patria*– de *México en la obra de Octavio Paz*, México, Fondo de Cultura Económica, 1987.

El Fondo Nacional para la
Cultura y las Artes[1]

México vive un período de cambios. Como todas las transformaciones sociales, estos cambios son el resultado de fuerzas y tendencias, ideas y realidades, que durante los últimos veinte años, a manera de ríos y corrientes subterráneas, han agitado y conmovido el subsuelo social. Ahora, al aparecer en la superficie, nos revelan que nuestro país penetra en una nueva época de su historia. Damos los primeros pasos, no sin titubeos, por un territorio desconocido y al que debemos poblar con nuestros actos y, en cierto modo, inventar con nuestras obras. Las novedades más visibles son las de orden político y económico: pluralismo democrático y modernización económica. Los cambios en el dominio de la cultura, menos ostensibles, no son menos decisivos. El mejor ejemplo de la influencia de la cultura en la historia es el siglo XVIII: no sólo fue una gran mutación en las ideas y las ciencias sino en las costumbres, la moral pública y las artes. Sin esa inmensa transformación cultural no habrían sido posibles los cambios políticos y económicos del siglo XIX, de la Revolución francesa a la Revolución industrial.

Tal vez una de las grandes fallas de nuestra historia, desde la Independencia, ha sido la disparidad entre el carácter acentuadamente tradicional de nuestra sociedad y la modernidad de nuestras leyes y sistemas políticos. No hubo transformaciones culturales que preparasen los cambios políticos y jurídicos que fueron la Independencia y la Constitución liberal de 1857. De ahí que muchas de esas bien intencionadas reformas resultasen verdaderas superposiciones. Precisamente una de las grandes virtudes de la Revolución mexicana fue su tentativa, no del todo realizada, por restablecer la comunicación entre la realidad real de México y la realidad ideal de sus estructuras jurídicas, políticas y económicas.

La creación del Fondo Nacional para la Cultura y las Artes corresponde a esta idea. Es el reconocimiento, en primer lugar, de la naturaleza eminentemente social y libre de la cultura; en seguida, de la obligación que tienen el Estado y la sociedad económica de ayudar y estimular a la cul-

1. Discurso en el acto de fundación del Fondo Nacional para la Cultura y las Artes; el 2 de marzo de 1989.

tura, respetando siempre la libertad de creación y difusión de las obras literarias y artísticas. El Fondo Nacional para la Cultura y las Artes nace inspirado por una idea que hoy todos compartimos: la cultura es, ante todo, una creación social libre. Recoge así, y renueva, una tradición mexicana que comienza, en la época moderna, con Justo Sierra y que prosiguen José Vasconcelos, Alfonso Reyes y Carlos Chávez.

La palabra *cultura* tiene distintos significados. Entre ellos elijo uno que, más que una definición, es una delimitación: el término *cultura* designa a la producción, la difusión y la conservación de obras de arte y de literatura. Entendida así, la cultura es un dominio en el que se mezclan, de modo inextricable, lo social y lo individual. Las obras de arte, ¿son la expresión del temple de una sociedad o del temperamento de una persona? En ocasiones, se carga el acento sobre lo social; en otras, sobre lo individual. En la época romántica, un filólogo alemán sostuvo que Homero era un nombre sin realidad que ocultaba sucesivas generaciones de aedas. Nietzsche se burló de esta hipótesis y repuso que la existencia de Homero no era un problema filológico sino estético: esos poemas poseían tal perfección y coherencia que no podían ser sino las obras de un poeta de carne y hueso, no de una fantasmal y anónima corporación de cantores.

El ejemplo del arte popular puede ayudarnos a salir de este atolladero. Lo que ante todo sorprende en las artesanías es la fidelidad espontánea al modelo. Cada objeto no es una copia sino una pequeña variación, a veces involuntaria, de un arquetipo heredado. Estamos ante un estilo, sí, pero ante un estilo comunal y transmitido de generación en generación. El arte individual surge cuando un artista transforma ese estilo común en una obra distinta, única, irrepetible. El arte propiamente dicho comienza con la transgresión creadora de un estilo heredado. A su vez, esa obra única no tarda en convertirse en bien común hasta que no surge un nuevo artista que la niega y la cambia. El arte es, al mismo tiempo, creación colectiva e individual, tradición e invención, continuidad y ruptura.

El arte y la literatura no son únicamente un diálogo entre tradición e invención, estilo comunal heredado y transgresión personal creadora. El escritor y el artista sostienen también un diálogo, no pocas veces acerbo y aun violento, con la sociedad y sus poderes: Iglesias, Estados, partidos. El arte es celebración de la gesta de un pueblo y de sus valores pero, asimismo, puede ser la crítica y la negación tanto de los valores como de las costumbres, las creencias y los hechos de una sociedad, de un Estado o de una Iglesia. En las épocas primitivas y en las civilizaciones antiguas, primordialmente religiosas, la sujeción del poeta y del artista a las reglas so-

ciales o a la voluntad de un rey-sacerdote era completa. Apenas aparece la democracia, en Atenas, nace el arte libre. El más alto ejemplo, en la Antigüedad, fueron la tragedia y la comedia griegas. En la Edad Moderna, desde el Renacimiento, la creación artística y literaria ha sido más y más libre y autónoma.

La literatura y el arte de la modernidad son inseparables de la crítica y la negación. Casi todos nuestros grandes creadores –poetas, músicos, novelistas, pintores, dramaturgos– en un momento o en otro han participado en esta gran tradición del arte libre. La alianza entre la crítica y la creación es el rasgo que, para mí, define al arte moderno, lo mismo a Shakespeare que a Balzac, a Goya que a Courbet, a Dostoyevski que a Beethoven. En el siglo XX muchos escritores y artistas han sido víctimas de persecuciones desatadas por los Estados y las ideologías que han ensombrecido a nuestro tiempo. La historia del arte y la literatura del siglo XX ha sido también un martirologio.

El pasado de México ha sido menos violento. Sin embargo, no debemos olvidar que en Mesoamérica los poetas y los artistas estaban sometidos a los cánones rígidos de una religión gobernada por sacerdotes crueles. Durante el virreinato, clérigos y teólogos escudriñaban comedias y poemas en busca de herejías y medían la inclinación y los pliegues de los mantos de las vírgenes y los mártires para comprobar si se ajustaban a las normas. Al mismo tiempo, ¿cómo olvidar las pirámides y las esculturas mesoamericanas, las iglesias y los palacios, los poemas y los retablos de Nueva España? Aun en la servidumbre, el arte es creación. Y quien dice creación, dice libertad. No libertad política ni filosófica, sino otra distinta y no menos preciosa: la de la visión y la imagen. Aquellos artistas no eran libres pero creían y sus creencias les daban alas.

Desde la Independencia, la Iglesia dejó de patrocinar a las artes. En cambio, el Estado practicó un mecenazgo discreto y modesto. A veces acalló conciencias y fomentó el conformismo, como en el período modernista. Agrego que también hizo posible la continuidad de nuestra tradición, rota por las guerras civiles desde 1810. Las clases dominantes fueron avaras e indiferentes, aunque algunos grandes señores del porfiriato protegieron con generosidad a los poetas y a los artistas. Después de la Revolución, el Estado se convirtió en el patrón de las artes y singularmente, entre 1920 y 1940, de la pintura mural. No impuso una ortodoxia –más bien fueron los artistas los que se empeñaron en imponer una estética ideológica– pero sí favoreció la propagación en los muros de una imaginería oficial de nuestra historia, con sus beatos y sus réprobos. No impor-

ta –o más bien: importa poco. Lo esencial fue lo que se hizo y lo que ha quedado: no los dogmas sino los colores y los volúmenes, los paisajes y los desnudos, las llamas y su vegetación heroica, la arquitectura de las formas y las nubes, los cuerpos y las visiones.

Después, se abre el período contemporáneo, el nuestro. Es cierto que ha habido recaídas en la intolerancia, en el gobierno y fuera del gobierno –turbas frenéticas han encendido piras en nuestras calles y han invadido uno de nuestros museos– pero las amenazas contra la libertad del arte y la literatura no son políticas ni ideológicas sino sociales y económicas. La gente lee poco, nuestros museos carecen de recursos y lo mismo sucede con nuestras orquestas, nuestros teatros y nuestras salas de conciertos. Todo esto no es ya responsabilidad exclusiva del Estado sino de la sociedad entera.

La creación del Fondo Nacional para la Cultura y las Artes es un anuncio de los tiempos. Por primera vez en la historia de nuestro país se asocian voluntariamente el Estado y los empresarios para fomentar la creación y la difusión de las obras artísticas y literarias. Por primera vez también –cambio inmenso, radical– los escritores y los artistas tendrán la posibilidad de dirigir y orientar a la cultura viva de México, en el dominio del arte, la literatura y la historia, tanto en la provincia como en la capital. En fin, por primera vez todos los que participamos en esta tarea aceptamos como único principio y guía la libertad de creación. La historia de la cultura moderna de México comenzó el 1.º de marzo de 1691, fecha de la carta de sor Juana Inés de la Cruz a un prelado defendiendo el derecho de las mujeres al saber y la libertad del escritor. Hoy, 2 de marzo de 1989, nace el Fondo Nacional para la Cultura y las Artes, destinado a fomentar la libre creación. Veo en la unión de estas dos fechas algo más que una coincidencia: un signo de la historia de México. Un signo y una promesa.

México, a 1.º de marzo de 1989

«El Fondo Nacional para la Cultura y las Artes» se publicó en *Pequeña crónica de grandes días*, México, Fondo de Cultura Económica, 1990.

Vuelta: cuatro notas

AVISO[1]

Vuelta, como su nombre lo dice, no es un comienzo sino un regreso. En octubre de 1971 apareció una revista, *Plural*; navegó contra viento y marea durante cerca de cinco años; al llegar al número 58, desapareció; hoy reaparece, con otro nombre. ¿Es la misma? Sí y no. El consejo de redacción, los colaboradores y los propósitos son los mismos. Se ha reducido un poco el número de páginas y se han cambiado, también un poco, el diseño y la tipografía. *Vuelta* quiere decir regreso al punto de partida y, asimismo, mudanza, cambio. ¿Dos sentidos contradictorios? Más bien complementarios: dos aspectos de la misma realidad, como la noche y el día. Damos vueltas con las vueltas del tiempo, con las revoluciones de las estaciones y las revueltas de los hombres: así cambiamos; al cambiar, como los años y los pueblos, volvemos a lo que fuimos y somos. Vuelta a lo mismo. Y al dar la vuelta, descubrimos que ya no es lo mismo: el que regresa es otro y es otro a lo que regresa. El mismo y el otro, lo mismo y lo otro: nosotros que somos otros, vosotros, los mismos. La vuelta es cambio y el cambio, vuelta. *Plural* desapareció –la publicación que circula por ahí ni siquiera es una caricatura: es una falsificación– y ahora reaparece; ya no es *Plural*, aunque no renuncia a la pluralidad de voces, sino *Vuelta*. El mismo y el otro.

En 1971 el director de *Excélsior*, Julio Scherer, nos propuso la publicación de una revista literaria, en el sentido amplio de la palabra *literatura*: invención verbal y reflexión sobre esa invención, creación de otros mundos y crítica de este mundo. Aceptamos con una condición: libertad. Scherer cumplió como los buenos y jamás nos pidió suprimir una línea o agregar una coma. Actitud ejemplar, sobre todo si se recuerda que más de una vez los puntos de vista de *Plural* no coincidieron con los de *Excélsior*. Es sabido lo que ocurrió después: un conflicto en la cooperativa que edita *Excélsior* provocó la salida del grupo que dirigía el periódico. Nosotros, todos los que hacíamos la revista, sin vacilar un instante, decidimos irnos también. Se ha discutido mucho sobre la responsabilidad del gobierno en

1. Presentación del primer número de *Vuelta*.

el caso de *Excélsior*. No es fácil medir esa responsabilidad pero me parece indudable que el golpe no se habría dado si sus autores no hubiesen contado por lo menos con el consentimiento tácito del poder.

Las consecuencias han sido igualmente funestas para el régimen y para la nación. Para el régimen porque, después de seis años de proclamar su decisión de respetar la libertad de crítica, acabó o permitió que se acabase con uno de los poquísimos centros de crítica independiente del país. Para la nación porque el conflicto de *Excélsior* ha coincidido con la crisis de los partidos políticos. Los de izquierda no han podido unirse ni, lo que es más grave, han sabido elaborar un programa de veras nacional que, simultáneamente, sea viable y corresponda a la realidad real de México. La izquierda está paralizada por una tradición dogmática y por su pasado estalinista. La derecha no existe, al menos como pensamiento político. Hay que repetirlo: nuestra obtusa derecha no tiene ideas sino intereses. De ahí que prefiera infiltrarse en el PRI; es más fácil corromper a los funcionarios públicos que presentar a los mexicanos un programa distinto al oficial. El hecho de que el PAN no haya postulado un candidato en las recientes elecciones presidenciales es una muestra no sólo de su crisis interna sino de su impotencia ideológica. No sé si el desfallecimiento de los partidos sea el anuncio de su próximo fallecimiento. En todo caso, es una confirmación de que el Estado sigue siendo el poder determinante en México. El gobierno crece a expensas de la sociedad. La izquierda y la derecha, el líder obrero y el banquero, el periodista y el obispo, todos, viven de hinojos ante la Silla Presidencial. Por eso es grave lo de *Excélsior*: ¿dónde se va a hacer la crítica del poder y de los poderosos?

Desde que apareció el primer número de *Plural* se nos acusó de «elitistas» y de publicar textos incomprensibles. No era extraña la acusación: los populistas tienen una idea más bien baja de la inteligencia y la sensibilidad de la gente. En el fondo del populismo hay un gran e inconfesado desprecio por el pueblo. Esos ataques no fueron los únicos. Los conservadores o, más exactamente, los ricos (en México ya no hay conservadores, todos somos *revolucionarios*), sin leernos, como es su costumbre, nos condenaron al infierno donde se queman los comunistas y los otros rojillos. A su vez, en una operación simétrica, los comunistas nos colocaron sus sambenitos ideológicos, esos zurcidos de invectivas y lugares comunes rituales. Poseídos por el *Odium Theologicum*, los católicos de izquierda se unieron a los anatemas de los ateos y los paganos. Ya Hume decía que, «por distintos que sean sus dogmas, son iguales los curas de todas las religiones». Aunque no cree ni en Dios ni en el Diablo –su única deidad es el Presupuesto– la burocracia polí-

tica que nos gobierna quiso atraernos. Fracasó y hay que agradecerle que no haya intentado amedrentarnos. En fin, unos ya no tan jóvenes radicales, después de clasificarnos como supervivientes de una especie ya extinta: «los intelectuales liberales», decretaron nuestra expulsión del «discurso político». No preveían que ellos y nosotros, a la vuelta de cuatro años, seríamos expulsados no del «discurso» sino del diario que había hecho posible la difusión de nuestros discursos (en plural). Ojalá que sean capaces de extraer las rectas consecuencias de esta pequeña lección de historia.

Lo extraordinario no es que *Plural* haya provocado ataques –ésa es la suerte de todas las revistas vivas– sino la respuesta del público. Jamás en la historia de la literatura hispanoamericana una revista literaria había tenido tantos y tan atentos lectores. Se equivocaron los que nos acusaron de «elitismo». El público mexicano ha demostrado ser más curioso, abierto e inteligente de lo que suponen los que se empeñan en mantenerlo en una perpetua minoría de edad. Esta experiencia es la que nos ha movido a publicar *Vuelta*. Sabemos que nuestra revista era leída no por ser el órgano de una ortodoxia sino por ser el lugar de confluencia de muchas voces solitarias y libres. Dejamos *Plural* para no perder nuestra independencia; publicamos *Vuelta* para seguir siendo independientes. Así afirmamos y renovamos nuestro pacto tácito con los lectores.

Hemos decidido salir solos, confiados en la ayuda del público y en su amistad. Una amistad que se ha manifestado desde el principio: los primeros números de la revista saldrán gracias a los amigos que hicieron donativos: más de setecientos. Les pedimos que perseveren y que nos sigan ayudando. ¿Qué podemos ofrecerles en cambio? Ser fieles a nosotros mismos: escribir. No nos avergüenza decir que la literatura es nuestro oficio y nuestra pasión. Cierto, la literatura no salva al mundo; al menos, lo hace visible: lo representa o, mejor dicho, lo presenta. A veces, también, lo transfigura; y otras, lo transciende. La presentación de la realidad incluye casi siempre su crítica. Gibbon decía: «Todo lo que los hombres han sido, todo lo que ha creado su genio, todo lo que su razón ha ponderado, todas esas obras que se acumulan en nuestras ciudades –todo eso ha sido hecho por la crítica». Tal vez el gran historiador exageraba. No demasiado: un pueblo sin poesía es un pueblo sin alma, una nación sin crítica es una nación ciega.

México, noviembre de 1976

«Aviso» se publicó, con el título de *«Vuelta»*, en *El ogro filantrópico*, Barcelona (Seix Barral) y México (Joaquín Mortiz), 1979.

TRAVESÍA[1]

Cinco años: nuestra revista ha llegado al número 60. Noviembre de 1981 es y no es noviembre de 1976: hemos sido fieles a las intenciones que inspiraron el primer número de *Vuelta* y, al mismo tiempo, hemos cambiado. Somos y no somos aquellos que fuimos; aunque defendemos principios idénticos, justamente por lealtad a ellos hemos procurado escapar de la ilusión petrificante de la identidad. Ante el frenesí de muchos de nuestros contemporáneos y su culto a las afirmaciones y las negaciones tajantes, opusimos desde el principio un *tal vez*, un *quizá* y un *puede ser*. No por escepticismo sino por higiene moral e intelectual. Nuestro tiempo está regido por certidumbres a un tiempo arrogantes y arbitrarias. No es gratuito ver en ellas el origen de las dos formas gemelas del delirio de persecución que padecemos: el crimen terrorista y el despotismo estatal. Por esto hemos sostenido siempre que el ejercicio de la literatura, en este fin de siglo, es inseparable de la crítica. La demolición de las falsas certidumbres ideológicas es el comienzo de la salud: el tirano que duda no es un buen tirano.

La historia de la literatura moderna, en Europa y en América, se confunde muchas veces con la de las revistas literarias. En México la publicación de una revista ha sido el modo predilecto de aparición de las nuevas generaciones, de la *Revista Azul* a la *Revista Mexicana de Literatura*. Con frecuencia las revistas se identifican también con los movimientos literarios o con alguna de sus fases: el modernismo se inicia en la *Revista Azul* y en la *Moderna* se consuma (y se consume); en *Contemporáneos* comienza un movimiento y una exploración que la generación siguiente continúa y reelabora en *Taller* y *Tierra Nueva*. Estos ejemplos muestran que las revistas literarias no sólo expresan las rupturas entre las generaciones sino que también son puentes entre ellas. En fin, en otras ocasiones las revistas no se identifican con esta o aquella tendencia literaria y agrupan a distintas generaciones: inspirados por preocupaciones de orden más general, los escritores se unen por encima de las barreras de la edad y de la estética.

Gabriel Zaid recordaba el otro día que Altamirano, ante la esterilidad que había resultado del medio siglo de lucha ideológica entre los liberales y los conservadores, decidió reunir en una revista, *El Renacimiento*, «a los

1. Quinto aniversario de *Vuelta*.

literatos de todas las tendencias en el terreno neutral de la cultura». Hoy desconfiamos de la unanimidad y de la neutralidad pero la iniciativa de Altamirano fue saludable: obligó a los escritores a distinguir entre la polémica ideológica y la creación literaria. Es una distinción esencial. Las generaciones que han sucedido a la de Altamirano han tenido que hacerla una vez y otra vez. En los años de la segunda guerra mundial, la literatura volvió a ser amenazada por los dogmas maniqueos de la ideología. En México sufrimos dos intolerancias, a menudo coligadas: el nacionalismo y el realismo socialista. La revista *El Hijo Pródigo* fue la respuesta. Agrupó a escritores pertenecientes a dos generaciones –la de *Contemporáneos* y la de *Taller* y *Tierra Nueva*– en la defensa de la libre imaginación. Hay ciertas semejanzas entre las circunstancias que rodearon a *El Hijo Pródigo* y las que determinaron, hace ya diez años, en octubre de 1971, la fundación de *Plural*. Sin embargo, los términos no fueron ni son los mismos: más que a una imposición estética, los escritores y los artistas se enfrentan hoy a una doble presión política e ideológica. *Plural* fue el antecedente directo de *Vuelta*. Cuando esa revista estaba a punto de cumplir cinco años, en su número 58, de julio de 1976, sobrevino la crisis de *Excélsior*, el diario que la publicaba. Decidimos entonces continuar solos. Tres meses después nació *Vuelta*, sin más patrocinio que 763 donativos de amigos y lectores.

Dos fuerzas se disputan, entre nosotros, las voluntades y las conciencias: el Poder Institucional y la Doctrina. El primero es una realidad inmensa y poderosa. No sólo es el Estado heredero de la Revolución de México sino que, a través de sus órganos y agencias, dirige o patrocina, lo mismo en la capital que en la provincia, infinidad de actividades culturales: teatro, cine, museos, danza, música, literatura, exposiciones de arte, conferencias, revistas, festivales de poesía, becas para escritores y artistas jóvenes, premios, viajes en el país y al extranjero, etc. Gran canal de la movilidad social, el Poder Institucional seduce, premia, manipula y, a veces, castiga. La Doctrina es una amalgama de fragmentos e interpretaciones, no pocas veces contradictorias, de la *Vulgata* marxista-leninista. Carece de poder efectivo pero no de influencia. A pesar de que en los últimos años se han disipado muchas ilusiones –ya es imposible cerrar los ojos ante lo que ocurre en los países del mal llamado «socialismo real»–, la Doctrina todavía fascina a muchas conciencias, sobre todo entre los intelectuales de la clase media latinoamericana. Esta atracción no es racional pero sí es explicable. La Doctrina desempeña una función psicológica que ha sido descrita muchas veces: consuelo, compensación, vengan-

za imaginaria contra una realidad insoportable. Opone a las injusticias, horrores del presente la visión de una sociedad justa; así exalta a la esperanza y convierte al futuro en un equivalente temporal de los nirvanas y paraísos de las religiones auténticas. Pero no sólo ofrece un modesto sucedáneo de la transcendencia ultraterrena: también afirma los lazos que unen a los creyentes y así confirma en cada uno el sentimiento de pertenecer a una comunidad de elegidos. La Doctrina tiende a constituirse en una sociedad dentro de la sociedad; si no es una religión, es una secta.

Vuelta se propuso, desde su primer número, crear un espacio libre donde se pudiesen desplegar, simultáneamente, la imaginación de los escritores y el pensamiento crítico moderno en sus distintas manifestaciones: filosofía, arte, literatura, moral, política. *Vuelta* no es la revista de una generación ni se identifica con ninguna tendencia literaria. Aunque continúa a la antigua *Plural* (1971-1976), se distingue de aquella revista por ser una publicación que para vivir depende, exclusivamente, de sus lectores y de sus anuncios. La diferencia es capital. La sociedad mexicana es hoy más amplia, compleja y diversa; existe ya un público de lectores independientes y capaz de sostener una publicación independiente. Hemos procurado y procuraremos no defraudarlos. No se nos oculta que todavía nos queda mucho por hacer. Hay territorios de la cultura y el arte que apenas si hemos explorado. Necesitamos más páginas. También necesitamos más lectores en la provincia. No hemos logrado la difusión que quisiéramos en Hispanoamérica, en España y entre la población de nuestra lengua en los Estados Unidos. Es lamentable que revistas como *Vuelta* tropiecen, para circular libremente por nuestros países, con toda clase de obstáculos económicos y administrativos, para no hablar de la censura política que nos cierra las puertas de Argentina, Cuba, Uruguay y otras naciones... *Vuelta* es una revista que publica en México un grupo de escritores mexicanos pero nuestra vocación ha sido y seguirá siendo hispanoamericana. A lo largo de estos cinco años han colaborado en *Vuelta* muchos de los mejores escritores de nuestra lengua. Apenas si debe agregarse que no nos sentimos encerrados en el idioma español: la lengua que hablamos y escribimos, lejos de ser un muro, es un camino hacia las otras lenguas y literaturas.

México, noviembre de 1981

«Travesía» se publicó, con el título de «Quinta *Vuelta*», en *Hombres en su siglo y otros ensayos*, Barcelona, Seix Barral, 1984.

PROFESIÓN DE FE[1]

Puede concebirse a la literatura como un oficio, un destino, una misión, un combate, un pasatiempo, un viacrucis; y al escritor como un anacoreta, un mandarín, un conspirador, un mártir, un iluminado, un payaso, un acróbata. Por mi parte, creo que la literatura también se parece a una orden de caballería. Cierto, el escritor no es un cruzado, ni tiene la obligación de defender causa alguna, salvo la del idioma en que escribe; tampoco tiene por qué ser parte de esta o aquella cofradía; su tarea es solitaria: conversar con sus fantasmas y con un desconocido, el lector. Sin embargo, para ser escritor hay que pasar por ciertas pruebas que terminan en un reconocimiento; ambos, el reconocimiento y las pruebas, recuerdan las ceremonias en que antes se armaba a los caballeros. Más afortunado que don Quijote, un día de 1938 yo fui armado escritor, no por un ventero pícaro, sino por José Bianco, que me invitó a colaborar en *Sur*. Mi ordalía fue escribir mi primera colaboración.

Nos rigen secretas correspondencias: ahora aparece en Buenos Aires el primer número de *Vuelta Sudamericana*. No es ni puede ser la misma revista que hacemos en México un grupo de escritores independientes; tampoco es una publicación distinta. Las dos revistas están unidas por afinidades literarias, estéticas y políticas; comparten no sólo un nombre sino un propósito; sus animadores y colaboradores son los mismos. Pero cada una responde a las circunstancias sociales y culturales de la región en donde se publica. *Sur* se propuso reunir en sus páginas a los escritores hispanoamericanos afines al espíritu que inspiraba a Victoria Ocampo y a su grupo; hoy es preferible que aparezcan dos revistas. Así lo pide nuestro tiempo.

La civilización latinoamericana es una pero, además de la gran división entre los que hablamos español y los que hablan portugués, cada región tiene características propias. La del extremo sur es singular por más de una razón. Me atrevo a destacar una, de orden histórico: en las naciones que la forman no hay vestigios de grandes culturas prehispánicas como las que fueron creadas por quechuas, mayas o nahuas; tampoco las huellas del pasado español son tan profundas, prolongadas y diversas como en Perú, Ecuador, Colombia, México, América Central; tal vez por esto

1. Presentación de *Vuelta Sudamericana*, núm. 1.

fueron las primeras, y con más denuedo que las nuestras, en penetrar en esa tierra incógnita que llaman *modernidad*. Un territorio que cambia sin cesar desde que surgió en la historia, a mediados del siglo xviii. En el sur de América el pasado pesa menos que entre nosotros.

En sus dos manifestaciones, la de Buenos Aires y la de México, *Vuelta* es y será una revista hispanoamericana. Lo fue desde el primer número de la mexicana: noviembre de 1976. Los curiosos que echen un vistazo a los sumarios de estos diez años encontrarán, desde el primer número, los nombres de muchos escritores argentinos, chilenos y uruguayos. Unidos a otros de peruanos, colombianos, cubanos, españoles, mexicanos, venezolanos, centroamericanos y, en fin, de todos nuestros países, forman la nómina de nuestros colaboradores y amigos. No olvido a los brasileños, los portugueses, los catalanes: nos separa apenas la lengua y nos une la historia. Diré, además, que la lengua no es una cárcel: es un camino hacia otras lenguas y hacia otras visiones del mundo. Seguimos en esto a Darío, Martí, Lugones y a nuestros primeros modernistas; también a la abierta tradición de *Sur, Contemporáneos, Taller, Las Morada, Orígenes* y otras revistas hispanoamericanas.

La querella entre el cosmopolitismo y el nacionalismo, que tanto apasionó a generaciones anteriores, es una discusión clausurada. Para Darío la universalidad era una conquista; para nosotros es una condición que ni siquiera hemos escogido: la historia mundial se nos ha echado encima. El horizonte histórico ha cambiado de forma y dimensión: el futuro se ha reducido y el presente se ha ensanchado. Al angostamiento del porvenir corresponde la universalidad de las preguntas que a todos nos hace el presente. No hay más remedio que contestarlas: en esto consiste la nueva universalidad. Responderlas es la tarea de esta generación. Pero para responderlas tendremos antes que saber formularlas. Nuestra revista quiere ser el espacio en donde se desplieguen esas preguntas y en el que, quizá, se dibujen algunas respuestas.

En noviembre de 1981, al celebrar el quinto aniversario de *Vuelta*, decíamos: «Es lamentable que revistas como la nuestra tropiecen con la censura política que nos cierra las puertas de Argentina, Cuba, Uruguay y otras naciones hispanoamericanas...». Hoy *Vuelta* no sólo circula libremente sino que aparece en Buenos Aires en una edición sudamericana. Es verdad que la censura persiste en Chile, Cuba y en otras partes de nuestro continente pero la libertad ha ganado la partida en la mayoría de nuestros países. Ahora hay que defenderla, fortalecerla y, sobre todo, vivirla, practicarla. La libertad no es una filosofía ni una doctrina: es una práctica, una

apuesta vital frente al destino y sus máscaras. El restablecimiento de la democracia en Argentina, Uruguay y Brasil es un hecho que ha despertado una esperanza inmensa en todos nuestros pueblos y que está destinado a influir en la historia del continente durante este final de siglo. En México ha estimulado y fortalecido a todos los que deseamos que el sistema mexicano dé al fin un paso definitivo y se transforme en una auténtica democracia moderna. Por último: en *Vuelta* han colaborado y seguirán colaborando los escritores libres de Chile y los disidentes de Cuba y de otras partes. En este sentido la coincidencia entre *Vuelta Sudamericana* y *Vuelta* de México es plena, total. La literatura moderna nació en la libertad y moriría sin ella.

La modernidad se distinguió, desde su nacimiento, por la continua interpenetración entre la crítica y la creación. Las creaciones más altas de la Edad Moderna han sido críticas y nuestra crítica ha sido creadora. Aunque la fusión entre creación y crítica, imaginación e ironía, comienza precisamente con una obra de nuestra lengua, el *Quijote*, hay que confesar que la crítica no ha sido el fuerte de nuestra literatura, ni en su vertiente española ni en la americana. *Vuelta* se propone, en la medida de sus fuerzas, ser más y más la expresión del pensamiento crítico moderno. Creemos que hay muchas maneras de continuar una tradición; una de ellas, quizá la más eficaz, consiste en contradecirla. Introducir la reflexión y el rigor en nuestra vida intelectual y artística es devolverle fertilidad a nuestra tradición. Contradecirla es vivificarla. La lucidez no es enemiga sino espuela de la creación. Nada le hace más falta a nuestros pueblos que practicar el examen de conciencia. Es el arte más difícil –y el más urgente. Aprender a dudar es aprender a pensar.

Buenos Aires, agosto de 1986

«Profesión de fe» se recogió en el primer volumen –*El peregrino en su patria*–, de *México en la obra de Octavio Paz*, Fondo de Cultura Económica, 1987.

REPASO

Vuelta cumple con este número, el 180, quince años de vida. Pero nuestra aventura comenzó antes, hace veinte años: *Vuelta* es una continuación de *Plural*, cuyo primer número apareció en octubre de 1971. En julio de 1976 abandonamos *Plural*, no el espíritu ni los propósitos que nos animaban: tres meses después, en noviembre de ese año, fundamos *Vuelta*. Entre *Plural* y *Vuelta* las semejanzas son mayores y más profundas que las di-

ferencias; en realidad, aunque con características propias, son dos momentos de la misma *empresa*, en la antigua acepción caballeresca de la palabra: designio o acción ardua que se lleva a efecto con resolución. Continuidad no significa inmovilidad ni repetición; el grupo inicial de *Vuelta* se ha enriquecido con varios nombres nuevos y desde hace unos años funciona una Mesa de Redacción compuesta por escritores jóvenes. *Vuelta* fue un regreso a los propósitos que inspiraron a *Plural* y también fue algo distinto: un punto de partida.

Comenzamos nuestra empresa en un período de la historia intelectual de México y de América Latina notable por la violencia de sus debates ideológicos y por el temple beligerante de sus protagonistas. Nadie estaba dispuesto a oír a su vecino y todos querían imponer su opinión a los otros. La mayoría de los intelectuales mexicanos, sobre todo los jóvenes salidos de las barricadas universitarias de 1968, profesaban ideologías compactas y contundentes que empuñaban como cachiporras. Nada más ajeno al clima de esos años que la palabra *plural*. Nosotros nos atrevimos a usarla como homólogo de multiplicidad y diversidad. Fuimos recibidos con anatemas, vituperios y quemazones; alguien decretó que «habíamos sido expulsados del discurso político». Sin embargo, hoy las palabras *plural* y *pluralismo* son de uso corriente y aparecen con monótona frecuencia en los labios y los escritos de los mismos que nos combatían. ¿Se han convertido a la tolerancia? No hay que hacerse demasiadas ilusiones: el vaivén de las palabras indica que las opiniones han cambiado pero ¿las actitudes? Sea como sea, en *Vuelta* hemos sido fieles a nuestro pluralismo inicial y hemos procurado enriquecerlo y matizarlo. No es una doctrina sino una regla de convivencia política y estética.

Desde el principio nuestra intención fue servir a la literatura viva de nuestra lengua, especialmente a la mexicana. Nuestro propósito nunca ha sido enciclopédico sino *parcial*, en el sentido que daba Baudelaire a esta palabra para definir al arte y a la literatura de la modernidad. Pluralismo no es eclecticismo. Hemos publicado y publicaremos lo que amamos o nos conmueve, lo que estimamos o nos gusta, incluso si a veces nos contradice. No pocas veces nos hemos equivocado y hay escritores contemporáneos de valía que no figuran en nuestros sumarios. En ocasiones, por culpa nuestra; en otras, por culpa suya. En materia de arte y de literatura no nos ha guiado una doctrina o un cuerpo de preceptos; nos ha regido una potencia misteriosa, rebelde a la definición, hecha de razones y de corazonadas, de amor a las tradiciones y afición a los riesgos —ese conjunto de afinidades, diferencias y contradictorias simpatías que llamamos *gusto*. Es vano querer justi-

ficar o defender al gusto: no es una filosofía sino una segunda naturaleza. Por esto es irrefutable. El gusto se defiende solo; así nos defiende.

La literatura nunca es un reflejo mecánico de la sociedad: al reflejarla a veces la transfigura y otras la contradice. Por ejemplo, la tendencia a encerrarnos en nosotros mismos y tapiar nuestra casa ha sido constante en nuestra historia. Probablemente es un rasgo heredado de Nueva España –ciudadela amurallada de la Contrarreforma– y que nuestros descalabros desde la Independencia han acentuado y fortificado. Sin embargo, con igual constancia, nuestra literatura se ha negado a seguir esta predisposición y, con frecuencia, le ha opuesto una viva y abierta curiosidad ante lo que se piensa y se escribe en otras tierras. Una y otra vez los escritores mexicanos han roto el solipsismo en el que se ha querido encerrar a nuestro país. Ésta ha sido la tradición de nuestras revistas literarias desde el comienzo del siglo, de la *Revista Moderna* a la *Revista Mexicana de Literatura* en sus dos épocas y de *Contemporáneos* a *Taller*, *Tierra Nueva*, *El Hijo Pródigo* y *Diálogos*... Y ésta es la tradición que han querido continuar *Plural* y *Vuelta*.

Hemos creído y creemos que una de las maneras de servir a la literatura viva de México es comunicarla con las de otros países y otras lenguas. No siempre ha sido fácil. Nuestro siglo comenzó con una gran y violenta explosión de tendencias y movimientos literarios (los *ismos*); por razones que no es posible analizar aquí, este fin de siglo ha sido el del desvanecimiento de las escuelas, los movimientos y las tendencias. Al mismo tiempo no ha cesado la aparición de talentos individuales y de obras únicas. Recoger esta diversidad ha sido una tarea ardua y dificultosa: los antiguos centros de la literatura mundial han desaparecido. Hoy el centro está en todas partes. A pesar de todo, nuestro esfuerzo no ha sido enteramente vano: muchos de los escritores extranjeros que publican ahora las revistas y los suplementos literarios de la capital y de la provincia fueron dados a conocer primero en las páginas de *Plural* y de *Vuelta*.

En las revistas de arte y literatura del pasado inmediato sólo de manera esporádica se debatían los asuntos públicos. Aunque la política colinda con la moral y la filosofía, las publicaciones que nos antecedieron evitaron casi siempre estos temas. Una excepción: las revistas claramente doctrinales, en general filomarxistas. En esto se distinguieron *Plural* y *Vuelta*: desde sus primeros números participaron con decisión en la gran controversia que ha conmovido a las conciencias en la segunda mitad del siglo XX. No es necesario justificar nuestra actitud: corresponde a una exigencia de los tiempos. Las relaciones entre la literatura, la política y la moral son un rasgo característico de la Edad Moderna, desde los primeros románticos. Al finalizar

nuestro siglo estas relaciones asumieron la forma de un debate universal entre las democracias y el socialismo autoritario. Sin cerrar los ojos ante las fallas y las iniquidades de las sociedades democráticas liberales, nosotros vimos en los regímenes comunistas una perversión del socialismo.

Por complejas razones en las que tampoco podemos ahora detenernos, la causa del socialismo totalitario ganó muchos adeptos. La intoxicación ideológica afectó a un gran número de intelectuales de Europa, América Latina y otros continentes. La dolencia nubló, más que a su vista, a su juicio moral: todos se negaron a aceptar que las gigantescas y férreas fortalezas en que se transformaron los Estados comunistas habían sido construidas sobre inmensos charcos de sangre. No eran monumentos a la libertad sino a la esclavitud humana. América Latina no escapó al contagio y en México el catecismo marxista-leninista se convirtió en el libro de horas de muchos intelectuales, tal vez de la mayoría. Para combatir a esta enfermedad colectiva acudimos al único remedio conocido y probado: la crítica. Fue una polémica ideológica, y, sobre todo, fue un servicio público de higiene intelectual y moral. Tuvimos éxito a medias. Pero lo que no logró la razón, lo consiguió con brutal e irrefutable dialéctica la realidad misma. Aquellos castillos que parecían inexpugnables de pronto se convirtieron en molinos de viento. ¿Qué ha quedado de todas esas quiméricas construcciones?

Tampoco era alentadora la situación política, moral e intelectual de México en 1971. Aunque la revuelta de los estudiantes, tres años antes, fue reprimida con saña, había estremecido al sistema político mexicano. Para los líderes juveniles y para sus maestros, los intelectuales filomarxistas, el sacudimiento era el anuncio de una transformación revolucionaria. Unos tenían los ojos puestos en Cuba, otros en Moscú y otros en Pekín. Para nosotros, en cambio, era un signo de la madurez de la nación y anunciaba el comienzo de la descomposición del sistema político mexicano, instaurado en 1929 con la fundación del Partido Nacional Revolucionario (hoy PRI). En *Plural* iniciamos la crítica del partido hegemónico y de las taras y mentiras que corrompen a nuestra vida política. La continuamos en *Vuelta*. Nuestra crítica no era ni es programática; no somos un partido político sino un grupo de escritores independientes, cada uno con una visión personal de las cosas. Nos unía –nos une– la convicción de asistir a un proceso, largo y sinuoso, encaminado hacia la democracia y el pluralismo. Un proceso que todavía está lejos de terminar. Nos propusimos acelerarlo y allanarlo con el único medio al alcance de los escritores: la discusión pública y la crítica. En 1985 dedicamos al tema una serie de artículos bajo el título general: *PRI: Hora cumplida*.

Nuestra actitud nos atrajo la doble enemistad de los jerarcas del PRI y de los intelectuales de izquierda, los primeros empeñados en defender el *statu quo*, los segundos empecinados en su programa revolucionario. Unos y otros han cambiado; mejor dicho, la realidad los ha cambiado: los dirigentes del PRI hoy aceptan que su partido, so pena de desaparecer o provocar estallidos, tiene que transformarse, romper sus lazos con el Estado y democratizarse radicalmente; por su parte, los intelectuales de izquierda declaran con ostentación y a veces con intolerancia sus convicciones democráticas y pluralistas, aunque todavía abundan entre ellos los defensores de Castro y de su tiranía. Nos satisfacen estas declaraciones pero nos repetimos, con cautela, el refrán: *del dicho al hecho hay mucho trecho*.

El recuento anterior revela que los propósitos de *Plural* y de *Vuelta* se han cumplido en buena parte. En estos veinte años el mundo ha cambiado y México ha cambiado. ¿Estamos satisfechos? Sí y no. Todo en este bajo mundo es relativo; pedir más, será pedir gollerías, como decían nuestros abuelos. Pero es claro que falta mucho, muchísimo por hacer. Si *Vuelta* quiere vivir y no meramente sobrevivir, tendrá que hacer frente a los cambios que vivimos y tendrá que cambiar ella misma. Tendrá que ser otra. Tanto la incompleta evolución política de México como los cambios en el mundo nos hacen preguntas que debemos contestar. La desaparición de los regímenes comunistas nos obliga a ver con ojos más severos y con ánimo más riguroso la realidad de las democracias liberales de Occidente. Las desigualdades siguen siendo escandalosas, lo mismo en el interior de las sociedades desarrolladas (la desolación de Harlem en la próspera Nueva York) que en Asia, África y América Latina: la mayoría del género humano sufre todavía penalidades inhumanas. No menos aterradores son la resurrección de los nacionalismos agresivos, las idolatrías tribales y los fanatismos religiosos, la degradación general de la cultura y la chabacanería de las masas intoxicadas por la publicidad y el consumismo (pan y circo), el culto al éxito y al dinero, el individualismo feroz, y, en fin, el desierto que avanza y seca el alma de los hombres... Mientras tanto, la literatura y las otras artes continúan; surgen nuevos talentos y nuevas obras que reclaman nuestra atención. Doble, inmensa tarea: perseverar y cambiar.

México, noviembre de 1991

«Repaso» se publicó en *Vuelta*, núm. 180, México, noviembre de 1991.

Índice alfabético

Este índice incluye nombres de autores y personajes reales (EN VERSAL); de divinidades, personajes míticos y literarios (en redonda); de obras artísticas y literarias, poemas, películas, revistas y lugares con obras de interés artístico (*en cursiva*) y de artículos y partes de obras literarias («en redonda y entre comillas»). Tras las obras se citan los nombres de los autores (entre paréntesis).

Q

Quetzalcóatl: 32, 100, 108, 117, 197, 213, 221, 225, 227-228, 230, 234-237, 246, 255-256, 314, 316-318; Quetzalcóatl-Nanahuatzin: 108; Quetzalcóatl-Santo Tomás (véanse tb. Santo Tomás Apóstol y Santo Tomás-Quetzalcóatl): 225, 230, 234, 237.
Quetzalcóatl et Guadalupe (Lafaye): 224n.
Quetzalcóatl y Guadalupe. La formación de la conciencia nacional en México (Lafaye): 224n.
QUEVEDO Y VILLEGAS, Francisco de: 23, 96, 121, 156, 199, 356, 462.
Quijote, don: 368, 569.
Quijote, El (véase *El ingenioso hidalgo...*).
«Quinta *Vuelta*» (Paz): 568.
QUIROGA, Vasco de: 218-220.

R

RAMÍREZ, Ignacio: 130, 155.
RAMOS, Samuel: 48-49, 153-154, 159, 242, 244.
«Rasgos novohispanos en el México contemporáneo» (Borah): 514n.
REBOLLEDO, Efrén: 477.
REAGAN, Ronald: 470.
«reino de Nueva España, El» (Paz): 256n.
«Remache: burocracia y democracia en México» (Paz): 397n, 413.
Renacimiento, El: 566.
RENAN, Ernest: 133.
Renga (Tomlinson, Roubaud, Sanguineti y Paz): 459.
«Repaso» (Paz): 571-575n.
República (Platón): 354.
Respuesta a sor Filotea (sor J. I. de la Cruz): 119-121.
«Respuestas a diez preguntas» (Paz): 483-488n.

«Revisión y profanación» (Paz): 284n.
Revista Azul: 566.
Revista Mexicana de Literatura: 566, 573.
Revista Moderna: 566, 573.
Revolution et sacrifice au Mexique. Naissance d'une nation (Jaufret): 27n.
Revolution mexicaine, La (Meyer): 251.
Revolución traicionada, La (Trotski): 495.
REVUELTAS, José: 280n, 346, 377, 466, 532.
REYES, Alfonso: 70, 120, 137, 155-157, 228, 241, 258, 384, 465-466, 481, 551, 553-554, 556, 560.
REYES CATÓLICOS (véase Católicos).
REYES HEROLES, Jesús: 348n, 369, 394, 404.
Rey Pescador, el: 188.
RICARD, Robert: 255.
RILKE, Rainer Maria: 80, 83.
RIVERA, Diego: 130, 196, 200-201, 363, 551.
ROBESPIERRE, Maximilien de: 20, 350, 496.
Romeo: 465.
«Rompimiento del Arca de la Alianza» (Paz): 405-409.
ROOSEVELT, Franklin Delano: 290, 431.
ROSA, Santa: 116.
ROSAS, Juan Manuel de: 320.
ROUBAUD, Jacques: 459.
ROUSSEAU, Jean-Jacques: 220, 259, 539.
ROUSSET, David: 373, 534.
Rubio: 69.
RUBIO, Darío: 94.
RUIZ CORTINES, Adolfo: 484.
RUIZ DE ALARCÓN, Juan: 63-64, 110.
RULFO, Juan: 466.
RUSSELL, Bertrand: 265, 533.
«ruta psicológica de Quetzalcóatl, La» (Carrión): 158n.

T

TABLADA, José Juan: 459, 477.
TÁCITO: 225, 541-542.
TAINE, Hippolyte: 139.
Tajín, El, arte de: 323.
Taller: 566-567, 570, 573.
TARDE, Gabriel: 134, 361, 502.
«Technocrates en uniforme: L'État
 Symbiotique» (Meyer): 348n.
Tel Quel: 533.
Templo Mayor de México: 254.
Tenochtitlan, arte de: 217, 254.
Teotihuacan, arte de: 105, 217, 234,
 311-312.
TERESA DE MIER, Servando: 228, 230.
TETSUJI Yamamoto: 454.
Tezcatlipoca: 106, 318.
Thanatos: 505.
THOREAU, Henry David: 431.
TIBÓN, Gutierre: 515.
Tiempo nublado (Paz): 35, 403, 453, 457.
Tierra Nueva: 566-567, 573.
Timeo (Platón): 216.
TIMUR LANG EL COJO: 315.
TITO, Josip Broz, llamado: 173-176, 369.
TIZOC: 317.
TLACAÉLEL: 213, 316.
Tláloc: 99, 106, 254, 314.
Tlazoltéotl: 57.
TOCQUEVILLE, Charles Alexis Henri
 Clérel, señor de: 274, 353, 467.
TODOROV, Tzvetan: 203, 207-211, 214.
TOMÁS EL APÓSTOL, santo (véase tb.
 Quetzalcóatl): 225, 228, 234, 236, 255,
 539.
TOMÁS DE AQUINO, Santo: 226.
TOMÁS-QUETZALCÓATL, santo
 (véase tb. Quetzalcóatl): 227.
TOMLINSON, Charles: 459.
Tonantzin: 100, 198, 225, 311, 361;
 Tonantzin-Guadalupe: 234-235.
Topiltzil-Quetzalcóatl: 235, 237, 317.
TORRES BODET, Jaime: 151.
TOVAR DE TERESA, Guillermo: 219,
 223n, 537.

TOYNBEE, Arnold: 25, 104, 185-186.
trampas de la fe, Las (véase *Sor Juana
 Inés de la Cruz* o *Las trampas de la fe*).
transmisión secreta de la flor, La
 (Zeami): 455.
«Travesía» (Paz): 566-568n.
«tres y el cuatro, El» (Paz): 216-223n.
TROTSKI, Lev Davídovich Bronstein,
 llamado: 175, 251, 301-302, 341, 369-370,
 372, 374-375, 400, 495, 498, 532-533.
TRUJILLO, Rafael Leónidas: 547.
TRUMAN, Harry S.: 473.
T. S. L.: 522n.
TUCÍDIDES: 25, 352.
Tula, arte de: 16, 105, 212, 213-217, 235-
 236, 256, 311-312, 315-318, 443, 537.

U

UNAMUNO, Miguel de: 125, 245.
«universidad, los partidos y los
 intelectuales, La» (Paz): 523-535n.
Uno, el: 98.
Uno más Uno: 407.
URANGA, Emilio: 161, 243.
USIGLI, Rodolfo: 64, 69.
Utopías mexicanas del siglo XVI (Tovar
 de Teresa, Zavala y León-Portilla;
 pról. Paz): 216n, 223n.

V

VALENZUELA, Fernando: 349.
VALÉRY, Paul: 466, 554, 557.
VALLEJO, César: 83, 546.
VARGAS LLOSA, Mario: 532.
VASCONCELOS, José: 49n, 137,
 139-140, 145, 147-150, 196, 251, 351,
 354, 356-358, 360-361, 367-368, 466,
 528, 551, 560.
VELÁZQUEZ, Fidel: 500.
VENUSTIANO Carranza (véase
 Carranza).
VERLAINE, Paul: 526.

Índice y créditos de ilustraciones

Pliego I (entre pp. 100-101)

Moctezuma y el cometa, pictografía del *Códice Durán*, 1579. Biblioteca Nacional de Antropología e Historia, México. Foto: Francisco Hinojosa.

Anónimo, *Hernán Cortés* (1485-1547). Grabado original que ilustra la edición veneciana de la *Historia de la Conquista de México*, de Antonio de Solís, 1704. Colección particular. Foto: Cuauhtli Gutiérrez.

Doña Marina con escudo en el Sitio de Teciquauhtitla, pictografía del *Lienzo de Tlaxcala*, copia de 1733 por Manuel Yllanes. Biblioteca Nacional de Antropología e Historia, México. Foto: Javier Hinojosa.

La Noche Triste, pictografía del *Lienzo de Tlaxcala*, copia de 1733 por Manuel Yllanes. Biblioteca Nacional de Antropología e Historia, México. Foto: Javier Hinojosa.

Pliego II (entre pp. 254-255)

Anónimo, *Virrey Antonio de Mendoza* (1492?-1552), 1535. Óleo sobre lino. Museo Nacional de Historia, Castillo de Chapultepec, México. Foto de archivo.

Anónimo, *Vasco de Quiroga* (1470?-1565), siglo XVIII. Óleo. Sala capitular de la catedral de Morelia, Michoacán, México. Foto: Vicente Guijosa.

Conde Bernardo de Gálvez (1746-1786). Óleo sobre tela de estilo caligráfico rasgado por el padre fray Jerónimo y pintado por fray Pablo de Jesús en 1796. Museo Nacional de Historia, Castillo de Chapultepec, México. Foto de archivo.

Antonio Vallejo, *Virrey Antonio María de Bucareli y Ursúa* (1717-1779), 1772. Óleo sobre tela. Museo Nacional de Historia, Castillo de Chapultepec, México. Foto de archivo.

Pliego III (entre pp. 360-361)

Frontispicio de la edición *princeps* de la *Historia de la Revolución de Nueva España* del doctor José Servando . Teresa de Mier Noriega y Guerra (1765-1827), 1813. Biblioteca Nacional. Fondo Reservado de San Agustín, México. Foto: Javier Hinojosa.

Manuscrito de los *Sentimientos de la Nación*. Documento presentado en el Congreso Nacional Constituyente, el 13 de septiembre de 1813 en Chilpancingo, Guerrero, por José María Morelos y Pavón (1765-1815). Biblioteca Nacional de Antropología e Historia, México. Foto: Javier Hinojosa.

Portada de la Constitución Federal de los Estados Unidos Mexicanos de 1857. Cortesía de Artes de México. Foto de archivo.

Caricatura de *Guillermo Prieto* (1818-1897) y *Benito Juárez* (1806-1872). Litografía original aparecida en *La Orquesta (Periódico omniscio, de buen humor y con caricaturas)*, marzo de 1861. Cortesía de GTT. Foto: Javier Hinojosa.

Escudo imperial de Maximiliano, 1864. Grabado original; fue uno de los escudos que se utilizaron en la papelería oficial. Museo Nacional de Historia, Castillo de Chapultepec, México. Foto de archivo.

Águila republicana. Litografía original aparecida en *Estatutos de la Sociedad de Amigos de Aguascalientes*, 1827. Cortesía de GTT. Foto: Javier Hinojosa.

Pliego IV (entre pp. 528-529)

Grabado francés, *Porfirio Díaz*, (1830-1915), siglo XIX. Cortesía de Artes de México. Foto de archivo.

Anónimo, *Justo Sierra* (1848-1912). Grabado original aparecido en el semanario humorístico *México Gráfico*, agosto de 1890. Cortesía de GTT. Foto: Javier Hinojosa.

Francisco I. Madero (1873-1913). Archivo General de la Nación, México. Foto de archivo.

Emiliano Zapata (1879-1919). Fototeca del INAH/Archivo Casasola, Pachuca, Hidalgo, México. Foto de archivo.

Plutarco Elías Calles (1877-1945). Cortesía de la Fototeca Fideicomiso Archivos Plutarco Elías Calles y Fernando Torreblanca. Foto de archivo.

José Vasconcelos (1881-1959). Biblioteca Nacional. Fondo Reservado de San Agustín, México. Foto de archivo.

ÍNDICE

IV. OCASIONES

Esta reimpresión de

El peregrino en su patria

—octavo volumen de las
Obras Completas de Octavio Paz,
dirigidas y prologadas por él mismo—
se terminó de imprimir
en diciembre de 2001.

La obra fue diseñada por Norbert Denkel,
asistido por Susanne Werthwein.
El cuidado de la primera edición estuvo a cargo
de Nicanor Vélez.

La presente edición, revisada, ha estado al cuidado
de Lorenzo Ávila, Adolfo Castañón,
Ana Clavel y Miriam Grunstein.
La investigación iconográfica fue realizada
por A. Clavel y M. Grunstein,
y el diseño de cubierta por
Argelia Ayala y Teresa Guzmán.

La tipografía
es de punt groc & associats, s. a.,
la formación de negativos
de Marjan Fotolito,
y la impresión y encuadernación de
Impresora y Encuadernadora Progreso,
S. A. de C. V. (IEPSA), Calz. San Lorenzo,
244; 09830 México, D. F.

La edición consta de 1 000 ejemplares.

0473